本书出版获得国家社科基金青年项目（09CZW041）
姑苏宣传文化人才工程项目（LL2014004）资助

路海洋 著

清代江南骈文发展研究

中国社会科学出版社

图书在版编目(CIP)数据

清代江南骈文发展研究 / 路海洋著. —北京：中国社会科学出版社，2016.10

ISBN 978-7-5161-9242-9

Ⅰ.①清…　Ⅱ.①路…　Ⅲ.①骈文-文学史-研究-中国-清代　Ⅳ.①I207.22

中国版本图书馆 CIP 数据核字(2016)第 266522 号

出 版 人	赵剑英
责任编辑	宫京蕾
特约编辑	孙少华
责任校对	石春梅
责任印制	何　艳

出　　版	中国社会科学出版社
社　　址	北京鼓楼西大街甲 158 号
邮　　编	100720
网　　址	http://www.csspw.cn
发 行 部	010-84083685
门 市 部	010-84029450
经　　销	新华书店及其他书店

印刷装订	北京市兴怀印刷厂
版　　次	2016 年 10 月第 1 版
印　　次	2016 年 10 月第 1 次印刷

开　　本	710×1000　1/16
印　　张	30.5
插　　页	2
字　　数	532 千字
定　　价	105.00 元

凡购买中国社会科学出版社图书，如有质量问题请与本社营销中心联系调换
电话：010-84083683
版权所有　侵权必究

目 录

序一 ………………………………………………………… 罗时进（1）
序二 ………………………………………………………… 陈广宏（1）
绪论 ………………………………………………………………（1）

甲编　总论

第一章　清代江南骈文发展、兴盛的背景 ……………………（17）
　第一节　清代政治、文化政策与江南骈文的偏胜 ……………（17）
　第二节　清代江南骈文兴盛的学术优势 ………………………（20）
　第三节　清代江南骈文作家聚合的地缘与亲缘基础 …………（24）
　第四节　清代江南骈文发展兴盛的文学因缘 …………………（26）

第二章　清代江南骈文的总体面貌 ……………………………（30）
　第一节　清代江南骈文偏胜的表征 ……………………………（30）
　第二节　清代江南骈文的时空分布格局 ………………………（37）
　第三节　清代江南骈文发展演变的内在特征 …………………（40）

乙编　沿袭振起：清初江南骈文

引论　清初江南骈文与清代骈文史的恢弘开局 ………………（51）

第一章　陈维崧与清代苏、松、常骈文的初兴 ………………（57）
　第一节　清初骈文第一大家：陈维崧 …………………………（57）
　第二节　清代骈文史上的"异类"：尤侗 ……………………（89）
　第三节　命运坎坷的才子型作家：吴兆骞 ……………………（106）
　第四节　"综览浩博，才华富赡"的骈体高手：黄之隽 ……（117）

第二章　清初杭州府骈文创作群落的特然振起 ………………（125）
　第一节　被遗忘的清初骈体名家：吴农祥 ……………………（125）

第二节　"自许俪语为海内少双"的骈文家：陆繁弨 …………（142）
　　第三节　被"遮蔽"的清初俪体宗匠：章藻功 ………………（151）
附录　章藻功年谱简编 …………………………………………（167）

丙编　创辟鼎盛：清中叶江南骈文

引论　清中叶江南骈文与清代骈文的鼎兴 ……………………（177）
第一章　清中叶杭、嘉、湖骈文的兴盛格局 …………………（181）
　　第一节　经史、诗文并擅的学者型骈文家：杭世骏 ………（181）
　　第二节　才笔放纵的骈坛巨擘：袁枚 ………………………（189）
　　第三节　著述宏富的骈文大家：吴锡麒 ……………………（205）
　　第四节　近世骈坛少见的奇才：王昙 ………………………（215）
　　第五节　杭、嘉、湖骈文其他代表作家 ……………………（223）
第二章　清中叶独步天下的常州骈文 …………………………（238）
　　第一节　清中叶常州骈文之蔚兴及其原因 …………………（238）
　　第二节　文章"具兼人之勇，有万殊之体"的骈林巨子：洪亮吉 …（247）
　　第三节　兼有贾许实学与庾徐文章的通才：孙星衍 ………（266）
　　第四节　与洪、孙并称的常州骈文健将：杨芳灿 …………（276）
　　第五节　各自称雄的杨门高足：刘嗣绾与方履籛 …………（296）
　　第六节　清代骈坛著名的"双子星"：董基诚与董祐诚 ……（314）
　　第七节　古文阳湖派作家群体的骈文创作 …………………（325）
第三章　邵齐焘、彭兆荪与清中叶苏、松、镇、太骈文 ……（338）
　　第一节　"于绮藻丰缛之中，存简质清刚之制"的骈文国手：
　　　　　　邵齐焘 ……………………………………………（338）
　　第二节　"精熟《选》理"、"专力排偶"的骈体大家：彭兆荪 …（351）
　　第三节　吴慈鹤、袁翼及苏、松、太其他代表性骈文作家 …（365）

丁编　承衍渐衰：清代后期江南骈文

引论　清代后期江南骈文与清代骈文史的最后辉煌 …………（383）
第一章　清代后期杭、嘉、湖骈文群落的创作 ………………（387）
　　第一节　清代后期骈坛的佼佼者：金应麟 …………………（387）
　　第二节　各具面貌的晚清杭州骈坛俊杰：龚自珍与谭献 …（397）

第三节　"以文雄于时"的嘉兴骈坛代表人物：赵铭与徐锦 …………（405）
　　第四节　黄金台、张鸣珂及杭、嘉、湖地区其他骈文作家 ………（413）
第二章　晚清苏、松、常、镇、太的骈文创作 …………………………（429）
　　第一节　晚清常州骈文巡览：汤成彦、缪荃孙及其他作家 ………（429）
　　第二节　清代常州骈文殿军：屠寄及其《国朝常州骈体文录》 …（440）
　　第三节　缪德葇、孙德谦及清季苏、松、镇、太地区其他骈文
　　　　　　作家 ………………………………………………………（450）
余论：一个延伸的话题 ……………………………………………………（460）
参考文献 ……………………………………………………………………（463）
后记 …………………………………………………………………………（473）

序 一

罗时进

命名是一种技术，也是一种艺术。骈文，抑或称为四六、骈体、俪体、骈俪、偶体，可谓技术性与艺术性融合的典范。一般来说，一个名称"正确地被给予某物"有"人为约定主义"和"自然主义"两种方法（柏拉图《克拉底鲁篇》），其实这两者表面对立的背后是具有某种统一性的，而骈文和相关称谓正是古人对这种特殊文体之"自然本质"的"约定制名"。在以汉语言文字作为思维和表现工具的文化语境中，这个名称（系列）在对偶本义上涵盖了字数、意义、词性、结构方面的内容，又由骈四俪六"不歌而诵"的内在特点隐括了藻饰、用韵等修辞要求。可以说"骈文"之名富有直观美感，而作为中国古代一种重要文体的独特审美价值亦可感知。

骈文肇起于汉代，兴盛于六朝。在唐代一方面其"官方文体"地位得到加强，一方面受到古文的强烈冲击，在论辩争议中发展，至晚唐五代大家名作蔚现，气象颇为可观。宋人别开蹊径，形成"四六体"格式，提高了这一文体的典范性地位。但这种趋势在元代发生了转变，刘麟生在《中国骈文史》中说："元以异族入主中夏，稽古右文，几成绝响；曲子最擅胜场，开文学史中新纪元；诗文犹有可观，至骈文则阒焉无闻，以四六论，可谓一浩劫也。"至于明代，"模仿之作居多，创造之意为少，以言骈文，粗制滥造，庸廓肤浅，虽有作品，难登大雅之堂。"然而客观言之，万历之后文坛的取向、格局逐渐向抒情一端演变，为清代骈文复兴积蓄能量提供了有利条件。

对清代骈文的成就，谢无量《骈文指南》称道："高者率驾唐宋而追齐梁，远为元明所不能逮"，刘麟生的观念与之近似："清代作者，渐有追踪徐庾、远溯汉魏之势，而究其所作，亦未必能陵轹唐宋。要之起衰振弊，能以骈文之真面目示人，则清代作者之贡献，殊足以跨越元明矣。"我想，清代骈文之所以能够起衰振弊，为古代俪体文学作一大总结，乃基于两个方面的原因：一是守护本色，一是演化生新。

守护本色，即坚持骈文自身的特点。骈文在某种意义上是唯美性的文学，作者当具有征古喻今、化育陶铸的学养，协畅宫商、谨严格律的功力，惊彩绝艳、炫人耳目的技巧，使"事出于沉思，义归于翰藻"的文学性臻于极致。而这种"以美启美"的方式确乎偏重形式，最易引人非议甚至否定。然而问题是一旦失去了这种书面的视觉美和诵读的听觉美，又如何可称骈俪之文呢？清人对于骈文的唯美特征努力加以辩护：

> 夫朱羲启曜，九枝扬若木之华；黄河始流，五色绚昆丘之派。搆云屋而虹梁焕彩，鼓烘炉而赤堇飞芒。丰貂隐豹之珍，其文蔚也；綷羽明玑之贵，其采鲜也。地非裸壤，宁有弃绮绣而弗陈；人异哀骀，孰肯却铅华而不御？（杨芳灿《与兄永叔书》）

> 夫人受天地之中，资五气之和，故发喉引声，和言中宫，危言中商，疾言中角，微言中徵、羽，此自然之体势，不易之理也。其一言之中，亦莫不律吕相和，宫徵相宣，而不能自知。然则骈俪之文，不由是而作者耶！论者往往右韩、柳而左徐、庾，殆非通论也。（吴育《骈体文钞序》）

他们强调的是，骈偶的视觉美和听觉美的表现，乃源之于自然本性，是自然美的升华，所以没有必要"易缣缃以结绳，返轮辕为椎辂"。这种辩护，所坚持的也许正是"骈文之真面目"。其背后自有富赡才华炼铸出的底气支撑，但更主要的还是对骈文这一文体的智性体认。

回顾一下文学史，文质之争几乎一直持续着，而"论者往往右韩、柳而左徐、庾"不但包含内容与形式的关系以及骈散能否会通并美的问题，同时还隐含着对这种"庙廷之上敷陈圣德，典丽博大"的文体是否具有"厚德载物之致"的质疑。清代骈文之振兴，正是从理论和实践上回应了文质之争。如果说清初至乾嘉骈文家主要是将个性、才情、学识融铸一体以提升抒情品格，以大量日常生活题材写作以扩展应用范围的话，至道光朝则进一步明确提出了打通骈散的理论要求。事实证明，推尊骈俪正宗与问道唐宋古文作为"双轨"的适当交叉，并未"去骈化"使"文体失效"，反而激发出内在的成长力量。这种内生力在晚清大变局中发挥出重大的社会影响，也为骈文赢得了最后的荣誉。

我们知道，文学创作是受作者个性和时代背景影响的，而地理环境也同样起着重要的作用，梁启超《中国地理大势论》中对"词章"的分析人们比较熟悉：

> 燕赵多慷慨悲歌之士，吴楚多放诞纤丽之文，自古然矣。自唐以前，于诗、于文、于赋，皆南北各为家数；长城饮马，河梁携手，北人之气概也；江南草长，洞庭始波，南人之情怀也。散文之长江大河，一泻千里者，北人为优；骈文之镂云刻月，善移我情者，南人为优。盖文章根于性灵，其受四围之社会之影响特甚焉。

这里明确提出"南人"在骈文写作中具有天然的优势，是完全可以赞同的。其实骈文与诗词创作具有深厚的艺术关联，我们甚至可以说，诗词的创作高原必然也是骈文的高原。正是在这个确定前提下，清代江南骈文研究的重要性已不言而喻。其实近些年，这个原本较为偏枯的学术领域受到一定程度的重视，出版了一系列有分量的著作，从研究者所属地域来看，也是以南方为多，而与江南一地关系尤为密切。就苏州而言，严迪昌先生很早即有志骈文研究，发愿撰写《清代骈文史》，这一学术工程后由他的高足杨旭辉博士担当完成，而路海洋君也多年坚持骈文研究。这样说来，已经有老中青三代学者了。这恐怕不是巧合，是具有一定必然性的。

海洋的博士论文是以《社会·地域·家族：清代常州古文与骈文研究》为题，做得很好，修改打磨后已经出版。近几年他将研究注意力集中到江南骈文上来了，现在四十多万字的书稿已经杀青，这让我感到欣慰。记得当初讨论他的博士学位论文选题时，我说"这是一个发展性很强的题目，将来拓展的方向不在常州古文，而在骈文。"我是希望他将常州骈文研究深入进行下去，而他这几年坚持不懈的努力已经超乎我的预期。

通阅这份四十多万字的成果，与博士论文比较，深感海洋能够推陈出新、拓河为江。虽然"社会、地域、家族"仍然是他论述的三个重要维度，但一旦面对"江南"，面对一大批代表性作家，在文献上是非狠下一番功夫不可的。他吃得起这份苦，甘坐冷板凳，对相关史料，包括历史、地理、家族等文献和大量总集、别集都尽可能详尽占有，故能言之有据，不凌空虚蹈。而在"社会、地域、家族"三者会通的视野中，清代江南骈文盛衰流变之状井然呈现，比较全面和逻辑性地表现出主旨，既见知识的广博，亦见学术的专深。

海洋在读大学本科的时候就尝试写作旧体诗，其后一直坚持，时有可诵之作。这个习惯所形成的修养对体悟清代江南骈文家的构思特点，评价具体作品的艺术得失是很有助益的。他在论及作家时往往都能结合作品进行当行本色的分析，故而全书不但在学理阐述上有理论切入力，而且在文本解读上有艺术审美感，这两个方面表现出海洋的研究特点。对一个年轻的学者来说，这是可喜可贵的。江南文学研究方面著述可谓林林总总，相信这种有难度、有个性的专门文体研究能够给人"木秀于林"之感。

地域文学研究近年来成为热点，而江南尤为学界关注。如何深化、拓展这一学术领域是摆在学界面前的课题。对清代江南骈文，海洋是在整体空间背景中嵌入时间顺序进行讨论，我对此颇为赞赏。我来写的话，也许同样会采取这一方法。但也不妨设想一下，如果将清代江南之七府一州的作家做适当整合，以小区域作为论述对象，是否更能突出江南各地的差别性，显示出地域文学发展过程中"小传统"的具体影响呢？"大江南"中是否有"小传统"，是我近来偶尔想及的一个问题，考虑得并不成熟，提供给海洋参考。相信他敏于思考，富有活力，在取得现有显著成绩的基础上，能够不断对江南文学作多元化探索，奉献新的成果。是为序。

2016 年 8 月 12 日书于吴门

序　二

陈广宏

骈文是我国传统书写系统中曾经占据重要位置的一种文体，可以说是整个中世文学语言形式构成的基石。当时的理论家如刘勰，于这样一种文辞的表现形式，是用"自然之道"的"神理"之体现来解释其合理性的，这也是后来清代骈文家为争夺文章的正宗地位而常常使用的武器。至中唐、北宋的古文运动兴起，文学的价值观发生了某种改变，在文辞达意要求的背后，其实是儒学复兴在推动文体转型，它促使人们在文学上从之前关注外在语言形式组织构造，转向以内在体认"古道"、"古学"的思想性表述为中心。于是，相当长时期以来，骈文日渐式微，只是在公文或礼仪性生活日用书写中显示其尚有用武之地。这样的局面一直到晚明才出现转机，而在整个清代呈现出骈文中兴之气象。那么，何以在清代会出现骈文振兴的诉求与实绩？这恐怕是文学史无可回避而必须充分予以阐释的问题。

要回答这样的问题殊为不易。尽管清代是离我们最近的古代，然而，当五四新文学革命及其白话文运动的大潮轰然而至，开启了"现代"的日历，整个社会文化传统遭遇空前荡涤。作为言文一致的实践成果，白话文终于取代文言文成为通用书写语言，无论骈文、古文，皆被视为"妖孽"、"谬种"横扫出局，从此趋于消歇。其间虽亦有倡言"国粹"者一度为之辩护，毕竟大势已去。自此以降，白话文的"散文"概念成为包括文学及非文学在内的书写系统的唯一代表，甚至人们又用这样的名义去梳理中国历史上文辞、文章的演进，骈文在其中的处境好不尴尬。因为没有了现实的生态基础，传统文体尤其骈文成为一种与现今全然隔阂的语言形式，在如此语境下欲对其作了解之同情的剖析、梳理，无疑具有极大的挑战性。

路海洋博士继其博士论文《社会·地域·家族：清代常州古文与骈文研究》正式出版后，又一部著作《清代江南骈文发展研究》出版在即。由于这一成果是他在复旦大学中国语言文学博士后流动站的工作报告基础上修订、拓展而成，而我忝为联系导师，故嘱我为该著写几句话。我想，自己虽然于海洋在站期间的工作并未有实在助益，但可以说是他在博士论文基础上构设新的学术生长点并付诸实现的见证，也是他这些年踏实勤勉、勇于进取的见证。他的博士后工作报告选题，专就清代骈文一体开展研究，讨论的范围则拟由原已有心得的常州一地扩展至整个江南地区，在我看来，应是舍易就难的选择。

海洋是罗时进教授的高足，在苏州大学攻读博士学位期间，无论方法、理念及其研究领域，皆深受导师所从事的清代江南文化家族与文学关系的影响，并且这种影响一直延续至今。从方法上来说，承师门学术传统，他自博士学位论文起，即尝试以社会、地域、家族三个相互关联的维度为论析坐标，去观照有清一代文学的实体空间、文化根性与演变轨迹，体现的是中国文学研究发生空间转向后的一种深化探索，常州一地的古文与骈文发展，恰为他的一个实证标本。此后，当他申请并获得国家社科基金资助项目时，就已经在酝酿如何将研究标本进一步拓展至环太湖地区之七府一州，那也正是他取则导师从明清自然生态、经济水平、人文环境三方面加以综合考量所认定的"江南"，只不过在获具骈文与古文比较一定的经验之后，择定将检讨的重心完全移向学界相对关注较少的骈文一侧。而无论是博士后在站工作，抑或师门国家社科基金项目之子课题担当，都赋予他有效实施设想的机遇。

科研的过程每一步都是艰辛的，海洋坚持一个案一个案地发掘，一府一府地攻克，故其当初博士后工作报告在深入探讨清代江南骈文发展、兴盛背景的基础上，完成了对常州、杭州二府代表作家的骈文创作及其批评与理论的重新梳理与系统研究。之后三年多的时间，他在认真应对一个青年教师应承担的各种繁重工作及额外的行政事务之余，凝定心志，终于全部做完对清代环太湖地区七府一州骈文及其创作精英群体的全方位考察。从他所描绘的这一幅清代江南文学地图，至少我自己已可感受到，在这样一个文化累积深厚、甚或是整个东亚社会认同的文明高地，精英文人如何将蕴涵从天文至人文丰富信息的骈文，视作某种自我确认的表现。该著在许多层面上都有相当积极的意义，有不少重要发现，有兴趣的读者可径往领略。在这里我想要提示的，是作者在书末提出的思考，即清代江南骈文研究的意义何在？这其实是一个关涉古今文学演变及其内在转换的大问题，显示了研究者的现实关怀。反正我有一个颇为乐观的看法，当今时代，越来越多的古典研究者已达成共识，在力图沿着历史展开的方式作还原研究的同时，致力于与文学文化传统辩证关系的重建，海洋的著作亦不例外，相信他的研究成果能为建构适应新时代的汉语言书写体系提供有益的借鉴。

丙申年秋七月于沪上

绪　　论

江南是一个令人充满诗意想象的地方，是一片被无数诗歌咏唱过、无数画幅绘写过的山水佳地、人文热土。骈文这一素号美文的文学体式，从六朝时期便对江南"刮目相看"，到了中国古代的最后一个王朝，因为各种机缘的合力推助，它乃从元明两代三百多年的相对沉寂中振起，大声镗鞳地在这片土地上奏起了最为磅礴辉煌的复兴乐章。那么，这一辉煌乐章的庐山真面目是怎样的？一直以来，没有人给出过清楚的回答。为了解决这个遗憾，就让我们借助文献和想象的翅膀，一起翔回那个令人赞叹、令人怀想的曾经的秀丽江南。

一　清代江南骈文发展研究的意义及范畴

清代骈文堪称复兴，谢无量谓其"高者率驾唐宋而追齐梁，远为元明所不能逮"[①]，刘麟生则云"起衰振弊，能以骈文之真面目示人"，"殊足以跨越元明"[②]。不过由于各种因素的影响，清代骈文受学界关注的程度，远不如清代诗词、散文，更不如清代小说、戏曲。民国以降，虽然也有了一些相关研究，但其主要是针对清代骈文大家、名家创作的评点式勾勒，像陈耀南《清代骈文通义》、昝亮《清代骈文研究》（未刊博士学位论文）、杨旭辉《清代骈文史》这样比较全面考察清代骈文发展概貌的著作，数量还非常有限，这显然不利于我们对清代文学总体成就的整体把握和客观认识。

清代骈文的中心是江南，清代江南骈文发展的规模、成就，代表了有清一代骈文发展的规模和成就，清代江南骈文的发展进程，即构成了整个清代骈文史的主体。那么，我们从文学发展史的角度，重点对清代江南骈文的演进历程作宏观与微观相结合的，全面、系统、深入的研究，就显得很有必要，而这正是本书力图解决的问题。也许可以这样说，本书首次对特定时期

[①]　谢无量：《骈文指南》，中华书局1918年版，第79页。
[②]　刘麟生：《中国骈文史》，商务印书馆1937年版，第105页。

（清代）、特定地域（江南）兴盛文体（骈文）发展进程所作的专门研究，不但能弥补学界对清代骈文发展总体研究的不足，而且，对于清代江南文学兴盛和发展的盛况，也能从个别文体的角度，作出有一定开创意义的总体描绘。

本书研究的主要范畴，可以从三个方面具体概括：

其一，时间上，限定为清初至近代的约三百年。当然，在实际研究过程中，其上限会延伸到明末的一段时间，如研究清初骈文发展的原因，必然要涉及其对明末骈文发展的承衍问题；其下限则会延伸到民初的一段时间，如研究清末骈文的影响问题，自然会涉及民初骈文。

空间上，限定为环太湖地区的苏州、松江、常州、镇江、杭州、嘉兴、湖州、太仓七府一州，也就是本书标题所说的"江南"。这里有必要对本书限定的"江南"义界略作说明。长期以来，学界对"江南"进行论析、界定者，颇有人在，其中周振鹤（《释江南》）、李伯重（《简论"江南地区"的界定》）、冯贤亮（《史料与史学：明清江南研究的几个面向》）等人的观点，是学者们经常引用的。不过，正如罗时进师在《地域·家族·文学——清代江南诗文研究》一书中已经指出的，"学界至今对于如何解'江南'、定义'江南'，认识尚不统一"。那么如何比较妥当地界定"江南"呢？我认为罗时进师的观点比较可取：他在综合既有观点的基础上，认为"从自然生态、经济水平、人文环境三方面加以综合考量，大致可将环太湖地区称之为'江南'"，即包括苏、松、常、嘉、湖、太五府一州及杭、镇二府部分地区在内的吴文化地区。[①] 这一认识具有相当的合理性，因为环太湖地区的这七府一州地区，自古便是江南的核心地带之一，诸府间不但有着自然地理上的紧密关联性，而且有着社会人文上的内在统一性，可说是一个以太湖为自然纽结点的文化生态圈。在清代，它们是全国的重要经济、文化中心，康熙所谓"东南财赋地，江左人文薮"。这里物产丰饶，经济富庶，山水清嘉而人文萃聚，是催生文艺与学术滋衍的绝佳场所，也正是清代骈文发展的中心与主体区域。因此，本书所谓"江南"，便是指苏、松、常、镇、杭、嘉、湖及太仓这七府一州。

其二，创作群体主要限定为苏州、松江、常州、镇江、杭州、嘉兴、湖州、太仓籍作家。其既包括江南骈文创作的一流大家（如陈维崧、邵齐焘、

---

① 罗时进：《地域·家族·文学——清代江南诗文研究》，上海古籍出版社2010年版，第7页。

孙星衍、洪亮吉、吴锡麒、袁枚等），又包括一批创作名家（如尤侗、吴兆骞、吴农祥、陆繁弨、章藻功、黄之隽、杭世骏、彭兆荪、吴慈鹤、袁翼、杨芳灿、李兆洛、刘嗣绾、方履籛、董基诚、董祐诚、王崶、查揆、黄安涛、金应麟、黄金台、赵铭、徐锦、张鸣珂、孙雄、孙德谦等），以及其他的代表性作家（如赵怀玉、张惠言、陆继辂、王芑孙、徐熊飞、洪齮孙、杨揆、郭𪎭、沈清瑞、董兆熊、龚自珍、谭献、俞樾、屠寄、汤成彦、缪德葇、缪荃孙、冯煦等）。在这些作家中，既有主要以单个形态存在的作家个体，又有主要以群聚形态存在的作家群体（如有些学者提到的常州派，包括洪亮吉、孙星衍、赵怀玉、李兆洛、张惠言、刘嗣绾、方履籛、董基诚、董祐诚等）。

需要补充说明的一个问题是，本书所涉及作家的籍贯限定，有一些比较特殊的情况，比如前文述及的方履籛祖籍直隶大兴，但是其出生地与一生主要活动的场所是阳湖，因此本书将他视为常州阳湖籍作家；又如袁枚，他一生的大部分时间并非在杭州度过，江宁小仓山则是他从三十三岁开始直到八十二岁去世前主要寄居的所在，但一方面清代以来的学界普遍将他视为杭州府钱塘人，另一方面他的文学活动确实与钱塘有着丰富的交结（三十三岁卜居随园以后多次回杭，并在西湖两度举行湖楼诗会等都是很好的说明），而以钱塘文化为代表的"本籍文化"也对他的人生产生了十分重要的影响[1]，因此，本书仍将他视为江南地区的作家。

其三，本书所研究的"骈文"，是一个较为宽泛的概念。所谓骈文，大体是指一种偶行整句、讲求格律声韵、有相对固定形式的文学样式。这里想强调提出的问题是，源于先秦两汉而清人沿用的辞赋之体，应归入古文还是骈文？桐城派大师姚鼐所编《古文辞类纂》，是将其归入古文，目的在"区

---

[1] 曾大兴《文学地理学研究》在论及对作家产生影响的"本籍文化"与"客籍文化"时有云："不能否认，一个文学家所接受的地域文化的影响往往是丰富多彩的，有出生成长之地的地域文化（简称'本籍文化'）的影响，也有迁徙流动之地的地域文化（简称'客籍文化'）的影响，不可简单而论。但是有一点必须明确：在他所接受的众多的地域文化的影响当中，究竟哪一种地域文化的影响才是最基本的、最主要的、最强烈的呢？无数的事实证明，是他的'本籍文化'……换句话说，他早年所接受的'本籍文化'，培育了他的基本的人生观、基本的价值观、基本的文化心理结构和基本的文化态度。这些东西构成了他这棵文学之树的'根'和'本'，构成了他生命的'原色'，而'客籍文化'，只能丰满、粗壮着他的枝叶。"曾氏的这一理论，对袁枚是比较适用的；另外，袁枚大半生寄居的"客籍"之地江宁，在区域文化特点上与隶属杭州府的钱塘也比较相似。引文见曾大兴《文学地理学研究》，商务印书馆2012年版，第18—19页。

别于唐宋时代和以后应试用的非古式的律赋"①。实际辞赋之体经过魏晋六朝人的改造，已具备骈俪文诸种特征，经过历代演变，到了清代，我们看江南骈文家如陈维崧、吴锡麒、彭兆荪、张惠言、张成孙、董士锡、董基诚、董祐诚、金应麟、屠寄等人的辞赋，体制上虽存楚骚、汉赋之风，但是从其核心特征即句式的整俪、声律的讲求上看，应视为骈体文，这也是屠寄辑《国朝常州骈体文录》将常州府相关作家各种辞赋之作收入的原因，故本书亦将诸家具有偶对特征的辞赋创作归入骈体。

二 清代江南骈文发展研究现状

学界对清代江南骈文的研究，大体与对清代骈文的研究同步。最早对清代江南骈文进行研究者，无疑是清代学者，诸多的文话、选本、序跋、书启、墓铭、传记、提要、笔记中，或多或少都有论及清代江南骈文的文字。这里应特别提及清人所纂辑的当代骈文选本，比较重要的有吴鼒《八家四六文钞》、张寿荣《后八家四六文钞》、王先谦《国朝十家四六文钞》、曾燠《国朝骈体正宗》、张鸣珂《国朝骈体正宗续编》、姚燮《皇朝骈文类苑》、孙雄《同光骈文正轨》、屠寄《国朝常州骈体文录》以及王先谦《骈文类纂》的清代部分等。作为一种特殊的批评载体，选本通过对清代骈文作家、作品的选择、排列，突出了江南骈文作家群体及其创作的兴盛及高度成就。如《八家四六文钞》所选8位作家中的6位系江南籍，《后八家四六文钞》所录8人中的5人为江南籍，《国朝骈体正宗》《国朝骈体正宗续编》选录作家总数分别为43人和60人，其中江南籍作家分别达28人和36人②。姚燮、张寿荣等人对曾燠《国朝骈体正宗》所选作品的评点也颇值一提，这些评点（包括针对江南籍作家作品的评点）虽然不成系统，但其或论文章布局转承之妙、或论用字炼句之工、或总结文章风格特色，极有见地，对我们具体了解江南代表作家的骈文风格、技术与艺术成就，有着很大的帮助。③

清人文集包括选本的序跋、题辞等，也有很大一部分具有较高的学术价值。比如吴鼒《八家四六文钞》每卷卷首的题辞，8篇中有6篇是分别针对

---

① 钱仲联：《明清八大家文选丛书总序》，见钱仲联主编、严明等选注评点《张惠言文选》卷首，苏州大学出版社2001年版。

② 具体内容参见本书第二章第一节《清代江南骈文偏胜的表征》以及拙作《论清代骈文总集对当代骈文作家的经典化选择》（《贵州社会科学》2013年第7期）。

③ 参见曾燠选，姚燮、张寿荣等评《国朝骈体正宗评本》，清光绪十年花雨楼朱墨套印本。

清代江南骈文名家孙星衍、洪亮吉、刘星炜、邵齐焘、袁枚、吴锡麒的骈文创作而作的精彩评析；而许贞干《八家四六文注》卷首所录的陈宝箴《序》，其中针对孙、洪、刘、邵、袁、吴诸人的论析，也可当作一篇骈文妙评来读。又如屠寄的《国朝常州骈体文录识语》，几乎就是一部清代常州骈文小史。他如毛先舒《湖海楼俪体文集序》（陈维崧）、章藻功《序陆拒石夫子善卷堂遗集后》与《善卷堂四六跋》（陆繁弨）、吴农祥《章岂绩花隐亭文集序》（章藻功）、许汝霖《注释思绮堂四六文集序》（章藻功）、石韫玉《袁文笺正序》（袁枚）、王芑孙《小谟觞馆文集序》（彭兆荪）、钱泳《烟霞万古楼文集序》（王昙）、彭兆荪与曾燠的两篇《凤巢山樵求是录序》（吴慈鹤）、耆龄《邃怀堂骈文笺注序》与徐士芬《邃怀堂骈体文原序》（袁翼）、查奕照《真有益斋文编》（黄安涛）、钱骏祥《琴鹤山房遗稿序》（赵铭）、李慈铭《寒松阁集序》（张鸣珂）、王树枏《万善花室文稿叙录》（方履篯）、方履篯《书刘芙初编修骈体文集序》（刘嗣绾）、《兰石斋骈体文遗稿序》（董祐诚）、董兆熊《木鸡书屋文五集序》（黄金台）等，都是论述相关江南骈文作家及其骈文的重要文献。

当然，除了序跋、题辞，清人的书信、墓铭、传记中，也有数量比较可观的一些重要研究文献，这里不一一列举。另外还有一些文评、野史、笔记文献，可择要选列几种。如《四库全书总目提要》，其中论清代江南骈文家文集及骈文艺术的文字，大都评骘精到，高度、深度兼备，这也是学界多所引述的原因。此外，像徐珂《清稗类钞》、刘禺生《世载堂杂忆》、王晫《今世说》、易宗夔《新世说》、李慈铭《越缦堂读书记》、谭献《复堂日记》中，都有不少别开生面的相关论述，也是清人研究当代江南骈文的重要成果。

应当说，清人所选清代骈文选本对江南骈文的探讨、研究，方式颇为独特、评价比较客观，其深入性、系统性虽然不足，但做出的学术贡献无可替代，民国以后一百多年的清代江南骈文研究，不少都是建在对上述选本理论批评成果吸收、辨正的基础之上的；而清人的其他相关研究，虽然以印象式、感悟式的艺术评论、渊源探讨为主，但它们同样是后人研究清代江南骈文无法绕过的重要参考文献。

民国初年以来，有关骈文的论著不断涌现，一般皆有涉及江南骈文创作的论述。如果略作细分的话，这一百多年时间大体可区分为三个阶段：一是民初至中华人民共和国成立，二是建国初至20世纪70年代末，三是20世纪80年代初直至今日。下面就分别回顾总结。

民初至新中国成立的将近40年，是近百年清代江南骈文研究的开创期。在这一阶段，一批具有开创意义的骈文研究著作先后刊行面世，其中谢无量《骈文指南》、钱基博《骈文通义》、瞿兑之《中国骈文概论》、金秬香《骈文概论》、刘麟生《中国骈文史》等，是最著名的几部。这些论著对清代江南骈文都有涉及，清代江南骈文代表作家如陈维崧、吴兆骞、章藻功、邵齐焘、刘星炜、洪亮吉、孙星衍、袁枚、吴锡麒、彭兆荪、杨芳灿、王昙、郭麐、刘嗣绾等，都是学者们关注的对象。刘麟生的《中国骈文史》更从风格流派的角度，将清代骈文分为若干派类，显示出超出侪类的理论概括意识。其中涉及江南骈文创作的有博丽派（陈维崧、袁枚）、自然派（邵齐焘）、常州派三者，如"常州"一派，刘氏认为他们的文章，是"以轻倩清新取胜"，并归纳其具体特色为三点，即"用典欲其灵活""炼字欲其清新""时参以散句"①，可谓别具只眼。

总体而言，民初至新中国成立这一阶段的研究，有三个特点与不足：其一，绝大部分的研究，都延续了清人的印象式、感悟式批评方式，其固然具备内蕴丰富、含蓄而富于启发性的优长，但过于零散、缺乏细致分析的缺点也比较明显。其二，这些研究所关注的面稍窄，进入学者们研究视野的清代骈文作家，基本都是清人已经认定的名家，有不少重要的江南骈文作家特别是清代后期的金应麟、龚自珍、谭献、赵铭、徐锦、黄金台、张鸣珂、董兆熊、汤成彦、屠寄、缪荃孙等，他们几乎没有涉笔，清初骈文名家如陆繁弨、吴农祥等，他们最多是一笔带过，这显然是一个不足。其三，具体作家或流派研究，在妙见迭呈的同时，也存在一些偏见或过激之见。比如对清初骈文家如尤侗、章藻功的骈文，批评的声音远远高于赞许，这是有失客观、公正的；又如有些学者特别强调"常州体"骈文清新的风格特色，而不及其余，像刘麟生就认为"常州体"的文字，"以之作小品文字，及言情之作，最为佳妙，以言碑板文字及议论，则不免寡味矣"②，实际"常州体"诸家如洪亮吉、孙星衍、杨芳灿、刘嗣绾，他们的文章固有清新的一面，但绝不是仅擅清新一体，刘麟生所言"碑板文字及议论"，诸人集中恰恰都有不少思想、艺术俱臻高诣的作品，其或沉浑、或超迈、或高华，研究清代常州骈文是不可不提的。

新中国成立初至20世纪70年代，由于时代政治因素，大陆的清代骈文

---

① 刘麟生：《中国骈文史》，第127—128页。

② 同上。

研究几乎停滞，但台湾地区却出现了一些引人注目的重要研究成果，这一势头一直延续到了80年代，其中张仁青的《中国骈文发展史》、陈耀南的《清代骈文通义》、谢鸿轩的《骈文衡论》堪称代表。特别是张仁青的《中国骈文发展史》，其专辟《清代骈文复兴时期》一章，比较深入地介绍了清代骈文的发展情况。张氏的思路承袭刘麟生《中国骈文史》而略作延展，认为清代骈文虽有门户派别之分，然"举其大要，则六朝三唐两宋三派而已"，不过"亦有自抒胸臆，别开蹊径，不为前述三派所囿者"，那就是"常州""仪征"两派。① 并认为常州派骈文的风格，主要是"格调纤新，笔致轻倩"②，与刘麟生"轻倩清新"之说并无二致。另外，张氏又强调了六朝派的成就，认为它是诸派中"成就最高者"，并将江南地区的尤侗、邵齐焘、彭兆荪、洪亮吉、李兆洛、谭献诸人都划入六朝派。将清代骈文归类为几个风格或渊源流派、体派的研究思路，自然是简捷明了、概括力很强，但其精确性显然难以保证。陈耀南《清代骈文通义》和谢鸿轩《骈文衡论》对江南骈文的论述，虽然也自有见地，但与张仁青之作相差不大，兹不赘述。要之，在同时期大陆的清代江南骈文研究几乎停滞的情况下，台湾地区的相关研究能够一枝独秀，这实在值得大书一笔。当然，这样的研究虽然较民国时期更加深入，观照的面也更宽，但它们仍保留了比较浓郁的民国风格，而且部分观点未必妥当，美中存瑕，不必为长者讳。

20世纪80年代初以降，随着姜书阁《骈文史论》、张仁青《骈文学》、于景祥《中国骈文通史》、莫道才《骈文通论》、曹虹及其高足陈曙雯、倪惠颖的《清代常州骈文研究》、颜建华《清代乾嘉骈文研究》、杨旭辉《清代骈文史》、拙著《社会·地域·家族：清代常州古文与骈文研究》以及昝亮未刊博士学位论文《清代骈文研究》等一系列论著、论文的相继面世，清代江南骈文研究开始进入一个重要的发展期。

姜书阁《骈文史论》对清代骈文的总体评价不高，对前人所提的清代骈文复兴的观念并不认可，认为"不论清人循宋、明故迹也好，或上追六朝也好，都是没有出路的"③。基于如是之观念，作者只是非常简略地提到了江南骈文名家如陈维崧、朱彝尊、尤侗、袁枚等人的骈文创作，而且抑评多于赞扬。总体来说，姜氏的观点比较保守，学界曾经对此多有驳正，但其

---

① 张仁青：《中国骈文发展史》，浙江大学出版社1997年版，第419页。又见张仁青《骈文学》，台湾文史哲出版社1984年版，第530页。

② 张仁青：《中国骈文发展史》，第481页。又见张仁青《骈文学》，第543页。

③ 姜书阁：《骈文史论》，人民文学出版社1986年版，第531页。

作为新时期大陆骈文研究开创之作的地位，并不会因此受到影响。张仁青《骈文学》中关于清代江南骈文研究的观点，基本原封不动地取自他的《中国骈文发展史》（除了对洪亮吉骈文的研究做了一些增益），不再缕述。于景祥与莫道才二书，都将清代视为中国古代骈文的复兴期，并论及江南地区一些代表性骈文家的创作。当然，限于体例，相关的论述仍然无法做到对江南骈文进行专题研究，基本观点也大体未出民国至 20 世纪 70 年代末相关论著的范畴。

昝亮、严建华、杨旭辉等人的论著（文），首先在观照的清代江南骈文作家总体范围上，相对于此前的著作有较大的拓展，一批前人极少关注的江南骈文作家，被或详或略地呈现了出来，这是一个比较重要的进步。其次，研究的深度得到加强。如严著虽然仅就清代乾嘉骈文立论，但其所涉及的骈文作家之地域分布、清代知识分子政策和文化政策、幕府文化、江南商业文化等与骈文的关系诸问题，都值得我们重视；又杨著是学界首部针对清代骈文的研究专史，学术价值不言而喻，其所论述的"环太湖人文生态圈"与本书所说的"江南"有较大程度的交叉，其从地域角度对浙江、云间、常州、苏州等骈文创作群落及其创作的分析，也在前人的基础上有了重要的拓展和深化。当然，以上诸作，限于体例，首先无法对本书所说清代江南地区的骈文创作进行专题论述，其相关作家、作品论述也无法做到细致、深入；另外以《清代乾嘉骈文研究》为典型，其虽然涉及到了诸多与清代包括江南地区骈文相关的问题，但基本都是点到即止，部分观点还有值得商榷之处，这些都是专题性的清代江南骈文研究所必须解决的问题。

曹虹等人的《清代常州骈文研究》（包括曹虹《阳湖文派研究》中的部分内容）与拙著《社会·地域·家族：清代常州古文与骈文研究》，重点对清代江南骈文重镇——常州地区的骈文进行了专题探研，其研究的视野都比较开阔，研究的深度也比较可观，这对于本书的研究，都有重要的参考价值。

总之，统观由清至今学界对江南骈文的研究，可以发现需要深入完善的方面还很多，特别是包括陈维崧、吴农祥、章藻功、黄之隽、邵齐焘、洪亮吉、孙星衍、袁枚、吴锡麒、金应麟、赵铭、缪荃孙、屠寄等在内的清代江南骈文兴盛的总体面貌如何、其兴盛的原因有哪些、各阶段代表作家骈文主张与骈文创作的风格特征和艺术成就怎样、江南骈文在整个清代骈文史中有怎样的地位等等，都亟待探讨解决。

三 清代江南骈文发展研究的方法、思路

从空间维度着眼对特定地域的文学现象、文学创作进行研究，是20世纪80年代以来逐渐发展、成熟的一种学术研究路向。为了开展特定地域文学研究工作，各种新颖的研究视角、手段、方法也不断被充实、运用进来，文学社会学①、文学地理学②、文学家族学③等，就是颇为引人瞩目的几种研究方法。当然，如所周知，任何一个综合性的研究工作，都需要借助多种研究方法、手段来共同完成，那么在我们熟悉了那些比较新颖的研究视角、思路之后，就应避免那些刻意求新的偏执与固陋，根据研究的实际需要，老老实实地、有所侧重而融通地运用多种研究手段来进行研究，只有这样，才能最大限度地接近展示研究对象真实面貌的学术研究目的。有鉴于此，本书便拟在社会、地域、家族的立体视野下，综合运用文学社会学、文学地理学、文学家族学、文献考索、艺术品鉴等多种研究方法，从时间和空间两个维度，系统探讨清代江南地区的骈文创作。

---

① 文学社会学是较早在西方学术界兴起的一种文学研究视角，[法]罗贝尔·埃斯皮卡：《文学社会学》（上海译文出版社1988年版）、[德]西尔伯曼：《文学社会学引论》（安徽文艺出版社1988年版）、[法]吕西安·戈德曼：《文学社会学方法论》（工人出版社1989年版）等就是这方面的经典著作，方维规主编的《文学社会学新编》（北京师范大学出版社2011年版），是中国学界比较全面介绍文学社会学的代表性著作。

② 文学地理学（特别是作为一个新兴学科）的概念被明确提出来是在20世纪后期，曾大兴：《中国历代文学家之地理分布》（湖北教育出版社1995年版）及《文学地理学研究》（商务印书馆2012年版）、胡阿祥：《魏晋本土文学地理研究》（南京大学出版社2001年版）及《中古文学地理研究》（世界图书出版西安有限公司2014年版）、梅新林：《中国古代文学地理形态与演变》（复旦大学出版社2006年版）、刘跃进：《秦汉文学地理与文人分布》（中国社会科学出版社2012年版）、杨义：《文学地理会通》（中国社会科学出版社2013年版）等，是这方面的代表著作。

③ 文学家族学这一概念被明确提出来的时间要晚于文学社会学和文学地理学，罗时进师发表于《中国社会科学报》2009年9月1日的《文学家族学：值得期待的研究方向》以及在此文基础上深化、拓展而成的《关于文学家族学建构的思考》（《江海学刊》2009年第3期）是其中颇具代表性的文章。当然，从家族-文学关系的视角研究文学家族与家族文学的著作、文章，从20世纪后期以来就不断涌现，刘跃进：《门阀士族与永明文学》（三联书店1996年版）、程章灿：《世族与六朝文学》（黑龙江教育出版社1998年版）、李浩：《唐代三大地域文学士族研究》（中华书局2002年版）、张剑：《宋代家族与文学——以澶州晁氏为中心》（北京出版社2006年版）、朱丽霞：《清代松江府望族与文学研究》（上海古籍出版社2006年版）、张兴武：《两宋望族与文学》（人民文学出版社2010年版）、罗时进：《地域·家族·文学——清代江南诗文研究》及拙著《社会·地域·家族：清代常州古文与骈文研究》等都比较有代表性。

综览清代以来的江南骈文研究，可知既有的成果大多是从文学创作的艺术特点角度，对清代江南骈文进行不同程度的探讨。构成本书理论视野的三个主要参照系——社会、地域、家族，张仁青的《骈文学》与《中国骈文发展史》、曹虹等人的《清代常州骈文研究》、杨旭辉的《清代骈文史》、严建华的《清代乾嘉骈文研究》等都有一些涉及，但尚不够明确、系统，针对性也不够强，自然更没有将三者视为清代江南文学衍进相互关联、三位一体的大文化背景，并进而对清代江南骈文进行全方位的透视、观照，而这正是本书努力的一个重点所在。

这里所说的社会，主要指社会经济与政治环境，它是影响甚至决定时代文学发展潮流与风格倾向极为重要的因素。刘勰《文心雕龙·时序》所谓"歌谣文理，与世风推移，风动于上，而波震于下者也"，又所谓"文变染乎世情，兴废系乎时序"①，便是讲社会风气对于文学创作的巨大影响。而促成、营造社会风气最为重要的两种因素，便是社会物质状况与政治"气候"，汉代大赋的发达、以诗歌为载体的"盛唐之音"的形成、宋词的崛起、元曲与明清小说的兴盛，无不与此有莫大关联。清代古文与骈文作为清代文学巨树的两条主干，古文之繁荣与骈文之复兴，与社会经济状况、政治风候的关系，主要体现在：清人入关，以异族而主中原，为统治的安定，治国方略多依中原旧制，文化思想上，绌残明遗老硕学顾炎武、黄宗羲、王夫之等所倡"经世致用"，而提倡元明以来地位日益稳固的程朱学说。清代古文最主要流派桐城派的兴盛，与该派择取官方主导意识形态之宋学作为信仰对象与文学理论的哲学前提，从而取得官方认可的话语权，有着一定的联系。而乾隆末年、嘉道间提倡经世致用的阳湖派之崛起，则与乾隆中叶以降"康乾盛世"背后的积弊日益暴露而嘉庆以后文网渐疏的社会、政治氛围，有着深刻的内在关联。与古文的经世祈向相异，清代骈文恰恰是去经世化的产物，而经过清初近百年的涵蓄酝酿，至乾嘉间，这种文学样式乃臻于鼎盛，揆其主要因由，盖有四点：其一，政治苛酷、文网严密，士子们不能借古文指议时政、直吐胸臆，于是转向文字、文意趋于隐含不露的骈体，或婉转抒怀，或隐去经世之心，寄意于此雅玩，韬养情性；其二，帝王热心并参与文艺创作、博学宏词科及《四库》《明史》馆等的开设，都对骈文创作起到了推波助澜之效；其三，乾嘉间考证之学的兴盛，为骈文创作必须具备深厚的学术基础，提供了必不可少的支持；其四，"康乾盛世"社会经济发

---

① 刘勰著，周振甫注：《文心雕龙注释》，人民文学出版社1981年版，第476、479页。

达，为士人提供了较为稳定的物质生活保障，这使他们有余裕去用心于要求用典精当、对仗工整、音律谐美的骈体文，切磋琢磨、涵咏咀嚼。江南骈文是清代骈文的主干，它们的发展无疑受到作用于母体的经济与政治之影响。

地域是文学创作展开、存在的空间规定性，往往也是文学发展的"江山之助"①。梁启超《近代学风之地理的分布》论地域特征对学术文化风气的影响有云：

> 气候山川之特征，影响于住民之性质，性质累代之蓄积发挥，衍为遗传。此特征又影响于对外交通及其他一切物质上生活，物质上生活，还直接间接影响于习惯及思想。故同在一国同在一时而文化之度相去悬绝，或其度不甚相远，其质及其类不相蒙，则环境之分限使然也。环境对于"当时此地"之支配力，其伟大乃不可思议。②

这段妙论立足事实，推阐合理，环环相扣、层层递进，令人信服。文学系文化之一支，因此将梁氏此说逐论文学，也未尝不可。我们可以结合清代文学提升到流派层面的例证略予陈述。文学创作虽然通常能产生超地域的影响，在一定意义上其也常具有超地域的性质，如清代诗歌之神韵派、格调派、肌理派、性灵派、宋诗派等，散文之秦汉派、唐宋派等，超地域的性质在其命名与具体创作活动中皆有所反映，然而这些流派创作的实际展开，必然各在一定地域，于是总会在一些方面直接、间接地受到地域文化的影响，如文学题材。而那些以地域命名的文学流派，则都更明显地受到特定地域文化的规定与影响，这是中国古代特别是明清文学发展颇为突出的一个现象，如诗之公安、竟陵、云间、虞山、浙派、秀水诸派，文之公安、桐城、阳湖、湘乡、常州诸派，词之云间、柳州、阳羡、浙西、常州诸派，曲之临川、吴江、昆山、苏州诸派，包括古文阳湖派与骈文常州派在内的"常州宗派"，便是其中十分典型的个案。从地域文化的角度，考察清代江南文化的诸多方面（主要指自然生态、历史文化与人文精神、学术氛围等，即近于梁启超所谓"环境"）对江南文学发展的重要作用，无疑将有利于加深我们对清代江南骈文发展、演进的整体了解。

---

① "江山之助"的含义颇为丰富，主要指自然地理、创作主体的社会境遇以及文化历史传统、人文精神对文学创作的激发。

② 梁启超：《饮冰室全集》第十四册《饮冰室文集》之四十一，中华书局1941年版，第50页。

家族在此主要指文化家族或文化氏族，它在中国古代长期是"学术文化之所寄托"①，是社会、地域文化的具体承载者。自东汉末中原丧乱，学术重心下移，直至唐高宗、武则天"专尚进士科，以文词为清流仕进之唯一途径"②，促使门阀士族制度彻底瓦解，其间近五百年，地方文化士族一直是中国社会学术文化的主要承载者，国家的政治方略在许多方面与地方盛族的学术文化倾向有密切关联，陈寅恪在论述两晋、南北朝士族问题时，已经指出"士族家世相传之学业乃与当时之政治社会有极重要之影响"③。高宗、武则天以后，地方文化士族的力量虽被大大削弱，但文化士族未曾消灭，总体上其支脉传衍，累世不绝。历宋元至明清，尤其清代，地方氏族大姓作为学术文化承载者的身份复又日益凸显，如清代学术中心在江浙皖，而诸大师若苏州惠栋、金坛段玉裁、高邮王念孙与王引之、嘉定钱大昕、常州庄存与庄述祖、余姚邵晋涵、鄞县万斯同与万斯大等，无不出身一方文化盛族。就文学而言，如常熟钱谦益、太仓吴伟业、昆山顾炎武、阳羡陈维崧、长洲沈德潜、阳湖恽敬、仁和龚自珍，俱为清代文学重要作家，各人所属氏族也都是一地盛门大姓。如果以前举诸学术文化精英为中介，就可以架起一座清代家族文化与学术文化的桥梁。进言之，家族文化与学术文化（这里主要指文学）的具体关系是怎样的？以清代家族文化颇为发达的江南苏、松、常、镇、杭、嘉、湖、太七府一州而言，文化家族的文化性立族取向，重视教育的传统，家族内、家族间丰富的学术文化活动以及婚姻网络、师友网络的构建，家族女学与母教的发达等，实际都或多或少地对文学发展起到了促进推动的作用，同时，文学的发展也反过来直接或间接地起到凝聚家族生力，延续、提升家族声望等积极作用。可以说，清代江南骈文的演进史，即是江南家族文化与文学互动推进的一个典型样本。

分别阐述了社会、地域、家族三者的内涵以后，我们必须强调一个问题，即社会、地域、家族作为本书展开研究的三个维度，它们不是彼此独立、平行的平面视角，而是一个彼此交叉、三位一体的立体视角。一定家族存在于一定地域，此一定家族、一定地域又必从属于一定社会，受一定社会

---

① 陈寅恪：《崔浩与寇谦之》，《金明馆丛稿初编》，上海古籍出版社1980年版，第329页。
② 陈寅恪著，唐振常导读：《唐代政治史述论稿》，上海古籍出版社1997年版，第71页。
③ 陈寅恪较为完整的表述是："所谓士族者，起初并不专用其先代之高官厚禄为其唯一之表征，而实以家学及礼法等等标异于其他诸姓。""夫士族之特点既在其门风之优美，不同于凡庶，而优美之门风实基于学业之因袭，故士族家世相传之学业乃与当时之政治社会有极重要之影响。"分别见陈寅恪著，唐振常导读《唐代政治史述论稿》，第69、71页。

环境的限制影响；家族是某一地域以至整个社会文化的承载者，地域是家族文化的空间规定性，社会风气由以家族为构成单位的地域文化风气交互辐射、共同汰择孕育而成。而文学创作正是在这样错综复杂的网络中、立体的坐标中生发、展开，我们从社会、地域、家族三位一体的大视角审视文学发展，能够使文学研究从文学本体论—风格论、作家论—作品论的传统理论视野中突围而出，发现一片广阔的、互相关联的、多姿多彩的文学景致。

当然，社会、地域与家族视野相结合的综合研究方法，并非本书采用的唯一研究思路。概括地讲，本书的研究方法大体可分两类，一是文学外部关系研究法，二是文学内在构成研究法，社会、地域、家族三位一体的研究方法，属于前者。文学内在构成研究，也就是文学的本体研究，是本书的核心构成要素，为了达成这一目的，文献考索与理论探讨相结合、历时考察和共时探析相结合、个案研究和综合分析相结合、主题揭示与艺术品鉴相结合，就成为本书必然采用几个的基本研究方法。

要想对作家文集及相关作品有一个准确的把握，使我们的研究建立在比较可靠的文献基础之上，文献考索、比勘就不可缺少；要想对作家的骈文主张了如指掌，使我们的研究有充分的理论支撑，理论探讨也是题中之义；历时考察是为了在骈文流变系统中，对相关作家、作品有一个比较客观的定位；共时探析则是为了在与同时代相关作家、作品的比较中，对某一个作家及其作品进行合适的衡定；个案研究是"见树"，综合分析则是为了"见林"，两者结合，才能比较清楚地描绘出树木与树林的真实面貌；主题揭示与艺术品鉴是文本分析的两个必然要素，也是文学本体研究的核心要素。

这里可以对艺术品鉴的方法略作引申。20世纪80年代以来，随着西方文化思潮在中国的日益流播，各种各样的文学研究方法也如雨后春笋一般不断涌现。文学研究方法的更新，确实催生了不少新颖的学术观点和学术收获，但对于文学研究特别是中国古典文学研究而言，日新月异的新方法、新思路，并不能也不应该替代中国传统的一些研究方法，特别是以细腻的文学语言、意象、意境及风格分析为主的艺术品鉴法。袁行霈在《博采·精鉴·深味·妙悟》一文中曾就中国古典诗歌研究，对艺术品鉴法有过富有启发意义的分析：

> 诗歌艺术是极其精微的……我们如果拘于字句的表层意义，而不能品尝出声吻之间字句之外更多的滋味，就无法深入……诗歌的品味，既不能穿凿附会，也不能停留在字句上。可以从语言开始，进而至于意象，再进而达于意境，复进而臻于风格。品味到风格，就达到了对诗人

的总体把握。①

  袁先生虽然是就诗歌立论，但中国古典诗歌与骈文有很多相似之处，因此将其迻论骈文实无不可。本书即力图做到对所有代表性骈文名家之作品的分析，都能朝着袁先生所说"总体把握"的层次迈进。这样做的意义，主要在于能够弥补清代以来学者对江南骈文艺术研究方面的不足。

  总之，文学、文献学、文学理论批评与社会学、历史学、地理学、文化学、接受美学等相结合，外部关系研究与文学本体研究相结合，乃是本书实际采用的具体研究方法。

---

① 袁行霈：《中国诗歌艺术研究·跋》，北京大学出版社2009年版，第438页。

甲编 总 论

第一章 清代江南骈文发展、兴盛的背景

中国古代文学发展历史告诉我们，一种文学现象的形成，乃是多种因素共同促成的结果，清代江南骈文的特盛，亦是如此。江南自然地理的秀美，为骈文的兴盛提供了"江山之助"；江南社会经济的发达，为骈文的发展提供了物质保障；江南教育、科举的发达，为骈文人才的大量产出提供了坚实基础；江南文学浪漫绮丽的历史传统，也为作为典型美文的骈体文之隆兴提供了重要前提：这些是清代江南骈文发展兴盛的一般背景，将之迻论江南诗词、传奇之偏胜，亦无不可，我们对此不作详论。江南骈文在清代的崛起，还有其比较独特的原因，尤其是清廷压制与引导并行的政治、文化政策，清代江南地区考证学的鼎盛和江南作家在地缘与亲缘上的紧密关联，明末陈子龙、张溥等对骈体文的重视提倡等，它们对于清代江南骈文的兴盛起到了更为直接的作用，下文即分述之。

第一节 清代政治、文化政策与江南骈文的偏胜

自上而下的政治、文化政策常对文学发展产生巨大影响，是中国文学发展史的一个重要现象，魏晋之际司马氏政权的高压政治促成了低沉"正始之音"的奏响、唐代科举以诗赋取士推动了唐代诗歌的普遍发展、明初朱氏王朝限制戏剧搬演内容的国家律令导致了神仙道化及伦理剧的兴起，都是比较典型的例证。清代骈文的复兴，与清廷政治、文化政策的施行，也有着千丝万缕的联系。

简要梳理清代骈文发展历史可以发现，与清代骈文由沿袭明人、渐次振起到创辟鼎盛过程相对应的，正是清廷政治由利用、高压到高压与怀柔并用的过程：一方面，从清初开始，清廷对汉族知识分子一直采取了打压的政治策略，顺治间前后相继的"科场案"、"奏销案"、文字狱，使得天下知识分子噤若寒蝉，不要说讽刺时政、怀念故国的诗文不敢写，就是一般涉及清廷、故国的文字也必须非常慎重；另一方面，清廷对汉族知识分子又采取了

利用、怀柔的政策，清初国家方立时对知识分子的利用当然意义有限，但从康熙中期开始直到乾隆间，帝王热心并参与文艺创作、《四库》馆与《明史》馆的开设等，都对文学创作的发展起到了引导、鼓励之效。[①] 就文学发展本身来讲，诗歌、古文这样以刺政讽世为重要内容的文体，特别易于触犯时忌，事实上清代很多文字狱的兴起，都是以作家的诗歌、古文创作为由头的。因此，许多作家便将一部分心力转移到骈体文上来，希望借助用典繁密、意思隐晦、文采绮丽的骈文以婉转达情、委曲抒愤，清初陈维崧、尤侗、吴农祥的许多骈体文正是这方面的典型；而随着政治环境的渐次宽松、社会经济的日益发展，国家呈现出蓬勃的盛世气象，于是长于歌功颂德，适宜发挥作家绮情、华采与博学的骈体文，便更获得了发展、兴盛的绝佳时机，乾嘉骈文臻于鼎盛之局也就顺理成章了。

如果细心考察清初至嘉庆间清廷的许多重要政治举措，可以发现其主要针对的对象乃是江南人：清初的政治招纳、开科取士所利用的，主要是江南知识分子；顺治后期至康熙初的"科场案"、"奏销案"、文字狱，其所打压的主要也是作为"人文渊薮"而"反满洲的精神到处横溢"的江南地区的知识分子[②]；康熙间开《明史》馆，乾隆间开《四库》馆，其所笼络的主要还是江南知识分子。因此，在此过程中，江南知识分子既是政治上最大的直接受害群体，又是骈文创作上最大的间接受益群体。要之，江南骈文在清代的偏胜，与清政府打压与怀柔、引导并行的政治文化策略，无疑有着重要的内在关联。

当然，有利于骈文发展的清廷政治、文化策略，不止是上述几个方面，康、乾博学宏词科的开设，清廷的翰林考差制度及馆阁风习，也都是比较重要的推动因素。博学宏词系唐代以来科举考试制科的一种，清朝政府曾两次比较成功地开设博学宏词科，一是康熙十八年（1679）、二是乾隆元年

---

① 梁启超《中国近三百年学术史》将满洲人"统治中国人方针"分为三个阶段：第一阶段是顺治元年至十年，约十年时间，采取利用政策；第二阶段是顺治十一、二年至康熙十年，约十七八年间，采取高压政策；第三阶段是康熙十一、二年以后，采取怀柔政策。细析梁氏所说第三阶段，如果用压制与怀柔并用来概括，似乎更全面一些，因为康熙后期及雍正、乾隆两朝的文字狱一直在进行，单用"怀柔"来概括稍嫌疏略。引文参见《中国近三百年学术史》，上海三联书店2006年版，第13页。

② 梁启超《中国近三百年学术史》有云："其（清廷）对于全体（即知识分子）的打击，如顺治十四年以后连年所起的科场案，把成千成万的八股先生吓得人人打嚏。那是满清最痛恨的是江浙人，因为这地方是人文渊薮，舆论的发纵指示所在，反满洲的精神到处横溢。所以自'窥江之役'以后，借'江南奏销案'名目，大大示威。"参见梁书第13页。

（1736）。这两次与荐并被授予官职的文人共计65人，与荐而未获朝廷聘任的还有很多，这样的举措虽然主旨在笼络汉族知识分子、巩固统治，但客观上却促进了诗赋与骈体文的发展。其主要原因是博学宏词考试的内容是诗赋，其中赋则主要指律赋，律赋既需通篇限韵为格，又须全篇俳偶成文，在清代被普遍视作骈文之一体。由于博学宏词科荐举的都是"学行兼优，文辞卓越之人"①，因此与荐之人无论获授官职与否，都应是知识分子中的佼佼者，那么此科特受世人重视，也就不难理解了。而正是由于博学宏词考试须考律赋，所以与试者都要学会写作律赋，为了写好律赋自然需要揣摩研习历代骈文家、赋家名作，这种好尚衍成风气，便对清代骈体文的发展产生了积极的推动作用。

屠寄《国朝常州骈体文录·叙录》在论析常州骈体文隆盛原因时，即曾言及博学宏词科的意义云："我朝创立，光启文明。圣祖宣聪，尤重儒艺，康熙以来，累试举鸿博。于是冠带荐绅之伦，闾左解褐之士，咸吐洪辉于霄汉，采瓌宝于山渊。雅道既开，飙流益煽。"②正如屠氏所说，康、乾的博学宏词科，对诗文创作的倡导之功实不可没；而就骈文来讲，包括常州府在内的清代骈文的发展、兴盛，也离不开清代统治者"尤重儒艺"、荐举宏博措施的积极影响。如姚燮《皇朝骈文类苑》所收录的103位骈文作家中，曾被推荐参加宏博考试的总计有24人③，占总数的1/5以上，其中在清代骈文史上堪称大家、名手的就有7人（即陈维崧、毛奇龄、尤侗、胡天游、杭世骏、朱彝尊、厉鹗），宏博制科对清代骈文发展的重要影响于此可见一斑④。而当我们查核这些被荐宏博考试诸人的籍贯时又会发现，前述的24位骈文作家中，16人都系江南江、浙两省籍，这就比较清楚地体现出

---

① 赵尔巽等撰：《清史稿·志·选举》，中华书局1976年版，第3175—3176页。
② 屠寄：《国朝常州骈体文录》卷三十一，清光绪十六年刻本。又夏仁虎《枝巢四述·旧京琐记》云："（骈文）及于清代，作者辈出，则鸿博之科启之也。"可与屠寄之语相参照。引文见夏书第8页，辽宁教育出版社1996年版。
③ 这24人分别是宜兴陈维崧、萧山毛奇龄、秀水朱彝尊、长洲尤侗、山阴胡天游、仁和杭世骏、钱塘厉鹗、天台齐召南、钱塘陈兆仑、华亭王初庚、上元程廷祚、荆溪叶薲凤（未试而卒）、闽县陈继善、山阴胡浚、钱塘沈圩、江都马荣祖、汉军李锴、泰和梁机、临川张锦传、太康车文彬、满洲黑瑪、任丘边连宝、余姚邵昂霄、临川李弦。参见姚燮原选，张寿荣校刊《皇朝骈文类苑》卷首，清光绪七年刻本。
④ 另外如毛际可《陈迦陵俪体文集序》有云："国家以博学宏词征召天下士，其文尚台阁，或者以为非骈体不为功。辇毂之间，名流云集，皆意气自豪。"这也可以从一个侧面折射出宏博制科对清代骈文创作的影响。引文参见陈维崧《陈迦陵俪体文集》卷首，《四部丛刊》本。

清代博学宏词科对江南骈文发展所产生的影响了。

清政府的翰林考差制度，是针对翰林院供职人员即修撰、编修、庶吉士、主事等而言的。瞿兑之《中国骈文概论》言律赋的用途时曾曰："律赋的历史很长，自唐以来，未曾中断，前清翰林官考差仍旧用赋，与白折小楷并重的。"[1] 亦即在清代翰林官员考差的形式中，写作律赋是颇为重要的一种[2]。事实上，不但考差要用，常日的应奉、朝廷文书写作也都要用[3]。由于翰林院是清廷的清要之地，有清一代宰辅多从此出，其余公卿疆僚许多也由翰林院选出，因此天下知识分子无不以入选翰林院为荣，而要成为合格的翰林院官员，必须学会写作骈体文，这也就对清代骈体文创作的发展，产生了内在的影响。如果考虑到清代入选翰林院的读书人很大一部分出自江南，我们就不难看出清代江南骈文之偏胜与清廷的翰林院考差制度、翰林院风习的联系了。

第二节　清代江南骈文兴盛的学术优势

如所周知，骈体文的写作与学术有着天然的联系。仅就用典隶事来说，骈体文创作不可或缺的一个关键因素就是用典，而创作者要想妥当地征典隶事，必须熟知经、史、子、集各部撰著，与此相关的经训、义理、笺释甚至舆地、天文、历算、校勘、金石、音韵、训诂诸种学问，都要求作者有所了解甚至钻研。事实上，清代的骈体名家、大家，虽然不能都说是专业学者，但是他们无疑都有一定的学术造诣，其中很多人还是相关学术领域的名家宗匠。

以常州府为例，洪亮吉、孙星衍为一代硕儒，洪氏之于补旧史表志，孙氏之于《尚书》及校勘之学，尤为名家。张惠言为一代经学大师，深通《易》《礼》，其所擅《虞氏易》，论者推为"孤经绝学"[4]。而李兆洛，魏源

---

[1] 刘麟生、方孝岳等著：《中国文学七论》，广西师范大学出版社2007年版，第175页。
[2] 颜建华《清代乾嘉骈文研究》曾列举庄存与、孙星衍、吴省钦、王念孙、王引之等人参加翰林院散馆考试的情况，其所为赋作的成绩，会对他们的政治前途产生直接的影响。参见颜书第101—102页，光明日报出版社2011年版。
[3] 如刘星炜《思补堂文集》、邵齐焘《玉芝堂文集》中所录骈文作品，有相当的数量即写于他们在职翰林院当值期间。
[4] 赵尔巽等撰：《清史稿·儒林列传·张惠言》，中华书局1976年版，第13244页。

以之与庄存与为"并世两通儒"①,其于经史、天文、音韵、训诂诸学无所不通,尤擅舆地之学。又如陆继辂长于金石之学,有《金石续编》21卷。董祐诚为清代算学大家,而兼擅方志之学。他如苏州府顾广圻通经学、小学,尤精校雠之学,为清代校勘学巨擘;冯桂芬擅历算、钩股之学,又精河漕、兵刑、盐铁诸学。杭州府杭世骏长于史学及小学;龚自珍通经、史、小学,为清末著名思想家。嘉兴府张鸣珂工小学与目录之学,湖州府俞樾兼擅诸学,为一时朴学之宗。诸如此类,不胜枚举。他们对于学术的熟悉、钻研,为其撰作大量音韵和谐、用典得当的骈体文,提供了必不可少的支持;另外,就前述作家骈文作品的风格意蕴来讲,诸人对于学术的浸淫,使得其骈文亦染学术之风而去浮靡、趋沉雅,亦即梁启超《清代学术概论》所谓"力洗浮艳,如其学风"②。

如果我们深入了解清代文学与学术史,会发现一个颇有意味的现象,即包括苏州、常州、松江、太仓、杭州、嘉兴、杭州诸府州在内的江南地区,既是清代骈文中心,同时又是清代学术中心。关于后者,梁启超在《近代学风之地理的分布》及《近三百年学术史·清代学术变迁与政治的影响(中)》中都曾论及,如《近代学风之地理的分布》云:

> 大江下游南北岸及夹浙水之东西,实近代人文渊薮,无论何派之学术艺术,殆皆以兹域为光焰发射之中枢焉。其学风所衍,又自有分野:大抵自江以南之苏常松太,自浙以西之杭嘉湖,合为一区域;江宁淮扬为一区域;皖南徽宁广池为一区域;皖北安庐为一区域;浙东宁绍温台为一区域。此数域者,东南精华所攸聚也。③

结合前文对清代江南骈文家学术擅胜的举述,我们不难得出这样的结论:清代江南地区骈文创作的异常发达,在一定程度上正得益于该地区学术研究的发达。

当然,江南学术与骈文共盛现象所揭示的,是学术对于骈文的一般性影响,江南学术上的优势对其骈文创作兴盛的具体影响,还有必要提到康熙中叶以降的汉、宋之争。所谓汉、宋之争,系指以惠栋、戴震为代表的汉学阵

---

① 魏源:《古微堂外集》卷四,清光绪四年刊本。
② 梁启超撰,朱维铮导读:《清代学术概论》,上海古籍出版社1998年版,第65页。
③ 梁启超:《饮冰室全集》第十四册《饮冰室文集》之四十一,中华书局1941年版,第60—61页。

营与以方苞、姚鼐为代表的宋学阵营之间的学术论争。其论争的内容,主要是汉学家对于方、姚等"以孔、孟、韩、欧、程、朱以来之道统自任"①,颇为不满,认为方、姚诸人学问空疏、昧于古文义法,没有承传、担当孔、孟以来之道统的资格;提倡宋学的方、姚诸人则反戈相击,"(姚)鼐屡为文诋汉学破碎,而方东树著《汉学商兑》,遍诋阎、胡、惠、戴所学,不遗余力"②,于是两派开始了长期的学术论争。汉、宋之争的内容非常广泛,其中有一个与清代古文、骈文发展相关联的重要问题,那就是以方、姚为代表的桐城派,其既以孔孟以来的道统自任,又以《左传》《史记》及唐宋八家以来的文统自任,并且用他们的主张来贬抑骈体文,如"桐城"后劲梅曾亮在《复陈伯游书》中,直斥骈体之文"如俳优登场,非丝竹金鼓佐之,则手足无措"③,这就引起了提倡骈体文或者不拒骈体文的诸多文人学者的不满,从而引发了骈散关系及文统之争。

倡骈阵营的袁枚上承陈维崧、毛先舒,强调骈散一源、两者各适其用;曾燠强调"古文丧真,反逊骈体;骈体脱俗,即是古文。迹似两歧,道当一贯。"④古文家刘开也认为"夫文辞一术,体虽百变,道本同源","骈之于散,并派而争流,殊途而合辙","两者但可相成,不可偏废"⑤。其余包世臣、张惠言、陆继辂诸人,都从不同角度,就骈散关系问题提出了与袁、曾、刘等相似的观点。至李兆洛《骈体文钞》三十一卷的编成,骈散一源、骈散融通的理论乃获得了较为系统的论析。值得注意的是,李兆洛《骈体文钞》的纂辑,"目的显然在于取桐城派的《古文辞类纂》而代之"⑥,从这个意义上讲,李氏所提倡的骈散一源、骈散融通,无疑有着为骈体文争地位的用意——只是他说得比较含蓄,观点也比较通达。而汉学家阮元则在李兆洛的基础上,仄径远迈,对骈体文的地位进行了观点鲜明的论述,《文言说》云:

---

① 梁启超撰,朱维铮导读:《清代学术概论》,第68页。
② 同上。
③ 梅曾亮著,彭国忠、胡晓明校点:《柏枧山房文集》卷二,上海古籍出版社2005年版,第20—21页。
④ 曾燠:《国朝骈体正宗》卷首《国朝骈体正宗序》,清嘉庆十一年赏雨茅屋刻本。
⑤ 刘开:《孟涂骈体文》卷二《与王子卿太守书》,清道光六年刘孟涂集刊本。
⑥ 郭绍虞主编:《中国历代文论选》第四册《文言说》"说明",上海古籍出版社2001年版,第589页。

孔子于《乾》《坤》之言，自名曰"文"，此千古文章之祖也。为文章者，不务协音以成韵，修词以达远，使人易诵易记，而惟以单行之语，纵横恣肆，动辄千言万字，不知此乃古人所谓直言之言，论难之语，非言之有文者也，非孔子之所谓文也。①

又《文韵说》在强调沈约所言声韵"乃指文章句之内，有音韵宫羽而言，非谓句末之押脚韵"后，进一步衍伸《文言说》之义云：

四六乃有韵文之极致，不得谓之为无韵之文也。昭明所选不押韵脚之文，本皆奇偶相生有声音者，所谓韵也……综而论之，凡文者，在声为宫商，在色为翰藻。即如孔子《文言》"云龙风虎"一节，乃千古宫商、翰藻、奇偶之祖，"非一朝一夕之故"一节，乃千古嗟叹成文之祖；子夏《诗序》"情文声音"一节，乃千古声韵、性情、俳偶之祖。吾固曰，韵者即声音也，声音即文也。然则今人所使单行之文，极其奥折奔放者，乃古之笔，非古之文也。②

阮氏托孔子《文言》、子夏《诗序》而立论，借助圣人、先哲之名以自尊，其核心论点则是认为当代流行天下的单行散句之古文，并非古人所谓"文"，而只是"古之笔"；并且，"古之文"应当"不但多用韵，抑且多用偶"，应当宫商、藻采、性情、俳偶并备，而骈体四六正是"有韵文之极致"。于是，阮元从文体根源上，将骈体文推为古人所谓"文"的典型，从而用新的骈体文统取代了桐城派所倡导的秦汉以来的古文文统，这在"桐城"古文风行天下的清代中期显然是石破天惊之论。阮氏的理论固然有其偏激之处，但是其推崇骈文、反抗古文一统天下的努力，对推动学界更为客观全面地认识骈散文关系、促进清代骈文理论的深入发展，无疑有着不容质疑的积极意义。

需要强调的是，上述在理论上尊骈或不拒骈文之人，既有作为典型汉学家的张惠言、阮元，又有跳脱汉宋框范的袁枚、李兆洛，甚至还有推崇宋学的桐城派古文家刘开，这就使得清代中期以降的骈散关系之争，具有了相当的理论广泛性，而清代骈文在中期的蓬勃发展及后期的承衍继进，正是在骈

---

① 阮元撰，邓经元点校：《揅经室集》，中华书局1993年版，第605页。
② 阮元撰，邓经元点校：《揅经室集》，第1066页。

文家的创作及学者们的理论探讨双重努力下所结出的硕果。进言之，学术上的汉、宋之争，推动了文学上关于骈散关系及文章正统问题的理论探讨，理论探讨又进而强化了学界对于骈体文地位的认识、促进了骈体文创作的进一步发展。如果考虑到汉、宋之争的主要策源地是在江南，汉、宋两个阵营尤其汉学阵营的中心是在江南，而参与骈散关系及文章正统问题辩难的主要人物也是江南人，那么清代江南骈文的兴盛，实际离不开江南学术优势对它的影响问题，就比较清晰可辨了。

第三节 清代江南骈文作家聚合的地缘与亲缘基础

作为一个地域性文学盛况，清代江南骈文的偏胜，是江南骈文作家群体性努力的结果。但必须指出的是，清代江南骈文作家的群体性努力，并不是各个作家自发性、个体性创作的简单相加，而是作家们具有一定自觉性、群体性创作的有机综合，而促成江南作家具有群体性自觉的重要因素，乃是他们之间基于地缘与血缘关系的师友、宗亲交游。师友指作家间建立在学术、文艺授受或思想共鸣、彼此切磋基础上的师生而兼友朋关系，宗亲则指作家间经由血缘承续和姻缘结合而形成的亲戚关系，而宗亲和师友关系常常是交叉并存的。考察清代江南骈文家的生平及交游情况，可以发现他们大部分人都可以用师友和宗亲的关系网进行联结，其中常州府和杭州府作家群体具有相当的典型性。

先就宗亲关系而言，这在常州府作家群体中体现得最为突出。血亲方面，常州有一门兄弟、一门叔侄甚至一家父子兄弟皆作家的盛况。如董基诚、祐诚兄弟，李兆洛《董方立传》谓其未弱冠即"腾踔士林，为侪辈冠冕"[1]，是清代文学史上有名的骈林双子星；又如骈文家杨芳灿、杨揆兄弟，"壎箎迭奏，花萼联辉，手笔略同而才情亦不相下"[2]，人称"二杨"。陆继辂与陆耀遹二人，则是常州典型的叔侄作家，李兆洛《贵溪县知县陆君墓志铭》谓其"恩则父子，而相亲若兄弟，其趣操亦略同"[3]，人称"二陆"。此外，骈文家洪符孙、洪齮孙为亲兄弟，而他们的父亲是常州骈文巨擘洪亮吉，则常州洪氏一门可谓父子兄弟皆作家。又张惠言、张琦兄弟及惠言子成

---

[1] 李兆洛：《养一斋文集》卷十三，清光绪四年汤成烈等重刊本。
[2] 吴镇：《芙蓉山馆诗稿词稿序》，杨芳灿撰，杨绪容、靳建明点校《杨芳灿集》，人民文学出版社2014年版，第690页。
[3] 李兆洛：《养一斋文集》卷十三。

孙，俱是常州骈文重要作手，故大南门张氏亦可谓父子兄弟皆作家之门。

姻亲方面，大南门张氏与武进董氏之间最为典型。董士锡系张惠言、张琦外甥，张成孙姨兄，而惠言又将女儿嫁与董士锡，故此张、董两氏之间成了双重的姻亲关系。另外，陆继辂次女采胜，曾许嫁洪饴孙（洪亮吉子）长子，陆、洪两氏姻亲如此。再者，武进赵氏与阳湖洪氏、三河口李氏与阳湖董氏之间，也有比较间接的姻亲关系，如赵怀玉系洪亮吉姨表弟，而李兆洛为董基诚、祐诚二人姨表兄。

设若我们进一步对他们之间的血亲、姻亲关系进行综合考查，便更会发现一张血亲、姻亲间交叉勾连、错综复杂的关系网络。不妨将陆继辂视为这张网络的中心联结点，经由他可以往两条路向延伸勾稽。一是陆氏与武进董氏、大南门张氏之间。董士锡是陆继辂妻钱惠尊关系较远的堂兄弟，士锡又是张惠言、张琦之甥，张成孙姨兄，这样，即可由陆继辂联系起董氏及张氏的骈文家。二是陆氏与阳湖洪氏、武进赵氏之间。继辂次女许嫁洪饴孙长子，则陆、洪两氏关系可见。再者，洪亮吉为赵怀玉表兄。如此，经由陆继辂又可联系起洪氏一门骈文家及赵氏怀玉。最后，以陆继辂为中心，便可进一步将陆氏、董氏、张氏、洪氏、赵氏骈文家，尽数联缀在一张血亲及姻亲关系的大网之内，这样的发现是令人惊讶的。在清代文学史上，文学流派内部成员之间有如此深厚宗亲、婚姻关系的，常州府当是一个突出范例。

再就师友关系来讲。前文已言，清代江南骈文家之间的宗亲与师友关系，常常是交叉并在的，张惠言与张成孙、董士锡之间，固然是我们熟知的父子、舅甥而兼师友关系；此外，像陆圻、陆垲、陆墀兄弟之间、陆圻与陆繁弨叔侄之间、吴锡麒与吴清皋父子之间、洪亮吉与洪符孙及洪饴孙父子之间、洪亮吉与赵怀玉表兄弟之间、杨芳灿与杨揆兄弟之间、杨芳灿与顾敏恒表兄弟之间、张惠言与张琦兄弟之间、张琦与张成孙叔侄之间、张成孙与董士锡表兄弟之间、陆继辂与陆耀遹兄弟之间、董基诚与董祐诚兄弟之间，也无不是宗亲而兼师友的关系。

当然，江南骈文作家之间也有比较单纯的师友关系。如陆繁弨系章藻功之师，在骈文创作方面，章氏实受陆氏的指导，他们间是师生而兼友朋关系；又如杨芳灿系袁枚弟子，杨芳灿又是刘嗣绾与方履籛之师，陆继辂系吴锡麒弟子，张鸣珂为黄燮清门人，如此等等，他们间也是师生而兼友朋关系。不过，江南骈文作家间的主要师友关系形式，并不是那种有明确师生关系的师友之谊，而是实系良朋而谊兼师友。如陈维崧、吴农祥曾同客冯溥幕中，与毛奇龄、吴任臣、王嗣槐、徐林鸿并称"佳山堂六子"，陆圻、毛先舒都系"西泠十子"的成员，杭世骏、吴锡麒为浙诗派中期健将，洪亮吉、孙星衍、赵怀玉皆"毗陵七子"中人，张惠言、张琦、李兆洛、陆继辂、陆耀遹、张成孙、董士锡等则系古文阳湖派重要成员，他们以学术或诗文方面的志趣相投为基础结成良朋，又以学术或诗文方面的切磋酬唱、彼此激发而成为益友，因此便有了互为师友的特殊关系。

此外，还有许多江南骈文作家之间，并不是某一学术、诗文群体的组成人员，而仅仅是因为地缘的相近、志趣的相投而成为师友，如洪亮吉平生喜"导扬后进"，据吕培《洪亮吉年谱》所载，刘嗣绾、陆继辂、陆耀遹、董士锡等常州骈文后劲，皆曾承其教诲。而据李兆洛《赵收庵先生行乐图》及陆继辂《兰陵清燕图记》，可知赵怀玉与阳湖同里李兆洛及陆继辂、耀遹叔侄等人俱曾聚宴清游，特别与陆继辂的情谊最深，后来甚至将文集付与继辂，请为删汰。不但一府之内的作者易结友谊，异地跨省之间的作者也常因为地域文化的相近而结成诤友，宜兴陈维崧与仁和毛先舒之间、钱塘袁枚与昭文邵齐焘之间、武进赵怀玉与钱塘吴锡麒之间，即其典型。

那么，清代江南骈文作家之间的宗亲和师友关系，对江南骈文发展的意义到底何在呢？如果用一个词组来概括的话，那就是凝聚作用。具体言之，江南骈文作家之间由于地缘相近、血缘相亲、志趣相投，而结成不同形式的师友关系；师友之间不可避免地会有许多的交游活动，在交游中他们彼此砥砺品节、探讨艺文，从而形成一种内在的向心力；这种内在的向心力首先将骈文作家群体凝聚在一起，而骈文作家群体的凝聚，即意味着骈文创作力的凝聚：常州骈文宗派的形成、杭州骈文创作群落的形成、清代江南骈文地域性文学壮观的形成，实皆有赖于此。

第四节　清代江南骈文发展兴盛的文学因缘

清代江南骈文的发展、兴盛，一方面固然是受社会政治、历史及地域学术、文化等文学外部因素影响、推动的结果，另一方面也是文学史演进自身规律作用的结果。细绎明清骈文发展史可以发现，清代骈文的复兴并不是一个陡然出现的孤立文学现象，其与明代骈文的发展实有着非常紧密的关联。马积高《清代学术思想的变迁与文学》在论及清代骈文复兴的基本原因时曾云："清代骈体文的复兴首先是受到我国文学传统中浓淡、奇偶两对审美情趣交互兴降的规律的推动，是明代诗文复古运动的必然发展。"正如马氏所说，从前七子代表作家李攀龙开始，明代文学就已经"含有改变语言向平淡化发展的趋向"，李攀龙的骈赋创作，杨慎对《文选》所录文、赋的重视，汤显祖的沉酣《文选》与创作骈赋，陈与郊（《文选章句》）、张凤翼（《文选纂注》）、齐闵华（《文选瀹注》）、刘节（《广文选》）、周应治（《广广文选》）、胡震亨（《续文选》）等人《文选》注释、批评及新增内容《文选》选本的撰选、刊行，梅鼎祚（先隋各代《文纪》）、张燮（《七十二家集》）、张溥（《汉魏百三名家集》）等人包含大量骈文在内的各种文学总集、丛集之编纂，都为明末骈文的抬头及清代骈文的复兴打下了基础。①

但结合到清代江南骈文的复兴来讲，以陈子龙为代表的云间诸子的骈文创作与骈文主张的意义，就显得更加突出。这里的云间诸子，主要指陈子龙、李雯、夏允彝、朱灏、周立勋、徐孚远、彭宾、顾开雍等几社同仁，他们的诗文创作，杜骐征、徐凤彩、盛翼进等曾辑为《几社壬申合稿》二十卷。就文章而论，《合稿》中所收诸文"体不一名，折衷者广"②，体有赋、序、册、檄、启、赞、铭、诔等，其所折衷则"赋本相如，骚原屈子"，"赞序班、范，诔铭张蔡"。③ 值得注意的是，《合稿》中所收诸人作品，有相当一部分系骈体或骈散相间之作。显然，这并不是文集编纂者选编文章时的偶然举措，而是为了体现几社同仁文章创作理念的必然行为。

正如陈子龙在《合稿凡例》中所论，几社诸子的创作，"文当规摹两汉，诗必宗趣开元，吾辈所怀，以兹为正。至于齐梁之赡篇，中晚之新构，偶有间出，无妨斐然。"④ 陈子龙所说的规摹"两汉"，既包括学习前后七子所强调的两汉古文，又包括取则前后七子虽未明言而并不十分排斥的东汉骈文；而"齐梁之赡篇"，则无疑是包括了齐梁时代繁兴的骈体文。陈子龙渊源古人既取古文又则骈体的主张，在他和古文家艾南英的文学争论中，还有更为明确的体现。艾南英《与陈人中论文书》云：

> 及足下行后，则从友人得见足下所为《悄心赋》，乃始笑足下向往如是耶！此文乃昭明选体中之至卑至腐，欧、曾等大家所视为臭恶而力排之者……足下以赋病宋人，诚是矣。然天下安有兼才？必欲论赋，则奚独宋人？自屈平而后，汉赋已不如矣，楚以下皆可病也。然则足下

---

① 马积高：《清代学术思想的变迁与文学》，湖南人民出版社2002年版，第99—100页。
② 张溥：《几社壬申合稿序》，杜骐征、徐凤彩、盛翼进辑《几社壬申合稿》卷首，明末小樊堂刻本。
③ 张溥：《几社壬申合稿序》。
④ 杜骐征、徐凤彩、盛翼进辑《几社壬申合稿》卷首。

《悄心赋》，何不直登屈氏之堂，而乃甘退处于六朝，排对填事、柔靡粉泽如是？而讥宋赋，恐宋人不受也。①

按此，陈子龙对宋赋颇有微词，并且他通过自己的创作传达出了作赋的取则倾向，即《文选》所录自屈原直至六朝的各类赋作。当然，陈子龙推崇《文选》并非局限于赋之一体，而是包含了诗文创作的各个体类；就文章创作而言，其所效仿的对象除了秦汉古文，还要包括东汉、魏晋、六朝的骈体文，《几社壬申合稿》及前引陈氏的《凡例》即是明证。

陈子龙推崇《文选》的主张，在艾文张符骧评语所引吕留良的几句话中，还有更直接的说明：

吕子曰：崇祯戊辰己巳间，陈大樽（子龙）与艾东乡（南英）争辨文体。陈主《文选》，艾主唐、宋大家，反覆不相下。

又艾南英《再答夏彝仲论文书》有云："人中（陈子龙）乃欲尊奉一部《昭明文选》，一部《凤洲》《沧溟集》。"② 可与吕留良之语互证。而考虑到明代末年推崇古文的理论声势——不论是尊秦汉，还是尊唐宋——仍然笼罩整个文坛的文学史背景，陈子龙尊奉《文选》、特别是尊奉东汉至六朝之骈体文的理论创新性，就清晰地凸显了出来。

从文学史影响和贡献来看，由于陈子龙是复社中坚、几社魁首、江东人望，加之几社李雯、夏允彝等文坛健将与其同声相应，而体现诸人文学好尚的《几社壬申合稿》又遍行天下，因此他们尊奉《文选》、推崇骈体文的理论主张，在晚明很快就传播南北、深入人心。毫无疑问，骈体在文经历了元、明两代的长期衰歇，至晚明而渐露复兴之机，并在江南地区初绽异彩，以陈子龙为代表的云间几社诸子的提倡之功可谓至巨。

当然，陈子龙等人提倡骈体文的意义，不仅在于推动了晚明骈文的崛起，事实上，清代骈文复兴篇章的起首之作，乃由包括陆圻、毛先舒、吴百朋、沈谦、柴绍炳等"西泠十子"成员及陈维崧、毛奇龄等人执笔撰成，而陆、陈、毛诸人恰恰是陈子龙的衣钵传承者。高燮《陈卧子先生传》有云："浙中士子以先生夙有文望，远来师事，西泠十子皆出先生门。故国初

---

① 艾南英：《天佣子集》卷一，《四库禁毁书丛刊》本。
② 艾南英：《天佣子集》卷二。

称西泠派者,即云间派也。"① 由此可见"西泠十子"与陈子龙的师承关系。又毛先舒《湖海楼俪体文集序》云:"昔者黄门夫子振起吴松,四六之工语妙天下,余与其年皆及师事。悠悠摆落,仆复何言?乃其年则群推领袖,直接宗风,既吐纳乎百川,亦磬控乎六马。"② 亦即是说,陈维崧、毛先舒等人的创作骈体文,乃是"直接宗风"于陈子龙的结果;实际上陈维崧、毛先舒等人强调"天之生才不尽,文章之体格亦不尽"③、骈散并生"皆天壤自然之妙,非强比合而成之也"④,也一脉渊源于陈子龙等人。因此可以说,清代骈文全面复兴序幕的开启者固然是以陈维崧为代表的清代骈文家,而直接推动陈维崧等人拉开清骈复兴大幕的,乃是陈子龙为首的几社同仁。

要之,清代骈文的复兴,在很大程度上乃是中国"文学传统中浓淡、奇偶两对审美情趣交互兴降的规律"推动下的结果,是文学史推衍发展的必然;而这一文学史进程的主要推动者,当首推明末以陈子龙为代表的云间诸子及清初以陈维崧为代表的几社门生。颇有意味的是,明末骈文理论的重要策源地是在江南,明末骈文初盛的场域也主要在江南,清代骈文恢弘开局的展开还是在江南,从这个意义上可以说,作为清代骈文主体的江南骈文之兴起、繁盛,实际是江南地区以陈子龙、陈维崧为代表的骈文理论家、创作家,紧握文学史演进大势,前后相继、共同努力的结果。

---

① 陈子龙著,王英志辑校:《陈子龙全集》,人民文学出版社2011年版,第1692页。
② 陈淮:《湖海楼俪体文》卷首,清乾隆六十年浩然堂刻本。
③ 陈维崧:《陈迦陵文集》卷二《词选序》,四部丛刊本。
④ 毛先舒:《湖海楼俪体文集序》,陈淮《湖海楼俪体文》卷首。

第二章 清代江南骈文的总体面貌

清代江南骈文发展的历程是丰富多彩的，它所关联的文学史命题也是多种多样的，在进入具体论述之前，我有必要对它的总体面貌做一个简洁的勾勒。这里将涉及三个问题：一是清代江南地区骈文繁兴的表征有哪些？或者说怎样能一目了然地呈现江南骈文在清代的偏胜？二是清代江南骈文的时空分布特点是怎样的？三是清代江南骈文发展演进的内部特征有哪些？解决好这三个问题，我们就能对清代江南骈文发展史有一个总体的把握。

第一节 清代江南骈文偏胜的表征

本书绪论部分曾经强调指出：清代骈文的中心是江南，清代江南骈文发展的规模、成就，代表了有清一代骈文发展的规模和成就，清代江南骈文的发展进程，即构成了整个清代骈文史的主体。那么，清代江南骈文的"中心"、"主体"地位，它的偏胜是如何体现的呢？我们可以从两个角度着手考察：

首先是骈体大家、名家的数量。以骈坛久享隆誉的吴鼒《八家四六文钞》、张寿荣《后八家四六文钞》和王先谦《国朝十家四六文钞》所录作家为例。吴集以"科第先后为次"[①]，分别选录了袁枚（钱塘）、吴锡麒（钱塘）、刘星炜（武进）、邵齐焘（昭文）、孙星衍（阳湖）、洪亮吉（阳湖）、孔广森（曲阜）和曾燠（南城）8人的作品，8人中6人属江南籍。张集分别选录张惠言（阳湖）、乐钧（临川）、王昙（秀水）、王衍梅（会稽）、刘开（桐城）、董祐诚（阳湖）、李兆洛（武进）和金应麟（钱塘）等8人的作品，中有5人为江南骈文家。王集所选作家依次为刘开、董基诚（阳湖）、董祐诚、方履籛（大兴）、梅曾亮（上元）、傅桐（盱眙）、周寿昌

[①] 吴鼒：《八家四六文钞·小仓山房外集》卷首《小仓山房外集题辞》，清嘉庆三年较经堂刻本。

第二章 清代江南骈文的总体面貌

（长沙）、王闿运（湘潭）、赵铭（秀水）和李慈铭（会稽），其中方履籛原籍虽隶大兴，但从他的高祖父即占籍阳湖，故方氏实为江南人，因此王先谦所录10人，一半皆为江南作家。如果我们综合计算吴、张、王三集所录作家，去其重复，可知江南地区的骈文家计有15人，占上述全部作家数量将近3/5的比例；再考虑进吴、张、王三集基本囊括了有清一代大部分的骈体大家、名家的因素，我们可以非常肯定地说，清代江南地区实是骈体名手最为集中的区域。

其次是骈文家的总量。可以收录清骈作家较为全面、影响较大的四部总集为例，它们是曾燠《国朝骈体正宗》、张鸣珂《国朝骈体正宗续编》、姚燮《皇朝骈文类苑》和王先谦《骈文类纂》（清代部分）。曾集以人系文，共辑录清初至乾嘉间43位骈文家的作品，其中有28人隶籍江南[①]，约占全部的65%；张集上承曾集，共选录嘉庆后期至光绪中期60位作家的骈文创作，其中江南地区作家共计36人[②]，占全部的60%；姚集本拟选录光绪以前125位清代骈文家的作品，但由于该集第一类"典册制诰文""选目尚虚"，"不录一作者"[③]，因此其实际所录的作家共103位，而其中江南作家共有58人[④]，约占全部的56%；王集所录清初至清末作家共65人，其中32

---

① 这28人分别是宜兴陈维崧、仁和毛先舒、钱塘陆圻、吴江吴兆骞、仁和吴农祥与杭世骏、华亭黄之隽、钱塘袁枚、昭文邵齐焘、武进刘星炜、钱塘吴锡麒、金匮杨芳灿与杨揆、武进赵怀玉、长洲沈清瑞、无锡顾敏恒、阳湖孙星衍、长洲王芑孙、阳湖洪亮吉与刘嗣绾、仁和查初揆、镇洋彭兆荪、仁和胡敬、平湖朱为弼、吴江郭麐、元和顾广圻、长洲吴慈鹤、吴县陈发中。

② 这36人分别是秀水王昙、钱塘陈文述、昭文孙原湘、武进李兆洛、嘉善黄安涛、钱塘金应麟、嘉兴沈涛、阳湖董基诚与董祐诚、平湖徐士芬、阳湖洪符孙、海宁陈均、吴县曹埙、仁和龚自珍、嘉兴钱仪吉、平湖黄金台、大兴（实为阳湖）方履籛、宝山袁翼、吴江董兆熊、江阴何栻、吴县冯桂芬、海盐黄燮清、长洲顾文彬、德清俞樾、震泽蔡召棠、长洲顾复初、嘉兴褚荣槐、阳湖洪蕴孙、嘉兴徐锦、秀水赵铭、钱塘张景祁、溧阳缪德荣、仁和谭献、秀水沈景修、嘉兴许景澄、钱塘张预。

③ 张寿荣：《皇朝骈文类苑凡例》，姚燮原选，张寿荣校刊《皇朝骈文类苑》卷首，清光绪七年刻本。

④ 这58人包括前面提到的陆圻、陈维崧、毛先舒、吴兆骞、黄之隽、杭世骏、袁枚、邵齐焘、刘星炜、吴锡麒、洪亮吉、孙星衍、王芑孙、杨芳灿、杨揆、顾敏恒、彭兆荪、刘嗣绾、查初揆、王昙、黄安涛、张惠言、赵怀玉、沈清瑞、朱为弼、顾广圻、郭麐、吴慈鹤、董祐诚、李兆洛、方履籛、金应麟、曹埙、胡敬、陈文述、孙原湘、黄金台等37人，以及秀水朱彝尊、长洲尤侗、仁和陆繁弨、钱塘高士奇、嘉定钱大昕、钱塘陈兆崙、华亭王祖庚、荆溪叶燮凤、仁和吴颖芳、乌程严遂成、钱塘沈埏、无锡秦蕙田、钱塘陈撰与厉鹗、无锡秦瀛、武进恽敬、长洲汪琬与沈德潜、钱塘周天度、乌程张鉴、上海乔重禧等21人。

人为江南人①，约占全部的50%。由此可知，在清代，不论是清初、清中期、清后期，还是统观整个清王朝近三百年时间，江南地区骈文家的数量，都超过了全国骈文家总数的半数以上，这是清代其他任何区域都无法比拟的。

综上，可以进一步说，有清一代江南地区的骈文家，无论就大家、名家的数量而言，还是就各层次代表性作家的总量而言，在全国皆独占鳌头。而骈文家数量的多少、层次的高低，同时即对应骈文创作数量的多寡和层次的高低，在这个意义上，我们得出清代江南骈文偏胜的结论，应是没有任何疑义的。

为了比较清晰地展示清代江南骈文创作的主体面貌，兹将有清一代该地区比较有代表性的骈文家及其作品衷列如下：

地域	作家姓名	作家籍贯	文集名称	备注
苏州府	尤侗	长洲	《西堂文集》《西堂余集》《鹤栖堂集》②	今人杨旭辉点校的《尤侗集》（上海古籍出版社2015年版）可参看
	吴兆骞	吴江	《秋笳集》	今人麻守中校点整理的《秋笳集》（上海古籍出版社2009年版）可参看
	黄始	吴县	《听嘤堂四六新书》《听嘤堂四六新书广集》	黄始骈文并无专集，《听嘤堂四六新书》《听嘤堂四六新书广集》乃其纂辑的骈文选本，但其中的序言、评语等正是用骈体写成，即可视为黄氏骈文作品
	钮琇	吴江	《临野堂文集》	
	邵齐焘	昭文	《玉芝堂文集》	
	沈清瑞	长洲	《沈氏群峰集》	
	王芑孙	长洲	《渊雅堂文外集》	

---

① 这32人包括前面提到的陈维崧、杭世骏、袁枚、邵齐焘、刘星炜、吴锡麒、杨芳灿、张惠言、孙星衍、洪亮吉、刘嗣绾、查初揆、彭兆荪、朱为弼、吴慈鹤、李兆洛、金应麟、董基诚、董祐诚、陈均、龚自珍、钱仪吉、方履籛、袁翼、洪饴孙、赵铭、谭献、许景澄以及昆山顾炎武、金匮徐嵩、江阴缪荃孙与缪祐孙。

② 张仁青《中国骈文发展史》统计"所见清代骈文名家及其作品"，将《鹤栖堂集》视为尤侗的著作。按《鹤栖堂集》十卷系尤侗晚年作品，而尤氏的大部分骈文作品都收录在《西堂文集》和《余集》中，故张氏所列不具代表性，宜改。另颜建华《清代乾嘉骈文研究》大概直接参考张著，故在《顺治、康熙、雍正时期骈文作家作品一览表》中，也将《鹤栖堂集》视为收录尤侗骈文作品的代表性文集。引文分别参见张仁青《中国骈文发展史》，浙江大学出版社2009年版，第417页；颜建华《清代乾嘉骈文研究》，光明日报出版社2011年版，第53页。

续表

地 域	作家姓名	作家籍贯	文集名称	备 注
苏州府	郭 麐	吴江	《灵芬馆集》	
	顾广圻	元和	《思适斋文集》	今人王欣夫辑校的《顾千里集》（中华书局2007年版）可参看
	吴慈鹤	长洲	《岑华居士兰鲸录外集》《凤巢山樵求是录外集》	
	陈黄中	吴县	《东庄遗集》	
	孙原湘	昭文	《天真阁集》	
	曹 埙	吴县	《仪郑堂稿》	
	董兆熊	吴江	《味无味斋骈文》	
	冯桂芬	吴县	《显志堂稿》	
	孙 雄	昭文	《师郑堂骈体文存》	
	孙德谦	吴县	《四益宧骈文稿》	
松江府	黄之隽	华亭	《㬢堂集》	
	杨葆光	娄县	《苏庵骈文录》	
常州府	陈维崧	宜兴	《陈迦陵俪体文集》	今人陈振鹏标点，李学颖校补的《陈维崧集》（上海古籍出版社2010年版）可参看
	徐 瑶	宜兴	《爱古堂俪体》	
	谢芳连	宜兴	《风华阁俪体》	
	秦蕙田	无锡	《味经窝类稿》	
	史承豫	宜兴	《苍雪斋俪体文》	
	王 苏	江阴	《试畯堂文集》	
	孙尔准	金匮	《泰云堂集》	《无锡文库》第4辑（凤凰出版社2012年版）收录了孙尔准的《泰云堂文集》与《蓉洲诗文稿》，亦可参看
	刘星炜	武进	《思补堂文集》	
	孙星衍	阳湖	《孙渊如先生全集》《孙渊如外集》	
	洪亮吉	阳湖	《卷施阁集》《更生斋集》	今人刘德权点校整理的《洪亮吉集》（中华书局2001年版）可参看
	赵怀玉	武进	《亦有生斋文集》	
	顾敏恒	无锡	《辟疆园遗集》	
	杨芳灿	金匮	《芙蓉山馆文钞》	今人杨绪容、靳建明点校的《杨芳灿集》（人民文学出版社2014年版）收录杨芳灿骈文最全面，可参看

续表

地域	作家姓名	作家籍贯	文集名称	备注
常州府	杨揆	金匮	《桐华吟馆文钞》	
	刘嗣绾	阳湖	《尚䌹堂骈体文》	
	张惠言	武进	《茗柯文编》	今人黄立新校点的《茗柯文编》（上海古籍出版社 2015 年版）可参看
	李兆洛	阳湖	《养一斋文集》	
	陆继辂	阳湖	《崇百药斋文集》	
	陆耀遹	阳湖	《双白燕堂文集》	
	方履籛	阳湖	《万善花室文稿》	
	董基诚	阳湖	《栘华馆骈体文》	是集为董基诚、祐诚骈文之合集
	董祐诚	阳湖	《栘华馆骈体文》	方履籛曾刊刻董祐诚的骈文行世，名曰《兰石斋骈体文》；又清同治八年董方立遗书刊本中《董方立文乙集》乃祐诚骈文专集
	张成孙	武进	《端虚勉一居文集》	
	董士锡	武进	《齐物论斋文集》	
	周济	荆溪	《介存斋文稿》	
	周仪昈	阳湖	《夫椒山馆骈文》	
	洪符孙	阳湖	《齐云山人文集》	
	洪齮孙	阳湖	《淳则斋文钞》	
	刘承宠	阳湖	《麟石文钞》	
	蒋学沂	阳湖	《菰米山房文钞》	
	汪士进	武进	《缥云轩文稿》	
	陆矞恩	阳湖	《读秋水斋文》	
	庄受祺	阳湖	《枫南山馆遗集》	
	庄士敏	武进	《玉余外编文钞》	庄士敏另有《能惧思斋文集》，已佚
	汤成彦	阳湖	《听云仙馆俪体文集》	
	杨传第	阳湖	《汀鹭文钞》	
	蒋曰豫	阳湖	《问奇室文》	
	夏炜如	江阴	《鞠录斋稿》	
	徐寿基	武进	《酌雅堂骈体文集》	
	何栻	江阴	《悔余庵文稿》	
	缪荃孙	江阴	《艺风堂文集》《艺风堂文续集》《艺风堂文漫存》《艺风堂赋稿》《艺风堂集外文》	今人张廷银、朱玉麒辑校的《缪荃孙全集》（凤凰出版社 2014 年版）收录缪氏骈文作品最全面，可参看
	屠寄	武进	《结一宧骈体文》	

续表

地域	作家姓名	作家籍贯	文集名称	备注
镇江府	李恩绶	丹徒	《讷庵骈体文存》	
	尹恭保	丹徒	《抱黎山房骈体文续稿》	
	缪德棻	溧阳	《怡云山馆骈体文》	
	冯煦	金坛	《蒿庵类稿》《蒿庵续稿》	
杭州府	陆圻	钱塘	《威凤堂文集》《从同集》	
	毛先舒	仁和	《东苑文钞》《思古堂集》	
	王嗣槐	仁和	《桂山堂文选》	
	吴农祥	钱塘	《流铅集》	
	陆繁弨	钱塘	《善卷堂四六》	
	章藻功	钱塘	《思绮堂四六文集》	
	杭世骏	仁和	《道古堂文集》	今人蔡锦芳、唐宸校点的《杭世骏集》（浙江古籍出版社2015年版）可参看
	厉鹗	钱塘	《樊榭山房集》	今人陈九思标校的清人董兆熊笺注本《樊榭山房集》（上海古籍出版社2012年版）可参看
	陈兆仑	钱塘	《紫竹山房文集》	
	袁枚	钱塘	《小仓山房诗文集》	今人周本淳标校的《小仓山房诗文集》（上海古籍出版社1988年版）、王英志主编的《袁枚全集》（江苏古籍出版社1993年版）皆可参看
	吴锡麒	钱塘	《有正味斋骈体文》《有正味斋骈体文续集》	
	查揆	海宁	《筼原堂初集》	
	胡敬	仁和	《崇雅堂骈体文钞》	
	陈文述	钱塘	《颐道堂文钞》	
	吴清皋	钱塘	《壶庵骈体文》	
	龚自珍	仁和	《龚定庵全集》	今人王佩铮校点整理的《龚自珍全集》（上海古籍出版社1975年版）可参看
	金应麟	仁和	《豸华堂文钞》	
	张景祁	钱塘	《孴雅堂骈体文》	
	谭献	仁和	《复堂文》《复堂文续》	今人罗仲鼎、俞浣萍点校整理的《谭献集》（浙江古籍出版社2012年版）可参看
	张预	钱塘	《崇兰堂骈体文初存》	

续表

地 域	作家姓名	作家籍贯	文集名称	备 注
嘉兴府	朱彝尊	秀水	《曝书亭集》	今人王利民校点的《曝书亭全集》（吉林文史出版社2009年版）可参看
	李绳远	秀水	《寻壑外言》	
	王昙	秀水	《烟霞万古楼文集》	今人郑幸校点的《王昙诗文集》（人民文学出版社2014年版）可参看
	朱为弼	平湖	《蕉声馆文集》	
	黄安涛	嘉善	《真有益斋文编》	
	沈涛	嘉兴	《十经斋文集》《十经斋文二集》	
	徐士芬	平湖	《漱芳阁集》	
	钱仪吉	嘉兴	《衍石斋集》	
	黄金台	平湖	《木鸡书屋文钞》（初集、二集、三集、四集、五集）	
	黄燮清	海盐	《拙宜园集》	
	褚荣槐	嘉兴	《田砚斋文集》	
	徐锦	嘉兴	《灵素堂骈体文》	
	赵铭	秀水	《琴鹤山房遗稿》	
	许景澄	嘉兴	《许文肃公遗稿》《许文肃公外集》	
	张鸣珂	嘉兴	《寒松阁集》	
湖州府	孙梅	乌程	《旧言堂集》	《旧言堂集》四卷，前二卷为孙氏诗作，后二卷为骈体文，这二卷文章实即《四六丛话》中的20篇叙论
	徐熊飞	武康	《白鹄山房骈体文钞》《白鹄山房骈体文续钞》	
	张鉴	归安	《冬青馆甲集》《冬青馆乙集》	
	俞樾	德清	《春在堂全书》	
	杨岘	归安	《迟鸿轩集》	
太仓州	钱坫	嘉定	《十兰骈体文》	
	彭兆荪	镇洋	《小谟觞馆诗文集》《小谟觞馆续集》	
	袁翼	宝山	《邃怀堂全集》	
	张铎	镇洋	《芬若楼四六文钞》	

第二节 清代江南骈文的时空分布格局

作为清代骈文发展史最重要的组成部分，从时间的维度来讲，江南骈文的发展进程几乎与整个清代骈文的发展进程完全同步；从空间的维度来讲，江南骈文所属的地理范围并不算很大，但其总体成就所形成的艺术地理，却占据了清代骈文版图的最大一部分。当然，要想对清代江南骈文发展的面貌有比较清晰的总体把握，还需要具体分析其时间演进、空间分布的特点。

从时间维度来看，清代江南骈文的发展过程虽然是一个前后相连的整体，但是仍可以将其划分为不同的发展阶段。综合考量时代、作家、创作风格等各种因素，我们可将江南骈文的发展大体分为三期：

第一期从清初至康熙末年。这一阶段的江南骈文，上承明末骈文渐兴的大势，一方面在理论上出现了陈维崧、毛先舒、吴农祥、章藻功等人关于骈散文关系、地位及骈文创作技巧方面的初步探讨，另一方面在创作上又出现了以陈维崧、尤侗、吴兆骞、吴农祥、陆繁弨、章藻功、黄之隽等人为代表的骈文作家，从而使清初江南骈文取得了颇为可观的成就，为清中期骈文的全面兴盛奠定了基础。这一阶段的骈文创作虽然带有一定的明末骈文风习，但自我创辟的趋势已经比较明显，可称此阶段为沿袭振起期。

第二期从雍正初至嘉庆末。这一阶段的江南骈文，在清初诸骈文家理论及创作努力的基础上，大步阔进，使得江南骈文臻于鼎盛。此时，骈散文的关系、地位问题，在众多学者及骈文家的共同努力下，基本得到澄清，袁枚的骈散各适其用、各有价值之论，李兆洛的骈散一源、骈散交融理论，在其中最具代表性；而乌程孙梅所纂辑的《四六丛话》一书，不但系统汇辑了明以前有关骈文批评的相关资料，而且对先秦直至清代中期骈文的发展情况作了简要的概括，是一部集大成式的骈文理论专著。创作方面，刘星炜、杭世骏、邵齐焘、洪亮吉、孙星衍、袁枚、吴锡麒、王昙、彭兆荪、王芑孙、刘嗣绾、方履籛、董基诚、董祐诚、李兆洛、张惠言、吴慈鹤、袁翼、郭麐、胡敬、黄安涛、查揆等骈文大家、名家的出现，张仁青《中国骈文发展史》所谓六朝派、三唐派、宋四六派及常州派的出现，使得江南骈文呈现出极其灿烂的图景。此时的骈文创作总体上仍具"复古"的特点，但自我创新、自成风格者为数颇多，可称此阶段为创辟鼎盛期。

第三期从道光初至清末。进入晚清，江南骈文的发展已经呈现颓势，这时期既没有出现像清初陈维崧、尤侗、吴农祥、章藻功这样的骈文名家，更没有出现像清中叶邵齐焘、洪亮吉、袁枚、吴锡麒、彭兆荪这样的骈文大家。当然衰颓并不等于极度衰弱，像金应麟、黄金台、赵铭、徐锦、张鸣珂、龚自珍、谭献、洪嘉孙、汤成彦、缪荃孙、屠寄等作家，仍然创作出了数量和艺术成就都颇为可观的骈文作品。值得一提的是，这时期江南还出现了一些总结清代骈文成就的总集，黄金台《国朝骈体正声》、张鸣珂《国朝骈体正宗续编》、屠寄《国朝常州骈体文录》、曹允源《吴郡骈体文征》等即其代表，这为我们比较系统地了解清代全国及个别特殊区域（常州府、苏州府）骈文发展的总体状况，提供了很大的便利，它们也构成了清代江南骈文发展的重要内容，是晚清江南骈文渐衰而仍盛、虽盛而已衰的重要折射。可称此阶段为承衍渐衰期。

从空间维度来看，清代江南或说环太湖地区诸府的骈文发展，固然是一个相互关联、彼此呼应的整体，但苏、松、常、镇、杭、嘉、湖、太七府一州又是自具不同程度完整性的几个个体、几个骈文创作群落。总体来看，常州府、杭州府、苏州府的骈文发展，大体与有清一代骈文史同步，骈文大家、名家主要出自这三个府，骈文成就最高。嘉兴府的成就稍次，尤其清代初期的骈文发展颇弱，没有出现任何一个实力堪与常、杭二府尤侗、吴兆骞、吴农祥、陆繁弨、章藻功等相抗衡的作家，但从清中期开始，嘉兴府也陆续出现了数量颇夥的骈文名手。松江、湖州、镇江、太仓三府一州的骈文成就相对较弱，清初期除黄之隽（华亭）外别无名家；中期稍稍振起，彭兆荪（镇洋）、袁翼（宝山）乃一时骈文名手，孙梅（乌程）、徐熊飞（武康）等亦声名颇著；晚期则推缪德棻（溧阳）、杨葆光（娄县）、俞樾（德清）、冯煦（金坛）诸人，而缪、杨、俞、冯诸人只能算是二流作家。用列表的形式来展示清代不同时期各府骈文代表作家分布的情况，则一目了然：

时期\地域	清代前期 大家、名家	清代前期 其他代表性作家	清代中期 大家、名家	清代中期 其他代表性作家	清代后期 名家*	清代后期 其他代表性作家	总　计
苏州府	尤侗、吴兆骞	黄始、钮琇	邵齐焘、王芑孙、郭麐、顾广圻、吴慈鹤	沈清瑞、陈黄中、孙原湘	董兆熊、孙雄、孙德谦	曹塽、冯桂芬	17人
松江府	黄之隽				杨葆光		2人

续表

时期 地域	清代前期 大家、名家	清代前期 其他代表性作家	清代中期 大家、名家	清代中期 其他代表性作家	清代后期 名家*	清代后期 其他代表性作家	总计
常州府	陈维崧	徐瑶、谢芳连	刘星炜、孙星衍、洪亮吉、杨芳灿、刘嗣绾、张惠言、李兆洛、方履籛、董基诚、董祐诚、董士锡	秦蕙田、史承豫、王苏、孙尔准、顾敏恒、杨揆、赵怀玉、陆继辂、陆耀遹、洪符孙、张成孙、周济、周仪旸	洪齮孙、汤成彦、何栻、缪荃孙、屠寄	刘承宠、蒋学沂、汪士进、陆黼恩、庄受祺、庄士敏、杨传第、蒋曰豫、夏炜如、徐寿基	42人
镇江府					尹恭保、缪德葇、冯煦	李恩绶	4人
杭州府	吴农祥、陆繁弨、章藻功	陆圻、毛先舒、王嗣槐	杭世骏、袁枚、吴锡麒、查揆、胡敬、陈文述	厉鹗、陈兆崙	金应麟、龚自珍、谭献	吴清皋、张景祁、张预	20人
嘉兴府		朱彝尊、李绳远	王昙、黄安涛	朱为弼	黄金台、徐锦、赵铭、张鸣珂	沈涛、徐士芬、钱仪吉、黄燮清、褚荣槐、许景澄	15人
湖州府			孙梅、徐熊飞	张鉴	俞樾	杨岘	5人
太仓州			彭兆荪、袁翼	钱坫、张铎			4人

* 说明：清代后期江南骈文虽然不乏名家，但并没有出现过可与陈维崧、章藻功、邵齐焘、彭兆荪、洪亮吉、袁枚、吴锡麒等人相提并论的骈体大家，故本栏径直限定为"名家"。

需要说明的是，首先，本表与本章第二节附表的作家对象完全一致，还有一些具有一定代表性的骈文作家并没有被涵括进来，比如张鸣珂《国朝骈体正宗续编》提到的海宁陈均（辑有《唐骈体文钞》）、长洲顾文斌、震泽蔡召棠、长洲顾复初、秀水沈景修，王先谦《骈文类纂》提到的顾炎武，姚燮《皇朝骈文类苑》提到的华亭王祖庚、荆溪叶蓍凤、长洲沈德潜、阳湖恽敬、嘉定钱大昕、仁和吴颖芳、乌程严遂成、钱塘周天度等等，但这并不会对我们所列表格的客观性和展示价值产生实质性影响。其次，本表对清代江南骈文作家层次的区分（即大家、名家与其他代表性作家），虽然已经充分考虑了清代以来学者的综合评价、作家作品的实际成就等诸多因素，但我们不敢说它完全准确，事实上也很难完全客观，特别是晚清的一些骈文创作，尚须经过较长时间的"历史选择"或说"历史鉴定"；不过可以确定的是，这些消极因素也不会对本表的总体客观性构成实质性挑战。

在这个意义上，我们根据上表可以有这样的判断：清代江南地区的骈文作家，主要分布在常州、杭州、苏州三府，骈体大家、名家也主要分布在这三个府，其中常州府最多（17人），杭州（12人）、苏州（10人）次之；换言之，如果我们要圈出清代江南骈文发展的主体区域，那显然就应是常、杭、苏三府。实际上，常、杭、苏三府不但骈体大家、名家最多，骈文创作最为发达，而且理论也发达，从清初陈维崧、吴农祥、章藻功等，到清中叶袁枚、邵齐焘、王芑孙、彭兆荪、张惠言、李兆洛诸人，他们的骈文理论探讨构成了清代江南骈文理论的主体，清代骈文理论的发展缺少了常、杭、苏三府诸家，无疑将失去将近一半的光彩。当然，不管从骈文创作，还是从骈文理论探讨的角度来说，嘉兴府、松江府、镇江府和太仓州都不应被忽视：如果缺少了黄之隽、彭兆荪、袁翼、王昙、黄安涛、黄金台、赵铭、徐锦、张鸣珂等人，清代江南骈文也必然减色许多；而如果缺少了彭兆荪、孙梅，尤其是孙梅，那么清代江南骈文理论的系统性、深刻性，也必然要打上不小的折扣。要之，清代江南骈文的蔚兴与偏胜，常、杭、苏三府固然出力至巨，但是嘉、松、镇、太三府一州与它们一样，都是江南骈文的有机组成部分，缺少哪一个府（州），都是不完整的。

第三节　清代江南骈文发展演变的内在特征

文学（发展）史的研究，应当发掘出贯穿于研究对象发展演变过程中的一般特质，以期在总体上把握研究对象承与变的动态过程特征。清代江南骈文作为一段比较完整的、可以自成体系的演进历史，也有它的内部流变特征，这包括以下几个方面：

第一，清代江南骈文发展史是一个复古与创新并存的演进历程。如何在中国骈文发展史中给清代骈文一个合适的定位，是清代以来的学者们一直关注的重要问题之一。随着清代诗歌复兴、词学复兴等定性判断越来越受到学界的认同，从清代开始就被提及的"骈文复兴"之说，也慢慢获得学者们的首肯。复兴隐含了创新的意蕴，因此清代骈文的复兴必然包含了许多创新的因素。但是，在强调清代骈文复兴、创新的同时，我们必须清醒地认识到清代骈文的复古特性，事实上，清代以来无数的骈文评论文献都告诉我们，效仿古人、神似古人——不论是六朝、还是唐宋——是清代骈文家们一致的主动选择。换言之，复古与创新是清代骈文的两个基本特性。这里所说的复古是指承衍前人、仿效学习，但其根本目的与清诗、清词的复古一样，并不在于泥古、袭古以致成为所仿效对象的投影或复制品，而是在于寻找创变的规律与契机，自我树立。在这个意义上，复古与创新乃成为一体共存的两个特性；而清代骈文的复兴，正是在继承与创新基础上所形成的总体格局。

与整个清代骈文发展史相似，江南骈文的发展过程，也交织着复古与创新两种一体并存的创作特点与取向。具体到骈文创作来说，不论是规摹汉魏六朝，还是取则唐宋，江南的优秀骈文作家都能承中有创，自为创辟，如效仿六朝、初唐而为文"不主一格"[①]的陈维崧，广宗博取而自成一体、并以谐谑擅长的尤侗，承衍六朝而"具兼人之勇，有万殊之体"[②]的洪亮吉，文章"上析潘陆，下综任刘"而具"僬不害窕，缛而有则"[③]之美的董基诚与董祐诚，创作"慕晋宋以来词章之美"而能"于绮藻丰缛之中，存简质清刚之制"[④]的邵齐焘，精熟《选》理而文能宏博沉丽的彭兆荪，参酌唐宋而为文"古藻缤纷，大气旋转"[⑤]的袁枚，"合汉魏六朝唐人一炉而冶之"[⑥]的吴锡麒，对史部及诸子百家之学广泛汲取而为文奇古奥博的王昙，作文仰承唐人而自具气韵沉雄、苍劲老辣之风的金应麟等等，皆其典型。

从骈文题材的选择上，也能见出清代江南骈文的复古与创新取向。翻开清代江南骈文家的文集，序论诗文特色、款通友朋情谊、诔祭逝者已矣、纵谈历史迁变等历来常见的骈文题材，也是清代江南骈文家在创作时大量选取的对象，而一定程度的创新也与他们的复古性的题材选择同时存在。比如在记录与感慨社会动乱的现实主义题材方面，就有较有说服力的例证，这里可以举金应麟的《哀江南赋》。《哀江南赋》是晚清现实主义骈体赋作的代表作品之一，它在题材命意和格律运用上，都直接学习、效仿庾信的《哀江南赋》，但是金应麟能够结合第一次鸦片战争的史实，重点展示、揭露出英国军队的疯狂肆虐和清廷当政者的不作为给江南社会带来的惨痛影响，亦即

[①] 王凯符：《论清代骈文复兴》论陈维崧骈文语，参见《北京师范学院学报》（社会科学版）1990年第4期。
[②] 吴鼒：《八家四六文钞》第二册《卷施阁文乙集》卷首《题辞》，清嘉庆三年较经堂刻本。
[③] 方履籛：《万善花室文稿》卷五《兰石斋骈体文遗稿序》，清光绪七年王氏刻畿辅丛书本。
[④] 邵齐焘：《玉芝堂文集》卷五《答王芥子同年书》，《清代诗文集汇编》影印清乾隆间刻本。
[⑤] 李英：《小仓山房外集序》，袁枚著，周本淳标校《小仓山房诗文集》，上海古籍出版社1988年版，第1943页。
[⑥] 张仁青：《中国骈文发展史》评吴锡麒骈文语，浙江大学出版社2009年版，第469页。

其在题材命意上虽然取自先贤，但能结合当下历史事实进行必要的创新。事实上，金应麟《哀江南赋》在题材选取与文章命意上的复古与创新，对晚清王闿运《哀江南赋》、喻长霖《鸭绿江赋》、章炳麟《哀山东赋》等，都产生了一定的影响。

我们还可以从文体的视角切入，对清代江南骈文的复古与创新特点作进一步的考察。可以王先谦《骈文类纂》所录杂记类文为例。《骈文类纂》是清代唯一一部对中国古代（自先秦以迄清末）骈文进行系统总结的著名骈文总集，由于它的贯通性，最能见出各体骈文的发展、盛衰面貌。正如王先谦在《骈文类纂序目》中所说，"齐梁文苑，始创记体"①，沈约的《湘州枳园寺刹下石记》、刘峻《金华山栖志》便是这一类文体的早期代表，但是，对《类纂》所录历代杂记之文略作统计就可以发现，49 篇杂记文中有 34 篇是清代骈文家写作的（另外唐人录 12 篇、宋人录 1 篇），这个有点极端的例证清楚地揭示出一个事实：清代的杂记之文虽然承前人而来，但其创新性毋庸置疑；清人将中国古代的骈体杂记推向了发展的最高峰。再将考察的目光聚焦到江南地区，可以发现《类纂》所录 34 篇杂记文中有 27 篇是出自江南骈文家洪亮吉、吴锡麒、刘嗣绾、董祐诚、赵铭等人之手，而洪亮吉一人就有 19 篇，那么，得出清代江南杂记之文具明显的复古与复兴特征的结论，应当没有疑义。杂记以外的其他诸种文体②的情形虽然没有那么突出，但基本特点是与杂记相似的，兹不赘述。

第二，清代江南骈文有一个面貌比较完整而脉络比较清晰的发展过程，且与有清一代骈文发展史的进程同步。复古与创新，或者笼统地说"复兴"，乃是清代江南骈文流变史的最根本特征，这是从共时与历时的综合角度而言；从历时的层面来说，清代江南骈文还有另外一个重要特征，即具有突出的过程完整性。从清初陈维崧、尤侗、吴兆骞、吴农祥、陆繁弨、章藻功、黄之隽等人，到清中叶邵齐焘、杭世骏、袁枚、彭兆荪、袁翼、洪亮吉、孙星衍、吴锡麒、王昙、徐熊飞、刘嗣绾、李兆洛诸人，再到清末金应麟、龚自珍、谭献、赵铭、徐锦、缪荃孙、屠寄、汤成彦、缪德葇等人，他们前后相继、一脉推衍，形成

---

① 王先谦：《骈文类纂》卷首，浙江古籍出版社 1998 年版，第 19 页。
② 比如王先谦《骈文类纂》提到的"杂文"，《骈文类纂序目》有云："诸体成章，弥不相袭。杂文一类，继者难工。自子建《七启》，归美当代，后贤有作，故步相遁，词撷华腴，义病重叠。华亭《吴对》，名去实乖；稚存《七招》，性含变化；爱伯《七居》，超然意远：其七家之高致乎？"这就是在讲明清尤其清代作家在七体杂文方面的创新。引文见王先谦《骈文类纂》卷首，第 26 页。

了地域性骈文发展的盛况，而这一进程基本与整个清代骈文发展史的进程同步，这可以说是清代地域性骈文发展图景中绝无仅有的一个光亮之域。

同时，如果考虑到这样的因素，即上面所列举的骈文作家基本都是清代骈文代表作家，而陈维崧、章藻功、洪亮吉、孙星衍、邵齐焘、吴锡麒、李兆洛、龚自珍、屠寄等人，更是清代骈文发展史上在某种风格潮流、理论主张的领军人物（如陈维崧引领了清初骈文的振兴、章藻功为清初"宋格"骈文的典型、洪亮吉为"常州体"骈文的魁首、李兆洛为清代骈散文关系论定的集大成者、龚自珍系学者所谓"浙派"骈文在晚清的代表人物等），那么，我们不难得出这样的结论：清代江南骈文不但与有清一代骈文发展史同步，而且在很大程度上引领了清代骈文的发展。

第三，清代江南骈文流派或体派特征并不突出，但地域群聚特征较为明显。从清代以来，不少学者都倾向于从流派、体派的角度对清代骈文进行总体观照，其中以刘麟生《中国骈文史》、张仁青《中国骈文发展史》的做法最具代表性。刘麟生将清代骈文分为博丽、自然常州、六朝、宋四六等五派，张仁青则将其分为六朝、三唐、宋四六、常州、仪征等五派，刘氏的切分法固然有分类标准不统一、类项内容交叉的问题，张氏的分法其实也存在类似的不足（常州、仪征二派中岂无六朝或唐、宋体？[①]），但这不是关键问题；关键问题是，用流派或体派的方式概括清代骈文是否合适？正如前文已经回答的：将清代骈文归类为几个风格或渊源流派、体派的研究思路，自然是简捷明了、概括力很强，但其精确性显然难以保证。

这里可以结合文学流派、体派的内涵来进一步分析。一般认为，文学流派（主要指中国古代的文学流派）应具备至少四个条件：其一，一致的文学主张；其二，相近的创作倾向（包括审美理想、创作方式、艺术风格等）；其三，群体领袖；其四，成员间存在一定的群聚关系。[②] 文学体派的

[①] 张仁青在列举常州派作家以后就指出，诸家"或泛滥于六朝，或驰骤于三唐，或颉颃于两宋，或揽秀群芳，兼容并蓄……"，这就是明证。引文参见张仁青《中国骈文发展史》，第481页。

[②] 如曾大兴《文学地理学研究》有云："文学流派的形成，一般都具备这样几个条件：一是有相同的文学主张，或文学理念，或创作倾向；二是作品具有近似的风格……三是成员之间或为师友关系、同事（同僚）关系、同乡关系，或为血缘关系、亲缘关系，等等，他们之间有来往，或者有聚会（'雅集'）；四是有领袖人物，或者代表人物。现代文学史上的文学流派，还多了两个特点：一是有同人刊物或报纸专栏，一是有社团。古代的文学流派比现代的文学流派要松散一些，主要的原因就是没有同人刊物或报纸专栏，没有实体性的社团组织。"《文学地理学研究》，商务印书馆2012年版，第16页。

核心构成要素是相近的艺术风格,如严羽《沧浪诗话·诗体》提到的建安体、正始体、大历体、元和体、元祐体、徐庾体、沈宋体、少陵体、王荆公体、柏梁体、宫体、西昆体等①,它与文学流派的内涵既有交叉联系又有区别,体派所对应的相近艺术风格通常是流派的基本构成因素之一,但两者并不是一个层面的概念。不过在中国古代,由于不少学者习惯于模糊性的表达,因此有些时候,论者所谓的体派实际与流派已混为一谈;当然,有些内涵丰富的体派,已经具备构成流派的条件,故其与流派已经非常接近,可以称为流派,如宫体、西昆体等。

如果以这样的标准来考察刘、张二人所类分的清代骈文派别的话,不难发现,刘麟生基本是从艺术风格、渊源的角度来进行归类,但确有分类标准不统一(博丽、自然就风格而言,六朝、宋四六就渊源而言,常州则就风格与创作方式而言)、类项内容交叉(常州与六朝之派即显然有交叉,与博丽、自然二派亦难清晰区分)的问题;张仁青则从渊源、流派两个角度来进行归类,问题也很明显。从严格意义上讲,张氏所说的仪征派可以算作一个比较像样的骈文流派,常州派则有些勉强②;刘氏所言常州派只能算是一个骈文体派(即"常州体");其余博丽、自然、六朝、三唐、宋四六诸派,也都只能算作骈文体派。分类的标准、内涵存在诸多瑕疵,那么分类工作的意义就会被打折扣。在这个意义上,我们认为用文学流派、体派的思路来总体观照清代骈文史,并不是很科学。整个清代骈文的情况是如此,清代江南地区的骈文也是如此。

当然,我们必须强调,清代江南骈文发展的流派、体派特征并不突出,但它的地区群聚特征却颇为明显。可以这样说,清代江南七府一州,首先在总体上形成了一个相对集中的、有一定内在结构力的骈文创作群落;其次,在江南地区内部,一些以府为单位的区域,也形成了不同程度上比较集中的

---

① 严羽著,郭绍虞校释:《沧浪诗话校释》,人民文学出版社1961年版,第52—100页。
② 张仁青虽然说常州作家中,"享高名于一代、振奇响于千秋者,吾得三人焉,曰李兆洛,曰恽敬,曰张惠言。之数子者,不但精通词章之学,亦且最能持论,立场相同,步调一致,皆刻意破除骈散之界限,恢复骈散不分之魏晋古文,并分别编选《骈体文钞》《七十家赋钞》以抗桐城姚鼐《古文辞类纂》,当时号称阳湖派,此派主张,亦可谓对桐城文之一种修正也。若乃揽魏晋之鲜华,潄齐梁之芳润,孤往风标,翛然云上者,吾得二人焉,曰洪亮吉,曰孙星衍。"但是李、恽、张与洪、孙的理论祈向并不是很一致,前者主要在古文系统内"翻出波澜",后者则在骈体文系统内展开手脚,换言之,以前者为代表可称古文流派(阳湖派),以后者为代表可称骈文体派("常州体"),若想将两者都放在骈文的系统内绾结成一个骈文常州派,则有些牵强。引文参见张仁青《中国骈文发展史》,第481页。

次级骈文创作群落，其中常州府骈文群落最为引人注目，特别是清代中叶，从刘星炜、洪亮吉、孙星衍、赵怀玉、杨芳灿，到恽敬、张惠言、李兆洛、陆继辂、陆耀遹、刘嗣绾、方履籛、董基诚、董祐诚、董士锡、张成孙等人，他们不但经由复杂的师友关系，而且通过深厚的宗亲关系，结成了比较紧密的创作联盟（离形成骈文流派还有一定距离）；此外，杭州府、苏州府、嘉兴府的骈文创作家们，也经由地域相近、血缘相亲的机制，形成了比较松散的骈文作家群落，这是清代骈文史上颇值注意的一个现象。

第四，清代江南骈文创作与理论探讨并盛，且两者间紧密关联、彼此推进。文学创作与理论探讨并兴，在中国古代文学史上是比较常见的现象。从逻辑上讲，创作的蔚兴通常会引起理论批评界的研究兴趣，而这种理论研究又会反过来推动文学创作的进一步发展，可以说创作与理论批评是文学史演进的两个互相关联的基础动力源。清代包括江南地区的骈文发展历程，正应验了前面的这个道理①。

具体一点说，清代江南地区不但骈文创作发达，骈文理论也发达，并且两者间形成了有益的互动：清初陈维崧、毛先舒、吴农祥、章藻功诸人关于骈文地位、骈散关系以及骈文创作技巧等问题的探讨、呼吁，与清初骈体文的振兴是步调一致的；到清代中后期，随着骈文创作的进一步发展、兴盛，邵齐焘、袁枚、孙梅、张惠言、李兆洛、屠寄等人上前哲而进行的更为深入、系统的论析，这些关于骈文的理论探讨，不但深化了清代的骈文理论研究，构成了清代骈文理论研究的重要内容，而且有力地推动了清代骈文的良性发展。常州府骈文家的创作及其关于融通骈散问题的论析，是非常典型的例证，下文《清中叶常州骈文之蔚兴及其原因》一节有详述，这里从略。

第五，清代江南骈文的发展是一个与本区域以外骈文有着充分互动的开放系统。地域文学的发展，不应也不可能是一个完全自足的封闭系统，文学地理学研究者们关于作家区域流动的论述对我们就颇有启发意义。如梅新林在论析文学研究的"版图复原"时提到："文学地理的核心关系是文学家与地理的关系，其中文学家是主体，是灵魂；地理是客体，是舞台。文学家群体处在哪里，流向哪里，哪里就是文学地理的中心……文学家的'户籍'所在，也就是文学活动空间与舞台的中心所在；而文学家的'户籍'又不

---

① 于景祥在分析清代骈文复兴的原因时，便指出清人的骈文理论批评"包含了骈文从形式到内容等各个方面"，对清骈发展"确实起到了很大的推动作用"。引文见于景祥《中国骈文通史》，吉林人民出版社2002年版，第901—902页。

是凝固不变的，而是始终处于活动之中的，因此以文学家为主体与灵魂的文学版图也就始终处于不断变化之中。"① 文学家流动出本籍所在地域，必然要与不同地域的文学家进行交流、互动；事实上，就是固守本籍之地者，也要和外域的文学家进行交流，书信往还及外籍作家迁徙至本地而与本籍作家发生文学性沟通，都是常见的文学互动方式。

　　清代江南地区骈文发展的情形，也是如此。可以苏州府骈文家王芑孙的交游为例，做一个由点及面的分析。据睢骏《王芑孙研究》的考证，王芑孙一生的交游大体可分五个阶段，一是王氏早年居里时期，其所交游者包括长洲彭启丰、彭绍升、沈清瑞、吴江陆燿、赵基、史善长，震泽任兆麟，吴县石韫玉、詹应甲，金匮徐嵩等；二是橐笔京华时期，主要交游者有蒙古法式善、灵石何道生、阳湖洪亮吉与孙星衍、钱塘吴锡麒、无锡秦瀛等；三是冷宦华亭时期，与其交游者有青浦王昶、奉贤陈廷庆、善化唐仲冕等；四是客居维扬时期，所与交游名公包括南城曾燠、新城陈用光、临川乐钧、镇洋彭兆荪等；五是归老田园时期，主要交游者有桐城姚鼐、震泽张士元、江阴王苏、长洲黄丕烈与黄蕴章等②。由此可见，仅与王芑孙有重要交游的骈文家就有沈清瑞、洪亮吉、孙星衍、吴锡麒、曾燠、乐钧、彭兆荪、王苏等人，这8人中沈清瑞、王苏的成就稍弱，其余诸人都是一代骈文名家、国手，曾燠还是清代著名的题襟馆"文学沙龙"的召集人；他如姚鼐为一代古文魁首、彭启丰是著名学者、王昶是著名学者兼诗文名家、法式善与陈用光（姚鼐高足）亦皆为清中叶诗文名手，等等。王芑孙骈文观念的形成与演变，与他同这些学者文人的交往实有重要关联。回过头来对王芑孙的生平交游略作检视，可以发现，他的交游对象既包括与他同籍（即长洲，当然也可扩展到苏州府所辖诸县）之人，又包括与他异籍之人；有些人是他在乡居时结交的，有些人则是他在宦游、客居时结交的。假如我们再以王芑孙为纽结点，将洪亮吉、孙星衍、吴锡麒、彭兆荪等江南骈文家各自的交游网络组织勾连起来，那么一张比较复杂的江南骈文作家交游系统便清晰可见了。由此再进一步扩大交游系统的规模，我们基本上可以将清代骈文家尽数笼括在内。

　　要之，清代江南地区骈文的发展，并不是一个孤立封闭、自成一统的体系，而是一个建立在与江南地区以外区域大范围、长时间、大规模充分交

---

① 梅新林：《中国文学地理形态与演变》，上海人民出版社2014年版，第11页。
② 参见睢骏《王芑孙研究》，华东师范大学出版社2011年版，第86—262页。

流、互动基础上的开放性体系，无论是创作上的相互切磋、借鉴，还是理论上的相互呼应与辨正，其皆是江南骈文发展的不可或缺的组成部分。应当说，虽然清代江南与其他区域在骈文创作、理论探讨方面的互动，是一个比较隐在的现象，但它实际正是清代江南以至清代全域骈文复兴的重要推动力之一。

乙编　沿袭振起：清初江南骈文

引论　清初江南骈文与清代骈文史的恢弘开局

明末以张溥、陈子龙、李雯、夏允彝等为代表的文坛精英，通过编纂总集与丛刊、理论探讨、文学创作等活动，为骈体文的复兴奠定了坚实的基础。清初江南骈文家及时把握骈文振起的契机，首先奏响了清代骈文复兴的强劲旋律，张仁青《中国骈文发展史》有云："清代骈文，既俨然复兴气象，最早露头角者，为尤侗、吴绮、毛奇龄、陈维崧、吴兆骞诸人，而陆繁弨、黄之隽、章藻功则其继焉者也。"① 当然，张氏所述诸人而外，以陆圻、毛先舒、柴绍炳为代表的"西泠十子"以及黄始、钮琇、徐瑶、谢芳连、王嗣槐、朱彝尊、李绳远等也值得一提。而正是尤、陈、二毛、二吴、陆、章、黄诸人，不但从创作上，而且从理论上，将清代江南骈文推向了一个发展的高潮，清代骈文的恢弘局面也由此正式打开。

清初江南骈文作家的总量并不多，但出现了几个颇具分量的骈文大家、名家，他们不仅创作出了数量和艺术成就都相当可观的骈文作品，开辟出了几个骈文创作路向，并且在骈文理论方面也进行了颇具开创意义的探讨，从而对清代中后期骈文的发展产生了重要的影响。在诸骈文家中，首先要提到的是宜兴陈维崧。陈氏有《陈迦陵俪体文集》十卷 160 余篇，所为骈文"瑰丽宏肆，几欲抗衡古人"②，徐乾学所谓"庾开府来，一人而已"③，堪称清初骈文第一大家。其文导源徐、庾，出入初唐四杰及晚唐名家，沉雄博丽，一世称扬，由此，陈氏也成为张仁青所谓清代骈文三唐派（刘麟生《中国骈文史》则将其归入博丽派）的始倡宗匠之一。就理论探讨而言，陈氏在《词选序》中高呼"盖天之生才不尽，文章之体格亦不尽"④，将骈体文推举到可与诗赋、散体甚至经史相并列的地位，从而大声喤嗒地开启了清

---

① 张仁青：《中国骈文发展史》，浙江大学出版社 2009 年版，第 416 页。
② 刘麟生：《中国骈文史》，商务印书馆 1937 年版，第 123 页。
③ 徐乾学：《憺园文集》卷二十九《陈检讨墓志铭》，清康熙三十六年冠山堂刻本。
④ 陈维崧：《陈迦陵文集》卷二，《四部丛刊》本。

代的骈文尊体运动。

　　与陈维崧一起推尊骈体的清初骈文家，还要提到仁和毛先舒。毛先舒骈文创作的成就不是很高，除了曾燠《国朝骈体正宗》所录《湖海楼俪体文（集）序》《答沈去矜书》及一些题赞短制外，值得重视的佳作并不多。相对于骈文创作来讲，毛氏在骈文理论方面所作努力的意义要更大一些，他在《湖海楼俪体文集序》中从"原夫太极，是生两仪；由兹而来，物非无耦"①的哲学角度切入，强调文之有散有骈，正如自然万物有奇有偶一样，是理所当然而非人力强为的结果。如果说陈维崧的骈文尊体理论，主要是从文学史现实的层面，总结出文学创作因创作者才力的相异而必有多种体格，骈体文同样可以创作出成就斐然之作品的话，那么毛先舒的主张则从哲学的层面为之找到了根本的依据。两者一具体、一抽象，彼此配合、两相呼应，骈文尊体的问题就论述得比较完整、清晰了。应当说，清人关于骈散地位、骈散关系文体的持久探讨，陈维崧、毛先舒并非始作俑者，但他们最早对这一问题作了比较深刻、清楚的论析，其影响是深远的。

　　陈、毛二人而外，吴农祥与章藻功应当引起骈文研究者的充分重视。从骈文研究史来看，吴农祥是被遗忘的骈体名家，而章藻功则是被过度轻视的作家。仅从吴氏遗留下来的《流铅集》稿本上册十六卷来看，其字雕句琢、音韵协谐而具雅饬清畅之风的大量作品，在清初便足名一家。不但如此，吴农祥在《章岂绩花隐亭文集序》一文中还对骈体文的本质、发展历史、主要"积弊"及创作方法等问题，进行了简略而比较深入的论析，其虽有不足，但无疑是清初综合探讨骈文本质、发展和创作等一系列文体的重要论文之一。

　　章藻功在清初的声名很响亮，《思绮堂集》所收十卷284篇骈文作品，乃是他在清初骈文史上享有比较崇高地位的有力保证。可是由于作为官方意识形态代言者的《四库全书提要》对章氏骈文的评价较低（准确一点说是章氏骈文对宋人骈体特点的较多继承恰与时代骈文风尚相左），从乾隆朝开始，章藻功的骈文就逐渐从骈文史的舞台上淡出，以致清代所有代表性骈文总集都对章氏骈文避而不述，这种对章文的集体性"遮蔽"是很不公允的。通过深入的研究，我们认为，章藻功的骈文固然有不少的弊病，但是其也有很多优点，用典属对的精雕细琢、行文方式的骈散间用两点，即其卓卓可述者；此外，章氏骈文在对宋代四六规摹效仿基础上所形成的宋式体格，也为

----

①　陈维崧：《湖海楼俪体文集》卷首，清光绪十七年刻本。

清代骈文宋代四六体树立了重要典范；再者，章藻功还在《序陆拒石夫子善卷堂遗集后》及《与吴殷南论四六书》等文章中，对骈文创作的理想境界、用典属对、篇章布局、文章体式及当代骈文发展现状等问题进行了独到的论析，这是清初骈文理论的重要组成部分。要之，章藻功与吴农祥相似，都是清代骈文创作和理论研究不可绕过的重要人物，应当将他们从被遗忘、忽视的误区中解放出来。

当然，尤侗、吴兆骞、陆繁弨等人也是清初江南骈文研究需要重点关注的对象。他们的骈文成就总体上虽不及陈维崧，但都是清初骈文史上风格成熟、自名一体的代表性作家。张仁青《中国骈文发展史》论三人之文云："吴兆骞承汉魏之遗……陆繁弨豪华精整，振藻耀采，尤侗熟精《骚》《选》，间作俪辞，杂发谐谑，遂为四六别调。"① 实可以视为对他们骈文渊源、风格的精简概括。

作为清初苏州府骈文第一名家的尤侗，是长期受到"批评性重视"的一位骈文作家，他之所以受到批评的关键原因，就是其文章的"游戏性"，如谢无量说尤文"非文章正轨"②，并批评其"有伤大雅"，延君寿则谓尤文"恃才而怪"③、不可效法；而尤侗之所以受到重视，无非就是因为他的骈文创作，确实取得了不容忽视的艺术成就，比如林传甲在他的《中国文学史》中，就将尤氏视为与陈维崧一样杰出的骈体名家。事实上，骈文史论家对于尤侗的争议性评价，说到底还是一个骈文评价标准的问题，是不是骈文创作的风格特点、艺术趣尚，就是评价一个作家骈文成就的根本标准？骈文创作中的字句锤炼、典故运用、修辞运使、篇章布局、意境蕴生等诸多方面所达到的境界及其总体艺术成就，在评价一个作家的成就、地位时到底应占多大的分量？这都是尤侗给我们提出的问题，而这也将是下文论尤文时重点要解决的一个问题。

与尤侗同隶苏州府的吴兆骞，是一个命运十分坎坷的名才子，他的后半生都在遥远荒寒的宁古塔度过。虽然他一生创作不辍，但不幸的是，他的骈文作品佚失十分严重，目前我们所能见到的吴氏骈文作品，就只有吴氏之子吴振臣刻《秋笳集》中的十几篇。从仅有的这十几篇骈文来看，吴文主要是祖述六朝、初唐，其总体上用典不多而文气颇为清畅，另外善以艳词写哀

---

① 张仁青：《中国骈文发展史》，第416页。
② 谢无量：《骈文指南》，上海中华书局1918年版，第79页。
③ 延君寿：《老生常谈》，郭绍虞编选，富寿荪校点《清诗话续编》，上海古籍出版社1983年版，第1795页。

思，并且重寄托，在形式上也颇为整饬，是毫无疑问的才子之文。虽然我们不能见到吴文的全貌，但是以斑窥豹，将吴氏定位在清初骈文名家的层面上，应是没有疑义的。

陆繁弨是陆圻的侄儿，亦以骈文驰誉清初文坛。陆圻在谈到清初"西陵俪语，家有灵蛇"时，就特别推扬"秀如春采"的陆繁弨之文，认为它和"绚若朝霞"的王嗣槐之文"故当并推"①；而毛先舒总结"西陵三绝"时，也将"行控送于绝丽，能使妙义回环而来"的陆氏骈文定为其中"一绝"②。从《善卷堂四六》来看，陆繁弨之文结体豪华、注重藻采，且特别注重文章形式的工整，是比较典型的四六文，这也是陆文遭到反对四六文的清中叶以降文坛冷落的关键原因；同时，陆文好议论、好大量用典，且多有虚语敷衍的实用色彩，这些也使他的骈文成就被打了一些折扣。当然，一分为二地讲，陆文形式工整、内蕴丰富，确实取得了较高的成就，在清初骈坛可以说足名一家；另外，他对以六朝文学为最高典范的俪体文风的推崇，对骈散地位的分析，也参与到了清初提倡正视骈文、振兴骈文的舆论潮流之中，推动了清初骈文的发展，值得重视。

清代松江府骈文的总体成就，在整个江南地区是比较低的，黄之隽是该地区唯一一位进入清代骈体名家行列的骈文作家。黄之隽也是一位存在争议骈文家，虽然张仁青在《中国骈文发展史》中将他视为"兼有三唐之胜"的骈体名手③，但《四库全书总目》便批评他"为狡狯游戏之文，不免词人之结习"④，这里所涉及的根本问题，与骈文史在评价尤侗时的情况颇为相似，亦即以什么样的标准来评价骈文成就的问题。在我们看来，黄之隽的骈文虽然存在不少不足，但成就是主要的，尤其是他的《香屑集序》一文，即便有"词人之结习"，有相当的游戏性，但就连四库馆臣也不得不佩服这篇作品在艺术上的精妙。因此，黄之隽应当成为我们考察清初江南骈文发展状况时的重要对象。下文即以陈维崧、尤侗、吴兆骞、吴农祥、陆繁弨、章藻功、黄之隽为例，对清初江南骈文的成就，作有选择的深入探讨。

在进入具体论述之前，有必要对清初江南骈文发展的总体特点做一个扼要的概括：

---

① 王晫撰，陈大康校点：《今世说》，上海古籍出版社2012年版，第184页。
② 王晫撰，陈大康校点：《今世说》，第184—185页。
③ 张仁青：《中国骈文史》，第434页。
④ 四库全书研究所整理：《钦定四库全书总目·别集类存目十一·唐堂集》，中华书局1997年版，第2579页。

其一，在沿袭中树立自我。清代骈文的复兴不是一蹴而就的，清初骈文家们在将近一百年时间内所做的各方面努力，是乾嘉骈文鼎盛的基本前提，而如何在沿袭中树立自我，乃是清初骈文发展的核心问题。为了达成这一目的，清初特别是江南地区的骈文家们做了两个重要工作：首先，从晚明陈子龙、张溥等人手中接过骈文振兴的大旗；其次，在接续晚明骈文发展脉络的基础上，进一步向前推溯，并结合时代需要努力创辟。

较早着手进行这项工作的，乃是前述的以钱塘陆圻、仁和毛先舒为代表的"西泠十子"。"西泠十子"的年齿与陈子龙、张溥等相近，并与陈子龙一起组织过登楼社，不过从诗文传承的序列上来讲，他们都算是陈子龙的学生。由于"十子"与陈子龙等晚明骈文的代表人物有十分密切的过从，所以，他们乃成为接续晚明骈文振兴脉络比较重要的一批骈文作家；同时，也正因为"十子"与陈子龙等人的年齿十分接近、关系十分亲近，所以他们的骈文观念便和陈子龙等人有着较高的相似度，这就导致他们的骈文创作保留了比较明显的晚明风貌。

真正有力地改变这一局面、使骈文创作慢慢打上清人烙印的，首先就是陈维崧，他不但在理论上十分鲜明地推尊骈体，而且在创作上进一步拓展效仿学习的对象，将陈子龙等人没有足够重视的初唐骈文也纳入取则的视野，另外还结合明清易代的社会现实在骈文题材、主题上有了比较重要的扩容。陈维崧而外，清初尤侗、吴兆骞、吴农祥、陆繁弨、章藻功、黄之隽诸人，也都能够在接续晚明骈文发展脉络的基础上，广泛规抚前贤，从而在各自的路向上，与陈维崧一起构建起了属于清代骈文的理论与创作面貌。

其二，内部各区域发展不平衡。从文学地理学的视角来看，清代骈文发展存在地域性的不平衡，就个别区域而言，其内部也存在一定的不平衡。就江南地区的骈文来看，正如前文在揭示该地区骈文代表作家时空分布时呈现的，清初江南骈坛，杭州、苏州、常州三府的骈文创作相对兴盛，松江、嘉兴二府次之，镇江、湖州二府及太仓州几乎找不出有足够分量的骈文代表作家。杭州府骈文之所以能够独占鳌头，超越江南其他地区，与"西泠"诸子群体性承衍明末陈子龙诸人骈文之脉有根本的关联；同时，他们通过理论探讨和创作所形成的总体氛围，又影响了一批骈文家，吴农祥、王嗣槐、吴任臣、徐林鸿、陆繁弨及其弟子章藻功、洪昇等即其代表。而常州府的陈维崧，嘉兴府的朱彝尊、李绳远，绍兴府的毛奇龄，松江府的黄之隽等，也都是直接或间接受到明末陈子龙诸人影响的骈文家，这也是江南常、嘉、松三府骈文相对兴盛的重要原因。另外，苏州府（太仓州大体可以归入苏州府）

从明初开始便是文人诗客的"集中产地",而该地区骈文之所以比较发达,与明末太仓张溥、张采等人对于六朝骈俪文风的提倡实有着内在的关联。在这个意义上,我们可以说清初湖州、镇江二府骈文的落后,与它们同以陈子龙为代表的江南早期骈文创作"距离"较远,是有内在联系的。

其三,初步展示创作与理论探讨的共同推挽。创作与理论共推共挽,是清代江南骈文发展的重要特征之一,这一特征在清代初期已经初步体现。应当说,清初江南骈文代表性作家都有或多或少、或深或浅的骈文主张,陆圻、毛先舒、陈维崧、尤侗、吴农祥、陆繁弨、章藻功等人自不必说,就是像黄始这样骈文创作不多而主要以编纂骈文总集名世的作家,也有比较鲜明的骈文主张,如其在《听嘤堂四六新书》的自序中言道:

> 日星丽乎天,而光华常旦;川岳附乎地,而经纬恒新:是日星川岳,天地之大文也。使天有其日星,而无云霞为之披拂、雨露为之濡润,则天亦颓然其光华尔;使地有其川岳,而无波涛为之潆洄、草木为之掩映,则地亦庞然其经纬尔。曷以穷生态之奇,宣物华之盛哉?文章之道亦然。西京而下暨唐宋诸大家之文,文之日星川岳也;魏晋而下,自六朝以迄唐初诸子比耦之文,文之云霞雨露、波涛草木也。龙门、昌黎、欧、苏诸家,发起光华,彰其经纬,而无徐、庾、谢、鲍、王、杨、卢、骆诸子为之披拂焉,潆洄而掩映焉,则文之体终未备,文之奇终未宣,文之精英光怪终未毕呈而畅露:古大家之文与比耦之文,不可不并传也。①

用天地自然作比以论骈散关系、骈散地位,是清代骈文理论研究者们常用的思路,黄始的这段论述未必比毛先舒、吴绮、袁枚等人之论深刻,但其突出骈体文价值、地位的理论祈向与毛、吴、袁等人是一致的;而黄始通过《听嘤堂四六新书》这样的骈文总集传递这一主张,就影响力而言,堪与毛、吴、袁以及陈维崧等人的相关论析一较高下,骈散融通在创作上越来越成为清代许多骈文家们的自觉选择,显然与包括清初诸家之论在内的理论提倡直接相关。要之,创作推动了理论探讨,理论探讨又反过来进一步推动创作,这一特点在清初江南骈文发展过程中已经体现得比较清晰了。

---

① 黄始:《听嘤堂四六新书》卷首,《四库禁毁书丛刊》本。

第一章 陈维崧与清代苏、松、常骈文的初兴

清初是江南骈文的初兴期，一批创作面貌各异的骈文作家相继登上文坛，他们接过明末陈子龙、张溥等人振兴骈文的旗帜，成功地打开了清代骈文全面复兴的局面。在清初江南骈文作家群体中，陈维崧的文学史地位最为崇高、影响也最大，如果将陈维崧比作清初江南骈文天空中的一轮明月的话，那么陆圻、毛先舒、吴农祥、章藻功、王嗣槐、尤侗、吴兆骞、黄始、钮琇、徐瑶、谢芳连、黄之隽等人，就像是围绕在这轮明月周围的群星，他们星月交辉，共同缔造了清代骈文的首次辉煌。本章将以陈维崧、尤侗、吴兆骞、黄之隽为例，对清初苏、松、常三府的骈文创作进行考察。

第一节 清初骈文第一大家：陈维崧

清初江南骈文承明末之余绪，后来居上，为有清一代骈文的发展奠定了坚实的基础。而在众多的骈文家中，出身名门的陈维崧堪称清初骈文第一大家。陈氏一生落拓坎坷，但其在骈文创作方面取得了举世瞩目的成就，《陈迦陵俪体文集》160多篇作品，为清代骈文的发展开辟了雄浑的局面，对后世影响深远。目前学界对陈维崧骈文的研究，主要是集中在对陈氏骈文创作艺术特征作印象式的评述，系统深入的探讨尚付阙如。此节即拟从陈氏家世生平，陈氏骈文创作总体状况、艺术成就与文学史地位、影响等方面，对陈维崧其人及其骈文创作进行较为全面的研究。

一 陈维崧家世生平

陈维崧（1625—1682），字其年，号迦陵，常州府阳羡人，有清一代"著作之富甲于古今"[①]的词坛巨擘、骈坛宗匠、诗歌与古文名手。他生而

[①] 任光奇：《湖海楼诗集跋》，陈维崧《湖海楼诗集》卷末，清光绪十七年刻本。

颖异，"髫龀受经，过目成诵"①，五六岁即能吟诗，"吟即成句"②，十岁时曾代祖父于廷作《杨忠烈像赞》，文笔老成，气象可观，表现出卓异的文学创作天赋。年未弱冠，便与吴兆骞、彭师古一起，被文坛宗匠吴伟业目为"江左三凤凰"。顺治八、九年（1651—1652）间，江南苏、松、常、镇四府大兴文会，四郡文人名士毕集，"觞酌未引"，其年"索笔赋诗，数十韵立就。或时作记序，用六朝俳体，顷刻千言，巨丽无与比。诸名士惊叹以为神。"③ 这次文会使得年未而立的陈维崧名声大振。但是此后，他应科举考试却两试两负，所谓"两战两不收，霜蹄一朝蹶"④，从此便开始了长达近二十年的羁游生涯。徐乾学《湖海楼全集序》笼括其大体形迹，谓"访旧雉皋，薄游大梁，多故人寂寞之游，所至辄徙倚穷年，少亦累月。"⑤ 颠沛坎壈，乞食终年，饱受了生活的困苦。他的儿女也在这段时间先后亡逝，尤其幼子狮儿的夭折，令这位多情的老诗人心魂俱怆，其《上宋蓼天总宪书》谓"年逾五十，一子复殇，神理荼酷，精魂溃裂，自今以往，崧殆无意于人间世矣"⑥，可见其痛苦之深。康熙十八年（1679），清廷开博学宏词科，网罗天下文士，其年因宋德宜之荐应试，中式一等第十名，拔授翰林院检讨，与修《明史》，结束了"老诸生"的生涯。但检讨之职并没有能改变其年一家生活的困苦，相反其"自得官后，贫益奇"⑦，未满四年，即于康熙二十一年五月赍恨而亡。死后穷窘无余赀归葬，幸得朋辈宋德宜、徐乾学、冯溥诸人璩资入殓，返骨阳羡故土，凄凉如此，令人感慨。

其年的一生虽然饱经苦难，但是在一定程度上，这恰恰成就了他在文学创作上卓越，前引徐乾学《湖海楼全集序》论其年羁旅漂泊之苦况而后，即言其年在此过程中每每"当花对酒，感慨悲凉，一以文章自遣，著述甚富，诸体毕备"，虽说"文益工，穷益甚"⑧，不过若没有这"益甚"之"穷"，其年也未必能写作出数量宏富的"益工"之"文"，中国文学史上文学家生活遭际之"穷"与文学创作之"工"的悖论，往往都是如此。当

---

① 蒋永修：《陈检讨迦陵先生传》，陈淮编《湖海楼全集》卷首，清乾隆六十年浩然堂刻本。
② 陈宗石：《湖海楼诗跋》，陈维崧《湖海楼诗集》卷末，《四部丛刊》本。
③ 蒋永修：《陈检讨迦陵先生传》，陈淮编《湖海楼全集》卷首。
④ 陈维崧：《湖海楼诗集》卷一《将发如皋留别冒巢民先生》。
⑤ 陈淮编：《湖海楼全集》卷首。
⑥ 陈维崧：《陈迦陵文集》卷四，《四部丛刊本》。
⑦ 蒋永修：《陈检讨迦陵先生传》，陈淮编《湖海楼全集》卷首。
⑧ 陈淮编：《湖海楼全集》卷首。

然，陈维崧在文学史上卓然名家的地位的确立，固然不仅仅是生活遭际所能完全赋予的，他的异禀天成、勤学刻苦，他深厚的家学影响、丰富的师友交游诸方面，都是不可或缺的促成因素。其年的勤学刻苦，史籍不多载，不过经由蒋永修《陈检讨迦陵先生传》所载其年"日手一卷书，所历南舟、北辕、樯危、马骇"，"咿吟自如，未尝释卷。其于书若嗜欲，无不渔猎"[1]数语，我们已可推知他读书的勤苦。这里我们重点关注其年一生中宗风家学泽溉和师友交游助益两方面问题。

其一，宗风家学的泽溉。在中国古代文化视阈中，德行、功业、文章是在历史坐标上定位文士一生价值地位的三个主要标准。而在对文人的具体历史审视中，功业一方面很多时候可以缺位，但道德、文章则须兼备。陈维崧大半生以布衣诸生的身份浪游南北，到了四十五岁应博学宏词中式，方任翰林院检讨，此后未满四年便赍恨辞世，功业一端实在是谈不上，实际上文化史也主要是从德行、文章（尤其是文章）方面对陈维崧进行价值定位的。而阳羡亳村陈氏宗风家学对于陈维崧的泽溉影响，主要正在德行、文章两方面。

这亦可分为两方面而言，一是道德品节的影响。亳村陈氏为阳羡望族，储掌文《新修亳村陈氏宗谱序》谓"陈氏凤称吾宜华望，与东海延陵诸巨室相颉颃"[2]，其年《与芝麓先生书》自述家世亦谓陈氏"家珥貂蝉，世叨恩泽。丹轮络绎，人称王谢之门；白尘连翩，世曰袁杨之裔。"[3] 推其渊源，可上溯至南宋大儒瑞安陈傅良。元初陈氏由瑞安徙居宜兴，其先居宜兴滆湖南白塔里，后至卫辉公弘甫乃迁亳村，遂定居。陈氏自傅良以下至耕隐公远潊的脉络不甚清晰[4]，耕隐公以下至其年则颇明确，陈维崧《敕赠征仕郎翰林院检讨先府君行略》云："耕隐公以名德重一时……耕隐公生思堂公邦，

---

[1] 陈淮编：《湖海楼全集》卷首。
[2] 储掌文：《云溪文集》卷五《新修亳村陈氏宗谱序》，清乾隆三十六年在陆草堂刻本。
[3] 陈维崧：《陈迦陵俪体文集》卷二，《四部丛刊》本。
[4] 陈维崧《敕赠征仕郎翰林院检讨先府君行略》云："（陈氏）自宋大儒止斋公居永嘉，自永嘉徙义兴（即宜兴），生仓四公，仓四公生四子，五传至卫辉丞弘甫公，由湖南徙亳村，又五传生耕隐公远潊。"这里的叙述有不甚确切处：止斋公陈傅良固然居永嘉，但"自永嘉徙义兴"者应非陈傅良，首先，傅良卒于南宋章宗嘉泰三年（1203），彼时距宋亡（1279年）尚远；其次，陈行山《始祖宋亲军指挥使承先公小传》即称陈氏自永嘉迁至宜兴者，乃陈傅良裔孙承先公。陈维崧文参见陈氏《陈迦陵文集》卷五；陈行山文参见任烜撰《亳里陈氏家乘》卷十一，民国二十九年开远堂藏本。

为桐庐丞。思堂公生古愚公宪章,古愚公生怀古公一经。"① 陈一经即其年曾祖。一经生于廷,于廷生贞慧,即其年之父。

陈氏自"肇止斋之理学兮,列名臣之豆俎"② 以降,代有闻人,尤其朱明一朝,阳羡陈氏之名一世共仰。如其年曾祖一经"至性纯孝。生不识父,询得貌,绘而事之,每谛视辄呜咽泣下。母节蒙旌,以馆资佐官锡建坊。"又为陈氏家族"设义塾,置义田",为家族发展尽心尽力,其殁后,乡党私谥"孝洁先生"。③ 其年祖父陈于廷,更是明末直声震动朝野的东林巨子,其先后因抗击魏忠贤和违忤崇祯帝两次被削籍,但是他一秉素性,刚直不阿,成为士林景仰的一代诤臣。于廷生四子,三子贞达曾以忤魏珰意"下诏狱",耿介一如其父;甲申之变,"流贼陷燕都,被执,瞋目骂贼。贼怒,以刀斫之,流血赭体,骂愈甚。桎两足投马枥中,溃以马矢,骂犹不绝,三日而死"④,刚烈如此。季子贞慧为"明末四公子"之一,其立身正直,"慷慨发奋,始终一节"⑤,崇祯末与吴应箕、顾杲等布《留都防乱公揭》,声讨阮大铖,所谓"义声一呼,枉正立决,使天下复知春秋之义,不限于乱贼之诛"⑥,其风概节义,士林推服。我们纵览陈氏几百年的家族历史,将陈氏称为忠孝贞烈之族,是绝不为过的。

其年为名族之孙、名父之子,一生立世为人之大节,颇有祖先风范,徐乾学《陈检讨维崧墓志铭》即称其年"自束发以来",便"耳濡目染"乃祖于廷、乃父贞慧的节概风义,很早就远离了"俗下儇薄气"⑦。当然,陈氏家族这种忠孝贞烈的传统之于其年的影响,主要是以一种较为婉曲的方式呈现的。其年生当明末山河板荡之际,待其成年,家族已日益衰弱,他一生最为灿烂的年华几乎都是以一个老诸生的身份浪游南北,因此他既不能像祖父陈于廷那样慷慨持节、立朝指陈,也不能像父亲陈贞慧那样主持清流、叱咤一世,而只能在满清新朝做一个穷窘谨慎的名族贵公子。比较能体现其年

---

① 陈维崧:《陈迦陵文集》卷五。
② 陈维岳:《家风赋》,任烜撰《亳里陈氏家乘》卷十八。
③ 李先荣等原本,阮升基增修,宁楷等增纂:《重刊宜兴县旧志》卷八《人物志·孝友》,清嘉庆二年增补康熙刻本。
④ 李先荣等原本,阮升基增修,宁楷等增纂:《重刊宜兴县旧志》卷八《人物志·忠义》。
⑤ 汪琬:《尧峰文钞》卷二十《陈定生墓表》,《四部丛刊》本。
⑥ 陈维崧:《陈迦陵文集》卷五《敕赠征仕郎翰林院检讨先府君行略》。
⑦ 吴志达主编:《中华大典·文学典·明清文学分典·清文学部一》,凤凰出版社2005年版,第521页。

身上名族风范的地方，主要在于他立身处世的基本方式，蒋永修《陈检讨迦陵先生传》有云：

> 髯（即陈维崧）为人内行修，视诸弟甚友爱，笃亲戚朋友，遇人温温若讷，生平无疾辞遽色。其游诸公间，谨慎不泄，持己以正，时有所匡，诸公以故乐近之，而莫敢狎也。①

其年《将发如皋留别冒巢民先生》谓"余本王谢儿，鄙性恶拘系"②，这样不惯拘束的陈其年，与人相处却"温温若讷"，"无疾辞遽色"，这固然是他"内行修"的结果，但也应是他应对落拓穷窘之生存处境的需要。当然，"遇人温温若讷"并不是木讷畏缩，当他周旋于公卿僚佐之间时，一方面固然"谨慎不泄"，但同时又能"持己以正，时有所匡"，表现出得体的性格锋芒，我们将之与他"视诸弟甚友爱，笃亲戚朋友"的孝友品格相结合，已经可以感觉到陈氏忠孝贞烈家族传统在其身上的委婉折射了。

二是家族文风的影响。其年先祖大多不以文名世：陈傅良以儒学，陈一经以孝洁，陈于廷以耿直，陈贞达以刚烈，陈贞慧以气节……但是名族世家，一脉文风却赓续不断。陈傅良在学术研究之外，兼擅诗文，其诗录于《全宋诗》，文有《止斋集》。傅良而后，陈于廷有《定轩存稿》三卷。于廷长子贞贻"四岁能为骈体，十岁为文，太守欧阳公器重之"，长而益勤苦攻读，为文"放笔千言，才情浩森，江左文坛，推为主盟"。③ 贞慧有《皇明语林》《山阳录》《雪岑集》《书事七则》《秋园杂佩》诸集，史笔诗情，卓然散文名手。其年生长于这样的文学家族，受先辈诗文之泽的沾溉，实是他的天然之幸，如胡献征序《陈迦陵文集》即谓其年为文"素渊源于家学"④，而徐乾学序《湖海楼全集》亦有"其年童子时，即沾濡家学"⑤ 之论。如果要进一步指出在其年文学生涯过程中，对他影响最为直接、深刻的家族先辈，那么必推他的祖父陈于廷和父亲陈贞慧了。

其年四弟陈宗石《湖海楼诗跋》云，其年"生而颖异，五六岁即能吟，

---

① 陈淮编：《湖海楼全集》卷首。
② 陈维崧：《湖海楼诗集》卷一。
③ 李先荣等原本，阮升基增修，宁楷等增纂：《重刊宜兴县旧志》卷八《人物志·文苑》。
④ 陈维崧：《陈迦陵文集》卷首。
⑤ 陈淮编：《湖海楼全集》卷首。

吟即成句。先大父暨先大人钟爱之。"① 陈于廷对其年的钟爱，有一个论者津津乐道的例证，那就是在其年十岁时，于廷曾让他代笔作《杨忠烈像赞》。忠烈系指杨涟，其与陈于廷、左光斗同为明末诤臣名卿，三人私谊极厚，于廷在杨涟殁后为友人笼括一生行迹风概，意义非同一般，而他竟将这样的文字属诸年方十龄的幼孙陈其年，可见他对其年的器重与厚爱。其年之父陈贞慧对他的影响，谢章铤《赌棋山庄词话》所论较为典型，谢氏谓陈氏"门材最盛"，其年而外，其年二弟维崶、三弟维岳皆是一时文坛俊才，兄弟三人"含宫咀商，埙篪迭奏"，"故不独迦陵有凤凰之誉，即群从亦半是惠连"，洵为家族盛事。而他们兄弟三人之所以能卓然自立、享誉文坛，都离不开他们的父亲陈贞慧的教诲影响，正如谢氏所云，贞慧"文采炳蔚，贻为渊源"。②

实际从家族文化传统延续的角度来说，陈维崧衍承家族先辈之道德品节、诗文风流，并努力使之发扬光大，不但是他作为陈氏家族贤子孙的天然幸运，同时也是他应尽的分内之责，这一点在家族文化持续发达的中国传统社会，是颇为典型的。

其二，师友交游的助益。文学创作是一种综合性的精神文化活动，它不仅包括作者自身基于才情学识所进行的个体性创作行为，还包括作者之间基于观点相似、性情相类、地缘相近、血缘相亲等因素而展开的群体性交往活动，在这类活动中，师友交游一点应引起文学史研究的足够重视：它不但是创作者们思想碰撞、灵感互激的主要途径，而且是各种文学群体、流派形成与衍变的基本推动力量。在陈维崧由名门之后、天才神童成长为文坛巨擘、流派领袖的人生历程中，师友交游正是起到了十分重要的推动作用。

正如前引蒋永修《陈检讨迦陵先生传》所云，其年生平"笃亲戚朋友"，故交游极众，上自王侯大吏，下至落拓文士，若气类相投，其年皆与论交。师执辈如吴应箕、陈子龙、李雯、吴伟业、钱禧、侯方域、冒襄、黄宗羲、宋琬、龚鼎孳、冯溥诸人，朋辈如王士禄、王士禛、邹祗谟、董以宁、任绳隗、曹亮武、蒋永修、宋实颖、宋德宜、吴兆骞、计东、孙枝蔚、邓汉仪、朱彝尊、吴绮、陆圻、毛先舒、毛奇龄、徐乾学、尤侗、洪昇、叶奕苞、纳兰性德及其年弟维崶、维岳、宗石诸人，其年与他们情兼师友，唱

---

① 陈维崧：《湖海楼诗集》卷末。
② 谢章铤：《赌棋山庄词话》卷四，唐圭璋编《词话丛编》，中华书局2005年版，第3380页。

酬往还，结下了深厚的情谊。在其年与他们的交游过程中，有两个主题是颇为突出的，一是品节砥砺，二是诗文切磋，这两方面都对其年的成长起到了深刻的影响。

所谓品节砥砺，乃指友朋间互以亮节高义相激发，此推彼挽，淬砺品格。其年父、祖二人皆为一代名士，他们所与交游亦"尽一时名士"①，因此其年"发始覆眉"，便有很多机会随侍祖父、父亲之侧，"聆诸先生议论"②。不但如此，其年之父陈贞慧还特意为他延请道德学问兼美的师长为其开蒙、授读，陈子龙、吴应箕就是其中两个代表性人物。陈子龙为明末复社名流、几社魁首，吴应箕则与陈贞慧同为首倡《留都防乱公揭》的复社中坚，他们都是以气节名世的一时豪杰。陈、吴而外，前述其年师执辈李雯、吴伟业、钱禧、侯方域、冒襄、黄宗羲诸人，也都是明清之际以亮节高风为后世钦仰的文人士大夫典型；而其年的那些同辈文朋如王士禛、邹祗谟、董以宁、吴兆骞、计东、孙枝蔚、吴绮、尤侗、洪昇诸人，虽然不能像他们的前辈陈子龙、吴应箕等人那样，在动荡的时代境遇中充分展现其道德品节，但是他们在太平新朝，也表现出杰出文人应有的精神品格。

其年一生与这些名士文人交游往还，不可避免地要受到他们或直接或间接的影响，这种影响落实于其年身上，产生了两种貌似矛盾的作用：一是对其年为人处世"谨慎不泄，持己以正"之风格的保持与不断完善有所助益；二是对其年狂狷之性格特点的保持与一定程度的加强有所推动。一则"谨慎不泄，持己以正"，一则狂狷不羁，两者貌似相悖，实则内在一致。"谨慎不泄，持己以正"固然是文人高格，君子本色，但狂狷不羁未尝不正，并且在中国文化传统中，士人狂狷的底色向来多是一个"正"字，正与狂狷往往是文人品性一体的两面。结合其年的经历，可以说"谨慎不泄，持己以正"主要是落拓文人应对复杂现实的需要，而狂狷不羁则更是高洁君子的风骨本然。

"谨慎"与"正"的一面，前文已有述及，这里我们重点概论其年与其师友辈狂狷互激的一面。其年写诗为文常常对自己的"狂"有所述及，如《与芝麓先生书》自称"涉笔轻华，持身狂躁"③，《与周子俶书》自谓生平"无王粲依人之策，而有祢衡傲物之累"④，《答毗陵友人书》亦自称"少足

---

① 蒋永修：《陈检讨迦陵先生传》，陈淮编《湖海楼全集》卷首。
② 陈宗石：《湖海楼诗跋》，陈维崧《湖海楼诗集》卷末。
③ 陈维崧：《陈迦陵俪体文集》卷二。
④ 同上。

清狂"①。清狂傲物自是其年天性，但是在面对浊世现实之时能否长期保持这一品性，与他是否有许多气类相契的友朋与之互相激发、肯定，有很深的关联。其年与江都吴绮的交游有相当的典型性。绮字园次，一字丰南，号绮园，以多风力、尚风节、饶风雅，时人称为"三风太守"。康熙十一年（1672），吴绮至宜兴访其年，时其年卧病百余日刚刚好转，绮至则"屣倒狂呼忘主宾，厨空絮语凭乡里"②，与定布衣之交。在二人所作的《满江红》词中，可以推知他们交游的大略，如其年词下阕曰：

> 嗟墨突，殊堪耻；怜范釜，还私喜。且樵苏不爨，清谈而已。开口会能求相印，吾生讵向沟中死！终不然鹥奋华山阴，从吾子。③

在他们狂放的词风中，我们看到二人定交的基础，主要就在于那种目空一切但气类相投的清狂，他们引古论今，清谈衡世，在内心的共鸣中彼此淬激，互为师友，从而使得自己的品格得到提升。类似的情形，在其年与其他诸师友的交游中比比皆是。应当说，陈其年一生与师友的交游砥砺，对他高洁人格的塑造起到了重要的作用；而且引申到他的文学创作，其诗、文、词作沉雄健举风格的形成，实亦与此有莫大关联。

文人交游，砥砺品节而外，文艺切磋乃是非常重要的方面，其年与诸师友的交游，也几乎全部是兼有此两项内容的。其年与师友诸人探讨文艺的概况，蒋景祁《迦陵先生外传》所载论，具有相当的代表性：

> 先生生而颖异……从学者为贵池吴次尾（吴应箕）、吴门钱吉士（钱禧）两先生。一时名公硕望如娄东（吴伟业）、云间（陈子龙）、皖江（龚鼎孳）等，皆折辈行与交，争为延誉。嗣与程村（邹祗谟）、文友（董以宁）、西樵（王士禄）、阮亭（王士禛）、既亭（宋实颖）、甫草（计东）、豹人（孙枝蔚）、孝威（邓汉仪）诸君子倡和，而学益进。师友之功，信不可少哉！④

吴、钱、吴、陈、龚等是其年所与切磋诗文师长辈的代表，邹、董、二

---

① 陈维崧：《陈迦陵俪体文集》卷二。
② 阮升基修，宁楷等增纂：《宜兴县志》卷八，清光绪八年重刻嘉庆本。
③ 陈维崧：《陈迦陵词全集》卷十二，《四部丛刊》本。
④ 陈淮编：《湖海楼全集》卷首。

王、宋、计、孙、邓等则是同辈的代表。正如蒋景祁所论，其年一生的"学益进"，确乎与"师友（探讨唱酬）之功"必不可分。如诗歌创作方面，陈宗石跋《湖海楼诗全集》，谓其年早年的"益刻意为诗"，实与他长期随侍父亲贞慧之侧，"聆诸先生议论"有直接的联系。[①] 又宗石《湖海楼诗集序》概括其年一生诗歌特色的变迁有云："（其年）自龆龀时，即随先大人（陈贞慧）后，聆诸先生绪论，究心风雅。少从陈黄门（子龙）、吴祭酒（伟业）游，故其诗流丽风华，多沿六朝初唐之习。"[②] 更为具体地指出其年诗歌创作，确乎受到了师长辈陈、吴诸公的影响。诗歌如此，词、古文与骈文亦如此，其年词风、词论的形成与成熟，很大程度上就是建立在他同阳羡诸词家如邹祗谟、董以宁、任绳隗、曹亮武、陈维崧、陈维岳等人的唱酬究讨基础之上的；而其古文、骈文创作早期思想的确立，主要就是他受教于云间派陈子龙、李雯等人的结果。

显而易见，陈维崧与大量师友良朋的赠答周旋，对其一生道德品节的树立与提升，对其文学创作思想的形成、创作技艺的提高，都产生了重要的影响。综览陈维崧的一生，他这颗硕大的文坛巨星，之所以能够迅速升上清代文学的浩瀚星空，并持久散发出耀眼的光芒，确乎离不开这里所言师友交游的助益，也离不开前所谓家族文化的深厚渗润。

二 陈维崧骈文创作概况

陈维崧在清代"以诗、词、骈体文名天下，而古文亦自成家"[③]，是文坛不多的多面手，而在他几十卷的诗文著作中，其年"自喜特甚"的乃是骈体文。陈维岳跋《陈迦陵俪体文集》载其年殁世前，曾执维岳之手涕泣而曰："吾四六文不多，固吾擅场之体，恨未尽耳！"[④] 可见其于一生骈文作品的珍视。那么，那些为陈维崧赢得骈坛盛誉的骈体文，其主要版本有哪些？刊刻经过是怎样的？数量有多少？这些作品涉及的主要文体及它们的总体风格如何？这些问题都有厘清的必要。

（一）陈维崧骈文的版本、刊刻经过及总体特点

陈维崧骈文的主要版本有五个，可将其与各自的刊刻经过并述。一是蒋景祁于康熙二十三年（1684）前后刊刻于苏州的陈氏骈文未足本，即天藜

---

① 陈维崧：《湖海楼诗全集》卷末。
② 陈淮编：《湖海楼全集》卷首。
③ 同上。
④ 陈维崧：《陈迦陵俪体文集》卷末。

阁本，这也是其年骈文最早的刊本。是本之刻，据蒋永修《陈检讨迦陵先生传》，乃是康熙二十至二十一年间，其年染疾卧床，永修子经祁适在京师，他以年家子过其年寓所探望，于是其年"悉出所著诗、古文、词，手授祁，命其校刊。"①骈体文即是其中的一部分。陈维岳《陈迦陵俪体文集跋》亦云其年"殁之二年（康熙二十二年或二十三年），同邑蒋京少为遴选镂板吴门，一时风驰纸踊。"②但是蒋氏苏州刊本非其年骈文的足本，并且刊本质量也存在不少缺憾，陈维岳《陈迦陵俪体文集跋》谓其"四六文尚遗失三十许篇，且字多讹谬脱落"。

二是陈宗石、陈维岳等编刊于康熙二十八年的患立堂《湖海楼全集》本。陈维崧对其生平著述能否在身后刊刻行世，传之久远，是十分在意的，因此在病故前，他不但面嘱蒋景祁刊其遗集，而且还希望诸弟亦能身任其职。陈维岳《陈迦陵俪体文集跋》云："兄（其年）以壬戌年（1682）五月日卒于检讨之任，予时适在京师视兄疾。易箦之前二日，执余手而泣曰：'吾生平所为诗、词、古文，吾死后弟为吾润色删定之。'余涕泗滂沱不能答。余诗文远不逮大兄，而命之以润色删定之语何敢当？"③他虽自谦不敢"润色删定"乃兄之文，但没过几年他就和四弟宗石着手《湖海楼全集》的裒辑刊刻了。陈宗石未及护侍其年殁世，不过其年病笃之时，曾多次询问宗石抵京之期，"盖欲一诀，尽付生平著作为之校梓以卒其愿也"④，事实上其年全集能在身后得以很快面世，也正是陈宗石出力最大。

患立堂本《湖海楼全集》所收诗、词、文是分批先后刊刻的，其中骈体部分镂板最早。康熙二十五年丙寅（1686），即陈维崧去世后的第四年春，陈宗石迎三兄维岳至其安平官署，首先编刊其年之骈体文。由于蒋景祁刻本少收"三十许篇"，"且字多讹谬脱落"，故两人一方面收罗蒋刻所遗诸文，同时又对所有文章进行"悉遵原本"的"字句勾校"，然后由陈宗石"捐奉购工，付之剞劂，阅四月而始竣"⑤。此本将其年骈文厘为十卷，计收文168篇。四部丛刊本《陈迦陵俪体文集》即据是本影印。

三是康熙三十二年程师恭《陈检讨四六》注本。程师恭字叔才，安徽桐山人。《四库全书总目·陈检讨四六提要》引王士禛《古夫于亭杂录》

---

① 陈淮编：《湖海楼全集》卷首。
② 陈维崧：《陈迦陵俪体文集》卷末。
③ 同上。
④ 陈宗石：《陈迦陵俪体文集跋》，陈维崧《陈迦陵俪体文集》卷末。
⑤ 同上。

云，陈维崧病卒后，蒋景祁率先刻其遗集行世，而"皖人程叔才师恭又注释其四六文字以行于世"。程本对其年骈文的注释"往往失其本旨"，学术质量并不高，《四库总目提要》曾列举其在陈文史典、诗典、文典、时典注解方面的浅薄乖谬数例。但一方面程氏注释"据摭故实，尚有足资考证者"，便于学者研读陈维崧骈文；另一方面，其选录文字颇经校勘，错漏之处已较蒋景祁刻本有较大改善，故有相当的文献价值，这也是《四库全书》全书收录的一个重要原因。① 此本分二十卷，收陈维崧骈文130篇，其较康熙二十八年患立堂本少38篇。按此，可知前述陈维岳称蒋氏天藜阁本遗收的陈维崧骈文"三十许篇"，实际应是38篇。

四是乾隆六十年（1795）陈淮浩然堂《湖海楼全集》本。陈淮字望之，号药桥，陈宗石孙。乾隆末年，陈宗石、陈维岳等患立堂本《湖海楼全集》已行世一百多年，"岁久板多漫漶不存"，其年侄孙陈淮有感于此，乃在患立堂本基础上，广泛搜罗遗佚，编成一辑，嘱杨伦"详加参校"，于乾隆六十年镌板刊印，此即浩然堂本《湖海楼全集》的由来。浩然堂本所收陈维崧骈体文，与患立堂本卷数、篇数、各卷篇目都有不同。其计收陈文十二卷160篇，其与患立堂本所出入的8篇骈文，分别为《为丁太公征八十寿言启》《征李母董太宜人六十寿言启》《陆丽京文集序》《谢别驾景韩醉白堂集序》《刘逸民学经章堂制艺序》《为嘉禾阖郡士民募建罗天大醮疏》《公祭封侍御王太翁文》《祭周侍御母夫人文》。检核浩然堂本《湖海楼全集》，除《陆丽京文集序》一文收于《湖海楼（散体）文》卷一，其余7篇俱不见载，未知其因由。

五是光绪十七年（1891）任光奇《湖海楼全集》本。任光奇字卓儒，号闲叟，系陈维崧同乡友人任绳隗之后。从康熙中叶患立堂本《湖海楼全集》行世，至光绪间已历二百余年，存世刊本已很有限，特别是咸丰间太平天国兴兵江南，《湖海楼全集》毁于兵燹，"几至失传"，因此及时重刊《湖海楼全集》是很有必要的。但是阳羡亳村陈氏历数百年递嬗，至光绪年间已十分衰弱，陈氏后人"莫能为其先祖谋不朽之事"。任光奇追念其"十七世祖王谷公（任元祥）、十八世祖植斋公（任绳隗），皆与陈定生、迦陵两先生为纪群之交，倡和最多。今《鸣鹤堂》（任元祥撰）、《直木斋》（任绳隗撰）各集，吾族皆以重梓，而陈氏之《湖海楼集》，听其湮没，吾先祖

---

① 前引《四库全书总目提要》文字俱见四库全书研究所整理《钦定四库全书总目》，第2347页。

之心将有未安，即为后人者，亦拊心负疚也。"于是光绪十六年（1890），任光奇"借得旧本，将为重梓"，考虑到《湖海楼集》"卷页繁多，需费甚钜，冷官俸薄，未易独任。爰分古文、骈体、诗与词，析为四集，按年分梓。"从光绪十七年春始，至光绪十九年夏终，历时三年，《湖海楼全集》五十一卷全书告成。① 任本依陈淮所刊浩然堂本重梓，骈体文亦是十二卷160篇。

诸刻本中，陈宗石、陈维岳等患立堂本，所收陈维崧骈文最为齐备，校勘亦颇精审，故文章引用相关文字，即以此本为据。经由患立堂本所收录的168篇骈体文，我们便可以对陈维崧一生骈文创作的总貌，有一个较为全面的了解。

遍览《陈迦陵俪体文集》，我们可以发现，陈维崧骈文才高气雄，众体兼工，赋颂书启、序跋诔碑，在陈维崧的笔下皆各臻高诣；其或抒情，或叙事，或议论，俱能发挥才情，衍成佳制，毛际可序《迦陵俪体文集》综论陈氏骈文抒情、叙事之长有云："（陈文）言情则歌泣忽生，叙事则本末皆见。"② 可谓知言。具体而言，在陈维崧所作诸文中，又以序、启、赋、书四体最为擅胜，按患立堂本《陈迦陵俪体文集》，陈氏序文计91篇，启29篇，赋10篇，书11篇，总数占全集的4/5以上。若进一步计算《陈迦陵俪体文集》中各体文章所占比例，一个有意味的现象就清晰可见，即陈氏生平俪体述作，大半都是实用性较强的文字，前述序、启、书三体131篇而外，碑铭诔祭之文共计20篇，又疏2篇，跋语2篇，各体总计155篇；而比较倾向于个人性抒发的赋、颂（2篇）、记（1篇）文，仅13篇。由此可以引出两个问题：其一，陈维崧生平交游遍天下，而且声名卓著，世所共仰，余国柱序《迦陵俪体文集》所谓"贵游帐饮，饯赠笺词，或借声价于士安，或藉祷颂于张老，不得其年片言不足为重"③，因此其文集中多序、启、书等实用性较强的作品，乃是情理中事，这是从陈氏骈文创作的个性特征而言。其二，我们纵览骈文发展史，从文体体性的角度来说，骈文本就是一种越来越趋向于实用的美文（尤其是中唐以降），因此陈维崧骈文创作在效仿古人的过程中，也延续了骈文的这一总体特征，这是从历来骈文创作共性的角度而言。

---

① 前引文字俱见任光奇《湖海楼诗集跋》，陈维崧《湖海楼诗集》卷末。
② 陈维崧：《陈迦陵俪体文集》卷首。
③ 同上。

(二) 陈维崧骈文风格论析

　　文学创作是否形成独树一帜的文学风格，是一个作家能否被视为创作大家的基本要素之一。陈维崧的骈文雄视有清一代骈坛数百年，其重要成就之一就是经由数量宏富的骈文作品，树立了独具特色的骈文风格。这种风格，学者们有不尽相同的一些概括，如徐乾学称为"哀艳流逸"[1]；汪琬谓其"芊绵凄恻"[2]；《四库全书总目》则言其"雄博""博丽"[3]；近人刘麟生延《四库总目》之说，称其"瑰丽宏肆"，并将陈维崧归入清代骈文的所谓"博丽派"[4]；钱基博论以"绮密""典丽"[5]；今人王凯符《论清代骈文复兴》则谓陈氏之文"不主一格，有的整肃，有的雄毅，有的旖旎，但以雄奇壮大为主"。[6] 诸家各有偏重的概括，并非让我们得出陈维崧骈文风格不够统一的结论，而是能让我们对陈氏骈文创作"不主一格"的特点有一个总体的把握。

　　当然，结合《陈迦陵俪体文集》中的具体作品，可以发现陈维崧之文除了具有上述诸种风格特点，还有雄秀高逸（《征万柳堂诗文启》）、高华隽爽（《宋楚鸿文集序》）、沉雄悲凉（《邓孝威诗集序》）、悲怆深情（《叶井叔悼亡诗序》）、清新潇洒（《徐竹逸词序》）诸种风格；不但单篇文章总体风格多样，而且许多是一篇之中多种风格交织推进，顿挫抑扬，如《滕王阁赋》《憺园赋》《李映碧先生八十征诗文启》《续臞庵集序》《娄东顾商尹诗集序》等都是较为典型的例证。骈文家吴鼒论洪亮吉骈文有"具兼人之勇，有万殊之体"[7]之语，将其迻论陈维崧之文，亦未尝不可。综而论之，陈氏为文可谓大才述作，不拘一格，其不愧为清初骈文第一大家。

---

[1] 徐乾学《陈检讨维崧墓志铭》云："君于文最工骈体，尝部集汉、唐、宋、元及近代文，间摹拟之为文，然率不如其骈体所作哀艳流逸。"参见吴志达主编《中华大典·文学典·明清文学分典·清文学部一》，第521页。

[2] 陈宗石《陈迦陵俪体文集跋》引汪琬之语云："陈处士维崧排偶之文，芊绵凄恻，几于陵徐扳庾。"参见陈维崧《陈迦陵俪体文集》卷末。

[3] 《四库全书总目》吴绮《林蕙堂集提要》有云："维崧泛滥于初唐四杰，以雄博见长。"又邵齐焘《玉芝堂集提要》有云："为四六之文者，陈维崧一派以博丽为宗。"引文分别参见四库全书研究所整理《钦定四库全书总目》，第2342、2593页。

[4] 刘麟生：《中国骈文史》，商务印书馆1937年版，第123—124页。

[5] 钱基博《骈文通义》比较陈维崧、毛奇龄两人骈文风格有云："毛体疏俊，陈文绮密。仗气爱奇，陈不如毛；典丽新声，毛则逊陈。"参见钱书第16页，上海大华书局1934年版。

[6] 参见《北京师范学院学报》（社会科学版）1990年第4期。

[7] 吴鼒：《八家四六文钞》第二册《卷施阁文乙集》卷首，清嘉庆三年较经堂刻本。

不过，透过陈维崧骈文众多的风格特点，我们仍可以剔理出其中的一些共同的因素，概括而言，最主要的就是沉雄博丽。所谓沉雄博丽，与前引《四库全书总目提要》所言"雄博"相近，其可细分为两方面来讲：沉雄是陈维崧骈文最为擅胜之处，意即为文沉厚雄肆；博丽是陈维崧骈文的底色，意谓文章以沉博绝丽为基本特色，一切其他风格特征的形成都是建立在摛藻运采的基础之上的，但这里需要强调的是，陈维崧骈文的摛藻运采并不表现为炫目的艳冶绮丽，而是沉厚之文气带动下的典丽流动。陈维崧骈文之所以具有这样的总体特征，至少有三点原因：

第一，骈文取法渊源的影响。正如《四库全书总目·林蕙堂集提要》所言，陈维崧骈体"原出徐、庾"，并且"泛滥于初唐四杰"。"原出徐、庾"意谓陈氏之文以徐陵、庾信为代表的六朝骈文为取法渊源，因为如此，其文章便有了钱基博所谓"绮密"或绮丽的特色；"泛滥于初唐四杰"是指陈氏之文又兼宗以四杰为代表的初唐之文，故其文章又具有了初唐文雄肆博丽之特色。第二，为文自具特色的用典运词、意象选择的促成。陈维崧骈文用典古雅，层出不穷，铸词造句老辣浑成，意象选择则多沉厚蕴藉，这些因素都有力地促使陈文虽藻采纷呈、虽典故运用的密度极大，但能"博丽而不伤于滞"①，以雄肆擅胜。第三，陈维崧为人性格、一生经历的间接推动。其年为人"风流俶傥"②、豪放不羁，一生遭际却落拓坎坷，俯仰随人，这一特点宛转渗入其文学创作，使得他的文章雄豪而不流于放逸，典丽之中能贯以沉厚之气，其诗风如此，其词风如此，其骈文亦复如此。陈维崧在清代骈文史上之所以能卓然称大家，赖此良多。

三 陈维崧骈文的艺术成就

文学史对一位作家文学地位的衡定，其所考量的因素是多方面的，但在这些因素之中，最基本的应是这位作家的文学创作取得了怎样的艺术成就。陈维崧以一百多篇俪体文纵横清初骈坛，举世推为大家，主要即是得力于他骈文创作所取得的深厚艺术成就。我们深入研究《陈迦陵俪体文集》，可以从三个方面对陈氏骈文的艺术成就进行探讨总结。

（一）字锻句炼，音韵铿锵

骈文是一种技巧性很强的文学样式，在创作过程中，作者能否熟练地、

---

① 刘麟生：《中国骈文史》，第124页。
② 徐乾学：《陈检讨维崧墓志铭》，吴志达主编《中华大典·文学典·明清文学分典·清文学部一》，第521页。

创造性地运用历代累积下来的写作技巧，是衡量一位作家艺术创造力高低的重要标准。而在一系列的骈文创作技巧中，如何妥当地锤炼字句和榷理声韵，是创作者首先需要掌握的方面，陈维崧超卓的艺术才华在这里得到了很好的体现。具体而言，字句是一篇骈文的基本构成单位，声韵则是锤炼字句必须关注的题中之义。所谓字句锤炼，是指作家对骈文中每字每句都精心推敲，既求妥帖，更求工妙出彩。广义的字句锤炼所包括的内容十分广泛，其中意象选择、声韵搭配、典故运使、偶对琢炼、语序设置、修辞运用等是比较重要的方面，结合陈维崧的骈文创作，这里我们重点以意象选择、声韵搭配为中心，探讨陈氏骈文在字句锻炼方面的成就、特色。

如前所论，陈维崧骈体最主要的风格特色为沉雄博丽，而意象选择与搭配的独特是其基本促成要素之一。就沉雄方面而言，陈维崧骈文与其词作相似，特别注重从时间与空间两重维度内涵的尽力拓展上着力。《征毛太母黄太孺人八十寿言启》有云："五十载蓉蔬之草，心缘屡摘而多伤；三千年松柏之枝，节以后凋而益茂。"① 以"五十载"对"三千年"，便是从时间的维度充实文句意蕴的典型例证。又《邓孝威诗集序》有云："此也十七世之金瓯，彼也千百王之玉体，莫不窜之狐兔，荐以荆榛。"②"十七世之金瓯"固然是含纳了很丰富时间意蕴的意象，"千百王之玉体"亦是如此，"千百王"表面上看来是一个以数量庞大取胜的意象，但若将千百之王放置到历史的坐标中进行考察，我们很容易就可以感受到其中所蕴含的时间意味。因此"十七世"与"千百王"皆言时间，只是前者显而易见，后者隐含不露而已。其他如《浙西六家词序》所谓"锦衣仓北，六朝之山色千堆；骠骑析南，万古之江流一幅。"③《家子厚关中纪游诗序》所谓"咸阳原冷，百王之剩垒连云；鳌屋城空，千古之残碑蚀土。"④ 六朝山色、万古江流、百王剩垒、千古残碑等意象的运用，都是从时间的维度极大地拓展了骈文词句的意蕴。

空间维度方面，如《邓孝威诗集序》："见草中之马耳，能不悲号？攀天上之龙胡，可无痛哭！"⑤《龚介眉湘笙阁诗集序》："碧草粘天，尽是思

---

① 陈维崧：《陈迦陵俪体文集》卷三。
② 陈维崧：《陈迦陵俪体文集》卷五。
③ 陈维崧：《陈迦陵俪体文集》卷七。
④ 陈维崧：《陈迦陵俪体文集》卷五。
⑤ 同上。

乡之客；黄尘匝地，谁非去国之人！"① 作者将我们的视野定位在天与地之间的广袤空间之内。而《上芝麓先生书》"譬之越禽恋燠，终思近日之乡；代马冲寒，恒有凌飚之气。"② 虽旨在婉转表达陈维崧引节慷慨，希望龚鼎孳援举提携的意思，但是从文句意象搭配的角度而言，我们很容易理解作者试图将读者的思绪引向越、代两地之间的地域空间中的艺术用心。又如《征浙江总督李邺园先生寿言启》所谓"瀫水桐溪之界，青犊弥山；甬东於越之区，苍鹅蔽日。"③ 其艺术效果与"越禽""代马"一联是十分相似的。当然，为了营造骈文沉雄的意境，陈维崧的努力并不止于从时、空的维度用心选择与搭配意象，其余如数量词的大小对比、情感力度的强弱对比等，他都有出色的发挥，这里不一一举述。

就博丽方面而言，陈维崧主要从视觉、听觉、嗅觉、触觉等角度，选择比较容易引起我们五官诸觉注意的意象。如《方渭仁都门怀古诗序》"金笳夜嗷，和以曼声；铁骑晨嘶，杂之长啸。"④ 是长于听觉意象的运用。《琴怨诗序》"韭花一寸，依稀幄里之香；柳絮数行，散漫奁间之粉。"⑤ 则嗅觉与视觉兼长。《谢园次赠衣启》"讶兽炉之不煖，憎鹤敞之犹寒。"⑥ 是长于触觉。不过，陈维崧最擅长的乃是视觉意象的选取，典型的如《征万柳堂诗文启》"鹅黄乍醉，已成二月之花；蛾绿方阑，便作三春之雪。"⑦ 以"乍醉""鹅黄"形容柳芽初长成时的色彩，以"方阑""蛾绿"形容柳絮将飞之前柳树的姿容，清新醒目，画意盎然。又《九日黑窑厂登高诗序》"浑河一色，云中之双阙常红；落叶三关，塞上之千峰忽紫。"⑧ "常红"对"忽紫"，在永恒与霎那的时间对比中，将眼中所见景物的神采诗意地呈现了出来。又《征浙江总督李邺园先生寿言启》"遂使无诸城上，依然荔子之红；顿令仙鲤洲边，不改槟榔之绿。"⑨ 则通过对浅层意象（荔子、槟榔）色彩（红、绿）的微妙刻画，传达出李邺园恢宏战绩为闽浙百姓带来安宁生活的

---

① 陈维崧：《陈迦陵俪体文集》卷五。
② 陈维崧：《陈迦陵俪体文集》卷二。
③ 陈维崧：《陈迦陵俪体文集》卷三。
④ 陈维崧：《陈迦陵俪体文集》卷五。
⑤ 陈维崧：《陈迦陵俪体文集》卷六。
⑥ 陈维崧：《陈迦陵俪体文集》卷四。
⑦ 同上。
⑧ 陈维崧：《陈迦陵俪体文集》卷五。
⑨ 陈维崧：《陈迦陵俪体文集》卷三。

深层意蕴，此联锤炼之工，非大手笔难为。

毋庸置疑，陈维崧骈文沉雄博丽之风格的形成，意象的合适选取与力甚巨，但是词句四声平仄的合理搭配也必不可少。我们遍览《陈迦陵俪体文集》，可以发现声韵之学的刻意讲求，实是陈维崧骈文的一个明显特色，他的一百多首骈文作品，无不在词句声调的平仄安排上倾注才情。尤其是集中的两卷10篇赋作，不但每篇作品中的联句十分讲求平仄的抑扬搭配，而且大部分作品是全篇押韵，这固然是陈维崧赋体文延续律赋传统的结果，但同时也是陈维崧为文总体上注重声韵之学的产物。在清代骈文发展的近三百年中，像陈维崧这样注重骈文创作的声调因素的作家，并不多见。

《文心雕龙·声律》云："异音相从谓之和，同声相应谓之韵。"① 所谓"和"乃指文句中不同字音间抑扬有致，和谐悦听；"韵"则指不同文句末尾字音部类一致，前后呼应。陈维崧骈文只有赋体特别强调"同声相应"，其主要的特色是体现在陈氏对所有作品文句"异音相从"之声"和"的刻意努力上。《孙赤崖浿西草堂诗序》"海穷见海，山尽多山。"② 不但穷与海、尽与山当句平仄相对，而且穷与尽、海与山隔句平仄相对。又《续膻庵集序》"过客有看花之恨，行人多折柳之悲。"③ 客、花、恨三字与人、柳、悲三字，既当句平仄相间，又隔句平仄相对。单句短联是如此，双句、多句长联亦复如此，《叶井叔悼亡诗序》"望楚天之似黛，转忆膏鬓；盼湘水以如罗，还怜巾带。"④ 考察此联主干部分（即加重点十六字），天、黛、忆、鬓与水、罗、怜、带，既当句四字平仄相间，又隔句每字相对，极为工致。又《今词选序》"譬之诗体，高岑韩杜，已分奇正之两家；至若词场，辛陆周秦，讵必疾徐之一致？"⑤ 三十字的长联也能平仄抑扬、声调谐美，其工致巧妙，令人叹服！

事实上，陈维崧之文佳者，无不具有平仄交替、声调铿锵的特点，并且这些篇章同时在意象选择方面也特色鲜明，典型的如《娄东顾商尹诗集序》写顾氏以一介书生慷慨从军的情形：

野花似血，略不成妆；小鸟如啼，何常是曲？羁客因兹而怆恨，离

---

① 刘勰著，周振甫注：《文心雕龙注释》，人民文学出版社1981年版，第365页。
② 陈维崧：《陈迦陵俪体文集》卷五。
③ 陈维崧：《陈迦陵俪体文集》卷六。
④ 同上。
⑤ 陈维崧：《陈迦陵俪体文集》卷七。

宾遘此以回翔。讵意吾贤，乃殊所料：黄皮缚袴，请为陶侃之护军；绛帕缠腰，愿作刘琨之从吏。夕阳亭下，叱驭而行；上东门边，横刀以去。毅然挥手，都无离别之颜；率尔论心，大有慷慨之致。亦曰健哉，吁嗟壮矣！①

其中"野花""小鸟"一联沉浑中含尖新，"夕阳亭""上东门"一联毅然慷慨，意象选取婉转准确地传达出了作者感佩顾商尹投笔从戎之气魄的意思；而从声调的角度而言，此一段之中，平仄相间，起伏跌宕，音乐感极强，吟来如歌，极能动人。又如《林玉岩诗集序》形容林氏诗文所表达之情境：

而乃君谟旧宅，一片斜阳；渔仲空园，无边蔓草。披葛谒九仙之庙，断镞犹红；攀萝缘双阙之峰，沉戈半紫。纵复相逢蜑户，一问蚶田，而巷陌徒存，山河顿异。上幔亭而踯躅，老篯难认曾玄；抚榕阴以踌躇，阿因空呼郎罢。越禽向暖，不知栖何树之枝；海燕归巢，未审上谁家之垒。独流连而自惜，长顾颔以畴依？②

在文句声调上，几乎每联既是当句平仄相间，又是隔句平仄相对，可谓顿挫抑扬、铿锵流转，写景、叙事、抒情、议论在极具旋律感的文句中浑融一体。就意象选置而言，旧宅斜阳一片、空园蔓草无边，作者是在时间与空间的双重维度上，让我们感受到了战后故园的一片苍凉；而犹红之断镞、半紫之陈戈，其鲜丽的色彩运用，也将战争的惨痛饱满地传达了出来；至于越禽向暖无依、海燕归巢未能，仍是通过对典型动物意象的选取与艺术渲染，感慨战争给百姓生活带来的灾难。陈维崧卓越的骈文艺术才情，在这里得到了充分的展露。

当然，像《娄东顾商尹诗集序》《林玉岩诗集序》这样的篇章，在《迦陵俪体文集中》还有很多，《看奕轩赋》《与芝麓先生书》《李映碧先生八十征诗文启》《九日黑窑厂登高诗序》《方渭仁都门怀古诗序》《家子厚关中纪游诗序》《艺圃诗序》等都是较为典型的作品。研究陈维崧骈文的艺术成就，字句锤炼尤其是意象选择与声调推敲两方面，是不可不论的。

---

① 陈维崧：《陈迦陵俪体文集》卷五。
② 同上。

（二）用典浑化，比对精洽

从骈文创作词句锤炼的层面来说，意象选择与声律推敲而外，用典、偶对亦是骈文家十分用心"经营"的方面，尤其是用典一点，极能见出作家学识、才华的高低。陈维崧一生钟情文史，博览群书，所谓"于书若嗜欲，无不渔猎"①，因此学问颇为渊博，这在他的骈体文创作中表现得十分突出。我们阅读《迦陵俪体文集》，可以发现其中九成以上的作品都较为密集地使用各类典故，甚至有的文章几乎每句必典（如《滕王阁赋》），这虽然使得阅读陈文者往往如坠五里云雾，但它也正是陈维崧骈文的一大特点。此处即重点探讨陈维崧骈文的用典问题，其中也将部分涉及陈文的偶对技巧。

陈维崧骈文从所用典故的类别来说，大体分为两大类，即史典与诗文典，其中史典使用的频率远远高于诗文典。所谓史典，即征引往史，以比类文本所述情理、事实。《与芝麓先生书》"陆机去国，竟逢吴室之亡；伍员知几，预料越兵之入。"②《上芝麓先生书》"汉台晋阙，共废垒以纵横；伊鼎姜璜，并颓垣而芜没。"③ 即用史典。诗文典是诗、词、文、赋诸种文体典故的统称，其中诗典运用频率最高，其他诸体之典陈文只是偶尔运用。如《方素伯集序》"东南孔雀，句里皆金；西北浮云，行间尽玉。"④ 上联引《孔雀东南飞》句，下联引曹丕《杂诗》句。又《吴初明雪篷词序》"无如萧萧落叶，只打空城；滚滚长江，偏围故国。"⑤ 则上下两联交叉櫽括杜甫《登高》和刘禹锡《石头城》诗句。又《今词选序》"譬之诗体，高岑韩杜，已分奇正之两家；至若词场，辛陆周秦，讵必疾徐之一致？"⑥ 则诗典、词典并用。

从陈氏骈文典故所涉及的时间范围而言，主要是先秦至宋代的上古与中古时段，其中使用概率最高的则是魏晋六朝典。陈维崧曾辑《两晋南北集珍》六卷，《四库全书提要》谓"此书采南北朝故实，各加标目，盖即以备骈体采掇之用。"⑦ 由此可见陈维崧对魏晋六朝史实颇为熟稔，故其在骈文创作中运使最多。如《答毗陵友人书》"夫陈余去赵，不无意气之嫌；乐毅

---

① 蒋永修：《陈检讨迦陵先生传》，陈淮编《湖海楼全集》卷首。
② 陈维崧：《陈迦陵俪体文集》卷二。
③ 同上。
④ 陈维崧：《陈迦陵俪体文集》卷六。
⑤ 陈维崧：《陈迦陵俪体文集》卷七。
⑥ 同上。
⑦ 四库全书研究所整理《钦定四库全书总目》，第902页。

辞燕，兼有风云之望。"① 前者用秦汉典，后者用战国典。《李映碧先生八十征诗文启》"八公矍铄，岩有桂以皆黄；四皓徜徉，岫物芝而不紫。""常璩撰华阳之志，谢承辑后汉之书。"② 前一联皆用汉典，后一联前用晋典，后用三国吴典。前引《吴初明雪篷词序》一联用唐典，《今词选序》一联则唐、宋兼用。

从典故运用的方法来说，则有直用、曲用之分。如《黄编修庭表宫词序》"蓟子训抚铜仙而叹息，'亶其然乎'；魏东阿睹玉枕以悲哀，'良有以也'。"③ 直引其文，是直用。又《答冒辟疆先生书》"池台欢燕，则陆孔连镳；歌舞游从，则庾徐并辔。"④ 言陈维崧与冒辟疆游宴之乐，以陆孔、庾徐相比，是直用典故。前引《余澹心鸳鸯湖传奇序》"遇龟年于剑外，无非故人红豆之悲；逢白傅于江州，大有知己青衫之感。"⑤ 上半隐括王维《红豆》诗意，下半则隐括白居易《琵琶形》诗意，婉曲达意，故称曲用。又《邓孝威诗集序》"陆平原之诗赋，道路居多；庾开府之生平，乱离不少。"⑥ 以陆机诗赋多写羁游旅况与庾信生平遭际饱经乱离，来笼括邓孝威诗歌的内容，用典颇委婉工巧，亦是曲用典。

从典故运使的特点及所达到的境界来说，则大体可分用典工巧与运典浑化两种。工巧指用典既能工稳，又能巧妙别致，陈维崧文中例证颇夥。《征刻今文选今文钞启》"庾开府生平所作，五存五亡；杜荆州畴昔之碑，一山一谷。"⑦ 庾开府对杜荆州工巧有限，"五存五亡"对"一山一谷"则颇具匠心。又《门人陈集生影树楼诗序》"羊叔子不如铜雀伎，虽有是言；小家女嫁得汝南王，讵无其日？"⑧ 此联系为鼓励门生陈集生而设，其工巧之处主要在于，上半联与下半联字面虽属比较严格的并列式偶队，但在词义上却有一个逻辑上的推进，并且前抑后扬、连贯一体，这是十分巧妙的史典运用。另外《宫紫玄先生春雨草堂诗序》言宫氏诗歌特色所谓"宋凤谢雪龙，

---

① 陈维崧：《陈迦陵俪体文集》卷二。
② 陈维崧：《陈迦陵俪体文集》卷三。
③ 陈维崧：《陈迦陵俪体文集》卷七。
④ 陈维崧：《陈迦陵俪体文集》卷二。
⑤ 陈维崧：《陈迦陵俪体文集》卷七。
⑥ 陈维崧：《陈迦陵俪体文集》卷五。
⑦ 陈维崧：《陈迦陵俪体文集》卷四。
⑧ 陈维崧：《陈迦陵俪体文集》卷五。

虎跳于行间；何粉荀香珠，玉生于字里。"①《徐竹逸词序》描述徐竹逸辞官还乡之后的居处环境所谓"陶渊明之门外，垂柳五株；卢照邻之阶前，病梨一树。"②《吴曹三子叠韵词序》言三子词艺高超所谓"宜僚累十二而丸不堕，实寓于虚；庖丁更十九而刃若新，技归于道。"③ 如此之类，都是刻意锻炼、设对巧妙的好例证。

骈文创作琢对工巧，无疑是优秀骈文家必须具备的才能，但是创作者若能在设对工巧的基础上更进一层，使偶对虽巧而不见刻画之痕，臻于浑化之境，那么这样的作家才真正称得上骈文大家宗匠，而陈维崧正是如此。如《答冒辟疆先生书》"虽汉室公卿，莫怜王粲；而长安故旧，犹问何戡。"④阳羡陈氏至陈贞慧时已趋衰弱，其年此联，上半借比王粲，感慨时移世易，朝廷贵胄已很少有人怜惜过问昔日名族之后；下半借比何戡，感激冒辟疆虽以遗民遁隐，而笃于通家情好，对故友之子关爱有加。此联偶对、声律、意蕴俱佳，但并不见琢炼之痕，是用典中的上品。《吴天章莲洋集序》言吴雯生存之窘况，所谓"井公善博，索笑悉来？韩子能文，送穷不去。"⑤ 取典比事十分贴切，设对精巧而自然，其与前引《答冒辟疆先生书》一联，有异曲同工之妙。

陈维崧集中还有一类用典组对更为高妙的句子，典型的如《谢吴伯成明府赉酒米并炭启》"食惟一溢，年年贷向监河；量减三升，夜夜沽从蜀肆。"⑥ 这是陈维崧对自己生存窘况的概括，意谓生活困苦，粮食不得不累年借贷，但是生性好酒，在借贷来的粮食中也要量取部分，以充酒资。此联妙处在于，即使读者并不了解句中所用典实，也能够理解它的意思，换言之，其组对十分精巧，但精巧到让人不见其巧。又《蒋京少梧月词序》"一城菱舫，吹来《水调歌头》；十里茶山，行去《祝英台近》"。⑦ 此联最高明之处，在于作者将词牌名妥帖而不露痕迹地嵌入到精工的偶对中去；并且上半从听觉的角度命意，下联从视觉的角度命意，独具匠心。而所有这些用心深细的艺术手法，都涵容在联句意思的自然表达中，天才运使，实堪感佩！

---

① 陈维崧：《陈迦陵俪体文集》卷五。
② 陈维崧：《陈迦陵俪体文集》卷七。
③ 同上。
④ 陈维崧：《陈迦陵俪体文集》卷二。
⑤ 陈维崧：《陈迦陵俪体文集》卷六。
⑥ 陈维崧：《陈迦陵俪体文集》卷四。
⑦ 陈维崧：《陈迦陵俪体文集》卷七。

可以说，陈维崧骈文用典琢对所体现出来的艺术功力与才情，在清初是首屈一指的，在整个清代骈文史上，他也称得上是佼佼者。当然，陈维崧的骈文用典并不是尽善尽美的：首先，不少作品用典过密，而且常用僻典，这在一定程度上影响了其骈文内容、思想的流畅表达与充分展示。其次，一些作品下手太快，锤炼不够，因此有一些用典僵硬，甚至用典不当、组对欠妥的问题，如《董得仲集序》"闻之入郇君夫之厨者，鱼腊非珍；睹杜弘治之容者，间姒非美。""郇君夫"系误用典。① 又《三芝集序》"刘氏则孝绰孝仪之外，益以孝威；王门则僧虔僧辨之余，加之僧孺。"② 僧虔、僧辨、僧孺比对不伦。又《征大银台柯素培先生六十寿言启》"趋庭是凤，竟踰薛氏之三；会食皆龙，不羡荀家之八。"③ 比对有合掌之弊。诸如此类，亦是大璧之瑕。

（三）骈散结合，一气浑融

就骈文的体性而言，它与诗、词等韵文相似，其意象组合有一种意思上的跳跃性，而意象与意象之间的"空白"须由阅读者"填补"勾连。散体文则与之不同，它更倾向于强调意象、字词之间意脉的较为紧密的逻辑关联。但是，随着文学史的演进，各种文体之间的功能、特点逐渐出现了相互交融的趋势，唐宋骈文之主动容纳散体句法，宋代古文运动强调散体文与骈俪文的互通，都是文学史上的重要现象。陈维崧延续了骈散交融的传统，在他的骈文创作中大量引入散体文的体式、句法，从而引导了清代文学骈散沟通、奇偶一体理论的发展。

在陈维崧的骈文作品中，骈散结合的现象颇为明显，这种现象归纳起来，可以从两方面而论。首先是表现载体，陈维崧的骈文从联句到段落、篇章，都有骈散一体的特点。其次是表现方式，陈氏骈文的骈散结合，有显在与潜在两个层面的表达。所谓显在，即句式、语法与散体十分相近，一望即知。如《征大银台柯素培先生六十寿言启》"比有松陵之客，为言笠泽之间，属因水涝之频仍，以致田庐之荡析"。④ 几乎是散体叙事，是显在。《征吴老年伯母六十诗文启》"盖孺人之称未亡人也，才二十六岁；其抚藐诸孤也，历三十七年。"⑤ 又《李映碧先生八十征诗文启》"虽复名已上闻，人

---

① 陈维崧：《陈迦陵俪体文集》卷六。按《四部丛刊》本已改正为"王君夫"。
② 陈维崧：《陈迦陵俪体文集》卷六。
③ 陈维崧：《陈迦陵俪体文集》卷三。
④ 同上。
⑤ 同上。

祈一出。然而老夫耄矣，自云不解著书；使者去乎，对曰未能应诏。"① 虽非单纯的散体叙事，但体式、意脉与散体颇近，可以说是比较齐整的散体文，这些亦是显在的骈散结合。

所谓潜在，即文章表面散体文特征并不明显，但细心分析，散体之体式与意脉仍是清晰存在的。如《征淮安张鞠存年伯双寿诗文启》"校士则搜奇剔异，既楩柟杞梓之兼收；居官则缉雅歌风，亦顾陆潘杨之咸集。"② 形式上偶对十分工巧，但是首先上下两联的内部，都有较为清晰的语法逻辑；其次上下联之间，也通过"既"与"亦"二词紧密勾连。《征毛太母黄太孺人八十寿言启》"子还生子，更加失母之怜；悲以增悲，转触所天之痛。"③ 形式上也是严格的骈俪对偶，但是上下两联之间两层意思紧密相关，上联重心在言黄氏孙儿无母之悲，下联重心在讲黄氏丧夫之痛，前因而后果，其命意思路与散体文极近。另外，如《为丁太公征八十寿言启》"祖大夫南溟公绩留青兖，君王问孝廉之船；父乡贤天赐公谊笃白华，文老摽独行之传。"④《九日黑窑厂登高诗序》"非无鲁酒，宁便销愁？不有燕歌，何能遣兴！"⑤亦较有代表性。

前面都是就联句的层面而言，若上升到段落、篇章层面，陈维崧骈文骈散一体的特点就显得更具个性特点与独特魅力，《与陈际叔书》中陈维崧自述清狂的一段十分典型：

> 仆才质疏放，资制诞逸，颇致蓝田猖忿之讥，时丛平子轻狂之诮。间有侯芭嗜奇之癖，时多吴质好伎之累。每当四节之会，风日闲丽，亲懿稠密，丹轮徐动，华轩遂盈。当斯时也，宾从迭进，则神思转给；箫笳互激，则酬应弥妙。昔大梁侯方域常作文章，必须声伎，仆不幸遂似之。至于别崇台，入曲房，弛华裳，跕利屣，银灯乍灭，文缨已绝，臣心最欢，才能一石，何论八斗？⑥

在伸缩自如的语句安排中，将陈维崧狂狷诞逸的特点表现得诗意蓬勃，

---

① 陈维崧：《陈迦陵俪体文集》卷三。
② 同上。
③ 同上。
④ 同上。
⑤ 陈维崧：《陈迦陵俪体文集》卷五。
⑥ 陈维崧：《陈迦陵俪体文集》卷二。

其或骈或散，既骈又散，做到了骈散的浑融一体。这样的文字与乾嘉间洪亮吉、李兆洛诸人骈散一体之文，在形式和行文策略上都有很大的相似性，这也是陈维崧骈文影响深远的一个具体体现。

那么，陈维崧骈文骈散交融的具体策略是怎样的？若一言概括的话，那就是增强骈文语句之间的逻辑性。其实现的途径是多种多样的，最突出的两种是使用长句、散句和运用虚词。陈维崧骈文中的长句、散句大多是一体的，散句多系长句，长句多具散句体式、意味。《公请灵机和尚住善权启》"雷书似蚪，既为三李相挈云攫雾之乡；桮偃如龙，亦属百老人沐雨栉风之地。"① 《吴天章莲洋集序》"今使酒酣以往，设为邹阳、宋玉之大言；金尽之时，缪作徐福、栾巴之漫语。"② 这是中等散句、长句中具有较为严格骈俪偶对形式的代表性例证。前引《今词选序》"譬之诗体，高岑韩杜，已分奇正之两家；至若词场，辛陆周秦，讵必疾徐之一致？"《醴泉颂》"若恒岳，若岱岳，若嵩岳，朱旗殷日，一归统辖之中；为冀州，为兖州，为豫州，铁骑嘶风，群在指挥之下。"③ 则是清初骈文家较少运用的超长骈对的典型。若文句散体特征较为明显，骈散句式交融、长句短句兼用，《征万柳堂诗文启》写柳一段则堪称代表：

  于是栽之榉柳，间以枫杉。永丰阑角，乞来踠地之长条；灞水桥南，借得销魂之弱缕。或自亚夫营里，折取数枝；或从子夏市中，移来几本。或怜拥肿，几同宣武之十围；或爱萧疏，大类泉明之五树。或将眠而乍起，曾遮何妥斋头；或似笑以如颦，凤植王恭阁后。④

骈散并用，句式灵活，多变而协调的音节、纷呈的意象，由内在的逻辑贯穿推动，一脉而下，极具流动之美。

虚词在陈维崧骈文中使用频率颇高，如《答冒辟疆先生书》"计孝穆欲寄李那之笺，既鲁鱼苦短；即赵至拟命嵇康之驾，复雁路愁赊。"⑤ 既与复两字，使上下联在意思上有一个明显的递进，从而婉转而得体地表达了他希望联络、拜访冒辟疆而不果的情意。这是虚词使用密度较小的例子，密度较

---

① 陈维崧：《陈迦陵俪体文集》卷四。
② 陈维崧：《陈迦陵俪体文集》卷六。
③ 陈维崧：《陈迦陵俪体文集》卷二。
④ 陈维崧：《陈迦陵俪体文集》卷四。
⑤ 陈维崧：《陈迦陵俪体文集》卷二。

高的如《征万柳堂诗文启》"假使峰非峭蒨,奚以显层楼复观之奇?如其水鲜沦涟,何能睹月榭烟廊之致?"① 假使对如其,奚以对何能,两组虚词意思相同,其效果是将本来并列的两层意思,写得委曲多姿,增强了联句的层次感。如果一个较长的骈文段落之中较多使用虚词,就不仅能增强文句的层次感,而且能提升文句整体的连贯性,如《答周寿王书》有云:

> 今夫韩起双环,何能并见?张华两剑,岂必俱来?是以天忌其才,岂止人惜其宝?足下虽谊深如手,哀笃同生,而览举对胡,尚余二少,到溉到洽,不止一人。奚乃技辍成连,遂至弦催促杜乎?②

这段文字虚词运用的频率极高,达到了每联必用虚词的程度,其逻辑谨严,前后勾连,层层推进,使得款言慰藉友人的议论之文,达到了恳切得体的效果。在行文风格和内在气质上,这段文字与散体文颇为相似;而在表达的曲折、丰富程度上,较之散文则有过之而无不及。

应当说,陈维崧骈文或显或隐的骈散融通特点,在很大程度上突破了骈文句式跳跃性较强的局限,使得骈文具有了散体文的流动性与连贯性,从而增强了骈体文的整体气势,这也是陈维崧骈文虽用典频繁、辞藻密丽而沉雄一气的重要原因。从清代骈文发展史的角度而言,陈维崧沟通骈散的创造性努力,为有清一代骈、散文逐渐交融一体,并肩齐进之发展方向的确立,作出了重要贡献。

陈维崧在骈文创作声律、用典、偶对、句式等方面丰富而成功的实践,他的将近两百篇骈体文所取得的高度艺术成就,使他成为清代骈文史上一位卓然自立的名家宗匠,陈宗石《陈迦陵俪体文集跋》引汪琬之论云:"陈处士维崧排偶之文,芊绵凄恻,几于陵徐扳庾。""唐以前某所不知,盖自开宝以后七百余年,无此等作矣。"③ 其推崇之高,清初无可与比者。不但如此,陈维崧的骈文上承六朝、初唐,中汲两宋,近效陈子龙、李雯诸人,其承中有创,独树一帜,从而为后来骈文的发展树立了非常卓越的典范,对清代骈文的复兴与演进产生了深远的影响。

---

① 陈维崧:《陈迦陵俪体文集》卷四。
② 陈维崧:《陈迦陵俪体文集》卷二。
③ 陈维崧:《陈迦陵俪体文集》卷末。

四　陈维崧的骈文理论

作为清代骈文开风气之先的创作大家，陈维崧的骈文写作并不仅仅是基于师长（陈子龙、李雯、吴应箕等人）影响和自身才性特长、艺术喜好的自发行为，而更是一种有着较为深入理论思考的自觉之举。检读《湖海楼全集》可以发现，陈维崧大量写作骈体与其大量作词相似，有着深沉的理论期待，其核心即是将骈体从元明两代的相对衰弱和遭受普遍忽视的境况中解放出来，还骈体以应有的文学地位，事实上，这也正是陈维崧骈文思想的重心所在。另外，陈维崧也就骈文创作的基本要素和技术策略问题，进行了探讨。

第一，推尊骈体。在明代末叶，由于复社、几社诸子如陈子龙、李雯的努力，骈文已有稍稍振起的气象，但综观当时文学创作的总体状况，骈文实际仍处于较为边缘的境地，这种情形一直延续到了清初。对此，清初有志于扭转骈文发展尴尬局面的骈文家们，采取了较为一致的策略，那就是"为骈体文正名，纠正当时文坛上对骈体文的各种偏见"[①]，亦即推尊骈体，从而为骈文在文坛上争得应有的一席之地，陈维崧便是其中出力甚巨的一位。他的相关探讨，又可从两个层面来分析概括。

首先，从文学本质的角度切入，为骈体文正名。在陈维崧看来，不同文体（包括骈文）固然各有其不同的特征，但它们之间有着一个基本的共同点，正如《董文友文集序》所云：

> 夫言者心之声也，其心慷慨者，其言必磊落而英多；其心窈爱者，其言必和平而忠厚；偏侠之人，其言狷；诀荡之人，其言靡；诞逸之人，其言乐；沉郁之人，其言哀。要而论之，性情之际微矣。是以先王采风辑俗，用以验士风、考政治，辋轩之美播于郊庙，话言之怿洽于友邦。此文章之所由兴也。[②]

文学创作乃是对人内心志意情感的表达，即《诗大序》所谓"情动于中而形于言"；就其实际功用而言，则是治世者"验士风、考政治"的重要途径，也是他们播行政德、治理天下的重要手段。又《佳山堂诗集序》论

[①] 于景祥：《中国骈文通史》，吉林人民出版社2002年版，第902页。
[②] 陈维崧：《陈迦陵文集》卷二。

文学之本，所谓"言以旌心，文原载道"①，其旨趣与前引《董文友文集序》所言并无二致。亦即陈维崧认为，各体文学包括骈文都应具备传情达意的本体性质与裨于世治的社会功用，这是文学共同的本质。这样，陈维崧就从本体论的层面，为骈文的身份给出了一个明确的定位，将之与诗歌、古文等列齐观。当然，从文学本体论的角度推尊骈体，在陈维崧的理论主张中表现得较为隐含，这也是历来学者很少关注的重要原因。不过，它确实是陈维崧骈文理论的有机组成部分，也是陈维崧骈文理论的基础。

骈文的本体定位既明，陈维崧便进一步从论析文人才性多样性与文学"体格"多样性的角度入手，提升骈体文的地位。《词选序》云：

> 客或见今才士所作文，间类徐庾俪体，辄曰"此齐梁小儿语耳"，掷不视。是说也，予大怪之。又见世之作诗者，辄薄词不为，曰"为辄致损诗格"，或强之，头目尽赤。是说也，则又大怪。夫客又何知？客亦未知庾开府《哀江南》一赋，仆射在河北诸书，奴仆《庄》《骚》，出入《左》《国》，即此前史迁、班椽诸史书，未见礼先一饭。而东坡、稼轩诸长调，又骎骎乎如杜甫之歌行与西京之乐府也。
>
> 盖天之生才不尽，文章之体格亦不尽。上下古今，如刘勰、阮孝绪，以暨马贵与、郑夹漈诸家所胪载文体，厪部族其大略耳，至所以为文，不在此间。鸿文巨轴，固与造化相关，下而谰语卮言，亦以精深自命。要之穴幽出险以厉其思，海涵地负以博其气，穷神知化以观其变，竭才渺虑以会其通，为经为史，曰诗曰词，闭门造车，谅无异辙也。②

这两段文字的关节点是"盖天之生才不尽，文章之体格亦不尽"一语，陈维崧指出，文人天生之才性各不相同，文章的体制也各不相同，那么创作者就可以甚至必须"根据自己的特点选择适合于自己文章的体制进行创作，不能恩甲仇乙，有所偏执"③。这两句话的深层意蕴在于，文章的"体格"是多种多样的，创作者一般不可能各体兼擅，因此他就必须依照自己才性之长，选择合适的文体进行写作；而作者一旦选定了适当的文体，在陈维崧看来，只要他依照文章创作"穴幽出险以厉其思，海涵地负以博其气，穷神

---

① 陈维崧：《陈迦陵俪体文集》卷五。
② 陈维崧：《陈迦陵文集》卷二。
③ 于景祥：《中国骈文通史》，第903页。

知化以观其变,竭才渺虑以会其通"的根本方法,创造性地运用才华,便都能将所选择的文体发挥至极致,所谓"庾开府《哀江南》一赋,仆射在河北诸书,奴仆《庄》《骚》,出入《左》《国》,即此前史迁、班椽诸史书,未见礼先一饭。"庾、徐的骈体文在艺术造诣上可与《庄子》《楚辞》《左传》《国语》相提并论,在这个意义上,下面的结论就是合乎逻辑、理所当然的:各种文体都是平等的,不但骈体与诗赋、散体平等,甚至作为文学之一体的骈文也可与经、子、史平等。也就是说,陈维崧此论不但要打破元明以来文坛长期重散轻骈的偏见,而且要打破历来文学不如经、史、子的成见,还骈体文以应有的文学地位。

应当说,陈维崧在《词选序》中提出的鲜明主张,较之他从文学本体论层面推尊骈体的思想更为高调,更为彻底,是他在文学本体论基础之上的深入发挥,也是他骈文理论的终极表达,如所周知,其在清代初年是振聋发聩的。

第二,阐论骈文创作的基本要求和总体策略。陈维崧在从观念层面为清初骈文发展廓清"名分"障碍的同时,也从骈文创作本身着手,为清代骈文创作论的建构,做出了努力。概括而言,陈氏的骈文创作论探讨,主要包括心术义理、兴会真情、学问识见与创作总体思路几个方面。另外,署名陈维崧撰《四六金针》一书对骈文艺术手法问题有较为详细的论述,但《四库全书总目提要》已论定此书"必非维崧之笔"[①],书既伪托,故文章对其相关内容不予论列。

所谓心术义理,主要是指骈文创作的道德基础和意义指向问题,它是对陈维崧的骈文本质进一步阐发。《与张芑山先生书》云:"文章以心术为根柢,德行以藻采为锋锷。秽如扬雄,虽沉博绝丽之文,定数外篇;洁如陶潜,则闺房情致之赋,不妨极笔。"[②] 陈维崧强调,文人的德行心术与文学创作的藻采修辞是内在关联的,创作者心术未正、德行不修,其作品不论怎样沉博绝丽,都不能称得上是至正至美之文,赋家扬雄即是如此;相反,假如创作者德行修洁,那么他即使涉笔极易偏向颓靡的闺房题材,也能创作出文采斐然、臻于极诣的佳作,陶渊明即其典型。换句话说,文学(包括骈文)创作必须以德行为本,以藻采为用,道德基础是第一位的。

[①] 四库全书研究所整理《钦定四库全书总目·四六金针提要》,第2775页。此外,吕双伟《〈四六金针〉非陈维崧撰辨》一文,曾对这一问题有专门探讨,见《中国文学研究》2006年第4期。

[②] 陈维崧:《陈迦陵文集》卷四。

视修洁德行为文章写作基础的创作论,其意义指向必然是倾向于传统儒家诗学观所强调的经世致用,陈维崧的主张也正是如此。《佳山堂诗集序》论文章之作有云:"若使情弗笃乎君王,志不存乎民物,色工朱紫,徒成藻缋之容,韵合宫商,未便克谐之奏。纵复博综正变,杂撰高深,审音者例之自郐无讥,观礼者叹为既灌而往。"① 这就非常明确地揭示出了文章忠君爱民的经世指向。事实上在陈维崧看来,明清之际夏完淳、吕云孚、陆培诸人之所以称得上是文坛"英俊",很大程度上就是因为他们的文章具"忠孝"之本②;而当代文坛的一个重要问题,就是文人徒工"雕缛",以致"质愿者,风人之义或缺;才丽者,太始之奥已漓。"③

兴会真情系指骈文创作必须讲究真情实感,反对空谈性理、摹拟因袭。陈维崧在《周栎园先生尺牍新钞序》中即曾就尺牍之体的现状指出,明清以来尺牍创作存在的普遍问题之一,就是"贵僚雍雅,惟传论性之篇;华札翩反,争讳言情之牍"④,流行文坛的风尚是不切实际的高谈心性,表达真情实感成为大家尽力回避的主题。事实上在清代初年,尺牍创作所表现出的空谈性理、讳言真情之弊,也是其他许多文体或多或少都存在的通弊,因而陈维崧对之表示出了明确的不满。摹拟因袭是清初文坛存在的另一个问题,陈维崧在《上龚芝麓先生书》中也对此提出了自己的见解:"夫'青青河畔草',并非造设;'明月照高楼',了无拟议。刘越石绕指之语,曹颜远合离之篇。景宗武夫,悲歌竞病;斛律北将,制曲牛羊。意者干之以风骨,不如标之以兴会也。"⑤ 成功的文学创作(包括骈文),都应具备一个共同的核心要素,那就是作者建立在切身体验基础之上的真情实感,而纵观文学史上历来的佳作名篇,也确实都非"造设""拟议"之作。陈维崧此论的合理性,是毋庸置疑的。

此外,对骈文作家而言,在骈文作品中合适地罗列故实、铺饰藻采已属不易,但更为不易的是如何使得典故众多、藻采纷呈的骈文,具有独特的艺术风格和鲜活的艺术生命。陈维崧曾在《吴园次林蕙堂全集序》中借吴绮之口指出,优秀的文学创作往往都具有成熟的艺术风格和很高的艺术造诣,所谓"六诗三笔,每每以古郁称奇;四库五车,往往以沉雄入妙。"那么具

---

① 陈维崧:《陈迦陵俪体文集》卷五。
② 陈维崧:《与张芑山先生书》,《陈迦陵文集》卷四。
③ 陈维崧:《董文友文集序》,《陈迦陵文集》卷二。
④ 陈维崧:《陈迦陵俪体文集》卷六。
⑤ 陈维崧:《陈迦陵文集》卷四。

体怎样使骈文（包括其他文学样式）创作臻此境界呢？这首先就要求骈文作者具备扎实的学问基础，"胸无故实，笥鲜缥缃"者不可能创作出优秀的骈文作品。其次，要求创作者在精研学问的基础上，揣摩并掌握骈文创作布炼"组纫笙簧"、运使"风云月露"的艺术方法、艺术轨辙。①对此，陈维崧曾在《词选序》中有过概括性的论述，即前已引述的"穴幽出险以厉其思，海涵地负以博其气，穷神知化以观其变，竭才渺虑以会其通"，就是要求骈文创作做到"深刻其意，锤炼其识；拓开气象，恢宏其力；把握规律，更变创新；最后则是以全部才智、毕生精力以至用生命去严肃承担通同的使命"②，去经世致用，只有这样的骈文才可能是风格独特而饱具艺术生命的优秀之作。

总体而言，陈维崧的骈文创作论，其系统性、深刻性、创新性尚显不足，有些方面如论述心术义理一点，甚至显得有些迂腐，但在清代初年骈文理论较为贫乏的总体语境下，他的这些理论思考的开拓意义是显而易见的。可以说，陈维崧的骈文创作论，阐发衍伸了其推尊骈体的总体思想，并与推尊骈体思想一起，构成了清代骈文理论的重要基石。

五　陈维崧骈文创作与理论探讨的文学史意义

经由理论探讨和骈文创作，陈维崧已经显示出他作为骈文家的远见卓识和过人才华，并成就了他在清代骈文史上不可撼动的大家地位。不过，陈维崧的意义不止于此，作为近古骈文由明末的稍振而发展为清中叶全面复兴过程中的关键人物，他的理论探讨和骈文创作，实际有着承前启后的重要意义。所谓"承前启后"，包含两方面的含义：一方面是指陈维崧继承了明代后期骈坛以陈子龙、李雯、吴应箕等人为代表的骈文理论主张，另一方面则指陈维崧在继承并发展前人理论主张的基础上，启发引导了清初以后骈文的推衍兴盛。

毛先舒《湖海楼俪体文集序》有云："昔者黄门夫子振起吴松，四六之工语妙天下，余与其年皆及师事。悠悠摆落，仆复何言？乃其年则群推领袖，直接宗风，既吐纳乎百川，亦磬控乎六马。"③在明末清初作为陈子龙学生辈绍述其骈文思想者，颇有人在，但正如毛先舒所言，其既能"直接

---

① 陈维崧：《陈迦陵俪体文集》卷六。
② 严迪昌：《清词史》，江苏古籍出版社2001年版，第195页。
③ 陈淮：《湖海楼俪体文》卷首。

宗风"又且著述斐然者，则必推陈维崧为第一人。陈子龙而外，明末骈文主要作家如李雯、吴应箕、夏允彝、宋存楠等人，都是陈维崧的师挚辈，其骈文理论与创作主张或多或少也都对陈维崧产生过影响，胡献征序《陈迦陵文集》即谓其年为学"素渊源于家学，复取资于师友"①，其所云"师友"实际就是指陈、李、吴、夏、宋诸人。这是说承前。

关于启后，毛际可《汪蓉洲骈体序》有云，清代骈坛"自陈检讨其年一出，觉此中别有天地。比来模拟相寻，久习生厌"②，"模拟相寻，久习生厌"两句，前半句从正面，后半句从反面，都说明陈维崧对清代骈坛产生了深刻的影响。又《四库总目提要》论陈维崧、吴绮、章藻功骈文成就所谓"平心而论，要当以维崧为冠，徒以传颂者太广，摹拟者太众，论者遂以肤廓为疑"③，其中"传颂者太广，摹拟者太众"一语，也充分说明了陈维崧骈文"启后"之功的巨大。另外，伪托陈维崧撰《四六金针》的出现，事实上也正是对陈维崧骈坛影响力的有力证明。

那么，陈维崧在骈文方面承前启后的主要内容是什么？细析明代后期以降的骈文演进史可以发现，陈维崧主要是在两个方面展现出了他作为明清骈文承续发展之主要桥梁的重要意义。其一，在骈散文关系中如何看待骈体文地位、价值，这是显在层面的问题。关于骈散地位、价值问题，明代后期从徐渭、汤显祖到公安三袁，到陈子龙、张溥、夏完淳、李雯、王志坚等人，已经从骈文创作、骈文作品编选和理论阐发的不同角度，对此进行了引导、论证，其中杜骐徵等所辑《几社壬申合稿》具有典型意义。此集广收几社陈子龙、李雯、宋存楠等当代作家的诗赋及骈散文作品，是明末骈体文创作的重要汇编，其理论旨趣正如陈子龙所云："文当规摹两汉，诗必宗趣开元，吾辈所怀，以兹为正。至于齐梁之赡篇，中晚之新构，偶有间出，无妨斐然。若晚宋之庸沓，近日之俚秽，大雅不道，吾知免夫。"④陈子龙特别提到此集兼收具有齐梁之风的文章，换言之，就是要将效仿齐梁的骈体文与"规摹两汉"的散体文一并收入，在前后七子"文必秦汉""文必西汉"理论仍有相当影响力的明末文学语境中，《合稿》提倡骈体、将骈体与散体并列而观的理论倾向已经十分明显。

到了清初，以陈维崧为代表的骈文家群体，一脉接续过晚明诸子的理论

---

① 陈维崧：《陈迦陵文集》卷首。
② 王运熙、顾易生主编：《清代文论选》，人民文学出版社1999年版，第345页。
③ 四库全书研究所整理：《钦定四库全书总目·陈检讨四六提要》，第2346页。
④ 陈子龙：《几社壬申合稿序》，杜骐徵等辑《几社壬申合稿》卷首，《四库禁毁书丛刊》本。

主张，并对此进行了较大程度的发挥。如吴绮"主张文学应呈多样化发展，不能'以彼易此'，犹如天地既昭日月，也当生风雷；既有丘壑，也当有江海。"正如论者所云，这不仅是吴绮"对文学个性化的认识，也是为骈文的再度繁荣而张目"。① 又如毛际可，其在为陈维崧骈体文集作序时，经由对自己因受陈维崧骈文创作影响而转变骈文观念过程的诗意叙述，一方面向文坛传进一步播了陈维崧的骈文创作，同时又强调了骈体文的艺术价值，提升了骈体文的文学地位。② 但毋庸置疑的是，清初骈坛提倡骈体最为有力的作家显然是陈维崧，正如前文所述，他从本体论和艺术成就的层面，对骈体文的文学史地位进行了较为深入的认定。陈维崧之后，从袁枚、孔广森、吴鼒、曾燠，到彭兆荪、张惠言、李兆洛、刘开、孙梅、阮元，他们不但系统论述了骈散一源、骈体与散体地位平等的客观性，甚至更进一步，宣称只有骈文才是真正意义上的"文"，而单行散体文只能算是"古之笔"，从而揭起与散体文争文章正统的旗帜。③ 而袁、孔、吴、曾、彭、张、李、刘、孙、阮诸人理论衍发的基础，正是清初以陈维崧为代表诸人的骈文主张。

其二，在文学创作中如何处理骈散艺术手法，这是较为隐含的问题。对此，明末以降的文学家们，主要采取了骈散兼用的思路。明代后期以陈子龙为代表的骈文家们，主要通过具体的文学创作表达了他们的主张，典型的如陈子龙《上巳燕集诗序》《九日登高诗序》《报夏考功书》诸文，以散驭骈，骈散结合，为明清骈文的发展树立了典范。清初以陈维崧为代表，包括

---

① 王运熙、顾易生主编：《清代文论选》，人民文学出版社1999年版，第179页。

② 毛际可《陈迦陵俪体文集序》云："余素不娴骈体之文。以为文者，性情之所发，雕刻愈工，则性情愈漓……遂绝笔不为者十年。岁戊午，国家以博学宏词征召天下士，其文尚台阁，或者以为非骈体不为功。辇毂之间，名流云集，皆意气自豪。而余内顾，胸中索然，一无足恃。旁人咸咎余向者持论之过，余亦笑而不顾也。居久之，陈子其年访余邸舍，出其全集见示。自赋骚书启，以及序记铭诔，皆以四六成文。余偶披篇首，已见其棱棱露爽；继讽咏缠绵，穷宵达昼。言情则歌泣忽生，叙事则本末皆见，至于路尽思穷，忽开一境，如凿山，如坠壑，如惊兕乍起，鸷鸟复击，而神龙天矫于雨雹交集之中也，为之舌挢而不能下。始悟文之有骈体，犹诗之有排律也。昔杜少陵为长律，其对句必伸缩变化，出人意表。虽俳比千百言，而与《北征》诸作一意单行者，无毛发异。推此意以为文，是骈体中原有真古文辞行乎其间。"参见陈维崧《陈迦陵俪体文集》卷首。

③ 如阮元《文言说》云："孔子于《乾》《坤》之言，自名曰'文'，此千古文章之祖也。为文章者，不务协音以成韵，修辞以达远，使人易诵易记，而惟以单行之语，纵横恣肆，动辄千言万字，不知此乃古人所谓直言之言，论难之语，非言之有文者也，非孔子之所谓文也。"又阮氏《文韵说》云："凡文者，在声为宫商，在色为翰藻……今人所使单行之文，极其奥折奔放者，乃古之笔，非古之文也。"分别参见阮元撰，邓经元点校《揅经室集》，中华书局1993年版，第605、1066页。

毛奇龄、吴绮、尤侗诸名家在内，接续了晚明骈文家骈散结合的思路，在创作中充分发挥了骈散交融的艺术手法，特别是陈维崧，其骈文创作较为普遍而成熟地使用了骈散结合的艺术手法，为后世骈文在创作手法方面提供了相当丰富的成功范例。

陈维崧以后，骈散结合已成为骈文创作普遍使用的重要艺术手法，从胡天游、袁枚、吴锡麒、邵齐焘、洪亮吉、孙星衍、孔广森，到李兆洛、彭兆荪、刘嗣绾、方履籛、董基诚、董祐诚，这些清代中期骈坛的代表作家们，几乎都在自己的骈文创作中贯彻了骈散结合的写作思路，使得骈散融通使用定型为骈文的一个基本创作手法。当然，清中叶骈坛这一现象的形成，很大程度上是得益于诸骈文家对两汉以降直至两宋骈文创作手法的自觉效仿，但近代尤其清初以《陈迦陵俪体文集》为代表的骈文创作之示范作用和潜在影响，也是不容抹煞的，前引《汪蓉洲骈体文序》及《四库全书总目·陈检讨四六提要》论陈维崧创作影响一点，即是有力佐证。在这个意义上，从明代陈子龙、李雯诸人，到陈维崧、毛奇龄、吴绮诸人，再到袁枚、孔广森、洪亮吉诸人，其在骈文创作中践行的骈散兼使主张方面，乃是一脉贯穿的，而陈维崧也无疑是衔接前后两者最重要的纽带。

诚然，陈维崧在明清骈文史上"承前启后"的内容，不仅仅是前文已述的两点，但它们显然是最为主要的。近代骈文史由明代向清代的推演转进，陈维崧这一环是不可或缺的。

综而论之，作为清代骈文星空中的一颗巨星，陈维崧成就斐然的骈文创作和自成一体的理论主张，为清代骈文的复兴奠定了坚实的基础，其意义重大、影响深远，清代骈文若少却陈维崧，无疑将失去很大一部分光彩。当然，本书限于篇幅，不可能对陈维崧的骈文创作和理论探讨进行全面系统的研究，如陈维崧骈文与其古文、时文甚至诗词的关系，陈维崧骈文创作手法对其后骈文家的具体影响，陈维崧骈文理论与清初汉宋之争的关系等问题，都有待于学界的进一步研究。

第二节　清代骈文史上的"异类"：尤侗

清初苏州府骈文初兴，钱谦益、吴伟业、宋实颖、钱陆灿、汪琬、顾炎武、朱鹤龄、黄始、钮琇等，都创作了一定数量的骈文作品，不过真正在清初骈文史中自树一帜，并可与江南其他诸府骈体名家如陈维崧、吴农祥、陆繁弨、章藻功、黄之隽等争衡的，当推尤侗、吴兆骞二人。其中尤侗的文学创作，世人多注目于他的诗词、戏曲，骈文一体，在清初声名虽盛，但后来文学史对其却讥评多于赞誉，这是一个比较有意味的文学史现象。事实上，中国古代文学史上曾出现过不少文学创作上的"异类"，在当代与后世，既有人对他们的作品盛誉褒扬，又有人给予苛责抵抑，以致形成了不少文学接受上的"模糊点"，尤侗的骈文创作就是颇为典型的例子。那么，尤侗骈文的特点与成就究竟是怎样的？我们应如何来看待尤文的不足？这都是本节要解决的问题。

一　尤侗家世生平

尤侗（1618—1704），字同人，更字展成，别字悔庵，号艮斋，晚号西堂老人，江苏长洲（今苏州地区）人。长洲尤氏是有宋以降江左名望，吴允治《毗陵尤氏宗谱告成记》所谓"上下数百年，继继承承，清芬奕叶，素称江南著姓。"据尤侗《先考远公府君暨先妣郑氏行述》所载，尤氏远祖，可上溯至周文王第十子聃季，聃季"食采于沈，为氏，今汝宁地也"，即尤氏本沈姓。唐末，尤氏先祖"有迁泉州者，避王审知嫌，名去水为尤"，遂以尤为氏。宋真宗天禧中，尤叔宝避难入吴，此即尤氏吴地始祖。尤叔宝命长子大成居无锡白石里，次子大公居长洲西禧里，这就构成了吴地尤氏的两个关系紧密的主要支系，尤氏以后在江南苏、松、常、镇四府的众多子系，都由这两支蔓衍而出。无锡分支之后，有名尤焴者，四传为玢，玢子臣，"复迁于苏，转徙斜塘，以耕读世其家"，是为长洲尤氏近祖。尤臣而后，一脉传至尤鼎，是即尤侗高祖。鼎子聪，聪子挺秀，挺秀子瀹，尤侗为瀹第三子。

尤氏迁吴以后，经过近百年的繁衍，已经发展成为人才济济的名门望族，其中长洲分支之后尤辉及无锡分支之后尤袤、尤焴即其佼佼者：辉官观文殿大学士、兵部尚书、少保，赠少师；袤官焕章阁待制、礼部尚书、少师、赠太师，谥文简，为南宋"中兴四大诗人"之一；袤孙焴官端明殿大学士、礼部尚书，封毗陵郡侯。宋度宗赵禥曾驾临尤焴宅第，并挥笔于尤宅柱间题下一联："五世三登宰辅，奕朝累掌丝纶。"这正是对南宋时期尤氏家族兴盛状况的一个真实反映。南宋而后直至明代，尤氏也一直是"簪缨不绝，代有闻人"。不过需要指出的是，尤氏在明代后期虽然仍是一方名族，但是它的兴盛已经无法与南宋时相提并论。从尤侗直系一支来看，侗高祖尤鼎、曾祖尤聪一生皆为处士；祖父尤挺秀的境遇稍好，到了晚年被地方尊为"文学乡饮宾，给七品冠带"，但这七品实际是一种荣誉性虚职，与朝廷任命的七品官职不是一回事；侗父尤瀹"四踏省门不售，援廪例入太学，再赴京兆，卒报罢"，连一个举人也没考上。①

当然，从家族文化延续的角度而言，尤氏虽然在明末趋于衰弱，但从长洲近祖尤臣那里形成的"以耕读世其家"的传统一直未曾断绝。如侗祖父挺秀为文学乡饮宾，亦即挺秀在道德、文学方面堪称一方表率；侗父瀹严秉乃父庭训，德、文兼修，不但一生关心地方民生，而且在文学方面颇有造诣，尤侗《先考远公府君暨先妣郑氏行述》称其少时即"文艺冠一时"，又谓"平生好游山水"，每至一处"呼酒小酌，发为歌咏，今所传《虎丘竹枝词》《西山竹枝词》是也。其少作有《江上吟》《坐中句》《杂著》数种。"父祖辈在文学上的用心，既传衍了自南宋尤袤、尤焴、尤辉以来的家族文脉，又为作为家族子孙的尤侗提供了直接的学习效仿对象。

家族血脉和文化传统的优势，在尤侗的身上体现得颇为明显，《清史列传》称侗"少博闻强记，弱冠补诸生，才名藉甚。"②又徐乾学《西堂杂组三集序》谓，尤侗"童稚之年，肆志阅览，比弱冠，名播天下"③。尤侗自己也说："仆少有书癖，长而舌耕。小许诵树之年，已能受简；子安序阁之岁，差解操觚。"④事实上，尤侗在弱冠之年就"名播天下"的，不仅是指他的诗文创作，也包括他的制举文，徐乾学在《西堂杂组三集序》中即云："余少时读展成先生制举义，以为天下大魁，可旦夕取携。"⑤并且，他所作的带有戏谑性的制举文《怎当他临去秋波那一转》，连顺治帝后来都赞叹不已。然而，或许是因为运气不佳，尤侗经历了一场与其父比较相似的科举受挫之旅，郑方坤《尤侍讲侗小传》所谓"历试于乡不利"⑥，尤侗《先室曹孺人行述》讲得更明白："五试棘闱不遇。"这样的坎坷遭际，令尤侗十分痛苦，以至"与妇楚囚相对，中宵涕泣，未尝不泪渍枕席也。"⑦

顺治五年（1648）是尤侗生命历程的一个积极转折，他以贡谒选，九

---

① 尤侗：《西堂杂组三集》卷七《先考远公府君暨先妣郑氏行述》，清康熙二十五年刻本。
② 清国史馆原编：《清史列传》卷七十一《尤侗传》，周骏富辑《清代传记丛刊·综录类②》，台湾明文书局1985年版。
③ 尤侗：《西堂杂组三集》卷首，清康熙二十五年刻本。
④ 尤侗：《西堂杂组一集》卷首《自序》。
⑤ 尤侗：《西堂杂组三集》卷首。
⑥ 钱仪吉纂录：《碑传集》卷四十五，周骏富辑《清代传记丛刊·综录类③》，台湾明文书局1985年版。
⑦ 尤侗：《西堂杂组三集》卷七。

年，除直隶永平府推官。永平地僻，推官职位又小，尤侗"意不欲就"①，在妻子曹氏的劝说下才勉强赴任。到任后，"吏治精敏，不畏强御，怙势梗法者，逮治无所纵"，表现出比较出色的行政能力。但没过多久，他就"坐挞旗丁，镌级归"②，这可能正是他"不畏强御"的结果。罢官乡居的生活显然是艰辛的，《与宋荔裳宪副书》云："惟是放逐以来，穷愁日甚，叩门乞食，终无一饱之欢；闭户著书，未免单寒之苦。"③ 又《上龚总宪书》云："十年不遇，遂令邓禹笑人；四海无俦，未见鲍生知我。臣饥欲死，壁立相如；予去何之，途穷阮籍……文成《鹦鹉》，祢衡悲尸冢之间；迹寄《鹪鹩》，张华感藩篱之下。翟蔚之门罗雀，松菊无存；史云之釜生鱼，樵苏不爨。焚琴煮鹤，一饱无时；纳履捉衿，孤寒何地？"④ 而这样的生活，一直要持续到康熙十七年（1678）。

是年，朝廷特开博学宏词科，网罗天下遗逸之才，尤侗以久盛文名被荐，次年，授翰林院检讨，与修《明史》，"分撰志传多至三百余篇，同馆未之有也"⑤。逾三年告归。但这次告归与顺治间"镌级归"是很不一样的，因为这次他是带着被朝廷确认的名士身份主动辞职还乡的⑥，故而他的晚年生活是比较悠游愉悦的，其除了常与乡里文士耆宿结社唱酬，还经常应闻名而来者之请，写诗赋文，郑方坤《尤侍讲侗小传》所谓"既家居，以诗文缱绻，请者盈庭户，挥洒不倦"，就是很好的概括。这里还值得一书的是，康熙三十八年圣祖皇帝玄烨南巡至苏州，尤侗献《平朔颂》《万寿诗》，"上嘉焉，赐御书'鹤栖堂'匾额"。四十二年，"驾复幸吴，赐御书一幅，即家授侍讲"，这对封建时代的文人而言，确实可以说是三生难遇的"异数"了。⑦ 次年，八十七岁的尤侗乃安然辞世。

就一生际遇而言，尤侗前面大半生基本是在辛苦辗转中度过，但康熙十七年以后的二十多年，他则可以说是享受到了人生的甜美，而这种甜美之所

---

① 尤侗：《西堂杂组三集》卷七《先室曹孺人行述》。
② 清国史馆原编：《清史列传》卷七十一《尤侗传》，周骏富辑《清代传记丛刊·综录类②》。
③ 尤侗：《西堂杂组二集》卷五。
④ 同上。
⑤ 郑方坤：《尤侍讲侗小传》，钱仪吉纂录《碑传集》卷四十五，周骏富辑《清代传记丛刊·综录类③》。
⑥ 《清史列传》卷七十一《尤侗传》云："康熙十八年……授翰林院检讨……先是，侗所作诗文流传禁中，世祖章皇帝以'才子'目之。后入翰林，圣祖仁皇帝称为'老名士'。天下羡其荣遇，比于唐李白云。"
⑦ 清国史馆原编：《清史列传》卷七十一《尤侗传》，周骏富辑《清代传记丛刊·综录类②》。

以能够获取，主要就是得益于他在文学上的不凡造诣。前引徐乾学《西堂杂组三集序》在述及尤侗"童稚之年，肆志闳览"后又道："先生于书无不寓目，即稗官野乘、伎艺方术，以逮《睽车》《轩渠》《禽经》《草木状》之属，未尝阙遗。"亦即尤侗在早年是花了一番苦读博览的功夫的，加之他才情富赡、文思警敏，因此所为诗词古文"体物言情，精切流丽，每一篇出，传颂遍人口"①，他的《西堂杂组》也广受学者推崇，被"奉为兔园册"②。不但如此，连帝王都对他的作品青睐有加，《西堂文集》卷首便记载了那段令尤侗备感荣耀的奇遇：

> 戊戌秋（顺治十五年，1658），王胥庭学士侍讲筵次，上偶谈老僧四壁皆画《西厢》"却在临去秋波"悟禅公案，学士随以侗文对，上立索览。学士先以抄本进，复索刻本，上览竟，亲加批点，称"才子"者再。因问侗出身履历，为叹息久之。仍命取全帙置案头披阅。他日又摘《讨蚤檄》示学士曰：此奇文也！问有副本否？答曰：无。遂命内府文书官购之坊间，不得；继购之同乡诸公，不得。至十月中，侗适过都门，使者迹至旅次，携一册去，装潢进呈，上大喜……亡何，有以侗所著《读离骚》乐府献者，上益读而善之。令梨园子弟播之管弦，为宫中雅乐，以为清平调之比也。

无疑，这样的际遇是古代文人众所祈盼而极难实现的，所以尤侗门人徐乾学说，"古今文章之雄，无此奇遇也"，其言语之间是充满赞美与欣羡的。

具体到尤侗的文学创作，其一生所撰著，有《西堂文集》二十四卷、《西堂诗集》三十二卷、《西堂乐府》七卷、《艮斋倦稿文集》十五卷、《艮斋倦稿诗集》十一卷、《鹤栖堂稿》十卷等。正如学者所说，尤侗诗歌、词曲、古文、骈体兼工，其诗作，郑方坤谓"上焉者为白傅之讽谕、闲适，次亦如诚斋之《道院》《朝天》，万斛泉源，随地涌出，要为称其心之所欲言。"③沈德潜的评价则更具体："西堂少岁时，专尚才情，诗近温、李。归田以后，仿白乐天，流于太易，塑街谈巷议入韵语中，远近或以游戏视之，比于王凤洲之评唐伯虎。不知四十至六十时诗，开阖动荡，轩昂顿挫，实从

---

① 清国史馆原编：《清史列传》卷七十一《尤侗传》，周骏富辑《清代传记丛刊·综录类②》。

② 郑方坤：《尤侍讲侗小传》，钱仪吉纂录《碑传集》卷四十五，周骏富辑《清代传记丛刊·综录类③》。

③ 钱仪吉纂录：《碑传集》卷四十五，周骏富辑《清代传记丛刊·综录类③》。

盛唐诸公中出也。"① 其词，吴梅《味闲堂词钞序》云："逊清一代吾乡词学，西堂实推冠冕。"② 推举可谓高矣。其乐府散曲杂剧传奇，周亮工评谓："至于磨韵调声，节讴度曲，上源《三百》，下备《九宫》，《凉州》《薲索》之音，'锦石'、'流黄'之句，无不响激飞湍，气吞崇岳，慷当以慨，乐而不淫，汉卿、东篱，惟其有之。言乎近者，青藤山人写豪情于羯鼓，猴山学士寄悲思于《郁轮》，梅村奏通天之台，君庸发霸亭之啸，咸相伯仲，未易低昂也。"③ 将尤侗比于明清戏曲名家徐渭、王衡、吴伟业和沈自征，甚至与关汉卿、马致远相提并论。要之，尤侗在清初各体文学中皆能自树一帜，堪称文坛名家。

二 尤侗骈文概貌及分期

尤侗一生创作的骈体文，主要收录于《西堂杂组》一、二、三集中，这三集总称《西堂文集》。从体例上讲，清初许多作家的文集，都是将骈体文和散体文区分开来，依照文体分别收录，如《陈迦陵俪体文集》《流铅集》《思绮堂四六文集》即分别单收陈维崧、吴农祥、章藻功的各体骈文作品，《西堂文集》虽亦是以体系文，但其是将骈散两体作品一体收入，加之尤侗的一些作品介乎骈散之间，难以遽分，这就给我们全面统计尤侗骈体作品的数量增加了难度。在尽可能细致、妥当区分骈、散的基础上，我们大体可以统计出《西堂文集》中所收尤氏骈体文的数量，至少在 140 篇上下，这样的数量是颇为可观的。当然，收录尤侗创作的《艮斋倦稿文集》和《鹤栖堂稿文》中，也有一定数量的骈文作品，如果这样计算起来，尤侗一生骈文创作的总量接近 200 篇。

就文体而言，尤侗天才富赡、视野宏阔，又有展露才情的才子作风，因此他的骈文作品涉及了大量文体，这包括赋、颂、骚、七、表、册文、檄、移文、弹文、判、序、跋、寿序、书、启、赞、铭、诔、墓铭、祭文、疏、辞、说、祷、问、引、偈、帐词、连珠、禽言以及难以归类的乞巧、自祝、忏愁、上梁、戒赌等共计 35 类，这在清代骈文史上是不多见的，同时，也足见尤侗确乎是一个名副其实的才子型作家。上述诸体作品中，有一些类别特别值得关注：一是赋作，《西堂文集》共收尤侗赋作 27 篇，其中《西堂

---

① 沈德潜：《清诗别裁集》卷十一，浙江古籍出版社 1998 年版。
② 陶然：《味闲堂词钞》卷首，中华书局 1928 年铅印本。
③ 周亮工：《西堂杂组二集序》，尤侗《西堂杂组二集》卷首。

杂组》一集和三集分别录10篇，二集录篇首。《杂组》一集中的赋作，皆为律体，尤侗《西堂杂组一集自序》总结少年为文之不足时曾云，"顾八股之业，束缚日深；四声之作，嘲弄时有"①，这些律赋无疑就是"八股之业""束缚"下的产物。《杂组》二集、三集中的赋作，皆是押韵骈赋，与尤氏早年的律赋相比，这一类作品虽没有限押八韵，但在很大程度上延续了律赋的押韵特征，而这与清初陈维崧、吴农祥、吴兆骞等作家骈赋的特点是非常相似的，换言之，赋体律化是清初江南骈文的一个基本特点。从艺术造诣上来说，尤氏赋作特别是10篇律赋，不但格律谨严，而且精巧自然，有些作品堪与清代中期律赋大家吴锡麒的作品相较，其总体成就是比较高的。

　　赋作而外，尤侗的檄、制、册、判、弹五体之文更值关注。檄是军书，《文体明辩》所谓"古者用兵，誓师而已"，另外，古者报答谕告、州邦征吏，也称为檄②；制为王言，其体定型于唐，"大赏罚、大除授用之"③，即朝廷任命高级官吏时的文书；册亦王言，其用较广，大体分祝册、玉册、立册、封册、哀册、赠册、谥册、赠谥册、祭册、赐册十类④；判是古代断狱文书，"古者折狱，以五声听讼，致之于刑而已"⑤，唐宋以后，科举取士例有判词一项；弹文是大臣弹劾官员，按法上奏的文书，《文章辨体》引《汉书》注云："群臣上奏，若罪法按劾，公府送御史台，卿校送谒者台。"⑥ 在清代骈文家的文集中，很少收录上述文体，五体全收的极为少见，尤侗将这些文体尽数纳入文集已是一个特色；更为特别的是，从文体性质上看，檄、制、册、判、弹等基本都是实用性很强且非常严肃的文体，此类文章在题材内容和风格取向上是比较固定的，不过尤侗所创作的这类作品，几乎都是用戏谑的口吻来写作比较戏剧化的题材，如《讨蚤檄》《逐松鼠檄》《戏册竹夫人制》《戏复立望帝册》《李益杀霍小玉判》《斫鼠判》《花神弹封姨文》等，这在清代骈文史上是很少见的。

　　《西堂文集》中所录尤侗骈文，从创作时间、内容和文章风格上讲，可以比较清楚地分为三个大的阶段，即《西堂杂组》一、二、三集所对应的

---

① 尤侗：《西堂杂组一集》卷首。
② 徐师曾：《文体明辩序说》，王水照主编《历代文钞》第二册，复旦大学出版社2007年版，第2096页。
③ 吴讷：《文章辨体序说》，王水照主编《历代文钞》第二册，第1616页。
④ 徐师曾：《文体明辩序说》，王水照主编《历代文钞》第二册，第2087页。
⑤ 同上书，第2098页。
⑥ 吴讷：《文章辨体序说》，王水照主编《历代文钞》第二册，第1620页。

三个阶段。第一阶段，始自明崇祯十一年（1638），迄于清顺治十三年（1656），就是《西堂杂组一集》目录下所附的"自戊寅至丙申止"，亦即尤侗二十一岁至三十八岁时的创作。尤侗《西堂杂组二集自序》有云："《西堂一集》，大抵少时嬉戏之作。"① 又彭孙遹《西堂杂组三集序》也说："其《初集》，少时之作。"② 所谓"嬉戏"，一方面是写实，这指的是《杂组一集》中的许多作品，都是以戏谑的口吻来写作，前述《讨蚤檄》《戏册竹夫人制》《戏复立望帝册》《花神弹封姨文》《李益杀霍小玉判》而外，《斗鸡檄》《戏册庄女九锡文》《戏册不夜侯制》《吕雉杀戚夫人判》《曹丕杀甄后判》《孙秀杀绿珠判》《韩擒虎杀张丽华判》《陈元礼杀杨贵妃判》《西施墓志铭》《责鹰辞》《说酒》《貌问》《牛马问答》等皆是此类；另一方面，这也是自谦，因为这些作品在当时不但"为天子所赏，学士大夫群而邮之"，而且"田夫市子、方外妇女，亦有能读之者"③，"嬉戏之作"竟能获得上自天子，下及普通百姓的普遍喜爱，足以说明它们在嬉戏之外，另有一些佳处，事实上，我们细读这些作品，其命意新奇，妙语连珠，古典往事，随手拈来，且文脉流畅，一气呵成，诚为才子佳文，尤侗的才情在此得到了淋漓尽致的展示。可以说，《西堂杂组一集》代表了尤侗骈文的最高成就。

第二阶段，自丁酉至辛亥止，即顺治十四年到康熙十年（1671），尤侗三十九岁至五十四岁时的作品。正如彭孙遹《西堂杂组三集序》所云，此系尤侗"罢官闲居之所为作也"。康熙初，尤侗因鞭挞旗丁被罢去永平推官一职。赋闲家居，一方面固然可以免去官衙琐事，获自由之身；同时，对于尤侗这样不事生产的读书人而言，失去官职也就等于失去了经济来源，这样的生活无疑又是艰辛的；再者，失职遭挫，年岁渐增，少年时无拘无束、戏谑纵横的脾性也自然有所转变。因此，这一时期的作品便体现出以下两个特点：第一，在内容上，自叹困蹇、款语求人与闲情逸兴是并备的，前者如《感士不遇赋》自抒"屏居下里，固穷寡欢"④ 的人生感怀，《一钱赋》以戏谑之言自慰穷苦，《上龚总宪书》《上曹通政书》《与宋荔裳宪副书》等或婉陈苦况，或央人荐引；后者如《鸳鸯赋》写池中鸳鸯，颇饶闲趣，《蟹赋》嬉笑形容，写尽蟹之特质功用，《斫鼠判》《逐松鼠檄》苦中作乐，奇

---

① 尤侗：《西堂杂组二集》卷首。
② 同上。
③ 尤侗：《西堂杂组二集》卷首《自序》。
④ 尤侗：《西堂杂组二集》卷一。

趣盎然；第二，从骈文风格上来讲，这时期的作品虽仍不时呈现早期作品随处可见的那种戏谑奇趣，前述《一钱赋》《斫鼠判》《逐松鼠檄》及《戏封苟变关内侯制》《戏与瑶宫花使启》等即其代表，但主要格调则是严肃的，无论是自述遭际，还是苍凉怀古，无论是为人诗集作序，还是贺谢祝引，其与谐谑嬉笑是保持相当的距离的。

第三阶段，自壬子至癸亥止，即康熙十一年到二十二年，尤侗五十五岁至六十五岁时的作品。康熙十八年，徐乾学为《西堂杂俎三集》作序时言道，尤侗于是年通过博学宏词考试后，"追感畴昔知遇之由，搜讨近作若干首，为《杂俎三集》。"事实上，尤侗"搜讨近作"的工作，至少要持续到康熙二十二年，这从《三集》所收作品的创作年限可以推知。这一阶段的作品，很大一部分是尤侗担任翰林院检讨时创作的，这一类作品的题材、风格都比较接近，那就是以雍容堂皇的笔调，绘写清王朝盛世风物、谀扬统治者辉煌功业，《璿玑玉衡赋》《南苑赋》《帝京元夕赋》《上林春燕赋》《平蜀颂》《平滇颂》等是其代表，其文采虽壮，但多非从真性情流出，因此艺术成就不高。此外，尤侗还写了一些贺庆谀赞的启、引、帐词、寿序，大多也是形式大于内容，虚誉多于真情，成就亦不高。值得注意的，倒是那些比较真实地抒怀议论的短文，这指的是《公祭陈其年检讨文》和以《吴园次林蕙堂文集序》《艺圃诗序》为代表的诗文集序，这些作品造语老辣简净，能真实反映出尤侗晚年骈文的造诣。总体言之，尤侗早年作品所体现的奇思妙趣、无拘无束，这时已经消失殆尽，真正能体现尤侗才情、性情的佳作也屈指可数。故而，这一时期骈文的成就，固然不能与第一期相提并论，就是与第二期作品比较，其也要相形见绌的。

当然，尤侗晚年创作的骈文，还要包括进《艮斋倦稿文集》和《鹤栖堂集文》中的那些篇章。这些作品在整体上与《西堂杂俎三集》所录诸作的情况相似，大抵以应付为主，不过，像《眼花赋》《老鳏赋》《关夫子像赞》《题钟文子传后》《红兰乐府序》这样的作品，或嬉笑解嘲，或感慨赞叹，不管其笔调如何，大多出于真诚，才情也比较充沛，所以往往有感人的力量在，我们也不能忽视。

三 尤侗骈文主要特色与艺术成就

尤侗骈文在清代骈文史上之所以能自树一帜，固然跟他的博学多才和传奇性的人生际遇有关，但最主要的原因，还是在于其形成了与众不同的艺术风貌，并取得了颇为卓越的艺术成就。概括起来说，其最主要的特点与成就有二：一是戏谑多趣，奇思勃郁；二是形式多变、众貌争妍。

（一）戏谑多趣，奇思勃郁

才子擅谑，自古而然，但以骈文为戏谑者，在清代尤侗可称第一人。尤侗不但擅谑，而且擅长奇思妙想，这两者在他的文学作品中是完美交融的。翻开《西堂文集》尤其是《西堂杂组》一、二两集，最能引起我们阅读兴味的，首先就是那些既谑且奇的佳作，前述《讨蚤檄》《斗鸡檄》等檄文，《戏册竹夫人制》《戏册庄女九锡文》等册文，《李益杀霍小玉判》《斫鼠判》等判文，以及《西施墓志铭》《责鹰辞》《说酒》《貌问》《牛马问答》《一钱赋》《戏与瑶宫花使启》等，皆属此类。其中《讨蚤檄》堪称代表。

该文讨伐"牙爪横行肘腋之间"的跳蚤，全文分四个层次：第一层总括撰檄之由，第二层义正辞严地申斥跳蚤之罪状，第三层感慨自古以来未能出现一篇非常到位、彻底的讨蚤之文，第四层乃发出振聋发聩的讨蚤之誓。如第二层绘写跳蚤禀性及跳蚤给人带来的苦痛云：

赋形么么，禀性跳梁，凭寸喙以毛求，据四肢而血食。无小无大，恃钻刺为生涯；倏去倏来，借弥缝为逋薮。十围革带，几遍周流；七尺病肌，徒供醉饱。芒刺在背，常捉原宪之衿；剥床以肤，不煖仲尼之席。加以蜂生翠帐，燕啄莺群，翻被底之鸳鸯，惊枕中之蝴蝶。偷香窃玉，西子以之颦眉；倒衣颠裳，曹纲因而插手。痛矣针心之女，俨然入幕之宾。

又第四层想象整兵誓师、力讨跳蚤云：

方今尧舜垂裳，羲皇高枕，螳军搏击，蛛相经纶，岂容卧榻之旁他人酣睡？况弃膏腴之地小丑并吞！爰整甲兵，用推牙将，分掠股肱之郡，合纠唇齿之邦，运筹帷幄之中，过师枕席之上。握拳透爪，麻姑奋其先登；啮齿穿龈，樊素司其后劲。淮阴水战，一勺横尸；诸葛火攻，半箪流血。蛮争触斗，难逃鱼丽之军；鼠窃狗偷，悉伏爽鸠之法。不待鸺鹠之捕，务同蝼蚁之擒。毋贻噬脐，早图革面。①

文章以拟人法，声情并茂地描写议论，各种与跳蚤相关的典故随手拈来

---

① 尤侗：《西堂杂组一集》卷三。

而极为流畅自然,并且音声铿锵、一气呵成,形象感、旋律感都极强。更为令人惊叹的是,作者藉由超乎寻常的想象力,将日常生活感受、历史事实与申斥议论非常巧妙地交融在了一起,并在看似非常严肃的叙述中,渗透、蕴生出令人忍俊不禁的戏谑之感,这样的才华在清代骈文史上着实是不多见的,难怪连封建帝王(顺治帝)都要对此赞叹有加,称为"奇文"了。

《讨蚤檄》而外,《逐松鼠檄》定松鼠三罪,并婉转严厉地予以斥逐,《戏册竹夫人制》册封竹氏为凉国夫人,《戏复立望帝册》册立望帝杜鹃为鸟道王,并分别敕封杜鹃后人梁鸿、扁鹊,《斫鼠判》对偷盗、啮食作者诗集的老鼠,进行戏谑而无奈的判罚,《西施墓志铭》戏为西施立封墓之文,《貌问》戏召导致"主人不遇"的容貌以责难,《花神弹封姨文》拟写花神向天帝弹劾"性成少女夭斜,凶比将军跋扈"的吼天氏封姨之文,如此等等,都是集超凡想象力与充分戏谑性于一体的好文章。可以说,在尤侗所有类型的文章中,只有戏谑之文在艺术上是无一不精彩的。值得注意的是,尤侗的戏谑之文还有一个比较显著的特点,即这些作品对庄严文体及其题材内容进行了解构,《西堂文集》中檄、判、册文、弹文、墓志铭诸文都非常典型。无疑地,在清代骈文史上,以充满戏谑和奇思妙想的方式对传统庄严文体进行较大规模解构者,尤侗而外,我们还找不出第二个人。

当然,尤侗《西堂文集》中还有一些虽不戏谑但奇思勃郁的佳作,《鹔鹴裘贳酒赋》《七释》《西堂铭》《笔冢铭》《青冢铭》《责鹰辞》《说酒》都是这方面的代表,可以《鹔鹴裘贳酒赋》为例来分析这一类作品的特点。尤侗此文以《史记·司马相如列传》所载卓文君私奔相如并与他开酒舍酤酒事为蓝本。文章开篇概写司马相如携卓文君"驰归成都"后,"家徒四壁,囊少五铢",这样艰苦的生活令生于富贵之家的卓文君"头先欲白,颜不胜朱",也令相如踟蹰感喟,于是他解下身上的鹔鹴裘,"从阳昌以沽酒,就文君而称娱"。文章最具创造性的地方,是尤侗为二人悬想了一段令人感动的对话,司马相如的那段话是:

> 甚哉,贫贱之伤人也!昔予出蜀中,行天下,车骑雍容,衣冠闲雅,剑击风欧,笔排屈贾。盖业及乎列锦组,而志存乎高奥驷马。奈何一官落拓,万事邅迍?长辕丛棘,曲突承尘。已固穷夫君子,乃波及于佳人。敛乌云于蓬鬓,蘸湘水于布裙,粉因红而多泪,蛾虽绿而长颦。翟公之门惟罗雀,卜子之衣若悬鹑。幸乏秋胡之金,取羞少妇;愧无曼倩之肉,归遗细君。然而与子偕老,宜言饮酒,破除万事无过,断

送一生惟有。公子留姬以绝缨，田家挈妇而拊缶。况闲居以端忧，可称觞而上寿。杯号莲花，酤名杨柳。晕芙蓉之面，启樱桃之口，但思濡首，何辞见肘？笑牛衣之空泣，喜犊库之尚厚。彼淳于男女同席，可饮一石；今相如夫妇携手，岂不能饮一斗乎？①

这段文字曲折周延，层次清晰，有真性情、有真感慨，局外人读来不免动容，何况是对相如一往情深的卓文君呢？因乎此，她最后决定与相如"驱车而入市，卖酒于临邛"，也就顺理成章了。可以说，尤侗在《鹔鹴裘贳酒赋》中悬想的这一段入情入理的对话，足可给司马相如与卓文君的故事，更添几分浪漫而感人的色彩。事实上，尤侗的这类作品，想象的方式虽然不尽相同，但奇妙而符合情理则是它们共同的特点。

（二）形式多变，众貌争妍

这里的"形式"包括两个层面的意思，一指尤侗骈文的体式，二指尤侗骈文的句式。所谓体式，既指骈文的体裁格式，又指刘勰《文心雕龙·体性篇》所讲的体貌风格。具体到《西堂文集》所收尤侗骈文作品来看，其既有自由体文，又有律体文（这指的是《西堂杂组》卷一所录10篇律赋）；既有单一主体叙述文，又有对话体文（《七释》《牛马问答》即是）；既有以简隽擅胜之文（如《谢人馈药启》《五色连珠》《花圃诗跋》《吴园次林蕙堂文序》等），又有以铺陈为长之文（如《七释》《牛马问答》《长白山赋》《平滇颂》等）；既有庄严肃穆之文（如《苏台览古赋》《璿玑玉衡赋》《长白山赋》《南苑赋》及诸表、颂、碑文等），又有嬉笑戏谑之文（前述檄、判、册、弹诸文）；此外，有素朴之文，有绮艳之文，有洒脱之文，有沉痛之文，等等。总之，尤侗既能延续古来骈文作家既有的骈文体式，又能别开生面，自创新体，其可谓妙手琢玉，八面玲珑，称得上是清初骈坛少见的多面手。

与体式相比，尤侗骈文在句式上的变化多端更具文学史意义。总体而言，尤文以六朝骈体为宗，兼采楚骚、汉赋及唐宋骈文，其句式以四字、六字句为主，又参以三字、五字、七字、八字、九字等句，并依行文所需，自由组合；同时，其行文或全篇偶对，或骈中融散、骈散并下，或直叙勾连，或排比纵横，真可谓变化多端，难测其涯。就不同字数句子的组合来看，四、六字句在尤侗骈文中使用频率固然最高，其与同时作家相比较，也有比

---

① 尤侗：《西堂杂组一集》卷一。

较鲜明的特色，那就是四字句的使用颇多，这使得尤文具有比较浓厚的六朝质朴之风，如《桂树赋》《亦园赋》《戏册庄女九锡文》《斗鸡檄》《恒栖集题词》《青冢铭》《笔冢铭》《戒赌文》等，都是这方面的典型。

不过，更能体现尤文句法特色的，是四、六字句与三到九字句的自由搭配使用，试举数例如下：

桃花疑逐杨花落，黄鸟时兼白鸟飞。(单七式)①
身迷六人，颠倒于眼耳鼻舌意之中；欲起四流，辗转于生老病死苦之内。(四十式)②
千金买妾白头吟，尚尔悲啼；十斛易妻黑心符，可谓鉴戒。(七四式)③
东风缓，西风急，胭脂国沼作空桑；南枝暖，北枝寒，芙蓉城墟为乌有。(三三七式)④
蛾眉皓齿，非无真色也，施以脂粉则渥；玉琴锦瑟，非无真声也，杂以瓦釜则哑。(四五六式)⑤
若言选色，则华茂春松，荣曜秋菊，岂随琼树、灵芸？果解怜才，则诗称塘上，琴操流泉，宁让仲宣、公干？(四五四六式)⑥
若清友，若雅友，若名友，若艳友，九族同夷，不恤芝兰旧谱；如仙客，如野客，如近客，如远客，一网打尽，谁思桃李公门！(三三三三四六式)⑦

此外，尚有单八式、四九式、五四式、五六式、五七式、十六式、三三四式、四四六式、四五八式、六五六式、七四六式、七五四式、七六四式、三三三七式等等，可谓极尽变化之能事。而当这些变化多端的句式，被尤侗的天才妙手灵活组织在不同的篇章中时，这些篇章也就相应地显示出各不相同的风貌特点。

---

① 尤侗：《西堂杂组三集》卷一《春雪赋》。
② 尤侗：《西堂杂组一集》卷三《忏愁文》。
③ 尤侗：《西堂杂组一集》卷六《李益杀霍小玉判》。
④ 尤侗：《西堂杂组一集》卷三《花神弹封姨文》。
⑤ 尤侗：《西堂杂组一集》卷四《丁亥真风序》。
⑥ 尤侗：《西堂杂组一集》卷六《曹丕杀甄后判》。
⑦ 尤侗：《西堂杂组一集》卷三《花神弹封姨文》。

另外，尤侗骈文在骈散融通方面所做的努力也特色鲜明。骈散的沟通交融，在明末陈子龙、李雯、夏允彝等人那里已经获得了初步的尝试，清初骈文家中陈维崧、毛奇龄而外，尤侗是不可不提的。林纾在《春觉斋论文》中，即曾就《告陆灵长文》一文，对尤侗在成功沟通骈散方面的才华予以表彰："尤展成，四六家也，其《告陆灵长文》忽为散行体，每到结穴处却加以两三联四六，自为创格。此焉可学？正出才多，无可展布，似不如是不成其为文体者。"① 当然，尤侗在成功沟通骈散方面还有数量颇为可观的作品，《自祝文》《祭诗文》《哭汤卿谋文》《再哭汤卿谋文》《祭吴祭酒文》《公祭陈其年检讨文》《追荐诸亡友启》《丁亥真风序》《西堂铭》《责鹰辞》《渡魂辞》《说酒》《苏台览古赋》《一钱赋》《答周侍郎书》等，皆其代表。

不过，这里需要强调的是，像《告陆灵长文》这样"忽为散行体，每到结穴处却加以两三联四六"的作品，在《西堂文集》中并不多见，多见而特别引人注目的，乃是那些骈散融通而不同程度运用排比手法行文的作品，其中《祭吴祭酒文》堪称典型。该文前面大半是骈中融散、时用排比的骈体之文，后面小半则几乎全是散体之文，其骈体部分如下：

> 呜呼！先生之文，如江如海；先生之诗，如云如霞；先生之词与曲，烂兮如锦，灼兮如花。其华而壮者，如龙楼凤阁；其清而逸者，如雪柱冰车；其美而艳者，如宝钗翠钿；其哀而婉者，如玉笛金筜。其高文典册，可以经国，而法书妙画，亦自名家。岂非才人大手，死而不朽者耶？若其弱冠登朝，南宫首策，莲烛赐婚，花砖儤直，此先生之置身于胜国者也。及夫征书应召，禁庭囊笔，上林陪乘，成均端席，此先生之从事于王室者也。人望之以为荣，公受之以为戚。方且谢春梦于京华，矢啸歌于泉石。独居则慷慨伤怀，相对则咨嗟动色，虽纵情花月，遣兴琴尊，而中若有不自得者，宜其形容憔悴，而须发之早白也。嗟乎！有涯者生，不齐者遇；忽然相遭者时，无可如何者数。彼夫羁旅而念旧乡，少年而惜迟暮；感岁月之已非，抚山河之如故。所以墨子垂泣于素丝，杨朱兴悲于歧路；庾信有江南之哀，向秀著《山阳》之赋。②

这段文字先对吴伟业的文学成就、一生行迹，进行了颇为精简的勾勒，

---

① 林纾：《春觉斋论文》，人民文学出版社1959年版，第108页。
② 尤侗：《西堂杂组二集》卷八。

尔后乃自然地引出作者的感慨论议，文章叙事、议论、抒情随文运洒，融合无间。从文章体式上看，其以排比法开头，又以排比法收束，而骈散兼下，浑融流转，是尤侗骈文中比较完美地打通骈散的代表之作。此外，前述《祭诗文》《哭汤卿谋文》《追荐诸亡友启》《丁亥真风序》《苏台览古赋》《一钱赋》等，也都是骈散不隔、灵活运用排比而各具风神的佳作，特别是《祭诗文》，全篇几乎全以排比成文，其文脉流转，一气贯穿，是一篇介于散文、骈体与诗歌之间的奇文。张仁青《中国骈文发展史》在提到"蓄意打通骈散之藩篱，恢复骈散合一之汉魏六朝体制"的清代作家时，清初即以尤侗和毛奇龄为代表，[①] 这正是对尤侗骈文在融通骈散方面努力的充分肯定。

要之，尤侗在骈文句式方面的试验、创新，在清初是无人能及的。通观清代骈文发展史，清初以尤侗、陈维崧、章藻功为代表的骈文家在骈文句式方面的尝试，事实上已为此后清代骈文句式的发展确立了基本范式，换言之，清代中后期骈文在句式设置上，基本没有超出尤、陈、章等人划定的范围。而在骈文体式、句式融铸方面，尤侗也与陈维崧、毛奇龄、毛先舒、章藻功等人一起，为清代中后期骈文的发展，提供了颇为成功的示范。

当然，尤侗骈文的特色与优长并不止于以上两点，工于叙事、长于议论与善于用典，就是颇值注意的三个方面。同时，尤侗骈文也存在许多不足，如他的一些作品骋才好辩，略少收束，缺乏凝练之美；一些作品铺排典故，有掉书袋习气；一些作品过于讲求韵律的和谐，尤其是讲求押韵，反倒影响了文气的疏宕顺畅；还有部分作品戏谑过头，影响了文格；另外他的后期不少作品都是奉命之文、应景之文，思想内涵和艺术成就并弱。如此等等，我们需要一分为二地看待。

四　尤侗骈文的文学史地位与价值

如何看待尤侗骈文的文学史地位，民国以降学界的意见并不统一：褒之者，将尤侗视为可与陈维崧颉颃并驾的清初骈坛大家，清末林传甲的《中国文学史》最具代表性，书中提到："国朝骈文，卓然号称大家者，长洲尤西堂氏侗，宜兴陈迦陵氏维崧，最为早出。自开宝后七百年，无此等作久矣。"[②] 就实际骈文成就来看，林氏对于尤侗的推扬无疑是过高了。褒中有

[①] 张仁青：《中国骈文发展史》，第420页。
[②] 陈平原辑：《早期北大文学史讲义三种》，北京大学出版社2005年版，第237页。

贬、以贬为主者，则特别强调尤侗骈文的游戏性，并对此"另眼相看"甚至大加贬抑。如朱一新《无邪堂答问》有云："西堂熟于《骚》《选》，拟《骚》及游戏文独工，虽或有伤大雅，以之启发初学则可。"① 朱氏虽然肯定尤侗拟《骚》及游戏之文在艺术上"独工"，可作为初学为文者的效仿对象，但同时也认为这些作品"有伤大雅"。又张仁青《中国骈文发展史》谓："清代骈文，既俨然复兴气象，最早露头角者，为尤侗、吴绮、毛奇龄、陈维崧、吴兆骞诸人，而陆繁弨、黄之隽、章藻功则其继焉者也……尤侗精熟《骚》《选》，间作俪辞，杂发诙谑，遂为四六别调。"② "别调"与正声相对，其与朱一新的论调相似，都是褒中融贬，可说是比较温和地批评尤侗骈文之弊。又谢无量《骈文指南》谓："季士习渐慕华采，清初乃有以四六名家者。陈其年最号杰出，汪尧峰见其文曰：开宝以来七百年，无此奇文矣！识者以为笃论。同时尤西堂亦能俪词，特善为游戏文，非文章正轨。"③ "非文章正轨"与张仁青所说"别调"意近，但贬抑的意思实际要甚于"别调"，这在谢无量的《中国大文学史》第五编第三章中就表述得十分清楚了："当时尤西堂侗，熟于《骚》《选》，亦间作俪词，杂为诙谑游戏之文，有伤大雅，非其年之匹也。"谢无量在这里所说的"有伤大雅"，与清人延君寿《老生常谈》"尤西堂文，恃才而怪，不可法"④之论相似，乃是对尤文十分严厉的批评了。

其实，上述对尤侗骈文主要持贬抑态度的学者，他们的观点都扣紧或纠结于"游戏"一词，而这正是问题之所在。在中国古代文学史上，诗有正雅、变雅之别，词有本色、别调之异，传统的观点，很多都是扬正雅、本色，而抑变雅、别调，但正如学界已经认为作为别调的豪放词是对本色派婉约词的突破与发展，是词史的进步而非倒退，我们对作为清代骈文界之别调的尤侗骈文，也应当有更为融通和客观的评价。从理论上讲，正调、正雅、本色，固是文学正途、坦途，但别调、变雅何尝又不是文学创作的一个发展路向？对此，尤侗实际就有着比较清晰、深刻的思考，他在《己丑真风序》中言道：

---

① 朱一新著，吕鸿儒、张长法点校：《无邪堂答问》，中华书局2000年版，第91页。
② 张仁青：《中国骈文发展史》，第416页。
③ 谢无量：《骈文指南》，上海中华书局1918年版，第79页。
④ 延君寿：《老生常谈》，参见郭绍虞编选，富寿荪校点《清诗话续编》，上海古籍出版社1983年版，第1795页。

文者与世变者也，天地以大文造世……故文莫变于天地，人以天地之文造文，文与天地始，与天地中，与天地终。天地变而世变，世变而文变。使世而不变，则揖让之后无征诛，征诛之后无封建，封建之后无郡县，郡县之后无割据矣。使文而不变，则典谟之后无誓诰，誓诰之后无论策，论策之后无诗赋，诗赋之后无词曲，词曲之后无制义矣。①

在尤侗看来，文学的发展实受社会变迁之影响，而社会变迁又是天地轮转的结果，因乎此，天地变、世变，文也必然随之变化。由此衍伸开来说，后世的文学创作不必谨拘古法、常法，创新通变以成新"文"是势所必然。具体到骈文的创作来讲，后世的骈文创作未必非要谨遵成法，未必只能以汉魏六朝为唯一正则，更不必恪守唐、宋遗风，并且我们需要明白的是，六朝文已是对汉魏文的通变，唐文则是对六朝文的通变，而宋文也是对唐文的通变发展，那么，尤侗骈文为什么就不能成为对此前骈文史的一种积极通变呢？

进言之，如何评价尤侗骈文的问题，在根本上是一个以什么样的标准来衡量骈文总体成就的问题。我们认为，衡量一个作家的骈文创作，一方面固然要考虑其风格特点、艺术趣尚，另一方面，更重要的是要考虑这些作品在字句锤炼、典故运用、修辞运使、篇章布局、意境蕴生等诸多方面所达到的境界及其总体艺术成就。依此而论，尤侗学识渊博、天才卓越，所为骈文佳者字锻句炼、音韵谐协，古事往典随手拈来、源源不竭，修辞手法特别是拟人、排比法，因文取用、自然稳妥，篇章布局或层次分明、或一气呵成，皆能文完意足，意境蕴生方面或叙事、或议论、或抒情、或两者及三者兼具，亦皆能充分调动和运用各种艺术要素，从而蕴生出比较饱满、统一的意境；就风格而言，尤文或谐谑、或庄严、或素朴、或绮艳，或沉厚悲凉、或轻捷灵动，或简隽凝练、或铺排雍容，可谓众风同呈而各具面目。若仅就尤侗骈文饱受贬抑而个性鲜明的风格特点即戏谑性而言，这一特点虽然与传统评价视野中的正雅、本色背道而驰，但是如果考虑到尤侗具备这一特点的作品在艺术上几乎都十分精彩的事实②，我们不得不承认，尤侗骈文的戏谑性，不

---

① 尤侗：《西堂杂组一集》卷四。
② 清初骈文家、骈文总集编纂家黄始评论尤侗《讨蚤赋》即云："韬龙虎犬豹于寸马豆人，阵雷火风云于浮眉蜗角，离奇光怪，洞目骇欢，非东方志怪之书，即西域化人之技。"可以说，尤侗的大部分所谓"游戏之作"都具有这样的特点。引文参见黄始《听嘤堂四六新书》卷七《讨蚤赋》文末评语，《四库禁毁丛刊》本。

但不应成为保守的批评者贬抑这一艺术趣尚的论据,反而应被视为尤侗骈文通变创新、特立独行而自树一帜的关键促成要素。

总之,综合考虑尤侗骈文的总体成就、个性特色和清代骈文的概貌,我们可以说,尤侗首先是清代骈文史上创作成就颇高的一位骈文名家,同时,他还是一位才华卓越而特具游戏精神的骈文家,而既具游戏精神和戏谑性,又具奇思妙想和很高艺术水平的尤式骈文,在清代骈文史上是独一无二的。若将尤侗骈文放置到整个中国古代骈文史的发展坐标中来考察,可以说,产生于清初的尤式骈文,是对汉代以来尤其是六朝俳谐文学[1]的继承与发展,是中国俳谐文学的重要成果。希望本节抛砖引玉式的研究,一方面能引起学界对尤侗骈文的充分重视和重新审视,另一方面还能引起学界对骈文艺术衡量标准的再思考。

第三节　命运坎坷的才子型作家：吴兆骞

吴兆骞在清初是以诗名世的著名作家,而他的骈体文创作亦称一家,我们要考察清初苏州府骈文创作的实际面貌,吴兆骞是绕不过去的一位作家。不过,由于吴兆骞的文名长期被诗名所掩,因此学界对吴氏的骈文创作关注颇为不足,在这个意义上,对吴氏骈文创作的面貌和艺术成就,进行比较全面的勾勒、呈现,就显得非常必要。

一　吴兆骞生平

吴兆骞(1631—1684),字汉槎,号季子,吴江松陵(今属江苏苏州)人。吴氏系吴中名族,吴兆骞七世祖璋,即以孝行著闻。璋子洪、山,"皆仕至刑部尚书,吴中人称为大小尚书"[2]。山子邦栋,官赠布政司左参政。邦栋生承熙,官赠左军都督府经历。承熙生士龙,曾官顺宁府知府。承熙生晋锡,字兹受,号燕勤,曾任永州府推官,"为一时名臣"[3],此即兆骞之父。吴晋锡性好读书,并且通过良好的家庭教育,将这种喜好成功地传衍给了他的子嗣,其《与兆骞书》谓"我父子俱好读书,共坐楼头,溽暑祁寒,

---

[1] 关于汉魏六朝的俳谐文问题,可参看何诗海《清谈戏谑之风与六朝俳谐文学》,《学术论坛》2009年第7期。

[2] 王荚:《明故湖广永州府推官燕勤吴公墓志铭》,吴兆骞撰,麻守中校点《秋笳集》,上海古籍出版社2009年版,第340页。

[3] 吴桭臣:《宁古塔纪略》,吴兆骞撰,麻守中校点《秋笳集》,第275页。

吟诵不辍"①，这里的"子"虽然是指吴兆骞，但实可以泛指兆骞兄弟诸人。在这样的家庭氛围中成长起来的吴氏兄弟，很早就显示出过人的文学才华，兆骞与兄兆宽、兆宫，被世人誉为"延陵三凤凰"，此三人与他们的弟弟兆宜，又被人推为"吴四君"，并比之于唐代窦氏、明代皇甫两氏。当然，在吴氏"四君"中，吴兆骞才华无疑是最高的一位。

《苏州府志》卷一百六《人物》谓吴兆骞"少有隽才，童子时作《胆赋》，累千余言，见者惊异。"②又徐钪《孝廉汉槎吴君墓志铭》在言及兆骞父晋锡赴任永州推官时有云："汉槎垂髫随至任所，过浔阳、大别，由洞庭泛衡阳，揽其山川兴胜，景物气象，为诗赋，惊其长老。"③汉槎天资卓特、才华早露，于此可见一斑。随着年龄的增长和文学经验的累积，吴兆骞的文学天才得到了进一步的展露，徐钪《孝廉汉槎吴君墓志铭》谓："值我朝定鼎江南，汉槎年方英妙，才名大起，相随诸兄为鸡坛牛耳之盟，驰骛声誉，与今长洲相国文恪宋公、家司寇、司农玉峰两徐公暨诸名贤角逐艺苑，谈论风生，酒阑烛跋，挥毫落纸如云烟，世咸以才子目之。"又侯玄泓《秋笳前集序》称汉槎为"今之贾生、终童"④，而诗坛巨擘吴伟业，则将其与陈维崧、彭师度并誉为"江左三凤凰"。

吴兆骞在清初文坛的声名鹊起，除了得益于他自身的天才、父亲的教导与师长、兄弟、友朋的推举延誉，还与他的勤奋苦读密不可分，前引吴晋锡《与兆骞书》所云"溽暑祁寒，吟诵不辍"而外，王晫《今世说·文学》曰："吴汉槎最耽书，一目十行，然短于视。每鼻端有墨，则是日读书必数寸矣。同学以此验其勤惰。"⑤这段文字不乏戏谑，但是颇能说明吴兆骞好读书并且勤读书，在当时是广为人知的。这也再次印证了一个道理：天资颖异加之勤奋不懈，是古来文学家成功成名的必要条件。

才子易于轻狂，自古而然，吴兆骞亦是如此。张廷济《秋笳余韵》评价兆骞"惊才绝艳，倜傥不羁"⑥，"倜傥不羁"是委婉的说法，《苏州府志》所谓"为人简傲"、《吉林通志》所谓"性简傲"就非常直接了。关于这一点，汪琬《说铃》中记载了一段颇为著名的故事："吴孝廉兆骞，尝与

---

① 吴兆骞撰，麻守中校点：《秋笳集》，第275页。
② 同上书，第348页。
③ 同上书，第341页。
④ 同上书，第351页。
⑤ 王晫撰，陈大康校点：《今世说》卷三，上海古籍出版社2012年版，第165页。
⑥ 吴兆骞撰，麻守中校点：《秋笳集》，第347页。

予辈同出吴江，意气傲岸不屑，中路忽牵尔顾予，述袁淑语句：'江东无我，卿当独秀。'旁人为之侧目。"① 吴兆骞的"简傲"实际很早就露出了苗头，王晫《今世说·识鉴》有云："吴汉槎少时，简傲不拘礼法。在塾中见人所脱巾冠，辄窃取溺之。其师计青辚大加捶楚。后见吴所作《胆赋》，乃叹赏曰：'此子异时必有盛名，然当不免于祸。'"② 计名对吴兆骞的评断，没过多少年就应验了，在清初文坛众星璀璨的天空中，吴兆骞是光芒熠熠的一颗，但也正由于他的恃才自傲，为与他"争操选政有隙"的同声社章在兹、王发，藉由丁酉（顺治十四年，1657）科场案对他落井下石一事埋下了伏笔，他在朝廷覆试时拒绝下笔为文，最终被谪发宁古塔，也无疑是那种轻狂性格带来的后果。③

丁酉科场案，是吴兆骞一生的转捩点，经由这一事件，他由众人瞩目的江左才子、文坛新秀，一下子变成了在生死边缘挣扎的边地流人，虽然他是被冤枉的；他的家庭也因此由全盛而急转直下，所谓"家破人离，如瓦解冰泮"④。宁古塔贬所的环境极其恶劣，吴兆骞《上父母书（三）》描写道：

> 宁古寒苦，天下所无，自春初到四月中旬，日夜大风，如雷鸣电激，咫尺皆迷。五月至七月，阴雨接连。八月中旬，即下大雪。九月初，河水尽冻。雪才到地，即成坚冰。虽白日照灼，竟不消化。一望千里，皆茫茫白雪。至三月中，雪才解冻，草尚未有萌芽也。⑤

这对于在温山软水的江南长大的文弱书生而言，实在是一种极大的挑战。

对吴兆骞生活构成威胁的，除了险恶的自然环境，还有匮乏的经济状况和难以预料的时局变幻。在吴兆骞被流放之后，吴氏一门为了确保家庭其他成员能够不随吴兆骞同赴宁古贬所，继续留在吴江，几乎倾家荡产，这就导

---

① 吴兆骞撰，麻守中校点：《秋笳集》，第 344 页。又《吉林通志》卷一百十五《寓贤传》云："（吴兆骞）性简傲，尝从侪辈出邑东门，意气岸然不屑，俄顾其宗人青坛作袁淑语曰：'江东无我，卿当独秀。'闻者为侧目。"这里讲吴兆骞对"宗人青坛作袁淑语"，恐误，引文参同前第 349 页。

② 王晫撰，陈大康校点：《今世说》卷三《文学》，第 176 页。

③ 《吉林通志》卷一百十五《寓贤传》，吴兆骞撰，麻守中校点《秋笳集》，第 349 页。

④ 吴兆骞：《上父母书（二）》，吴兆骞撰，麻守中校点《秋笳集》，第 286 页。

⑤ 吴兆骞撰，麻守中校点：《秋笳集》，第 289 页。

致他们无法为吴兆骞提供足够的经济支援。如果不是兆骞诸位长辈故交的资助，恐怕他还没到宁古塔，就已经在半途一命呜呼了；如果不是他在宁古塔"所遇将军固山，无不怜才，待以殊礼"，如果没有他的慎交社友人"时时寄与周济"，他这样"惟知读书，别无所晓"的读书人，确乎是很难存活的。① 另外，宁古地处极北，清廷的控制力无法成功延伸到这里的所有地方，因此边界异族闹事事件时有发生，兆骞子桭臣《宁古塔纪略》所载康熙三年（1664）前后老羌造反，就是影响较大的一次。事发后，"将军上书求救，即奉部檄，流人除旗下及年逾六旬者，一概当役"②，而或为水手、或入官庄的差役，几乎都是死路一条，这让吴兆骞"几番要上吊自尽"，只得以认工出钱抵役③，后来若非老羌与清廷讲和，清廷又依例免了士大夫出身者的役钱，吴兆骞恐怕也是难免一死的。不过，坎坷的生平遭际在给吴兆骞生活上带来无限痛苦的同时，也给他的文学创作带来了内容充实、风格转变和境界提升的契机，他也因此才真正有资格进入清初著名诗文家的行列，正如徐世昌《晚晴簃诗汇》所云："（吴兆骞）出塞后诗境沉雄，得朔方苍莽之气。"④ 又沈德潜《清诗别裁集》在论及汉槎"无辜被累，戍宁古塔"时有云："然缘此诗歌悲壮，令读者如相遇于丁零绝塞之间，则尝人世之奇穷，非正使之为传人耶！"⑤ 生活不幸与文学之幸的辩证法，一直都是如此。

当然，流放的生活也有一些难得的快乐，吴兆骞《戊午二月十一日寄顾舍人书》即曾言及他与同为流人的张缙彦、姚其章结七子诗会之事，所谓"分题角韵，月凡三集，穷愁中亦饶有佳况"⑥。又其《奉吴耕方书》有云："小儿年已十六，便弓马而不爱纸笔；大女十龄，颇能识字；次女六岁，亦聪慧可喜。每井臼之暇，与二三兄弟吟啸相对，乡音满室，宛在江南。"⑦ 这真是一种让人心酸的天伦之乐。

当吴兆骞在宁古塔饱受苦难的同时，他的友朋如顾贞观、纳兰性德、宋德宜、徐乾学、徐元文等，一直没有放弃对他的营救。康熙二十一年，玄烨"诏遣侍臣致祭长白山"，吴兆骞乃"为《长白山赋》数千言，词极瑰丽，

---

① 吴桭臣：《宁古塔纪略》，吴兆骞撰，麻守中校点《秋笳集》，第337—338页。
② 吴兆骞撰，麻守中校点：《秋笳集》，第323页。
③ 吴兆骞：《上父母书（四）》，吴兆骞撰，麻守中校点《秋笳集》，第302页。
④ 吴兆骞撰，麻守中校点：《秋笳集》，第363页。
⑤ 同上书，第360页。
⑥ 同上书，第265页。
⑦ 同上书，第313页。

藉使臣归献天子。天子亦动容,咨询有尼之者不果召还,而纳兰侍卫因与司农、司寇暨文恪相国醵金以输少府佐匠下,遂得循例放归。"① 这对于在宁古塔煎熬了二十三年的吴兆骞一家来说,实在是天大的幸运!"玉门之关既入,才子之名大振,手加额者盈路,亲绪论者满车,一时足称盛事。"② 但是,归后未及两年,吴兆骞就溘然长逝,才子薄命,良可叹也!

  作为一个创作力旺盛的文学家,吴兆骞一生都没有放弃对写作的执着,即使在流放边地生活十分困苦的条件下,他仍坚持不懈地进行诗文的创作,事实上,其最重要的文学作品大部分正在宁古塔的二十三年中创作出来的。吴氏诗文兼擅,宋实颖谓其诗"气体高妙,波澜独老。卢、骆、王、杨之藻采,李、杜、高、岑之风则,无不兼备,盖拟议之迹化,天然之致胜也。"③ 其文章如《羁鹤》《秋雪》诸赋,"读之者,至比之司马相如、扬子云"④。又袁枚《随园诗话》云:"余常谓汉槎之《秋笳集》,与陈卧子之《黄门集》,俱能原本七子,而自出精神者。"⑤ 将吴兆骞与陈子龙相提并论,评价也是很高的。从数量上讲,吴兆骞"垂髫之岁,即好吟咏,加以身际艰难,著作颇富。"但令人遗憾的是,因为他"屡丁颠沛",特别是康熙初"值有老鎗(羌)之警,遗失过半。及扶柩南归,复覆舟于天津,而沉溺者又过半。"因此,目前流传下来的吴氏作品,"殆未及十之一二",特别是骈体文,仅存数首,遗佚最为严重。⑥ 大概在康熙十五年,徐乾学曾将吴兆骞自宁古寄回的作品编成一集,包括赋、诗及西曹杂诗,不分卷,名《秋笳集》。雍正四年(1726),吴桭臣在徐编《秋笳集》的基础上,析徐刻为四卷,并增入《秋笳前集》《拟古后杂体诗》《秋笳后集》《杂著》各一卷,总计八卷,这就是我们目前能见到的吴氏作品的全部。虽然《四库全书总目》对吴刻体例上的"编次无序"⑦,颇加贬抑,但此系劫后遗存,弥足珍贵,我们今天不必过于苛求。

---

① 徐钒:《孝廉汉槎吴君墓志铭》,吴兆骞撰,麻守中校点《秋笳集》,第342页。
② 吴桭臣:《宁古塔纪略》,吴兆骞撰,麻守中校点《秋笳集》,第337—338页。
③ 宋实颖:《杂体诗序》,吴兆骞撰,麻守中校点《秋笳集》,第353页。
④ 张缙彦:《词赋协音序》,吴兆骞撰,麻守中校点《秋笳集》,第355页。
⑤ 吴兆骞撰,麻守中校点:《秋笳集》,第347页。
⑥ 吴桭臣:《秋笳集跋》,吴兆骞撰,麻守中校点《秋笳集》,第358页。
⑦ 同上书,第362页。

二　吴兆骞骈文概貌

在当代文学接受视野中，吴兆骞基本被定义为清初的一位颇有才华而比较著名的诗人，他在骈体文创作方面的才华与成就，很少受到关注。但在清初，吴兆骞是声名卓著的骈体名手，吴桭臣在《秋笳集跋》中即曾提及，"至于骈俪之体，向与陈阳羡齐名"①，这里的陈阳羡指的是清初骈文巨擘陈维崧，清初骈体文能够与陈维崧齐名者屈指可数，足见吴氏堪称此体行家里手。吴兆骞本人对自己的骈文造诣也颇为自信，他在被流放宁古塔后给友人计东的信中有云："入秋以来，复事赋学，妄谓可以规模江鲍，接迹王杨。"② 另外，清代一些影响很大的骈文选本如曾燠《国朝骈体正宗》、姚燮《皇朝骈文类苑》等，都曾选录吴氏的骈文作品。不过正如前文所说，吴兆骞骈文作品佚失的情况非常严重，吴桭臣生前听说昆山某氏对此类作品"收贮颇多"，"曾力为寻访，而已移居村舍"，虽然他发愿"终当物色，以成全璧"，可是最终似乎并没有完成这一"素志"③，因此我们目前所能见到的吴氏骈文，就只有吴桭臣刻《秋笳集》中的十几篇。

这十几篇骈文，大体可以分成两类，一类是《秋笳集》卷一收录的8篇赋作，它们是《春赋》《秋雪赋》《羁鹤赋》《兰赋》《萍赋》《长白山赋》《竹赋》和《陶彭泽无弦琴赋》；另一类是《秋笳集》卷八所录8篇"杂著"之文中的6篇，即《拟久旱祷雨天坛甘霖协应贺表》（表）、《方与三其旋堂诗集序》《孙赤崖诗序》《慎交二集》（序）、《与计甫草书二首》（书信），另外的《戊午二月十一日寄顾舍人书》和《奉徐健庵书》为散体文，不在此列。

这两类作品又可以大体分为前后两期，其分界点是丁酉科场案。就《秋笳集》所录作品而言，《春赋》《竹赋》《陶彭泽无弦琴赋》和《慎交二集》应皆归入前期。其中《春赋》题下自注曰"少作"，《竹赋》题下有"童子时作"之语，显系前期作品；《陶彭泽无弦琴赋》的序言中有"山右吴公，来莅兹土"语，又有"春流饮马""晓阁观鱼""从容多暇，儒雅怡心"及"爰进童子，用赋斯篇"等语，由此可推断此处的"兹土"应是江南，而非宁古塔，"童子"就是吴兆骞的自指，该作也应属前期作品；《慎

---

① 吴桭臣：《秋笳集跋》，吴兆骞撰，麻守中校点《秋笳集》，第359页。
② 吴兆骞：《与计甫草书》，吴兆骞撰，麻守中校点《秋笳集》，第271页。
③ 吴桭臣：《秋笳集跋》，吴兆骞撰，麻守中校点《秋笳集》，第359页。

交二集》是为慎交社同仁作品集所写的序言，显系前期作品。

此外的作品，则皆应归入后期。《秋雪赋》《羁鹤赋》《兰赋》《萍赋》《长白山赋》《方与三其旋堂诗集序》《孙赤崖诗序》《与计甫草书二首》等，文中皆有明确标志，如《秋雪赋》开篇有"吴生既窜"之语、《方与三其旋堂诗集序》末尾有"仆三年久戍"之语、《与计甫草书》其一有"三年执别，万里伤离"之语，一望即知，不必详考。《拟久旱祷雨天坛甘霖协应贺表》的归属须稍作考辨，从内容上看该文是因帝王祈雨成功而写的贺表，中有"臣等"之语，按吴兆骞汉槎从宁古塔入关之后，"为经师馆于东阁者又期年"①，经师是朝廷任命的官职，故自称为"臣"，再从文风上看，此文虽颇多修饰，但文笔老辣、气度沉雄，应系后期之作。

总体观之，由于不同阶段生活遭际和心态的相异，吴兆骞前后两期骈文作品也有着比较明显的区别。从内容上讲，前期作品多写作为少年天才、江左名俊的所见、所感、所思，其文风则多华艳流宕，有初唐气象，如《春赋》：

> 故虽风物同候，而欢愁殊变。至若长乐深宫，昭阳别殿，节徙百华，昼余六线。晶屏开鸂鶒之楼，珠缀下鸳鸯之幔。树绮合而霏微，草星离而葱倩。花明太液，玄鼠初飞；柳暗宜春，流莺乍啭。于是咸阳卷衣之女，扶风辞辇之姬，沉沦永巷，徘徊履綦。怨铜龙之届晚，劳银箭之更移。启金铺而凝睇，涉珍台而荡思。柘馆空兮青苔积，兰林寂兮碧草滋。望翠华而不见，听凤管而长悲。去复去兮春已暮，怨复怨兮君不知。②

剪取了一系列典故和意象，来烘托因春而起的愁绪，因为缺乏足够的生活体验，故想象性的情感抒发占了很大的比重，其才情固然十分充沛，但感染力较弱，其他几篇亦是如此。

后期作品除《长白山赋》《拟久旱祷雨天坛甘霖协应贺表》而外，基本都是直接或间接描写蒙冤被放的苦闷，由于受到苦难生活的历练，吴兆骞在写作这些文章时，将自己的满腔无奈、苦痛都投注其中，因此这些作品虽仍保持前期作品的华艳底色（特别是赋体之作），但内容充实、情感真实、风

---

① 徐釚：《孝廉汉槎吴君墓志铭》，吴兆骞撰，麻守中校点《秋笳集》，第342页。
② 吴兆骞撰，麻守中校点：《秋笳集》，第1—2页。

格遒劲,多六朝气象,与前期作品大异其趣,正如《吉林通志》所谓"气体益遒上,视少作不侔矣"。① 如《孙赤崖诗序》写孙氏被谪后文学创作之盛云:

　　飘零皂帽,辽海空来;襟袵素衣,吴关长谢。土思迢递,托黄鹄以俱飞;客梦徘徊,指白狼而难越。然而兰山箭尽,篇什偏工;桃馆尊空,风流未沫。刘越石栖遑于河朔,诗体清刚;庾子山留滞于关中,赋才宏丽。虽丁年坐老,而《子夜》堪歌。于是娱志缥缃,寄情啸咏,登高摘藻,揽物扬葩。紫云亭堠,兴乘障之悲思;白雪关山,激从军之壮志。寒鸦睥野,夕雁横天,怨起衣单,魂销笳脆。气沉雄而莫展,心侘傺以谁知!②

文章沉浑流畅,才情俱盛,难怪曾燠《国朝骈体正宗》和姚燮《皇朝骈文类苑》都将之视为吴兆骞的代表作品而予以收录了。

三　吴兆骞骈文的艺术特色与成就

作为一位在清初享有很高声誉的骈文家,吴兆骞的骈体文虽然留存有限,但仍然可以从中见出其别具一格的艺术特色。就风格而言,吴氏骈文与他的诗歌相似,"摹六朝、初唐,惊才绝艳"③,自成一体。当然,这种总体风格趋向在吴氏不同时期、不同文体的作品中又有一些差异,前文已述,其前期作品主要是赋作,取格近初唐,有华艳流宕之姿,后期作品尤其是序与书信,取格近六朝,清绮中满溢沉浑之势,前者在美中夹存瑕疵,后者则近乎无可挑剔。

如果要在《秋笳集》所录的十几篇骈文中概括出一个共同的特点,那应当是用典不多而文气清畅。麻守中在论及吴氏诗歌时有云:"吴兆骞不像清初一些诗人喜欢用典,诗意晦涩,他的诗用典较少,通畅自然。"④ 事实上,吴氏的骈文也有这一特点。骈体文是一种与典故运用深刻结缘的文学样式,但并不是说骈文就一定要用典,六朝的许多骈文如吴质的名作《与朱元思书》即未用一典,清代的一些骈文家如洪亮吉、刘嗣绾的不少作品也

---

① 吴兆骞撰,麻守中校点:《秋笳集》,第349页。
② 同上书,第261—262页。
③ 邓之诚:《清诗纪事初编》,吴兆骞撰,麻守中校点《秋笳集》,第364页。
④ 吴兆骞撰,麻守中校点:《秋笳集·前言》,第11页。

很少用典。吴兆骞以六朝为尚，绝大部分骈文用典都不多，即使用典也极少用僻典，与此同时，无论用典与否，都能做到"通畅自然"、略无阻滞，如《秋雪赋》写秋雪云：

> 俄而九关欲暗，千里无色，鱼云断山，雁沙鸣碛。天瀁瀁以将低，日晻暧而如没。瞀埃靀于遥空，积风咸于广隰。霞瞥屑而稍飞，雪翻飏而遥集。匝穷阴之窈郁，起严气之氤氲。乍连山以转雾，忽萦空以凭云。始娟娟以构溜，遂杂沓而横氛。混玉门兮并色，覆金河兮莫分。于是遥峰失紫，衰林掩黛。日冷金支，云收罗带。杀虫响于阴崖，冻波文于玄濑。薄凉驾兮增寒，入迅商兮振籁。凄兮瑟瑟，奕兮霏霏。入帐凝华，误鹤关之曙启；停林结蕊，疑鸾朔之春归。绵烟塾以含缟，合云海而通晖。迷征马之野牧，惨寒雕之夕飞。悲青桂之爽节，歌《黄竹》之哀辞。①

文章前半部分用精练的文字描写秋雪降落的过程，真切细腻，现场感极强，后半部分笔锋宕开，乃用虚实并下的手法，绘写并想象自然界与人世间因雪而起的变化，整段文字只在末尾用了一个《穆天子传》中的典故，其曲折流畅，摇曳生姿，诚为才子手笔。

除了共性特征，吴兆骞的骈文还有一些个性特色，其中赋作可作一类，其余诸作为另一类来考察。吴赋除《长白山赋》而外，在艺术上有很多相似之处，这包括以下几个方面：第一，以艳词写哀思。吴兆骞骈文以六朝、初唐为宗，故其辞采总体都比较华艳，这一特点在赋体之文中体现得最为明显，前文所举《春赋》即是比较典型的例证。同时，由于吴氏天性多感，加之后半生历遍坎坷，因此他的作品尤其是赋作中，常常都萦绕着一种挥之不去的愁绪，《春赋》的"惜景光之易迈，念忧乐之无方"、《秋雪赋》的"关山远兮谁与归，心怀乡兮空自知"、《羁鹤赋》的"恐年岁之道尽，怨云霞之莫因"、《兰赋》的"嗟国香之萎绝，竟莫异于孤蓬"、《萍赋》的"乏纤茎以自持，叹孤生之易扰"、《陶彭泽无弦琴赋》的"抱空质而长归，收众音于泰素"等等，皆属此类，于是以艳词写哀思就成为吴赋的一个重要特点。

第二，重寄托。《四库全书总目》在提到吴兆骞对待被流放的遭遇时有

---

① 吴兆骞撰，麻守中校点：《秋笳集·前言》，第5页。

云,"其自知罪重谴轻,甘心窜谪,但有悲苦之音,而绝无怨怼君上之意"①,其论吴氏"自知罪重谴轻,甘心窜谪"固是无稽之谈,但认为吴氏"但有悲苦之音,而绝无怨怼君上之意"倒是写实。当然,吴兆骞的"悲苦之音"并不所以一味诉苦,而是常常在咏物之时寄托深沉的"悲苦"无奈,他的后期赋作如《羁鹤赋》《兰赋》《萍赋》皆是如此,如《羁鹤赋》在描写鹤之丽质高品后言道:

> 岂知范机密骇,虞罗潜织。顿乐野之高置,理桓生之轻弋。铩僊翮于中霄,委微躯于下泽。碎霜衣之襟襻,摧藻质之淋渗。魂侘傺兮谁语,吭纤杀兮空吟。屈此云裔之侣,为君阶下之禽。而乃敛遥情,缄夸节,去寥廓,就樊绁。燕雀长偕,鸾皇永别。餐雁稗而未充,共鸡栖而任亵。怅故巢之星乖,悼故维之雨绝。对凄影而增悲,送哀音而沾血。华表集兮何期,琴弦响兮凄咽……眷天边之凤族,羡沙上之鸥群。谅委躯于匪类,亦冥志于高旻。岂穷生之足乐,胡介性之能驯。倘更丰其六翮,当横绝于九垠。②

作者显然是以鹤自喻,抒发其无辜蒙冤的悲苦,并强调耿介难驯的本性,他虽然没有责怪封建帝王,但是对潜织虞罗的蓄意告发者是不无怨忿的。要之,这样的文字,确乎是清高自重的才子文士别有寄托的不平之鸣。

第三,形式整饬。吴赋在文体形式上的整饬,主要体现在三个方面:其一是句式比较统一,其基本是以四六句为主,辅以三、五、七、八字等句,并夹骚赋"兮"字句式,前引《秋雪赋》"俄而九关欲暗"和《羁鹤赋》"岂知范机密骇"两段,就颇有代表性;其二是特别注重押韵,吴赋包括《长白山赋》都是全篇押韵,这与清初陈维崧、吴农祥、尤侗等人的赋作非常相似,其也反映出清初骈体之赋创作的一个基本取向;三是比较注重字句的锤炼,《春赋》"金筰寒而叶脆,铁衣照而鳞开"、《兰赋》"香来轻重,影度参差"、《萍赋》"小圆文于荚钱,混微姿于蝉翼"等,都比较有代表性,当然吴兆骞并不像章藻功那样几乎处处都要体现字句锤炼之功,他的骈文总体上还是以自然流畅、以全篇的气韵生动为宗,这与其作品取法六朝、初唐有很大的关联。

---

① 吴兆骞撰,麻守中校点:《秋笳集·前言》,第362页。
② 同上书,第7—9页。

《长白山赋》是《秋笳集》中比较特别的一篇作品。就文体性质而言，它是一篇具有汉大赋诸多特征的骈赋，作者"铺采摛文"①，对长白山的山势地貌、自然植被和丰富出产等，进行了比较详尽的描摹。文章通篇押韵，韵律感很强，僻字古语，层出不穷，虚实相参，气势磅礴，显示出作者具有渊博的学识和卓越的文学创作才华，在清代骈赋史上并不多见，宜其被称为"清初三大赋"之一。据说康熙帝览此赋，颇为动容，并动了释归吴兆骞的念头，考虑到长白山系满族人的发祥地，而吴赋确实才华横溢，此说并非毫无根据。如写长白山面貌云：

> 而乃群峦结瑶以峻起，千岩削玉以攒立。颓砡含皓以培垣，峚岮缭素而丛袭。箆五色以相焕，绵百里而环罨。类瑶台之偃蹇，宛琼山之崱屴。仰重霄兮可扪，俯下方兮无极。互阴晴于肤寸，揽星辰于盈尺。伏岑嵓而返眺，讶雷雨之下黑。爰有千龄之冰，太始之雪，嵌空嶱窘，并凌庠岊。六尺皑皑，袤丈嶪嶪，迎素秋而竞飞，涉朱炎而自冽。嶰壑森凄以月鉴，岐峤炯晃而镜彻。乍消长于新故，畴殚究其融结。纷衔耀兮远映，何吹律兮可热。②

作者运用汉赋里常用的铺张形容手法，将写实与夸张、想象较好地结合起来，颇为生动地描绘出了长白山群峦峻起、白雪皑皑的面貌。

吴兆骞的书序之文虽然数量有限，但是特色鲜明、成就不凡。与吴氏赋体的华艳流畅不同，这几篇书序基本上都具有沉浑简劲之风，如《方与三其旋堂诗集序》写方与三父子因故被谪云：

> 方翔劲羽，忽中长罝。坐京兆之全家，岭头齐窜；为李丰之同产，陇外俱投。慷慨辞家，凄其出塞。地经绝脉，向天畔而何之；水号断肠，上陇头而呜咽。纥干落月，故园之梦空归；敕勒浮云，异域之程何极。拂庐夜静，能不椎心；服匿晨持，每看沾臆。边霜似雪，萧条铁碛之声；塞草如烟，凄咽金笳之韵。曲中风土，自操南音；笛里关山，空吹北部。③

---

① 刘勰著，周振甫注：《文心雕龙注释》，人民文学出版社1981年版，第80页。
② 吴兆骞撰，麻守中校点：《秋笳集》，第16页。
③ 吴兆骞撰，麻守中校点：《秋笳集·前言》，第260页。

可能是因为方氏父子的遭遇与其颇为相似，因此，吴兆骞在文章中投入了深沉的同情，又由于年岁渐长、阅历渐深而文笔渐趋老辣，于是这样的文章便被写得铿锵慷慨、荡气回肠。

另外非常值得一提的，是吴兆骞的《与计甫草二首》，这两篇文章在形式上骈中兼散、骈散兼下，看似随心敷述、信手拈来，实则是经过长期的训练累积，达到了一种近于"随心所欲而不逾矩"的境界，如其二：

> 弟形残名辱，为时僇人。垂白衰亲，盛年昆季，吁嗟何罪，相率播迁。既无子幼箕豆之辞，而有文渊薏苡之痛。已同崔骃辽海之窜，而复坐李丰陇上之条。生世不辰，遭此奇酷，身流绝域，名入丹书。虽视息犹存，而已同枯骨，每一念及，忽不欲生。向在故乡，意气豪上。尝叹庾子山、沈初明以如许才笔，羁旅殊方，虽篇翰如新，而平生萧瑟。每读《哀江南赋》及《通天台表》，未尝不掩卷欲绝。岂知今日，身丁柱滥，百倍斯人。魑魅为邻，豺虎同群，烦冤侘傺，谁可诉语。即复生平故人，亦复弃如粪壤，视同腐鼠矣。不吊昊天，一何至此！①

作者在落笔时应并没有刻意要为骈、为散，只是依照表述的需要或骈或散，但是因为作者有高才博学、有真情实感，因此写出来的文字刊落浮华，直出肺腑，有沉痛简劲、浑转流畅之美，这较之他的前期作品确有很大的不同。

要之，由于文献的散佚，我们今天已然不能把握吴兆骞骈文创作的全貌，但从《秋笳集》保存下来的十几篇作品，再结合清人的相关载记、评述，我们基本可以断定，吴兆骞称得上是清初骈文的一位名家，我们在考察清初骈文发展史时，不应对他略而不论。

第四节 "综览浩博，才华富赡"的骈体高手：黄之隽

在清代江南骈文创作群落中，松江府的光彩相对要暗淡得多。应当说，清代松江府文学创作的总体成就并不低，徐侠《清代松江府文学世家》一书就考述列举出了 300 多位诗文作家，其中不乏清代诗文、词曲领域的名家

---

① 吴兆骞撰，麻守中校点：《秋笳集·前言》，第 270 页。

巨手。不过，若单就骈文一体而言，从清代骈文发展史的整体格局上来看，该地值得称数的骈文名家几乎屈指可数；而在松江府数量比较有限的骈文代表作家中，清代初年的黄之隽无疑可称翘楚。黄氏的年辈晚于陈维崧、尤侗、吴兆骞、吴农祥、陆繁弨、章藻功诸家，晚年实际是在雍正及乾隆初度过，但其一生大部分时间是在康熙年间度过，最具活力的文学创作活动也集中在康熙年间，更为关键的是他的骈文创作也表现出比较明显的清初气象，故本书乃将其视为清初骈文家。本节即对黄氏的骈文创作，作比较深入的探析。

黄之隽（1668—1748），小名吉生，初名兆森，字若木。年五十三改今名，字石牧，号唐堂，晚又号石翁、老牧。原籍安徽休宁，清初迁松江华亭（今属上海），遂占华亭籍。"少颖异，读书过目成诵"①，人有"神童"之目。未弱冠，即作《金陵怀古》《屏花》等赋，时又有"浦东才子"之称②。黄之隽兄弟三人，他排行第二，与兄弟分爨而居后，屡遭变故，生活没有着落，只得以"舌耕笔耒为活"③，四处依人做馆师。中曾在海宁陈元龙家坐馆，陈元龙对他的才华颇为欣赏，于是在他四十三岁时，陈氏邀其赴京，并设法为他捐了一个国子监生员。次年，陈氏移镇广西，为巡抚，他也同行，并一直在陈幕度过了七年的时间。

黄之隽的科举之路相当坎坷，从康熙二十三年（1684）开始，他除了因父母病逝和自己生病不能应科考，其余每科必试，终于在康熙五十九年五十三岁时，九试获隽，中顺天乡试第十三名，他在《冬录》中感慨"为诸生垂四十年"，并非虚语。次年，会试中式第二十七名，殿试二甲第二名，康熙帝钦选为庶吉士。雍正元年（1723），奉命撰中元祭康熙文，称旨，以庶吉士未散馆，授编修。继充日讲起居注官，与修《明史》，旋外任福建学政。二年，迁右春坊右中允，转左春坊左中允。三年，被劾回京，临去之日，"自延平至省，士子络绎夹岸，拥舟不前，争先慰问，或携画师求写真，欲塑像鳌峰书院者凡几辈"④。四年，降编修。五年，复被劾浮开廪册，从中牟利，虽系冤案，但他却因此被革职。雍正九年，应两江总督高文良、江苏巡抚尹继善等之请，与邵泰任《江南通志》总裁。雍正十二年，又应

---

① 清国史馆原编：《清史列传》卷七十一《黄之隽传》，周骏富辑《清代传记丛刊·综录类②》，台湾明文书局，1985。

② 黄之隽：《唐堂集》卷末附《冬录》，《清代诗文集汇编》影印清乾隆十三年刻本。

③ 同上。

④ 同上。

邀阅定《浙江通志》。乾隆元年（1736），朝廷开博学宏词，他也被推荐，便以七十岁高龄赴京应试，"诗赋既就，日昃眼眵，不能作字"①，只好中途交卷。罢归后，居乡读书著述，乾隆十年还曾应两淮都转运使朱续晫之请，主修《淮盐志》。乾隆十三年，以病殁于乡，年八十一。

  黄之隽诗文词曲，无所不通，是一个文学才华颇为全面的作家。诗文有《唐堂集》五十卷、《补遗》二卷、《续集》八卷，末附记述生平经历的《冬录》一卷，皆晚年手定。他的诗歌"巧不伤雅，丽不伤淫"②，取得了相当的成就，沈德潜《清诗别裁集》曾从明末以来云间诗学演变的角度评论黄诗云："云间诗，自陈黄门振兴后，俱能不入歧途，累累绳贯。至卢文子后，又日久衰隤，尟所宗法矣。唐堂学殖富有，而心思才力又足以驱策之，故能自开生面，仍复不失正轨，谓之诗学中兴可也。"③黄之隽最为世所熟知的诗歌作品，是他自称为"少壮时屡困场屋，发愤游戏"④而作的集句诗《香屑集》十八卷，《四库全书总目》说该编"虽取诸家之成句，而对偶工整，意义贯通，排比联络，浑若天成。且惟第二卷无题五言长律中重用杜甫二句、陆龟蒙二句，余虽纚纚巨篇，亦每人惟取一句，不相重复。且有叠韵不已，至于倒押前韵，而一一如自己出。可谓前无古人，后无来者。"⑤骈散文共计三十卷（其中散体二十七卷），数量既夥，成就亦高，为一时名手，王永祺《唐堂集序》云："先生行古人之道，为古人之文，以文章名当世久矣。世莫不诵而慕仰之，曰唐堂先生，今文章伯也。"⑥

  在戏曲方面，黄之隽作有《四才子》杂剧（即《郁轮袍》《梦扬州》《饮中仙》《蓝桥驿》）与《忠孝福》传奇，这几部作品在当时影响都比较大，陈元龙在《忠孝福序》中曾说："所填《四才子》词，愤激牢骚，寓言于声音、酒色、神仙之域，太仓相国每宴会必奏之，浃辰不厌。"又说《忠孝福》传奇"付梨园演唱，一登场则欲歌、欲泣，倾座客"，在虎丘山演出时，"观者如堵墙，至压桥断堕水"，真称得上是一时壮观了。他的词作不

---

① 杭世骏：《词科掌录》卷三，《四库未收书辑刊》本。
② 李调元著，詹杭伦、沈时蓉校正：《雨村诗话校正》卷五，巴蜀书社2006年版。
③ 沈德潜、周準：《清诗别裁集》卷二十四，沈德潜等编《历代诗别裁集》，浙江古籍出版社1998年版，第553页。
④ 黄之隽：《唐堂集》卷末附《冬录》。
⑤ 四库全书研究所整理：《四库全书总目·别集类二十六·香屑集》，中华书局1997年版，第2352—2353页。
⑥ 黄之隽：《唐堂集》卷首。

多，少时曾作《箧弄稿》一卷，曹重在该集《序》中评云："一编《箧弄》，清真不减竹山；百阕诗余，绵丽直追渔笛。"① 也有一定的成就。此外，黄之隽又擅写制举文，据《冬录》所载，焦袁熹、曹意士曾刊刻《唐堂制义》64篇行世，《诗经义》36篇则未刻。另又有《选本经史子集》四十卷、《三家诗选》三卷、《古文后场》四卷、《唐诗四十八家》《宋十子词选》《杜诗钞》《闽中校士录》《八闽古学》《江南古今地名考略》等，撰述可谓富矣。

黄之隽的骈体文，主要收录于《唐堂集》卷二十八至卷三十，三卷共计44篇。当然，这并非黄之隽骈文创作的全部，他在《与沈学子书》曾说："溯自捉刀幕府，洎乎荷橐殿廷，或拘徇时格而志不圆，或碍译国书而才不骋。是故存录无几，弃捐则多。"② 这里，"拘徇时格而志不圆，或碍译国书而才不骋"，固然是他的自谦，不过"存录无几，弃捐则多"确系写实，他一生或是依人作幕，或是在朝为官，或是退居乡野，不但为自己写，也代别人写，所作骈文总量必然不止44篇。《唐堂集》之所以仅录44篇，乃是他晚年手定文集时删减的结果。

张仁青《中国骈文发展史》论黄之隽有云："清初以四六名者，推陈维崧、吴绮、黄之隽三人，均根底六朝，而希风三唐者也。唯陈维崧于初唐为近，吴绮于晚唐为近，其兼有三唐之胜者，则非黄之隽莫属。"③ 张氏首先将黄之隽归入所谓"三唐派"，并且认为黄文既"根底六朝"，又"兼有三唐之胜"。结合《唐堂集》中的作品来看，黄文确乎汲养于六朝、三唐，自成风格，不过其并非"兼有三唐之胜"，而是总体近于晚唐，并兼具一些初唐风味，盛唐燕许的磅礴气度，黄文是基本不具备的。黄之隽本人虽然没有十分明确地说自己为文倾向于推崇何时何人，但却比较清楚地反对宋人之文，《与沈学子书》云：

> 李峤、张说、子厚、义山，瑚簋犹存，模范不脱。篥斯以降，日趋而卑。悦虚字长句为空灵，薄闳辞藻旨为查滓。侜矩改错，破觚为圜。高五帝之寿刘煇，警勒伯而丧奇；迈九皇之德郑戬，讥卖菜之近俚。盖陆宣公倡之于奏疏，则论事昌明；宋后人施之于杂篇，故行文疲苶。不

---

① 黄之隽：《唐堂集》卷末附《冬录》。
② 黄之隽：《唐堂集》卷二十八。
③ 张仁青：《中国骈文史》，第434页。

知坟典索丘为何事,是又风云月露之不如者也。

黄之隽所说的"瑚簋""模范",按常理推测,应指六朝文。他认为以李峤、张说、柳宗元、李商隐为之文代表的唐人骈文,尚能延续骈体文正宗的规制,但是由宋而下的骈文作者,则日渐疏远了这种经典性规制。他们将陆贽用于奏疏的虚字长句、素辞朴藻,"施之于杂篇",以致"行文疲苶",格卑体下,在黄之隽看来,这样的作品是连专写"风云月露"者也不如的。贬抑宋骈,是清代骈文理论界的一个基本论调,其固有偏颇保守之处,黄之隽的抑宋之论虽也有失,但他强调骈文创作应以六朝为高格,在清代骈文初兴的时候,是有积极意义的。

黄之隽骈文最突出的特点,是工致清畅,其往往用典不多,琢句工巧,而清新流畅;在句式上,其虽然也偶用七字以上长联,但主要还是四六偶对,这与他反对宋文多用长对的主张是一致的。这方面以《鸣春草序》《九日闲园访桂序》《玉钩斜铭》等最具代表性,如《鸣春草序》:

> 若夫铜鞬公子,广陌扬鞭;金谷丽人,层楼吹笛。鸳鸯七十,浴绉水之风痕;燕子一双,剪衬巢之花片。柳眉桃靥,并翠方娇;蜨粉莺衣,齐眠对舞。时则宇宙为多情之器,云霞有结爱之思。解人遘此情移,达士由之心荡。然使韶光环转,淑景绵连,沉迷和畅之天,跌宕芳菲之地。相忘鱼鸟,何用关心?见惯风花,都成闲事矣。无如良辰难驻,幽赏何常,此中之欣戚不齐,所遇之菀枯随异。轻煖轻寒之昼,容易黄昏;凄风凄雨之辰,无多白日。一番堕萼,便欲堆愁;十丈游丝,便能织怨。①

黄之隽曾在《与沈学子书》中评价自己的骈文创作说:"计工巧,则劳倍散行;语方家,则体沦靡弱。涂泽太过,召肥皮厚肉之嘲;诘屈为奇,诒棘吻蜇喉之诮。"后面一联所谓"诘屈为奇",结合黄之隽的作品看,大体可说是一种自谦;但前面一联所说为文特别注重"工巧"而文章体气显得"靡弱",倒是比较中肯的自评;另外,后一联所讲"涂泽太过""肥皮厚肉",黄文也确偶有此弊,《鸣春草序》就是很好的例子。该文琢句十分工巧,文采也颇为绮丽,如"鸳鸯七十""燕子一双"一联与"柳眉桃靥"

---

① 黄之隽:《唐堂集》卷二十八,清乾隆十三年刻本。

"蜨粉莺衣"一联，确实很工巧细致，不过同时也略有纤丽靡弱的不足。整段文字用典不多，读来妍冶清畅，悦人耳目，不过格局稍窄、涂泽稍过，用语造境颇有词的意趣，我们由此也能比较清楚地看出晚唐骈文对他的渗润影响。

《四库全书总目》在批评黄之隽骈文时曾云，黄氏"综览浩博，才华富赡，兴之所至，下笔不能自休，往往溢为狡狯游戏之文，不免词人之结习。"[1] 这里所说的"狡狯游戏之文"应指《㞶堂集》卷三十中所录《戏贺蚁战胜书》《戏檄蟋蟀》《讨白发檄》之类的作品。清代以降的学者在论析有清一代骈文时，对游戏性的作品常常持贬抑的态度，尤侗尤为擅长的此类作品被学者比较普遍地认为是"非文章正轨"就非常典型，而黄之隽文被《四库全书总目》抑评为"词人之结习"，则是另一个代表性例证。事实上，如果从骈文艺术性的角度来看，黄之隽的游戏之文虽然稍逊于尤侗的相关作品，但成就无疑也是比较高的。如《讨白发檄》言白发之罪云：

惟白发者，涅而不缁，蔓以难除。始伏匿而未知，渐覃延而日甚。如鲐文在背，鸠杖随身。眉长齿豁，始配霜颠；目眊皮皴，才添雪鬓。岁逾半百，镜得三千，理所当然，情犹可恕。至若颜子渊二十九而鬓衰，潘安仁三十二而毛杂，韩博士苍白太早，顾左丞蒲柳先零。是汝躁妄为愆，欺凌有罪！

又檄讨白发云：

苟不诛其首恶，歼厥元凶，曷以昭黑白之分明，警苍黄之反覆？是用禽彼二毛，鉏其非种，务使根株悉拔，苞蘖靡遗。至若此外缁流，其余黧庶，当念垂髫之旧，坚守墨胎，毋贻焚玉之灾，同捐霜刃。爱犹兼于摩顶，利实溥于拔毛。从此黑头，便希公辅；即为黔首，亦验丁年。无假手于铅膏，冀成功于指掌。

文章全篇用拟人法，将白发比作会欺凌作恶、让人未老先衰的"元凶"。所引前一部分文字，摆明事理，从容分析，并援引史实以加强说服力；后一部分先是毫不留情地对作恶白发予以诛除，继而对有可能重蹈前凶

---

[1] 四库全书研究所整理：《钦定四库全书总目·别集类存目十一·㞶堂集》，第2579页。

覆辙的"缁流""氂庶"进行说服警告。其在严肃的行文中饱含戏谑,真是颇有奇趣的一篇文字。在表达方面,文章虽然基本都是整齐的四六句,但大多是流水作对,因此取得了以散行之气运骈俪之辞的效果,其似散实骈、亦散亦骈,是"根底六朝"而自有所成的好文字。此外,《戏贺蚁战胜书》《戏檄蟋蟀》等,也都是以戏谑而具奇趣的佳文,不能用"狡狯游戏"来轻易抹杀它们的成就。

黄之隽《㕘堂集》中还有一些作品写得比较好,如《送雁黄上人游罗浮序》写罗浮山之自然地势、秀丽风景与人文历史,简洁畅顺,气势阔大,在《㕘堂集》中颇为少见。又如《与宋大参澄溪书》叙事舒畅,一气推衍,也是以俪体而具散趣的佳文;《曹巢南七十寿序》叙议结合,思路条贯,用笔清徐,文风雅畅,是黄之隽寿序中难得的佳作;《与路舒驭乞猫启》《冬日谢许湛明惠茗启》,文短韵长,允为才子手笔,前者全文如下:

> 向畜俊狸,忽游鬼窟,遂令黠鼠,阑入文场。譬之赵国既无廉颇、李牧为大将,遂使边境骚然;又如汉家急须李膺、阳球为司隶,然后宵人遁迹。昨于君所,实多其材。倘能应募,齿无熏鼠之劳;非曰怀贪,记有迎猫之例。①

作者下笔极简省,而意思显豁、首尾完整,用典不少,却能举重若轻,恰如其分,称得上是一篇具有谐趣的简短妙作。

论析黄之隽的骈文创作,不得不提《香屑集序》。该文没有被黄之隽收入《㕘堂集》,但历来受到学者文人的推崇,就连以录文十分苛刻的《国朝骈体正宗》一书,也"变例收之"②,可见其影响之大。这篇文章的主要特点,是全部用唐人文章成句,以集句的方式,贯穿勾连而成,而义脉贯穿、如出己手,《清史列传·黄之隽传》在提到该文时说:"又集唐人文句为之序,亦二千六百余言,组织工巧,一一如自己出,虽非正格,实为唐宋以来所未有云。"③ 评价甚高。如文末自评所为集句之诗云:

> 仆文非绮组,学之缣紬。断章摘句,取讥于书橱;散藻摘华,尚惭

---

① 黄之隽:《㕘堂集》卷二十八。
② 彭兆荪:《与姚春木序》,彭兆荪著,张嘉禄注《小谟觞馆文集注》卷三,《丛书集成续编》影印四明丛书本。
③ 清国史馆原编:《清史列传》卷七十一,周骏富辑《清代传记丛刊·综录类②》。

于风雅。常持缥帙，移东就西；时阅瑶签，抽黄对白。有欢有戚，如见如闻。乃为抚掌之资，粗得捧心之态。郁余怀其谁语，式以风骚；命女史以书之，增诸卷轴。呜呼！花有情而独笑，春渡桃源；月未仄而先阴，轮消桂魄。芬芳九酝，不侍尊罍；荏苒百龄，聊因笺简。窥陈编以盗窃，极耽玩以研精。不三四年，凡八百首。灿若编贝，章章贵奇；端如贯珠，句句欲活。非锦非绣，惟鸳惟鸯。撮而集之，情可知矣。岂倩徐陵作序，用极菁华；为逸少装书，别成新趣哉！疑者曰：鼓扇轻浮，班扬扫地；识者曰：模拟窜窃，庄列寓言。争致于瑶编绣轴，终传郑国之香；或讥于画虎续貂，真谓羽陵之蠹。①

事实上，《香屑集》全篇包括前引的这段文字，每一句皆从唐人文章中"拿来"②，但是我们通读下来，意思十分连贯，如果作者不标明集唐，乍一看来，实在就是一篇原创性的作品。特别是"疑者曰""识者曰"一联，三个短句共剪切自五位作家的六篇文章，就连这两个三字句的起首语也分别取自韩愈《与崔群书》和孙棨《北里志序》，但是组织得抑扬顿挫、意味深长，这种"移东就西"的本领可谓高矣。整篇文章内容充实，层次清楚，风格清丽，自成一体，其组织之工巧、贯穿之流畅，作者记诵之博、才华之高，实在是令人叹为观止。

当然，黄之隽的骈文也存在不少不足之处，《四库全书总目》在批评黄之隽"为狡狯游戏之文，不免词人之结习"后，便进而说他"名誉既盛，赠答遂繁，牵率应酬，不能割爱，榛楛勿剪，所存者不尽精华，譬之古人，殆陆机之患才多。"这一批评颇为中肯，研读《唐堂集》，我们很容易发现，黄之隽确实写作了数量不少的赠答应酬性作品，他的大部分寿序和几篇表诔，基本都是缺乏真感情、真思想，艺术上也平平无奇的作品，我们需要一分为二地看待。总体言之，黄之隽在清初虽然无法与陈维崧、尤侗、吴农祥、章藻功等相提并论，但他才华富赡、佳作较多，亦称一家。

---

① 黄之隽：《香屑集》卷首，《四库全书》本。
② 张仁青《中国骈文发展史》曾一一列出《香屑集序》每句摘引的出处，可以参看，见张书第438—466页。

第二章　清初杭州府骈文创作群落的特然振起

从地域的角度看，清初江南的第一重镇不是苏州府，也不是常州府，而是杭州府，用"特然振起"四字来概括该地区骈文的兴盛状况并不过分。在清初杭州骈文创作群落中，陆圻、毛先舒、吴农祥、陆繁弨、章藻功、王嗣槐等，都是值得称数的代表作家，不过就骈文成就和文学史影响综合而言，吴、陆、章三人则更值得关注，他们的骈文创作特点与成就都亟待研究、揭示。

第一节　被遗忘的清初骈体名家：吴农祥

清代骈文复兴的局面，首先由清初以陈维崧、尤侗、吴绮、毛奇龄、吴兆骞、吴农祥、陆繁弨、章藻功、黄之隽等人为代表的一批骈文家打开。不过，在文学史不无疏漏的选择淘汰下，一些作家被逐渐遗忘了，钱塘吴农祥就是其中的一个典型。据文献所载，吴氏一生的诗文创作数量极富，骈体文就有四十卷之多，但是由于他的作品没有刊行，后来散佚也比较严重，因此学界对他的关注颇为不足，以致大多数骈文史对他都略而不论，如以论述较为全面著称的张仁青《中国骈文发展史》即对吴氏只字未提，而杨旭辉《清代骈文史》也只用了一段文字对他的生平和骈文特点作了比较模糊的介绍[1]，这不能不说是一个很大的遗憾。事实上，吴农祥的作品虽散佚较多，但仍有一部分存世，现在比较容易见到的是《清代诗文集汇编》中影印收录的稿本《流铅集》上册十六卷，这占据了吴氏骈文作品将近一半的分量，我们通过对此集的研究，基本能够把握吴氏骈文创作的概貌，并进而能在清代骈文史上给吴农祥一个较为合适的定位。

---

[1]　参见杨旭辉《清代骈文史》，人民出版社2013年版，第131页。

一　吴农祥其人

吴农祥（1632—1708），字庆百，号星叟，浙江钱塘（今属杭州）人。吴氏初籍海盐，迁海宁，再徙钱塘，遂定居于此。吴农祥的先辈，自曾祖以上皆不显，到了他的祖父吴继志，才稍稍振起，官至云南越州卫经历。农祥父太冲，明崇祯辛未（1631年）进士，初任右春坊右中允，兼翰林院检讨，累升礼部右侍郎，兼翰林院侍读学士，他是吴氏由一个寂寂无闻的江南寒族，上升为一个有一定社会影响力的文化家族的关键性人物。明亡后，吴太冲不顾清廷的敦促和族人的指责，坚决拒仕新朝，贫病交加地隐居家乡，吴农祥《为先公三十周年斋期疏》所谓"业捐眠餐，兼侵疾病。风饕雪虐，浒历春秋；地老天荒，遑知晨夕。小楼坐卧，问旧事而茫然；闭户支离，厌余生之兀尔。""盖尘埋于土室者且十年，而长啸于泉台者如一日。"① 保持了他作为明朝旧臣和读书人应有的忠耿和风骨。太冲有两子，农祥为长，次则农复，二人以后，吴氏似乎再也没有达到明末清初吴太冲、吴农祥时的兴盛。

吴农祥出生于崇祯初年国家朝纲渐弛，内外交困，但还勉强维持着表面稳定的时候。他幼年即随父太冲居京城，度过了比较美好的童年生活，其四十八岁时所作《春思赋》谓"仆竹箭菲材，曾依名父；桑弧弱质，生长京师。"② 名父的光环和京师的气度，无疑给吴氏留下了深刻的记忆。不但如此，吴农祥自身也显示出过人的聪颖和文学创作天赋，方棨如《吴征君农祥传》载：

> （农祥）儿时为马文忠公世奇所知，曰他日当以文冠世。年十许岁，数往来妇翁家，妇翁者傅岩（按：即陈世安）也。会三九公燕，陈公函辉发题，命坐客各制《芙蓉露下落赋》。征君最下坐，舐笔赋就，末更缀以诗，其落句云："一辈少年争跂扈，明公从此愿躬耕。"陈公叹为英异者久之。③

这些都给他的幼年生活增添了光彩。

---

① 吴农祥：《流铅集》卷六，清卢文弨校改稿本。
② 吴农祥：《流铅集》卷一。
③ 钱仪吉纂录：《碑传集》卷一百三十九，周骏富辑《清代传记丛刊·综录类③》，台北明文书局1985年版。

可是好景不长，明朝很快就在内部争斗、外部侵略的双重压力下灭亡了，吴农祥也在时代骤转的汹涌波涛中艰难漂泊，其《答澧州刘宫詹他山书》对此有比较集中的描述：

> 农祥生逢多难，怒值不辰，亡命草茅，窜身荆棘。属江淮初定，按籍诛求；吴越惊疑，刊章密捕。投金濑畔，渺渺空汀；许剑亭中，悠悠行路。终朝作止，俨冲寝石之戈；竟岁姓名，骇照秦庭之镜。虚弦欲下，顾依雁以相怜；抱叶不鸣，对寒蝉而饮泣。①

由于吴农祥的父亲是明朝的高级官吏，而且坚决抗清，所以清廷对他们诛求尤严，这也是吴农祥"亡命草茅，窜身荆棘"的重要原因。待清廷基本掌控了天下大势，吴氏一家才得暂安于钱塘。可是因为吴太冲拒不仕清，遁守土屋，不问生计，故而吴氏一门的生活过得非常清苦。吴太冲殁后，吴农祥与弟农复读书自娱，布衣经年。到了康熙十八年（1679），吴农祥方因陈敱永之荐，至京师应博学宏词考试，可是几经周折，他最终被罢归。此后，吴农祥除了做过浙江军务总督李之芳的短期幕僚，一直以一介布衣的身份著述自遣，直至老死。以此之故，吴氏一门长期都是在贫窘中艰难度日，农祥《与征鸿书》所谓"弟饥驱莫定，用守无因，一身多少贱之嗟，八口寡治生之策。经营婚嫁，俯仰咸穷；黾勉渔樵，行藏悉拙。"② 就是对其生活苦况的写照。康熙四十七年七月，吴农祥也在清贫中为人生画上了句号。

吴农祥大半生虽然在贫苦中度过，但是读书、著述一直没有间断，方楘如《吴征君农祥传》有载：

> 初，征君（吴农祥）祖经历君（吴继志）好聚书，且勤掌录，秘阁之钞逾万卷。及官允（吴太冲）鼎贵，则家益有赐书，轴带帙签，至于山阴亓（按：一作祁）氏、海虞钱氏埒。于是征君既长，购楼于别业之梧园，储书其上，与弟农复登楼而去其梯，戒不闻世上语，尽发所藏书读之。朱墨勾稽，识其大者，旁又囊箧细碎，囚锁怪异，搜逖异互并溃漏，发笔语则纚纚然。③

---

① 吴农祥：《流铅集》卷二。
② 吴农祥：《流铅集》卷三。
③ 钱仪吉纂录：《碑传集》卷一百三十九，周骏富辑《清代传记丛刊·综录类③》。

吴农祥祖父、父亲对书籍搜藏的倾力，一方面引导了农祥、农复兄弟的人生兴趣，另一方面则为他们刻苦问学提供了良好的基础。家族文化的影响而外，与陈维崧相似，吴农祥与众多师友的切磋交游，也有力地推动了他学术研究与文学创作活动的开展。如其与陈维崧、毛奇龄、吴任臣、王嗣槐、徐林鸿等人，同客冯溥佳山堂，有"佳山堂六子"之号。诸人在学术、文艺的众多方面，都进行了广泛而深入的探讨，《浙江通志》即载吴氏"茹经涵史，驰骋百家。诗不下万余首，为文淹贯五经，尤精于《易》。与萧山毛奇龄相友善，然质疑问难不肯苟同。"又其晚年与陆埒、毛奇龄、徐林鸿"为饮酒难老之会，月一会，会辄摧文史"。①

由于家庭文化氛围的泽溉浸润，又由于与众多师友的切磋探讨，加之天赋高卓、用力勤苦，吴农祥在学术、文学方面取得了不容忽视的成就。计其所撰著，有古今体诗一百三十四卷，古文一百四十卷，骈体文四十卷，词二十四卷，其他各种著作又一百六十八卷，总计五百零六卷，这样宏富的著作，在清代甚至整个中国古代都很少有出其右者②。而吴农祥在学术、文学方面的众多创获，在当时就获得了学界的很高评价，《清稗类钞·狷介类》"吴庆百不入社"条载，吴氏"淹贯经史，与毛西河（奇龄）、朱竹垞（彝尊）相颉颃"。又吴氏与仁和学者吴任臣齐名，时称"二吴"。仅就文学创作而言，冯溥评骘清初诸作者，"古文称农祥、汪琬，骈文称农祥、陈维崧，诗赋称农祥、毛奇龄，小词推陈维崧、彭孙遹，又以农祥为首"③，其推举可谓极高。

二 吴农祥骈文创作概况

在吴农祥三百多卷的文学创作中，骈体文的数量虽不是特别多，但其艺术成就却不容忽视，我们有必要对它进行深入的探讨。这里首先就吴氏骈文的刊本、数量、创作时间、体类特征等问题，作概括性考述。

---

① 方粲如：《吴征君农祥传》，钱仪吉纂录《碑传集》卷一百三十九，周骏富辑《清代传记丛刊·综录类③》，台北明文书局1985年版。

② 袁枚《随园诗话》卷十六云："古人诗集之多，以香山、放翁为最，本朝则未有如吾乡吴庆百先生者。"又方粲如《吴征君农祥传》云："韩愈称樊宗师曰'多矣哉，古未尝有也'，元稹序《长庆集》曰'乐天之长可以为多矣'，征君亦云然。"都是说吴农祥著作数量非常宏富。

③ 清国史馆原编：《清史列传》卷七十《吴农祥传》，周骏富辑《清代传记丛刊·综录类②》。

第二章 清初杭州府骈文创作群落的特然振起

由于吴农祥五百多卷的学术、文学撰著多未刊行，所以散佚十分严重①。据李灵年、杨忠《清人别集总目》稽考，目前存世的吴氏文学创作，有《流铅集》十六卷、《吴莘叟先生集》（不分卷）、《梧园诗选》十二卷、《梧园文集》（不分卷）、《梧园诗文集》（不分卷）等5种7个版本②。就骈文创作而言，《流铅集》十六卷最值重视，据方桑如《吴征君农祥传》《清史稿列传·吴农祥传》所载《流铅集》共有四十卷，而吴氏的骈文作品恰好是四十卷，如果文献记载无误，那么我们基本可以推定，《流铅集》四十卷就是吴农祥骈文作品的全辑，在这个意义上，现存的《流铅集》十六卷就是吴氏骈文中比较完整的一部分。

《流铅集》十六卷现存的几个版本中，以吴裕校字、卢文弨朱笔校改的稿本最称善本，《清代诗文集汇编》第127册即据此影印。此本卷首有梅花簃主人的题签和识语，题为《吴农祥先生流铅集稿本上册》，其识语如下：

> 吴农祥先生著作甚富，惜未刊行。《杭州府志》所载书目，多至五百余卷。又已散佚，钱塘丁氏所收亦甚寥寥，丁氏《善本书室藏书志》已详言之。此书得自厂肆，犹自完好，吉光片羽，可不宝诸！癸酉夏闰初月梅花簃主人识。

识语言钱塘丁丙《善本书室藏书志》已对吴农祥著作散佚情况有详细记载，丁氏《藏书志》刊行于光绪末年，故可推知此处癸酉为民国二十二年（1933）。据此，吴农祥的著述包括骈文在清末已严重散佚，各种刊本皆不易得，因此梅花簃主人偶尔得自书肆且"犹自完好"的《吴农祥先生流铅集稿本上册》是颇为珍贵的。另外，卢文弨的标改，一方面是纠正了稿本的少数错字，另一方面是在一些篇章上加上了"、""○"等断句和加强符号，这对后人阅读、理解吴氏骈文作品颇有助益，故尤为宝贵。

《流铅集稿本》上册收录吴农祥骈文计十六卷123篇，其中卷七《幸存楼记》、卷十三《存旧录跋》两篇，有目无文，故此本所收骈文实际是121

---

① 方桑如《吴征君农祥传》云，吴农祥所撰诸作，"子裕、孙慎思编以藏于家，皆杀青可缮写。"按此，吴氏生前并未刊行自己的著作，在他死后，其子、孙二人对曾他的著作进行了编辑整理，但仍然没有刊行。又袁枚《随园诗话》卷十六云："（吴农祥）所著古今体诗一百三十四卷，他文称是，现藏吴氏瓶花斋。"可知至少在康熙末年、乾隆年间，吴农祥的文集仍然存世，但此后就逐渐散佚了。

② 李灵年、杨忠主编：《清人别集总目》，安徽教育出版社2000年版，第886—887页。

篇。假如《流铅集》四十卷确实是吴农祥骈文作品的专辑，那么就可以推知，吴氏骈文创作的总数应在300篇上下，这样的数量，在清初是首屈一指的①。值得一提的是，《流铅集稿本》上册所收作品，每篇正文标题下皆标注写作年份，这就为我们了解吴农祥骈文的创作时间以及相关的一些问题，提供了比较直接的帮助。

按照这些年份，首先可知《流铅集稿本》上册的作品虽然是按照一定的体类顺序排列的，即赋作居首，其他依次为表、书、启、疏、记、序、跋、碑、诔、哀辞、墓志铭、祭文诸体，但并没有依照创作的时间先后来编排，每一卷、每一文体之内皆是如此。如卷一的5篇赋作，第一篇《春思赋》作于康熙十八年己未（1679），其余依次是《槎客赋》（康熙十年辛亥）、《崎丽楼赋》（康熙二十年辛酉）、《薜荔赋》（康熙二十六年丁卯）、《慈竹赋》（康熙十五年丙辰），其他十五卷亦复如此。这是《流铅集稿本》上册的一个特点，也可以说是一个遗憾。

其次可知，吴农祥在康熙十年（1670）以前、康熙十一年至康熙三十年间及康熙三十一年以后，即其在三十岁以前的青少年阶段、四十一至六十岁的中年阶段和六十一岁以后的老年阶段所创作的骈文作品数量，分别是39篇、69篇和13篇，其中中年时期的创作最多，而青少年和老年时期的创作相对较少；另外，青少年时期的作品，在典故运用、辞句锤炼、意境蕴生等方面，要稍逊于中晚年时期的作品：这与一般作家中年阶段人生阅历丰富、感悟深刻，文学创作技术成熟、创作力最为旺盛，而青少年和老年时期或阅历不足、创作技术未臻完善，或阅历已足、技术已备而创作力减弱的事实是相符合的。由此我们可以进一步推论，《流铅集稿本》上册大体已经能够代表吴农祥一生骈文创作的总体面貌了。

再次，就具体作品而言，《流铅集稿本》上册所收诸文，在时间上最早的一篇，是创作于崇祯十六年（1643）的《重修吴山伍公庙碑》，此文既述论往史，又结合现实伸发，而叙事简洁，议论新颖，显示出较为成熟的艺术风貌，作者的学问、识见、才情也在其中有较好的体现。但吴农祥创作此文时，仅是十二岁的少年，可见论者所称吴农祥天生异禀、聪敏过人，是真实可信的。此外，《二忠哀词》《二良哀词》《为潘眉白致同人助丧启》创作

---

① 如清初骈文创作数量较多的陈维崧、尤侗、章藻功三人，《陈迦陵俪体文集》收陈维崧文计160余篇，《西堂文集》《艮斋倦稿文集》及《鹤栖堂稿》收尤侗文近200篇，《思绮堂文集》收章藻功文计280余篇，都少于吴农祥300篇上下的数量。

于顺治三年（1646，吴氏十五岁），《与钱殷求先生论文书》和《玉虚亭建斗阁疏》分别创作于顺治四年和五年，这些作品也都体现出较高的艺术水平，同样可以作为吴农祥天赋过人、才华卓越的佐证。

当然，除了作品数量、创作时间，我们还有必要从文体的角度对吴农祥的骈文创作进行总体的考察。前已有述，《流铅集稿本》上册所收骈文，有13类，从数量上讲，序（35篇）、启（31篇）二体最突出；但从内容上讲，则赋、启二体最值得关注。吴农祥赋作虽仅5篇，但特色非常明显。首先，5篇作品都是律赋。其次，5篇中《春思赋》《崎丽楼赋》两篇，沿袭了庾信《春赋》、王勃《春思赋》的体制，在四六偶对中融进大量五、七言诗，奇偶迭用，清丽流宕，是以诗为赋的成功力作；《薜荔赋》用汉赋设辞类作品的问答体，《慈竹赋》取骚赋体制，而《槎客赋》则兼用问答体和骚体，它们在形式上都有着鲜明的特点，而艺术成就也很突出，这样的情况在清初并不多见。

吴氏启体的形式体制并不特别，大部分作品的艺术成就也有限，但是我们可以经由这些作品，对吴农祥的日常生活，尤其是他生活的贫困，能有较多的认识。在这31篇作品中，有21篇是答谢之作，答谢的对象主要是朝廷官吏，如冯溥、潘耒、宋德宜等，也包括一些好友良朋和家族亲属；答谢的内容，从谢人赠银钱、羊裘、茧绸，到谢人赠饼、米、酒糟、西洋眼镜，包罗颇丰。有些作品，表达的是作者接受他人雅意馈赠时的欣喜和谢意，往往颇有意趣，如《谢曹耘莲惠砚启》《谢金绣山惠墨启》；而其他大部分的作品，则主要是直接或间接地传达出了作者对生活艰苦的感慨，最为典型的是《谢前吏部曹耘莲惠金镠启》和《谢顾侍御且庵惠羊裘启》，如前文有云："今某（吴农祥）形神并用，出处都非。对交谪之怼妻，岂能无愧？抚恒饥之稚子，真复空怜。家一日而五迁，灶三旬而九食。"[①] 这些文字皆可补史乘载记之不足。

三 吴农祥的骈文主张

理论批评的发展一般要滞后于创作，这是文学史演进的一个基本规律。在清代骈文初兴的近一百年里，骈文理论探讨相对而言是不够发达的，在这个意义上，一些骈文作家结合自己创作实践所提出的颇有针对性的理论主张，就显得弥足珍贵。陈维崧是如此，陆繁弨、尤侗、章藻功是如此，吴农

---

① 吴农祥：《流铅集》卷五。

祥也是如此。

由于吴农祥的大部分著作已经散佚，因此我们不可能对他的骈文思想作全面的考察，不过《流铅集稿本》上册中收录的《章岂绩花隐亭文集序》一文，比较集中地表达了吴氏的一些骈文主张，我们即可就此展开论析。此文系吴农祥为章藻功的俪体《花隐亭集》所作的序言。章藻功是骈文家陆繁弨的门人，而陆繁弨乃是吴农祥友人陆培之子，故他们之间既有人际关系上的亲近，又有文学创作喜好上的接近，因此，吴农祥便以通门长者、骈坛前辈的身份，为章藻功的文集作了这篇序言。

吴农祥在序言的前半部分，集中地表达了自己的骈文主张，概括起来主要有三个层面的内容：其一，骈文本质论、发展论。吴农祥认为，骈文在本质上是从楚骚、汉赋发展而来的一种文学样式，并且和诗歌有着内在的关联性，所谓"理其端绪，则五色相宣；叩以宫商，则八音迭奏。盖诗歌之殊致，寔骚赋之同源也。"① 就骈文发展演变的过程来说，其"成于两晋"，"工于六朝"；但随着文学史的推进，骈文发展渐染弊症，所谓"玳瑁栖堂，侈谭江鲍；珊瑚镂管，竞述齐梁。"于是到了唐末五代乃衰微不振，以致"千年而下，高响难闻"。吴氏所论骈文发源于骚、赋，并且有着诗歌的"殊致"——至少在音声铿锵、"八音迭奏"的方面是相通的，是符合文学史事实的；其所论骈文在两晋成熟，在六朝臻于极致，亦为确论；但他认为骈文在五代以后衰落不振，则将两宋骈文的成就一笔抹煞，这是有欠公允的。

其二，骈文创作应避免的"积弊"。骈文为什么在五代以后会一蹶不振呢？其主要"积弊"有哪些？吴农祥认为这主要体现在三个方面：第一，"业非专诣，术尠疏通"，因为腹笥空乏，取之易尽，所以在创作中只能"倚陈言而捋搚，恃故事以铺张"，缺乏真正的原创性；与植根不厚相关的另一个弊病，乃是取法不正，即并不是向骈文史上的名家宗匠学习，而是不加别择、人皆为师，这样就导致创作者识见不高，甚至"失礼而野不是求，数典而祖未之信"，从而临文神疲，下笔易竭。第二，业能专攻、取法能正是骈文创作者所必须具备的基本素质，在此前提下，创作者还容易犯另一个弊病，即视野狭窄，读书不博，只知钻研骈文，而不知综览百家，融会贯通，于是往往好为尖颖幽奇之文，所谓"好逞媚妆，夸高尖颖，收罗细琐，追琢幽奇。""劈笺则陷搜鼠穴，染翰则病效鸟言。"其结果便是文格卑陋，

---

① 吴农祥：《流铅集》卷八。下文所引《章岂绩花隐亭文集序》内容皆同此。

气局狭小，也不能与高雅之列。第三，骈散关系认识不清，重散轻骈，这是文学史上的一个痼疾。吴农祥认为，"古之文有俪体也，犹其有散行也。善为阵者，见于方圆而六韬以定；精于医者，明于生死而百病自除。"也就是说，在古代骈体和散体并没有厘然界分，更无所谓高下之别，优秀的作家能像高明设阵、名医治病那样，成功地处理好骈散的关系，使文章写作做到宜散则散、须骈则骈，甚而臻于奇偶迭用、骈散融通的境界。如果我们今天还是坚执成说、固守旧弊，结果只能是"败将同于赵括"。那么，对于当代的骈文作者而言，就必须力避前述的三种弊端，这样才能写出好的骈文作品，推动骈文的再兴。平心而论，吴农祥所论的骈坛积弊，虽然并不全面，但无疑是十分深刻的，而清代骈文之所以能够超元明而上，形成复兴的局面，很大程度上正是得益于许多骈文家在骈文创作业须专攻、取法须正、学须融贯、骈散关系须明等方面的集体努力。

其三，骈文创作论。当我们认清了骈文的本质，了解了骈文创作应当避免的问题而后，很有必要对骈文的一般创作方法、创作思路有所掌握。就此，吴农祥提出了两个关键词：元气与心神。吴农祥指出，骈文史上的名家大师，无论是撰写庙堂高文，还是写作生活小品，都能得心应手，臻于高诣，从根本上来说，主要就是因为他们成功地把握住了元气与心神这两个文章写作的关键因素。所谓元气，乃是作家在文章中所贯注的充盈饱满的生气；所谓心神，则是作品所具备的沉厚雍容的意态气质。如果骈文作品元气单薄、心神卑下，那么必然会如"严家之饿隶"，"乞求"而不得"指麾"，如"俊婢作夫人，举止而不免羞涩"；反之，则能触处生春、挥洒从容。至于如何涵养元气、培蕴心神，吴农祥没有作正面的阐述，只是强调创作者须依照自己的材性、能力，日积月累，浸假提升。实际其正如诗歌、散文等其他文学样式的创作一样，需要创作者在依托自身才情的前提下，努力不懈地充实自己的学问、提高自己的识见，做到才、学、识三者兼备；而才、学、识既备，文章写作自然能元气充盈、心神安雅，这是文学创作的一般规律。

应当说，吴农祥在《章岂绩花隐亭文集序》中所提出的骈文主张，涉及了骈文创作所应关注的几个基本问题，它不但有利于像章藻功这样的骈文作家提高文学史认识、提升骈文创作艺术，而且对我们今天认识骈体文的渊源和质性、把握骈体文发展的主要关节、辨明骈文史上的种种积弊、了解骈文创作所应具备的关键因素等问题，也有很大的助益。此外，吴氏的这篇序言，虽然不如陈维崧《词选序》那么出名，对清代骈文发展的影响力也不如陈维崧之文那么大，但是就理论本身的完整性、系统性来说，它倒是胜于陈文的。

四 吴农祥骈文的风格特色及其渊源

骈文创作是否形成了自具一格的艺术风格，是否取得了较高的艺术成就，是衡量一个骈文作家是否优秀的重要尺度。吴农祥的骈文作品虽然散佚颇多，但是经由对《流铅集稿本》上册的研究，我们发现吴氏骈文已经形成了以雅饬清畅为主体的多种风格特色，这些风格的形成，既有对前人的继承，又有结合自己个性的创新。

所谓雅饬，是指吴农祥骈文的用词、运典、属对，大都经过精心的推敲、安排，极少率意命笔、一气直陈，从而做到在精整的语句中比较宛曲地表达意思，其文章也因此形成了雅致整炼、婉转隐约的特点；所谓清畅，是指吴氏骈文虽然造语整炼婉约，但是意脉流畅，逻辑清晰，全篇读来往往是层次分明而流转自如。典型的如《与总河尚书朱梅麓书》：

> 夫朝市虽迁，忠贞勿改，国家所赖，宠辱无私。不幸势逼灰钉，命埋金镞，而淋漓碧血，誓没干戈，荏苒白头，甘膏斧钺。今纵未能上尘丹诏，下赍黄泉，叹劲气之如生，慰孤踪之不作；而天招无日，反葵难期，狐兔荒芜，乌鸢缠迫。秋郊鬼唱，嗟阴火之常然；故里魂归，托神云而蔑见。此遗民所以陨涕，烈士由之寒心者也。柳翣江干，一抔残土；松门沙浦，半顷衰原。昔为祖父所藏，近属凶豪窃据。苟使籍清马鬣，册按鱼鳞，名父宅兆于前，贤子祔列于后。夕阳一片，书姓氏以雕镌；零露千秋，纪岁时而刊削。俾杜樵苏之爨，得亡陵谷之悲。宁止世远献环，人存结草，矢衔拾骸之节，□申掩骼之光而已哉！①

此文系吴农祥代已故岳丈陈世安一家，向世安门生时任河道总督的朱之锡求助时写的一篇书信。引文"烈士由之寒心"以上为一层，以下又为一层。前一层论臣子之忠，不因朝代更替而性质改变，陈世安作为有明忠臣，清廷理应对他进行表彰，但目下陈氏亡殁多年而未获旌葬，这是让"遗民陨涕""烈士寒心"的事情；后一层希望朱之锡能够主持公道，将老师安葬于祖茔，朱氏若能达成此愿，无疑是功德无量的。文章文辞典雅深婉，锤炼精整，不论用典、不用典，很多句子都需要我们细细品味，从而拨开语法、

---

① 吴农祥：《流铅集》卷二。

修辞、典故的面纱，把握其字面后面的意思，并用理解性的想象填补起句与句之间的意义留白，理解整个段落篇章的意思；而一旦我们理解了每个句子的意思并将它们串联起来，就会发现文章实际上是意脉畅通、逻辑连贯，有清畅之美。

又如《沈母顾孺人八十寿序》述论顾氏之夫另结新欢，顾氏雅量能容，并对他进行婉转规劝云：

> 抑闻才人丽则，未免多情；女士柔嘉，数称薄命。托根浊水，尚惜飘流；坠叶枯枝，忽惊颞顂。乃有千秋青眼，一代红颜，倚城北以咨嗟，羡汝南而愿嫁。车声剑影，卜斑鸠于沉醉之余；帘焰衣光，射丹凤于微憨之后。先生狂生玉笛，冶落金钗。顾此婵娟，得自采桑之下；忍斯绰约，为谁折柳之前？接宝盒以合欢，用灵丝而续命。当斯时也，仰瞻星斗，鸡厌长鸣；回忆风潮，鱼随后导。见者忧其湛湎，旁人代作周旋。而孺人则雅量能容，旷怀不妒。银开屈戍，指璚榭以避风；珠绕连环，引遥阶而笑日。迎将蜀道，讵留买赋之钱；寄与秦川，共耀回文之锦。斯则释忿争于宣武，我见犹怜；折贵盛于公闾，卿云何物？乌足以絜兹寥阔，比此和平者哉！①

此文用典不多，所用典故也相对浅近易解，而且句、联之间的逻辑也比较紧密，因此即便其造语属对颇为精整，表意颇为婉转，但文章的意思比前引《与总河尚书朱梅麓书》更易理解，其雅饬清畅的特征也表现得更为明显。遍读《流铅集稿本》上册诸文可以发现，《与总河尚书朱梅麓书》是吴农祥骈文文意稍显晦涩的典型，《沈母顾孺人八十寿序》则是文意相对显明的典型，但不管是晦涩还是显明，无疑都有着雅饬清畅的特点，这也是吴农祥骈文最大的风格特征。

应当指出的是，雅饬清畅并不是吴农祥骈体文风格的全部，与此风格相接近，其文还有清丽流宕、纤新明丽两种风格。两者都有清新明丽的底色，但前者更有迭宕抑扬、圆通流转之美，文章气局也相对阔大，这集中表现在《春思赋》《崎丽楼赋》《薜荔赋》等几篇赋作中，此外《代新昌广文征文启》《为范性华春游曲征诗启》等文亦具此风；后者则气局相对较小，词句精整纤丽，有晚唐骈体文的面貌，《流铅集稿本上册》中这样的文章较多，

---

① 吴农祥：《流铅集》卷十。

典型的有《匿影楼记》《书图梧园记》《徐宝名诗集序》《为人集唐句无题诗序》《徐亢子余闲草诗集序》《郑赤符燕游草序》《夏乐只乐彼园词序》《家伯憩烟鬘草词序》《海宁峡石惠力寺重建大殿碑》等。这两类风格的骈文，需要引起我们的足够重视。另外，吴农祥骈文尚有雄快健举、绮丽缠绵、清通庄严等多种风格。要之，名家手笔，不止一格，有如宝塔骞空，八面传神，我们应用全面的眼光来审视《流铅集稿本上册》。

毋庸置疑，吴农祥的骈文创作并非空无依傍的完全创新，取则古人、转益多师是其基本特点和重要前提。深入研读《流铅集稿本》上册，我们能够比较容易地确认吴氏骈文所主要取法的对象。具体到不同文体，可以说吴氏赋作主要取则初唐，其余诸体则多效仿中晚唐，且尤以晚唐为大宗。其取则初唐的作品，主要是指《春思》《崎丽楼》《薜荔》等几篇清丽流宕的赋作，《春思赋》云："昔王子安作《春思赋》有云：禀宇宙独用之心，受天地不平之气。盖身遭诧傺，运感贱贫，寓巴蜀之山河，羡秦关之风日。差效其体，薄寄此怀。语虽鄙而意深，旨即幽而趣远。如因韶光而别荣悴，庶其过之；若抚节序而慕功名，夐乎异矣！"[①] 即已明言此赋是效仿王勃而写的同题之作，我们比较吴、王两赋，它们在意象选取、句式运用及总体风格等方面，确实有着内在的相似性。其余《崎丽楼赋》和《薜荔赋》二篇，也体现出较为明显的初唐之风。事实上，以诗为赋、诗赋交融，在六朝庾信手里已经成熟，王勃的《春思赋》正是在学习庾信《春赋》的基础上熔铸、创新而成，只是他的作品浸润了初唐文风的华丽流转，从而显现出自具一格的初唐风味。在这个意义上，我们可以认为，吴农祥清丽流宕文风的形成，乃是受到以王勃为代表的初唐文风的直接影响，并受到以庾信为代表的六朝文风间接影响的产物。

中唐文风对于吴农祥骈文的渗润，主要体现在其以议论为主的一些篇章中，我们阅读《拟上以三叛削平敕军士毋得肆掠营中妇女悉令放还群臣谢表》《允礼臣请诏求遗书谢表》《代同征上冢宰书》《答某掌院书》《辱征召答武山钱先生书》《代人上施制台启》诸文，或多或少都能感受到陆贽奏议对它们所产生的影响。相对来说，吴农祥骈文所受晚唐文风的影响，体现得更加突出。这里所说的晚唐文风，很大一部分就是指晚唐李商隐的文风，《四库全书简明目录》卷十五《李义山文集笺注》条云："李商隐骈偶之文，

---

① 吴农祥：《流铅集》卷一。

婉约雅饬，于唐人为别格。"① 所谓"婉约雅饬"，与吴农祥骈文的造语雅致整炼、述意婉转隐约，内涵基本相同。

当然，吴氏骈文在雅饬婉约以外，还从晚唐骈文以及中晚唐诗歌中汲取了纤新明丽的因素，《为人集唐句无题诗序》有云："仆（吴农祥）岁遥梧子，年逾桐孙……诵义山、飞卿之句，陈元和、大历之音。偶闇解于余心，遂流传于人耳。"② 吴农祥所诵陈的李商隐、温庭筠之句，元和、大历之音，显然主要指中晚唐诗歌，不过我们可以断定，吴农祥诵陈、研读中晚唐诗歌所获得的解悟，绝不仅仅对他的诗歌创作产生了积极作用，对他的骈文创作无疑也产生了重要的影响，前举《匿影楼记》《书图梧园记》诸篇即是明证。如《徐亢子余闲草诗集序》："于是澄湖新霁，反照初曛。邦人修上巳之余欢，士女寻清明之胜赏。草生似剪，平铺射鸭之栏；花落成茵，直满斗鸡之埭。霞乍娇而破暖，烟微醉以熏寒。"③《夏乐只乐彼园词序》："烟汀香霭，闻铃铎辄悟僧寮；月观森寒，聆笙竽始知客舫。茶童酒妪，带村郭为浮沉；樵客舟师，倚湖山而飞动。皴成春水，碧尽罗裙；画出秋湖，红翻翠袖。家家芳草，处处名花。印屐齿以携归，满杖头而载入。"④ 如此之类，都有着与中晚唐诗歌、晚唐骈文相类似的笔调纤新、色彩明丽的特点。

此外，吴农祥的作品也有祖述楚汉、六朝的成分。如《槎客赋》《慈竹赋》二文，兼取楚骚、汉赋；《春思》《崎丽楼》《薜荔》等三篇赋作，虽近则初唐王勃，也远承六朝庾信；而《贺制台李邺园凯还移镇序》《送徐息庵榆林序》《送彭孝廉归南阳序》《沈母顾孺人八十寿序》《黄石斋世仪堂手迹跋》等文，固然有着晚唐骈文的格调，但同时也有着六朝骈文的矩度。总之，转益多师、风格多样，是吴农祥骈文的基本特征。最后还要强调的是，吴农祥对于前人的效法，并不止步于摹拟沿袭，求其形似，而是在充分领悟、掌握前人骈文特点的基础上，结合自己的个性才情，进行创造性的涵融转化，从而形成了既有承继又有创辟的新风格，其骈文既具雅饬婉约之风，又饶清畅流转之美，就是最有力的说明。

五 吴农祥骈文的艺术成就

吴农祥骈文的艺术成就是多方面的，从骈文构成要素的层面来说，有两

---

① 永瑢等：《四库全书简明目录》，上海古籍出版社1985年版。
② 吴农祥：《流铅集》卷九。
③ 同上。
④ 吴农祥：《流铅集》卷十。

个方面颇值一提：一是琢词精巧，属对工致。吴农祥的骈文十分注重词句联语的锤炼，文中秀句佳联比比皆是。这些联句或以情韵胜、或以理致胜，或绮秀、或沉雄、或纤新明丽、或清遒跌宕，无不功力深湛，令人拍案称善。如《答南阳彭中丞禹峰书》："鹧鸪风急，阻万里之归潮；蟋蟀霜清，历千山之夜月。"① 上下联首句，一以"鹧鸪"来形容春风旖荡，一以"蟋蟀"来描摹秋霜清泠，妙想独运，出人意表。又《汤硕人小孤山诗跋》："中天一柱，正压波涛；厚地两峰，载浮日月。"② 上联"压"字，下联"浮"字，尽显小孤山冲天而起、山势高耸而又盘根牢固的特点，有杜甫《登岳阳楼》"吴楚东南坼，乾坤日夜浮"的气概。其余《代新昌广文征文启》"波染桃花之縠，镜彩一泓；峦皴枫树之霜，剑芒千丈。"③《谢项学士眉山惠淶鲫启》"洞庭春暖，光浮三尺之冰；蕲水秋空，影乱一帆之雪。"④《沈母顾孺人八十寿序》"舍南舍北，数寻杨柳微风；郭西郭东，一片桃花流水"。⑤ 如此之类，都是情韵优美，诗意盎然的佳联，它们的存在，无疑给吴农祥的骈文增添了许多引人注目的亮色。

  二是平仄抑扬，音节谐畅。异音相从、平仄协谐，是骈文写作的基本要求之一，吴农祥骈文在这方面有着比较突出的成就。《流铅集稿本上册》所收诸文，总体上都有着音节谐畅的特点，短联如《拟上以三叛削平敕军士毋得肆掠营中妇女悉令放还群臣谢表》："杂隶火旗，数声觱篥；周环霜柝，一色琵琶。"⑥《匿影楼记》："孤坟衰草，一片斜阳；幽陇寒花，五更晓露。"⑦ 长联如《答前吏部曹耘莲书》："不知天门腾跃，始惊五岳之拱儿孙；水府潆洄，乃识百川之从臣妾。"⑧《顾母萧太恭人七十寿序》："灭三十六方之妖寇，勿使张角而稽诛；定二十四郡之残民，坐见葛荣而就缚。"⑨ 文中加点处皆为仄声，余皆平声。由此可见，短联不但上下联每句之间偶数字平仄相对，而且上下联一和二句、三和四句之间，一和三句之间、二和四

---

① 吴农祥：《流铅集》卷二。
② 吴农祥：《流铅集》卷十三。
③ 吴农祥：《流铅集》卷三。
④ 吴农祥：《流铅集》卷五。
⑤ 吴农祥：《流铅集》卷十二。
⑥ 吴农祥：《流铅集》卷二。
⑦ 吴农祥：《流铅集》卷七。
⑧ 吴农祥：《流铅集》卷三。
⑨ 吴农祥：《流铅集》卷十二。

句之间，偶数字全部平仄相对；即便是长联，也尽量都做到了偶字平仄的交替使用，从而使文章读来音声铿锵，朗朗上口，有着很强的音乐美。

前举数例，是联句层面的平仄谐畅，就篇章层面而言，像《春思赋》《崎丽楼赋》《薜荔赋》这样的律赋作品，则不仅全篇都有颇为严格的平仄格律，而且全文押韵，从而使得文章具有了堪与格律诗歌相比媲的旋律之美，典型的如《春思赋》：

> 冀州风土冠神皋，禹甸尧封顾眄豪。碣石左临沧海阔，金台右压太行高。未央宫里星辰烂，太液池边云影散。凤辇才舒短日长，鲛宫已报层冰断。层冰片片解春城，短日迟迟照帝京。戚里狂挝鼓，豪家学炙笙。豪家戚里连云起，万户千门春梦里。宝辂徐蒸金谷霞，雕鞭乱暨铜沟水……狎前溪之妙舞，续子夜之清歌。花抽钗焰，草染裙波。绕江楼之社燕，闹紫陌之飞蛾。飞蛾社燕来芳甸，玉树琼枝眼中见。芍药新开长信宫，樱桃早荐披香殿。枝枝春滴露华鲜，树树春随月魄圆……①

引文四字句、五字句、七字句交替使用，由参差错落之美；另外，"雕鞭乱暨铜沟水"之前四句一换韵，之后六句一换韵，押韵严格，声韵和谐；再者，文章不但句内平仄严格交替，而且奇数句与偶数句之间，交替使用了律诗上下句间必须具备的对、粘之法，有着严整格律规范。全文读来，音声谐畅、流转迭宕，几乎是一首具有初唐风味的上乘古体诗作。像吴农祥这样特别注重骈文声律的作家，在清初除了陈维崧、章藻功，大概很难找出其他可与相提并论之人了。

从骈文表达方式的层面来说，吴氏骈文无论是叙事描写，还是议论抒情，都取得了很高的艺术造诣，特别是叙事、议论两点，成功容纳了吴氏骈文琢词精巧、属对工致、音节谐畅等优点，充分展示了吴农祥骈文创作的才华，颇有探讨价值。由于吴农祥的骈文大多是两种或两种以上的表达方式并用，仅使用一种表达方式的作品十分有限，因此，我们只能按照其骈文所选用表达方式的不同侧重，从以叙事为主、以议论为主和叙议并重三个方面展开论述。

《流铅集稿本》上册中以叙事为主的作品并不多，比较典型的有《沈初泉八十征诗启》《为先公三十周年斋期疏》《程奕先同心集序》《沈母顾孺

---

① 吴农祥：《流铅集》卷一。

人八十寿序》《陆母纪孺人五十寿序》等。吴文叙事最大的特色是简隽清畅，简隽谓叙事简净利落，极少枝蔓；清畅谓叙事逻辑清晰，意脉流畅。可举《沈初泉八十征诗启》为例，此文用虚实相生之法，叙写沈初泉一生行迹，如写沈氏父母辞世之后，通过经商而致富：

> 已而慈亲匿爱，呪烟雾之飞来；处世长贫，苦冰霜而告匮。叩其囊底，智有余赀；问厥橐中，装无异物。雄心固在，雌伏未几。聊试陶朱之霸才，遂止端木之料事。恒占太岁，应天道之循环；静察五行，理人生之顺逆。心所存者利器，直能切白玉为泥；语莫信于多钱，直可贱黄金如土。枫江初落，旅舶才归；柳岸新移，征衣未换。饱经风雨，绵历江淮。遂能富埒王侯，财雄闾闬。①

文中沈初泉"慈亲匿爱""处世长贫"，于是"聊试陶朱之霸才"，投身商业，并依靠过人的智慧，最终"富埒王侯"，这样的事实作者确切了解，易于把握，故详笔实写；而沈氏如何致富，怎样历尽风雨，作者难以尽悉，不易掌控，故用简笔虚写。其中实写为虚写张本，虚写系实写之延伸，虚实结合，沈氏半生行迹已纲举目张，清晰可见；而不论是详笔实写，还是简笔虚写，作者都能刊削浮华，以简净流畅的笔调陈述事实，表现出优异的叙事才华。前举其他几篇文章，所写内容虽异，但简隽清畅则同，此处不再详述。

就才性来看，吴农祥学殖雄厚，辩才无碍，最擅长议论，《两浙輶轩录》卷九引章抚功《吴农祥行状》论吴氏骈文，即特别强调了吴农祥"才辩闳博"的特点，事实上，《流铅集稿本》上册中以议论为主的文章也颇多，其成就亦高。如《代人上施制台启》论清初大臣治民之法。文章首先笼括大臣治民应遵循的原则，所谓"大臣事主，义莫大于安民；副相治军，道最先于和众。纲纪为诸务之首，当握其大原；廉法乃百寮之型，尤惩其积弊。"其次便就安民、和众、纲纪、廉法四点，依次论辩。如论国家初定为何需要安民云：

> 如今日加派之相仍也，力投之无数也。赋额本有成规，每急于军兴之猝办；公旬宁无假借，定格于部议之苛求。一措饷之艰难，朝令而夕

---

① 吴农祥：《流铅集》卷四。

即报可；一丁夫之调遣，上迫使而下不及防。如阡陌已属鞭长，则代输必雁城市；设负贩或多瓦解，则按籍贻害田庐。初亦劳以甘言，通以涣汗，俾编户谅万不得已之计，期小民念二犹未足之怀。誓之大川，验夫皎日。亡何而饥寒告瘵，赔累难偿者，使州县竭力挪移，畏法严图逃降谪。及朝廷多方销筭，处事后尽怯开除。此所以骨髓俱枯，而皮毛并敝者也。①

意谓朝廷丁税繁重，加派频仍，乡野之平民、城市之商贩，概莫能免。征税者开始还向百姓解释丁税繁多的原因，希望获得百姓的谅解，而后则肆无忌惮，苛征繁调，致使许多州县的百姓"饥寒告瘵"，无以为生。于是为政者"竭力挪移"，拆东补西，最终导致一方百姓在重税的压迫下"骨髓俱枯""皮毛并敝"。引文所论建立在作者对社会现实深入了解的基础之上，故能切中时弊之肯綮；加之体合人情，笔致清畅，所以读来既能服人，又能感人。就整篇文章而言，其在切近时事、体合人情、议论清畅而外，更有纲举目张、条分缕析、前后勾连、一气呵成的特点，代表了吴农祥议论文的最高成就。其余如《辱征召答武山钱先生书》论自身狗虚声、杂交游、昧进退之三弊，《送彭孝廉归南阳序》论人生立世三种路向及彭氏出督之任重、意坚、报大，《答王维夏书》论文人两厄、两忧，诸如此类，都有才辩闳博、议论畅达的特点，体现出吴农祥具有卓越的论辩之才。

当然正如前文所述，吴农祥骈文的叙事、议论并不是截然分开的，其在叙事中常作议论，在议论中亦常带叙事，而当他刻意使用叙议结合之法为文时，其文章便具有了叙议兼长且两相融贯的特点。《匿影楼记》《贺制台李邺园凯还移镇序》、以《程母许孺人四十寿序》为代表的许多寿序、以《余杭重修诸葛武侯庙碑》及《孝廉陈石斋诔》为代表的许多碑诔等，都堪称代表。如《余杭重修诸葛武侯庙碑》论诸葛亮之功泽：

呜呼！武侯之德泽远矣！即其尸祝于此土也，以吴蜀事论之。当其豫州败衂，讨鲁徘徊，魏武乘席卷之机，决星驰之势。本初（袁绍）既破中原，奚止三分？刘表云亡长江，又无一半。仲谋（孙权）危巢新定，残穴未坚。幕府谋臣，俱思送质；公朝健将，或主迎降。惟公激以抗衡，策其必蹶。如逢危著，有残劫之可持；若救死人，笑故方为无

---

① 吴农祥：《流铅集》卷四。

用。片言定惊疑之胆，雄谈立纵横之心。于是赤壁交锋，闻风暂退；黄盖呼噪，投火潜逃。彼此之形遽分，存亡之兆始判。盖用吴以敌冀北者，公之所以忠于汉谋也；而通蜀以保江东者，亦公之所以忠于吴计也。①

文章叙事为经，议论为纬，在叙述诸葛亮力排众议，主张联吴拒曹，并最终在赤壁挫败曹操之事实的同时，多方位论析诸葛亮的智慧与远见，叙中夹议，议随叙生；其以散行之气运俪体之文，而叙事简洁疏宕，议论畅达融通。全文元气磅礴，一气呵成，是吴农祥文中的佳作。

当然，吴农祥骈文除了具有前述的优点，也有着一些弊病与不足，如有些作品用典过多，琢句过于奥雅，致使文意晦涩难懂（如《与钱殷求先生论文书》《董老泉文集序》）；有些作品铺叙谀辞，文过于质，内容单薄（如《答澧州刘宫詹他山书》及许多谢启）；有些作品则雕琢纤巧，气局太小（如《家伯憩烟鬟草词序》《顾荻湄眉窗草词序》），等等。但总体来说，《流铅集稿本》上册中所收诸文优点多于不足、佳作多于劣作，其无论是琢词属对、锤炼音声，还是运用典实、结构篇章，无论是叙事描写，还是议论抒情，都取得了颇为卓越的艺术成就。就文学史地位而言，吴农祥虽然不及陈维崧，但足可与吴绮、章藻功、陆繁弨、尤侗等颉颃并驾，堪称清初骈体文名家。

第二节 "自许俪语为海内少双"的骈文家：陆繁弨

在"西泠十子"之后，清初杭州府涌现出了一批接续"十子"文脉的骈文家，其中出身名门的陆繁弨就是颇值关注的一位作家。陆繁弨（1635—1684），字拒石，浙江钱塘（今杭州）人。陆氏同乡前辈毛先舒曾将其骈体文与林璐之文、张丹之诗并推为"西陵三绝"，他则"自许俪语，为海内少双"②，张仁青《中国骈文发展史》也将他视为清初继尤侗、吴绮、

---

① 吴农祥：《流铅集》卷十三。
② 王晫撰，陈大康校点：《今世说》卷三《文学》，上海古籍出版社2012年版，第169页。

陈维崧等人之后的骈文代表作家之一①。不过，在清代中叶以后陆繁弨受到了文人学者的冷落，大部分重要的清代骈文选本都没有收录他的作品。那么，这样一位名噪一时的骈文家，他的骈文创作到底有怎样的格局？如何定位他的总体创作成就？研读陆氏《善卷堂四六》，并结合清代骈文创作的实际，可以判定，在清代骈文史上，陆繁弨固然不应被遗忘，但也不宜过于抬高他的地位。

文学家的成长受到多方面因素的影响，在中国古代社会尤其明清时期，地域与家族文化氛围则构成了文学家成长的重要背景。陆繁弨从一个早慧的少年才子成长为一时骈文名手，地域与家族文化因素的积极推助即起到了不可忽视的作用，这主要表现在家学浸润与师友助益两方面。

武陵陆氏是一个有着悠久家族历史的文化名族，陆繁弨侄孙宗楷在给繁弨所撰的传记中提到："（陆氏）溯建炎而肇迹，扈跸南都；洎元明以寖昌，蜚英北阙。一十六世，肬自绵绵；四百余年，印还累累。"②亦即武陵陆氏的渊源，可以确切地上溯到南宋初年，而在元明以来的四百多年中，家族人才辈出、日渐兴盛。确切地说，到了晚明，陆氏的家族声望达到了顶峰，所谓"合门义烈，奕代清华"③。陆繁弨的祖父运昌，原名鸣勋，明崇祯七年（1634）进士，与弟鸣时、鸣煃以文誉于时，人称"三凤"。运昌有六子，堉早夭，圻、培、堦、垣、堃皆有文名，世称"五凤"；"五凤"中圻、堦、堃三人文名最著，陆圻有《威凤堂集》、堦有《白凤楼集》、堃有《丹凤堂集》，在明末"为复社之冠，称'陆氏三龙门'"④。陆培系陆繁弨之父，甲申之变，陆培"避兵横山"，坚决不与清政府合作，最后"自经死"⑤，可谓义烈非常之人。陆繁弨就是在这样的家族环境里成长起来的。

"合门义烈，奕代清华"的家族氛围，对陆繁弨产生了重要的影响：首先，陆繁弨在诗文尤其骈体文创作上成绩斐然，无疑是得益于家族长辈长期的熏染、引导。陆繁弨在《家季叔丹凤堂集序》中曾不无自豪地说道："今

---

① 张仁青《中国骈文发展史》有云："清代骈文，既俨然复兴气象，最早露头角者，为尤侗、吴绮、毛奇龄、陈维崧、吴兆骞诸人，而陆繁弨、黄之隽、章藻功则其继焉者也。"见张书第416页，浙江大学出版社2009年版。
② 陆繁弨撰，吴自高注：《善卷堂四六》卷首，清乾隆三十五年刻本。
③ 徐炯：《善卷堂四六序》，陆繁弨撰，吴自高注《善卷堂四六》卷首。
④ 王钟翰点校：《清史列传·陆圻传》，中华书局1987年版，第5685页。
⑤ 王钟翰点校：《清史列传·陆堦传》，第5685页。

我奕世令闻，并垂艺苑；一门诸父，群号经神。"① 他在这里所说的"一门诸父"，主要应指陆圻、陆堦和陆垹。中如陆圻"诗文采组六朝，医方口令，出口悉成俪语"②，是与陈子龙、柴绍炳、毛先舒等并称"西泠十子"的名诗人、名骈文家，陆繁弨在十五岁时所作骈体文《春郊赋》，首先便是得到了作为伯父的陆圻的高度肯定，而这对一个初出茅庐的文学青年来说，实在是一个莫大的鼓励。再如陆垹，他也诗歌与骈文兼擅，所谓"文专俳丽，折旋徐庾之堂；诗取标新，争长钱刘之座。"③ 陆繁弨长期与这些家族长辈同游共处、"居竹林而潇洒"④，自然获益良多。《沈方邺诗序》所说"才惭班固，犹有家风"⑤，就是陆繁弨对自己受家学嘉惠的一个真实写照。

其次，陆繁弨"穷居著书，以孝义为乡里表率"⑥，也和陆氏"合门义烈"的家族风气直接相关。这里所说的"义烈"至少包含两层意思，一是陆培殉难故国的精神遗产，二是以陆堦为代表的家族长者辛苦维持家族生计的努力。父亲陆培在明末的殉难，对陆繁弨的影响甚巨，繁弨在给朋友的书信中，曾多次提及自己作为孤儿所遭受的巨大痛苦，"仆自失所天，死丧相继……追溯平生，不胜哀愤"⑦，"仆家患骈臻，死丧踵接……心已化于死灰"⑧。但是，陆培给陆繁弨留下的，绝不仅仅是苦难，在倡扬忠孝节义为人生大美的传统社会，陆培的殉难显然是一件值得世人感佩钦仰的义举，作为嫡子的陆繁弨，虽然没有效仿父亲自刭以殉前朝的必要，但有必要婉转而坚定地承续父亲身上的义烈精神。而叔父陆堦几十年黾勉辛劳，在清初政治高压的情境下，使陆氏"骨肉离而复合，宗祊绝而更兴"⑨ 的义举，也成为亲受其益的陆繁弨一生行藏出处的重要参照。因乎此，繁弨"早废蓼莪，便效采薇之节"、"慈亲待养，隐绵上以栖迟"⑩，"阖门守拙，二十余秋"⑪，成了一个穷守僻壤、全节保贞，以侍养慈亲、读书著述为乐的孝义君子。

---

① 陆繁弨撰，吴自高注：《善卷堂四六》卷一。
② 王钟翰点校：《清史列传·陆堦传》，第5685页。
③ 陆繁弨撰，吴自高注：《善卷堂四六》卷一《家季叔丹凤堂集序》。
④ 章藻功：《善卷堂四六跋》，陆繁弨撰，吴自高注《善卷堂四六》卷首。
⑤ 陆繁弨撰，吴自高注：《善卷堂四六》卷十。
⑥ 王钟翰点校：《清史列传·陆繁弨传》，第5685页。
⑦ 陆繁弨撰，吴自高注：《善卷堂四六》卷七《与沈敬修书》。
⑧ 陆繁弨撰，吴自高注：《善卷堂四六》卷六《答沈敬修书》。
⑨ 陆繁弨撰，吴自高注：《善卷堂四六》卷四《三叔父六十寿序》本。
⑩ 章藻功：《善卷堂四六跋》，陆繁弨撰，吴自高注《善卷堂四六》卷首。
⑪ 陆繁弨撰，吴自高注：《善卷堂四六》卷六《答朱允思表叔书》。

当然，与清代江南绝大多数才子文士的成长经历相似，陆繁弨之所以能崛起江南文苑，和他同家族以外诸多师友的切磋过从，也有重要关联。《沈方邺诗序》有云："仆始束发，即与名流……学谢郑元，非无师授。冶亭梦笔之客，幸已缔交；柴桑插柳之人，尤称衿契。"师执辈如陈廷会、柴绍炳、徐乾学、吴百朋等，同辈友人如毛奇龄、徐炯、吴兆骞、沈叔培等，都是与陆繁弨交游的一时名士。徐炯在《善卷堂四六序》中对其与繁弨交往的一段描写，颇具典型性："炯以驽骀，夙联缟纻。三秋契阔，常接大圜之书；五载流连，履下陈蕃之榻。联句则纵横侵夜，清谈亦斐亹经宵。"① 在类似的书信来往、对面酬接中，他们畅谈为人之道、为学之法、为文之方，彼此砥砺、相互称引，他们为人、为学、为文的境界也由此得到了提升。

天资颖异、勤学不辍的陆繁弨，由于得到家学的浸润与师友的助益，很快成为江南文坛上令人瞩目的新秀；而随着人生阅历的增多和创作经验的积累，他的诗文创作也越来越成熟，他的骈文在清初声名远播，就是一个很好的证明。陆氏骈文主要收录在《善卷堂四六》中，该集原止四卷，收录陆氏骈文91篇，后桐城吴自高花了九年时间，对其"句疏而字释之"②，并厘为十卷。《善卷堂四六》所录91篇骈体作品，序文的数量最多，计48篇（中诗文集序22篇，赠序4篇，寿序22篇）；另书启26篇（中书22篇，启4篇），传、哀词、碑文各1篇，引2篇，祭文4篇，疏3篇，杂文2篇，题跋3篇。从文体选用的情况看，陆繁弨的骈文虽然涉及了多种文体，但主要集中在序、书二体，这种文体选用的相对单一，在一定程度上限制了陆氏骈文的"宽度"和总体成就。同时值得注意的是，《善卷堂四六》收录陆氏序文总计48篇，而以揄扬夸饰为旨趣的寿序竟有22篇，这既能说明陆氏在当时文名颇著，又能见出陆氏骈文具有较强的实用性，我们不排除这些寿序中有一些内容较为写实而艺术较为精湛的佳作，但其与生俱来的实用品性和揄扬旨趣，确实限制了作家个性才情的全面与真实发挥，这也是影响陆氏骈文成就的因素之一。

作为一个成熟的骈文家，陆繁弨对骈体之文的特性和价值，有着比较清醒的认识，《家季叔丹凤堂集序》有云：

> 乃有日推四始，不事雕华，力诋六朝，失乎浮艳。沃韩欧之余瀋，

---

① 陆繁弨撰，吴自高注：《善卷堂四六》卷首。
② 吴自高：《善卷堂四六注缘起》，陆繁弨撰，吴自高注《善卷堂四六》卷首。

窃程朱之一毛。井蛙望海，讵识津涯？夏虫语冰，偏多簧鼓。不知骅虞、麟趾，巨丽非常；藻火、宗彝，辞华不乏。周公作诰，多属奥深；左史著书，亦称艳富。要之冬雷夏雪，才不可以违时；秋实春华，文自难于偏废。①

正如陆繁弨所指出的，清初文坛比较普遍地流行着一种观点，即力诋六朝文学特别是骈体文，认为其雕琢辞采、注重形式，"失乎浮艳"；与此相应，大力推崇以韩、欧、程、朱等人为代表的唐宋古文。对此，陆繁弨的态度十分鲜明，他认为推扬质朴文风而诋抑艳丽取向包括崇散黜骈，不过是坐井观天式的浅见，因为历史事实告诉我们，自古以来汉民族便有注重藻饰的审美取向，而古文家们一致视为质朴文风典范的先秦著述如《尚书》《左传》等，也具有"奥深""艳富"的特点。要之，如同大自然既存春华之丽又存秋实之朴一样，文学上的质朴与藻丽、散体与骈俪，也是各有其适、不可偏废的，换言之，以六朝文学为最高典范的骈俪文风不应被轻诋，骈体文也自有其重要的审美价值。应当说，在清初文坛主流舆论倾向于否定六朝、指斥骈体的大背景下，陆繁弨此论的积极意义是十分明显的，那就是与陈维崧、毛先舒、吴农祥等人的相关论述相呼应，共同为清初骈体文的发展，营造了良好的理论语境，进而为乾嘉骈体文的全面复兴，奠定了基础。

陆繁弨的诗文创作取向和他的理论认识是一致的，《清史列传》在总结陆氏文学创作特点时，便说他的诗歌有"豪华精整"之美②；台湾学者张仁青在此基础上又有所延伸，认为陆氏的骈文也具有"豪华精整，振藻耀采"之特色③。就骈文而言，张仁青的概括是比较准确的，我们可以从两个层次来略作分析：第一，陆文特别注重藻饰，形成了结体"豪华""振藻耀采"的艺术风貌。相对于散体文而言，骈文固然是更注重装饰性的文体，不过在骈文系统内部，也有重藻饰、任自然之别，清代中叶以洪亮吉为代表的"常州体"作家的清新之文，相对而言就更加强调自然之美，陆繁弨的骈文则属于重藻饰一派。这一特点几乎在《善卷堂四六》所录91篇文章中都有体现，而《小青焚余序》《读曲文》《绿竹弹芭蕉文》《吴山伍公庙碑文》诸篇堪称典型，这些作品内容充实、文采斐然，读来确实都是"振藻耀

---

① 陆繁弨撰，吴自高注：《善卷堂四六》卷一。
② 王钟翰点校：《清史列传·陆堦传》，第5686页。
③ 张仁青：《中国骈文发展史》，第416页。

采"、赏心悦目。

第二，陆文在形式上特别精整，基本上都由四字、六字联句构成，七字、八字句只是偶一用之，换句话说，陆文可谓是典型的四六文；陆文在形式上的精整，还体现为几乎所有篇章，自始至终都由工整的联句连缀而成，这与陆繁弨推崇的六朝骈文倒是异趣。结合文学史实际来看，在保证以四字、六字句为骈文创作主体句式的前提下，不同程度地加入其他字数的联句以及散体句子，乃是清初骈文创作发展的大势，这一时期的骈文名家如陈维崧、尤侗、吴农祥、章藻功等，在骈文句式方面都有不同程度的尝试。在这个意义上，我们可以说陆繁弨的骈文观念，尚有其比较保守的一面。

从内容题材和艺术特色的角度看，陆繁弨的骈文还有两个值得注意的特点：其一是善写哀怨，文章多激楚之音。亲亡国破的沉痛经历，对陆繁弨而言，是终其一生都难以抹去的一道阴影，这一经历在心头日积月累，便使得抒写哀怨成为其骈文创作的一个重要题材。翻开《善卷堂四六》，"仆本恨人"这样的词语不止一次地跃入我们的眼帘，而自述哀愤也是常见的内容，如《与沈敬修书》有云：

> 仆自失所天，死丧相继。愁攀翠柏，入手长枯；坐惜仙裾，凌风而去。帐中啼笑，怅金鹿之随亡；草际池塘，问惠连之安在。每扣越人，无不蒙其反走；倘逢鬼伯，直当饱以老拳。追溯平生，不胜哀愤。①

这样的生存状态，用哀愤颓唐来概括也许并不过分，而这也称得上是陆繁弨对自己生存苦况最为沉痛的一次诉说。

除了自述哀愤，陆繁弨还常借助他人的经历来表达哀怨之情，其中《小青焚余序》堪称典型：

> 维此俪姝，迁于别馆。长堤杨柳，飘零京兆之眉；秋水芙蓉，憔悴文君之面。虽复葡萄良酝，讵肯消愁？合欢新花，无由蠲忿。唯属意于宏辞，更驰心于高唱。春华初散，名制连章；秋露将零，清歌几曲。梅林鹤屿，吊楚士之销亡；油壁青骢，伤美人之迟暮。载在《香奁》，亦云丽矣。至其激清调于花笺，奏繁声于素纸，言情则望帝怀乡，写怨则鲛人迸泪。班姬失色，夺纨扇之新篇；房老惊心，掩蛾眉之哀响。是知

---

① 陆繁弨撰，吴自高注：《善卷堂四六》卷七。

凄清徐淑，可置庋间；绮密兰英，卧之床下。①

借他人之身世文章来婉转抒写自己的相似感怀，是中国古代文学史上常见的现象。陆繁弨此文凄清哀怨，缠绵悱恻，将小青的悲凉经历及其文学创作的特点，描绘得婉转妥帖、摇人心魄，从中不难感受到陆氏的敏感与深微的人生感喟。由于陆繁弨此类创作数量颇多，这使他的老师陈廷会在为《善卷堂四六》作序时，非常恳切地希望其将来为文能"一驱变徵之调，而悉还黄钟之宫"②。

其二是好议论、好大量用典。议论是骈体文写作的一个基本表达方式，不过在清初骈文家中，像陆繁弨那样在骈文创作中高密度地运用议论者并不多见。研读《善卷堂四六》可以发现，陆繁弨的所有作品都使用了议论，且很大一部分篇章使用议论的比例颇高，其中《钱塘毛氏族谱序》《哀江南赋序》《吴锦雯先生寿序》《答沈敬修见招游仙书》及前面提到的《吴山伍公庙碑文》等都比较有代表性。骈文议论太多固然是一个缺点，但是运用得当，则能提升作品的思辨力度，加强说服力。比如某些论者认为，由于庾信先后委身西魏、北周，人品乃低，他创作出来用以述哀自赎的《哀江南赋》也就没有什么可取之处了。针对这样的观点，陆繁弨在《哀江南赋序中》言道：

不知亡国之咎，不责《黍离》之篇；降将之辜，岂废"河梁"之作？况乃音节悲凉，虽非温序，梦亦思归，略似羊公，魂犹登此。哀弦促节，如闻蜀魄之啼；寒月霜风，欲下巫猿之泪。较之苗贲皇事晋而图荆，公孙鞅过秦而攻魏，指故国为仇方，视旧君如戎首，悉窨薰蕕？直可霄壤！……附屈子《离骚》之后，非所敢望；比右丞《凝碧》之诗，则已优矣。③

陆繁弨指出，庾信投靠异姓固然难辞其咎，但他创作的《哀江南赋》并没有什么罪过，何况该赋一以怀念故国为主题，情感真挚、催人泪下，这相比较于那些投降异国便"指故国为仇方，视旧君如戎首"者，实在有天

---

① 陆繁弨撰，吴自高注：《善卷堂四六》卷二。
② 陆繁弨撰，吴自高注：《善卷堂四六》卷首。
③ 陆繁弨撰，吴自高注：《善卷堂四六》卷二。

壤之别。在这个意义上,陆繁弨认为,《哀江南赋》虽然不能和《离骚》相提并论,但显然比王维写于安史之乱中的《凝碧池》一诗要高出许多,因此,我们不应对其责难太甚。这段议论结合史实、有理有据,不但观点客观可信,表达的艺术性也可圈可点,称得上是一段佳文。

用典是骈文创作的一个基本构成要素和重要修辞手段,恰当的用典对于增加作品的内蕴和艺术美感,意义甚大。陆繁弨骈文运使典故的频率非常之高,不少作品甚至是每句必典,同时陆文还喜欢用僻典,这就使得一些篇章如同被蒙上了一层由典故编织而成的大网,读者要想快速进入作品、准确把握作者行文的意脉,难度系数很大,陆文在清初以后长期受人冷落,与此也有较大的关联。用典繁密且僻典较多,确实是陆繁弨骈文的一个不足,不过也必须承认,陆文中也有不少用典非常成功的作品,可以《吴锦雯先生寿序》为例:

> 然而交严金石,多属宴安;恩缔茑萝,每当平素。倘变起乎风尘,或色渝于霜雪。所以列鼎鸣钟,即有曳裾之客;死生贵贱,谁过罗雀之门?三纍五交,良非虚语。唯是先生之于仆也,和音雅步,既识素心,错节盘根,尤征利器。乃者谤书之祸始兴,寒门之冤遂烈。朱颜皓首,都抱覆盆;幼子童孙,相随入狱。于斯时也,如留张俭,即围李笃之家;欲救灌夫,难免魏其之系。方惩火于燎原,敢褰裳于沸鼎?……明哲保身,谁曰不可?乃先生气凌皎日,义薄秋旻。太原、槐里,凤敦君子之风;而剧孟、季心,不以高堂为解。抱薪救火,悉窅探汤?履薄临深,几于从井。而且曲计生前,兼图身后。羊角哀卜葬之地,预欲买山;郭弘农行刑之人,代为解袴。挥金无数,拟赎文姬;卖卜谁家,深藏李爕。其时行从居守,尚有懿亲;就义立孤,非无良友。要之关东男子,自当心折朱家;淮北贤豪,皆云兄事爰盎。功覆寒宗,先生其最也。①

吴锦雯即吴百朋,他与武陵陆氏渊源颇深,是陆圻、陆培、陆堦等人的挚友。在清初波谲云诡的政治环境里,出现过忠心旧朝、以身殉国之人的家族,很容易受到新朝别有用心者的中伤,而武陵陆氏恰恰就是这样的家族。吴百朋的了不起之处,在于陆氏遭受"谤书之祸"后,他并没有像那些"曳裾之客"一样抽身远祸、"明哲保身",而是"抱薪救火"、奋力营救,为陆氏一门"曲计生前,兼图身后",此举确实配得上陆繁弨"气凌皎日,义薄秋

---

① 陆繁弨撰,吴自高注:《善卷堂四六》卷四。

旻"的高评。如果结合吴自高对该文的注释细细品读此文，我们不难发现，这段文字不但运用了大量的典故，而且运用都很妥帖，如"如留张俭，即围李笃之家"两句，以东汉义士李笃援救一时名士张俭，类比吴百朋救助陆氏族人，就是很突出的例子；当然，此文的妙处不仅在于用典妥帖，更在于作者将众多的典故，涵纳在抒情、叙事、议论当中，做到以激越的深情来带动、贯穿叙事、议论以及典故的运用，这无疑是骈体文的高境①。

如果从艺术的角度来考察陆繁弨的骈体文，还有一些作品必须提到，如《吴山伍公庙碑文》《绿竹弹芭蕉文》《谢惠砵书》等。收录在《善卷堂四六》中的碑文只有《吴山伍公庙碑文》一篇，它也是晚清姚燮《皇朝骈文类苑》唯一选录的陆氏骈文。此文叙议结合，对伍子胥的一生大节做了比较中肯、全面的评述，如写伍氏举师入楚复仇云：

  当其引师入荆也，衔精卫塞海之心，奋吕锜射月之气，弯弧则金石为开，麾阵则龙蛇立变。涉淮踰泗，捷若惊飚；拔六屠潜，势如卷箨。于是转战汉阳之北，直抵荆昭之宫。𪠘熊寝殿，荒草凄风；楚国君臣，灰飞尘散。真足宣义愤于一时，畅灵威于夐古。②

文章沉雄骏快，意气风发，"于排偶之中，独骋清雄之气"③，确实是名家大手笔。可以说，《吴山伍公庙碑文》是陆繁弨各体之文中成就最高的一篇，在清代骈文史上也是可值称数的一篇大文章。《绿竹弹芭蕉文》是对沈约《修竹弹甘蕉文》的仿作，其最大的特点是谐谑多趣，格调与陆繁弨的其他作品很不相同。读此文，很容易让人联想到尤侗的作品，陆繁弨的才华在此得到了很好的展现。

就文章的篇幅而言，陆繁弨的骈文绝大部分为中篇，以短小精练见长的作品数量有限，《善卷堂四六》卷七所录《谢戴茂斋先生惠茶书》《索沈宏度许赠扇书》《谢沈敬修惠香书》《谢惠砵书》等皆属此类。这些作品从体性上看，与启体文极似，其中艺术成就最为可观的，当属《谢惠砵书》：

---

  ① 杨旭辉《清代骈文史》在论及陆繁弨骈文时有云："纵观陆繁弨一生所作的诸多骈体文，其主旨、意蕴无不是在事典与语典的横向错综排比中，实现着纵向情感维度上的积渐加厚、加重，最终一股强烈的意脉真气贯行其间，给人以慷慨悲歌的情韵和腾飞蹀躞的气势。"这也可以从另一个角度说明陆氏骈文成功用典的妙处。引文参见《清代骈文史》第117页。

  ② 陆繁弨撰，吴自高注：《善卷堂四六》卷九。

  ③ 章藻功：《善卷堂四六跋》，陆繁弨撰，吴自高注《善卷堂四六》卷首。

得来信，惠硃一两，遂使玉册腾辉，瑶函变色。管城几户，尽列红妆；砚田一区，俄成丹灶。错综字里，分明洞口之花；点次行间，多少夜来之泪。何知仰报？但有赤心；欲验余惭，尚留赧面。

文章紧扣赤色，将红妆、丹灶、花、泪、赤心、赧面等与赤色相关的意象巧妙地串联起来，表达了作者对友人赠硃之惠的欣喜与感激，其意蕴丰富、文完意足，是一篇颇有意趣的简短妙文。

应当说，良好的家族文化氛围（或曰家学的长期浸润）以及师友间丰富的交游，是陆繁弨树立较高的道德人格、对骈文情有独钟并取得比较突出成就的重要前提，是他作为文学家的一生的宝贵财富。就骈文创作而言，陆繁弨对骈体文的特性和价值有着自己的认识，他自己的作品也特点鲜明、自成一格，从总体艺术特点与成就的角度看，其在清初骈文史上足称一家。当然，我们在把握陆繁弨骈文特色与成就的同时，必须清醒认识它的不足：部分作品过于讲求实用，虚语敷衍、过度揄扬之处不少，影响了文格；联句主要以四字、六字为主，限制了作品在形式美上的发挥，折射出作者的文体观念比较保守；高密度地使用议论，减弱了作品的含蓄性；高密度地使用典故且好用僻典，影响了文意的流畅表达，降低了作品的自然美。上述的几个方面，都限制了陆繁弨骈文的总体成就，使他无法跻身于清代骈文一流作手之列；同时，它们对陆氏之后骈文史的发展，也产生了一定的消极影响，典型的如清初骈文名家章藻功之文，用典繁密且时用僻典、不少作品议论过头，这就与其师从陆繁弨学习诗文创作有很大的关联。

第三节 被"遮蔽"的清初俪体宗匠：章藻功

在清初，章藻功是与陈维崧、吴绮并称的骈文名家，康熙末年许汝霖序《思绮堂文集》，称此集"不胫而走者三十年，海内操觚家有志于妃青俪白者，莫不辗转购之，秘为鸿宝"[1]，可见章氏在当时的地位、影响。但自从《四库全书总目》以"新巧""别调"给章氏骈文定性以后，[2]《思绮堂文集》的影响力便日渐衰弱，以至后世许多重要骈文选本如光绪间姚燮辑

---

[1] 章藻功：《注释思绮堂四六文集》卷首，清康熙六十一年聚锦堂刻本。
[2] 《四库全书总目·陈检讨四六》云："国朝以四六名者，初有维崧及吴绮，次则章藻功《思绮堂集》亦颇见称于世。然绮才地稍弱于维崧，藻功欲以新巧胜二家，又遁为别调。"参见四库全书研究所整理《钦定四库全书总目》，中华书局1997年版，第2346页。

《皇朝骈文类苑》、曾燠辑《国朝骈体正宗》，对章氏骈文都避而不录；民国以来的学者承继前人，大部分骈文研究著作，也都对章藻功略而不论，这与章氏骈文的实际成就及其在清代骈文史上的地位是不相符合的。此节即在概述章藻功家世生平的基础上，对章氏骈文创作的概况、章氏的骈文主张及其骈文的风格特色、艺术成就等问题，进行深入的研究，以期在清代骈文史上给章藻功一个合适的定位。

一　章藻功家世生平略述

章藻功（1656—?），字岂绩，号绮堂，又号息庐主人，浙江钱塘（今属杭州）人。钱塘章氏源出福建浦城（今福建南平市浦城县），是渊源深厚的世家名族。据《章氏族谱》，章氏本姜姓，周武王定天下，封姜氏子孙于齐。又王十朋《章氏族谱序》谓齐太公支孙封于郮，其后人以国为氏，去邑为章。[①] 至唐有章及，字鹏之，为康州刺史，始自泉州南安迁建州浦城，是为章氏浦城始祖。及生修，修生仔钧，为唐末五代人，官至御史大夫、上柱国，封中宪王。又按杭州章氏《家谱》，仔钧后裔有章钺者，为章氏迁杭始祖，由钺至藻功，计有七世。

章氏的显赫在五代及两宋，至章藻功父祖辈已趋衰落。藻功父士斐，十岁而孤，终身未中一举，以老明经穷窘殁世。章藻功出生在这样的家庭，自小便饱尝了生活的艰辛，但是他生而聪慧，再加上有一个学问不错的父亲的指导[②]，所以很早便显示出过人的文学天赋，《四十初度自序》云："五岁而行春酒，偶诵笋蒲；七龄而咏秋花，谬称兰树。"[③] 意谓五岁能诵，七岁会作绝句，这确实非常儿所能为。不过，与生俱来的文学天赋，并没有立即给章藻功的科举之路提供多大的帮助，他从十二岁开始"经营为制举之文"，

[①]　章藻功：《族谱序》，《注释思绮堂四六文集》卷八注释引。下文与章氏家族渊源相关文献，皆参见章藻功《族谱序》。

[②]　章藻功《刻花隐亭遗集后序》云："（父）博闻强识，铸伟镕经，起八代于既衰，过万人而曰杰。年才幼学，居然项囊为师；日诵大家，必以昌黎是法。修滕王之阁，翻新者出以凌空；惊都督之筵，继起者难于摭实。悟作文原无定法（句下自注：先君子年十岁读昌黎《滕王阁记》，便悟作文无成法），知命意必去陈言。初驰骋于韩文，旋浸淫乎迁《史》，危峰峭壁，莫辨町畦，长江大河，难窥涯涘。抑又旁搜诸子，自集一家，若道元之注经，若庄生之解义，尤精神所毕贯，为著作之大成者也（联下自注：先君子评述种种，于《庄子》《水经注》二书尤属得力）。"章氏对他父亲学问的评述，不免有夸大的成分，但由此我们可以知道，章士斐的学问确实不错。引文参见《注释思绮堂四六文集》卷六。

[③]　章藻功：《注释思绮堂四六文集》卷三。

一直到二十五岁才获得了秀才的身份。①

他接下来的经历仍然充满坎坷，因为生活没有固定的来源，只得四处漂泊，依人作幕，过着艰辛的日子，《息庐小序》所谓"自乙丑（康熙二十四年，1685）之春，迄于癸酉（康熙三十二年，1693）之夏，周流万里，孟浪九年"②，《上赵玉圃先生书》所谓"空囊羞涩，并乏一钱；负郭荒凉，曾无二顷"③，就是其生活情状的真实写照。在长年的羁旅浪游中，章藻功并没有放弃对科举得第的追求，从康熙二十年开始，他持之以恒地参加每三年一次的乡试考试，但是屡试屡败，直到康熙四十一年，方八试而售。《谢乡试座主侍御傅公启》回忆其二十多年的乡试经历，有"守青箱于累世，荒岂破天？恃白战于数科，败真涂地！""倍曹沫之三北，等孟获之七擒"④之语，可见其内心的苦闷。次年，会试中式第七十三名，殿试中二甲第三十八名，选授翰林院庶吉士，终于摆脱了穷窘老秀才的命运。不过，任职不及一年，他便乞还奉母，从此息居乡间，不再出仕。

综览章藻功的一生，实可以坎壈崎岖四字来概括形容，不过正如中国古代许多优秀的文学家所经历的那样，生活的坎坷并没有影响其文学创作成就的丰厚，甚至在一定程度上促进了其文学创作的辉煌，章藻功《思绮堂文集》十卷在康熙间"不胫而走者三十年，海内操觚家有志于妃青俪白者，莫不辗转购之，秘为鸿宝"，连康熙皇帝对他的骈文都要赐书褒奖⑤，正是对他骈文创作成就的最好说明。除了骈文，章藻功还有一定数量的诗歌作品，而且其中一部分还曾自为删定成集，⑥ 只是这些作品可能已经遗佚，今

---

① 章藻功：《四十初度自序》，《注释思绮堂四六文集》卷三。
② 章藻功：《注释思绮堂四六文集》卷二。
③ 章藻功：《注释思绮堂四六文集》卷一。
④ 章藻功：《注释思绮堂四六文集》卷五。
⑤ 章藻功《康熙四十四年四月初九日皇上南巡驻跸西湖行宫恩赐御书恭记》言康熙赐书云，"要是御书难得，天边锡予"，又谓"捧来圣迹，俨若球图。夫宝镜错钩，犹夸宠锡；素屏锦被，备极恩荣。而况龙跳兼虎卧之奇，舞鹤尽飞鸿之致！九重天上，掷作金声；五色云中，飘将玉润。尺璧何曾足重？此真宝贵千秋！寸珠未必皆珍，是乃腾辉万里"。参见章藻功《注释思绮堂四六文集》卷六。
⑥ 章藻功《思绮堂诗删自序》云："仆学诗始于壬子，未辨宫商；删诗断自庚申，略谙滋味。句似平而较雅，意宁浅而较真，语非典而不敢即安，仗未工而不敢率对。推敲两字，就正先型；互护双声，折衷同辈。合是非于一口，审得失于寸心。"壬子为康熙十一年（1672），章氏十七岁，庚申为康熙十九年，章氏二十三岁，就是说章藻功从十七岁开始学作诗，后来（大概四十岁左右）将自己二十三岁以后写作的一些作品编纂成集。参见章藻功《注释思绮堂四六文集》卷二。

天我们无法见到。

二　章藻功骈文的编注、数量与分期

章藻功的骈文作品，主要收集在《思绮堂文集》中，目前可见的刊本主要有两个，即康熙六十一年（1722）聚锦堂刻本和康熙六十一年善成堂刻本。本文所依据的是聚锦堂刻《注释思绮堂四六文集》十卷。

此集系章藻功自编自注而成。康熙四十二年，章藻功会试中式，馆选为翰林院庶吉士，但是不久便去职返乡，奉母家居。在此期间，藻功会试座主许汝霖曾致书于他，希望他在乡居时"杜门著述，为千秋不朽之业"，藻功谨遵师命，"因自检录《思绮堂》一集，且改且删，细加注释"[①]，编注成了《注释思绮堂四六文集》十卷"几三百篇"。中国古代历来并不乏自编诗集、文集、词集之人，但正如章藻功所说，"从来无有自注文集者"[②]，因此，章藻功编注《思绮堂文集》实际是开创了中国古代文集编纂的一个先例。

从编注体例上来说，《注释思绮堂四六文集》有几个特点值得一提。一是注引经史，必明其来历。《注释思绮堂文集凡例》云："引经证史，必冠某篇某传，俱有着实。每见他人所注种种，混云《左传》，概曰《汉书》，茫无畔涯，似非为功后学之初心矣。"[③] 一般的诗文注，往往笼统地引用书名，而不及具体篇章，这就使得那些对释文所引著作不熟悉的初学者"茫无畔涯"，获益有限。章藻功注文具体到所引文献的篇章层面，无疑有利于初学者顺藤摸瓜，对章氏骈文所用典故的确切来历有明确的了解和把握。

二是灵活地"尊史"，实事求是地注释。《凡例》云："本传与他书分见者，必引本传，以尊史也。间或因文注释，不泥本传，则以传中字句微有不同耳。若因地方而用故实者，则引舆地等书，不引史传，俾阅者有眉目也。""尊史"是诗文注释的基本前提，但是并非一切注释都要刻板地"尊史"，章藻功文注"因文注释，不泥本传"、地理典故"引舆地等书"，就是依照注释过程中所遇到的具体情况，作实事求是处理的积极举措，这也为后世学者注书灵活地"尊史"提供了范例。

三是"每卷各自为注"，不避重复。诗文集注释有一个通例，就是相同

[①] 许汝霖：《注释思绮堂四六文集序》，章藻功《注释思绮堂四六文集》卷首。
[②] 章藻功：《注释思绮堂四六文集》卷首《注释思绮堂文集凡例》。
[③] 章藻功：《注释思绮堂四六文集》卷首。

的出典，注家往往"于末卷中遥遥引及一卷二卷"，这使得读者很难迅速找到相关典故的首注之处，影响其对于文义的理解。于是章藻功在《注释思绮堂四六文集》中，采取每卷各自为注的方法以补注家之失。这样的注法无疑有着很大的优点，不过缺点也比较明显，那就是相同典故的相关注释，会在不同卷中重复出现，因而时有累赘之弊，这一点应一分为二地对待。

四是文章编排，依时不依类。诗文集的编排有两种基本类型，即依类而分和依年序先后而分，《思绮堂文集》的编排是采取了后一种思路。这种编排思路的不足，正如章藻功所说，是"题之大小轻重"有较大的"参错"，阅读起来有凌乱之感。不过其也有一个长处，即可由此"验（章氏为文）学力之浅深"，换言之，就是对章藻功一生骈文创作的发展过程有一个比较清楚的了解。事实上，我们要相对章藻功骈文创作进行大体的分期，这是唯一的途径。

就作品数量而言，《注释思绮堂四六文集》十卷所收章氏骈文作品，共计284篇。其中序、跋二体数量最多，序文（包括寿言2篇、赠言1篇）计136篇，跋语、题辞计34篇（跋11篇，题辞23篇），两者占全部作品将近一半的比重，是章氏骈文创作的最大宗。序跋而外，书、启的数量也较多，两者计61篇（书17篇，启44篇）。另外，赋12篇，诔碑传记21篇（诔碑2篇，祭文10篇，传4篇，记5篇），疏、状计6篇（疏4篇，状2篇），杂文计14篇（文6篇，忏文2篇，告文1篇，问1篇，解嘲1篇，祝1篇，引2篇）。可谓体类丰富，数量众多。

当然，章藻功的骈文作品的实际数量，要多于《思绮堂文集》所收录的284篇。章藻功《注释思绮堂文集凡例》谓："向有前后两集未经注释者，谬妄梓行，少作不堪，只覆瓿物也。今则力加改削，十不存三四矣。"[①]按此，章氏年轻时的骈文作品曾编为前后两集梓行，这些作品并没有经过章氏的注释，而且章氏在编注《思绮堂文集》时将这些作品的大部分都删削了。又按吴农祥《章岂绩花隐亭文集序》："吾友章淇上（士斐）有才子曰藻功岂绩氏，少年力学，闭户缵言，以所著俪体《花隐亭集》若干首见示。"[②]则章藻功曾经梓行的少作骈文集，实名《花隐亭文集》。如果将《思绮堂文集》第一卷的21篇作品视作章藻功"少作"被"力加改削"后的遗留，我们就能够大体推测出章藻功被删削掉的骈文作品应在32—49篇

---

① 章藻功：《注释思绮堂四六文集》卷首。
② 吴农祥：《流铅集》卷八。

之间，那么章氏骈文的总量就应在316—333篇之间。即使我们只就《思绮堂文集》所收录的284篇而言，在清初，这样的数量大概仅次于吴农祥的《流铅集》①。

就创作内容来讲，章藻功的骈文有着比较明显的发展变化过程，我们可以将其分为三期来分别考察。第一期从章氏初作骈文，到康熙二十五年（1686）章藻功三十一岁时，主要指《注释思绮堂四六文集》卷一所收诸文。这一期的骈文系章藻功早年所作，其中虽然不乏佳篇，但总体上成就有限。这时的章藻功，读书虽博而学力未厚，骈文的创作技术也未臻完善，加之年少气盛，不免有显露才学的倾向，因此所为文章往往恃才逞博，刻镂僻典，文意常被掩盖在重重的修辞（广义的）帷幔后面，读之不易把握。

第二期从康熙二十六年到康熙五十一年，即章藻功三十二岁到五十七岁左右，主要指《文集》第二到七卷所收诸文。这是章藻功创作力最为旺盛的阶段，作者不但学殖更厚、识见更高，而且骈文创作技术成熟、骈文创作风格定型，因此这时期所为骈文数量最多、佳作最多，构成了章藻功一生骈文创作的主体。

第三期从康熙五十二年到康熙六十一年，即章藻功五十八岁到六十七岁左右，主要指《文集》第八到十卷所收诸文。这时的章藻功，虽然学问识见达到了人生的最高峰，但是由于年已老大，创作力衰退，故而这一时期的骈文创作，佳者简劲老辣，筋骨清健，次者则真气不足，意味单薄，甚至谀扬铺叙，为文造情。要之，这时期作品的总体成就，无法与第二期相提并论；与第一期相较，其虽在典故运用上比第一期诸作灵活浑化，在技术上也比第一期成熟，但缺乏第一期作品的生生活力，总体上两者旗鼓相当。

三　章藻功的骈文主张

与陈维崧、吴农祥相似，章藻功的骈文创作有着一定的理论支撑，这些理论主张主要包括三方面的内容：

第一，章藻功对骈文创作的总体要求，进行了提纲挈领式的概括。《与吴殷南论文四六书》云，骈文之作"盖夫神欲其清，气欲其动；字贵乎洁，语贵乎生；典以驯雅而取精，仗以空灵而作对。"②"神""气"是中国古代

---

① 吴农祥《流铅集》所收骈文的总体数量，应在300首上下，可参见前文《吴农祥骈文创作概况》一节。

② 章藻功：《注释思绮堂四六文集》卷八。

诗文创作理论的两个重要概念，神气兼备、两者并美是诗文创作所应达到的理想境界。在章藻功看来，骈文创作的理想境界乃是神采清朗、气韵生动。具体到实际操作层面，则锻字贵在简洁，造语要求生新，用典应当训雅，对仗则须空灵。如果达不到这样的要求，那么所为文章就不免有各种各样的缺憾：

> 非然者，涉足污泥之下，堕身烟雾之中，起伏常失于毫厘，转折难寻其蹊径。第视之而梦梦，亦息者其奄奄。止水一方，春于何浪？停云半片，夏不成峰。抑且沾膏丐馥，适足污颜；冷炙残碑，末由可味。率行尸而走肉，几曾添颊以毛？迫齿豁而头童，都是拾牙之慧。①

要之，即是说文章缺乏了足够的艺术创造力和真正的艺术生命力，而这是骈文创作者们谁都应该避免的。

第二，章藻功特别就用典属对、篇章布局、文章体式等问题进行了论析。用典、属对既是骈文创作的基本特征，也是骈文创作的两个关键环节，问题是在实际创作过程中，人人尽知骈文需要用典、属对，但并非人人都知道如何用典、属对。章藻功对此提出了自己的观点：

> 故同一事也，反用拆用，而用事乃新；同一词也，侧对借对，而对词特妙。蜜为蜂酿，华滋独采心苗；镜使鸾鸣，形影互分虚实。若投李者定称元礼，报张者必引茂先，乾自然而偶坤，天不难于配地，以为工切，是岂其然？至于类聚群分，掌尤嫌合；星移物换，面各开生。貌尔我之行藏，勿使他人可假；写山川之形胜，那能异地皆然？②

在章藻功看来，用典应"反用拆用"，属对须"侧对借对"，换言之，就是要在领会旧典意思的基础上，独出心裁、别开生面，使得旧典翻出新意，并用巧妙的对仗表达出来。言下之意，那些刻板生硬的用典、轻易平熟的比对，显然是不成功的。在这里，章藻功还强调了骈文用典、比对易犯的一个弊病，那就是合掌，所谓合掌是指诗文偶对两句所用词语的词性、词义都相同，形成了同类相比的现象。对此，章藻功在《序陆拒石夫子善卷堂

---

① 章藻功：《注释思绮堂四六文集》卷八《与吴殷南论四六书》。
② 章藻功：《注释思绮堂四六文集》卷八。

遗集后》中已经有比较具体的议论："甚者事以迹寻，物皆类取，毋论一时征引，元精未必胸罗，即使两说整齐，故实尤嫌掌合。"① 而如果骈文的用典、对仗，既能别开生面，又能避免像合掌这样的常见问题，那么前述"典以驯雅而取精，仗以空灵而作对"的目标就不难达到了。

当然，骈体文创作要最终达到前文所说神采清朗、气韵生动的境界，不仅要考虑前文所言用典属对、锻字造语等因素，还要考虑其他众多的因素，骈文的篇章布局和行文体式就是其中非常重要的两点。《与吴殷南论四六书》对此进行了概括论述："洒洒千言，起结得回环之致；寥寥数语，神情在吞吐之余。局屡变以出奇，体实排而似散。"意谓骈文若篇幅较长，则须写得回环曲折，有呼应变化之妙；若篇幅较短，则须写得言尽意永，有绵邈悠长之味。总之，文章的整体格局必须开阖变化、出奇制胜；与此相关，文章的语句也要具备骈体而散意的特点，即既有骈体文俪偶比对之体，又具散体文疏朗开阖之致。章藻功在此所表述的意思，其实在其早年所作的《序陆拒石夫子善卷堂遗集后》中已有概括："彼夫山非叠嶂，水不回澜，既平平以无奇，亦奄奄而似息。"虽然其是从反面批评骈文创作的积弊，但意思与《与吴殷南论四六书》的正面提倡并无二致。

第三，对骈文史与当代骈文现状的批评。章藻功的骈文理论探讨，并没有止步于对骈文创作技术策略和艺术境界的孤立分析，他还就历来骈文创作的具体情况进行了概括性论述：

> 更者文成艳冶，制尚铅华，潘张陆左之才，陈阮曹王之思。家家被服，奉以楷模；处处弦歌，敢为轩轾？惟唐工丽，得毋尚少机神？若宋流通，或且疑于轻率。降自元明以后，大都巴里之音；溯诸徐庾而前，竟似广陵之散。吴园次班香宋艳，只有短兵；陈其年陆海潘江，不无强弩。咀徵含商者成市，扬葩振藻者如林，而飞窃鹤声，形同犬吠。那曾点目，获传阿堵之神？可笑捧心，偏效而矉之病。朱每恶于紫夺，蓝不见其青成。自尔庸流，无当作者。②

章藻功认为，才华高卓的潘岳、张华、陆机、左思等人，思力雄厚的陈琳、阮籍、曹植、王粲等人，他们的作品后世"家家被服，奉以楷

---

① 章藻功：《注释思绮堂四六文集》卷一。
② 章藻功：《注释思绮堂四六文集》卷八《与吴殷南论四六书》。

模"，树立了骈文创作的高格。此后，唐人骈文以工丽为尚，但不免有缺乏机趣神采之憾；宋人以流通擅胜，但常常有轻率之弊，总之都不是骈文创作的极则。唐宋以后，元明两代骈体衰弱，作者尽效庾信、徐陵以下诸家的创作，以致"巴里之音"充斥于骈坛。清初骈文以吴绮、陈维崧最称名家，他们的创作固然超元越明，但是吴绮虽撷"班（固）香宋（玉）艳"，但才力有限，"只有短兵"；陈维崧固然"陆海潘江"，才力雄厚，但也不免有笔力孱弱之作。至于那些效仿吴、陈二人的大量作者，更是等而下之，"无当作者"。

章藻功对清以前骈文历史的评价，自成一家之言，特别是将骈文创作的取则高标，从南北朝时期的庾信、徐陵，扩大到包括潘张陆左、陈阮曹王诸人在内的魏晋作家，这是有别于清初文坛主流观点的新颖之见。尤其值得一提的是，章藻功不但对骈文历史进行论析，而且对当代骈文创作的现状进行了尖锐的批评，表现出相当的理论自觉和理论勇气，这对于当代作者清醒认识骈坛现象，推动骈文创作健康、理性地向前发展，有着一定的现实意义。

概括言之，章藻功对于骈文创作技术和艺术境界的论述，大都是建立在自身骈文创作实践经验基础上的甘苦之论，虽然不少地方烙上了章氏独特个性风格的印迹，但对于初学为骈文者，无疑是有着较强实践指导价值的。他对于骈文历史和当代现状的批评，也体现出较为强烈的个性特点和当下关怀，表现出一位严肃骈文家应有的积极理论品格。应当说，创作偏盛而理论相对滞后，是清初骈文发展的基本情况，但我们也必须认识到一些骈文家所提出的骈文主张的价值，章藻功和陈维崧、吴农祥、毛先舒、陆繁弨等就是其中比较有代表性的几位。

四 章藻功骈文风格特色与艺术成就

章藻功之所以能在清初骈文群体中脱颖而出，称为名家，主要是因为他在骈文创作中取得了颇为卓越的艺术成就，并形成了独树一帜的风格特色。关于章藻功骈文的总体风格，《四库全书总目》的相关论述无疑有着相当的准确性和权威性：

> 国朝以四六名者，初有维崧及吴绮，次则章藻功《思绮堂集》亦颇见称于世。然绮才地稍弱于维崧，藻功欲以新巧胜二家，又遁为别调。譬诸明代之诗，维崧导源于庾信，气脉雄厚，如李梦阳之学杜；绮追步于李商隐，风格雅秀，如何景明之近中唐；藻功刻意雕镂，纯为宋

格，则三袁、钟、谭之流亚。①

按此，则《总目》认为章藻功骈文的总体风格是"新巧""刻意雕镌"，这个意思在《总目》论邵齐焘《玉芝堂集》时被进一步总结为"工切细巧"。我们研读《注释思绮堂四六文集》诸作可以发现，章氏骈文无论是用字造语，还是用典属对，都经过精心的推敲雕琢，从而达到了既工整妥帖又巧妙生新的境界，其与《总目》所谓"工巧细切"是十分吻合的。

不过，工切细巧并不是章藻功骈文风格特色的全部，细读章文还可以发现，其在工切细巧之外还有着清健平畅的特色。具体言之，即章文虽然字炼句琢，"刻意雕镌"，但其佳者不但没有晦涩阻滞、文意不畅的缺点，相反却有筋骨清健、舒徐平畅、一气呵成的优点，《谢徐师鲁许注思绮堂文集启》引徐树敏赞章氏骈文所谓"若唐之工丽，复神足而机流；似宋之轻清，更词妍而气浑。"② 其中"轻清""气浑"之评，在很大程度上就可以视为对章藻功骈文清健平畅特色的注解。

当然，章藻功骈文工切细巧、清健平畅特色的形成，并非师心自造的独创，而是在取则前贤基础上融贯自身个性、才情、学识的结果。章氏在《上大司成书》中曾自述学文经历云："（藻功）少时学语，诵王杨卢骆之文；壮岁抽思，效屈宋齐梁之体。"③ 又《上祭酒汪东川先生书》自陈身世云："徐庾温邢，引为同调；王杨卢骆，托在知音。"④ 这两段话是章藻功对自己骈文取则渊源的典型概括，在《思绮堂文集》中我们可以找到好几处类似的表述。由此可知，章藻功在骈文创作过程中，对屈原、宋玉以降直至初唐的骈文都有所取则。值得注意的是，屈宋以降直至初唐的骈文并非章藻功效仿的全部对象，两宋骈文毫无疑问应是章氏规抚学习的大宗，《思绮堂文集》所收近三百篇文章体现出明显的"宋格"底蕴就是非常可靠的说明。

另外，章藻功的骈文风格是不是如《四库总目》所说乃是"纯为宋格"？如果将这四个字理解为章氏骈文只具有两宋骈文的风格特点，显然不符合事实，因为《思绮堂文集》中所收诸文，除了包含有大量"宋格"之作，还有不少近于六朝、初唐风格的作品，以及一些"从六朝、唐宋中脱

---

① 四库全书研究所整理：《钦定四库全书总目·陈检讨四六》，第2346页。
② 章藻功：《注释思绮堂四六文集》卷七。
③ 章藻功：《注释思绮堂四六文集》卷二。
④ 章藻功：《注释思绮堂四六文集》卷四。

跳而出，自辟一家"①的作品；但如果将这个四个字理解为章氏骈文无论体现出怎样的风格倾向，但都有着一个共同的"宋格"底蕴，那便是符合实际的。典型的如《登滕王阁书王子安序后》写作者于康熙四十八年（1709）登览滕王阁所见所感云：

  岁惟己丑，时际中元，金尚伏而暑气残，火乍流而秋声作。舟真似芥，杭一水而折三；舆恰如蓝（篮），界两山而分半。风吼鄱阳之侧，等谢安泛海之游；月团江渚之中，同庾亮登楼之兴。揭来眺远，纵览凭空。翼轸衡庐，天地是不刊之位（王《序》：星分翼轸，地接衡庐）；冈峦岛屿，山川亦常在之形（王《序》：鹤汀凫渚，穷岛屿之萦回，桂殿兰宫，列冈峦之体势）。射斗牛以光寒（王《序》：物华天宝，龙光射斗牛之墟），唱渔舟而响彻（王《序》：渔舟唱晚，响穷彭蠡之滨）。②

  这段文字确有王勃《滕王阁序》的风采，不过与王勃的文章相比较，章藻功的个性特色便表现得颇为突出："舟真似芥""舆恰如蓝"一联的宋式雕镂，固然颇异于王《序》的唐式自然；而"翼轸衡庐"以下两联与王《序》相较，一则理性较强，一则感性较强，一则清健多意致，一则丰腴多神采，也表现出章藻功之文"宋格"底蕴与王勃之文唐式风范的区别。

  要之，章藻功的骈文总体上具有工切细巧、清健平畅的特色；就其范式倾向而言，显然近两宋，再具体些说，乃是近南宋。③

  那么，章藻功具有"宋格"底蕴的大量骈文作品，到底取得了怎样的艺术成就呢？经过深入的分析，我们认为可以主要从两个方面来具体论述：

  一是用典属对方面。对典实和对句进行精心的锤炼、雕琢，是章藻功骈文最为明显的特征，而用典灵活生新、对仗巧妙工切，乃是章氏骈文创作所取得的主要成就之一。章藻功骈文取典的范围非常广泛，经史子集各部无所不包，用典的密度也很高，几乎无句不典，其次者固然晦涩难懂甚至非注莫解，影响了文意的表达，但佳者则能运用融洽、充实文意。如《服伯大兄传》言藻功之兄戢功为人和善而无子为继、英年早逝云："庆因善积，而伯

---

① 许汝霖：《注释思绮堂四六文集序》，章藻功《注释思绮堂四六文集》卷首。
② 章藻功：《注释思绮堂四六文集》卷六。
③ 张仁青《中国骈文发展史》谓："今观《思绮堂》文三百篇，格律精严，雕琢曼藻，故是南宋本色。"认为章藻功骈文实近南宋，确乎知言。引文参见张仁青《中国骈文发展史》，第473页。

道无儿；寿是仁征，而颜回早夭。"①《答张弘蘧太史书》言张尚瑗称扬藻功而藻功心存感激云："桓温何事，乃盛称谯秀之贤；祢衡虽狂，能勿感孔融之荐！"② 它们都做到了比类妥帖巧妙而深情婉转。又《跋汤硕人尊公惕庵先生寿序》："少陵太苦，一百韵而不休；宰相漠然，十九日而不报。"③ 上联反用李白《戏赠杜甫》诗典，改原典的戏谑为沉郁，言汤来贺勉力著述，才华卓越；下联正用韩愈《复上宰相书》典，言汤氏时运不济，功名未就。两联意脉贯通，而运典颇为巧妙。又《赠江都令同年李环溪序》："著笔皆花，何须夜梦；临池即草，可待春生。"④ 上联反用李白梦笔生花之典，下联正用谢灵运梦谢惠连而得"池塘生春草"句之典，形容李苏诗才之高，一反一正，用典生新而自然。又《自题小照赋》："舟若能藏，何须是壑？门如肯闭，所在皆山。"⑤ 上联借用《庄子》藏舟于壑而有力者负之而走典，作者对原典仅取其形，并赋予其新的意蕴，从而取得了江西诗派论诗所谓"夺胎换骨"的效果。

前已有述，章藻功骈文属对的最大特点是巧妙工切，其无论是短对还是长对，无论是正对还是反对，无论是事对、意对还是情对、景对，都能锤炼工整而面目精巧。此外，这些对仗几乎没有犯"合掌"之弊者，这也是章藻功骈文的一个闪光点。如《王霜崖时艺序》："东西南北，两人之出处靡常；春夏秋冬，十稔之寒暄顿隔。"⑥ 以方位意象"东西南北"对季节意象"春夏秋冬"，两者在表层意义上毫无关联，但作者又以"出处靡常"对"寒暄顿隔"，便使两者之间顿然产生了内在的意思承接，比对巧妙而绝无生硬之嫌。又《募栽西湖桃柳引》："阴阳剥复，四方来鼎革之师；日月升恒，一统启乾坤之泰。"⑦ "阴阳剥复"对"日月升恒"，比对巧妙而意味深长；再者，上联言西湖之地为历来兵家争斗之所，下联言清主一统天下，西湖之地亦得安泰，在意思上又有一个承接递进，洵为骈文对仗的高格。又《三友居序为巡盐颛侍御作》："宋元明气运靡常，何论无知之草木；松竹梅

---

① 章藻功：《注释思绮堂四六文集》卷一。
② 章藻功：《注释思绮堂四六文集》卷三。
③ 章藻功：《注释思绮堂四六文集》卷二。
④ 章藻功：《注释思绮堂四六文集》卷八。
⑤ 章藻功：《注释思绮堂四六文集》卷九。
⑥ 章藻功：《注释思绮堂四六文集》卷二。
⑦ 同上。

神明有力，如留未尽之根苗。"① 上联言朝代更迭，世事难料，草木无知，不过随时推移、自生自灭而已；下联意思一转，谓松、竹、梅三者得神明护佑，可跳脱时代更替的轮回，将一脉不灭的文化精神传留于后世。此联以"松竹梅"对"宋元明"，已属出奇；又以"松竹梅"衔接"草木无知"，不但前后勾连，而且意思上有一个转进，更是出奇制胜。章藻功属对才华之高，于此可见一斑。

当然，章藻功骈文的用典、对仗，并不是各自独立的两个艺术表达系统，事实上，它们常常是交融一体、不分彼此，从而用双重的合力来共同提升章藻功骈文作品的艺术成就，前举数例外，《茹武十西湖诗序》："浮沉弱水之中，避人头地；弃置孙山之外，悬我心旌。"②《谢乡试座主侍御傅公启》："遇以众人，而后报以众人，莫望空群之顾；信于知己，而先绌于知己，良由特达之难。"③《寄副宪劳介岩先生书》："盖忧若范公，毕竟忧多于乐；而乐如颜子，方能乐胜其忧。"④ 等等。像这样的例证，在《思绮堂文集》中俯拾皆是。由此可见，徐树敏赞章藻功骈文所谓"典以旧而翻新，对必工而能变"⑤，实非过誉；而章藻功骈文之所以表现出工切细巧的"宋格"风貌，主要即依靠其在用典、属对方面的创造性发挥。

二是行文体式方面。在骈文创作中如何处理骈与散的关系，是清代骈文发展史中的一个重要问题，章藻功不但在理论上提出了骈文写作须"体实排而似散"的主张，而且在创作中也对此问题进行了成功的演绎。傅作楫序《思绮堂文集》有云：

> 世尝谓散行排偶，两体判不相类，甚或左排偶而右散文，似不谙个中三昧者。试观章子是集，措词雅，对仗工，而其开阖顿宕，起伏照应，盘旋空际，一气折行，何尝不可作韩、欧大家读耶？⑥

正如傅作楫所说，文坛对骈、散两者间的关系，历来都有一种比较一致

---

① 章藻功：《注释思绮堂四六文集》卷七。
② 章藻功：《注释思绮堂四六文集》卷三。
③ 章藻功：《注释思绮堂四六文集》卷五。
④ 章藻功：《注释思绮堂四六文集》卷七。
⑤ 章藻功：《注释思绮堂四六文集》卷七《谢徐师鲁许注思绮堂文集启》。
⑥ 章藻功：《注释思绮堂四六文集》卷首。

的看法，即认为散行与排偶是"叛不相类"的两种行文体式，甚至认为散体文要高于骈体文，而这在傅作楫看来是"不谙个中三昧"的成见，章藻功那些具有"开阖顿宕，起伏照应，盘旋空际，一气折行"特点的骈文作品，就是对这种成见的一个有力反驳。

结合具体作品来讲，如《采菽堂评选战国策后序》："二百四十五年之事，上继春秋；四百九十九篇之文，下讫楚汉。"① 此联叙述《采菽堂评选战国策》所论内容的历时长短、篇目数量及起讫年代三个问题，其似散实骈，亦骈亦散，是典型的骈散交融法。特别其中表述此书朝代范畴的"上继春秋""下讫楚汉"二者，被巧妙地嵌合进严格的偶对格局中，而这种偶对又完全不影响两者在意义上的逻辑承接关系，这种属对行文的才华，真是令人钦佩。又《留别王霜崖序》："君云已矣，讵宜再战而请三？我谓不然，务使一朝而获十。"② 从联句的表现形式来看，固然是骈体，但从语法和逻辑关系层面来看，将其目为散体、目为骈体则俱无不可。此外，如《送陆赞皇游燕序》："飘零似我，尝驰逐乎天涯；英爽如君，亦奔趋乎日下。"③《桐赋赠刘南村》："如桑如穗，民自然歌；以李以桃，县何妨植？"④《祭酒汪东川先生纪行诗跋》："固文章之宗主，今人不让古人；得风雅之指归，迩事亦兼远事。"⑤ 如此等等，都是章藻功骈文骈散交融的典型例证。这是从联句的层面而言。

从段落、篇章的层面来讲，《思绮堂文集》中也不乏骈体散趣的佳例，如《彭椒岩酌瀛诗序》之论诗人不善为吏的诸种情形，《答张弘蘧太史书》之自述身世老大、家贫运蹇，《送王文在之任鄜都序》之述王廷献其人其事，《王服尹丙丁诗序》之叙藻功与王氏交游及王氏诗才，《客斋唱和诗自序》之自序中年情状，《遥哭少司马严籑庵文》之言藻功与友人无奈离别，《浙江总督王公祠堂记》之论王氏治民的诸种措施，《贫诤文》之代贫陈情等等。以《浙江总督王公祠堂记》为例：

> 海门之地接龙蛇，省会之居同燕雀。檐装雁齿，屋瓦参差；船画龙头，江湖漂没。而招招逐利，扁舟多满覆之虞；出出告灾，比户有俱焚

---

① 章藻功：《注释思绮堂四六文集》卷六。
② 章藻功：《注释思绮堂四六文集》卷七。
③ 章藻功：《注释思绮堂四六文集》卷二。
④ 章藻功：《注释思绮堂四六文集》卷三。
⑤ 章藻功：《注释思绮堂四六文集》卷四。

之惨。公先时维护，临事精详，慎曲突以徙薪，防惊波而骇浪。争渡者须量舟而载，毋许多人；救焚则不俟驾而行，率先一己。劬劳垣堵，信可反风；安稳布帆，曾无溺水。抑或凶荒灾祲，即绘图以上陈，鳏寡孤独，亦停车而下问。兴让化鼠牙之讼，忘鱼尾之劳。其爱民有如此者。①

文章写王氏为浙都时，针对临海之民渡海逐利而易于遇灾舟覆的情况，一方面在律则上规定出海之船须有一定的承载限制，另一方面对于那些遭遇不测而罹难的舟民则极力营救。此外，民遇水灾则上书陈情，救民于苦难；人逢老迈孤独者，则随时临问。从而将一个爱民如子的清官能吏的形象，勾画得入木三分。文章叙议齐下，夹叙夹议，叙文简洁流畅，议语深契事理，前后呼应，层层推进，而这些内容全部用工巧自然的对仗排比勾连而成，换句话说，章藻功是用骈体文的格式表达出了散体文的意趣，骈、散文的功能在此得到了协作性的表现。

徐树敏赞章藻功骈文所谓"句虽偶出，义属散行"②，确实是对于章氏骈文行文体式的中肯之论。事实上，章藻功在骈、散关系上的成功处理，乃是其骈文创作具有清健平畅风格特征最重要的促成因素；同时，在如何看待骈、散文的地位，以及怎样合适处理骈散关系方面，章藻功除了经由精简的骈文主张（"体实排而似散"），还经由那些具有骈散交融特点的大量作品，给出了比较明确的回答。

当然，章藻功的骈文创作，除了在用典属对、行文体式方面取得了颇为卓越的成就，在炼字造语、声律锤炼、篇章安排等方面，都有相当出色的表现，这里不一一详论。需要指出的是，章藻功骈文在具备鲜明特点和很高艺术成就的同时，也有着一些比较明显的缺憾，《四库全书总目·玉芝堂集》有云："章藻功一派以工切细巧为宗，其弊也刻镂纤小。"③ 所谓"刻镂纤小"，应当包括至少两方面的内容：一是章氏骈文在用典属对方面，有时雕镌过甚，或僻典难解、非注莫名，或琢对险仄、生硬不化；二是由于章氏骈文在用典属对、炼字造语等方面的刻意雕琢，使得文章的气局往往失于"纤小"。此外，章文总体上以理致意趣胜，其筋骨神思有余，而风神韵味

---

① 章藻功：《注释思绮堂四六文集》卷六。
② 章藻功：《注释思绮堂四六文集》卷七《谢徐师鲁许注思绮堂文集启》。
③ 四库全书研究所整理：《钦定四库全书总目·陈检讨四六》，第2593页。

不足，非为骈文最上品。就文学史地位而言，章藻功的骈文创作，数量宏富、风格独特而艺术深湛，在清初虽不能与陈维崧同日而语，也不及吴绮，但可与吴农祥、陆繁弨、尤侗等并驾齐驱，称得上是清初骈文无可争议的一位名家。

附录 章藻功年谱简编

顺治十三年丙申（1656）　一岁

是年九月初七日生。

《注释思绮堂四六文集》卷八《寄祝少宰汤西厓六十寿启》题下注云：余与汤同丙申年生，汤正月七日，余九月七日。（下文《注释思绮堂四六文集》皆简称《文集》）

顺治十七年庚子（1660）　五岁

是年已能即席诵句，且能措文。

《文集》卷三《四十初度自序》：五岁而行春酒，偶诵笋蒲。联下自注：侍诸父执饮，命举案间食物，诵诗一句，余辄曰："维笋及蒲。"又《文集》卷五《谢乡试座主侍御傅公启》：（藻功）五岁措文，颇亦小时了了。

康熙元年壬寅（1662）　七岁

是年作绝句一首。

《四十初度自序》：七龄而咏秋花，谬称兰树。联下自注：先大人命题，遂作"月上花荫恰暮秋"一绝，朱全古先生寄书，有"谢庭兰玉"之誉。

康熙二年癸卯（1663）　八岁

从师习诵杜甫诗，能熟吟《杜集》。

《文集》卷二《思绮堂诗删自序》：仆自挽须问父，解读唐诗；毁齿从师，熟吟《杜集》。又刘向《说苑》卷十八《辨物》：男八月而生齿，八岁而毁齿。

康熙六年丁未（1667）　十二岁

始致意科举，习为科举之文。

《四十初度自序》：初从丁未，经营为制举之文。又《思绮堂诗删自序》：十二岁而属文，六经兼及。

康熙九年庚戌（1670）　　十五岁

从陆繁弨受业。

吴农祥《流铅集》卷八《章岂绩花隐亭文集序》：岂绩又受业于吾友大行鲲庭（陆培）之子拒石（陆繁弨）之门。又章藻功《文集》卷四《上祭酒汪东川先生书》：曩者庚戌、辛亥之交，熟闻师训。联下自注：谓陆拒石先生。

康熙十年辛亥（1671）　　十六岁

继从陆繁弨受业。

见上引章藻功《上祭酒汪东川先生书》之语。

康熙十一年壬子（1672）　　十七岁

是年始学为诗。

《思绮堂诗删自序》：仆学诗始于壬子，未辨宫商。

康熙十三年甲寅（1674）　　十九岁

父士斐殁。

《文集》卷六《刻花隐亭遗集后序》：呜呼！（父）生不逢辰，没才周甲。联下自注：先君子生于万历甲寅年（1614）正月初九日，没于康熙甲寅年二月二十三日，寿六十有一。

康熙十七年戊午（1678）　　二十三岁

应童子试，督学某索贿未果，因斥去。

《四十初度自序》：廿二艺之辛苦，岂真五色俱迷？联下自注：戊午春入试，日成二十二艺，督学某面加评赏，旋以有求勿遂，辄斥去。

康熙十九年庚申（1680）　　二十五岁

应童子试合格，获秀才身份。

《四十初度自序》：初从丁未，经营为制举之文；直至庚申，浮沉于童子之试。

康熙二十年辛酉（1681）二十六岁

初应乡试，失利。

《谢乡试座主侍御傅公启》：（藻功）恃白战于数科。句下自注：藻功自辛酉至壬午，已八试矣。

康熙二十二年癸亥（1683）　二十八岁

与修《浙江通志》。

《文集》卷一《毛贞女坠楼诗序》：癸亥秋，余从会侯毛先生后纂辑《浙江通志》。《四十初度自序》：顾学术迂疏，赋拟雕虫之技；声名滥及，史操司马之权。联下自注：康熙癸亥，奉旨纂修《浙江通志》，总督施公、巡抚王公以礼聘焉。

康熙二十三年甲子（1684）　二十九岁

乡试同考上虞令万雨呈藻功卷以荐，未果。

《四十初度自序》：万公再荐而不售。句下自注：甲子同考上虞令万雨呈予卷。又《谢乡试座主侍御傅公启》：其间甲子受知，庚午与荐。联下自注：甲子同考万，庚午同考辛，以藻功卷呈荐，竟不得售。

康熙二十四年乙丑（1685）　三十岁

作《燕台别顾九恒严戄庵沈涧芳查夏重汪寓昭查声山陈叔毅汤西厓俞大文南归序》。

此文篇首云：乙丑夏五，仆附王观察归里，诸同人以诗宠行，乃为序别之。（《文集》卷一）

康熙二十五年丙寅（1686）　三十一岁

作《白衣大士殿募疏》。

文中有云：时则丙寅元日也。（《文集》卷一）

康熙二十九年庚午（1690）　三十五岁

乡试同考宁海令辛氏呈藻功卷以荐，亦未果。

《四十初度自序》：辛公七艺之将收。句下自注：庚午同考宁海令辛持予卷数日，有"七艺简洁精卓"之评。又见康熙二十三年所引《谢乡试座主侍御傅公启》相关文字。

康熙三十二年癸酉（1693）　　三十八岁

是年四月自福建归，卜居于钱塘城东之横河桥，筑息庐，奉母家居。

《文集》卷二《息庐小序》：仆自乙丑（康熙二十四年）之春，迄于癸酉之夏，周流万里，孟浪九年。所在伤心，王粲之依人作客；那堪回首，冯谨之有母无家。间或暂归，都非长策……今者自七闽而返（句下自注：癸酉四月，余自福建归，卜居于城东之横河桥），为四壁之谋。隐不买山，归惟卜宅……题以息庐，终焉可矣！

康熙三十四年乙亥（1695）　　四十岁

作《许觐文迎素楼诗序》。

文中有云：我辈出游，还诗多债；才人下第，领恨空回。集《迎素》之一编，若还丹于九转。辄来敝邑，用索弁言，时则乙亥秋九月也。（《文集》卷三）

康熙三十五年丙子（1696）　　四十一岁

试于燕北，复失利。

《文集》卷六《五十初度自序》：丙子贡于燕北，马首何求？注引《战国策·燕策》：古之君人，有以千金求千里马者，得千里马，马已死，买马首五百金，反以报君。

康熙三十八年己卯（1699）　　四十四岁

试于浙中，再失利。

《五十初度自序》：己卯试于浙中，鱼鳃又曝。注引《三秦记》：江海鱼集龙门下，登者化龙，不登者点头曝腮。

康熙三十九年庚辰（1700）　　四十五岁

作《吴紫莓四十初度序》《阱虎赋》。

《文集》卷五《吴紫莓四十初度序》：庚辰四月二十有二日，吴子紫莓四十初度。诸同人一一称觞，仆则有感于中而未遑报也，为文以祝之。又《文集》卷五《阱虎赋》文首小序：庚辰冬，余客山左臬署中，有异阱虎至者，见而哀之，为作是赋。

康熙四十一年壬午（1702）　四十七岁

是年秋返浙，读书长明僧舍。再与乡试，以《诗经》中式第三十六名，八试乃售。其初已被黜，后由傅作楫于落选卷中拔起。

《五十初度自序》：迨于壬午，归则首秋。松窗分僧舍之闲，竹榻映禅灯之色（联下自注：壬午秋，读书长明僧舍）。日拈一艺，自谓背城；夜起五更，还同面壁。……叨蒙傅说（按：即傅作楫），猥收沧海之遗。又《谢乡试座主侍御傅公启》：嗟乎！倍曹沫之三北，等孟获之七擒。遇以众人，然后报以众人，莫望空群之顾；信于知己，而先黜于知己（联下自注：藻功卷业为房考抹去，公于落卷中拔之），良由特达之难。……嗟乎！灰或死而不然，敢仇田甲？桐适焦于方爨，特感中郎！树桃李以及时，收桑榆而未晚。合三百五篇之义，指归未睹其全（联下自注：藻功以《诗经》中式第三十六名）；聚七十二人于一堂，名次适当其半。

康熙四十二年癸未（1703）　四十八岁

会试中式第七十三名，座主为许汝霖，许氏系藻功乡试座主傅作楫之乡试座主。四月，殿试中二甲第三十八名。四月十五日，康熙于保和殿馆选，引见诸进士，诸大臣褒举藻功之骈文。得选授翰林院庶吉士。

《文集》卷五《谢会试座主少宗伯许公启》：盖夫登缑岭者，必藉浮丘；导龙门者，每先积石（联下自注：乡试座主傅公为公典试四川所取士）……廿年觅举（按：藻功自康熙二十年初应乡试，至是年乡试中式，实历23年，此处为约数），能记韩愈之千言；万里佣书，偶恩次山之一第……而榜花初放，滥及微生；针芥相投，感存知己。百六十英贤之数（句下自注：癸未会试榜，中式一百六十二名），万选为难；七十二弟子之余，一名窃附（句下自注：藻功登会试榜七十三名）。又《五十初度自序》：彤庭对策，二甲为荣（联下自注：藻功二甲三十八名，即殿试名次）；青琐扬休，五星斯聚。九重顾问，翰林取重于悬铃；四六褒称，名士适如其画饼。又《文集》卷五《上座主掌院吴公陈情启》：乃者恩五千而一第，纻白袍青；荐四六于九重，绘黄组紫。联下自注：康熙四十二年四月十五日，上御保和殿馆选，引见诸进士。至藻功启奏毕，上注视久之，问掌院吴公曰：若何如？公对曰：是名士，四六最好。复问：果然否？复奏曰：果然。又问满掌院揆，又问熊、张两大学士，俱奏对如吴公云云。又《文集》卷首许汝霖《注释思绮堂四六文集序》：癸未四月，天子临轩顾问，章子以四六名动九重，得与馆选。

康熙四十三年甲申（1704）　　四十九岁

因母老，去职返乡。为继祖母高氏请谥，又为父士斐刻集流传。

《文集》卷六《康熙四十四年四月初九日皇上南巡驻跸西湖行宫恩赐御书恭记》：臣藻功玉笋新班，砖花初直；方蓬池兮幸厕，旋梓里以遄归。又许汝霖《注释思绮堂四六文集序》：官翰林才五六月，遽引疾遄归，奉母太夫人以天年终。又《五十初度自序》：我母则春秋高矣，老福难言；人子则冬夏阙如，少仪斯忝。治之以孝，方锡类以推恩；陈者其情，辄怀归而引疾……天鉴微私，许还梓里……独是沉埋苦节，李密何以为孙？（联下自注：继祖母高，食贫苦节五十四年）零落遗书，赵奢犹之无子。（联下自注：先君南庵公，著述种种）伏蓬莱而请表，玉声则高出云霄；付剞劂以流传，珠唾则并垂星日。

康熙四十四年乙酉（1705）　　五十岁

四月初九日康熙南巡，次西湖行宫，召试进士出身者五十余人，以章藻功、徐倬等四人为优，赐书褒奖。章氏作《康熙四十四年四月初九日皇上南巡驻跸西湖行宫恩赐御书恭记》纪之。又作《五十初度自序》。

《康熙四十四年四月初九日皇上南巡驻跸西湖行宫恩赐御书恭记》：湖横远碧，颁来天子之题。联下自注：四月初六日，行宫召试进士出身者五十余人，赋得御制"野望湖边远碧横"之句七律一首。留取四名，一徐倬，二查嗣瑮，三陈恂，四章藻功。又文中有云：要之御书难得，天边锡予。

康熙四十八年己丑（1709）　　五十四岁

作《登滕王阁书王子安序后》《穷责文》。

《文集》卷六《登滕王阁书王子安序后》：岁惟己丑，时际中元……揭来（滕王阁）眺远，纵览凭空。《穷责文》篇首云：己丑岁除，息庐主人萧然兀坐，而若有见焉……爰进所见者而告之（按：即穷）曰："呜呼！五十四年，始终依附；百千万里，来去追陪……"

康熙五十二年癸巳（1713）　　五十八岁

为八闽之行，是年冬作《过阿弥陀佛滩忏悔文》。

《文集》卷八《过阿弥陀佛滩忏悔文序》云：癸巳孟冬，为八闽之行。

望后四日，路过阿弥陀佛滩，是夜梦一小子，年可十三四，流血被面，裸体跪泣，具诉云云，丐余文以忏悔。既觉，询之舟人，舟人曰："诚有之。"……因命停舟，具香楮，作文往祭。

康熙五十四年乙未（1715）　　六十岁

作《寄祝少宰汤西厓六十寿启》《李环溪招同人燕集平山堂拈赋晴空二韵诗小序》。

《文集》卷八《寄祝少宰汤西厓六十寿启》题下注云：余与汤同丙申年生，汤正月七日，余九月七日。又《文集》卷八《李环溪招同人燕集平山堂拈赋晴空二韵诗小序》：斯时也，树杂泉声，尚余秋色。联下自注：是日为乙未岁之立冬。

康熙五十七年戊戌（1718）　　六十三岁

是年春末，藻功乡试座主傅作楫过武林，乃陪侍数日。

《文集》卷首傅作楫《注释思绮堂四六文集序》：戊戌春，予偶过武林，及门章子岂绩仓皇来叩。又《文集》卷九《跋傅座主雪堂诗集后》：伊昔甲申岁暮，拜送鸾铃；于今戊戌春残，恭迎马帐。

康熙六十一年壬寅（1722）　　六十七岁

作《答汪陛交札》《注释思绮堂文集凡例》。

《文集》卷十《答汪陛交札序》：壬寅春莫（暮），陛交赴阙补官前一日，示予手札。又《文集》卷首《注释思绮堂文集凡例》末尾题曰：康熙再壬寅中伏日息庐主人岂绩氏自识。

（《答汪陛交札》为《注释思绮堂四六文集》最末一篇，也是目前可知章藻功传世文章中创作时间最晚的一篇；另外，依照既有的材料，章藻功在世的时间，我们目前也只能考证到康熙六十一年，即章氏写注《答汪陛交札》的年份。）

丙编　创辟鼎盛：清中叶江南骈文

引论　清中叶江南骈文与清代骈文的鼎兴

经过清初将近一百年的发展、累积，江南地区的骈文已经形成了初步兴盛的局面，进入清代中期，江南骈文拓步更进，呈现出了全面繁荣的态势：大家、名家辈出，众多风格体派异彩纷呈，创作臻于鼎盛；关于骈体文本质、地位及骈散关系问题，有了更加深刻、系统的探讨，理论探讨也臻于鼎盛。

清中叶江南骈文的全面繁盛，是内外两种因素共同作用下的结果。清廷政治文化政策正、反两方面的引导、推动（如博学宏词科考试在乾隆元年的再次举行、雍乾间名目众多的"文字狱"之网罗实施等），以江南地区为中心的清代朴学鼎盛之助力等，是外部原因；江南地域文脉之延续，诸骈体国手创作之示范、号召等，是内部原因。

江南地区骈文的鼎兴态势与整个清代中叶全国骈文的总态势是一致的，如果考虑到江南骈文的总体成就，还可以说，这个学术文化高度隆兴之域的骈文，引领了清代中叶全国骈文的发展，并为清代中叶骈文的全局鼎兴做出了最主要的贡献。我们可以对该时期江南骈文发展比较重要的一些现象进行概述：

首先，江南骈文出现了更加明显的骈文创作群聚化态势。不但苏州、常州、杭州等府各自形成了特点各异的小范围骈文发展群落，而且江南各府之间还形成了相互关联的大范围骈文发展群落。其中常州府骈文群落，最为引人注目。刘麟生《中国骈文史》、张仁青《中国骈文发展史》都提到了所谓骈文常州派，当然，这里的常州派有"小常州派"与"大常州派"之大。"小常州派"指以洪亮吉、孙星衍为代表的骈文"常州体"，洪、孙之外，常州府杨芳灿、杨揆、刘嗣绾、镇洋彭兆荪、南城曾燠、山阴李慈铭等，也都属于此派中人。"大常州派"则是对包括洪、孙、二杨、刘诸人在内的常州骈文作家群体及其创作的统称，张仁青《中国骈文发展史》论乾嘉间常州骈文一节有云：

乾嘉之际，学术勃兴，吟咏滋繁，骈俪之文，一枝独秀，以地区言，要当以常州一府文风最盛，人才最多，如洪亮吉、孙星衍、刘星炜、杨芳灿、杨揆、恽敬、张惠言、李兆洛、赵怀玉、顾敏恒、刘嗣绾之流，以至稍后之董基诚、董祐诚、洪符孙、洪齮孙、何栻等，或泛滥于六朝，或驰骤于三唐，或颉颃于两宋，或揽秀群芳，兼容并蓄，或一空依傍，自铸伟辞，可谓人握隋珠，家抱荆玉，彬蔚之美，竟爽当年矣。①

在这里，张氏已经对常州文派的主要作家及常州骈文创作的主要风格、体派作了比较全面的概括。正如刘禺生《世载堂杂忆》所论，"常州骈体文派，实足纵横中国"②，堪称清代骈文史上绝无仅有的骈文"流派"③。当然，常州府而外，杭州府、苏州府的群聚化特点也比较明显，总论部分的《清代江南地区骈文代表作家时空分布状况一览表》已有概括，它们与常州府可谓齐头并进，并与常州、嘉兴、湖州、太仓诸府州一起，共同将清代中期的江南骈文推向了发展的顶峰。

其次，江南骈文复古与创新并存的特征表现得更加明显。复古与创新双线交叉并进，是清代骈文演进的基本特点之一，而这在清代中叶江南骈文发展进程中表现得尤为突出。先说复古。翻开清中叶江南地区骈文家的文集，不难发现，无论是"精熟《选》理"的彭兆荪，还是为文"具兼人之勇"的洪亮吉、"识异量之美"的杨芳灿，无论是参酌唐宋的袁枚、规抚六朝的邵齐焘，还是"合汉魏六朝唐人一炉而冶之"的吴锡麒、别成奇格的王昙，他们的骈文创作都渗透着古代骈文遗产的浸润，折射出古代不同时期骈文的身影。事实上，清代骈文经过清初近一百年的发展而基本形成清人自己的面貌后，当代骈文该向哪里去的问题，已经引起了越来越多学者文人的自觉思考，彭元瑞《宋四六选》、蒋士铨《评选四六法海》、彭兆荪《南北朝文钞》、陈均《唐骈体文钞》、许梿《六朝文絜》、李兆洛《骈体文钞》、吴鼒《八家四六文钞》、曾燠《国朝骈体正宗》等骈文选本及系统总结明以前骈文批评思想的《四六丛话》的编纂、刊行，就是比较集中的表现。通过这些选本和骈文批评著作，编纂家们一方面表达了对当代骈文创作弊端的担忧

---

① 张仁青：《中国骈文发展史》，浙江大学出版社2009年版，第481页。
② 刘禺生：《世载堂杂忆》，中华书局1960年版，第301页。
③ 这里给"流派"二字加上了引号，是因为本书总论部分曾就清代常州骈文是否可以成"派"进行过辨析，而我们认为"大常州派"总体上还不宜被径称为"流派"。

和否定，一方面则给骈文创作者们提供了各种各样的范本；而经由它们，我们也可以进一步摸清中叶骈文创作的复古倾向和复古渊源。

相对于复古，创新更具有文学史意义。清代中叶江南骈文的创新是多方面的，其中特别值得注意的一个现象，就是文体上的拓辟创新，而江南骈文作家的这方面的努力，有力地引导、促进了清代骈文的新发展。这里的文体拓辟，主要指的是以洪亮吉为代表的山水游记（序）创作及以吴锡麒为代表的图序（记）创作。山水游记作为唐宋以来古文系统中的重要文体，长久以来几乎成了古文创作专擅的文学体类，但是到了清代中期，出现了骈体山水游记、游序创作兴盛的新局面。姚燮《皇朝骈文类苑》即专设"游宴行役记序"一目，共收录吴锡麒、洪亮吉、阮元、刘嗣绾、彭兆荪、乐钧、吴慈鹤、王衍梅、刘开、黄安涛、曹垿、董祐诚等12人的相关作品22篇，其中山水游记、游序实为大宗，共计19篇。正如姚氏《骈文类苑》所呈示给我们的，山水游记、游序的勃兴是在清代中期，创作的主体则是江南地区的作家，而如果要在这些作家中选出最具代表性的一位，那么无疑当首推洪亮吉[①]。而正是在洪亮吉的示范、引导下，在吴锡麒、刘嗣绾、彭兆荪、吴慈鹤、黄安涛、董祐诚等江南作家的共同努力下，清代山水游记、游序才通过骈体文绽放出新的引人注目的光芒。

骈体图序（包括图记），也是清代骈体文创作中的一支新生力量。姚燮《骈文类苑》辟"题图之作"一目，对清代图序、图记及图作题跋之作进行收录，这正是对清代题图之作兴盛情况的正面反映。在骈体题图之作的大类中，图序、图记二体堪称大宗，而清代较多创作图序、图记的作家颇多，姚氏《骈文类苑》所涉及的吴锡麒、洪亮吉、郭麐、胡敬、董祐诚、金应麟等即其代表。纵览清代题图之作的发展历史可以发现，首先，清代骈体题图之作的兴盛是在清代中期；其次，清代骈体题图之作的创作主体是江南地区的骈文家；再次，清代较早创作大量骈体题图之作的作家，当以吴锡麒为代表，他一生创作的40余篇图序、图记之作，为这一文体创作主题、类型及布局结构确立了典范，而清代包括江南骈体题图之作的兴盛，正是以吴锡麒为代表的骈文家合力推进的结果。

[①] 姚氏《骈文类苑》录洪亮吉游记、游序6篇，在诸家中被录作品数量中居首，实际上洪氏创作并收录于《卷施阁集》及《更生斋集》中的山水游记、游序之作，要远远多于6篇。就该体创作的总量而言，在整个清代骈文史上，洪亮吉无疑是稳居第一的；就该体创作的总体艺术成就而言，洪亮吉也显然是遍胜他人一筹。简言之，洪亮吉称得上是清代较早大量创作骈体山水游记、游序的第一人。

最后，江南骈文创作与骈文理论呈现出紧密关联、彼此促进的积极态势。在清初，骈文创作与理论已经显示出比较密切的关联性，但其主要体现为骈文家自身理论与创作的互动，而且这种互动的深入性也稍显不足。到了清代中期乃出现了新的态势：骈文创作与骈文理论的互动，已经明显突破了以骈文家自身互动为主的内向型、单一型模式，而转向了包括骈文家自身及骈文家之间、骈文家与古文家之间互动的外向型、综合型方式。同时，骈文创作与理论探讨之间的互动，尤其是骈文创作对理论探讨产生影响这一向度上，体现出前所未有的力度，前述《宋四六选》《评选四六法海》《南北朝文钞》《唐骈体文钞》《六朝文絜》《骈体文钞》《八家四六文钞》《国朝骈体正宗》等骈文选本及《四六丛话》等，就是学者文人们基于当代骈文创作实际而进行总结、思考的成果；在某种程度上，甚至可以说清代中叶江南骈文理论的发达，正是江南以邵齐焘、刘星炜、洪亮吉、孙星衍、吴锡麒、杭世骏、袁枚、彭兆荪、王芑孙、刘嗣绾、李兆洛、张惠言等人创作为核心的骈文勃兴大势影响下的产物。

第一章　清中叶杭、嘉、湖骈文的兴盛格局

环太湖南部的杭州、嘉兴、湖州三府，在地理上紧邻，在社会经济和地域文化上也保持了较高的相似度，因此不少学者在研究环太湖地区经济文化时，常将三者视为一个整体性的考察单元，本书也沿用这样的地理划分。清代中叶的杭、嘉、湖骈文，在清初发展的基础上，取得了更高的总体成就。杭州府骈文作家群体，接续清初陆圻、毛先舒、吴农祥、陆繁弨、王嗣槐等人，开创了该府骈文发展的新辉煌；其中杭世骏、袁枚、吴锡麒等人的贡献最突出，他如查揆、胡敬等，也都是一时之选。而在清初"默默无闻"的嘉兴府和湖州府，这时也涌现出一批像王昙、黄安涛、孙梅、徐熊飞这样的骈体名手，从而使其在清代中叶江南骈文兴盛格局中，占有了重要的一席之地。

第一节　经史、诗文并擅的学者型骈文家：杭世骏

杭世骏是清中叶的经史与诗文名家，其经史之学，学者谓"实足以继朱（彝尊）毛（奇龄）而追黄（宗羲）顾（炎武）"[1]；诗与厉鹗齐名，为浙诗派中期健将；骈散文创作的成就，则基本被他经史、诗歌的光辉所遮蔽，论者颇少问津。就骈体文而言，曾燠辑《国朝骈体正宗》录杭世骏文3篇，数量与骈文大家汪中被录之文相同；又姚燮辑《皇朝骈文类苑》，亦录杭世骏文7篇，多于汪中的4篇。可见在清代学者的眼中，杭世骏无疑是清代骈文史上有着相当文学地位的作家。但纵览民国以降的各种骈文史研究著作，杭世骏基本是处于被忽略、被遗忘的境地，因此，对杭世骏的骈文创作进行较为深入全面的研究，并在清代骈文史上给他一个合适的定位，无疑是很有必要的。

---

[1] 王昶：《蒲褐山房诗话》，参见杭世骏《道古堂全集》卷末附《轶事》，清光绪十四年汪氏振绮堂刻本。

杭世骏（1696—1773），字大宗，又字堇浦，晚号秦廷老民，浙江仁和（今属杭州）人。少时家贫，然极嗜学，"假书于人，穷昼夜读之，父母禁止，辄篝灯帐中默诵"①，这种好学的习惯，杭氏终身未易。雍正元年（1723）举孝廉，次年乡试中式，雍正十年受聘为福建同考官。乾隆元年（1736），应博学宏词科，以一等第五名，授翰林院编修。乾隆八年，以翰林院部曹被保荐御史，乾隆亲试，因其上书言之过切，忤乾隆意，被议落职。后历主粤东粤秀书院、扬州安定书院。晚与里中耆旧及方外朋侣，结南屏诗社，以吟咏著述自娱，以此终老。所著有《道古堂文集》四十八卷、《诗集》二十六卷，另有《续礼记集说》《石经考异》《礼例》《史记疏证》《两汉疏证》《诸史然疑》《两浙经籍志》《文选课虚》《词科掌录》《榕城诗话》等十八种。

《道古堂文集》中所收骈体文的数量并不多，从文类来看，其主要集中在序记及赞铭、祭文几体。就创作特点而言，这些作品大体可以分成两类：一类作品比较符合传统意义上骈文创作的格式要求，即句式整齐（以四字、六字句为主），且多偶对、多用典、音韵和谐、文辞华美，这主要包括杭世骏的大部分赞铭文、一部分祭文以及有限的几篇序、记、赋、书，可称为"正格"之文。

这类作品虽然形制比较整齐，但是能各因表现对象的不同，而使用不同的表达手段，从而体现出众多的体格风貌。如《桂堂著书砚铭》："以方为体，以静为德。我言哓哓，尔独墨墨。"②文仅四句，而空灵隽永、亦庄亦谐，堪称短铭精品。又《桂堂铭》：

> 水涨一湾，桂馨一山。步檐四周，老屋三间。轩窗疏豁，风月不关。因风独往，抱月而还。游神怀葛，寻乐孔颜。交慎成贵，事省得闲。长吟抱郄，觅句仍删。桂兮桂兮，高不可攀。③

此铭蕴兼儒道、辞简意厚，既写出了桂堂的清雅脱俗，又暗示出了桂堂主人的高逸潇洒，有清逸空灵之美。再如《水月老人像赞》：

---

① 许宗彦：《杭太史别传》，参见杭世骏《道古堂全集》卷末附《轶事》。
② 杭世骏：《道古堂文集》卷二十五。
③ 同上。

疏食藜羹，安分长足。凡衣愚帽，随俗不迁。诗以抱山而富，志因守道而坚。郭外执农桑之业，山中养草木之年。轩冕或临，不必凿坏而遁；征徭偶及，亦可闭户自全。或以为不夷不惠之曼倩，或以为中伦中虑之少连。采薇蕨而登山，耻称义士；违邦族而东渡，庶号寓贤。名虽未入鲁国先贤之传，行足光圣朝逸民之编。质诸百世，然乎不然？①

此赞所写人物为会稽隐士孙文，文章避开对孙文其人、其事的具体描述，而虚笔传神，笼括他的生活态度与精神风貌。文章虽短，但词义并胜、清畅一气，将一位"诗以抱山而富，志因守道而坚"的质朴隐士的形象，描写得生动贴切。此外，《沈在川像赞》《散花龛铭》《秋声馆铭》《藻绿轩铭》等，也都是体制短小而隽永优美的佳文。

《道古堂文集》中还有一些篇幅较长的"正格"之文，《秋窗随笔序》《方镜诗序》《待月岩记》《张氏五世著述记》《代祭杨母徐太君文》《樊榭山房游仙诗序》诸文是其代表。如《待月岩记》写待月岩云：

有岩崒然，蹴璧为两。灵泉贯腹，朱草承掌。左骑风楹，右握云輗。尻趾崔错，肩背挨攘。逼仄麎跛，迫不得敞。朝曦大明，纳月不朗。杂然群疑，莫可诘想……阒无一声，圆魄东满。其升于岩也，岭岈潆洞，春逢寒送。霓舒电搜，补阙承空。浸水有迹，窥天无瓮。晃朗煜爔，幽隐毕贡。迨其降也，曲磴高下，鹰木支离。阳开阴闭，了无僬侥。顾兔踯躅，陟历崄巇。一气冷沁，凝于秋池。②

待月岩小而多致，月升、月落各有一番独到的意趣，尤其文末"一气冷沁，凝于秋池"两句，将月落之后待月岩的幽冷清寂，表现得十分细腻传神。文章句雕字琢，古奥简隽，绮丽的辞藻在清幽意境的统摄下，呈现出一种沁人心脾的冷艳，反复读来，令人心魄为之摇动。

再如《樊榭山房游仙诗序》，此文风格与《待月岩记》迥异，其笼括厉鹗游仙诗的特点有云：

（游仙诗）数凡三百，谢家《胡蝶》之篇；字过八千，倪氏《梅

---

① 杭世骏：《道古堂文集》卷二十五。
② 杭世骏：《道古堂文集》卷十九。

花》之制。洞中蕊简，始足挥毫；海上珊瑚，差堪架笔。月穿高树，依萝户以敲金；风度碧天，傍云窗而戛玉。江花满箧，种由瑶草之田；潘锦连箱，裁作流霞之帔。行间冰雪，喷来即是元霜；腕底蛟螭，泻出何殊碧海！笑驱素豹，盘桓墨椀之中；怒逐朱龙，游戏砚池之侧。昆仑袅袅，不用支筇；烟渚茫茫，何须买舫？苔笺十幅，俄成王屋之峰；湘帙一函，都是蓬莱之岛。以神仙为输写，借文翰为遨游。可谓尽名士之才情，极仙人之本色者矣！①

文章丽能不缛，工致不妨疏宕，纵肆豪逸，一气横行，有李白古体诗的风神，堪称杭氏骈文的高格。

杭世骏的另一类骈文作品，是突破了骈体文传统格式规范的作品，可称之为"别格"之文，这主要指他的序、记作品。如果说前举的"正格"之文已经体现出较为鲜明的杭氏特色的话，那么这里的"别格"之文，则更加突出地体现出了杭氏骈文的独特面貌，杭世骏的个性、才情、学识在此得到了十分充分的展示。其主要特征有三点，即时用长对、散句与骈句并用、以意统文而文质兼美，可分别言之。

前已有述，骈体文正格，当以四字、六字对句为基本句式，这包含至少三层意思：首先，四字、六字对句（包括四字对、六字对、四六与四六对），必须是一篇骈文作品的主要句式，这也是骈文被称为四六文的根本原因；其次，骈体文除了可以使用四六对句，还可以使用三字、五字、七字甚至更多字数的对句，这在陈维崧、尤侗、吴农祥的作品中已有大量成功的例证；最后，骈体文除了必须使用四字六字为主的对句，还可以适当辅以数量有限的散句，这在魏晋六朝人的文集中颇为多见，需要强调的是，这里所说的散句始终是处于辅助的地位。

杭世骏的"别格"之文，一方面较大幅度地发挥了骈文可以使用非四六字对句的特点，在一些作品中较多地使用了长对。典型的如《赠顾瀫陆序》言顾氏诗歌之特点有云："其绵邈滂沛，则高山出云，舒卷肆态；其清陗刻厉，则瀺穴溯磵，琤琮流音。"② 又《汪可舟岞崿山人诗序》言张渔川、汪对琴组织文人雅集云："张员外渔川，以沉郁澹雅之才，收遗老而嘘枯；

---

① 杭世骏：《道古堂全集》卷末附《道古堂集外文》。
② 杭世骏：《道古堂文集》卷十五。

汪博士对琴，携清懿渊懋之资，合群英而谈艺。"① 前者上下联各14字，后者则各18字，而在形制上又有着比较严格的偶对格式，这样的长对在清以前的骈文史上并不多见。这两者还有一个颇为明显的特点，即每个联句都有着比较严密的逻辑关系，尤其后者，几乎是两个主、谓、宾齐备而句式齐整之散体句的结合体，骈体联句在意象组合上的跳跃性特征，在很大程度上已经被消解掉了。

这种特点在《李义山诗注序》和《沈赓堂寿序》中还有更为突出的表现。《李义山诗注序》言章容谷所注李商隐诗集之特点有云："鸡跖獭祭，其藻丽则义山之藻丽也；金镂玉雕，其追琢则义山之追琢也；综纬史学，比切时事，其感兴则义山之感兴也；横钩竖贯，水注山疏，其涉历则义山之涉历也。"②"鸡跖獭祭""金镂玉雕"一联以14字为对，"综纬史学""横钩竖贯"则以18字为对，其排比铺陈之法固然有汉赋的痕迹，其以散体之气运骈俪之文、以逻辑紧密的长句进行议论，也可以见出盛唐燕许、中唐陆贽及宋人骈文的深刻影响；而将铺排比对、以散运骈、生发议论诸端结合而观，还可以隐约见出唐宋古文甚至八股文的面貌。又《沈赓堂寿序》言沈氏之为人曰："爱余之崎嵚历落则喜，愍余之困顿颠踬则忧。余欲以诗篇赠之，赓堂貌恭而情挚，不可以言语动也；余欲以货贿投之，赓堂行介而性迂，不可以缟纻结也。"③ 特别是后一联，每句长达21字，且俪体散意、比对议论，这在骈体文创作史上，除了宋人如苏东坡、清人如尤侗等会偶一用之，其余实不多见；而其在排比铺陈方面的着力，在一定程度上可以被视为对"正格"骈文的一种突破性创新。

除了时用长对，杭世骏的"别格"之文，还充分拓展了骈体文可以使用散句的形制特征，其大量作品都使用了数量颇多的散句。不但如此，在很大程度上，这些散句还突破了其在"正格"之文中被限定的辅助地位，而成为整篇作品有机的重要组成部分，换言之，"正格"骈文中严格的骈主散次规范已经变得不那么严格。《两浙经籍志序》《施竹田箦舫集序》《陈江皋对鸥阁漫语序》《赠顾瀚陆序》《补史亭记》《寄所亲书》等文，都具有相当的代表性。如《两浙经籍志序》叙述当权者议改《经籍志》体例内容云：

---

① 杭世骏：《道古堂文集》卷十一。
② 杭世骏：《道古堂文集》卷八。
③ 杭世骏：《道古堂文集》卷十六。

无何制府朝京，局事大变，狐凭虎以作威，蜮含沙而射影。檄取成书，妄生弹射。谓时令、地理非史，天文、律历非子；食货不宜别标宝货、器用，医家不宜更分经方、针灸。树颐胲而插齿牙，沸吼吹唇，牢不可破。予援四代史志及《崇文》《昭德》、莆田、鄱阳之书以证之，益复中其所畏。倡为鸱张狼顾之谈，以济其鹩雏腐鼠之吓。谓圣天子稽古向学，将按籍而开献书之路，封疆大吏虑不能尽应，以亵乙夜之览。至或郢书燕说，记丑而博，贻曲学之讥，来求全之责。解之不能，为累滋大。又或草莽之私史，孤愤之《离骚》，将吹毛以索疵，必伤桃而戒李。凡兹数说，转丸飞钳，恫疑虚喝。当局秉笔者，舌拆颈缩，大有戒心，肆意涂谊，无复诠整。艾儒魁士之述作，以疑似而见删；家献国献之章，因运移而并废。续凫断鹤，取笑通人。今世所行本是也。①

雍正九年（1731），杭世骏与修《浙江通志》，主要负责《经籍志》的编纂。当杭氏花了九个月时间纂成是书之时，当局权要却对他勠力编纂的著作提出了很多的异议，这些异议虽然在杭世骏看来实在是些迂腐之见，可是《浙江通志》的主持者畏缩不敢驳议，最终导致《经籍志》的体例有失，许多有价值的文献也被删废不录。这段文字夹叙夹议，一气贯注，有博辩清畅之美。就行文的句法而言，其骈散并用，亦骈亦散，骈俪与散行的界限在此已经基本消弭。

再如《施竹田箴舫集序》，此序与前举《两浙经籍志序》，都见录于姚燮的《皇朝骈文类苑》。全文亦是骈散兼下，如写施氏诗作的特点及《箴舫集》的主旨内容云：

忧患深而劳苦之辞作。嗟乎！吾于石友竹田施氏观之矣……竹田之诗，其深造也以姿，其老成也以学，其优游变化也以处境之恬适清暇，其腾骞翔耀也以师友之讨论削夺，此盖其大凡也……其造端托指，大概谓中年以往，境过事迁。落月怀人，望云思母，感身名之不立，虑顾颔以伤生。酒冷灯昏，猿吟蚓叫。钻情草木，流涕关河。造笔冢以勒铭，借风幡而树义。牢愁结愲，盖举曩时征群命酒，酣嬉颠倒之意气，铲削亦已尽矣！既复弱弟通倪，握蛇骑虎，罥足入绊，竹田望走诸要人，思

---

① 杭世骏：《道古堂文集》卷六。

一解其徽纆，则不可得……风人之旨，郁乎有余痛矣！①

概论施氏诗作特点的几句，用唐宋古文式的排比长对，体虽俪而趣则散。其笼括施氏《簦舫集》主旨内容一段，在行文上则骈句、散句齐用，宜骈则骈，宜散则散，灵活运使。与《两浙经籍志》相似，作者在行文过程中并没有刻意地在骈俪偶对中加入散句，而是应文章意脉推进的需要，适时地或骈或散；换言之，文中的散句已经作为文章的有机组成部分，被自然地嵌入到了文章的机体之中，其与骈句可谓水乳交融、难分彼此。应当说，杭世骏在骈文写作过程中的骈散兼用，固然是对前人的复古继承，但同时他在继承中也有一定的创新：他的骈文无论是散句使用的数量，还是散句与骈句运用的灵活浑融程度，都比清初的骈文家有了较大幅度的提升，他在骈文创作骈散并用方面的成功示范，对清代中后期骈文的发展也应当起到了一定的推动作用。

骈体文在形制上还有一个特点，即张仁青《中国骈文发展史》所说的"务求文辞之华美"。杭世骏的"别格"骈文，固然承传了骈体文需要文辞华美的基本特点，但同时在骈文义理、意脉、意趣等"质"的范畴方面，作了很大的努力，从而使他的作品呈现出以意统文而文质兼美的风貌。比较有代表性的，如《东城杂记序》勾画东城各类清雅的居住者，印证此地"俗俭而风茂美"、堪称"乐邦"曰：

> （东城）俗俭而风茂美，以故蝉蜕泥滓者，择地高蹈，恒窟栖焉。凿坯为门，把茅盖屋，揽水竹以清心魂，谢影缨而回俗驾。蒿床煴火，讽咏内书；砖障施厨，咀嚼道味。同尘采真，此其选也。亦有国老引年，依风绳谷。洛社高耆英之名，《梁书》创《止足》之传。折齿效其步趋，小冠别为风尚。后贤寻白云之堂，归路是樵风之径。流风未沫，陈迹屡蒆。更有名诠钩党，人目清流。汝颍仰月旦之品题，黟歙结桃源之会课。墨兵乍洒，笔阵横飞。诗则朣轩著评，书则怀瓘估直，文则彦和程材，画则洪谷传法。醉乡遵皇甫之科条，茗酪藉伯审所辨记。斯诚《离骚》之博徒，艺苑之别子矣，抑匪特兴寄远也，盖亦有禅悦焉。赤华鸡栖，青豆蜂宿。眴衣交臂，斋板倦听。借禅榻以验鬓丝，拈瓶花而参密旨。千函榆档，信地翻经；一握松枝，弥天选佛。真可以破除结

---

① 杭世骏：《道古堂文集》卷十一。

习，淬炼智光。号此乐邦，洵非妄尔。①

"蝉蜕泥滓者"言道，"国老"、"清流"谓儒，"禅悦"则言佛。道者大隐于市，"同尘采真"；儒者或结社酬唱，或会课品题；僧佛悉心忘机，参悟"密旨"。这些身份各异而清雅相类的人物，都能居处于东城这样一个颇为偏僻的地方，足见此地风俗的"茂美"，而世号此地为"乐邦"，实非妄评。作者学问渊博，才华超卓，各种意象、典故随手拈来，皆成妙制。文章立意明确，层次分明，文采斐然而述意清畅，有文质兼擅、一气呵成之美。

《东城杂记序》叙议结合，其立意显豁、脉络明晰而风格清朗，以意统文的特点一览即知。曾燠《国朝骈体正宗》所选录的《寄所亲书》一文，则表现出与《东城杂记序》相异的体性风格，兹将全文迻录如下：

> 此间秋意甚佳，十晴一雨。登游文酒，排日为欢，未与故乡殊致。所恨翠被寒生，绮情时触，放愁则难于发端，郁念则宛乎在梦。曼睇柔些，何关人事？安神靡体，非此安归？每一注存，动关性术。尔其悴叶晨飞，颓云西下，环吟寺角，跼步街东。托风怀于末简，恋灯火于空廊。独往之思，想不殊于千里。
>
> 夫结蟓蛾于瘖寐，揽芗泽于心神，镂刻空花，转相诞幻，诚摄生所怵也。销铄精胆，蹙迫和气，又志士所累歔也。钻灼经典，陶冶性灵，气役于此，则神驰于彼，转移之际，庶以为功。旬月以来，颇能自得。铲除顽艳，逊志空元。湿木寒灰，未能比拟；鬼毛兔脚，略有引伸。纵复巧咒阿难，散花摩诘，已能空五蕴而缚四禅。情尘不萌，爱流已涸。闻者疑为矫情，言之洵为无罪。玉台对簿，良可理原；绀榭昄僧，底须忏悔？竟当借袈裟于乾陁，捉应器于香积。挥兹智剑，还我慧珠，解脱因缘，屏当妄语。德我醉我，亦无蕾焉。②

文章前半以抒情为主，写作者秋日客居的寂寞感受，全段读来，有清绮幽冷之美。尤其"托风怀于末简，恋灯火于空廊"两句，述意极为细腻深婉，其刻琢锤炼而臻于自然，洵为骈体妙笔。后半先就前半所提及的"性

---

① 杭世骏：《道古堂文集》卷六。
② 杭世骏：《道古堂全集》卷末附《道古堂集外文》。

术"问题略作引申，继就自己体悟所得展开论析，文字空灵蕴藉，富有禅意。文章骈散齐运，一气浑融，但贯穿全文的红线并不是一个明确的意旨、论点，而是一个事理自然推进的逻辑过程和一种别致的意趣：客居寂寞之"绮情"，引发了作者的"性术"之思，其在"钻灼""陶冶"之后乃有所悟，亦即叙述了作者因事生情、缘情启悟的大体经过。而在作者用或抒情或议论的方法进行叙述时，一脉朦胧微妙的禅趣始终浸润在文章的用典、偶对之中，从而使全文显示出浓厚的幽约空灵之美。杭世骏骈文艺术之纯熟，于此可见一斑。《东城杂记序》《寄所亲书》而外，前举《施竹田篛舫集序》结合施氏诗集述论"忧患深而劳苦之辞作"的意旨，《陈江皋对鸥阁漫语序》析论"诗道广，词道狭"之理等，也是这方面的典型，此不赘述。

概言之，杭世骏的骈文创作，虽然在数量上并不占优势，但是经由这些风格多样、特色鲜明而成就卓特的作品，杭世骏已经显示了他作为骈文创作名家的才情、学问与识见。他的"正格"之文，或清逸空灵、或简隽古雅、或纵肆横逸，在骈文创作的传统形式格局中，体现出独特的艺术个性，形成了别具一格的艺术风貌；而他的"别格"之文，更是在承传中有创新，其在使用长对、骈散交融、以意统文等方面的成功实践，刻意打破骈散之界，有力地说明了骈散并无高低之分、骈散可以融贯并用。就清代骈文发展的整个进程而言，杭世骏顺应了清代骈文骈散融通的大势，他比清初陈维崧、毛奇龄、毛先舒、尤侗等人走得更远，清代中期骈散交融理论的系统提出，他也起到了一定的示范、引导作用。就文学史地位来讲，在清中叶的骈坛上，杭世骏固然无法与胡天游、邵齐焘、王太岳、袁枚、洪亮吉等骈文大家相提并论，但与王芑孙、吴慈鹤、王昙、袁翼等骈文名家足可一较高下，称得上是清代中叶骈文灿烂星空中绽放独特光彩的一颗明星。

第二节　才笔放纵的骈坛巨擘：袁枚

清代中叶是有清一代骈文发展的鼎盛时期，清代骈文史上最有分量的骈文大家多半产生于这一阶段，吴鼒《八家四六文钞》所列刘星炜、袁枚、洪亮吉、邵齐焘、孔广森、孙星衍、吴锡麒、曾燠诸人，便是其佼佼独胜者。在这些作家中，以词章包括骈文之学风行一世且影响深远者，必首推袁枚。由于袁枚是名倾一世的才子学人，学界对他的生平经历已经有了较多的探讨，因此本节在这方面不再做过多的重复。

袁枚（1716—1797），字子才，号存斋，一号简斋，晚号随园老人，学者称随园先生。祖籍慈溪，后徙钱塘（今浙江杭州）。他的高祖槐眉公、槐眉父竹英，都有过不错的政治际遇，但是其后则日趋衰弱，姚鼐《袁随园君墓志铭》称袁枚祖父锜、父滨、叔父鸿，"皆以贫游幕四方"①，即是明证。袁枚出生于这样的家庭，在物质生活上自然是饱受了困苦，但精神生活方面却颇为充实。《秋夜杂诗》其八云："吾年甫五岁，祖母爱家珍。抱置老人膝，弱冠如闱人。其时有孀姑，亦加鞠育恩。授经为解意，嘘背分余温。"② 因此，"未就学，而汉晋唐宋国号、人物，略皆上口"③。九岁时得上古诗选四本，从此与诗文便结下了不解的因缘。

乾隆元年（1736），至广西依叔父袁鸿于巡抚金鉷署中，金氏面试《铜鼓赋》，"援笔立就，不加点窜"④，一座惊赏。适逢清廷开博学宏词科，金鉷便将年仅二十一岁的袁枚推荐与试，此试虽然报罢，但是钱塘袁子才的名声一下子传遍了京城。三年秋，举顺天乡试。次年进士中式，选翰林院庶吉士。七年，翰林散馆，"以未娴清字，改知县，分发江南"⑤。初知溧水，改江浦，复改沭阳，乾隆十年，调知江宁。临治有政声，在江宁甚至有人"以判事作歌曲，刻行四方"⑥。以母疾去官。再起发陕西，遭父丧归。遂辞官，卜筑江宁小仓山，以诗文自娱，而"四方士至江南，必造随园，投诗文，几无虚日。"⑦ 卒年八十二岁。

有《小仓山房诗文集》《随园诗话》《小仓山房尺牍》《随园随笔》等三十余种。按《小仓山房诗文集》包括《诗集》《文集》《外集》三部分，其中《外集》专收骈体之文，计八卷92篇。其前七卷84篇，乃袁枚于六十岁自编诗文集时辑成，第八卷"补遗"8篇，则是袁氏在七十五岁补辑诗文集时编定。这八卷骈体之作，就是本节的主要研究对象。

---

① 吴志达主编：《中华大典·明清文学分典·清文学部二》，凤凰出版社2005年版，第560页。

② 袁枚著，周本淳标校：《小仓山房诗文集》，上海古籍出版社1988年版，第230页。

③ 方濬师：《随园先生年谱》，陈祖武《乾嘉名儒年谱》第五册，北京图书馆出版社2006年版，第8页。

④ 孙星衍：《故江宁县知县前翰林院庶吉士袁君枚传》，吴志达主编《中华大典·明清文学分典·清文学部二》，第561页。

⑤ 同上。

⑥ 姚鼐：《袁随园君墓志铭》，吴志达主编《中华大典·明清文学分典·清文学部二》，第561页。

⑦ 同上。

一 骈散一源，体则代变：袁枚的骈文主张

骈文创作与骈文理论互相促进，是清代骈文发展的基本特征。清代中期，随着骈文创作的兴盛，骈文理论也取得了较大的发展，其中骈散关系、骈文地位问题，始终是学界共同关注的一个重要话题。袁枚也就此提出了比较独到、深入的见解，这主要体现为三点：

第一，文分骈散是自然之理，非人所强为。清初，陈维崧高呼"盖天之生才不尽，文章之体格亦不尽"①，强调骈体与诗赋、散体平等，甚至作为文学之一体的骈文也可与经、子、史平等，无疑在当时的文坛刮起了一阵强有力的旋风。但是这种激情澎湃的主张，并没有一个哲学意义上的深刻理论支撑，因此要想充分说服被系统古文理论所熏陶的文学界，无疑是比较困难的。事实上，给陈维崧文集作序的毛先舒，曾就此提出过简洁而深刻的论点：

> 原夫太极，是生两仪；由兹而来，物非无耦。日星则珠联璧合，华木亦并蒂而同枝。关关锵锵，鸣必相和；儦儦俟俟，聚斯为友。物类且尔，况于人文哉？是皆天壤自然之妙，非强比合而成之也。②

毛氏认为，物之有偶本于太极生两仪的天道之理，是天地自然的基本属性，而既然物是如此，那么作为人文之一的文学更应当有这样的特点，进一步来说，文有骈体实非人所强为的结果。但是由于毛氏之文的重点在评价陈维崧骈文的艺术特色与成就，而且他的文坛影响也不够大，因此这段话往往被人所忽视。

袁枚的骈文思想与毛先舒有很大的相似之处，但他比毛氏说得更清楚、更全面，也更生动。《胡稚威骈体文序》开篇云：

> 文之骈，即数之偶也；而独不近取诸身乎？头，奇数也；而眉目，而手足，则偶矣。而独不远取诸物乎？草木，奇数也；而由萼而瓣鄂，则偶矣。山峙而双峰，水分而交流，禽飞而并翼，星缀而连珠，此岂人

---

① 陈维崧：《陈迦陵文集》卷二《词选序》，《四部丛刊》本。
② 毛先舒：《湖海楼俪体文集序》，陈维崧《湖海楼俪体文集》卷首，清光绪十七年刻本。

为之哉?①

袁枚认为，天地之数有奇有偶，这是不会因人力而改变的自然之道，即毛先舒所说"原夫太极，是生两仪"之意。比如人的身体，头为奇数，眉目、手足则偶数；又如植物，草木本身为奇，其发芽开花则偶；人和植物如此，其他山、水、禽、星，也莫不如此。而文作为天地万物的一部分、作为自然之道的一种体现，自然也有奇偶之分。这个意思，袁枚在《书茅氏八家文选》中表述得更为简洁明确，即所谓"一奇一偶，天地之道也；有散有骈，文之道也。"②

第二，骈散系出一源，且两者各有其价值，不宜轻为轩轾。清中叶的文坛上仍然流行一种观点，即认为散体有用而骈体无用。在袁枚看来，文章虽分骈散，但两者系出一源，它们各有其价值，并无有用无用之分。《答友人论文第二书》云：

> 足下之答绵庄（程廷祚）曰："散文多适用，骈体多无用，《文选》不足学。"此又误也。夫高文典册，用相如；飞书羽檄，用枚皋：文章家各适其用。若以经世而论，则纸上陈言，均为无用。古之文，不知所谓散与骈也。《尚书》曰："钦明文思安安。"此散也。而"宾于四门，纳于大麓"，非其骈焉者乎？《易》曰："潜龙勿用。"此散也。而"体仁足以长人，嘉会足以合礼"，非其骈焉者乎？安得以其散者为有用，而骈者为无用也？③

正如袁枚所指出的，上古经典如《尚书》《易经》之类，都是骈散一体，浑融并用，经典尚如此，怎么能说骈体无用呢？不但如此，《答友人论文第二书》还指出，就是被古文家推为散体正宗的韩愈、柳宗元，他们在文章琢句中也"时有六朝余习"，那么韩、柳之文是有用还是无用呢？事实上，如果一定要以是否有益于世用的标准来衡量骈、散文的价值，那么作为"纸上陈言"的骈散之文，显然都不如朝廷律法、实录那样有"经世"之价值。

---

① 袁枚著，周本淳标校：《小仓山房诗文集》，第1398页。
② 同上书，第1814页。
③ 同上书，第1548页。

这里就涉及文学的价值应以什么标准来衡量的问题,《答友人论文第二书》接着言道:

> 夫物相杂谓之文。布帛菽粟文也,珠玉锦绣亦文也,其他浓云震雷,奇木怪石,皆文也。足下必以适用为贵,将使天地之大,化工之巧,其专生布帛菽粟乎?抑能使有用之布帛菽粟,贵于无用之珠玉锦绣乎?人之一身,耳目有用,须眉无用。足下岂能存耳目而去须眉乎?是亦不达于理矣。韩退之晚列朝参,朝廷有大著作,多出其手。如《淮西碑》《顺宗实录》等书,以为有绝大关系,故传之不衰。而何以柳州一老,穷兀困悴,仅形容一石之奇,一壑之幽,偶作《天说》诸篇,又多谲诡悖傲,而不与经合,然其名足与韩峙,而韩且推之畏之者,何哉?文之佳恶,实不系乎有用与无用也。①

袁枚认为,天地之物,有适于世用的布帛菽粟,也有作为奢侈品的珠玉锦绣;人之一身,也既有适用的双目两耳,也有没什么实际用途的胡须眉毛。但是我们并不能说布帛菽粟比珠玉锦绣更有价值、双目两耳比胡须眉毛更有价值,同样地,我们也不能说柳宗元山水小品的价值就低于韩愈的朝廷大手笔。要之,以有用或无用作来衡来文学是否有价值是不合适的,妥当的做法,应是看文章是否依照不同的表达目的、要求,做到完美的因题命体,即前所谓"各适其用"。而如果文章各适其用了,那么不管是散、是骈,就都是有价值的。

第三,文章骈散代雄,是文学史发展的必然。按照袁枚的论析,骈体文实有其价值在,那么为什么文坛会盛行散体适用而骈体无用、散尊骈卑的观点呢?应当怎样看待作为骈体文极致的六朝之文呢?袁枚在《答友人论文第二书》一针见血地指出,"友人"之所以会认为散体有用、骈体无用,主要应是震于苏轼论韩愈所谓"文起八代之衰"之语所致,就此,袁枚道出了一句惊人的断语:"八代固未尝衰也。"为什么如此呢?袁枚鲜明地指出:

> 文章之道,如夏、殷、周之立法,穷则变,变则通。西京浑古,至东京而渐漓。一二文人,不得不以奇数之穷,通偶数之变。及其靡曼已甚,豪杰代雄,则又不屑雷同,而必挽气运以中兴之。徐、庾、韩、

---

① 袁枚著,周本淳标校:《小仓山房诗文集》,第1549页。

柳，亦如禹、稷、颜子，易地则皆然者也。①

在袁枚看来，文学的发展变化有着与历史演进相似的规律，这个规律就是《易经》所说的"穷则变，变则通"。夏、商、周三代立法各不相同，但它们能各臻其盛，说到底就是因为它们皆能依时而变，并在变中求通。文学的发展也是如此，两汉之文为古文典范，但是魏晋六朝之文是不是还要沿着两汉的路，一成不变地向前推进呢？回答当然是否定的。正如文学史已经展示给我们的，以"浑古"为特色的古文，在西汉已经发展到了它的极致，东汉作家已经无力再创造出另一个极致，于是他们"不得不以奇数之穷，通偶数之变"，进行新的文学尝试，可是他们的尝试没有成功。魏晋六朝承东汉之后，他们首先不可能再形成一个和西汉一模一样的文学顶峰；其次，魏晋六朝的"豪杰"们也"不屑雷同"前人。于是他们就沿着东汉作家的尝试之路继续前进，以独特的才情创造出了骈体文的辉煌。此后韩愈、柳宗元等人揭起古文运动的大旗，将文学发展推向了另一个高峰，也不过是"穷则变，变则通"的积极结果。

在这个意义上，我们可以认为，六朝骈文与西汉古文、唐朝古文相似，都是文学史绵延山脉中不可替代的高峰，彼此之间并无有用无用、尊卑高低之分；同时，将六朝骈文推向最高峰的庾信、徐陵，跟将唐代古文推向顶峰的韩愈、柳宗元一样，都是他们所在时代的"豪杰"，他们之间也没有尊卑高低之分。由此，我们可以得出结论，苏轼"八代文衰"的论点实际是站不住脚的，六朝骈文自有其不可动摇的价值，骈体文也自有其不可替代的价值。

需要指出的是，袁枚的骈文主张也有着一定的局限性。他用自然之道有奇有偶的哲学理论来论证文分骈散的必然性，并用儒家经典即《六经》兼用骈散来肯定骈体文的价值，思路虽然不是很具创新性，但无疑是比较深入而且易于让人接受的。不过，他在借用中国古典哲学和儒家经典来支持自己论点对同时，也受到了它们的束缚，《书茅氏八家文选》在概括"一奇一偶，天地之道也；有散有骈，文之道也"后指出，"天尊于地，偶统于奇，此亦自然之理。然而学六朝不善，不过如纨绔子弟，熏香剃面，绝无风骨，止矣。学八家不善，必至于村妪呶呶，顷刻万语，而斯文滥焉。"② 虽然他

---

① 袁枚著，周本淳标校：《小仓山房诗文集》，第1548—1549页。
② 同上书，第1814页。

从比较极端的角度肯定了骈体文的价值，但是"天尊于地，偶统于奇"的尊卑等级之论，实际就是说散尊于骈、骈统于散，这与他强调六朝骈文为西汉古文、唐代古文之间的另一个高峰，六朝骈文自有其不可磨灭之价值的观点，有一些内在矛盾，从而在一定程度上削弱了他理论论述的力度。

当然，袁枚骈文思想所存在的一些不足，并不会影响其整个理论的深刻性及重要价值。从清代骈文理论发展演变的层面来讲，袁枚的骈文思想上承清初陈维崧、毛先舒等人，并将骈散一源、骈散文各有其价值的思想，发挥到了一个新的水平，提升到了一个新的高度。加之袁枚在文坛享有崇高的地位，因此他的骈文主张很快随着《小仓山房诗文集》的流传而播之四方，从而对清中叶及此后的文坛产生了颇为广泛而深入的影响，清代中后期阮元、李兆洛等人更为系统的骈文理论的提出，正是在以袁枚为代表的前辈学者理论探讨基础上的进一步发展。

二 参唐酌宋，流丽浑脱：袁枚骈文的风格特色及其渊源

文学创作是否具有自成一格的艺术风格，乃是衡量一个作家文学成就的重要标准。作为清代中期的骈文大家，袁枚经由《小仓山房外集》所收八卷作品，已经展出了独树一帜的风格特色。关于这种特色，清代的学者已有论及，如石韫玉《袁文笺正序》论袁枚之文云："觉其鲸铿春丽，怪怪奇奇，真天地间别是一种文字。刘舍人所谓树骨训典之区，取材宏富之域，殆庶几焉！"[①]"鲸铿春丽"，谓袁文音节铿锵而色泽明丽；"怪怪奇奇"谓袁文奇思妙解，令人惊异；所引刘勰《文心雕龙》之语，则谓袁文既有充实雅训的运典、宏富的取材，又有贯穿于这些典故、题材中的独特风骨。又袁枚门生李英序《小仓山房外集》有云："（袁氏骈文）古藻缤纷，大气旋转，足冠一朝。"[②]"古藻缤纷，大气旋转"是说袁文辞采古雅浓丽，气势沉厚流转。又陈宝琛序许贞干《八家四六文注》，称袁氏骈文"有俶诡雄奇之态，多磅礴凌厉之观。"[③]此外，如今人刘麟生《中国骈文史》云："袁枚之笔，流丽生动，喜杂以议论。"[④]又刘氏《骈文学》云："子才之文，世人多以放纵目之。要其笔致流利，亦如其诗也。"[⑤]刘麟生指出，袁枚骈文既有笔

---

① 吴志达主编：《中华大典·明清文学分典·清文学部二》，第550页。
② 袁枚著，周本淳标校：《小仓山房诗文集》，第1943页。
③ 许贞干：《八家四六文注》卷首，清光绪十七年刻本。
④ 刘麟生：《中国骈文史》，商务印书馆1937年版，第125页。
⑤ 刘麟生：《骈文学》，海南出版社1994年版，第94页。

致流丽生动，又有好作议论、文风纵放的特点。

综合诸说，可知前人对袁枚骈文在音节、辞采、用典、取材、运思、气势等方面，都有所概括，将这些特点综贯起来，袁枚骈文的风格特色就比较清晰了。事实上，袁枚是典型的才子，他的诗是才子之诗，骈文也可以说是才子之文。他才华横溢、学识渊博，驱使丽辞古典从容自如，加之个性纵逸洒脱、且好论议，因此所为骈文既有如其所作性灵诗那样清新流丽、潇洒奇纵的特点，又有如西汉论辩文那样气势沉浑、辩博畅达的特点。这两种特点融贯在一起，就形成了袁氏骈文独有的艺术风格——流丽浑脱。具体一点说，流丽系指袁枚之文命意新奇而表述流畅、音声谐协而辞采清丽，即石韫玉所谓"鲸铿春丽，怪怪奇奇"，李英所谓"古藻缤纷"，刘麟生所谓"笔致流利"；浑脱则指袁文蕴厚而气浑、识卓而笔纵，即石韫玉所谓"树骨训典""取材宏富"，李英所谓"大气旋转"，陈宝琛所谓"俶诡雄奇""磅礴凌厉"。

袁枚流丽浑脱的骈文风格的形成，并不是无所依傍的师心自造，而是在取法前修基础上独运心裁的结果。如果要剔理出袁枚骈文取则的主要对象，那无疑应是唐宋两代的骈体文。这里所说的唐代，实际主要指盛唐、中唐两个阶段，而盛唐的张说、苏颋，中唐的陆贽，乃是袁枚主要效法的对象。前引陈宝琛《八家四六文注》在概括袁枚骈文"有俶诡雄奇之态，多磅礴凌厉之观"之后，紧接着说道："佳者与张说、苏颋为徒，次焉亦李峤、刘轲相近。"① 张说、苏颋骈文雍容博大、气韵沉雄，为盛唐大手笔。袁枚骈文虽在张、苏之文的沉雄中裁入了奇诡，在磅礴之中增添了凌厉，但是其底蕴固然是张、苏式的沉雄博大。中唐陆贽对于袁枚的影响，主要在其骈文以疏快之文论事说理的方面，袁枚骈文好议论而清畅流宕，显然有从陆贽奏疏汲取营养的成分。就具体作品来讲，袁氏表启之文如《为尹太保贺伊里荡平表》《为庄抚军贺平伊里表》《为黄太保贺平大金川表》《为黄太保贺经略傅公平大金川启》等，就是这方面的代表之作。

袁枚骈文是否对宋人有所取则，是一个比较有意味的问题。蒋士铨《题随园骈体文》论袁氏之文有云："此体有正宗，不收欧阳苏。"② 即认为袁枚骈文，体格纯正、取法乎上，北宋欧阳修、苏轼等人文体驳杂的骈文作品，袁氏不会效仿。袁枚在《胡稚威骈体文序》中论及骈文史发展概况时

---

① 许贞干：《八家四六文注》卷首。
② 袁枚著，周本淳标校：《小仓山房诗文集》，第1944页。

也说道:"若夫四六者,俗名也。《庚桑楚》及《吕览》所称四六,非此之解。柳子称骈四俪六,樊南称六甲四数,亦偶然语耳。延此名文,于义何当!宋人起而矫之,轻倩流转,别开蹊径;古人固而存之之义绝焉。自是格愈降,调愈卑,靡靡然皮傅而已,虽骈其词,仍无资于读书。"① 按此,袁枚对宋代骈文"别开蹊径"之功固然没有否定,但是对其"古人固而存之之义绝焉"的弊端显然是深致不满的。依此推论,袁氏应该像蒋士铨所说的那样"不收欧阳苏",但事实上,袁文多用长对、琢对工巧、时涉议论、清丽流转等特点的形成,跟他学习以欧阳修、苏轼为代表的两宋骈文风格,显然是有着不可分割的联系,如张仁青《中国骈文发展史》即明言袁氏《上尹制府乞病启》"夫人情于日暮颓唐之际,顾子孙侍侧,而能益精神;儒生于方寸瞀乱之余,虽星夜办公,而必多丛脞"一联,乃仿自苏轼《乞常州居住表》"臣闻圣人之行法也,如雷霆之震草木,威怒虽盛,而归于欲其生;人主之罪人也,如父母之谴子孙,鞭挞虽严,而不忍置之死"。② 袁枚之所以言拒宋骈而实际取法,主要应是受到清初以来骈坛一直比较卑视宋骈之风气影响的结果,清代许多重要骈文选本鲜录宋骈及清人所作宋格四六、清初宋格骈文代表作家章藻功在清初以后乏人问津,也与此有重要关联。

　　当然,袁枚骈文并非仅仅取法唐宋,汉魏以降直至宋代的骈文,甚至经史百家、汉魏及唐宋的古文,袁氏都能博宗兼取、一炉冶之。蒋士铨《题随园骈体文》所谓"皇皇四六文,云霞相卷舒。百家入箧缕,群史供庖厨。一索贯万钱,任沈颜谢俱。"③ "百家""群史"所涵括的内容,显然超出了唐宋骈体文的范围;而袁氏骈文之所以能达到"任沈颜谢俱"的境界,也自然离不开对任昉、沈约、颜延之、谢朓诸家的学习。又孙星衍《故江宁知县前翰林院庶吉士袁君枚传》云:"(袁氏)尤长骈体,抑扬跌宕,得六朝体格。"④ 同样,能"得六朝体格"而不取法以徐陵、庾信为代表的六朝骈文,也是不可想象的。总之,袁枚骈文流丽浑脱之艺术风格的形成,乃是他在取则以唐宋骈文家为代表的历代前贤、综取经史百家各种精粹的基础上,发挥才情、融裁学识、涵纳个性而刻意创辟的结果。

---

① 袁枚著,周本淳标校:《小仓山房诗文集》,第1398页。
② 张仁青:《中国骈文发展史》,浙江大学出版社2009年版,第476页。
③ 袁枚著,周本淳标校:《小仓山房诗文集》,第1944页。
④ 吴志达主编:《中华大典·明清文学分典·清文学部二》,第551页。

三 寓奇于偶，神王气充：袁枚骈文的主要艺术成就

诗文创作独特而成熟的文学风格的形成，是以具有相当艺术成就和相当数量的诗文作品为前提的，因此我们有必要对促成袁枚流丽浑脱风格确立的那些骈文作品，对它们所取得艺术成就，进行深入探讨。细致研读《小仓山房外集》可以发现，袁枚骈文的成就是多方面的，但其总体成就，可以两个词语来概括，即寓奇于偶、神王气充。所谓寓奇于偶、神王气充，乃指袁枚骈文往往以散行之气运骈俪之文，命意亦奇亦正、句式灵活多变，其或议论、或叙事、或抒情，都能义理、典实、辞采三者兼备，从而达到挥洒自如、神气并盛的境界。其中句式灵活多变、俪体散趣及议论自铸伟辞、奇纵融通两方面，最能体现袁氏骈文的特色与成就，我们即可就此展开详论。

第一，句式灵活多变、俪体散趣。袁枚骈文的寓奇于偶，系由多种因素共同促成，其中句式或整或散、整散并用、灵活多变一点是非常关键的因素，特别是那些俪形散趣、或长或短的宋式联句，使得袁枚骈文在充分保持骈体文格式特征的前提下，更具备了散体文意脉贯通、抑扬跌宕的特质，颇值关注。具体言之，袁枚骈文的句式既有四字、六字句，又有二字、三字、五字、六字、七字直至十一字句；既有单句对，又有双句对，甚至三句对，可谓众制同呈、极尽变化之能事。四字、六字句为骈体文基本句式，袁枚文中自然多有其例，但更能体现袁枚骈文宋式风貌的，无疑是那些非四六句。

就单句对来说，袁文有七七式，如《与蒋苕生书》："游鱼欲出而瑟希，雍门思悲而寝寡。"[1] 有八八式，如《瞻园小集诗序》："非序不足以传兰亭，非诗不可以艳金谷。"[2] 有九九式，如《俞楚江诗序》："十二月昭明《锦带》之书，八千张崔约手钞之纸。"[3] 有十十式，如《送姚次公刺史之景州序》："房君去而味变井泉之甘，虞公归而云藏海石之彩。"[4] 还有十一十一式，如《御祭卞忠贞公墓纪恩碑记》："忠臣不邀赏于异代而尽节，圣人不责报于幽壤而加恩。"[5]

袁枚双句对的句式则更加丰富多变。以三字为首句者，有三四、三四

---

[1] 袁枚著，周本淳标校：《小仓山房诗文集》，第2014页。
[2] 同上书，第1993页。
[3] 同上书，第1995页。
[4] 同上书，第1959页。
[5] 同上书，第2050页。

式，如《上尹制府书》："夫倾阳者，葵藿之诚；献曝者，野人之礼。"① 有三五、三五式，如《岳水轩诗序》："然两戒者，天之奥府也；百年者，寿之大齐也。"② 有三七、三七式，如《尹公七旬生辰授文华殿大学士序》："其才难，燧人刻矩以冥觅；其任称，羲和浴日而弥光。"③ 有三八、三八式，如《上尹制府书》："张黼扆，则木屑难用为庚牌；焚筑鬻，则草根将嗅于甲帐。"④ 以四字为首句者，有四七、四七式，如《送梅循斋总宪归宛陵序》："决狱二百，朝廷就之问《春秋》；封事一函，天下以为真御史。"⑤ 有四八、四八式，如《李红亭诗序》："雁门著姓，为宇文大呼药之官；柱下精苗，居建武小长安之地。"⑥ 有四九、四九式，如《李红亭诗序》："纸醉金迷，三百六日之光阴如梦；笙清簧煖，二十五郎之歌管相随。"⑦ 更有四十、四十式，如《上尹制府乞病启》："人虽草木，必不谢芳华于雨露之秋；水近楼台，益当效涓滴于高深之世。"⑧ 及四十二、四十二式，如《为云华君翠袖图征诗启》："明珠抵雀，不如拾而藏之者之积德深也；采凤随鸦，不如解而离之者之为功大也。"⑨

此外，还有五字首句的五五、五五式，五七、五七式，如《送尹太保从两江入阁序》："官未奉鱼符，而望尘便服；民但闻驺唱，而捧毂先欢。"⑩ "试问西雍多振鹭，而何以偏赏闲鸥？桃李遍春官，而何以独亲小草？"⑪ 五八、五八式，如《祭卢恭人文》："学士好直言，而恭人进伯宗之戒；学士偶入觐，而恭人为裴泽之从。"⑫ 又有六字首句的六七、六七式，如《为章太宜人七秩征诗启》："外则沤营栽漆，园林极土化之宜；内则设键安横，门户有金城之固。"⑬ 六八、六八式，如《周石帆西使集序》："同听钧天之

---

① 袁枚著，周本淳标校：《小仓山房诗文集》，第2009页。
② 同上书，第1976页。
③ 同上书，第1983页。
④ 同上书，第2010页。
⑤ 同上书，第1972页。
⑥ 同上书，第1974页。
⑦ 同上书，第1975页。
⑧ 同上书，第2032页。
⑨ 同上书，第2041页。
⑩ 同上书，第1990页。
⑪ 同上书，第1991页。
⑫ 同上书，第2007页。
⑬ 同上书，第2095页。

乐，而师旷独按其笙箫；共游福地之春，而张华能志其风物。"① 六九、六九式，如《与杨蓉裳兄弟书》："自类书成于《皇览》，而《三都》《两京》鲜传抄矣；《风土》记于孝侯，而郡志、方言成旒赘矣。"② 其他以七字、八字、九字、十字、十一字开头的双句对式，还有很多种，不再详述。

  三句对在《小仓山房外集》中远不如单句对、双句对多，但是其特点非常明显，特别引人注目。比较有代表性的如《上台观察书》："惊者，惊公于东方未明之时，容光必照；喜者，喜枚于《国风》好色之外，余罪无他。"③ 以二九四句式相对。又如《为黄太保贺经略傅公平大金川启》："顷田不租，十妻不算，此秦王之誓言也；我无尔诈，尔无我虞，此宋公之盟约也。"④ 以四四七句式相对。再如《宫闱杂咏序》："韩婴曰和者好粉，有殷勤之意者好丽，其作者之心情乎；扬雄云绿衣三百，色如之何，其编排之人数乎？"⑤ 前引《上尹制府乞病启》："夫人情于日暮颓唐之际，顾子孙侍侧，而能益精神；儒生于方寸瞀乱之余，虽星夜办公，而必多丛脞。"⑥ 前者以七八七式相对，后者以九五五式相对，它们真是极大地扩张了骈体文偶对的体制限度。

  纵览这些或长或短、灵活变化的对句，我们可以发现，它们大部分都有比较清晰的逻辑关系，意思也比较明确；如果将对句拆开来，它们大多就是两个述意清楚而语法完整的散句。在这个意义上，可以说袁枚骈文灵活多变的对句，在形制上确乎为偶、为俪，但在功能上则与奇、与散并无多大区别，称得上是名副其实的寓奇于偶。此外，这些对句大多拙中见巧，其貌似平平道来，实则经过精心锤炼以至于自然平易，取得了很高的艺术成就，袁枚天才之卓越于此可见一斑。而当这些对句与四字、六字对句，与散句相配合时，袁枚骈文摇曳多姿、流丽浑脱的特点，便更加凸显出来。就渊源而言，袁枚骈文大量使用俪体散趣句式，显然主要是对宋人骈文的继承；但他在俪形散质句式之外，还使用了许多俪体俪趣的对句以及不少散句，此则又超出了宋人骈文的范畴，显示出别具一格的艺术风貌。袁枚骈文博宗兼取而匠心独运的艺术旨趣，在此得到了很好的体现。可以说，袁枚是清代骈文史

---

① 袁枚著，周本淳标校：《小仓山房诗文集》，第1971页。
② 同上书，第2025页。
③ 同上书，第2020页。
④ 同上书，第2034—2035页。
⑤ 同上书，第2116页。
⑥ 同上书，第2032—2033页。

上继尤侗之后，在骈文句式方面进行大幅度试验并取得高度成就的最有代表性的骈文家。

第二，议论自铸伟辞、奇纵融通。喜好议论，是袁枚骈文的另一个显在特征。前引刘麟生《中国骈文史》即称袁文"喜杂以议论"。又刘氏《骈文学》谓"子才之文，世人多以放纵目之"，这里"放纵"的意思，与谢无量《中国骈文概论》所言"袁简斋才笔极为放纵，时近俳体"①相近，主要是说袁氏之文常以性灵命笔，不免有游戏轻狂之嫌，而其中最能表现"放纵"特点的，首先就是袁文中无处不在的那些议论。平心而论，袁枚骈文议论往往放纵无拘检固然是不错，但并非如谢无量所说的那样"时近俳体"。事实上，那些被正统学者所轻视的"俳体"式议论，恰恰是袁枚个性思想和骈文性灵风格的体现。典型的如《上台观察书》为自己的"好色"作辩解，其以"情在礼先""瑜不瑕掩"为前提，援引故实，委婉言道：

> 昔李西平，郡将也，而营妓自随；白太傅，司马也，而商妇度曲。颇逾规矩，难律《官箴》。乃其人皆功在山河，名香竹素。枚自莅官以来，未尝一刻忘简书，不肯一言枉讥刺。待至五花判毕，四郊雨甘。乃敢弹筝酒歌，揩裳坐月。爱鄂君而流连翠被，赋《洛神》而惆怅惊鸿。事有甚于画眉，盗非同于掩耳。盖以为靖节《闲情》，何瑕白璧；东山女妓，即是苍生。连犿无伤，小德出入可耳。不图阃内之悍妻见赦，闺中之妒妾包容；而转蒙大府搜牢，长官狙伺。嘻，过矣！夫采兰赠芍，不见削于宣尼；闭阁尊经，翻自附于新莽。余中请禁探花，而以赃败；傅玄善言儿女，而以直闻。张翰有《小史》之诗，高风岳峻；卢杞无侍儿之奉，丑迹风驰。杲卿忠臣，征求花粉；辅国逆竖，静学沙门。古来君子之非，贤于小人之是。②

君子全德是中国传统文化对读书人的重要规约，因好色而失德则是君子的大瑕，袁枚对此不以为然。文中袁氏先引陶渊明、李晟、白居易等人例证，强调"连犿无伤，小德出入可耳"；继引孔子删《诗》而存郑卫之音、扬雄尊经而附王莽两事及余中、傅玄、张翰、卢杞等人例证，强调"古来君子之非，贤于小人之是"，从而为自己的"好色"之"瑕"辩解。其前提

---

① 谢无量：《中国骈文概论》，中华书局1918年版，第171页。
② 袁枚著，周本淳标校：《小仓山房诗文集》，第2020页。

明确，且事实俱在，所论虽非正轨，甚至古所少有，但思路确实灵活融通，道理也不可辩驳，"奇佹之士"有奇纵之论，这是袁枚的本色，也是他在清代文化史上异帜独标、平正之士绝不可及的重要原因。

又如《赠中议大夫孝廉隐谷孙君暨范太淑人合葬墓表》论商人之价值意义云：

> 夫君子在上则美其政，在下则美其俗。其假人也，不德不责；其食人也，不使不役。是以周尊九薮，汉重八厨。子夏耻磏仁，齐桓畏宿义。散赀钱，郭震因之称英雄也；犒牛酒，樊宏所以颂盛德也。彼夫穴管之见，眠娗之流，高蹯台衡，终归陇断。鱼鱼逐队，踽踽称廉。何曾有益苍生，书勋彤管也哉？方知尊不在官，贤不需位。①

商人在中国传统文化视野中是长期被人轻视的社会群体，思想放达、识见过人的袁枚对此也不以为然。他在文中指出，君子各行其道，"在上则美其政"者是君子，"在下则美其俗"者也是君子，社会身份、地位并不是判别一个人是否为君子的根本标准，历史上也不乏以商人而称君子者，郭震、樊宏就是人所共知的例子。在袁枚看来，只要一个人的行为"有益苍生"甚至"书勋彤管"，那么他就可以被称为君子，说到底即是"尊不在官，贤不需位"。这样的观点固然是正统士大夫所难以接受的，但事实如此，从逻辑上讲，我们是不能反驳的。此外，如《李红亭诗序》论"性自少成，须至通而自然有节；人谁无过，瞀于淫而能悟何妨"②、《为云华君翠袖图征诗启》为友人续娶别人前妻作妾辩解等，也都是立意新奇而冲击世人传统观念的"性灵"之论，我们应以广阔融通的视野来客观对待。

当然，好奇放纵式的议论在袁枚文集中只占少数，他更多的是那种正中有奇、奇正相间而被世人广泛赞许的议论。《为黄太保贺平大金川表》《莺脰湖庄诗集序》《送姚次公刺史之景州序》《与延绥将军书》《与杨蓉裳兄弟书》《代许方伯为高太恭人征诗启》《谢金抚军荐举博学鸿词启》《擅责旗厮谢戴将军启》《谢荐擢高邮刺史启》《上尹制府乞病启》《重修于忠肃庙碑》《东阁大学士蒋文恪公神道碑》《重修钱武肃王庙记》等，都是这方面比较有代表性的作品。如《上尹制府乞病启》向尹氏陈述乞病返乡的原

---

① 袁枚著，周本淳标校：《小仓山房诗文集》，第2110页。
② 同上书，第1976页。

第一章　清中叶杭、嘉、湖骈文的兴盛格局

因云：

> 伏念枚东浙之鄙人也。世守一经，家徒四壁。对此日琴堂之官烛，忆当年丙舍之书灯。授稚子之经，划残荻草；具先生之馔，撤尽环簪。余胆罢舍，断机尚在。未尝不指随心痛，目与云飞。自蒙丹陛之恩，得奉板舆之乐。春晖寸草，养志八年。然而萱爱家乡，种河阳而不茂；笋生冬日，觉梓里之尤甘。客秋之莼菜香时，堂上之鱼轩返矣。枚欲再行迎养，则衰年有恙，难涉关河；倘远讯平安，则隅坐无人，谁调汤药？在亲闻喜少惧多之日，实人子难进易退之时。瞻望乡关，何心簪笏！夫人情于日暮颓唐之际，顾子孙侍侧，而能益精神；儒生于方寸瞀乱之余，虽星夜办公，而必多丛脞。在朝廷无枚数百辈，未必遽少人才；在老母抚枚三十年，原为承欢今日。情虽殷于报国，志已决于辞官。第养之一言，固须臾所难缓；而终之一字，非人子所忍言。且高堂之年齿未符，或恐事违成例；大府之遭逢难再，未免官爱江南。兹当五内焚如，忽尔三秋痁作。思归无路，得疾为名。[①]

袁枚在文中说道，母亲对自己有养育之恩，现在老母年迈，"喜少惧多"，正是需要子女尽孝的时候。如果自己能及时返乡奉养，无疑能让老人在精神上有充实的慰藉；如果自己在"方寸瞀乱之余"被迫继续留任为官，那么"星夜办公"肯定是容易出差错的。何况朝廷少一袁枚"未必遽少人才"，但老母亲一辈子养育袁枚，就是希望在老年时能得到儿子的"承欢"赡养。因此，自己现在"情虽殷于报国，而志已决于辞官"，请上峰还是体察下情，准予乞病养母。袁氏对上司动之以情，谕之以理，情理兼备而述意委婉坚决，正中含奇、一气呵成，称得上是启体文中的上乘之作。

再如《东阁大学士蒋文恪公神道碑》论蒋溥之本清末华、外丰中俭云：

> 又说者疑公室多倾视，门有杂宾。王阳服饰鲜明，刘盱用财过滥。则又不知体大者迹疏，内详者外略。千里之路，不可扶以绳；亿兆之都，不能平以准。日月含虫鸟之瑕，不妨丽天之景；江河藏鱼龙之孽，方成润物之功。盖禄万钟，原为德赏；卿备百邑，不尚苛廉。以故陶士行僮指千人，大勋卓尔；杜黄裳赂遗万贯，中兴赫然。公以黄散之门

[①] 袁枚著，周本淳标校：《小仓山房诗文集》，第2032—2033页。

风，视赤侧如土芥。金花银烛，羊公爱客之心；豪竹哀丝，谢傅中年之感。门张鸱尾，合表徽章，鬓映貂蝉，益增华彩。盖其高掌远跖，开国承家，原非苦节之贞，自有甘临之吉也。而况绮罗虽盛，几曳夏侯之衣；束纻无多，半质长沙之库。身非债帅，逋券成行；时见烊人，停炊告急。所谓清其本而华其末，丰其外而简其中者，公之谓也。彼太尉之府若乞儿，东阁之餐惟脱粟者，其足当公一哄也哉。①

在一般人眼中，生活清俭似乎应是朝廷大臣必须具备的重要品质之一，因此，就有人对蒋溥作风奢侈的问题提出了非议。袁枚高屋建瓴地指出，体气宏大、内心详慎之人，往往外在的行迹比较疏略，这就像"日月含虫鸟之瑕，不妨丽天之景；江河藏鱼龙之孽，方成润物之功。"比譬奇警，道理显豁，难以辩驳。接着，袁枚引据史实，以陶侃、杜黄裳等人例证，言蒋溥虽生活比较奢华，但并不妨其功勋卓著；何况高门巨室表面"绮罗虽盛"，实际"束纻无多""逋券成行"，并没有世人想象的那样富有。说到底，蒋溥因为爱客心切，平常不免过着"金花银烛"、"豪竹哀丝"为伴的生活，但实际上乃是一个末华而本清、外丰而中俭的君子，大璧微瑕，无伤雅道。文章立意虽奇，而奇不妨正，议论通达，豁人心胸。杨中兴《小仓山房文集跋》言袁枚古文有"自铸伟词，而言无疏阔"②之语，将之迻论袁氏骈文也未尝不可。

正如前文所言，袁枚的骈文固然不止以句式灵活多变、议论奇纵融通擅长，其典故运用、音声锤炼、辞采敷配，其叙事、抒情，都有很高的艺术成就，但是句式、议论两方面，最能体现袁式骈文的特点与优长：灵活多变的句式是袁式骈文最具个性也最为关键的结构要素，奇纵融通的议论则是袁氏骈文最鲜明也最成功的表达方式。它们作为袁式骈文最重要的组成成分，普遍地渗入在《小仓山房外集》的绝大部分篇章中，而且两者是相辅相成，一体发力。由此，便在很大程度上促成了袁枚骈文以意统文、以气驭文、整散并用、流丽浑脱之特点的形成；而具有这样特点的骈文，抑扬跌宕、精力贯注，其神王、其气充，无疑是具有很高艺术成就的佳作。

不可否认，袁枚的骈文也有一些不足，如有些作品即因作者自恃才高、

---

① 袁枚著，周本淳标校：《小仓山房诗文集》，第2061页。
② 吴志达主编：《中华大典·明清文学分典·清文学部二》，第549页。

刻意立新或下笔轻率而不免涉于"俗调及近于伪体"①；其在用典方面还有不少舛错或不宜之处②，如此等等，都给诋毁之人提供了口实。但这些并不妨碍袁枚骈文总体成就的卓越和文学史地位的崇高，如吴鼒即将袁氏推为清前期骈文八大家之一，就连桐城派巨擘姚鼐在论及袁氏骈文时，也说其"能自发其思，通乎古法"③；而现代学者刘麟生《中国骈文史》则将袁枚视为清代骈文"博丽派"的一位代表作家，台湾学者张仁青又将袁枚视为"宋四六派"的代表作家之一，并赞其骈文"鹤骞龙惊，奇想天外，飞辩骋辞，溢气坌涌，世人心所欲出不能达者，悉为达之，以才运情，使笔如舌，诚词人中之孑然者。"④ 就文学史影响而言，袁枚骈文在清代，诋之者固多，而誉之者更众，从清中叶以至民初的近两百年间，推崇、讽诵、效仿袁文者难以计数，单是《小仓山房外集》的笺释、校注就有石韫玉、黎光地、魏大缙、王广业、魏茂林、周绂堂等多家，这在清代骈文史上是绝无仅有的，可见其文学影响力之巨大、深远。要之，袁枚称得上是清代骈文史上无可争议的一位大家，《小仓山房外集》也称得上是一部独标高格的经典之作。

第三节　著述宏富的骈文大家：吴锡麒

吴锡麒（1746—1818），字圣征，号穀人，浙江钱塘（今属杭州）人。其先祖隶籍徽州歙县，后迁浙江苕溪，再迁钱塘，乃定居。⑤ 乾隆四十年（1775）进士，改翰林院庶吉士，散馆授编修。充会试同考官，擢右赞善，入直上书房。累官至国子监祭酒。吴氏生平不趋权贵，但名著公卿间，嘉庆元年（1796）入直上书房，"与成哲亲王尤莫逆，一帖一画，必预题跋，礼

---

① 吴鼒辑：《八家四六文钞》第一册《小仓山房外集》卷首，清嘉庆三年较经堂刻本。
② 袁枚骈文用典舛错问题，石韫玉《袁文笺正》已经有比较全面细致的探讨揭示；至于用典不当，瞿对之《中国骈文概论》论清代骈文之不足，其中"用典不伦"一点即以袁枚《为黄太保贺经略傅公平大金川启》"殷武伐荆蛮，谁能深入？岳侯讨杨太，除是飞来"一联为典型，此例而外，固然还有不少类似的情况。参见刘麟生、方孝岳等著《中国文学七论》，广西师范大学出版社2007年版，第171页。
③ 姚鼐：《袁随园君墓志铭》，吴志达主编《中华大典·明清文学分典·清文学部二》，第561页。
④ 张仁青：《中国骈文发展史》，第474—476页。
⑤ 吴锡麒《鲍肯园堂樾村图序》云："堂樾村者，在徽州歙县西乡，为鲍氏世居之所也。"又云："余家（与鲍氏）旧同梓里，继徙苕溪。今则居钱塘者，又七世矣。"参见王广业笺，叶联芬注，吴锡麒撰《笺注提要有正味斋骈体文》卷十，上海会文堂书局，1927。

遇之盛，同于大学士。"① 性嗜酒，无下酒物，则以书代之，其清狂爽阔如此。为人至孝，以亲年迈，乃辞官归养。历主安定、乐仪、爱山、云间诸书院，以讲学著书自娱。卒年七十三岁。子清皋、清鹏，能承父学。清皋有《壶庵遗诗》二卷、《骈体文》二卷，清鹏有《笏庵稿》二十卷。

吴锡麒是清代中叶的文学大家，诗、词、骈体、应制诗赋、散曲兼工。有《有正味斋诗集》十六卷，《诗续集》八卷，《词集》八卷，《词续集》二卷，《骈体文》二十四卷，《骈体文续集》八卷，《南北曲》一卷，《外集》五卷，另有《武林新年杂咏》一编。诗歌方面，他是浙派继朱彝尊、查慎行、厉鹗、杭世骏之后的中坚；其词作，陈廷焯甚至认为"清和雅正，秀色有余，出古诗、骈文之右"②；其应制诗、赋，论者谓"尤能独开生面，馆阁风气为一变，名重中外"③；其散曲，梁廷枏《曲话》谓，"集中南北曲数套，妙墨淋漓，几欲与元人争席"④；当然，成就最高的还是骈体文，吴鼒《八家四六文钞》将其与邵齐焘、刘星炜、孙星衍、洪亮吉等人，并推为清代骈文的代表作家。本节即就吴锡麒骈文创作的主要内容与突出成就，展开具体论述。

一　吴锡麒骈文创作概况

如前所述，吴锡麒生平创作并刊行的骈文作品，有《有正味斋骈体文》及《续集》共计三十二卷。从数量上来说，《前集》共收录骈文278篇，《续集》收录99篇，两者总计377篇，数量可谓夥矣！实际上，吴锡麒骈文作品的数量要远远超出377篇，曾燠《有正味斋骈体文序》即称其所作"多至千篇"，换句话说，吴氏刊印行世的作品，仅占其一生骈文创作的三分之一左右，这样的数量在整个中国骈文史上都是首屈一指的。

就文类、内容而言，吴锡麒的骈文创作可谓众体兼工。具体来说，《有正味斋骈体文》及《续集》所收作品，主要集中在序跋（包括题词）、书启、赋、记诸体。其中序跋总计198篇，数量最多；书启计69篇，居其次；赋17篇、记34篇，数量亦夥。吴锡麒骈文的主要成就及主体风格，主要就

---

① 宣统《杭州府志》卷一四六，参见吴志达主编《中华大典·明清文学分典·清文学部二》，第853页。
② 陈廷焯：《白雨斋词话》卷四，人民文学出版社1959年版。
③ 李元度：《国朝先正事略》，沈云龙主编《近代中国史料丛刊》第十二辑，台北文海出版社1967年版。
④ 梁廷枏：《曲话》卷三，清道光十年刻本。

体现在这几类体裁的作品中。此外,吴氏文集中还有碑诔、墓铭、传记及论、说、疏等多种体裁的作品,数量虽不及序跋、书启诸体,但各有特色,也是吴锡麒骈文创作的重要组成部分。尤其是 8 篇论作,几乎篇篇都是佳作,曾燠《国朝骈体正宗》所录吴氏骈体代表之作共 12 篇,其中论即选 2 篇,可见吴氏此体的成就。

从骈文风格特色的层面而言,吴锡麒在他的几百首骈文作品中,形成了异彩纷呈的多种风格,不过其主体风格则是婉丽流宕。婉丽指吴文述意委婉、辞藻清丽,气格清华。张维屏《听松庐诗话》云:"穀人先生骈体文,论古厚不及胡稚威(天游)、洪稚存(亮吉),至清华明秀,以视诸家有过之无不及也。"所谓"清华明秀""委婉澄洁",主要就是强调了吴锡麒骈文婉丽的特色。流宕则指吴文辞气清畅而跌宕抑扬,其无论叙事、议论、抒情,都能锤炼工致而圆美,极少滞涩之弊;同时,吴锡麒的清畅圆美并不是平铺直叙式的敷陈,而是清畅中有起伏、有抑扬,从而形成了流畅跌宕的特色。刘麟生《中国骈文史》谓吴文"雅丽自然"[1],"雅丽"与前婉丽意近,"自然"则是说吴氏骈文有工巧而能化、一气畅顺的特点。

吴锡麒骈文婉丽流宕风格特色的形成,是建立在对古来骈文遗产广泛学习的基础上的。张仁青《中国骈文发展史》将吴氏归入三唐派,又言吴文"固合汉魏六朝唐人一炉而冶之也"[2],从吴氏骈文用典、琢句及文章总体风格而言,其确实兼有汉魏、六朝及唐代(主要是初唐和晚唐)骈文的特点,而将其归入三唐派也是比较合适的。不过,吴锡麒骈文的取则渊源,不仅是汉魏直至唐代的骈文作品,宋代骈文也是吴氏涵润取效的重要对象,昭梿《啸亭杂录》即谓,吴锡麒骈文"兼唐、宋之长"[3]。统观吴氏文集,吴锡麒骈文对于宋人的汲取,主要不在词句、用典的层面,而主要是在行文气势及文风的层面,吴文虽然缺乏雄浑峻迈之势、铿锵历落之风,但清丽自然、委婉舒畅,则与宋代骈文有内在的脉络沟通,这一点是需要我们注意的。

另外值得一提的是,由于吴锡麒在骈文创作方面所取得的巨大成就,他的文集在清代广为流传,数镌其板,道光间则有王广业为其文集作笺,而叶联芬为之作注,清末、民初更有学者将王笺、叶注合刊行世,可见其影响之大。按王《笺》的对象,为《有正味斋骈体文》二十四卷,《续集》八卷

---

[1] 刘麟生:《中国骈文史》,第 125 页。

[2] 张仁青:《中国骈文发展史》,第 469 页。

[3] 昭梿撰,何英芳点校:《啸亭杂录》卷四,中华书局 1980 年版。

则不在其笺释范围之内。其笺释篇目顺序与《有正味斋骈体文》原集相同①。叶《注》实际是《有正味斋骈体文》的选注，诸体共计十六卷；篇目编次也与吴《集》不同，其《例言》云："是书为家塾读本，随读随注，其编次多有不遵原集者，非敢有意倒置也，以注之先后为编次云。"② 从笺释的总体学术质量来看，王《笺》要佳于叶《注》，当然，叶《注》也有一些可补王《笺》不足之处。民国初年《笺注提要有正味斋骈体文合纂》，将其按照"王先叶后"的顺序，依次编录，从而兼取两书之长，它也是吴锡麒骈文的最佳注本。

二　吴锡麒赋作的格律化倾向及艺术成就

在《有正味斋骈体文》及《续集》中，有两个文类的作品特别值得关注，一是赋作，二是图序（包括几篇图记）。先说赋作。见于吴锡麒文集中的赋作共计17篇，其相对于序跋、书启而言，数量并不算多，但这17篇赋作有着非常明显的特点和相当突出的艺术成就。这个特点指的是吴赋有着很强的格律化倾向，其无论是体制、格局，还是声韵、音律，都朝着律赋的方向靠拢。律赋是在六朝骈赋基础上发展而成的一种赋体形式，形成于唐代，是唐宋以降科举考试的重要形式之一，姚华《论文后编·目录中》谓其"时必定限，作有程式，句常隔对，篇率八段，韵分于官，依韵为次"，其在字数、平仄、押韵、篇幅等方面都有严格的要求。

吴锡麒是清代的律赋名家，殷寿彭《吴顾赋合刻序》有云：

> 本朝馆阁赋，不乏鸿篇巨制。顾矜才使气者，泥沙杂下；炫博赡者，美秭同登；又其下者，以肥腻为畅满，以甜俗为圆熟，连章累牍，一味颟顸，殆不可向迩矣。《有正味斋正集》《外集》诸赋，清而不浮，丽而不缛，其幽隽之思，雄迈之概，实为赋律中独辟之境。③

因乎此，《有正味斋骈体文》及《续集》中收录的赋作，大部分都是律

---

① 不过王广业的笺本，在卷十遗漏《梁匠海孝廉接山草堂图序》一篇，清嘉庆间刻《有正味斋全集》本有录。

② 王广业笺，叶联芬注，吴锡麒撰：《笺注提要有正味斋骈体文》卷首，上海会文堂书局1927年版。

③ 殷寿彭：《吴顾赋合刻序》，景其浚选编，吴锡麒、顾元熙撰《吴顾赋合刻》卷首，清光绪元年刻本。

赋，如《春阴赋》《古镜赋》《采菱赋》《秋海棠赋》《莺脰湖观渔赋》《赋赋》《芦花赋》《画鹰赋》《寒鸦赋》《秋声赋》《灯花赋》等，这些作品也都被景其浚编辑的《吴顾赋合刻》、胡玉树编辑的《有正味斋律赋》所收录，其对于格律的讲求自不待言。值得注意的是，吴氏的非律体之赋也十分讲究声韵、格律，如篇幅较大的《圣驾四诣盛京恭谒祖灵赋》《星象赋》《钱塘怀古赋》和《广陵赋》等，都是通篇押韵，并且做到了平仄交替、顿挫抑扬，可以说在极大程度上强化了作品的声韵特点。吴锡麒在这一方面的努力，使得他的赋作总体上都有很强的韵律感、音乐性。

吴赋不仅在声韵、音律方面特别讲究，在句式设置和布局营造上也十分着力。从总体上看，注重俳偶、句式整齐是吴赋的基本特点，而四六比对是其主体句式，律体赋是如此，其他赋作亦复如此。如《采菱赋》一文，景其浚《吴顾赋合刻》虽加选录，但并不认为它是严格意义上的律赋，其文如下：

> 若夫蘋花渚外，莲子塘西，云飘锦怨，露碎珠啼。迢迢流水自去，望望柔情转稽。堕神女之轻钗，几多萧瑟；晕秦宫之宝镜，大半凄迷。尔乃十顷鳞差，一绳罥络。含孤绪而烟隐，眷中央而浪托。背日则微矜红笑，摇波则宛呈翠谑。庾开府曾吟软角，风味可怜；江文通藉缓愁年，光阴如昨。何来细语，更觑纤容。眉画棱而月窄，鬓垂影而云松。情人碧玉应是，臣里东家幸逢。回头愈媚，转步还慵。妾欲待江上船，谁呼欢子？妾欲觅波心藕，谁唱怜侬？且划筏而沿洄，乍停篙而至止。甝密叶兮疏茎，弄深青兮浅紫。长桥短桥，十里五里。钏动身移，衫兜怨起。触旧绪兮何长，冒新怀兮不已。刺能伤手，愿郎莫误于迷阳；丝可牵情，愿郎莫忘乎连理。溯苍苍兮前浦，托脉脉兮微波。别离而空结兰佩，来往而如穿绮梭。行复行兮天更远，采复采兮日已趖。年年闲恨闲愁，勾留不少；处处秋风秋露，狼藉偏多。那不回肠，何堪目极！香重舟轻，烟横路直。恼万丈之相思，荡一湖之空色。揎翠袖兮微寒，颤花钿兮半侧。凌波步浅，湘夫人罗袜谁量？寄远心长，楚公子荷衣并织……①

文章除了偶一使用七字句，其余皆用四六字句，形制十分齐整，是比较

---

① 王广业笺，叶联芬注，吴锡麒撰：《笺注提要有正味斋骈体文》卷二。

典型的律体风貌。在意思表达上，文章并没有受到严整句式的限制，转接勾连十分流畅。全篇可谓才华横溢，一气呵成，其境界虽狭而技极高明，是吴赋的代表之作。

骈体文的篇章布局和长短，都没有固定的要求，给创作者留下了很大的发挥空间，但布局合理、长短适宜，则是成功的骈文创作都要达到的艺术境界。工于律赋的吴锡麒，在这一方面显然比较擅长，他的赋作基本上都有布局清朗、长短适中的特点。具体地讲，吴赋篇章布局变化多端，十分灵活，但是无论长篇还是短制，其起承转合，都十分严谨而自然。如篇幅较长的《钱塘怀古赋》，开篇叙时景并揭出怀古之由，接着勾勒钱塘县的置县渊源，继而既从横向视角，对钱塘的市井、水利、江潮、名人、寺院诸端进行概述，又从纵向视角，对钱塘自五代武肃王钱镠建国直至宋末的不振作总体概览，最后结以苍凉的怀古之感。全篇纵横交织，脉理清晰，是一篇结构紧凑而内容充实的佳作，也是吴锡麒传统骈赋的典型之作。吴锡麒的那些律赋，在结构布局上则更加严谨清朗，虽然每篇具体布局略有不同，但大体上都包括破题、承题和解题三个部分，其破题严切，承题妥帖，结题得当，堪称律赋佳格。就赋作的篇幅来讲，吴氏的《圣驾四诣盛京恭谒祖灵赋》《星象赋》《广陵赋》《田居赋》《赋赋》及前述的《钱塘怀古赋》诸作篇幅较长，其余诸赋大体都在四百字上下，但不管是长是短，其都能依题命文，取其适中。

具有以上几个特征的吴氏赋作，在艺术上取得了很高的成就，其从字句的锤炼、声韵的琢磨、典故的选用到篇章的布置、意境的营造、志意的寄托，都有出色的表现，但其中最具吴氏个性特色的，可以概括为两点，即句烹字炼、精整流宕与声律精细、寄托遥深。前者是就吴氏赋作字词、联句的层面而言。如所周知，字、句是骈体文的基本构成要素，一位作家骈文创作技术、才情的展示和艺术风格的形成，首先要从字、句着手，要想深入探析吴锡麒骈赋的特色与成就，字句锤炼的方面不能绕过。如《莺脰湖观渔赋》开篇云：

> 于时远浦收雨，全湖隐烟。几鸥白处，数树红边，千丝万丝之网，三双五双之船。篙乱撑而碧破，榔乍响而围圆。极鲈乡之幽趣，入图画而难传。尔其派演具区，目穷平望。莺老不飞，脰短堪状。两行之杨柳深笼，一箔之琉璃浅涨。①

---

① 王广业笺，叶联芬注，吴锡麒撰：《笺注提要有正味斋骈体文》卷二。

其中"几鸥白处,数树红边"两句,"白""红"两字色彩感极强,这就为下面的打鱼场景营造了诗意勃郁的氛围。"篙乱撑而碧破,榔乍响而围圆"一联,"乱"字、"乍"字极写打鱼场面的紧张、热烈;"碧破"、"围圆"两词,前仄后平,形象鲜明,既有很强的听觉效果,又有很强的视觉效果,形容十分高妙妥帖。末尾一联,"深笼"与"浅涨"相对,一浅一深,比对生姿。

再如《芦花赋》写时景云:

> 但见薄暝徐添,空烟暗积。絮絮摇晨,花花荡夕。掩明镜于中央,失轻鸥于咫尺。微生九月之寒,斜卷半江之白。则有渔师系榜,钓子收筒。湾头树黑,画里衣红。翩乍明而乍灭,纷倏西而倏东。态无依而宛转,影不坠而冥濛。①

首句"添"字运用极为传神,将夜色渐浓的过程形容尽致;"微生九月之寒,斜卷半江之白"一联,"微"言触觉,"斜"言视觉,九月轻寒、白芦半江的况味与景象,在作者的笔下清晰可感;"湾头树黑,画里衣红"一联,"黑"与"红"相对,视觉效果极强,其意象选取十分典型而刻画精细。前举两例,无疑都极尽雕琢刻画之能事,但是我们通读其文,绝无滞涩生硬之弊,而具流宕自然之美,这不能不让人叹服于吴锡麒骈文创作技艺的高妙和创作才情的深厚。

后者声律的方面,前文虽有论及,但还可以做进一步的探讨。如前已述,吴锡麒的赋作非常注重联句的音响效果,绝大部分作品都努力做到了平仄的谐协,典型的如《广陵赋》借"客"之口言武不可黩云:

> 至于撄锋冒刃,断胆陷胸。血三年而化碧,气十月而成虹。戈戟埋而梅花发,衣冠葬而苍苔封。吊国殇于落日,飏神旗于夕风。人生到此,悲愤安穷!方今世际承平,民忘兵革。可不用于百年,毋勿备于一日。将循江而习流,效投醪而均泽。彼组甲而被练,徒致饰而无益。况暴虎与冯河,又先圣之所斥哉!②

---

① 王广业笺,叶联芬注,吴锡麒撰:《笺注提要有正味斋骈体文》卷二。
② 同上。

依照我们的标识，可知吴锡麒的赋作，不但联句之间要平仄相对，而且每个联句之内也要尽量平仄交替。这样严格精细的声律追求和声律艺术，在清代中叶的骈坛上特别引人注目，它一方面体现出吴氏律赋创作思路对其骈赋的深刻影响，另一方面也显示出鲜明的吴式骈赋风范。

赋体创作须有寄托、有内涵，是历来学者的共识，刘勰《文心雕龙·诠赋》即云：

> 原夫登高之旨，盖睹物兴情。情以物兴，故意必明雅；物以情观，故词必巧丽。丽词雅意，符采相胜，如组织之品朱紫，画绘之著玄黄，文虽新而有质，色虽糅而有本，此立赋之大体也。然逐末之俦，蔑弃其本，虽读千赋，愈惑体要；遂使繁华损枝，膏腴害骨，无贵风轨，莫益劝戒：此扬子之所以追悔于雕虫，贻诮于雾縠者也。①

依此，赋体创作固然要讲究辞藻，做到"词必巧丽"，但在巧丽之词中必须贯以"意""质"，否则舍本逐末，有悖作赋体要。吴锡麒的赋作在这一方面，也有着比较出色的成就，用文质兼美来评价吴赋并不过分。典型的如《钱塘怀古赋》寄寓历史兴替之感、《广陵赋》阐发"由奢而返约，去伪而归真"之旨、《古镜赋》敷陈古镜"灼往若龟，观来如炬"之义、《画鹰赋》言"身未脱乎尘埃，志已驰乎寥廓"、《秋声赋》"悟空轮之旋转，识大化之推移"，如此等等，可以说都达到了"丽词雅意，符采相胜"、"文虽新而有质，色虽糅而有本"的境界。

吴锡麒《赋赋》论作赋体要有云："其托兴也务远，其练材也求备，其致饰也尚腴，其肖像也取致。类匠氏之枸奇，与染人之襂异。贱外强而中干，贵先醇而后肆。在首尾之相衔，毋因济而乱次。"② 我们纵览吴氏的赋体创作，可以说这段文字几乎可以视为对这类作品特色与成就的一个概括。虽然在传统学者的眼中，吴锡麒的赋作大多数并不合古式，如曾燠《国朝骈体正宗》、姚燮《皇朝骈文类苑》即都没有选录吴氏的赋作，但是这并不能否认吴赋的艺术成就与文学史价值。

三 吴锡麒的图序与清代骈体题图之作的兴盛

在清代之前，骈体图序、图记、图画题辞及跋语，在骈文家的文集中难

---

① 刘勰著，周振甫注：《文心雕龙注释》，人民文学出版社1981年版，第81页。
② 王广业笺，叶联芬注，吴锡麒撰：《笺注提要有正味斋骈体文》卷二。

得一见，但到了清代，这类作品便兴盛了起来。姚燮《皇朝骈文类苑》即在序体中单列出一个类目，称为"题图之作"，其内容便是前述的图序、图记、图画题辞及跋语，而在其所列的诸作家中，吴锡麒无疑有着特殊的地位。通览《有正味斋骈体文》及《续集》，可以发现吴氏创作了共计53篇题图之作，其中径以图序命名的作品共有43篇，而不论是就题图之作还是就图序而言，这样的数量在清代骈文家中是首屈一指的，其于清代题图之作的兴盛显然有着非常重要的意义。

从文章内容来说，吴氏的图序有几个比较突出的主题，首先是衍述隐逸之旨。仕隐出处是中国古代知识分子生存状态中的一个基本命题：达则兼济天下，这是积极进取的理想人生；穷则独善其身，这是虽进取不得而退能全节的另一种积极人生。如果读书人能做到进退有道，那么他无疑就是真正意义上的君子了。就退隐而言，其情况是比较复杂的，有出仕而被迫退隐，有弃仕而主动求隐；有已仕而隐，有未仕而隐；有身隐，有心隐，有身心俱隐。但不管是什么性质的隐，都应隐而合道，这个"道"包括达观、通脱、闲适、自足等基本意蕴。

在吴锡麒的图序中，衍述隐逸旨趣的作品占其全部序作的绝大部分，其所针对的情况，则涵括了前述的大部分情况，如《张仲亭酒匄图序》言未仕而隐、身心俱隐，《赵渭川明府云车飞步图序》《陆璞堂同年适园灌畦图序》言在仕而心隐，《汪对琴松溪渔唱图序》《潘溶皋农部归帆图序》言致仕而身心乃隐，《孙烛溪同年碧山栖图序》言求仕不获而且事心隐，《许逗雨同年钓石理纶图序》则言受诬而被迫退隐等等。就序文所伸论的旨趣来讲，大多是推阐、衍述宦海无常、繁华易厌不如隐逸自得的道理，《张仲亭酒匄图序》与《汪饮泉舫溪秋影小照序》所论，具有相当的典型性：

> 嗟乎！宦场辛苦，首低向火之徒；人海升沉，泪洒吹箫之客。难摹乞相，易哭穷途。乃蒙袂辑屦而来前，竟沥胶倾筋之自得。愿米汁佛，发无量之菩提；呼麴秀才，乞今朝之利市。有可怜之色，口角沫生；无不乐之施，村中酿熟。岁逢申酉，尽携盆盎而来；余降庚寅，请配《离骚》而读。（《张仲亭酒匄图序》）①

> 夫人俯仰于冠盖之场，阅历乎繁华之境。两街灯火，比户笙歌，熟习则厌心生，纷驰则世情苦。未尝不胸求丘壑，目想江湖。虑来日之大

---

① 王广业笺，叶联芬注，吴锡麒撰：《笺注提要有正味斋骈体文》卷九。

难，冀人生之行乐。(《汪饮泉昉溪秋影小照序》)①

对于读书之人而言，最具诱惑力的大抵是两者，一是为宦，二是繁华。可是正如吴锡麒所指出的，宦场本来辛苦，繁华经久易厌，因此每个人的心中都希望有一方自得自足的乐土，既然如此，不管是已仕、未仕，不管是在仕、致仕，都要学会隐以养心，即使是丐酒而饮，亦无不可。

此外，吴锡麒的图序还有倡雅游、明孝思、励苦读等主题。《家兰雪秦淮春泛图序》《赵眛辛上春登岱图序》《桃花春水渡江图序》《焦山雅集图序》系倡雅游；《蒋仲和传筵图诗序》《洪稚存同年机声灯影图序》《味雪图序》《龙山慈孝堂图序》系明孝思；《赵眛辛舍人穸窿读书图序》《陈毅水孝廉茅斋夜读图序》系励苦读。这些图序，主题虽异，但就图发挥、言之有物则同，也是吴锡麒图序的重要组成部分。而吴氏图序中所包办的喻隐旨、倡雅游、明孝思、励苦读等主题，基本上笼括了清代图序之作的主要论题，其典型意义是不言自明的。

当然，吴锡麒图序的典型意义，不仅体现在其内容主题的丰富、全面，而且体现在其写法和总体格局的成熟、完整。概括言之，吴锡麒的图序主要有两个类型的的格式：一类是就图言图，正面叙述图作的内容，再辅以意旨的伸发，如《箬村弟萍迹图序》《家兰雪秦淮春泛图序》《桃花春水渡江图》等，这占少数；另一类是对图作的内容往往一笔带过，而主要是因图伸发，侧笔叙议，吴氏的绝大部分图序都是这种格局。当然，不论是侧重于就图言图，还是侧重于因图伸发，其具体的格局则是灵活变化的。以后一类作品为例，如《陆半帆人海虚舟图序》，全文几乎没有任何文字正面涉及图作的内容和作图的经过，以议论起，以托喻结，全篇侧笔而写；又如《魏丈秋浦桂岩小隐图序》，开篇言作图之缘由，继而夹叙夹议，末以感怀作结；再如《赵眛辛舍人穸窿读书图序》，先叙议赵怀玉其人及其苦读，继言作图之经过，再以议论感怀作结。吴锡麒第二类图序的主体格局，不外前举三种形式。事实上，吴氏图序的两大类型和主要结构方式，也正是清代图序之作的主要类型和结构方式。

清代的骈体题图文创作经历了一个从起步，到兴盛，到承衍渐衰的发展过程。清代前期是起步阶段，这一阶段虽然也出现了一些图序、图记作品，但其数量有限、影响有限、价值也有限。骈体题图文的兴起、兴盛是在清代

---

① 王广业笺，叶联芬注，吴锡麒撰：《笺注提要有正味斋骈体文》卷十。

中期，而吴锡麒、洪亮吉、郭麐、胡敬、董祐诚等人，正是推动这一兴盛局面形成的代表作家，清代后期该类创作的继兴，也是对他们创作的一个延续。在这些作家中，吴锡麒是首先必须提及的，作为清代中叶较早大量创作题图之作的骈文名家，他通过自己创作的 53 篇作品，从作品主题、创作类型及布局结构方式等方面，为清代骈体图序确立了一些典型范式，这既充实了清代骈体题图文的内涵，又在很大程度上引导了后来同类作品的创作。因此，我们应当对吴锡麒以图序为主的骈体题图文，给予足够的重视。

在本节开头部分我们已经提到，吴锡麒一生创作了数量极众的骈文作品，骈体赋作和图序只是其中的一个组成部分，但是这两类作品首先在吴氏骈文中占有的分量比较大，其次特色鲜明、成就突出，代表了吴氏骈文的主体风貌，因此，经由它们基本能够把握吴氏骈文的总体艺术特色和成就。最后，我们可以借助吴锡麒门生吴鼒和友人法式善的两段论述文字，来概观一下吴氏骈文的特点、成就和文学史影响。吴鼒《八家四六文钞》序《有正味斋骈体文》云：

> 先生不矜奇、不恃博，词必泽于经史，体必准乎古初，合汉魏、六朝、唐人为一炉冶之。胎息既深，神采自王。众妙毕具，层见叠出，所谓为之不已，直到古人，愈唱愈高，去天三尺者也。[①]

平心而论，吴鼒的论评不免有过誉之处，不过他对乃师骈文取则渊源和总体特点的概括是比较客观的；另外，吴氏骈文虽未达到吴鼒所说的"去天三尺"之境，但卓然自立、独树一帜，则毋庸置疑。综观吴氏的骈体文集，可以说无论从骈文创作的数量，还是从骈文创作的艺术成就来讲，吴锡麒无疑都称得上是有清一代的骈文大家；而法式善《有正味斋诗集序》所述吴氏诗文集"凡数镌板，贾人藉渔利致富。高丽使至，出金饼购《有正味斋集》，厂肆为一空"[②]，正可作为吴锡麒诗文包括骈体文文学史影响深远的很好说明。

第四节　近世骈坛少见的奇才：王昙

清初嘉兴府的骈文发展，相对而言颇为滞后，到了清代中叶，这种状况

[①] 吴鼒：《八家四六文钞》第五册卷首，清嘉庆三年较经堂刻本。
[②] 法式善：《有正味斋诗集序》，吴锡麒《有正味斋诗集》卷首，清嘉庆间有正味斋全集本。

得到了较大的改观，王昙、陈球、查揆、黄安涛等作家先后继起，从而打开了嘉兴一地骈文发展的新局面。在诸人中，王昙是一个为人、为文都相当特别的作家，清代的学者文人对他推崇备至，本节即对王昙的生平和骈文创作，作简要论析。

一 王昙生平

王昙（1760—1817），又名良士，字仲瞿，浙江秀水（今嘉兴）人。他天赋异禀，"髫幼成文"，"中年万里，经史烂于胸中，云山乱于脚底"①，是清代文学史上的一位经历丰富、学问扎实的奇才。乾隆五十九年（1794）中举，但进士之门却一直没有对他敞开，按《清史列传》所载，乾隆六十年会试榜发，"高宗以台官参劾，命御前进卷，别选一榜，昙名与焉"，但是最终他并没入选。到了嘉庆间，连皇帝对他都青睐有加，甚至在嘉庆六年（1801）谕告军机处，"若王昙来京会试，朕欲亲见其人"②。由于他熟习五雷游戏之法，后来白莲教起义势头日甚，他的座师吴省钦便向朝廷荐举，谓其"能作掌中雷，落万夫胆"③，这就引来那些严肃古板的朝士的鄙薄；再加上他的座师吴省钦攀附巨贪和珅，和珅事败，他也因此无辜受到牵连，于是朝中士大夫便对他愈加卑视，甚至想方设法不让他通过会试，"礼部试同考官揣某卷似浙王某，必不荐；考官揣某卷似浙王某，必不中式；大挑虽二等不获上。"④ 故而他始终没能见到嘉庆皇帝，"屡踬南宫，卒潦倒以死"⑤。

王昙身上的"奇"体现在许多方面，比如他"好游侠，兼通兵家言，善弓矢，上马如飞，慷慨悲歌，不可一世"，并且对好友钱泳说，"吾死后，必葬我于虎丘短簿祠侧，乞题一碣曰：晋故散骑常侍东亭侯五十三世孙王昙之墓"⑥。又其为人狂放，会试考试屡挫后，乃益放纵，"每会谈，大声叫呼，如百千鬼神，奇禽怪兽，挟风雨、水火、雷电而下上，座客逡巡隐去，

---

① 王昙：《烟霞万古楼文集》卷首《烟霞万古楼结集自序》，《续修四库全书》影印清嘉庆二十一年虎丘东山庙刻道光增修本。
② 清国史馆原编：《清史列传》卷七十二《王昙传》，周骏富辑《清代传记丛刊·综录类②》，台湾明文书局1985年版。
③ 龚自珍：《王仲瞿墓表铭》，龚自珍著，王佩净校《龚自珍全集》，上海古籍出版社1975年版，第145页。
④ 同上。
⑤ 清国史馆原编：《清史列传》卷七十二《王昙传》，周骏富辑《清代传记丛刊·综录类②》。
⑥ 钱泳：《烟霞万古楼文集序》，王昙《烟霞万古楼文集》卷首。

其一二留者，伪隐几，君犹手足舞不止"，以至天下墨客文人、贩夫走卒，"皆知王举人"，而"言王举人，或齿相击，如谈龙蛇，说虎豹"。但同时，据王昙忘年挚交龚自珍所说，这个被天下人竞相目为狂放的王举人，为人却"幽如闭如，寒夜屏人语，絮絮如老妪，非但平易近人而已"①。这是为人之奇。王昙博闻强记，才华超卓，一生涉猎极广、著述宏富，"未殁时，自为《虎丘山岕室志》，叙所著述三百余卷"②，这包括经史论辨、金石考据、神话研究、佛学探研、文学创作等众多方面的内容，据钱泳《烟霞万古楼文集序》所载，它们分别是《经解》三卷、《史论》三卷、《西夏书》四册、《洪范五事官人书》五种、《历代神史》一百卷、《居今稽古录》二十卷、《读竺贯华》三十卷、《翻帋集》一百卷、《传家六法》一卷、《随园金石考》四册、《烟霞万古楼文集》四十四卷（计散体六卷、四六文六卷、《本集》十六卷、《外集》十六卷），又《归农乐传奇》九出、《玉钩洞天传奇》四十八出、《万花缘传奇》四十八出、《辽萧皇后十香传奇》十二出、《玉龙氎传奇》四十八出等，这是为学、为文之奇。

王昙一生的纂述虽然极富，但是散佚十分严重，他在《烟霞万古楼结集自序》曾说，由于"遭台官之祸，纂述之成书者，经史之论辨者，乐府之未谐宫商，金石之未付雕镌者，吴中郡县官，抱持以去，而挚仲洽半世之文书荡然矣。"③ 在王昙去世二十年后，他的友人钱泳在其生前所刻"骈体文数十篇"的基础上，搜罗佚文，重为增补，欲"序以行于世"；后来，陈文述又就钱泳增补本，"更补其缺佚者数篇"，这就是我们今天所见到的《烟霞万古楼文集》六卷的来历。④ 骈体文六卷而外，王昙尚有《诗选》二卷、《仲瞿诗录》一卷及后人辑刻的《烟霞万古楼诗残稿》一卷行世，其余诸作几乎全部佚失，真是令人惋惜。

王昙兼工诗文，诗歌方面，与舒位、孙原湘齐名，法式善称其为"三君"，并作《三君咏》，世称为"后三家""江左三家"。不过，王昙最擅长的还是骈体文，钱泳《烟霞万古楼文集序》即说："仲瞿之学，无所不窥，而尤工于骈体，直可压倒齐梁。余戏题其诗文藁后云：斗牛之光，芒角四起；河海之水，纵横万里。似《战国策》，亦《韩非子》，二千年来，无此才矣。或又谓仲瞿之作，真如决汝汉淮泗而注之江，合金银铜铁为一炉者

---

① 龚自珍：《王仲瞿墓表铭》，龚自珍著，王佩诤校《龚自珍全集》，第145页。
② 清国史馆原编：《清史列传》卷七十二《王昙传》，周骏富辑《清代传记丛刊·综录类②》。
③ 王昙：《烟霞万古楼文集》卷首。
④ 陈文述：《烟霞万古楼文集序》，王昙《烟霞万古楼文集》卷首。

也。"所谓"二千年来，无此才矣"，真是极高的评价了。又徐珂《清稗类钞》引张维屏之语云："汉有建安七子，唐有王、杨、卢、骆四家。余欲选黄仲则诗、王仲瞿文合刻之，题曰'乾隆二仲'。"① 即张氏将王文与黄诗并举，并与建安七子及初唐四杰相提并论，评价也非常高。

二 王昙的骈文主张

在具体论析王昙骈文创作之前，有必要对他的骈文创作主张进行概述。就目前所见文献来看，王昙的骈文主张主要集中于他的《烟霞万古楼结集自序》一文中，概括言之，大体有三个方面的内容：

其一，王昙主张文章写作应自出心裁。《自序》引历代作家的相关主张云："李百药曰：文章者，性情之风标，神明之律吕也。张融自序曰：吾文章之体，多为世人所惊。又曰：文岂有常体？丈夫何至因循寄人篱下？裴子野论文曰：人皆成于手，吾独成于心。北齐祖莹亦语人曰：文章须自出机杼，成一家风骨，何能共人生活哉？"要之，文章是作家性情、精神的体现，既然每个作家的性情、精神不同，那么其所为文章也应各具面貌、自有特点，所以，为文因循沿袭、"寄人篱下"是不足取的。王昙在《自序》中批评当代文坛之弊有云："亦有好事焉者，铸贾岛而拜，像东坡而祀，密膏饮杜少陵之灰，遍体刺白香山之字，老兵之貌中郎，优孟之学期思，高冠大屦而自居某一家之诗与文者，悖矣。"这也是在强调文应自出心裁。

其二，文学创作者应博览群书，但为文又不能卖弄学识、金玉其外。《自序》有云："或曰：延年隘薄，灵运空疏，为之奈何？曰：此不尽读天下之书与诗文，而漫然操觚之谓也。汉郭宪、王嘉，全构虚词，孟坚所以致讥，张华为之绝倒，《抱朴子》所谓'怀空抱虚，有似蜀人葫芦之喻'乎？""灵运空疏，延年隘薄"一语出自《宋书·庐陵孝献王义真传》。王昙认为，颜延之、谢灵运之所以受到文人学者的批评，主要是因为他们的作品缺乏足够学识支撑，读书不多、内蕴不足，才会导致为文"隘薄"、"空疏"之弊。不过，"尽读天下之书与诗文"、积累足够的学识，也不一定就能写出好文章，《自序》云："今世之勉力宏词者，班马奇字，白孔陈羹；《华林》《类苑》，叠韵双声。骤焉而苏绰《大诰》，忽然而王莽《金縢》，著《渊通》以拟《道德》，仿《太玄》而作《测灵》，以艰深文其浅陋，以奇险幸其功名，扬雄以为哓哓之学'绣其鞶帨'，而目之为翰林主人者，非也。"亦即

---

① 徐珂编辑，无谷、刘卓英点校：《清稗类钞选》，书目文献出版社1984年版。

在王昙看来，为文固然需要足够的学识，但是如果没有深刻的思想认识，那么所为文章即便满眼古字雅语，终究也不过是浅陋之作。换言之，在文章写作中，学问与识见、思想是必须兼备的。

其三，为文应以气为主，以言为辅。气与言的关系，是中国古代文学史中备受关注的问题，王昙用了一个比较形象的比喻指出，"气，水也；言，浮物也"，"水浮而物之浮者大小毕浮"，也就是说文章的气韵如同水，而语言修辞则似浮于水上的"浮物"，为文就好比水之浮物一般，只要文章之气足够盛，那么语言修辞自然就都能随气敷衍、各适其用；反之，如果修辞足够充分，但文气靡弱，那么这样的文章便如同舟之溺水，寸步难行了。他还引用袁枚的话来支持自己的观点："袁先生曰：重而能行，乘万斛舟；重而不行，猴骑水牛。"袁氏的这段话，前半说文章气韵沉雄，即使是承载大量的修辞、雕饰，也能斡转自如；后半则说文气不足者，就如同猴子骑水牛，修辞再精巧、雕饰再完美，也意脉滞涩、沉赘难进。这与王昙所说水以浮物的比喻是一个意思。

三　王昙骈文的艺术特色与成就

王昙的骈文主张，在他的创作中基本都得到了体现，研读《烟霞万古楼文集》，可知王文有以下一些特点：

第一，气盛言丰、风格奇古。这是说王昙骈文文气壮盛而修辞十分充分，并在此基础上形成了奇古奥博的风格特点。王昙才华超卓、学识渊博，故其所为文章从形式到内容，都能别出心裁，动人耳目，如《告妒妇津神文》写"余"听了妒神的一番扬"妒"之言后，怒不可遏，于是高声斥道：

> 男唯女俞，德也；阴干阳位，刑也。女子行而丈夫心者，淫也；七孺子而三夫人者，情也。闻牝鸡鸣而索家者，必妲己也；听妇人言而戒酒者，非刘伶也。予头能触共工之山，而不戴女娲之天；力能断蚩尤之尾，而不畏旱魃之母。郗后为蟒，吕后为鼠。武后骨碎，化为鹦鹉；闽后掴人，死蠱雷斧。美不过黑凤皇，勇不过胭脂虎。面如药酒，心如魔母。梁皇之经可忏乎？赤眉之尸肯裸乎？子能禁其夫不爱桃花之树，不读《洛神》之赋乎？锢汝以金墉之城，毒汝以房乔之酖，子能大声霹雳，起于床箦乎？能白日现行，割势操刃乎？能狮子一吼，使予拄杖落地乎？能骈妾五首，使予殭尸不殡乎？我男子也，丰富伟岸谁似朕，下体洪壮刨汝甚。子如不悛，将放汝于无男国东，刑汝以女子罪宫。不夫

而有孕，众雌而无雄。有辞则凶，无辞则从。①

这段文字固然是"余"与妒神意气相争的愤激之词，但引经据典、言必有据，敷衍出的道理也自成一说。在修辞上，其最突出的艺术手法是排比，整段文字几乎全篇以排比构成，读来文气卷涌、横行无忌，真如钱泳所说的那样，"斗牛之光，芒角四起；河海之水，纵横万里。"由于作者运用了大量的、门类众多而比较生僻的典故，这就使得文章气势既盛且风格奇古奥博，形成了个性非常鲜明的艺术性格，陈文述在《烟霞万古楼文集序》中曾说："王君邃于史及诸子百家之集，又精通乾竺之学，故其为文奇古奥博，俾读者如读《淮南》《吕览》，又如入琅嬛委宛，所见皆上古之书，故其文非近世骈俪家所及，求之古人，亦罕其匹。"②"求之古人，亦罕其匹"的称赞固然有些过誉，不过其指出王文风格独特、成就颇高，实为知言。

第二，句式多变、骈散交融。这也是从形式上来看王昙的骈文，句式多变、骈散交融，在清代骈文家的创作中并不少见，但是像王昙这样或骈或散、随意挥洒，经常要打破骈散之界限、别成一体者，实不多见。比较典型的如《蛟矶孙夫人庙》驳史书指斥孙夫人"骄豪"之失云：

大意谓：吴蜀不为一家，则一鼎三足不立；东西不主二帝，则一槽三马难平。周郎之意，以为婚姻者，春秋之王道也；纵横者，战国之长城也。桥公二女，皆嫁英雄；破虏四男，尚无佳婿。孙夫人之侍婢弓刀，亦犹甄夫人之借兄笔砚也。何也？破虏，天下豪也；夫人，将门子也。亲见皇甫夫人以文武忠臣之妻，死刀圜而骂董卓；蔡文姬以徒行乞命之身，跣蓬首而拜曹公。生女如鼠，强臣若虎。岘山之父仇未报，小女不敢反庞娥之兵；许贡之兄仇未泄，女弟不能释子婪之仗。此所以逐马褰裙，翔鸥鸣镝，大眼戎妆，小妹雍容，追随于猘虎家兄之马后。而史以为骄豪多将吴隶兵者，过也。③

文章以意为帅，以气贯文，读来横行蔓衍，隽桀廉悍，有很强的气势和理论力度。从形式上看，其行文固然以偶对为主，但首先作者在偶对中非

---

① 王昙：《烟霞万古楼文集》卷二。
② 王昙：《烟霞万古楼文集》卷首。
③ 王昙：《烟霞万古楼文集》卷一。

自然地嵌入一些散句；其次即使是偶对，作者也率性命笔、以述意为主，并不十分在意偶对的严格性，以"皇甫夫人"对"蔡文姬"即其显例；再次，作者突破四六偶对的局限，用了不少长对。这些结合在一起，便使得文章亦骈亦散，难分彼此，此种情况在《烟霞万古楼文集》中的普遍存在，便形成了王昙骈文的一大特色。

第三，议论飚发、新见迭陈。才高识卓之士，为文喜发议论并且时发新见，是不足为奇的，长洲尤侗、钱塘袁枚、镇洋彭兆荪是如此，王昙亦是如此。可以说，为文几乎下笔必议，是王昙骈文的基本特点，如《穀城西楚霸王墓碑》就是历来为学者文人称颂的王氏代表之作，其驳斥班固，析论项羽之幸与汉皇及其子孙之不幸云：

> 佞臣班固，窦宪笔奴。为叶公龙，为史公猪。沉魂狴犴，置书葫芦。臣知大王不爱平分之天下，而忍杀手版之腐儒哉！而窃为大王幸。幸王不葬橐泉雍宫祈年冢，骊麓阴，盘蓝田。鱼膏照尸，亡羊烧山。臣窃笑汉皇帝长陵坏土，高庙玉环；吕后滛尸，赤眉入关。而王陶人茅马，纸衣瓦棺。斥上无将军之金，复土无校尉之官。南山铁固，石椁泥丸。臣窃笑汉子孙，茂陵原陵，阙地及泉；园郎寝郎，邑瓦无烟；羽衣出柙，文园盗钱。作昌陵便房方中，靳绋絮陈漆其间。校尉摸金而入凿，郎将发邱而破穿。而大王佳城郁郁，万鹈衔泥，群鸟耘田，寿于栎阳万年也。①

文章首先态度鲜明地对班固在《汉书》中将项羽从本纪行列中删去予以指斥，继而对项羽死后风光无限，而汉皇及其子孙死后遭遇悲惨的事实，进行嬉笑怒骂式的论评，正如窦光鼐所评，"是碑作于二千余年之后，盖断自二千余年以来，无此手笔"②，是难得一见的史评佳作。正如前文所述，王昙为文特好议论，且擅议论，翻开《烟霞万古楼文集》，一目了然，这里不再赘举其他例证。

当然，王昙的骈文也存在一些比较明显的弊处，最突出的就是用典往往繁密而生僻。由于王昙博览群书且博闻强记，而他自己又喜欢逞才使气，所以在《烟霞万古楼文集》六卷中，我们几乎找不出一篇用典较少而笔致舒

---

① 王昙：《烟霞万古楼文集》卷一。
② 王昙：《烟霞万古楼文集》卷一《穀城西楚霸王墓碑》文末附窦光鼐评语。

畅、明朗清新的作品。这些典故涉及经、史、子、集各个部类，使用频率最高的，无疑是史部之典，龚自珍在《王仲瞿墓表铭》中即有云："其为学也，溺于史，人所不经意，累累心口间；其为文也，喜胪史。"① 另外值得注意的是，因为王昙天生好奇，对古代历史中的神话一类，特别偏嗜，曾撰《历代神史》一百卷，故而，他的文章中颇多神怪之典，像《告妒妇津神文》《告巫虎祁神文》这样的作品，便因此而怪怪奇奇、眩人耳目。运典使事，是骈体文写作的一个基本要素，但是过密，便会影响文意的表达，王昙的许多作品皆蹈此弊，如他的名作《报工侍吴先生书》开首一段云：

> 尼山门下，养徒三千；太史奏来，贤人五百。昨先生示书，谓手放八榜，独心国士。此孔融之妮祢衡，谢鲲之泣卫玠，非门生之福也。卢植学于马融，而不得窥后列之女乐；彭宣学于张禹，而不得闻后堂之管弦。俱无师恩，皆登儒传。先生独不记迦叶升座，阿难夜悲；南能传衣，秀师掷钵乎？前谒邸第，见阍者屏某门生于门外，而延昙于后堂。掷粥则感郭泰之仁，枕膝则彰孟喜之遇。樊儵弟子，皆是公卿；郑元门人，谁非国器？而使见爱者，为处囊之锥；见不爱者，出公超之市。曾子之门，岂无吴起？荀卿之徒，或有李斯。则他日拂衣之恶，割席之怨，非教昙兄事子产，弟畜灌夫之盛意也。②

整段文字几乎每句必典，其意思固然是贯通而清楚的，但是一般读者要把握它的具体意思，则需要撩开众多典实所编织的重重帷幕，难度颇大。事实上，王昙的一些作品，不但用典过密，而且过僻，这就更加影响了文章的表达效果。

另外，王昙骈文下笔如滔滔江水，滚涌不歇，佳者固然内蕴丰富、气势恢宏而能动人心魄，龚自珍所谓"一往三复，情繁而声长"③，卑者便成了他驰逞才华、学识和议论的载体，其缺少简洁之美、博而能约之美，也就可想而知了。再者，正如钱基博所批评的那样，王文"隽桀廉悍"，气势逼人，但也有"过求生划"之病④，这些都对王文产生了负面的影响。就文学史地位来说，王昙虽然达不到陈文述所说"求之古人，亦罕其匹"的层次，

---

① 龚自珍著，王佩诤校：《龚自珍全集》，第146页。
② 王昙：《烟霞万古楼文集》卷三。
③ 龚自珍：《王仲瞿墓表铭》，龚自珍著，王佩诤校《龚自珍全集》，第146页。
④ 钱基博：《骈文通义》，上海古籍出版社2012年版，第114页。

也没有达到钱泳"二千年来，无此才矣"的程度，但是其才高学博，所谓骈文气势沉浑、内容充实、论议警辟、奇古奥博，在清代骈文史上足称一独一无二的骈体奇才、骈坛名家。

第五节 杭、嘉、湖骈文其他代表作家

清代中叶，江南骈文全面兴盛，杭、嘉、湖地区涌现的骈文家，除了前文论及的杭世骏、袁枚、吴锡麒、王昙诸人，尚有多人。如杭州府查揆、胡敬、陈文述、厉鹗、陈兆崙，嘉兴府黄安涛、朱为弼，湖州府孙梅、徐熊飞、张鉴等等，都是一时在数的骈文作家。本节择其要者，分为概述。

一 查揆、胡敬

海宁查氏是清代著名的文化家族，时有"一门七进士，叔侄五翰林"之誉。在清代的前两百年，这个家族培养了一批享誉文坛的诗人和骈散文作家，如黄宗羲的学生查慎行是顺康时期的浙派健将、诗坛名家；查慎行的弟弟查嗣瑮、族子查昇等，也都是一时文坛名手；另外，被雍正皇帝以科场试题案"戮尸枭示"的查嗣庭正是查慎行的弟弟，而当代小说家金庸也是查慎行的后人。查揆（1770—1804）就出生在这样一个有着很高社会知名度的世家望族。他又名初揆，字伯葵，号梅史，又号蘧翁、筼谷居士，浙江海宁人。嘉庆九年（1804）举人，官顺天府蓟州知州。少家贫，肆志读书。曾入杭州诂经精舍学习，并受到阮元的赏识，被阮氏赞为"诂经精舍翘楚"[①]；当时的学界前辈钱大昕、诗坛名宿法式善，也都对他青睐有加。性通达而耿介，耻干谒，"数往来（西）湖上，不妄与人交"，"尝渡钱塘，而东之甬上，之括苍，旅食四方，无知之者"[②]，是一个有品格、有个性的文人。

查揆的诗文创作在乾嘉间声名颇著，有《筼谷诗钞》二十卷、《筼谷文钞》十二卷。友人屠倬《菽原堂集序》谓其诗"于古人堂奥，无所不窥，而腾踔变化，不能以一家名之"[③]，《清史列传》则称其"诗出入查慎行、厉鹗之间，而警动过之，卓然成家"，又谓"海宁查氏名家叠出，揆起于慎

[①] 清国史馆原编：《清史列传》卷七十一《查揆传》，周骏富辑《清代传记丛刊·综录类②》。
[②] 屠倬：《菽原堂集序》，查揆《菽原堂诗文集》卷首，清道光十五年菽原堂刻本。
[③] 查揆：《菽原堂诗文集》卷首。

行、昇后，足继家学"①。在骈散文特别是骈文创作方面，查揆也是一时在数的名家，《筼谷文钞》十二卷中的作品大多为骈体，清代著名的骈文选本如曾燠《国朝骈体正宗》、姚燮《皇朝骈文类苑》及王先谦《骈文类纂》等，都收录了他的作品。

查揆为文长于议论，而且往往与叙事融贯一体，他的名作《西湖岳忠武庙合祀流芳翊忠二祠栗主记》《西湖新建白苏二公祠碑铭》《钱塘龚氏谱序》《屠兰渚丈昔游图序》都是这方面的代表。如《屠兰渚丈昔游图序》写屠氏昔年人生失意、摄衣壮游云：

> 先生则短后衣轻，远游冠好。发轫雍梁之墟，展辕参井之野。子午关险，戊己屯空。削华岳于鸢肩，缀黄河于衣带。惊飙起而哀笳鸣，严霜零而木叶脱。客饔冷炙，酒思如潮；马齕残刍，秋声如雨。扶风豪士，争呼袁丝为兄；河朔健儿，愿识朱家之面。②

作者笔下生风，将屠兰渚历遍关河的艰辛与豪壮，描写得极为生动。以气运词的特点，在这段文字中表现得非常明显。文章运用了数量不少的典故，就单个句子而言，有些地方读起来也不是那么清畅，但是作者大力斡转，以一股比较雄健的文气将典故、僻词和各种意象贯穿了起来；就表达方式而言，整段文字以叙述为主，但叙述中非常自然地融入了议论，达到叙事、议论难分彼此的境界，作者高超的艺术创作才能在此得到了很好的展现。如果将前引文字放到整篇文章中来看的话，还可以发现，全文时而音声低沉，时而语调高昂，抑扬顿挫，有着很强的节奏感，这也是查揆骈文的一个特点。

《小檀栾室读书图赞并序》是一篇不为历来选家所重视的佳作，其序文如下：

> 读书有记，自王君懋始也；讲学有图，自蔡伯喈始也。盖将以写萝石之欢，托丹青之契。樊阿勿谖，兼葭宛在。匪直邵尧夫之行窝，殷仲堪之小屋已也。小檀栾室在清平门之左，拂尘庵之右。十笏栖烟，百弓选石。重栅就嶂，则丹霞可梯；中礨承岩，则玉乳可斟。设松间之庖

---

① 清国史馆原编：《清史列传》卷七十一《查揆传》，周骏富辑《清代传记丛刊·综录类②》。
② 查揆：《筼谷文钞》卷四，清道光十五年菽原堂刻本。

湢，安月上之琴尊。借树支门，因泉引笕。一篱疏雨，萝未秋而已花；四面凉阴，衣不染而自绿。嘉庆辛酉，胡君元晸与其友读书于此。规䑛补研，择荫移床。一觞一咏，岩壑恣其延缘；半郭半村，云物诱其晛睞。至于抱橐驼之迥冈，睇凤凰之崇巘。海色入户，江声撼空。吊铁幢射弩之雄，发岘首沉碑之想。作兹图所以记萍迹也。然而磨牛陈迹，转眼都非；飞鸿留痕，逾时已杳。相若千之宅，便拟徙堂；更晏婴之居，原嫌近市。盖此图落墨之始，即同人移寓之初。苔衣自碧，而履綦无声；竹粉犹香，而鬓眉尽去。墅仍名谢，墩已归王。风干旧照之萤，叶烂曾题之树。即使好溪以成式得名，秽里因士章寄谑，而士乡安托，学台就荒。井记烟芜，宅铭蜗漫。披卷里之云烟，慨眼前之蕉鹿。又何待草青南浦，云停东轩，而后知江淹之销魂，陶公之搔首哉！①

这篇文章的结构层次很清楚，先以议论发端，次言小檀栾书室的地理位置及周遭环境，再次则言作图之由，其末则以感慨作结。全文以叙述为干，但内容则重在写景、抒情、议论。其写景文字都能运用典型意象，刻画出所写对象的神采，如"一篱疏雨，萝未秋而已花；四面凉阴，衣不染而自绿"、"海色入户，江声撼空"，前者细腻，后者阔大，做到了虚实相间、形神兼备。其议论、抒情文字，在议论（也包括写景）中涵纳感慨，表述比较含蓄，而情感饱满、颇具感染力，这是骈体议论文写作的高境。

胡敬（1769—1845），字以庄，号书农，浙江仁和（今属杭州）人。嘉庆十年进士，改翰林院庶吉士，散馆授编修。充武英殿、文颖馆纂修官，《全唐文》《治河方略》《明鉴》总纂官等。嘉庆二十一年，任河南乡试副考官，二十四年，奉命提督安徽学政，累迁至侍讲学士，后以乞养归。少以《水仙花赋》《阑干赋》，受知于阮元。工诗，擅骈体文，"诗兼颜、谢、杜、苏，文有六朝、李唐之美"②，著有《崇雅堂诗文集》二十卷。

胡敬的骈文作品，主要收录于《崇雅堂骈体文钞》四卷中，赋、序、记、书及论、赞、墓铭等，是其涉及的主要文体。其中赋、序、记三体的数量比较多，总体艺术水平也比较高。如果从清代骈文发展史的角度来审视胡敬的骈文创作，有一类作品特别值得我们注意，那就是22篇题图之作，这占到《崇雅堂骈体文钞》所录作品总数的1/4以上；同时，这些作品的风

---

① 查揆：《筼谷文钞》卷十一。
② 清国史馆原编：《清史列传》卷七十三《胡敬传》，周骏富辑《清代传记丛刊·综录类②》。

格比较统一，艺术特点比较明显，胡敬写景、叙事、议论的才华在其中得到了很好的体现。前文在论析吴锡麒骈文创作时曾经提到，骈体题图文是清代骈文创新发展的重要标志之一，而胡敬正是通过他的22篇骈体图序、图记、图赋作品，为清代骈体题图文的发展做出了比较重要的贡献。

就艺术倾向而言，胡敬的骈文主要近于唐人，谭献《复堂日记》即认为胡文"纯用唐法"，并将他和骈文创作同样以取径唐人为主的吴慈鹤相提并论①。需要指出的是，"纯用唐法"虽然是胡敬骈文的主体写作手法，但其实际取法对象则显然不止是唐人的创作，作为骈文经典的六朝骈文，就是胡文学习的重要对象之一，《清史列传·胡敬传》称胡文"有六朝、李唐之美"，便是很好的说明。

综合考虑思想、艺术这两大方面的因素，可以挑选出胡敬骈文的一些代表作品，这包括《穷村赋》《殳积堂桐阴觅句图序》《西溪秋雪图序》《小檀栾室读书图记》《梁弓子凤麓读书图后记》《梁园大招图记》《重修会稽大禹陵庙碑》《答许青士书》《与汪选楼书》《卜居对》等。中如《重修会稽大禹陵庙碑》一文，阐述大禹之功绩，沉博恢宏，有燕许骈文气度，允称佳作。如写大禹平成天下之功云：

> 试观斩高乔下，导滞疏停。梳三门而厮二渠，纚扶风而沐淫雨。济巨浸则鼍梁跨远，踰翠岑而蛟驭腾空。遂乃南修彭蠡之防，北据昆仑之地。期愆癸甲，少整冠纳履之闲；辅藉庚辰，得斩石疏波之助。抚蛮夷于穷发，山造积冰；追羲驭于扶桑，渊临沸水。山樿泥橇，遍续橘櫾树之乡；形瘦神劳，奠丹粟黄支之宇。罔勿亲程畚筑，畍别瓜离。赤埴青垆，十二襄之条鬵异种；击壤出瑱，三千里之筐筥同风。禹之平成大矣！②

大禹治水是著名的上古神话传说，这一传说甚至被司马迁写进了《史记》，《史记·夏本纪第二》言大禹在他的父亲鲧治水失败后，奉舜帝之命，与益、后稷一起，"命诸侯百姓兴人徒以傅土，行山表木，定高山大川。禹伤先人父鲧功之不成受诛，乃劳身焦思，居外十三年，过家门不敢入。薄衣食，致孝于鬼神。卑宫室，致费于沟淢。陆行乘车，水行乘船，泥行乘橇，

---

① 谭献著，范旭仑、牟晓明整理：《复堂日记》，河北教育出版社2001年版，第57页。
② 胡敬：《崇雅堂骈体文》卷四，清道光二十六年刻本。

山行乘檋。左准绳，右规矩，载四时，以开九州，通九道，陂九泽，度九山。令益予众庶稻，可种卑湿。命后稷予众庶难得之食。食少，调有余相给，以均诸侯。禹乃行相地宜所有以贡，及山川之便利。"上引胡敬之文，即从《史记》中的这段文字敷衍而来。其用诗意而富于概括力的笔调，勾勒了大禹发奋治水的辛劳与成绩，确实有盛唐燕、许骈文的风概。当然，胡敬此文并非十全十美之作，张寿荣就说它有"捋扯虽富，剪裁未允"①的毛病，这与胡敬本人的才华、个性直接相关。

应当说，依照胡敬的才性，他更擅长写作规模相对较小的文章，《崇雅堂骈体文钞》中收录较多的赋、序、记、书等几类文章基本都是如此。可以《小檀栾室读书图记》为例，该文集写景、抒情、叙事、议论于一体，亦整亦散、挥洒自如，是一篇杰构，如其写小檀栾室周遭地势及其内外之景云：

> 山径孤寂，寒龙吠人。石磴盘空，旋螺到顶。柴门不正，倚岩而开。拓窗以观，大江当面。其上则古殿阴森，下有蛟窟，风雨遝至，时闻吼声。自顾此身，怀璧何有？所恐他日，挟山而飞。折而南，老屋数椽，为五君偃息之所。虚牖不掩，列楹凡三；对床而眠，与佛成六。磬盫绝响，禅逃而儒；琉璃一灯，夜以继日。指蒲团而坐客，杂梵筴以摊书。其旁花木蓊然，则小檀栾室在焉。芳草数砌，绿荫满窗。据之而吟，有碧梧之一树；涉以成趣，有红薔之一篱。中则牙签杂陈，墨渖狼藉。稿置几上，因删未全；帧悬壁间，就视犹湿。解入此室，谅无俗尘；能来共谭，便成佳士。②

文章的表现力极强，作者在对眼前所见景致进行变化性描写的同时，营造出了一种独特的况味，那就是清寂而有生意，这是一般骈文作家不易达到的境界。我们读这样的文字，会产生一种比较明显的感觉，即我们并不是随着作者的笔触，远距离地观看景致，而是身临其境一般，近距离观看并感受各种景致，这与刘嗣绾的写景之文有着相似的魅力。

---

① 曾燠选，姚燮、张寿荣等评：《国朝骈体正宗评本》卷十二张寿荣评语，清光绪十年花雨楼朱墨套印本。
② 胡敬：《崇雅堂骈体文》卷三。

二　孙梅、徐熊飞、黄安涛

　　清代以骈文理论批评擅长而兼工骈文者，孙德谦而外当推湖州府孙梅。孙梅（1739—1790），字松友，号春浦，浙江乌程（今属浙江湖州）籍，归安（今属浙江湖州）人。乾隆二十七年（1762）弘历皇帝南巡，"召试，取二等，赐彩缎荷包"[①]。三十四年，成进士，授内阁中书，出为太平府同知。在他担任太平府同知期间，"三为同考，得士最盛"[②]，其中最著名的就是后来成为一代文宗的阮元；而阮元的骈文思想，也受到了这位老师的深刻影响。孙梅少攻诗，有才子之目，曾赋《白燕诗》，为人所传。当然，他最重要的成就不在诗文创作，而在骈文理论批评，《四六丛话》三十三卷就是这方面成就的集中体现。另有《旧言堂集》四卷。

　　孙梅用了三十年时间完成的《四六丛话》[③]，是中国古代的"一部较为系统的集大成式的骈文理论批评著作"[④]。阮元在《四六丛话后序》中将孙梅此书与宋人王铚《四六话》、谢伋《四六谈麈》相比较后指出："王铚选《话》，惟纪两宋；谢伋《谈麈》，略有万言：虽创体裁，未臻美备。况夫学如沧海，必沿委以讨源；词比邓林，在揣本而达末。百家之杂编别集，尽得遗珠；七阁之秘笈奇书，更吹藜火。四骈六俪，观其会通；七曜五云，考其沉博。""使非胸罗万卷，安能具此襟期？即令下笔千言，未许臻兹酝酿也。"[⑤]高度评价了《四六丛话》的成就。孙梅的学生陈广宁也认为，历代以来的骈文创作"彬彬乎盛矣"，"然而萧统之《文选》，刘勰之《文心雕龙》，不过备文章，详体例，从未有勾玄摘要，抉作者之心思，汇词章之渊薮，使二千年来骈四俪六之文，若烛照数计，如我夫子之集大成者也。"[⑥]当然，也有学者对《四六丛话》中存在的问题多有批评，《续修四库全书总目提要·四六丛话缘起提要》的评断比较有代表性："虽松友文士，考证非其所长，故其于四六诸体，源流得失之辨，往往不能窥其要领。""且其间

[①] 宗源瀚等修，陆心源等纂：《同治湖州府志》卷七十六《孙梅小传》，转引孙梅著，李金松校点《四六丛话》附录，人民文学出版社2010年版，第718页。

[②] 阮元、杨秉初辑：《两浙𬨎轩录》，转引孙梅著，李金松校点《四六丛话》附录，第718页。

[③] 陈广宁：《四六丛话跋》，孙梅著，李金松校点《四六丛话》附录，第714页。

[④] 李金松：《四六丛话·前言》，孙梅著，李金松校点《四六丛话》卷首，第1页。

[⑤] 孙梅著，李金松校点：《四六丛话》卷首，第3—4页。

[⑥] 陈广宁：《四六丛话跋》，孙梅著，李金松校点《四六丛话》附录，第714页。

议论，大抵词胜于意，虽极纵横博辨之致，终是行文之体，非衡文之作。"①这不能说没有一定道理。

对于《四六丛话》理论观点和理论贡献，自清代以来，就有不少学者进行过研究探讨。总体来看，系统总结中国古代骈文批评理论和为骈体文正名，是《四六丛话》最主要的两个理论贡献。至于该著的其他特点与建树，可参阅何祥荣《四六丛话研究》、莫道才《论〈四六丛话〉的学术价值与骈文思想》、陈志扬《〈四六丛话〉：乾嘉骈散之争格局下的骈文研究》、李金松《论〈四六丛话〉中的骈文批评》等论著、论文，以及谭献《复堂日记》、李慈铭《越缦堂读书记》、刘麟生《中国骈文史》、于景祥《中国骈文通史》、奚彤云《中国古代骈文批评史稿》、吕双伟《清代骈文理论研究》中的相关论述，这里不具体展开。

作为骈文理论家的孙梅，在骈文创作上也有相当的造诣，这主要体现在他为《四六丛话》所写的 20 篇叙论（含 1 篇总论）中。孙梅在《四六丛话·叙〈论〉第十四》中曾指出，要想写好骈体议论文并不是件容易的事，弄不好就"譬之蚁封奔骋，佩玉走趋，舌本闲强，恐类文家之吃；笔端繁拥，终滋腹笥之贫。"②他自己所创作的 20 篇叙论，虽然存在一些"词胜于意"的弊病，但总体上可谓"穷源溯委，精审赅备"③。如叙《选》第一论萧统《文选》之长云：

揆厥所长，大体有五：曰通识。五经纷纶，而通释训诂者有《尔雅》；诸史胗蠁，而通述纪传者有《史记》。《选》之为书，上始姬宗，下迄梁代，千余年间，艺文备矣。质文升降之故，风雅正变之由，云间日下，接迹于简编；汉妾楚臣，连横于词翰。其长一也。曰博综。自昔文家，尤多派别。《文志》表江左之盛，《典论》诠邺下之贤。《选》之所收，或人登一二首，或集载数十篇。诗笔不必兼长，淄渑不必尽合。《咏怀》《拟古》，以富有争奇；玄虚、简栖，以单行示贵。其长二也。曰辨体。风水遭而斐亹作，心声发而典要存。敬礼工为小文，长卿长于典册。体之不图，文于何有？分区别类，既备之于篇；溯委穷源，复辨之于序。勿为翰林主人所嗤，匪供《兔园册子》之用。其长三也。

---

① 孙梅著，李金松校点：《四六丛话》附录，第 720 页。
② 孙梅著，李金松校点：《四六丛话》卷二十二，第 426 页。
③ 刘麟生：《中国骈文史》，第 141 页。

曰伐材。文字英华，散在四部。窥豹则已陋，祭獭则无功。惟沉博绝丽之文，多左右采获之助。"王孙"、"驿使"，雅故相仍；"天鸡"、"蹲鸱"，缤纷入用。是犹陆海探珍，邓林撷秀也。其长四也。曰镕范。文笔之富，浩如渊海；断制之精，运于炉锤。使汉京以往，弭抑而受裁；正始以还，激昂而竞响。虽《禊序》不收，少卿伪作，各有指归，非为谬妄。谓小儿强解事，此论未公；变学究为秀才，其功实备。其长五也。①

萧统的《文选》是现存的中国古代第一部大型诗文选本，在文学、文献学史上有着崇高的地位。《四六丛话》以论叙选体开篇，就是要将《文选》和《楚辞》一起确认为骈体文的滥觞，所谓"《选》实骈俪之渊府，《骚》乃词赋之羽翼"②，又所谓"《文选》者，骈体之统纪"③，这就从骈文文体发展的角度，高度肯定了《文选》的文学史价值。在这一前提下，孙梅进一步分析了《文选》的具体优长，这就是上引文字所提到的通识、博综、辨体、伐材、镕范五者。通识是说《文选》笼括千载并且把握住了文学史演变的内在规律；博综则言《文选》视野宏阔、不立门户之见，能兼纳各种类别的文学创作；辨体谓《文选》从体类上深刻论析区分了各种文体的体性及渊源、演变；伐材言《文选》精选佳作，为后世文人摘典运文提供了一系列学习仿效的经典范例；镕范言《文选》精于裁断，客观呈现出千余年文学发展的真实面貌。由此五点，可见《文选》确实称得上是一部"悬衡百代，扬榷群言，进退师于一心，总持及乎千载"的大著作；而它之成为骈体文的滥觞，也就更加合理了。孙梅的这段论述，有睿识，有层次，有文采，是有"纵横博辨之致"的"衡文"佳作。

孙梅《四六丛话》中最富文采且兼具精到论断的文字，当属叙论骚体的开篇数语：

《丛话》曷为而次《骚》也？曰：观乎人文，稽于义类。古文、四六有二，源乎大要，立言之旨，不越情与文而已。夫其始耿介，慕灵修，睇重华，追三后，占琼茅，媒鸠鸟，抱忠謇，怨迟暮，以至然疑怳

---

① 孙梅著，李金松校点：《四六丛话》卷一，第1—2页。
② 孙梅著，李金松校点：《四六丛话》卷首《凡例》，第1—2页。
③ 孙梅著，李金松校点：《四六丛话》卷一，第2页。

惚，中路夷犹，窈窕宜笑，婵媛太息，何其情之贞而挚也！又若雷雨窈冥，风云舒卷，冠剑陆离，舆卫纷溶，霡靡千名，镂错万状，更有云旗星盖，鳞屋龙堂，土伯神君，壶蜂神虺，何其文之侈而博也！诗人之作，情胜于文；赋家之心，文胜其情。有文无情，则土木形骸，徒惊纤紫；有情无文，则重台体态，终恧鸣环。屈子之词，其殆《诗》之流、赋之祖，古文之极致，俪体之先声乎？故使善品藻者殚于名言，工文章者竭于摹拟，习训诂者炫于文字，辨名物者穷于《尔雅》。①

孙梅在此强调指出，骈文与古文相似，其"立言大旨"不外乎情感与文采两者，而骚体祖师屈原的创作，正是情、文并备的文章极则。不但如此，孙梅还认为，具有上述特点的屈子之文乃是《诗经》的流裔、赋体的初祖，是"古文之极致，俪体之先声"。孙氏此论的深层意义在于，既然在本质上骈文与古文创作的"大旨"并无二致，而且被古文家们视为古文重要渊源的屈骚（当然也包括宋玉、景差等人骚体之文在内）也正是骈体文的滥觞，那么清代文坛上"甚嚣尘上"的重散轻骈之论就是没有道理的谬论，这就从源头上将骈文与古文放置到了平等的位置。清中叶以降以李兆洛、阮元代表的理论家，或强调骈散一源，或强调骈体乃文之正宗，与孙梅此论当都有内在的渊源。若就文论文，可以说作者才情发越，从屈原骚体之作中撷取了大量典型的意旨与意象，并用视觉效果、听觉效果都非常强的文字，从正、反两个方面将其推扬骈体的旨趣成功呈现了出来，它的艺术感染力是一般议论文无法达到的。论断精到而文采斐然，这显然是词意兼胜的好文章。

历来学者在研究清代中叶骈文发展时，基本都将孙梅作为骈文理论批评家来看待。也有学者在论述孙梅《四六丛话》时，提到该书中的18篇骈体叙论体现出了孙氏的骈文创作才华，但大多是一笔带过，并未从艺术上来深入探讨这些文章的特点和成就，希望本节"点到即止"的相关分析，能引起学界对孙梅骈文创作艺术的重视。

清代中叶的湖州骈坛上，徐熊飞是创作成就最高的一位作家，但一直以来他很少受到学界的关注。徐熊飞（1762—1835），字渭扬，号子宣，又号雪庐，别号白鹄山人，浙江武康（今属德清）人。徐氏是武康著姓，徐熊飞的高祖徐廷献、曾祖徐勉，在当时都有一定的声誉。勉子承元，承元生绍

---

① 孙梅著，李金松校点：《四六丛话》卷三，第45页。

曾、绍祖，绍祖生二子，徐熊飞即其长者。熊飞生而敏悟，但少时家极贫苦，父绍祖经常在外授读谋生，因此抚养子嗣的任务便落到了徐母周孺人肩上。据熊飞子徐金镜记述，周氏"常自授章句，破篱茅屋，灶觚虀臼之侧，书声不辍"①，这样的情形与常州赵怀玉、洪亮吉、孙星衍等人少时的成长经历是极为相似的。徐熊飞的"孤苦励学"，为他在科举考场上崭露头角打下了基础。嘉庆六年，阮元在杭州开办诂经精舍，徐熊飞和查揆等一起入选，并受到良好的学术教育。嘉庆九年，他和查揆同一年乡试中式，但是接下来的春闱考试却"既荐被落"，虽然一时文坛名宿像朱珪、翁方纲、法式善、杨芳灿等都对他青目有加，称他为"南土文人之冠"，但他从此对科举失去信心，"不复进取矣"②。后主乍浦观海书院，"垂四十年"；道光元年（1821），郡邑举孝廉方正，力辞不就。年七十四卒，清廷特授翰林院典簿衔。

徐熊飞诗词、古文与骈文兼擅，早年以诗名，蔡梦熊谓其"近诵宋元明，远宗汉魏唐。元气披两大，心兵游八荒"③，屈何焕则云"众体娟妙无瑕疵，七古沉雄瑰丽尤多姿。追逐供奉与拾遗，次亦眉山苏氏之余支"④，梁溪名诗人顾光旭在看到他的诗稿后曾赞许他为"一代巨手"⑤。他的古文创作师事无锡秦瀛，"始学侯、魏，后从尧峰、竹垞、震川、道园及南宋诸家以溯欧、曾"⑥，"义法森然，澄澹峻洁，有一唱三叹之音，非矜才使气者能及"⑦，成就也比较突出。骈体文兼综众家，自树一帜，下文将论及。另外，他的应试律体诗、赋也有较高的造诣，在当时影响较大。一生著述颇夥，有《白鹄山房诗钞》三卷、《凤鸥集》一卷、《白鹄山房诗选》四卷、《诗续选》二卷、《前溪风土词》一卷、《六花词》一卷、《白鹄山房骈体文钞》二卷、《骈体文续钞》二卷、《应试诗赋钞》二卷、《春雪亭诗话》一卷、《修竹庐谭诗问答》一卷、《武康伽蓝记》二卷、《耆旧录》二卷等。

徐氏骈文创作大体分为前后两期，前期作品主要收录在《白鹄山房骈体文钞》二卷中，王昶谓其"一以初唐为宗，不屑争奇吊诡，自炫新异"，

---

① 徐金镜：《先考行略》，徐熊飞《白鹄山房文钞》卷首，清道光二十二年刻本。
② 同上。
③ 蔡梦熊：《白鹄山房诗钞题辞》，徐熊飞《白鹄山房诗钞》卷首，清嘉庆四年清素堂刻本。
④ 屈何焕：《白鹄山房诗钞题辞》，徐熊飞《白鹄山房诗钞》卷首。
⑤ 徐金镜：《先考行略》，徐熊飞《白鹄山房文钞》卷首。
⑥ 同上。
⑦ 王豫：《白鹄山房文钞序》，徐熊飞《白鹄山房诗钞》卷首。

阮元对这些作品也深为赞许，"亟称其深入王、杨、卢、骆之室"。①《重建台州松门镇天后宫龙王堂碑》《西湖白苏二公祠堂碑》《卷勺园记》《啸轩诗集序》《两浙金石志序》《寄秦小岘夫子书》《上督学阁部阮云台夫子启》等，都比较有代表性。其中《文钞》卷一开篇的《重建台州松门镇天后宫龙王堂碑》最为典型，如其述阮元督师海上，率军平寇云：

斯时也，组练从戎，水犀出汛。传檄则雷霆奋发，扬旗则蛇乌骞腾。分行布鹅鹳之群，据险结艨艟之阵。赤羽白羽，仵方略于军门；熊韬豹韬，运圆机于壁垒。方欲屠蛟鳄，斩鲸鲵，迅扫妖烽，驱除毒瘴。星辰罗列，张天网于青溟；嶂岭岿嶤，扼地维于绛泽。意在灭此朝食，誓将聚而歼旃。无何，台岳效灵，波臣助顺。断其鸡连之侣，遏其狼顾之凶。流霞赤而鲨尾高撑，落日黄而羊头疾卷。雷风相薄，九天之云雨惊飞；金铁皆鸣，一海之波涛尽立。激飞廉之盛怒，幕头栖乌安逃？震屏翳之雄威，釜底游鱼莫遁。于是纵发偏裨，指麾将率，趁鼍宫之震电，洗鲲壑之阴霾。招摇转而霹雳驰，箭筈鸣而虹蜺走。戈船下濑，顿消螭蜃之魂；犀甲凌波，遂落貔貅之胆。击汰迎潮之众，尽入刑诛；冲飙激电之伦，咸归剪灭。一鼓而孙卢就缚，长驱而狐鼠投诚。沙屿肃清，海疆荡定。②

文章叙写了阮元率众歼灭贼寇的整个过程，但其并不是用写实法叙述战斗的细节，而是用写意法渲染战斗的氛围、形容战况的激烈。其中对"台岳效灵，波臣助顺"的描写，实在是充分发挥了文学家的想象力，就骈文体性而言，这样的手法显然要比实写更具艺术感染力。在文章中，数量众多的意象纷至沓来，但作者都能用才华高卓的诗笔将其妥善组织、勾连起来；此外，文章跌宕抑扬、音节流畅，听觉效果极佳。总体而言，《重建台州松门镇天后宫龙王堂碑》意象纷纭、文采勃郁，音声铿锵而一气呵成，确实有李宗傅所说的"铿訇瑰丽"之初唐风概③，是一篇艺术成就非常突出的骈体佳制。

徐熊飞的后期骈文，主要收录在《白鹄山房骈体文续钞》二卷中。李

---

① 王昶：《白鹄山房骈体文钞序》，徐熊飞《白鹄山房骈体文钞》卷首，清嘉庆间刻本。
② 徐熊飞：《白鹄山房骈体文钞》卷一。
③ 李宗傅：《白鹄山房骈体文续钞序》，徐熊飞《白鹄山房骈体文续钞》卷首，清嘉庆二十五年刻本。

宗傅在为《白鹃山房骈体文续钞》所作的序言中言道，徐熊飞骈文在经历了早期的追宗初唐后，发生了一些改变，即"上探徐、庾、潘、陆、沈、鲍之源，下溯中晚唐及五代十国之流者，又十余寒暑"，由此，徐文变得"语益工，一以清丽为宗，而渊懿浑穆之气，时复溢于意言之表"。① 从具体作品来看，李氏的论断是比较客观的。可举《东湖修禊诗序》为例，文章以议论古来文人爱尚雅集开篇，继写诸同人修禊相聚的情形，再则抒议年华易逝、时不永驻的人生感怀，末尾扣题作结。这篇文章的章节布置并没有什么特别的创新，但是清晰、稳健、完整；在语言表达和艺术风格上，则确实有李宗傅所讲的"语益工，一以清丽为宗，而渊懿浑穆之气，时复溢于意言之表"之特色，如其主体部分云：

> 嘉庆十六年闰月上巳，陈古华先生来自云间，钱君梦庐招同人修禊于东湖水榭。佳雨初霁，晴云欲流。沿溯兰塘，从容烟浦。桃花野渡，狎鳞羽之暄融；春水画船，就园林之明瑟。酌芳醴，荐文琴，纨扇分香，渔歌劝酒。数峰岚翠，蔽亏亭阁之阴；四面烟波，掩映尊罍之座。固胜云门雅燕，遥思清扬；差同竹逸良游，天怀开朗。昔王伯舆之遐览，羊叔子之胜情，各写登临，咸深怊怅。良以前水后水，渺流渐而不归；今人古人，递阅历而成世。惠、庄濠濮之上，景、晏牛山之巅，乐极须臾，悲来终古。况复流萍上下，倦羽东西。偶为川上之游，暂约芦中之客。新吟红药，欢然簦笠之交；旧梦黄垆，邈若山河之感。矶头宿鹭，遥瞰人来；帘外飞花，坐令春去。念升沉之难卜，惜散聚之不常。能无振触流光，缠绵别绪乎？②

自古文人都是敏感、多感的，徐熊飞笔下的友人欢聚是那么的清雅快乐，可是这种快乐似乎很脆弱，因为它很快就被"乐极须臾，悲来终古"的愁绪所替代。文章以情绪的变化来贯穿前后，当清雅快乐时，作者的文笔清丽流畅，有吴锡麒、洪亮吉写景小品的风貌；当清雅欢乐被愁绪替代，文章的笔调就变得怅触无端、清丽缠绵，一股"渊懿浑穆之气"振荡在文章之中。总体来看，全文一气贯穿，抑扬顿挫，节奏感、旋律感很强，内容又比较充实，实为高手名篇。徐熊飞曾与吴锡麒论当代骈文之弊，所谓"今

---

① 徐熊飞：《白鹃山房骈体文续钞》卷首。
② 徐熊飞：《白鹃山房骈体文续钞》卷一。

之为四六文者，其病有二：规效萧《选》者，失之伪古；力求妍秀者，失之尖新。"① 以此标准来对照徐氏该文，其确实避免了"伪古""尖新"之弊，用自具面貌、清丽渊懿来笼括其特点和成就，应是没有问题的。

王昶在嘉庆七年曾为徐熊飞的骈体文初集写过一篇序言，中有语云："予观典午以降，若隐侯之闳雅，明初之恺挚，伯审、简之之严洁，类能于骈四俪六中，各出杼柚，伸其意旨。数公皆武康产，雪庐本其流风遗韵，接迹先轨，其沿波讨源者甚久，斯其文之所以特工欤？异日者，陈东封之书，进南郊之颂，雍容谕扬，极文人遭遇之盛，予虽老且病，犹当拭目俟之！"② 王昶强调，徐熊飞的骈文之所以能取得颇高的成就，与武康之地有着优良的骈文传统，与徐氏长期"沿波讨源"最终能"接迹先轨"、自我树立，有着重要的关系，这是别具慧眼之论。同时，王昶也相信，方届不惑之年的徐熊飞，若能继续坚持钻研骈体文写作，终有一天，他会成一个为以鸿文来润色伟业、受到朝廷重用的文人。事实上，徐熊飞并没有因为骈文获得朝廷的重视、重用，但他确实持之以恒地创作骈体文，并在清代中叶的骈坛上赢得了同道的尊重，这也可以说是一种"极文人遭遇之盛"吧。

清代中期嘉兴府骈文作家中，查揆的同道友人黄安涛是不得不提的。黄安涛（1777—1847），字凝舆，一字霁青，晚号葵衣居士，浙江嘉善人。嘉庆十二年举人，嘉庆十四年恩科二甲一名进士，选翰林院庶吉士，散馆授编修，充国史馆提调、文渊阁校理。二十一年，充贵州乡试正考官，由京察一等，以知府用，历官江西广信，广东高州、潮州等府，服官多惠政。丁母忧归，遂不复出。晚主鸳湖、安澜书院讲席。工诗，兼善骈散文，有《诗娱室诗》二十四卷、《息耕草堂诗》十八卷、《真有益斋文编》十卷等。

黄安涛的骈文与古文，并收于《真有益斋文编》十卷中，赋、书、序、记，可谓各体皆工。查奕照《真有益斋文编序》论黄文有云："（黄安涛）骈体则如精金削成，群琲夺色，摇笔措意处，凡境为之一空。"③ 如他的名篇《慰托集自序》有云：

> 呜呼！士有攻苦半世，奄忽一朝，心声手迹，魂魄攸恋，末契之托，后死之责矣。是以简文伤往，为撰《中庶》之集；元结悼逝，爰

---

① 李宗传：《白鹄山房骈体文续钞序》，徐熊飞《白鹄山房骈体文续钞》卷首。
② 王昶：《白鹄山房骈体文钞序》，徐熊飞《白鹄山房骈体文钞》卷首。
③ 黄安涛：《真有益斋文编》卷首，清道光二十三年刻本。

有《箧中》之编。岂不以不朽之业，未竟之志，传之其人，是诚在我者哉？然而作者如牛毛，存者如凤羽，然奇于坑，投贺于涸，光焰灰灭，仇者忌焉。籯筐是承，酱瓿是覆，珍贝芥视，愚者懵焉。惟仇与愚，斯亦已矣。若夫生则款款，订雷陈之交；没则恳恳，展范张之谊。故欢在目，遗编在床，谓宜表彰有资，阙队无虑，顾悠忽者率剞劂之失时，伀偬者或编述之靡暇。卒之羽陵朽蠹，莫证名山之藏；竹素丛残，空寄秋坎之唱。山丘阒若，声尘翳如。昔任昉《答刘孝绰诗》曰：讵慰耋嗟人，徒深老夫托。睠怀斯言，良可慨息！①

撰述立言，历来受到中国古代文人雅士的重视，但是撰述者多，淹没者亦多，在这个意义上，后死之人能为既死之人编纂丛残，传之久远，实在是一件有功于逝者的佳事。黄安涛的这段文字，就是对自己之所以编纂已故亲友作品集——《慰托集》——缘由的论析。文章娓娓道来，感慨万千，其虽系议论文字，但是抒情色彩颇浓，称得上是情理兼得的好文章。此外，文章锻炼精整而不见斧凿之痕，奇偶交融，整散并用，取得了很好的艺术效果。

又如《牟珠洞记》写牟珠洞之景云：

历阶数仞，绕殿十笏，披榛拨莽，忽睹石门。重扉启烟，九云立宇。始焉若堕眢井，若履窟室。一线呀豁，天天囧然，珠缨花幢，雨无坏色，掬水供养，憩息移时。衲子导行，起复扪壁，阴同纻绝，跬步辄迷，暗溜出蟺，滑不可驻。爇秉秆以代松明，扶童肩而当筇竹。石棱窈窕，侧出倒垂。敛冠伛偻，屏息谛审。则有魑颜戚额，深目高颧，赤足被发，骈肩接踵，云驱涛驾，烟霏雾结，翩然如群真之下九霄而烁神光也；蛟龙蜿蜒，狮象蹲伏，牙须怒张，鳞甲飞动，若抟若斗，若舞若吼，杂然如偃师之陈百戏而荡心魄也。②

这段文字有两个比较明显的特征：其一，文章亦骈亦散，介乎骈散之间。正如查奕照所说，"君之骈体，偶也，实奇也"③，骈散交融并用实系黄

---

① 黄安涛：《真有益斋文编》卷四。
② 黄安涛：《真有益斋文编》卷五。
③ 查奕照：《真有益斋文编序》，黄安涛《真有益斋文编》卷首。

安涛骈文的一个基本特点，只是这篇文章的奇偶交融性，较之前引《慰托集自序》要突出，我们几乎很难确指其为骈为散。其二，文章用字极简省，造境颇清隽，总体上有着很强的张力和表现力，查奕照"摇笔措意处，凡境为之一空"的评述，用于此篇是非常贴切的。另外值得注意的是，文章最后两个长句，似对非对，锻造极奇，这种笔法在清代骈文家的作品中，还是很少见的。当然，黄安涛的骈文佳作，不止前引两篇，《新塍水嬉赋》《覆友人商游幕书》《虎坊侨寓记》《马氏子连葬铭》等，也都是各具神采的好文章，这里不再一一举述。

第二章　清中叶独步天下的常州骈文

清代中叶江南骈文臻于极盛，而常州府一地的成就极为引人注目。此时，以洪亮吉、孙星衍为首，便有所谓常州派，与刘麟生所言博丽派（以陈维崧、胡天游、袁枚为代表）、自然派（以毛奇龄、纪昀为代表）、六朝派（以孔广森、汪中、王闿运为代表）、宋四六派（以张之洞为代表），并雄于一代。[①] 洪、孙而外，刘星炜、赵怀玉、杨芳灿、张惠言、李兆洛、陆继辂、刘嗣绾、方履籛、董基诚、董祐诚、洪符孙、洪齮孙、董士锡、张成孙等，也都是有相当创作实绩的常州骈文作家。他们的创作沾溉于《诗》《骚》，承继汉魏、六朝，接绪四唐、两宋，在继承中创变，独树一帜，且有较为系统的骈文理论相配合，称得上是清代江南骈文群落的典型。就文学史地位和影响言之，在清代中叶甚至整个有清一代，常州骈文实可谓领袖群伦、独步天下。

第一节　清中叶常州骈文之蔚兴及其原因

清代中叶常州骈文经过近一百年的累蓄发展，形成了颇为壮观的兴盛局面。这一兴盛局面的形成，是多种因素共同促成的：清中叶骈文的整体复兴为其提供了外部语境、常州骈文家的理论自觉为其提供了理论支撑、常州地区学术的发达为其提供了学术基础、常州骈文家的宗亲与师友交游为其提供了内在驱动力。

一　清中叶常州骈文兴盛局面的形成

嘉庆间吴鼒辑《八家四六文钞》，排比清代骈体名家，常州选有三人，即洪亮吉、孙星衍、刘星炜，后光绪间张寿荣复辑《后八家四六文钞》，常

[①] 参见刘麟生《中国骈文史》，商务印书馆1937年版，第123—139页。需要说明的是，这里提到的常州派，准确一点应表述为常州体派或"常州体"，本书《总论》部分已有辨析。

州又有张惠言、李兆洛、董祐诚等三人与选，则有清一代骈体代表作家，常州一府几占十分之四；又曾燠辑《国朝骈体正宗》，裒列乾嘉以前骈体大家，常州除洪亮吉、孙星衍、刘星炜外，赵怀玉、刘嗣绾也被推举选录，张鸣珂继辑《国朝骈体正宗续编》，李兆洛、董祐诚之外，董基诚、方履籛、洪符孙、洪齮孙等皆在选；而屠寄辑《国朝常州骈体文录》三十一卷，有清一代常州骈体创作之精华，网罗殆尽，所录作家计43人（有32人隶籍阳湖、武进），何其盛也！

进一步考察常州骈文演变的具体情况，我们发现，以阳湖、武进为中心的常州骈文的真正兴盛，主要集中在乾、嘉、道三朝，其间作家层出，精品迭现，前后相继，灿然勃兴。常州骈文家屠寄在《国朝常州骈体文录·叙录》中即有云："乾隆、嘉庆之际，吾郡盛为文章。稚存（洪亮吉）、伯渊（孙星衍）齐金羁于前，彦闻（方履籛）、方立（董祐诚）驰玉軟于后。皋文（张惠言）特善词赋，申耆（李兆洛）尤长碑铭。诸埒丽之者，亦各抽心呈貌，流芬散条，亶亶乎文有其质焉！于时海内属翰之士，敦说其义，至乃指目阳湖以为宗派。"① 而按照作家群体的年辈、交游以及创作的总体特征，我们可将清中叶常州骈文这种兴盛局面的形成，厘为前后两期。

清中叶常州骈文发展的前期，以年辈较长的刘星炜、洪亮吉、孙星衍、赵怀玉、杨芳灿为代表，其中又以洪、孙最称著名，成就亦最高。除刘星炜生于康熙末年、卒于乾隆末年，其余均生于乾隆间，卒于嘉庆间，主要创作集中于乾、嘉之间。刘星炜在清代为骈体名家，曾为内阁学士，位终工部左侍郎，"制作登承明之廷，顾问入长杨之馆"②，长期得以文章近侍帝王，也因为他的身份如此，其骈体特多赋颂赞谒之作，所谓"以文章黼黻庙堂，雍容省闼"③，此类作品虽煌煌大言，就文学思想、艺术而讲，不免流于形式、缺乏个性；不过刘星炜才力博大，赋颂诸体外，他还有一些抒写性情的佳作，吴蘅《思补堂文集题词》云，"（刘星炜）集中古体赋，结响未坚，取材亦宽……其它笺启序记，名贵光昌，尽去国初诸君浮侈晦塞之弊，卓然可传"④，《倪温陵都督诗集序》《为胜国阎陈二公征诗启》《沈观察从军集

---

① 屠寄辑：《国朝常州骈体文录》卷三十一，清光绪十六年刻本。
② 陈宝琛：《八家四六文注序》，吴蘅辑，许贞干注《八家四六文注》卷首，清光绪十七年刻本。
③ 刘琛、刘昕泰、刘尚德等校订：《武进西营刘氏家谱》卷五《清诰授资政大夫工部左侍郎圃三刘公……墓志铭》，民国十八年排印本。
④ 吴蘅：《八家四六文钞》第四册《思补堂文集》卷首，清嘉庆三年较经堂刻本。

序》《代江阴令告城隍神文》即其代表。如《为胜国阎陈二公征诗启》一文，王文濡等赞其"辞扫尘氛，气铄星斗，其人其文，均堪不朽"①，又《代江阴令告城隍神文》"事昭理辩，气盛辞断，妖鬼有知，自当退避三舍"②，成就是相当可观的。不过此类作品比较有限，故本章对刘星炜不予单列论述。赵怀玉诗文在乾嘉间俱称一家，曾燠《国朝骈体正宗》特为选列推举，屠寄《国朝常州骈体文录》选其文37篇，数量颇多，然细按其作品，虽不乏《重刻独孤宪公毗陵集序》《瓯北诗钞序》之类佳作，但总体而言，才力略显单薄，难与刘星炜相比，更不及洪、孙、杨，故亦不详加论述。

洪、孙为乾嘉间并称于世的骈文名家，洪亮吉学识宏博、天才绝特，一生创作不辍，所为骈体文分别收入《卷施阁乙集》和《更生斋乙集》，屠寄《国朝常州骈体文录》选洪文79篇，数目为全书之冠。而世人推崇洪氏骈体创作，不仅在其数量，更在其质量，其文众体兼善，深情笃挚，格调清新而内具奇劲之气，卓然为一大家。孙星衍与洪亮吉为至交，学问、才力亦相若，少时于骈文着力颇勤，当时名流学者并加盛赞，但是中年以后专意治经，尽弃前所为骈体文，所以历来难窥其骈体创作的全貌。然而仅就留传的有限几篇作品而论，孙氏亦足称能手，他与洪亮吉作为乾嘉间常州骈文的代表，骈文史上不能不为他留置一席之地。金匮杨芳灿也是常州骈文的一位名家，徐世昌认为他可以与洪亮吉、孙星衍齐名。杨氏对于骈文有着自己独到的理论主张，其虽然不如李兆洛、阮元等人系统，但既有宏观认识，又有微观分析，对初为骈文者有切实的指导作用，其理论价值不容忽视。杨芳灿的骈文创作，存在较为明显的格式化的倾向，但风格独特、才力充沛，成就显然不容小觑。可以说，洪、孙、刘、赵、杨等人成绩斐然的骈体创作，堪称清代中期常州骈文恢宏的开端。

乾嘉间的常州骈文，以洪、孙为典型，文章主要取则魏晋六朝，兼及楚骚、东汉、唐宋；风格以清新为擅长，而众体兼善，不拘一格；用典灵活，或全篇不使一典，振笔直书，或用典精妙，融化无迹；字锻句炼，善于属对；情景交融，议论卓特；而前述特点常含纳于骈散相间的行文方式或精神气势之中。骈散融通乃是常州骈文发展流变过程中的一条主线，乾嘉间诸骈文家借助他们风格各异的骈文创作，有力地展示了这一骈文发展路向，提供

---

① 王文濡选，蒋殿襄等注：《清代骈文评注读本》第二册，民国七年上海文明书局铅印本。

② 王文濡选，蒋殿襄等注：《清代骈文评注读本》第二册。

了许多成功的创作范例，从而引导、推动了这一风气在常州甚至整个江南的盛行，相对于比较系统总结骈散融通理论的清中叶后期常州骈文，我们可以"前骈散融通期"来笼括这一阶段骈文的总体面貌。

洪、孙诸人以后，乾隆后期、嘉道间，先有张惠言、张琦、李兆洛、刘嗣绾、陆继辂、陆耀遹诸公交游腾踔于前，继有董基诚、董祐诚、方履籛、洪符孙、洪齮孙、董士锡、张成孙诸人接踵振奋于后，常州骈文乃臻于鼎盛。

二张（惠言、琦）、李、刘、二陆（继辂、耀遹）诸公，俱为洪、孙、赵、杨等人后辈学者，大抵生于乾隆间而卒于嘉、道间。除了刘嗣绾，诸人皆系古文阳湖派重要作家，是古文家兼骈文家。以总体成就而论，刘嗣绾最高，其次则张惠言、李兆洛。张惠言擅长赋体，大赋、小赋均有佳构；李兆洛不但长于骈体文之写作，而且经由《骈体文钞》的编纂，表达出系统的骈文理论，强调"骈散一源""骈散融通"，特别对自古以来骈文创作的一般规律进行了总结，代表了清代骈体发展的大势，指导了后来的创作；刘嗣绾为骈文"常州体"直嗣，祖述洪亮吉而更有所发展，其骈体创作的实绩、其在骈文史上的地位，有待于重新考量、确认。

张惠言、李兆洛、刘嗣绾诸人以下，董基诚、董祐诚、方履籛三人成就最高。二董为同胞兄弟，少喜为骈体文，皆成名家。基诚有《栘华馆骈体文》二卷，祐诚有《兰石斋骈体文钞》二卷，二人文风相似，长于赋体，有沉郁绮怨之风。方履籛与刘嗣绾都是杨芳灿的高足，其才力亦大，兼擅众体，初学洪亮吉、杨芳灿，后多取则唐人，创获颇丰，有《万善花室文稿》七卷。他的骈文成就在常州诸家中，虽不及洪亮吉、孙星衍、杨芳灿，但可与刘嗣绾、二董等相颉颃，为常州骈文健将。董基诚、董祐诚、方履籛、洪符孙、洪齮孙、董士锡、张成孙诸人，年辈虽稍晚于二张、李、刘、二陆诸公，而关系往往在师友之间。众人交游往还，唱酬切磋，创作之外又有较为系统的理论探讨，承接洪、孙之绪而更拓展、深入，将常州骈文推向了另一个高潮。

嘉道间常州骈文的作者，一部分以骈体专门名家，诸人或师承洪亮吉，为清丽纤新之文（如刘嗣绾和早期方履籛），或转益多师，别辟门径，为亦古亦今之文（如后期方履籛、二董），他们的创作构成了清中叶后期常州骈文的主体；一部分则以古文家而兼骈文家，为文取径宽广，楚骚、汉赋及六朝、唐宋之文，皆能纵横撷取而自成面貌，他们的创作也是嘉道间常州骈文不可或缺的重要组成部分。相对乾嘉时期，嘉道间的常州骈文家，不少有或隐或显的理论主张，其核心即是提倡"骈散融通"；不仅理论如此，其创作亦多有骈散兼行、融化无痕的成功实践。因此，可称此期为清中叶常州骈文的"后骈散融通期"。其后直至清末，常州骈文虽盛极渐衰，成就不及先贤，但余绪不绝、作家众多，亦可谓壮观。

二 清中叶常州骈文兴盛的原因

（一）清代骈文的整体复兴为常州骈文兴盛提供了外部语境

一个特定的文学现象的形成，往往与时代文学大势有着紧密的关联。梳理清代常州骈文的整个发展过程可以发现，常州骈文在清代中叶的蔚兴，首先离不开清代骈文整体复兴对它的影响与推动。有清一代，诗、词、文俱称复兴。就文章而言，赵宋以后，散体单行古文取得正统地位，四六骈体主要限于少数文体的写作，其中像诏、诰、制等朝廷公文，尚有唐宋余韵，其余敷衍应酬如庆函、贺牍之类，往往堆砌绮语、徒重形式，所以其日趋衰落也就不足为奇了。到了明代，前、后七子力倡"文必秦汉"，骈体文创作与理论更趋萎缩。但是万历以后，复古派地位日益受到挑战，其对文坛的影响也日衰，于是骈体便藉此为契机得到重振。入清，承晚明骈文重振之余绪，又经清初近百年的蕴蓄准备，至乾嘉间乃臻于鼎盛，此后直至清末，"骈文逐渐确立了与古文'平分天下'的地位，文章的几乎所有种类，都可以用骈体来写，也可以用散体来写，理论上已达到两相对称"[1]。近人谢无量论清代骈体发展至乾嘉时代有云，"其高者率驾唐宋而追齐梁，远为元明所不能逮"[2]，对清人骈文成就评价极高，惜其仅从乾嘉以前骈文立论，未为该洽。其后刘麟生考察清初以讫清季近三百年骈文，认为"清代作者，渐有追踪徐庾、远溯汉魏之势，而究其所作，亦未必能陵轹唐宋。要之起衰振弊，能以骈文之真面目示人，则清代作者之贡献，殊足以跨越元明矣"[3]，所论基本允洽。就三百年总体成就而言，清代骈体文可谓超元越明、"率驾唐宋"，而上追齐梁。

进言之，清代骈文的复兴，重心在江南之江、浙两地，而江苏实为重中之重。台湾学者张仁青《骈文学》第九章《历代骈文家之地理分布》，罗列自古以讫民国重要骈文作家，江苏为全国之冠，清代总计达43家[4]。常州

---

[1] 奚彤云：《中国古代骈文批评史稿》，华东师范大学出版社2006年版，第103页。
[2] 谢无量：《骈文指南》，中华书局1918年版，第79页。
[3] 刘麟生：《中国骈文史》，商务印书馆1937年版，第124页。
[4] 张仁青：《骈文学》，台湾文史哲出版社1984年版，第606—609页。

府地处江南，享占江南地域之优势，在清代骈文复兴大势中得天独厚，其骈文作家群体实际确能敏锐感受风向所趋，参与清代骈文演变的几乎整个进程。张仁青《骈文学》论清代骈文总体成就即云："常州一府实骈家之王国，文苑之昆邓也。"① 其所统计的江苏骈文作家中，常州府骈文作家总计15人，占整个江苏的三分之一强。此系数量计算。就质量而言，清初骈文名手陈维崧系常州府宜兴人，而此后骈文鼎盛期无数骈文大家如洪亮吉、孙星衍、刘星炜、杨芳灿、张惠言、李兆洛、刘嗣绾、二董、方履籛诸公，俱为常州籍，在这个意义上，称清代常州府为"骈家之王国，文苑之昆邓"，名副其实。可以说，清代骈文整体复兴为常州骈文之兴提供了语境，而常州骈文又以其实绩，更加推动清代骈文的整体复兴。

（二）常州诸子的骈体理论自觉为常州骈文之兴提供理论支撑

清代骈文的复兴不但表现为骈文创作成就的辉煌，而且表现为骈文理论的自觉与发达，尤其沟通骈散、骈散融合一点，乃是清代骈文复兴进入乾嘉以后日益明显的内在思路。金秬香《骈文概论》曾说："夫骈散不分之说，自汪中、李兆洛等发之。"② 实则汪中之先，袁枚驳斥桐城派古文家表彰散体而抑斥骈体已有论曰"古之文，不知所谓骈与散也"③，此即开"骈散融合"论之先了。

此后，孔广森、曾燠、刘开包括汪中等，都对骈散同源、骈散融合的骈文写作理论进行了不同程度的阐述发挥。如孔广森《寄朱沧湄书》所谓"骈体文以达意明事为主……六朝文无非骈俪，但纵横开阖，一与散文同也"④，曾燠《国朝骈体正宗序》所谓"古文丧真，反逊骈体；骈体脱俗，即是古文。迹似两歧，道当一贯"⑤，俱是倡言骈散不分。至于刘开《与王子卿太守论骈体书》所谓"夫文辞一术，体虽百变，道本同源……故骈之于散，并派而争流，殊途而合辙。千枝竞秀，乃独木之荣；九子异形，本一龙之产。故骈中无散，则气壅而难疏；散中无骈，则辞孤而易瘠。两者但可

---

① 张仁青：《骈文学》，第635页。
② 金秬香：《骈文概论》，商务印书馆1934年版，第141页。
③ 袁枚：《小仓山房诗文集》卷十九《答友人论文第二书》。另外，桐城派扬散抑骈以梅曾亮之论最为尖锐，其《复陈伯游书》"盖骈体之文，如俳优登场"云云，本书《总论》第一章第二节《清代江南骈文兴盛的学术优势》已有引述。
④ 孙星衍：《仪郑堂遗稿原序》引孔广森语，吴鼒辑，许贞干注《八家四六文注》卷首。
⑤ 曾燠：《国朝骈体正宗序》。

相成，不能偏废。"① 则已明确推溯骈、散二者同出一源，并主张文章写作须骈散结合。作为桐城派古文中坚的刘开对于骈散融通观念的提倡，有着重要的文学史意义，它已经向文坛传达出这样一个信息，即文章写作应沟通骈散，已经获得了古文阵营在一定程度上的认可。

当然，在清代骈文史上，对骈散一源、骈散融通理论，从形而上与形而下全方位的角度进行较为系统总结与实践的，实以清中叶常州作家群体——包括骈文阵营代表作家和兼摄古文、骈文两个阵营的阳湖派作家——最具代表性。乾嘉间常州骈文代表作家洪亮吉、孙星衍、刘星炜、赵怀玉、杨芳灿诸公，虽未提出较为明确系统的骈文理论，但他们已经经由具体的骈文作品，表达了对骈体文创作骈散融合的认同。而嘉道间代表作家如张惠言的《七十家赋钞目录序》所"赋乌乎统？曰统乎志。志乌乎归？曰归乎正"②，已为李兆洛大倡其"阴阳""奇偶"之说作先导。其余如陆继辂以为"夫文者，说经、明道、抒写性情之具也"，文章大家如"江、鲍、徐、庾、韩、柳、欧阳、苏、曾"作品，皆无所谓古文、骈文截然之分，言下之意，也是主张骈散的融通③。至李兆洛《骈体文钞》面世，"骈散融合"理论获得了较为系统完备的表达。李氏《骈体文钞自序》先从哲学的高度阐述骈散融通的必然性，所谓"天地之道，阴阳而已，奇偶也，方圆也，皆是也。阴阳相并俱生，故奇偶不能相离，方圆必相为用"；又考察文学史进程，为骈散融合之论提供支持，所谓"自秦迄隋，其体递变，而文无异名。自唐以来始有古文之目，而目六朝之文为骈俪"，"既歧奇与偶为二，而于偶之中，又歧六朝与唐与宋为三"；最后，成其结论所谓"文之体，至六代而其变尽矣。沿其流，极而溯之，以至乎其源，则其所出者一也"，有理有据，不可辩驳。④ 其后包世臣《艺舟双楫·文谱》所谓"讨论体势，奇偶为先，凝重多出于偶，流美多出于奇。体虽骈，必有奇以振其气；势虽散，必有偶以植其骨。仪厥错综，致为微妙"⑤，直至清末朱一新、孙德谦等对骈散关系的系统总结，实际皆是李氏之说、刘开之说的延伸。对于清中叶常州骈文作家群其他作家而言，作为洪、孙、刘、赵、杨、张、陆、李诸人的晚进或

---

① 刘开：《孟涂骈体文》卷二，清道光六年刻本。
② 张惠言：《茗柯文初编·七十家赋钞目录序》，《四部丛刊》本。
③ 陆继辂：《崇百药斋文集》卷十四《与赵青州书》，清嘉庆二十五年合肥学社刻本。
④ 前引俱见李兆洛选辑，陈古藟、吴楚生校点《骈体文钞》，岳麓书社1992年版，第4页。
⑤ 包世臣：《艺舟双楫·论文》卷一，王水照编《历代文话》第六册，复旦大学出版社2007年版，第5188页。

同辈，刘嗣绾、董基诚、董祐诚、方履籛、洪符孙、洪齮孙、董士锡、张成孙等，或基于对骈散融合理论的自我悟通，或基于与前述诸师长、友朋交往中对这一理论的理解、接受，也大多在创作中进行了成功的贯彻。

可以说，清中叶常州作家群体对于骈散同源、骈散融通问题的理论探讨，尤其李兆洛《骈体文钞》的理论建树，积极参与清代骈文演变的洪流涌进，承续前人而更推衍总结，在很大程度上为骈文的发展拓宽了道路，引导了清代骈文的进一步发展。而常州作家的理论探讨，最直接有力的结果，便是指导、推动了自身骈文创作实践的深入展开。

（三）"常州多高材"的地域文化优势为常州骈文之兴提供学术基础

江南学术文化于清代最称发达，康熙所谓"东南财富地，江左人文薮"[①]，乾隆所谓"三吴两浙，为人文所萃"[②]，常州府即是典型之一。龚自珍《常州高材篇送丁若士履恒》，论者多所引用，其引列常州学者才士计14人，常州多饱学之士于此可窥一斑。另有《清稗类钞》第七册《谦谨类·刘申受自谓不如人》条，遍列刘逢禄自己所云"不如"的硕士才子10人，依次为庄曾仪、庄述祖、张惠言、孙星衍、恽敬、李兆洛、陆耀遹、董士锡、董祐诚、吴育，此10人能为饱学如刘逢禄所敬佩，诚然可称"高材"。而刘氏所列学者除吴育为吴江人，其余俱系常州府阳湖、武进人，龚自珍所列学者大半也系阳湖、武进人，则常州府固可称为一大人文渊薮。

进而言之，相对于诗、词、古文等文学样式，骈体文的操作跟学问有天然紧密的联系。就音韵、格律而言，则需作者熟知音韵、文字、训诂之学；就用典使事而言，则需作者熟知经、史，与此相关，经训、义理、舆地甚至天文、历算、校勘、金石诸种学问，都要求作者有所了解甚或钻研。而清代学术尤其乾嘉考据之学的兴盛，为清代骈文的顺利进行提供了必要的保证，就常州骈文作家群来讲，一流作手，几乎皆有学术专擅，甚至为学术大师。洪亮吉、孙星衍为一代硕儒，洪之于补旧史表志，孙之于《尚书》、校勘，尤为名家。张惠言为一代经学大师，深通《易》《礼》，其所擅《虞氏易》，论者推为"孤经绝学"。而李兆洛，魏源将他与庄存与称为"并世两通儒"，其于经、史、天文、音韵、训诂之学无所不通，尤长于舆地之学。又如陆耀遹"酷嗜金石文字，随所至搜集摹拓，暇则矻矻伏案考证，卓然可传于

[①] 冯桂芬纂：同治《苏州府志》卷首，清光绪八年江苏书院刊本。
[②] 同上。

世"①，成《金石续编》二十一卷。再如董祐诚，为有清算学大家，而兼善方志之学。诸如此类，不胜枚举。骈文家对于学问的熟悉、钻研，为他们撰述大量音韵和谐、平仄得当、用典高妙、意蕴沉厚的骈体文提供了必不可少的支持。

尤其在风格意蕴上，常州学者对于学术的浸淫，使得其骈体文亦染学术之风而去浮靡、趋沉雅，如梁启超《清代学术概论》所云："（有清学者）能为骈体文者，有孔广森、汪中、凌廷堪、洪亮吉、孙星衍、董祐诚，其文仍力洗浮艳，如其学风。"② 梁氏所举洪、孙、董外，张惠言、李兆洛、方履籛诸沉实学者的骈文，确乎能"力洗浮艳"。

（四）常州诸子的宗亲、师友交游为常州骈文之兴提供内在动力

清代常州虽是"文儒甲天下"③，但并没有多少达官显宦。诸子中孙星衍、杨芳灿官位较高，孙氏官至山东督粮道兼权布政使，杨氏做到灵州知州，其他诸公多充任闲职文官或低级行政长官，如洪亮吉曾任翰林院编修及实录馆纂修官；张惠言七试礼部，四十一岁选授翰林院编修，次年即卒；李兆洛官安徽凤台县知县；陆继辂官江西贵溪县知县；陆耀遹仅为淮安府学教谕；至于董祐诚、董士锡等，或终身不仕，或长年辗转幕府，如此等等。因此，常州骈文作家并不能形成以有政治影响的宗主为中心，而能众起响应的文人群体，其组织存在限于以同乡文士交游为主体，兼及与少量外籍士人的交游唱和，以此形成一个松散的文学群落。这些交游唱和，又以师友、宗亲间沟通切磋为主要方式。常州诸子的宗亲与师友交游情况，本书总论部分论清代江南骈文作家聚合的地缘与亲缘基础时已作考述，此处仅就诸人集中师友、宗亲间书信往还、赠寄诔奠诸作，略作引述补充。

古人朋友情深，每有为朋友文学、学术文稿作序的情况，又常有相互书信往来、逢友之丧为彼作祭的情况，如孙星衍有序洪亮吉《补三国疆域志》文，赵怀玉有《题洪稚存近来长短句卷后》，刘嗣绾有《陆绍闻（耀遹）双白燕堂诗集叙》，方履籛有《兰石斋骈体文遗稿叙》（董祐诚）、《陆祁生（继辂）宣南话旧图叙》，董祐诚有《方彦闻（履籛）鹤梦归来图叙》；李兆洛有《贵溪县知县陆君（继辂）墓志铭》，刘嗣绾又有《祭张皋闻（惠言）文》《与董方立（祐诚）论古泉书》《董方立诔》，洪齮孙有《祭养一

---

① 张惟骧：《清代毗陵名人小传稿》卷六，常州旅沪同乡会1944年版。
② 梁启超撰，朱维铮导读：《清代学术概论》，上海古籍出版社1998年版，第65页。
③ 陆继辂：《崇百药斋续集》卷二《闻洪四胙孙稚存先生子补学官弟子并寄洪三符孙都下》。

先生（李兆洛）文》，张成孙有《答董方立书》《祭董方立文》，董基诚有《与方彦闻书》，董士锡有《同门祭张先生（惠言）文》，等等，不胜枚举。

常州士人基于宗亲、师友尤其友朋间的互相酬答、应和所形成的整体努力，正是常州骈文自成一派、成就卓著的内在动力。实际上，深入揭示常州地域、家族文化特色——尤其是宗亲、师友的大规模、长期性交游过从——对于常州骈文兴盛的作用，在研究清代常州府甚至是整个江南文学、学术与地域家族文化关系的问题中，具有典型意义。

第二节 文章"具兼人之勇，有万殊之体"的骈林巨子：洪亮吉

在中国文学史上，每个时代都会出现一些光芒四射的文坛巨星，在清代，就骈文一体而言，洪亮吉无疑就是这样的"巨星"。过去的文学史，常常把汪中视为清代骈文的第一大家，事实上，如果我们不带先入之见地对汪中和洪亮吉的骈文进行艺术对比的话，那么清代骈文"汪中第一"论是很难站得住脚的。作为一代奇俊和骈林巨子，洪亮吉的为人、为文，都值得我们去深入地了解。

一 洪亮吉生平

洪亮吉（1746—1809），初名莲，字华峰，改名礼吉，复改亮吉，字君直，一字稚存，号北江，晚号更生，是乾嘉间名学者、名诗人、名翰林、名孝子，学术、文艺、道德并美，一世钦仰。他的一生，历遍坎坷崎岖，饱受荣辱升沉，其《平生游历图序》曾自言，"其达也，亦尝召对麒麟之阁，持衡龙虎之方，锡燕而入承明，抗言而惊三殿；其穷也，亦尝受诬牖上之业屡，致窘里中之墨尿，感异品于园蔬，泣奇温于袄絮；其动也，亦尝登五岳、历九薮，渡骇浪而百重，越龙沙而万里；其静也，亦尝插架万卷，十旬而卒业，傍舍半亩，崇朝而毕功。踪迹不可为不奇，耳目不可为不广矣！"[①]这正可视为其生平的精简总结。综其一生，称洪亮吉为一代奇俊，实是名至实归，本节将从他幼年成长和科举仕进的经历、从他生平奇游壮览的嗜好以及为人品节、学术文艺成就等方面，作概括陈述。

洪亮吉先世，本姓宏氏，避唐敬宗讳，乃改洪氏。始居安徽歙县洪坑，

---

① 洪亮吉：《更生斋文乙集》卷二，清光绪三年洪氏授经堂刻洪北江全集增修本。

因亮吉祖父公寀赘于常州赵氏，遂迁居常州府阳湖县。亮吉父翘，早卒，时亮吉方六龄。亮吉父既卒，一家生活无以为继，外祖母龚氏悯其孤寡困苦，遂使亮吉母蒋氏，带领亮吉及其三姊一弟，举家寄居外氏。而外家亦贫窘，蒋氏只得"率诸女勤女工自给"①，亮吉《南楼忆旧诗》纪其事有云，"婉转随娘识百忧，贫家照水亦梳头。不知梁燕缘何事，却怪春人懒下楼。"诗下自注：此言诸姊随太安人作苦，终岁不下楼也。② 其勤苦可知。不过，虽然寄居生活异常穷窘，但蒋氏始终谨守洪氏家风，倾力以保证亮吉能够读书受教，这大体包括三个方面的努力：一是亲为授读、严慎课读，亮吉《平生游历图序》云，"主人（亮吉）六岁孤，从母育于外家，虽间出从塾师读，然《毛诗》《鲁论》《尔雅》《孟子》，实皆母太宜人所亲授也"③，又《南楼忆旧诗》云，"七龄入学感孤儿，逃塾先教都讲嗤。灯下《国风》还课读，始知阿母胜严师"④，可见蒋氏课读之严；二是辛苦伴读，《南楼忆旧诗》云，"夜寒窗隙雨凄凄，长短灯檠焰欲迷。分半纺丝分半读，与娘同听五更鸡"，读之令人酸楚；三是十指不歇，节衣缩食，以供其就塾，《南楼忆旧诗》所谓"清明过了又端阳，母不梳头针线忙。几日断餐缘底事？迭钱来买束修羊"，何其不易！可以说，亮吉一生能成进士、取功名，为学者、诗人，能成一代奇俊，幼时其外家的收留支持、母蒋氏与诸姊的劳作奉献、亮吉自身的刻苦，皆与纾力，尤其蒋氏对亮吉的辛勤鞠育，实有极为重要的意义。

中国古代男子立世，正途在经由读书、科举而仕进，并且洪氏自亮吉高祖德健以来，累世为文儒，洪亮吉为长子，生来便担负有继承家风、振作家声的责任，亮吉母艰难支拄、促成其读书，根本原因亦即在此。故自乾隆二十六年（1761）十六岁初应童子试开始，他便正式踏上了经科举而谋仕进的漫漫征途。其初应童子试未售，三十一年再试，亦不售。直至乾隆三十四年，方四试而售，补阳湖县学附生，继补县学生。次年，即与黄景仁同赴江宁乡试，初试未捷；又分别于乾隆三十六年、三十九年、四十四年应考，然三试亦皆失利；乾隆四十五年八月五次应试后，亮吉并不抱希望，"以屡困

---

① 吕培编：《洪北江先生年谱》，台湾文海出版社1966年版，第4页。
② 洪亮吉：《卷施阁诗》卷十《南楼忆旧诗四十首》，清光绪三年洪氏授经堂刻洪北江全集增修本。
③ 洪亮吉：《更生斋文乙集》卷二。
④ 洪亮吉：《卷施阁诗》卷十。

场屋"，心灰意懒，"不复有进取心"①，欲他谋生路，但可喜的是九月初七榜发，他赫然在榜，十年屡蹶屡奋，方有一得，那时他已三十五岁矣。然而科举之途对洪亮吉而言，还有最为艰难的一段待他去走，那就是考求进士。从乾隆四十六年开始，他即依会试岁时赴京应试，而与他考秀才、中举人的情形相似，屡试屡败，蹉跎直到乾隆五十五年四十五岁时，他才五试告捷，中是榜探花，尽吐胸中抑郁盘曲之气。

会试龙门既越，洪亮吉的仕途也因而比较顺坦，先授翰林院编修，充国史馆纂修官。乾隆五十七年八月，为顺天乡试同考官，不久即在闱中，奉命视学贵州，这是翰林未散馆官员的殊荣，法式善云，"翰林未散馆而为学使者，前则韩城王文端，近则吴县石君韫玉及先生三人而已"②，时人多为之欣羡不已。在贵州学使任上，亮吉"教士敦励实学，购经史足本及《文选》《通典》等书，俾诸生诵习，所识拔者多掇科第去，黔人争知好古"③，于贵州一省学风，影响颇深。嘉庆元年（1796）贵州任满还朝，派充咸安宫官学总裁，次年入直上书房，侍皇曾孙弈纯读书，因弟霭吉卒，遂引疾去官，归隐里门。嘉庆四年二月，乾隆驾崩，翰林官员依例须奔丧，亮吉便随即束装北上。事毕，他"以春初束装匆遽，在都车马衣履一切未具"④，遂乞家暂归，上司已经准允。但当时川陕民乱未靖，国家兵事不断，他在京中耳闻目睹，忧从中来，为之晨夕过虑、焦劳扼腕，恰逢嘉庆帝下诏让臣属进言献议，于是他便毅然越职上书。嘉庆四年这一事件的结果，是亮吉虽然保住了性命，不过本来是平坦顺利、蒸蒸日上的仕途，从此也就戛然断绝。然而，正因为亮吉在这一事件中显示出来的耿直无畏、激昂忼爽，使他赢得一世的敬仰，流放返乡后，"里居十年，天下钦望，以识面为幸"，"亮吉既殁，朝廷诏旨犹时及之，有直言陈大计者，称美谓其有'洪亮吉风'，举朝唯阿则激励之，今何无洪亮吉其人？其名在朝廷如此"⑤，这也是洪亮吉被视为一代奇俊的一个重要原因。

另外，世人之钦仰亮吉，颇有一部分在感慨佩服其延续一生的奇游壮览。《常州府志·人物传》云，亮吉"喜游，登黄山天都峰绝顶；入茅山石

---

① 吕培编：《洪北江先生年谱》，第27页。
② 法式善：《皇清奉直大夫翰林院编修洪稚存先生行状》，吕培编《洪北江先生年谱》，第75—76页。
③ 赵怀玉：《皇清奉直大夫翰林院编修洪君墓志铭》，吕培编《洪北江先生年谱》，第85页。
④ 吕培编：《洪北江先生年谱》，第51页。
⑤ 《常州府志·洪亮吉传》，吕培编《洪北江先生年谱》，第73页。

洞，持烛行数里；放舟上洞庭缥缈峰（按：应为莫厘峰），大风浪，吟啸自得，皆人所难，而气质沉厚，可任大事"①。又吴锡麒《清故奉直大夫翰林院编修洪君墓碑》云，亮吉"生平嗜好山水，穷极险异，足迹所到，名胜殆周，故自发轫江淮之始，以迨从军碛卤而西，中间关陇驰轮，巴黔弥节，州有九而陟其八，岳有五而登其三"②。其中众家志传最多提及的几次"穷极险异"之游，便是登黄山天都峰、入茅山石洞和放舟太湖，亮吉《平生游历图序》对天都峰、太湖之游即有简略载纪。乾隆三十七年壬辰（1772年），亮吉在安徽学使朱筠幕中，四月，随筠游黄山，因天都、莲花二峰极险异，朱筠等至半山不能更上，亮吉"遂曳杖独行，先陟天都之半，道梗塞不得上，复回从间道，至莲花绝顶"，等他回到半山住处，朱筠等已下山，于是他"凡一日半夕不食"，方赶上朱筠诸人，那时亮吉"履已穿决，衣为荆棘所刺尽裂"，以至朱筠和邵晋涵正色规劝他，从此不得再为此亡命之游。③ 太湖之游就在黄石之游的次年，是年十月，亮吉过访在苏州穹窿山率弟侄读书的赵怀玉，因与同游太湖东、西洞庭，游毕西山林屋洞，亮吉欲渡湖抵东山莫厘峰夜宿，其时"风急波暝，茅篷僧及柁工坚止之不可，自挂帆幅以行，至湖心则舟覆者已屡，茅篷僧及柁工并哭，然势不获止，三鼓仅抵东山，舟中人面已无色，惟主人（亮吉）尚谈笑自若"④，真是气质沉厚、奇迈非常之人！亮吉曾自言，"生平性嗜山水，踪迹所至，几遍寰宇，缒凿幽险，冒犯霜霾，若饥之于食，渴之于饮，未尝暂离"⑤，实可视为其一生奇游壮览的写照。

再者，就为人品节而言，洪亮吉生平以孝友为世所称道，这也是促成其为一代奇俊的重要因素。这方面，可举三例说明。一是亮吉之处母蒋氏病丧。前已有述，亮吉幼孤，母亲蒋氏以孀居穷窘，艰难培育亮吉长成，付出可谓极多，亮吉乃有情人，其对母亲的敬重依恋亦是极深。乾隆四十一年十月二十六日，蒋氏在里中得中风疾卒，"仲弟以先生在千里外恐闻讣后惊悼有他变，即作札言太宜人病状"⑥，亮吉得家书，星夜驰返，十一月十四日至常州，途遇里中熟人，将蒋氏病卒的实情全部讲出，亮吉"骤闻哀耗，

---

① 吕培编：《洪北江先生年谱》，第73页。
② 吕培编：《洪北江先生年谱》，第91页。
③ 前引材料俱见洪亮吉《更生斋文乙集》卷二《平生游历图序》。
④ 洪亮吉：《更生斋文乙集》卷二《平生游历图序》。
⑤ 同上。
⑥ 吕培编：《洪北江先生年谱》，第22页。

五内昏迷"①，渡桥失足落水，有汲水者见之，方才集救送归，良久苏醒，醒即"强呼痛哭，几不欲生，水浆不入口者五日，诸姊以大义责先生，始稍进米饮"，七七之内，"昼夜号哭，终丧不进肉食，不入内室，所服皆白衣冠，不御缁衣。自以未及侍蒋太宜人含敛，哀感终身，嗣后每遇忌日辄终日不食，客中途次不变，三十年如一日"②，其孝如此。二是亮吉之帮助仲弟霭吉。霭吉幼年即出嗣叔父洪翻，后因无力从学，乃"假仲姊资学为贾，累岁亏折资本，至无以偿"，当时亮吉服阕归里，见此情形，"决计携弟北上，别谋进取"③，而亮吉亦穷，甚至无资入京，幸得友朋赠借，方才动身。至京，值四库馆开，亮吉座师董诰为总裁，因与其事，将霭吉也送入方略馆效力。但霭吉既无资历，生活并不能自给，亮吉便"节啬所入，半给仲弟馆费，以半寄归为衣食之资，迎养叔母余孺人季父希李先生于家，用度益窘，每遇访友或假书，十里五里，无不步行"④，诚为不易。乾隆四十五年，霭吉因思家情切，得咯血疾，新岁益甚，亮吉只得"质衣具资，遣人送归"，那时快到上元节，亮吉"以无衣不克出门，托疾断庆吊绝过从者凡两月"⑤。不久，霭吉病愈，复至京，亮吉就用辛苦得来的卖文钱，将他以前的旧债全部偿清。而嘉庆三年霭吉病殁，亮吉闻讣，即引疾辞官，归隐里中，其于霭吉真可谓仁至义尽了。三是亮吉之处挚友黄景仁之丧。亮吉与黄景仁为同乡挚友，性情气味相契，二十年情深意笃，乾隆四十八年，黄景仁病笃，驰书亮吉，以身后事相嘱，亮吉得书"假驿骑四昼夜驰七百里抵安邑，哭之于萧寺中"⑥，并筹资"徒步送至其家"⑦，其风义又如此。法式善称亮吉"平生于兄弟友朋之丧，皆力行古道"⑧，又赵怀玉云，"君之制行惟孝友，爱及宗姻，如身与手"⑨，二公所言，固是确论。世人对亮吉品节风义咸为推服，这些都是很有力的根据。

最后，洪亮吉在清代，不仅是以他的政治举动、奇游和孝行等赢得世人

---

① 吕培编：《洪北江先生年谱》，第22页。
② 同上书，第23页。
③ 同上书，第25页。
④ 同上书，第25—26页。
⑤ 同上书，第26—27页。
⑥ 同上书，第32页。
⑦ 法式善：《皇清奉直大夫翰林院编修洪稚存先生行状》，吕培编《洪北江先生年谱》，第76页。
⑧ 同上。
⑨ 赵怀玉：《皇清奉直达夫翰林院编修洪君墓志铭》，吕培编《洪北江先生年谱》，第87页。

的敬仰，而且以他的学术文艺天才、以他宏富的著述赢得世人的钦佩。在学术上，亮吉经史考证、音韵训诂，无所不通，为一代学术大师。于经，深于《春秋》，有《左传诂》二十卷、《公羊谷梁古义》二卷，又有《春秋十论》一卷，以《左传诂》最善。支伟成《清代朴学大师列传·吴派经学家列传第四》云："（洪氏）以杜元凯注《春秋左氏传》望文生义，不臻古训者十五六。乃冥心搜讨，以他经正此经，以别传校此传，取贾、许、服、虔为主，其掇及通俗文者，亦服氏所撰也。地理则取班固、应劭、京相璠等，而晋以前舆地、图经之可信者间酌采焉，成《左传诂》二十卷。"[1] 又刘师培《南北学派不同论·南北考证学不同论》云："亮吉作《左传诂》，星衍作《尚书今古文注疏》，精校详释，皆有扶微捃佚之功。"[2] 于史，"尤精地理沿革所在"[3]，有《补三国疆域志》二卷、《东晋疆域志》四卷、《十六国疆域志》十六卷、《乾隆府厅州县志》及陕西、河南各州县志等。于六书，通谐声，有《汉魏音》四卷、《六书转注录》十卷、《比雅》十卷等。

　　文学方面，洪亮吉最擅诗与骈体文。法式善《洪亮吉行状》谓，亮吉"十三学作诗，诗以排奡胜，盖少年时即能为盘空硬语焉"[4]，其诗才卓特，幼时即见锋芒。后与黄景仁并称，"黄似李白，君学杜甫，一时称'洪黄'"[5]，又与孙星衍、黄景仁、赵怀玉等，号"七子"，鸣于一时，大诗人袁枚见其作，"以为逸才"[6]。有《卷施阁诗》二十卷、《更生斋诗》八卷，续集若干卷。亮吉骈体与诗一样，在乾嘉间俱称一大家，孙星衍谓，亮吉"为六朝骈体文，笔力遒迈"[7]，袁枚序《卷施阁乙集》则云，"君善于汉魏六朝之文，每一篇出，世争传之"[8]，其成就可以想见。亮吉古文亦有相当成就，如《意言二十篇》俱是哲理文采兼备的佳文，《征邪教疏》《乞假将归留别成亲王极言时政启》则是痛快淋漓、气势雄浑的政治檄文，《书文成

---

[1] 支伟成：《清代朴学大师列传》，岳麓书社1998年版，第53页。
[2] 罗志田导读，徐亮工编校：《中国近三百年学术史论》，上海古籍出版社2006年版，第198页。
[3] 支伟成：《清代朴学大师列传》，第53页。
[4] 法式善：《皇清奉直大夫翰林院编修洪稚存先生行状》，吕培编《洪北江先生年谱》，第74页。
[5] 孙星衍：《翰林院编修洪君传》，吕培编《洪北江先生年谱》，第78页。
[6] 法式善：《皇清奉直大夫翰林院编修洪稚存先生行状》，吕培编《洪北江先生年谱》，第74—75页。
[7] 孙星衍：《翰林院编修洪君传》，吕培编《洪北江先生年谱》，第80页。
[8] 洪亮吉：《卷施阁文乙集》卷首。

公阿桂遗事》《书刘文正遗事》《又书三友人遗事》等，文洁意厚，可见亮吉史才卓越。基于亮吉的古文成就，一般地，我们将他视为古文阳湖派的有力前导。洪亮吉生平所撰述，总计有二百六十余卷，可以说是十分宏富了。

纵观洪亮吉的一生，自幼孤另，穷窘常伴，三十余年的漫长科举征途，耗去了他半生的时间、精力，一次出于忠诚正义的越职言事，又摧毁了他大半生辛苦谋求而得来的美好仕进前途。从悲观的角度来说，洪亮吉的一生真是坎坷悲剧的一生；但从乐观的角度来说，洪亮吉的一生又是充实奇异的一生，无论是他幼年生活的贫窘、科举仕途的坎壈，还是游历登涉的广泛奇特、道德的美善、学术文艺著述的丰厚，都使得他六十四年的生命历程迥别常人，并共同促使他成为清代文化史上的一位奇才俊杰。

二 洪亮吉骈文成就述论

（一）洪亮吉骈文创作概况

吴鼒《八家四六文钞·卷施阁文乙集题词》论清代经生而兼擅文词者，以邵晋涵、洪亮吉、孙星衍、汪中为最特出，四人中邵晋涵"能为扬、班，而不能为任、沈、江、鲍、徐、庾之体，间撰供奉文字，局于格式，未能敌其经学之精深也"[1]，孙星衍中年以后乃专意经学，尽弃前作，故如吴鼒所论，清代以学者而兼擅骈体的翘楚，当首推洪、汪。实际乾隆间骈文作手，也正以汪、洪并称，而洪更胜汪一筹，吴鼒称亮吉"具兼人之勇，有万殊之体，篇什独富"，又钱基博《骈文通义》谓其"思捷而才隽，理赡而词坚，尚气爱奇，动多振绝。汪中不如其雄，孙星衍视之为靡"[2]，于亮吉骈体成就的评价可谓极高。总之，洪亮吉为清代骈文鼎盛时期的一流大家，必无疑义；论者所说骈文的"常州体"以洪、孙为代表，实际亦以洪亮吉为魁首。

洪亮吉的骈文作品，以清光绪三年（1877）洪氏授经堂所刻《洪北江全集增修本》收录最为完备，其中《卷施阁文乙集》十卷（第九、十两卷未刊），《卷施阁文乙集续编》30篇不分卷，《更生斋文乙集》四卷，数量可谓夥矣。这些作品或写景状物，或抒情议论，多能辞意双美，臻于高诣，不愧为大家手笔。就文章体类而言，集中序记书赋、诔碑赞铭，众体兼备，尤其序、记二体，数量既多，质量亦高，代表了洪亮吉骈文创作的主要成

---

[1] 吴鼒：《八家四六文钞》第二册《卷施阁文乙集》卷首。
[2] 钱基博：《骈文通义》，上海古籍出版社2012年版，第113页。

就。在具体论析洪氏骈文艺术成就之前,有两个问题必须厘清:一是洪氏骈文艺术风格问题,二是洪氏骈文阶段特征问题。

关于洪亮吉骈文的风格,自刘麟生、瞿兑之以降,学界有比较一致的意见,概括而言就是清新明丽。如刘麟生《中国骈文史》在比较洪亮吉、汪中骈体风格成就时曾曰,"汪洪并称,汪以朴茂胜,洪以清丽胜"①,以"清丽"来概括亮吉骈文的主要艺术风格、成就;又刘氏在介绍常州派时有云,"洪亮吉与孙星衍齐名,皆为常州人,所为骈文,以轻倩清新取胜,世有'常州体'之称"②,所谓"轻倩清新",意与"清丽"相近。再如瞿兑之《中国骈文概论》谓洪亮吉骈文的主要特点"并不在其用典渊博,而在其格调纤新"③,"纤新"的意思与前"轻倩清新""清丽"实无二致。刘、瞿二氏的观点有相当的典型性和影响力,此后学界关于洪亮吉骈文风格的论述,几乎都未出此范围④。

毫无疑问,刘、瞿等人的概括有着相当的准确性,我们读洪氏文集,其骈体确乎长于清新一路,如《八月十五泛舟白云溪诗序》《游极乐寺看荷花序》《游消夏湾记》《游幕府山十二洞及泛舟江口记》《琴高溪夜游记》《游南湖记》等,皆是具有清新风格的代表性作品。但是,通观《卷施阁文乙集》《卷施阁文乙集续编》与《更生斋文乙集》诸作,洪亮吉所擅长的显然不止清新一种风格,其在清新以外,或沉郁缠绵(如《伤知己赋序》《蒋清容先生冬青树乐府序》),或雄浑峻迈(如《楚相孙叔敖庙碑》《重修唐太宗庙碑记》),或奇气盘礴(《天山赞》《游武夷山记》),或哀感顽艳(如《长俪阁遗象赞》),或气息渊醇(如《南华九老会唱和诗序》),或流利宛转而抑扬遒宕(如《与钱季木论友书》),或凄恻悲惋、真挚动人(如《出关与毕侍郎笺》),真可谓"具兼人之勇,有万殊之体"。

那么,为什么自刘麟生、瞿兑之以来的大多数学者,都特别强调洪亮吉骈体的清新特点呢?这一方面应是为了综合考虑洪亮吉和以他为主要代表的

---

① 刘麟生:《中国骈文史》,第130页。
② 同上书,第127页。
③ 刘麟生、方孝岳等:《中国文学七论》,广西师范大学出版社2007年版,第170页。
④ 如张仁青《骈文学》论洪亮吉与常州体时有云:"洪亮吉所为骈文,格调纤新,笔致轻倩,世有'常州体'之称,稍后之刘嗣绾、杨芳灿、彭兆荪、曾燠、李慈铭专学之,影响殊为深远。"张氏所概括洪亮吉和"常州体"的特色所谓"格调纤新,笔致轻倩",与刘麟生的"清丽"、"轻倩清新"意思亦近,只是他将洪亮吉一人指为常州派开派大师,孙星衍则不在其列,未为允洽。所引材料,见张仁青《骈文学》,台湾文史哲出版社1984年版,第543页。

"常州体"两者的风格特征，取其共性，另一方面则是为了突出洪亮吉与"常州体"在清代骈文史上的独特贡献。因为所谓"常州体"的整体风格正是清新，杨芳灿、刘嗣绾、曾燠、彭兆荪、李慈铭等"常州体"后劲效仿洪亮吉，亦主要在清新一路；而洪亮吉与"常州体"其他作家的清新之文，在清代骈文的总体格局中是蹊径自辟、独树一帜的。本书特别提出这一问题，目的是希望对洪亮吉骈体的风格特点进行较为全面的揭示，还其全貌，而不至为所谓"清新"一种风格所拘囿。

阶段特征主要是就洪亮吉骈文的发展演变和分期而言的，就笔者目前所见材料，尚无人论及这一问题。既有的洪亮吉骈文研究，通常是将洪氏集中所有骈文作品作为一个前后一致的整体来统观探讨，这显然不够妥当。其实，洪氏骈文有较为明显的前后转变过程，这一转变的关节点与洪亮吉人生前后两段的区分点一致：亮吉一生以其越职言事、流放伊犁事件为转折点，此前为一种刻苦力学、锐意仕进的进取人生，此后为一种淡看俗世、纵情山水的超脱人生。与此相应，亮吉遭流放前文章收入《卷施阁文乙集》及《续编》，流放返归后文章则收入《更生斋文乙集》，有前后两期之别。当然，洪亮吉骈文的发展演变，还体现在其前后两期创作内容与内在意蕴的相异上。

一般而言，骈文写作中一定的文体选择，即大体对应着一定的题材与内容选取，如诏制疏奏为公文体类，其所写内容必是朝廷政事，又如诔碑碣铭为碑志体类，其所写内容则皆为亡者生平行迹，因此我们可从洪亮吉骈文作品的体类着手，考察其内容前后转变的特点。首先，《卷施阁集》及《续编》虽多序（包括诗文集序、赠序、赋序等）、记（包括事记、游记之类）之文，实是众体兼收，而《更生斋集》所收文章主要即为序、记两体，并且特多游记，这种变化与洪亮吉一生由入世进取而转悠然超脱的精神与生活实际是一致的。其次，进一步细读洪氏文集可以发现，亮吉晚年着力创作的大量游记与其前期纪游文相比较，在文字上往往更显老辣，在意蕴上则多了不少通脱、超逸。如同为纪游，前期《八月十五泛舟白云溪诗序》清新遒劲、猖狂逸宕，后期《黄山浴朱砂泉记》则清峻之中寓物是人非之感、《游天台山记》则奇逸纵肆之中蕴身世两忘之情，这种差异的出现，主要是因为亮吉穷徼得返、劫后余生，感慨因而深厚、心境因转超脱，而言者心声，其文也因转超逸老辣。

另外，与分期问题相关，我们综观清代诸骈体文选本，其于洪亮吉骈体作品的选取，显然更倾重前期的《卷施阁集》，如曾燠《国朝骈体正宗》选亮吉文15篇,吴鼒《八家四六文钞》选文19篇,皆出《卷施阁集》,即便以选文较全备为特色的屠寄的《国朝常州骈体文录》,其所选亮吉的79篇骈文中,有63篇出自《卷施阁集》[①],剩下的16篇则选自《更生斋集》。诸家选本在采择洪氏骈文时,为什么会出现上述的情况呢?事实上,曾燠、吴鼒选本之所以仅选《卷施阁集》,是因为这两书的辑刊皆在嘉庆初年,彼时洪亮吉仍健在,《更生斋集》所收文章,不少尚未创作,更无所谓结集刊行,故曾、吴两书仅从前期的《卷施阁集》择取。屠寄《国朝常州骈体文录》之辑刊在光绪十六年(1890),那时候洪亮吉诗文《全集》已问世,故屠寄选本有《更生斋集》中文章。再者,屠寄《文录》选洪亮吉文章,在数量上之所以前期与后期相差很大,是因为《更生斋集》所收之文,限于嘉庆五年(1800)洪亮吉自伊犁返归后所创作,洪亮吉于嘉庆十四年卒世,故《更生斋集》仅收亮吉晚岁九年所为文,而《卷施阁集》为洪亮吉大半生精华所萃,其所收文章不但在数量上要远过于《更生斋集》,而且从所收文章体裁、风格的多样性,从总体成就的丰厚来看,亦皆胜于《更生斋集》,故此屠寄《文录》作彼裁择。不过还需要强调一点,虽然洪亮吉《卷施阁集》的总体成绩要胜于《更生斋集》,但我们不能因而轻视《更生斋集》的意义,甚至废而不观。正如前文所论,《更生斋集》中文章,尤其是一些纪游文章,文字、意境皆不逊前期文章,甚至有胜于前期者,而且其亦是洪亮吉一生骈文创作整体的一个重要组成部分,我们应当给予充分的重视。

(二) 洪亮吉骈文艺术特色与成就

文学史对于创作者文学地位的衡论,需要考虑多方面的因素,其中文学作品达到了怎样的艺术高度、取得了怎样的艺术成就,是最为基本的方面。洪亮吉在清代文学史上骈文大家之地位的确立,首先便是由于他的骈文创作取得了高度的艺术成就。具体来说,论析骈文艺术,须从骈体文的构成要素入手,综合考量。张仁青总结历来骈文之"构成要件",认为"莫外于用典、对仗、声律、敷藻、调句五者"[②],实际五者而外,篇章结构的安排、抒情议论的展开、意境的蕴生亦是必须考虑的重要方面。洪氏骈文于以上诸端无所不擅,以下依次论述。

---

① 这63篇中,有《连珠》32题,不过就是将这32题连珠算作1篇,从《卷施阁集》选出的文章也有32篇,总数是从《更生斋集》选出的两倍。

② 张仁青:《骈文学》,第281页。

第一，句雕字琢，工于属对。骈体文的创作，在一定程度上与诗歌相似，字句的锻炼、对偶的考究，是首先必须考虑的。刘勰《文心雕龙·章句》有云："夫人之立言，因字而生句，积句而成章，积章而成篇。篇之彪炳，章无疵也；章之明靡，句无玷也；句之清英，字不妄也：振本而末从，知一而万毕矣。"① 诗文篇章的完美，必然是基于字句的妥帖修整。而在骈体文创作中，字句之锤炼与对偶之讲究乃是一体共存的，骈文字句之修饬主要就是表现在对偶的精工上，因此，我们即可以从偶对的角度切入，探讨洪亮吉骈文在语言琢炼层面的艺术成就。

研读《卷施阁集》和《更生斋集》可以发现，若对洪氏骈体偶对艺术加以评析，可总括为一个"奇"字，具体又可厘为字奇、字句俱奇、意奇、句意皆奇四个层面。如《终南山圭峰寺铭》"怖鸽一队，枯僧两三"②，鸽"怖"而僧"枯"，仅用两字即将飞鸽与寺僧的精神状态形容入微，此是字奇；《师子厓赞》"怪鱼窥人，头尾五色；妖鸟咒客，飞鸣百回"③，鱼"怪"、鸟"妖"，"窥人"、"咒客"，长在比拟出奇，动人耳目，这也是字奇。《长俪阁遗象赞》"窗深共坐，红围四面之花；韵险偕吟，墨染崇朝之颊"④，尤其突出"红""墨"两字，色彩与心境俱美，可比之老杜律句锻炼之工；《十二月十九日终南仙馆同人祀苏文忠公诗序》"寒禽蹲树而不飞，冻鲤破冰而出听"⑤，"寒""冻""不飞""出听"固已修饰精巧，而"蹲""破"两字，更极锤炼，细读两句，似能见其形状、闻其声响；《游天台山记》"岩果润肺，作朝霞之红；灵泉清心，漾夕涧之绿"⑥，通过对岩果、灵泉色彩的形容，来强调它们"润肺""清心"的功能，妙想独出，而诗意勃郁。此则字句俱奇。

《蒋安定墓碣》写洪亮吉中表蒋宝善天性简静、才思过人，而二十三岁早卒，尤其"化形之鹤，犹爱羽衣；识字之蝉，偏随病骨"⑦ 一联，以"化形之鹤""识字之蝉"喻蒋宝善，将其短暂一生含括尽致，而惋惜之情，浸

---

① 刘勰著，周振甫注：《文心雕龙注释》，人民文学出版社1981年版，第375页。
② 洪亮吉：《卷施阁文乙集》卷一。
③ 洪亮吉：《卷施阁文乙集》卷八。
④ 洪亮吉：《卷施阁文乙集》卷四。
⑤ 洪亮吉：《卷施阁文乙集》卷六。
⑥ 洪亮吉：《更生斋文乙集》卷三，清光绪三年洪氏授经堂刻洪北江全集增修本。
⑦ 洪亮吉：《卷施阁文乙集》卷三。

润其中，张寿荣评此联"运用生新"①，可谓得之；《送汪剑潭南归序》乃因友人汪剑潭南归而作，本来"自子欲归，已不怿累日，幽忧不已，将成疢疾"，但转思"吾与子食桐江之鱼，弃子悉已成鲤；擘山院之果，遗核又复抽林"②，桐江之鱼、山院之果虽已为腹中之物，不复能得，然而它们的子孙、遗核在不经意间已茁壮长成，以此喻指亮吉与汪氏之友情，虽往日不再，而深情已结，且来日方长，文章幽忧之思即转清乐，极见才情。此言意奇。若句意皆奇，则如《苍雪山房诗序》"夫洲连橘柚，则黄绀之光烛山；花杂云霞，则青红之气成海"③，橘柚之光可以烛山，花霞之色能够成海，非亮吉诗心雄才，不能为此奇想、不能成此奇句；又如《与孙季仇（述）书》"白鹭出树，回翔可观；潜鳞上竿，尺寸皆市"④，白鹭"出"树已是匠心独运，而潜鳞"上"竿更是出人意表，张寿荣评此联有"句雕字琢，意理密致"⑤之赞；再如《游天台山记》"山花抽蓝，圆叶疑扇；林翼接翠，和声同琴。樵踪蛇纡，升降数十；石脊猱奋，回皇半时"⑥，此数联妙处，主要在眼前所见全以比喻道出，而字锻句炼，极尽熔铸之工，从而将天台山撩人心醉的意态，精简写意地描绘出来。

洪亮吉骈体文在字句上的精锻细炼，使得其文章秀句郁出，耐人咀嚼，而这一点正是"常州体"杨芳灿、刘嗣绾、彭兆荪、李慈铭诸人效仿取则的重要方面，也是"常州体"的重要特色之一。

第二，大才使典，融化无迹。用典使事是骈文创作的核心特征之一，成功的用典则可使文章言简意赅、神凝气畅，"使作品富有浓厚的神秘性、象征性和趣味性"⑦，这不但见出作者的学问，而且见出其才情。洪亮吉的骈体文创作，不乏少用典甚或不用典而自铸伟词的佳篇，但也多用典精洽的好作品，《伤知己赋序》《蒋清容先生冬青树乐府序》《重修唐太宗庙碑记》《楚相孙叔敖庙碑》等即是这方面的典型，深得历来选家的称扬。

诗文用典，大体分语典与事典两类，洪亮吉文章多用事典，而运使入化。如《蒋安定墓碣》"故铜台之游，乏谢庄而寡韵；南皮之会，有吴质而

---

① 曾燠选，姚燮、张寿荣等评：《国朝骈体正宗评本》卷九，清光绪十年花雨楼朱墨套印本。
② 洪亮吉：《卷施阁文乙集》卷四。
③ 洪亮吉：《卷施阁文乙集》卷六。
④ 同上。
⑤ 曾燠选，姚燮、张寿荣等评：《国朝骈体正宗评本》卷九。
⑥ 洪亮吉：《更生斋文乙集》卷三。
⑦ 张仁青：《骈文学》，第138页。

损欢。"① 前句以谢庄作比，意谓蒋宝善才情绝特、风雅天成，聚游之乐，无宝善则乏韵；后句以吴质作比，意谓蒋宝善性易感伤、心魄幽忧，宴谈之时，有蒋宝善又复损欢。一联之中曲尽抑扬，而运典浑融。又《与钱季木论友书》"淮南之鸡犬，雅于薛公之宾客；河间之简册，亲于中山之家室"②，称钱季木之雅，谓其鸡犬亦染主人之性情，好书甚于妻儿，比譬巧妙，融贯自然，张寿荣谓其"隽语以疏爽出之，更自遒宕"③。

又《伤知己赋序》悲知己邵齐焘、朱筠、黄仲则诸人之逝，所谓"嗟乎！回风美人之曲，楚臣殉之以身；钟鸣落叶之操，帝子继之以泣。大地抟抟，非以载愁；惟天穹穹，岂云可问？是知掘井九仞，冀可觏夫泉涂；载鬼一车，必当逢乎素识。复沛郡丈人之魄，或尚沉酣；起鲁国男子之魂，犹应慷慨"④，用屈原、萧综等人典故，意在慨叹邵、朱、黄诸友人生平遭际之坎壈，感慨悲哀中有一股沉浑的力度在，"能令铁石人动心"⑤。再如《蒋清容先生冬青树乐府序》写赵宋之迁亡曰：

盖声何哀怨，杜鹃为望帝之魂；变亦苍黄，猨鹤尽从军之侣。遇金人于灞上，能言茂陵；值铜驼于棘中，谁知典午？又况南迁烽火，北狩轩舆。言乎缔造，则东南置尉，拓疆无刘濞之雄；及此沦胥，则五百从亡，归骨少田横之岛。嗟乎！江山半壁，非仙人劫外之棋；金粉六朝，尽才子伤心之赋。

又言臣属效忠则曰：

乌呼！吞炭虽忠，智伯之头已漆；纳肝较晚，懿公之体先残。虽然，苌宏化碧，激衰周义士之心；比干剖心，作洛邑顽民之气。⑥

沉痛激昂，力透纸背，令人扼腕生慨、心魄摇动，较之庾信《哀江南赋》，绝不逊色。所引七联数句文字，几句句用典，而妥帖允当，字字珠

---

① 洪亮吉：《卷施阁文乙集》卷三。
② 洪亮吉：《卷施阁文乙集》卷五。
③ 曾燠选、姚燮、张寿荣等评：《国朝骈体正宗评本》卷九。
④ 洪亮吉：《卷施阁文乙集》卷二。
⑤ 曾燠选、姚燮、张寿荣等评：《国朝骈体正宗评本》卷九张寿荣评语。
⑥ 洪亮吉：《卷施阁文乙集》卷四，姚燮评语见曾燠选、姚燮评《国朝骈体正宗评本》卷九。

玑，其总体特点也是以深厚的情感、贯通的文意运使典故，一脉推衍，层层递进，达到浑化之境，非亮吉博学宏才，实难臻此境界。刘勰《文心雕龙·事类》论合适的比事用典应"综学在博，取事贵约，校练务精，捃理须核，众美辐辏，表里发挥"①，前举亮吉骈体数例，可以当之。

第三，骈散交融，纵横如意。在骈文创作中，对称性原则固然首先应当遵循，但是正如奇偶本是辩证一体的两面，骈文的对称性、严整性中，同时也包含了不对称性，《文心雕龙·丽辞》即言成功的文章写作应"迭用奇偶，节以杂佩"②。结合骈文而言，主要就是要求骈文写作的句式须有所变化参差，每句字数四字、六字之外，可参以三字、五字、七字之类，对句形态也要有所不同，可以四四成对、六六成对，亦可三三成对、五五成对，可以四六与四六成对，亦可三五与三五成对，不一而足；就段落篇章而言，可以在偶句中加入适量的散句，更为微妙的则是在形式严整的骈俪中贯以散行之气；总之要奇偶迭用、骈散交融，做到取其合宜，变化无穷。洪亮吉的骈文创作，对这一点有很好的发挥。我们可以从句、章（或段）、篇三个层面来分别论析。

《与崔礼卿书》言昔日与友人"斋居盘盘，言笑宴宴"有云："晨树撼鹊，于以极兴；夜寝列烛，求其悦魂。始知美酒一石，增刘伶之狂；嘉言三复，损臧仲之疾。"③后联偶对之中四字句、五字句并用，形式上骈散兼行；另外逻辑性连接词"始知"的运用，不但勾连起前后两联，使两者的意思紧密连贯，而且起到疏宕文气的作用，意脉韵味上也是骈散并下，融贯一体，因此张寿荣评曰："似整似散，笔极宕逸。"④又《送同年张问陶乞假归潼川序》"自此之别，一日之内，仆眺日升，君眺日没；一江之水，君饮其源，我饮其委"⑤，前后两句都以三个逻辑上贯通的四字短句构成，其形式上工整而气脉疏畅，因而既具备了散体文的长处，又具备了骈体文的优点，骈散交融，一体双美。这是句子的骈散交融。

章、段的骈散交融，典型的如《苍雪山房诗序》：

> 仆闻其游迹，先已醉心，抽彼新诗，尤惊绝调。又念自十年以来，

---

① 刘勰著，周振甫注：《文心雕龙注释》，人民文学出版社1981年版，第412页。
② 同上书，第385页。
③ 洪亮吉：《卷施阁文乙集》卷四。
④ 曾燠选，姚燮、张寿荣等评：《国朝骈体正宗评本》卷九。
⑤ 洪亮吉：《卷施阁文乙集》卷五。

仆亦东棹乎瓯江，西车乎汎国。州有九，未臻乎梁益；岳有五，尚缺乎岱宗。亦可谓东西南北之人，燕齐楚赵之客矣。我所思兮，乃九州外之大九州；子好游乎，无百步而笑五十步。①

有四四相对，有五五相对，有六六相对，更有八字、十二字相对，并且这八字、十二字又各分三、五和四、八而对，真是极尽奇偶骈散、参差变化之能事。若全篇以骈散之气浑融运使，如《过旧居赋》：

县南中河桥之侧，洪子有旧居焉……室有楼，上下各四楹。楼后有池，池宽可十步，霖潦既集，亦生龟鱼。池侧柔桑一株，桃实数树。一簿之蚕，春足于食；三尺之童，秋足于果。偓偓焉，广广焉，不自知其室之陋也。然而夏水甫盛，则萍藻带于周庐；秋霖乍淫，则莓苔生于阴牖。出户之栋，鼪鼯与室鼠竞驰；颓邻之垣，枯株与薜荔交翳……盖始生焉、少长焉，及授室焉、生子焉，历二十八寒暑乃徙。②

依上所引，其骈散相间，纵横变化，而气韵连贯，视为散文、为骈文俱无不可。其余《天山赞》写天山景观之雄奇、《姚春木万里图序》论世间诸种"万里"之特质、《黄山浴朱砂泉记》写浴泉经历与人生感喟等，皆是文字骈散兼运、浑融一气的佳作。当然，骈散融通不单单是洪亮吉骈文创作的特色，即以常州府而论，洪亮吉之前的陈维崧，同时的孙星衍，其后的李兆洛、杨芳灿、刘嗣绾、董基诚、董祐诚等，他们的骈文作品无不具有此项特点，所以说奇偶并用、骈散交融乃是整个清代骈文发展的大势所趋。

第四，篇章布局，曲尽抑扬。以园林建筑来比譬文章，一篇文章的字词略似园林的木石砖瓦，句段则似墙垣亭廊，篇章便似整个园林。木石砖瓦的质地，墙垣窗廊、亭台楼阁的建造质量，固然会影响到一座园林的整体建筑水准，但布局结构的巧拙，通常会对一座园林的成败起到更为关键的作用。文章亦复如此，一篇优秀的骈文作品，佳词秀句无疑是不可缺少的，但是若没有创作者的精心安排，这些佳词秀句便很难显示出它们的光彩。洪亮吉的才情在这一方面，也得到了充分的发挥施展。

洪亮吉骈体文不乏顺笔直书、一气彻尾的作品，但他更擅长顿挫抑扬、

---

① 洪亮吉：《卷施阁文乙集》卷六。
② 洪亮吉：《卷施阁文乙集》卷二。

曲折回环之法，有一扬一抑法或一抑一扬法，更有依情感、文义推进所需而续续勾转、三折五折、曲尽抑扬法。《八月十五泛舟白云溪诗序》《城东酒垆记》为一扬一抑，前文前半写众人泛舟夜游之乐，猖狂逸宕，至"嗟乎！半世之乐，成于奉亲；百昼之娱，奚若迭夕。奈何中岁，各值多故"①，则转入沉绵；后文前半回忆与众友"言笑宴宴、信誓旦旦"②，则清新遒丽，后半感慨友朋多故、往事已矣，则沉郁缠绵，有死生离合之感。一抑一扬则如《送汪剑潭南归序》，先写夏序忽来，独居寂寞，忧伤难禁，继思与汪剑潭友情深笃，可慰愁怀，不必"移原隰之草，萃于一丘；招高下之鸟，同栖一树"③，则转入豁达通脱；又如《与孙季仇（述）书》先写独自北行之幽迷，所谓"七圣皆迷之野，独尔驱车""临池而举觞，寻碑而堕泪"④，继写"舍骑登舟"、快意观览，乃转疏朗逸丽，一抑一扬，情意饱满。

此外，有一抑一扬再一抑，如《与孙季述书》先写萧条旅况，则寂寞逼人，继写想象中"移家近冢，就姊谋居"生活，则"疏朴可观"⑤，再写"积瘵之士，寡至四十"，复转沉绵，有浮生若梦之慨。⑥又有先一抑而三转，如《与崔礼卿书》，先写旅次所观所感，幽忧苍茫；继想崔礼卿南行旅况，回忆当日与其"言笑宴宴"，则转清新逸宕、情意款款；再写友人杨孟符与亮吉仲姊之丧，乃转沉痛；末则委婉箴颂友人，复转疏朗。一篇之中，真可谓妙擅转折、曲尽抑扬，文与心合、续续相生，不得不感慨亮吉之天才过人。

第五，绣口锦心，擅发妙论。骈文就其体性而言，更长于写景、抒情，而非叙事、议论。不过文学史向来不乏以骈体而叙事、议论的名家名作，尤其宋代欧、苏等将散体句式、文气引入骈文，极大地扩展了骈文叙事、议论的能力，推衍至于清代，骈散一体、骈散交融更成为骈体发展的大势，以骈体而写景、抒情、叙事、议论俱无不可。洪亮吉作为乾嘉间骈文一流大家，其集中虽少专以骈体叙事之作，但绝不少以骈体而议论的佳作，特别那些熔冶性情学问，振发而出的妙论，同时代骈体大家多难臻其诣造。

若《楚相孙叔敖庙碑》《重修唐太宗庙碑记》之类，是以议论卓特而著

---

① 洪亮吉：《卷施阁文乙集》卷三。
② 洪亮吉：《卷施阁文乙集》卷六。
③ 洪亮吉：《卷施阁文乙集》卷四。
④ 洪亮吉：《卷施阁文乙集》卷六。
⑤ 曾燠选，姚燮、张寿荣等评：《国朝骈体正宗评本》卷九张寿荣评语。
⑥ 所引《与孙季述书》文字，见洪亮吉《卷施阁文乙集》卷四。

名的佳作，历来选家推崇不置，如《楚相孙叔敖庙碑》开篇有云：

> 隆古以来，吾知之矣。高卑甫形，君与民近，天子犹一方之吏，九重有并耕之说。沾体涂足，日接于巍巍；茅茨土阶，不隔于攘攘。夐哉上乎！九纪以降，五迁以前，惠民之实事，归于元首乎？由周以来，亢锯益密。阊阖九重，黔首不能历其一；繁露十二，圆颅不能瞻其秒。又人列十等，国及数圻，非夫实心之宰，莫就小康之俗。①

虽短短数句，而上古以来政治之变、天子与百姓关系之替，尽在其中，言简意赅、论断超绝，张寿荣称其"推论事变，句奇语重"②，姚燮谓此文"论断识议俱佳，而用笔亦骎骎入古"③。

这两篇文章以外，《与孙季逑书》《邓尉山人徐友竹诗序》《南楼忆旧诗序》《姚春木万里图序》等，俱是抒情、议论兼美的佳作，如《与孙季逑书》论所谓名士之误、巧者之失，见解独到，直指当世，特别末联"间尝自思，使扬子云移研经之术以媚世，未必胜汉廷诸人，而坐废深沉之思；韦宏嗣舍着史之长以事某，未必充吴国上选，而并亡渐渍之效"④，反用扬雄著经、韦曜作史之典，精妙非常，比譬恰当、说理透辟，为不可辩驳之论。而《邓尉山人徐友竹诗序》论"达者之过"：

> 夫知山莫如樵，而无与岩壑之胜；知水莫若钓，而莫穷浩渺之概；知简册莫如儒，而不克极夷旷之致。是以升林麓而能赋，谓胜于樵；临川上而能言，谓胜于钓；积经籍而能化，谓胜于儒。若其兼此者，则身世之乐亦几尽焉。复有知而不获践者。嵇生旷矣，而鸾凤之翮不铩；公理远矣，而参佐之职不辞。故著《乐志》之论，而迹局于冠缨；成《养生》之篇，而遇极于幽愤。达者之过，古人类然。⑤

则议论特达，有通人之识见，非常才所能道也。至于《与钱季木论友书》，则全篇发议，陈论所谓学问之友、性情之友各自所常具有的五种弊

---

① 洪亮吉：《卷施阁文乙集》卷三。
② 曾燠选，姚燮、张寿荣等评：《国朝骈体正宗评本》卷九张寿荣评语。
③ 曾燠选，姚燮、张寿荣等评：《国朝骈体正宗评本》卷九姚燮评语。
④ 洪亮吉：《卷施阁文乙集》卷三。
⑤ 洪亮吉：《卷施阁文乙集》卷六。

端，明敏特识，文章又复流利婉转，抑扬遒宕，令人击节叹赏，正如姚燮评语所言，此文"涤辞除懑，炼笔入和，方之吴榖人《友论》一篇，自有雅郑之别"①。在这类文字中，洪亮吉的学问、识见、才情无疑是得到了全面的体现。

第六，情景相生，表里浑融。前已有言，骈体文最擅写景抒情，这是由骈文这种美文文学体裁本身体性所规定。可以说，一骈文作家是否擅长写景抒情、又擅长到怎样的程度，是判断其为一般作家或一流大家的重要标准。而判断作家是否擅长写景抒情的方法，主要是看其文章中情与景的呈现，在情景相生、彼此交融的方面，达到了怎样的水平、境界。洪亮吉正是兼擅写景、抒情，而此情与景常能臻于浑融一体之境的骈文大家。《伤知己赋序》《与孙季逑书》《长俪阁遗象赞》《与崔礼卿书》《出关与毕侍郎笺》诸篇，是其代表作品，我们可选取其中对旅况这一题材集中描写的两篇文章中的精彩段落略为解析。

一写客居寂寞，《与孙季逑书》开篇云：

> 季逑足下：仆原阅千里，不觏一士。日惟陈书，俯仰宇宙；夜或秉烛，驱役魂梦。昨已冬始，寒尤逼人。狂风一来，吹卷出户，稍迟未觅，已过墙外。南邻朽桑，虫厚逾寸，败叶既尽，时来啮人。车声过巷，床几皆动，土既不实，倏陷窟穴。离离黄蒿，乃长屋角；闲廛积亩，反不生草。②

秉烛驱梦，可知寂寞入骨，桑虫啮人，已近幻觉；车过永巷，床几震动，由动反衬其静，由静折射其寂寞，细微若此；而黄蒿长于屋角，又将他的寂寞在时间上进行延宕，细细读来，让人心魄为之震动。而我们复读这段文字，其无一字明言寂寞，而寂寞极为深沉，它的妙处全在借物言情，情景相生。

一写旅途无奈，《与崔礼卿书》曰：

> 礼卿足下：霖雨南北，泥涂接天。惊禽不飞，巢树越月。东渡清济，西抵河洛。麻麦千里，川原百重。披林知晨，映水识夕。登陟劳

---

① 曾燠选，姚燮、张寿荣等评：《国朝骈体正宗评本》卷九姚燮评语。
② 洪亮吉：《卷施阁文乙集》卷四。

顿，宿患转失。犇车乎荥阳，覆辙乎成皋。暑疾破腹，言停偃师；炎风裂衣，乃径函谷。时值深夜，危连十车。土囊阴阴，千丈落月。鹊树冠斗，巢冒星。车声崩雷，杂以谷响。时复卧起，不识昕夕。沉沉烛光，映晓青紫；惊沙蒙蒙，当午黄赤。如此三日，始抵平陆。①

霖雨泥涂，已言行程之艰，禽虽心惊而经月巢树，更反衬行况之恶劣，行人远游无奈之情，则不言自明矣。其后写夜经函谷数句，尤见作者才情，丛山阴阴、落月千丈，一暗一明，一低一高，视觉的落差中衬托出气氛之"危"；鹊树冠斗、巢冒星，则在新奇中寓诡异，亦写情势之"危"；车声崩雷，杂以谷响，则在听觉的夸张上，突出情势之"危"。行程气氛、情势如此诡异、压抑，行程中行人的内心况味，岂能不惶恐不安？再转一层，更可见其远游无奈之深了。而与《与孙季逑书》相似，文中并无一字明写远游之无奈，而作者内心的无奈弥漫于字里行间，其景语即情语，情语即景语，两相浑融，不可拆分，并且物尽而情不尽、回味不尽。

《文心雕龙·物色》论写物抒情须"写气图貌，既随物以宛转；属采附声，亦与心而徘徊"，又说文章写物抒情"物色尽而情有余者，晓会通也"②，前引洪亮吉的文字，称得上是心物交融、"物色尽而情有余"的好文字，洪亮吉也称得上是"晓会通"的骈文妙手。

第七，尚气爱奇，动多振绝。在从文章的结构性因素及营造文章意境的必备艺术手段层面，对洪亮吉骈文的艺术特色与成就进行论析后，我们有必要剔抉出洪氏骈文在总体上所具有的艺术特质、艺术个性。这里可以借用钱基博《骈文通义》论洪亮吉骈文所谓"尚气爱奇，动多振绝"之语，作为概括，其目的重在突出"气""奇"两字。"气"乃文章涵蓄于内、发射于外的气质之性，洪亮吉骈体之"气"勃郁深厚而种类众多，有清新纤丽之气、有沉郁缠绵之气、有雄浑峻迈之气、有盘礴奇逸之气、有哀感顽艳之气、有温雅渊醇之气、有流利宛转而抑扬遒宕之气、有凄恻悲惋而真挚动人之气，因情写文、随文附气，性情在其中，才力、学问亦在其中。而不管这些"气"的种类怎样众多，它们共有的一个性质倾向，乃是一"奇"字，字奇、句奇、属对奇、句式奇、篇章结构奇、使事用典奇、阐发议论奇、写景抒情奇，无处不奇，从而使得亮吉之文总体便具"奇"质。

---

① 洪亮吉：《卷施阁文乙集》卷四。
② 所引文字分别见刘勰著，周振甫注《文心雕龙注释》，第493、494页。

进一步来说，亮吉骈体的"尚气爱奇"，既有主要因描写对象之奇而奇者，如《终南山圭峰寺铭》《终南山高观谷铭》《少寨洞赞》《师子厓赞》《异神河赞》《白水河赞》《游庐山记》之类即景谋篇之作；又有主要因内心情感、思想之奇而奇者，如《伤知己赋序》之感伤友类亡殁，《楚相孙叔敖庙碑》《重修唐太宗庙碑记》之议论史事，《与钱季木论友书》陈议友道；更有许多因客观对象、主观情感思想俱奇而奇者，《八月十五泛舟白云溪诗序》之写狷狂夜游，《与孙季逑书》（远阅千里，不觏一士）之写客居寂寞，《蒋清容先生冬青树乐府序》之写赵宋迁亡、忠臣效死，《与崔礼卿书》之写远游无奈，《城东酒垆记》之回忆往日友朋宴游，《天山赞》与《瀚海赞》之写边地奇景、抒发一腔奇伟豁朗之情，《黄山浴朱砂泉记》与《游天台山记》之写黄山、天台山奇景，表达身世两忘之感，主、客观互相激发，彼此共振。总之，都是气息浑成、奇意郁郁而动多振绝。

综上所论，我们可以说，洪亮吉骈文从细部字句的锤炼，到总体的意境气质的生成，都取得了很高的艺术成就，而洪亮吉正是以这样夐夐独至的骈文艺术造诣，获得了当时和后世论者的充分肯定和大力推崇。不但如此，经由洪亮吉（包括孙星衍）的示范，清代骈文史还出现了仿效洪氏骈文风格而自成一派的"常州体"，该体在继承前人艺术成就的同时，境界独辟，形成以清新明丽为主要风格特色的骈文新体，它是清代骈文史上最具创新意义而影响殊为深远的骈文体式。要之，无论就骈文创作的艺术成就，还是就文学史的影响而言，洪亮吉都称得上是有清一代的骈林巨子。

第三节　兼有贾许实学与庾徐文章的通才：孙星衍

孙星衍是与洪亮吉并称的清代骈体文名家。由于文献的佚失，今天已经无法把握孙星衍骈文创作的全貌，不过藉由存世的十几篇孙氏骈文作品和清代以来学者文人对于孙文的评价，我们仍然可以在一定程度上对他的骈文创作成就进行审视和判定。

一　孙星衍的家世、生平

孙星衍（1753—1818），字渊如，一字伯渊，号季逑，一号薇隐、芳茂山人，阳湖人。在乾嘉间，孙星衍学术、诗文俱称名家，与同邑洪亮吉齐名，称"洪孙"。阳湖孙氏本籍定远（今属安徽），明初星衍十四世祖继达以守御常州及克张士诚功，朱元璋赐第武进，遂定居。孙氏自继达以后，"世为勋阀，历三百年，宗族聚居一宅"①，子孙递衍，为常州望族。特别是在明代，孙氏可谓人才辈出，其中最称著名的是孙星衍的十五世祖兴祖。兴祖"明洪武时以开国功，官骠骑大将军，都督北平，赠龙虎上将军"②，又以功封燕山侯，谥忠愍。其余如继达为兴祖从子，官濠梁卫指挥使，终凉州都督；恭系兴祖从孙，官凉州卫指挥佥事，后战死，明惠宗赠广威侯，明季又追赠象山伯，谥勇愍；又如星衍九世祖慎行，殿试中一甲第三名，官至礼部尚书，等等。到了清代，孙氏家道虽已中落，但名族遗风尚存，星衍生而颖慧，长为名宦、为学者、为诗文家，从遗传学角度讲，或多或少，总有其父祖的影响在。

孙星衍的一生，若以一语概括其特色，可说是介乎奇正之间。他年轻时，"倜傥不羁，邑中时有'毗陵才子'之目，然颇恃才，不屑屑为经生吾伊态，或纵酒放歌"③，换句话说，便是一个风流才子。工诗，同里洪亮吉之舅蒋和宁观其诗，"大加赏异"④；大诗人袁枚居金陵，星衍怀诗谒见，枚"倒屣而迎，阅君诗，跋其卷曰：天下清才多奇才少，读足下之诗，天下奇才也，恨相见之晚。亟荐之当道，相与为忘年交"⑤；此外，张绍南、王德福所撰《年谱》，还记载了一个有关孙星衍诗才的生动事例：

> 乾隆四十七年，客西安节署，是时节署多诗人，约分题赋诗，各体拟古，共数十首。同人诗成，君未就，与同人赌以半夕成之，但给抄胥一人，约演剧为润笔。继而闭户有顷，抄胥手不给写，至三更，出诗数十首。中丞叹为逸才，亟为演剧。⑥

可见其诗才之卓特。诗而外，孙星衍亦擅骈体文，为乾嘉间名手，下文将有详述。以他的诗文才情，自可以倚为特擅，矜式同辈，若再能锻炼精

---

① 孙星衍：《孙渊如先生全集·岱南阁集》卷二《许太恭人九十生辰事略》，清嘉庆间刻本。
② 孙星衍：《孙渊如先生全集·嘉谷堂集·江宁忠愍公祠堂记》。
③ 王光燮：《亡女王采薇小传》，见孙星衍《孙渊如先生全集》附王采薇《长离阁诗集》卷末。
④ 张绍南撰，王德福续撰：《孙渊如先生年谱》卷上，清光绪二十四年刻本。
⑤ 同上。
⑥ 同上。

进、笔耕不辍,成一代大家,也是合情合理。但孙星衍却"雅不欲以诗名"①,甚至中年以后,尽弃少所为骈俪文,而"深究经史、文字、音训之学,旁及诸子百家"②,并且一旦笃意于此,便能覃思独运,创获不断,成"江左文学之冠"③、学术大家,真是十足的"天下奇才"。

其才奇,其人则既奇又正,大体是奇在性情、正在品格。孙星衍的性情,有风流不羁的一面,更有深情笃挚的一面,这在他对妻子王采薇的感情上,体现得最为充分。王采薇,字玉瑛,她"端丽明慧,熟汉晋书,工楷法,多才艺"④,是一位天生丽质的才女。她的才情尤其诗歌之才,时人多有称誉,叶观国谓其诗"体艳香奁,才雄巾帼"⑤,袁枚则云"哀感顽艳,丁当清逸"⑥,以至一时名士如何森林、张经邦,都把她赞作"埽眉才子"⑦。乾隆二十三年(1758),孙星衍之父游天津,遇同里王光燮,"燮故精子平术,适见君(星衍)年命,推之以为不凡,归里后,遂情戚党以第四女许字之"⑧,这第四女便是王采薇。乾隆三十六年,孙星衍入赘王氏,结成良缘。婚后,两人琴瑟和鸣,情深意笃,文史相质、诗词唱酬,"匪云嘉耦,直是吟朋"⑨,可谓神仙眷侣。但是不到六年,王采薇即以嗽疾骤逝,佳人仙去,惟余伤心,孙星衍哀恸无任,誓不再娶。其后四十余年,孙星衍虽为子嗣计,四纳妾氏,但皆未以正室娶入,可见其对元配王采薇的深情挚爱。

孙星衍一生中,善诗能文、长于学术、笃意爱情之外,其半生为官的经历也颇值一提,他的性情之奇、品格之正,在其中得到了很好体现。为官先须谋官,两者关联一体。乾隆四十七年(1713),孙星衍乡试中式,五十二年应礼部试,即取一甲第二名,授翰林院编修,乾隆帝因此有"今科鼎甲

---

① 赵尔巽等撰:《清史稿》卷四百八十八《孙星衍传》,中华书局1976年版。
② 赵尔巽等撰:《清史稿》卷四百八十八《孙星衍传》。
③ 孙士廉:《年谱题记》评星衍语,张绍南撰、王德福续撰《孙渊如先生年谱》卷首。
④ 叶观国:《薇阁偶存弁言》,孙星衍《孙渊如先生全集》附王采薇《长离阁诗集》卷首。
⑤ 同上。
⑥ 袁枚:《孙薇隐妻王孺人墓志铭》,孙星衍《孙渊如先生全集》附王采薇《长离阁诗集》卷末。
⑦ 何森林:《薇阁偶存弁言》、张经邦:《薇阁偶存题辞序》,孙星衍《孙渊如先生全集》附王采薇《长离阁诗集》卷首。
⑧ 张绍南撰,王德福续撰:《孙渊如先生年谱》卷上。
⑨ 袁枚:《孙薇隐妻王孺人墓志铭》,孙星衍《孙渊如先生全集》附王采薇《长离阁诗集》卷末。

得读书人"①之语。对孙星衍来说，既成进士，仕途之门已经开启。但是到了五十五年编修散馆考试时，孙星衍意外地遇到了一点阻碍，他作《厉志赋》用《史记》"甸甸如畏"之语，考官和珅不识，遂置二等，奉旨以部员用。"故事，一甲进士改部或奏请留馆"②，翰林院为仕宦登进的清要之所，人人向往，孙星衍以一甲进士，有留馆迁升的可能，当时和珅为相掌权，或改或留多由和珅决定，他听闻孙星衍的名气，"欲君屈节一见，君卒不往，曰：吾宁得上所改官，不受要人惠也！"③认真地折破了和珅的面子。翰林官员散馆，改官或留是第一步，改官以后任怎样的官，是第二步，而这一环也由和珅一人把持。按成例，编修改官可为员外，但既然此事的决定权在和珅，而孙星衍又得罪了和珅，那么他若想顺利以员外赴任，只得屈节去见和珅，然而他戆气充胸，到底没有去见和珅，乃以刑部直隶司主事改任，其性情、品节如此！一朝文武，都刮目相看，大臣阿桂"每擢官，必曰'此和相不能致之人也'。"④

孙星衍由编修改任，先官刑部直隶司主事，继升直广东司郎中，乾隆六十年，放山东兖沂曹济监管黄河兵备道，嘉庆九年（1804）乃授山东督粮道，仕途也可谓平坦顺利。任职期间，孙星衍以宽仁清廉、恪尽职守，颇得民心。如在直隶司员外郎任上，"君在部宽仁，务求平法，虽枷杖轻刑，未肯加重，平反核谳，全活甚多"⑤。又如嘉庆元年，"曹南水漫滩溃，决单汛，君偕康廉使筑堤强御"，鸠集工夫，五日夜，从上游遏止住了水患，如康廉使基田所云，"省国家数百万帑金也"⑥。嘉庆三年，孙星衍在山东治河务，因河坝合而复决，河务官须赔偿坝工银，前任、后任各半，孙星衍为前任，但是后来主事者将所有坝工银九万两全部推在他的身上，面对如此不公的遭遇，他却坦然地说，"吾无寸椽尺土，然既兼河务，不能不为人受过也"⑦，于是挺身任之。同年六月，因母亲金氏卒世，孙星衍奉柩南归，"启行之日，惟载万卷书笈"，当地百姓在他启行之日，"送丧者亘数十里"⑧，

---

① 张绍南撰，王德福续撰：《孙渊如先生年谱》卷上。
② 同上。
③ 同上。
④ 同上。
⑤ 同上。
⑥ 同上。
⑦ 张绍南撰，王德福续撰：《孙渊如先生年谱》卷下。
⑧ 同上。

这正是对他为官清廉、品节清正的最好说明。

孙星衍奉母丧归常州以后，曾因曾燠之请，主安定书院，又因阮元之请先主绍兴蕺山书院讲习，继与王昶同为西湖诂经精舍主讲。嘉庆九年，奉旨复出，直至十六年引疾去官。到了嘉庆二十三年，便以肝气痛辞世，年六十六。其身后所留下的，除了关于他天才卓异、性情笃挚戆直、品节高尚、为官清廉的许多文字载记、口头传说，还有他自己所撰写、编纂的数十种学术著作，以及相当数量的诗文作品，足供后人瞻仰研究了。

二 孙星衍骈文创作考论

从清人的各种文献载记来看，孙星衍确实应当是当时世所公认的骈文名手，不过从后世论者如民国时期钱基博、刘麟生等人的评价来看，孙星衍的骈文成就似乎并没有那么高，我们怎样看待这一问题？再者，有一个无法回避的问题是，孙氏的骈文成就虽然很高，但存留的作品有限，其原因何在？目前实际存留多少？在具体展开对孙星衍骈文艺术成就的论述之前，先须对这些问题作考索论析。

首先，孙星衍的少有高才、擅为骈体，可从清人的文献中征实。如张绍南、王德福所撰《孙渊如先生年谱》中即有载记，当时名公朱筠，素知孙星衍之名，曾撰句"小学刘臻吾辈定，丽词庾信早年成"，书楹帖寄赠，[①]所谓"丽词庾信早年成"，就是说孙星衍早年善为骈体文。又孙星衍之友吴鼒编《八家四六文钞》，在《卷施阁文乙集题词》中曾将孙星衍与邵晋涵、洪亮吉、汪中并推为清代经术、骈文兼长的艺林翘楚，邵晋涵且不论，以洪亮吉、汪中在清代骈文史上的突出地位，吴氏将孙星衍与之并列，推举是极高的。此外，吴氏在《八家四六文钞》的《问字堂外集题词》中，还曾提及汪中对当时诗文创作的一段评论："今之人能为汉魏六朝唐人之诗者，武进黄仲则也，能为东汉魏晋宋齐梁陈之文者，曲阜孔㯝轩、阳湖孙渊如也。"[②] 孔㯝轩即孔广森，亦乾嘉间骈体名家，以汪中俯视一世之狂，对孙星衍推崇如此，亦可想见孙星衍骈文才能是怎样卓越了。再者，阮元为孙星衍《问字堂集》作赠言有云，"以元鄙见，兄所作骈丽文，并当刊入，勿使后人谓贾许无文章、庾徐无实学也"[③]，言下之意，乃是把孙星衍视作兼有

---

① 张绍南撰，王德福续撰：《孙渊如先生年谱》卷上。
② 吴鼒：《八家四六文钞》第三册《问字堂外集》卷首。
③ 孙星衍：《孙渊如先生全集·问字堂集》卷末《问字堂集赠言》。

贾许实学、庾徐文章的通才。综合数家所言，我们可以断定，孙星衍在其早年显示出了出色的骈文创作才能，并且得到了艺林充分的、比较一致的肯定。

其次，近人对孙星衍骈文创作成就的评价，以钱基博、刘麟生较为典型。钱基博《骈文通义·流变第三》在比较洪亮吉、孙星衍骈体特色时曾有云："亮吉信含异气，笔墨之情殆不可胜，而孙才力苦弱。"① 即在钱氏看来，孙星衍在骈文创作中所显示的才情力度是比较单薄的。刘麟生则在其《中国骈文史》中表达了与钱氏类似的观点，他将孙星衍视为"常州体"代表作家之一，并借用钱基博"孙才力苦弱"之说来证明他"孙不如洪"的论断②。又刘麟生在其《骈文学》中有云："渊如之文，才胜于气，《仪郑》之俦也。"③《仪郑》系孔广森《仪郑堂文》之略称，在同书中，刘氏称孔广森骈文"才有余而力不足"，亦即在刘氏看来，孙星衍与孔广森的骈文有类似的不足，那就是虽具较高的才情，但气势、力度还不够，此处的观点虽与前述"孙才力苦弱""孙不如洪"之说有所不同，但它们对孙星衍骈文艺术成就评价并不是很高，则是一致的。这里我们必须明晰两个问题：第一，钱基博、刘麟生等人的论断，有一个前提，即孙星衍骈文虽有"才力苦弱"或"才有余而力不足"的不足，不过他仍然是清代骈文的一个代表作家或说"大家"④，换句话说，钱、刘之论是对清人观点的批判性继承；第二，钱、刘之论虽属对清人观点的批判性继承，但是他们的"批判"并不合乎实际，而仅是他们的一家之言，下文将结合孙星衍的骈文作品来具体论析。

再次，关于孙星衍骈文作品的传留问题。依前述朱筠、阮元、汪中诸人之说，可知孙星衍早年的确写作了不少骈文作品。再按吴鼒《八家四六文钞》、张之洞《书目答问》，可知星孙衍早年的那些骈文作品，曾收作一集，名为《问字堂外集》，不分卷⑤，但后来佚失了。佚失的原因，据吴鼒所言，

---

① 钱基博：《骈文通义》，第113页。
② 刘麟生：《中国骈文史》，第127页。
③ 刘麟生：《骈文学》，第97页。
④ 如刘麟生《骈文学》第五章《清代作家》，开篇有一段总括性的文字云："骈文至元明，了无足观。中兴之者，厥惟清代。然往往才藻过于气韵，至其大家，亦能由唐以规八代，少增自然之美焉。"下文即以"大家"为对象，分别概述其成就，孙星衍、孔广森是与洪亮吉、汪中、袁枚等人并列的，亦即在刘氏看来，孙星衍实是清代骈文的一个"大家"。参见刘麟生《骈文学》，第92页。
⑤ 参见张之洞撰，范希增补正，高明路点校《书目答问补正》卷四《集部·别集第二·清骈体文家集》，北京燕山出版社1999年版，第230页。

乃是星衍"壹其志治经，取少作尽弃之"①，最终没有刊入全集。吴鼒是与孙星衍同时的著名学者、骈文家，又系星衍友人，两家更有姻亲关联，所言应当可信。今天看来，那真是颇为可惜的事情。所幸当时及其后一些选家的文钞、文辑中尚保存了几篇作品，综合吴氏《八家四六文钞》、曾燠《国朝骈体正宗》、屠寄《国朝常州骈体文录》和近人王重民编辑《孙渊如外集》所收录，去其重复，目下可见孙星衍的骈体文，计有11篇，分别是《上孔子集语表》《仓颉篇初辑本序》《补三国疆域志后序》《平津馆丛书序》《大清防护昭陵之碑》《关中金石记跋》《国子监生洪先生妻蒋氏合葬圹志》《国子监生赵君妻金氏诔》《洪节母诔》《祭钱大令文》《续古文苑序》，我们可藉以窥豹一斑。

三 孙星衍的骈文造诣

我们细读孙星衍所遗留下来的11篇骈文作品，辞采、意境俱佳的，乃是《大清防护昭陵之碑》《关中金石记跋》《国子监生洪先生妻蒋氏合葬圹志》《国子监生赵君妻金氏诔》《祭钱大令文》等5篇，其总体特色，简要概括，可说是古奥渊雅、用心深隽，在此总体特色之下，或叙史陈义，或抒情写景，俱能运筹挥洒，超迈绝特。

如《大清防护昭陵之碑》乃为乾隆四十二年清廷防护唐太宗昭陵而作的碑记，碑记之体，旨在追颂墓主德业勋烈，如《文心雕龙·诔碑》所云："标序盛德，必见清风之华；昭纪鸿懿，必见峻伟之烈：此碑之制也。"②孙星衍此文，首先对唐太宗开辟有唐一代江山的宏业总评云："帝提剑乘天，握图出震，驱除吞噬，弹压殷齐。白鱼赤地之祥，版泉丹水之迹。让黼扆而肃五日之礼，寓斧斨而正二叔之辜。浮龟不足效其文，断鳌不足媲其武。帝系之所传，史牒之所颂。尽美又善，无得而称焉。"③"尽美又善"之说虽然不可视为确论，但碑记体制如此，孙星衍的夸饰"气体高华"④、比譬得当，开篇有金石之声。此后，便分别对唐太宗的俭、仁、大、智、灵，进行阐述议论，如言太宗之俭：

---

① 吴鼒：《八家四六文钞》第三册《问字堂外集》卷首。
② 刘勰著，周振甫注：《文心雕龙注释》，第128页。
③ 曾燠选，姚燮、张寿荣等评：《国朝骈体正宗评本》卷八。
④ 曾燠选，姚燮、张寿荣等评：《国朝骈体正宗评本》卷八《大清防护昭陵之碑》张寿荣评语。

水衡灌地，将为江河；玉桃服尸，思毕天地。故以七十余万骊山穿治之徒，一万六千茂陵大徙之户，帝则深尊节约，廑凿嵯峨，似委宛之桐棺，拟谷林之通树。万乘之贵，悟旨庄周；独决之明，征言季札。克终后志，遂下王言，侍卫减于常仪，瓦木止于形具。此则帝之俭也。①

尤其"以七十余万骊山穿治之徒，一万六千茂陵大徙之户"一联，造语奇隽，横空盘硬，其渲染唐太宗民力之厚，旨在反衬其俭，辞义俱高。又如言太宗之仁：

藏弓烹狗，志士因而拊心；长颈鸟喙，哲人于焉长往。子胥抉目于吴阙，彭越覆醢于淮南。未尝不掩浸润之明，损豁达之度。帝则我言妩媚，推心置腹之诚；袒见疮痍，丈夫意气之语……此又帝之仁也。

其颂赞的手法，与前言太宗之俭相似，而更见匠心，文章先檃括往史，以古来忠臣志士往往遭遇"藏弓烹狗"的悲剧，来暗责造成这种悲剧的那些帝王，又以此为背景，托出唐太宗宽仁坦诚之德，真是宛转抑扬，思致周全。文章之末，则绾结到立碑的缘由、立碑的意义，所谓"樵苏上下，曾无百步之防；铧耒侵陵，或至诸臣之冢。穿碑半剥，翁仲全倾"，所谓"将与会稽窆石，共磨灭于苗山；风后神堆，谢浮沉于黄水"，结穴允当，金声而玉振。整篇文章渊雅博大，用语典重古奥，其识高、其气盛、其神完，是一篇宏才大文。

《关中金石记跋》系孙星衍为时任陕西巡抚毕沅纂辑《关中金石记》而撰写的跋语，整篇文章叙议结合，用笔沉雅厚重，气质高古，特别是文章开篇对上古以来雍凉之地金石演变、盛衰的历史所进行的精简概述，将星孙衍的卓越史才表现得极为充分：

雍凉之域，寔曰神皋，吉金乐石之所萃也。尔乃竹书纪异，昆仑树王母之眉；韩非著书，华岳勒天神之字。休与藐哉，其详轶矣。若其列侯尸祀，铭业乎奇器；汉将扬武，纪威乎绝域。西京崇秩望之仪，蜀魏盛开凿之迹，固亦有焉。是以岐阳石鼓，厥贡于上京；裴岑纪功，扬光

---

① 曾燠选，姚燮、张寿荣等评：《国朝骈体正宗评本》卷八，下引《大清防护昭陵之碑》皆同此。

于昭代。暨乎唐叶，作都渭阳，宫室陵寝，此焉是集。移山寿绩，压岫标奇……亦越宋元，弥工题唱，镌名百仞之翠，沉字九回之渊……自是厥后，废兴忽然。颓坻昼落，则伟额潜埋；野燎宵飞，则贞趺涣碎。承平以来，廛居愈阜，削员珉而代甓，卧方阙以治繇。或乃因文昌之小辞，劂皇象之逸制。耆古之士，盖其闵矣；隐显之候，岂其恒欤？①

勾勒关中金石之盛，则博大雍容，言其销沉，则感慨回环，言简意赅，"不佻不砌"②。

《国子监生洪先生妻蒋氏合葬圹志》《国子监生赵君妻金氏诔》《洪节母诔》《祭钱大令文》4篇，都是诔祭文，就文章体制内容来说，前3篇可以并读，《祭钱大令文》则稍有不同。刘勰《文心雕龙·诔碑》云："详夫诔之为制，盖选言录行，传体而颂文，荣始而哀终。论其人也，暧乎若可觌；道其哀也，凄焉如可伤：此其旨也。"③ 旌扬传主生平美善之处，以孙星衍的才情，固然应付自如，但若从文字情感的真实性和力度来说，孙星衍更善于"道其哀也"，如《国子监生洪先生妻蒋氏合葬圹志》言洪亮吉母蒋氏之逝：

呜呼哀哉！抟抟之土，晼晼之晖，然膏永闭，移帐无回。神惊沙起，啼冷禽来。光光员石，识此女士。其陵其谷，何年何世。松楸露尽，非无染泪之株；溟郭尘扬，只有生金之字。④

其中"神惊沙起，啼冷禽来"两句，蹈空写实，极有意味："神惊沙起"的语序本应是"沙起神惊"，之所以变换语序，旨在突出"神惊"，细沙因风而起，惊动了墓中沉睡的精魂，并且这沉睡的精魂似乎有着生命，它是感觉到了风沙飞起而心魂惊动，作者用心何其幽窅；"啼冷禽来"自然是"禽来啼冷"，禽啼本与日升月落无异，都是一般自然现象，然而在诗人的笔下，它的啼叫有着一种瑟缩寂寞的况味，说到底也不过是作者的深沉用心如此。而这两句凝练回环，接着的"其陵其谷，何年何世"几句便舒展沉绵，前张后弛，短短数句，抑扬尽致，将作者无尽的哀思婉转写出。

---

① 曾燠选，姚燮、张寿荣等评：《国朝骈体正宗评本》卷八。
② 曾燠选，姚燮、张寿荣等评：《国朝骈体正宗评本》卷八《关中金石记跋》姚燮评语。
③ 刘勰著，周振甫注：《文心雕龙注释》，第128页。
④ 曾燠选，姚燮、张寿荣等评：《国朝骈体正宗评本》卷八。

同样是写蒋氏的亡逝，《洪节母诔》则从其子洪亮吉的感受切入，所谓"实乃伐蕙于背，树荼于心。岁华端忧，室有不黔之突；廊成烬落，隅亡不恤之纬"①，字锻句炼，情真意挚。再如《国子监生赵君妻金氏诔》写赵怀玉之妻金氏之逝：

> 元穹靡忱，芳淑遽谢。遘兹沉疴，悉离寒暑。犹复并椁怀卫之水，寻医望齐之亭。梦妖则琼瑰不收，肌冷而潜英已逝。燕曾远送，雉竟孤飞，葛覃之家生还，蒺藜之室丧反。②

所谓"犹复并椁怀卫之水，寻医望齐之亭"，取材精妙，以一当十，写尽了赵怀玉对妻子的爱恋与不舍，但是"元穹靡忱"，芳魂终归黄土，更将赵怀玉的痛苦无奈，深情道出，张寿荣谓其"凄楚之音，不堪卒读"③。孙星衍文章用心深隽的特色，在这几篇文章中，体现得颇为充分。

《祭钱大令文》虽同为诔祭之文，但从体制上而言，诔祭体"荣始而哀终"的一般要求，在这篇文章中并没有得到很严格的贯彻，其奇气纵肆，以意运辞，是变体为文的佳作，其全文如下：

> 昔者巨卿死友，厥有素车之驰；子文酒徒，无损成神之骨。恭闻故实，不谓逢君。曩以燕游，妨君小节。围花作县，倾穴移金。桃分子瑕之筵，手进襄成之袖。一日则古疑无死，千秋则魂犹乐斯。无何，越人大去，凄凉山木之心；向生重来，泪堕山阳之笛。宛其入室，丧予平生。然而文翁之知亡日，宴饮如常；子通之令太山，妻孥有梦。云旗昼接，凫舄宵分。彼汾一曲，如玉娱戏之方；姑山藐然，神入翔泊之所。仆后车日载，五岳游来。渡妒妇之津，过台骀之庙。所思予美，忽藉君灵。邂逅壶觞，徘徊祠宇。方冀灵衣羽葆，损尔尊严；散髻斜簪，助予跌宕。呜呼！参差谁思，犹扬楚江之灵；弦歌赴节，尚涌舒姑之浪。我怀如梦，君岂忘心？倚玉何时，模金宛在。况复愁加歧路，悲甚生离。蘼芜感再逢之难，桃梗被漂流之笑。罔两问景，惭先后之无期；丹珠冯

---

① 曾燠选，姚燮、张寿荣等评：《国朝骈体正宗评本》卷八。
② 同上。
③ 曾燠选，姚燮、张寿荣等评：《国朝骈体正宗评本》卷八《国子监生赵君妻金氏诔》张寿荣评语。

身，庶欢娱之有托。浇君块垒，保此婵媛。知我幽冥，庶其歆飨！①

文章写钱汝器生前行迹则绮风流丽，写其亡逝则"宕逸生姿"②，规箴则委婉隐蔚，怀悼则寓悲恸于超放。短短303字的文章，融叙事、抒情于一体，结构极其严整，隙不容针，几乎无一赘语，而前后勾连，跌宕恣纵，一气呵成，如张寿荣所评，"情词斐美，音韵铿锵，寓规讽于俳谐，祭文中别自一体"③，是一篇才华横溢的奇文。

综上所论，可知孙星衍的骈体文创作，用典得当、造语古雅，辞采与意境俱佳，确乎名家手笔。如果从总体成就的角度，说孙星衍不及一生创作不断、作品众多的大家如洪亮吉、袁枚、邵齐焘等人，是合乎实际的；但是像钱基博、刘麟生那样抽象地从骈文艺术成就的角度，谓孙星衍"才力苦弱""才有余而力不足"，则是不合实际的，我们需要辩证地看待。

可以说，出身常州文化名族的孙星衍，才高品端、性情卓特，为官清廉、深得民心，一生诗文、学术并著，是当之无愧的一代名士学者。他的骈文创作虽存留不多，但几乎篇篇精华，其或叙述议论，或抒情写景，俱能用语得当、炼意深隽，显示出了卓越的文学才华，称得上是名副其实的骈体名家。另外，就文章的风格而言，孙星衍的骈体文擅长于古奥渊雅一路，论者将其与洪亮吉一起，视为骈文"常州体"的代表作家，也能从一定程度上说明，"常州体"的早期风格并不止于"清新"一路，只是后来的效仿者，突出了"清新"这一风格。

第四节　与洪、孙并称的常州骈文健将：杨芳灿

在清代中叶常州骈文全面繁兴的格局中，杨芳灿是与洪亮吉、孙星衍年辈相当而名气相若的骈文健将④，青浦王昶曾说，杨氏"骈体之工，几于上掩温邢，下侪卢骆"⑤，这个评价是大体准确的。杨芳灿不但骈文创作成就很高，而且还有着比较成熟的骈文主张，在清代骈文史上的影响是比较大

---

① 曾燠选，姚椿、张寿荣等评：《国朝骈体正宗评本》卷八。
② 曾燠选，姚椿、张寿荣等评：《国朝骈体正宗评本》卷八《祭钱大令文》张寿荣评语。
③ 同上。
④ 徐世昌《晚晴簃诗汇》卷一〇〇即称："蓉裳善俪体文，与洪北江、孙渊如齐名。"民国退耕堂刻本。
⑤ 王昶：《蒲褐山房诗话》卷三十五，清稿本。

的。与杨芳灿紧密相关的常州骈坛人物，除了洪、孙等同辈友朋，还必须提到杨揆、顾敏恒与刘嗣绾、方履籛。杨揆系芳灿胞弟，兄弟二人"俱有美才，工俪体，人称'无锡二裳'"①，顾敏恒系芳灿表兄，两人在骈文上皆有一定造诣，但总体成就有限，本书不作详论；刘、方为杨门高足，骈文创作成就与乃师相比，有过之而无不及，故下节将详论。

一　惊才绝艳，诗文并擅：杨芳灿的生平

杨芳灿（1753—1816），字才叔，一字蓉裳，常州金匮（今无锡）人。与中国古代许多著名诗人相似，杨芳灿的出生被赋予了一定的神话色彩，据其自撰的《年谱》载，他出生前一晚，母顾氏"梦见有五色雀翔集双树间"②，这显然是一个祥兆。生七月即能言，而且记忆力颇佳，他的祖父杨孝元"指楹帖字令识，一过即记"③。在杨孝元的教导下，他学习了"四子书"、《诗经》及唐人律绝、古体等童蒙基础知识。十三岁应童子试，邑令韩廷胙"有神童之目"④。十九岁补博士弟子，"冠其曹"⑤；同年，参加江宁乡试，主考官彭元瑞以其"首艺欠精实，落之"⑥。后来，彭元瑞知情后颇为悔憾，而当他得知芳灿已婚后，便将兄女许配给了芳灿之弟杨揆，其于杨氏兄弟可谓有仁有义、关怀备至了。

乾隆四十三年（1778），因为两应乡试无果，二十六岁的杨芳灿以贡生的身份，入都应廷试，钦取一等第三名。得知县，分发甘肃，曾摄西河、环县，旋补授伏羌。在担任伏羌令期间，回民田五起事，围攻伏羌县城，杨芳灿以一介书生，"严守孤城，授子传餐，独当豕突"⑦，表现出相当的胆魄和智略。事平，以守城功擢灵州知州，后来因为杨揆升授甘肃布政使，依例应当回避，他不愿改官他任，便"用新例，入为户部员外，分发广东司行走"⑧。嘉庆六年（1801），朱珪荐为《会典》馆纂修，次年，充《会典》

---

① 陈康祺：《郎潜纪闻二笔》卷六，清光绪间刻本。
② 杨芳灿撰，杨绪容、靳建明点校：《杨芳灿集》附录一《杨蓉裳先生年谱》，人民文学出版社2014年版，第633页。
③ 杨芳灿撰，杨绪容、靳建明点校：《杨芳灿集》附录一《杨蓉裳先生年谱》，第633页。
④ 同上书，第637页。
⑤ 陈用光：《杨蓉裳墓志铭》，杨芳灿撰，杨绪容、靳建明点校《杨芳灿集》，第669页。
⑥ 杨芳灿撰，杨绪容、靳建明点校：《杨芳灿集》附录一《杨蓉裳先生年谱》，第639页。
⑦ 王昶：《蒲褐山房诗话》卷三十五。
⑧ 姚椿：《杨芳灿墓表》，杨芳灿撰，杨绪容、靳建明点校《杨芳灿集》附录二，第675页。

总纂修官。这段时间，他暇日颇多，常与京中文士为诗文之会，精神上是很愉快的。不过，文职京官，收入微薄，加上他的弟弟杨揆去世后，无人接济，所以物质生活甚为窘困，《年谱》所谓"饔飧或至不给，逋负盈千，衣裘俱付质库，典琴书，数券齿，日汲汲不暇。"[①] 而当母亲顾氏病重，他"忧疑不释"，决定回乡探视时，便只能鬻书以归了。

嘉庆十二年，为衢州正谊书院山长，继主杭州诂经精舍、西安关中书院。十六年，赴蜀与修《四川通志》，因主锦江书院讲席。嘉庆二十年冬，卒于安县，年六十三。

杨芳灿"少好辞章，颇自镞砺，殚精图史，颐情典坟"[②]，诗词、骈文兼工，是乾嘉间著名的文学家，有《芙蓉山馆全集》传世。其诗"取法于工部、玉溪间"[③]，并"由义山之阃奥，蹑杜陵之藩篱"[④]，自成一家，毕沅《吴会英才集》谓"方之近代，则梅村、迦陵不足掩其华赡"[⑤]，王豫《群雅集》则将杨芳灿目为"吴梅村后一人"[⑥]；他在担任伏羌县令时所作的《伏羌纪事诗》尤为著名，王昶评曰："至辞句之工、才力之富，皆古人所未有，为诗家别开一格云。"[⑦] 其词，"清妍婉丽，兼有梦窗、竹山之妙"[⑧]；严迪昌《清词史》在论及杨词时，也说其"路子较宽，适情而写，挥洒随心而又不粗率"[⑨]。他的骈文，成就与诗歌相埒，下文将详论。另外，杨芳灿还著有《六代三唐骈体文钞》《三家词选》《芙蓉山馆尺牍稿》等，惜未刊刻行世。

与清代江南很多作家相似，杨芳灿之所以能成长为一代诗文名家，也是多种因素合力作用下的结果，其天资颖异、勤学苦读而外，家学的滋养、师友的助益尤为重要。王昶在为杨芳灿《真率斋初稿》所作的序言中曾经提到："君承家学，与兄弟相师友，盖犹江海之水，源所从来远矣！"[⑩] 这里所说的"家学"，实际包含两个部分：其一是以杨孝元、杨潮观为代表的杨氏

---

① 杨芳灿撰，杨绪容、靳建明点校：《杨芳灿集》附录一《杨蓉裳先生年谱》，第662页。
② 杨芳灿：《答赵艮甫书》，杨芳灿撰，杨绪容、靳建明点校：《杨芳灿集》，第445页。
③ 王昶：《蒲褐山房诗话》卷三十五。
④ 石渠：《芙蓉山馆诗稿词稿序》，杨芳灿撰，杨绪容、靳建明点校《杨芳灿集》，第688页。
⑤ 杨芳灿撰，杨绪容、靳建明点校：《杨芳灿集》，第696页。
⑥ 同上书，第701页。
⑦ 王昶：《伏羌纪事诗序》，杨芳灿撰，杨绪容、靳建明点校《杨芳灿集》，第685页。
⑧ 王昶：《蒲褐山房诗话》卷三十五。
⑨ 严迪昌：《清词史》，江苏古籍出版社2001年版，第425页。
⑩ 杨芳灿撰，杨绪容、靳建明点校：《杨芳灿集》，第682页。

本家之学，其二则是以顾斗光、顾光旭等人为代表的外家之学。就"本家之学"言之，祖父杨孝元对芳灿的影响无疑是最大的，他是芳灿生命中最早的启蒙教师，其《存之堂集》中"嬉戏皆诗书，文字满墙壁"两句，就是对祖孙二人家学传授最为形象的描写。在谈到杨芳灿幼年受教的问题时，杨母顾氏不应被忽视，因为在杨孝元卒世后，为体弱多病的芳灿继续启蒙的，正是这位女性，《杨蓉裳先生年谱》所谓"取端操公（按：杨孝元）所授诗书随时温习"①。等到芳灿身体转好，能从塾师学习时，由于杨父鸿观长期在外谋生，操持家计、教导儿子的责任，很长一段时间仍然是由顾氏承担，"日暮挟书归，太夫人篝灯夜织，余就灯读。至夜分始寝，以为常"②，杨芳灿在《年谱》中所呈现的上述情景，与洪亮吉、孙星衍、赵怀玉、张惠言、张琦、董士锡、刘嗣绾、刘逢禄等人所受母教之惠泽，是十分相似的。

外家之学在明清江南文学发展中扮演着重要的角色，外祖父、外祖母及母舅等向江南士子们提供的物质帮助、传授的文化知识，对他们文学生涯的向前推进，起到了十分积极的作用，杨芳灿的早年经历就是非常典型的例子。这里我们重点关注杨芳灿母舅群体对他的影响。罗时进师在《清代江南文学发展中的"舅权"影响》一文中指出："在较为通常的情况下，清代江南地区，在文学人才的培养和文学路向的引导上，外家中以'舅权'的影响最为突出。在某种意义上，清代江南文化家族中的'舅甥关系'往往表现为文学性的关系，而家族中'舅权'影响越大，文学支持力量则越强。"③ 这一观点在杨芳灿的身上得到了很好的印证。芳灿十一岁时，就跟随舅舅顾斗光学习作诗和研读《小戴礼》《左氏传》，十二岁时则与外兄顾敏恒一起从顾斗光"习举子业"；到了十四岁，则干脆"宿于外氏"，与外兄弟顾敏恒、顾敦愉、顾敬宪等，一起从顾斗光学习举子业、经解、史论、词赋等，有时甚至"杜门累月不出，亲戚有庆吊事皆不往，人皆以为专愚也"。④ 在外家读书受教的几年时间，杨芳灿打下了扎实的知识基础和诗文创作基础，乾隆三十五年，他将所为诗文寄给在蜀中任官的叔父杨潮观，潮观览诗"大喜"，有"吾家千里"之誉，而他在四川任职的舅舅顾光旭，更

---

① 杨芳灿撰，杨绪容、靳建明点校：《杨芳灿集》，第635页。
② 杨芳灿撰，杨绪容、靳建明点校：《杨芳灿集》附录一《杨蓉裳先生年谱》，第636页。
③ 见《江海学刊》2011年第5期。
④ 杨芳灿撰，杨绪容、靳建明点校：《杨芳灿集》附录一《杨蓉裳先生年谱》，第636—638页。

作诗三首寄回无锡以示肯定；不仅如此，乾隆三十六年，他初次参加金匮县试，便一举夺魁。外家之学对杨芳灿的惠泽，于此可见一斑了。

　　师友交游对杨芳灿的助益，也许比家学还要大。我们可以先对杨芳灿的师友，做一个不完全的罗列：袁枚、彭元瑞、朱筠、王昶、毕沅、阮元……这是师执辈；洪亮吉、孙星衍、吕星垣、黄景仁、赵怀玉、钱维乔、秦瀛、吴锡麒、法式善、李鼎元、陈文述、吴蔚、汪中、陈用光、姚椿、乐钧、郭麐、江藩、彭兆荪……这是同辈友人。对清代学术文化稍有了解者都知道，杨芳灿的这个师友阵容是相当"豪华"的，这其中有多少名学者、名诗人、名骈文家！如果将杨潮观、顾奎光、顾斗光、顾光旭、顾敏恒、顾敦愉、顾敬宪、杨揆等"亲友团"也算作杨芳灿"相师友"之对象的话，那么他的师友群体便更加庞大了。再看看杨芳灿与师友们相交游的内容。《仓山月话记》言其弱冠便从袁枚于随园习艺云："余甫弱冠，即游兹山，预扶风之生徒，侍北海之杖履。谭燕暇豫，宾从称娓，飞膳函珍，珠坟笙典。"① 随园诸宾除了"飞膳函珍"，享用美食，还要"珠坟笙典"，切磋艺文。又《灵芬馆记》言其与郭麐在西湖诂经精舍之交游云："神交廿年，簪盍一旦，切肺酌酒，倾心论诗。"② 神交二十年的朋友，一旦相逢，便要敞开心扉地喝酒、论诗。又《辟疆园遗集序》言其与顾敏恒昆季之交游云："晨灯夜烛，春煦秋阴，牵手同行，连床对语。雅耽坟籍，癖嗜风骚，前于而后喁，伯歌而季舞……遂使侪流敛手，老宿倾襟。"③ 他们日夜相处，共同研读坟典、切磋诗艺，从而增加了学识、提升了文学创作的水平。应当说，类似前举的师友交游，几乎贯穿了杨芳灿的整个文学生涯，而他也在此过程中逐渐成长为一个引人瞩目的文坛名家。

二 "既识异量之美，岂忘同体之工"：杨芳灿的骈文主张

　　成熟的骈文家通常有着比较清醒的骈文主张，而杨芳灿正是这样的骈文作家。他的骈文主张虽然不如李兆洛、阮元等人系统，但也自有其深刻性。总体而言，可将其分为三个方面来具体考察：

　　其一，文学虽属"小道"，但欲求其工实非易事。中国古代向有道、器

---

① 杨芳灿：《芙蓉山馆文钞》卷一，杨芳灿撰，杨绪容、靳建明点校《杨芳灿集》，第417页。
② 同上，第418页。
③ 杨芳灿：《芙蓉山馆文钞》卷三，杨芳灿撰，杨绪容、靳建明点校《杨芳灿集》，第485页。

之辨与大道、小道之分，诗文创作虽然不是"器"，但通常被认为是一种"小道""末技"。在《与黄仲则书》中，杨芳灿告诫友人，人的"聪明才力"是有限的，没有人能干好所有的事情，因此，我们应当在清醒认知自己优长与不足的基础上，"用其所长，掩其所短"；这样的观点应用到学术研究或文艺创作上，就要求我们"与其博而不精，毋宁严而不滥"。在此前提下，杨芳灿进一步指出，自古以来，不少研究者抱着"求其可传"的虔诚心态，"镂心刻骨"地创作了大量所谓研讨天地大道的"谈六艺说五经"之作，但令人无奈的是，这些作品大部分都是"陈言累累"，令人读来"惛然欲睡"，因此，它们最后往往落得个"以塞鼠穴供蠹粮"的下场。杨芳灿在此想表达的观点是，人的能力有限，所做之事也有限，而向来被人认为是体求至道的"谈六艺说五经"之学，往往都沦为毫无意义的学问，那么，我们是不是应该回过头来，好好审视一下通常被视为"小道"的文学创作了呢？

于是，杨芳灿就顺利地引出了下面的论断："词赋小道，然非殚毕生之力不能工也，而好高者往往失之。"[①] 也就是说，包括词赋、骈文等在内的文学创作，虽系"小道"，但是要想将这一"小道"推向完美的境界，创作者"非殚毕生之力"不可，那些好高骛远、对文学创作嗤之以鼻者之所以创作不出好作品，也正是因为他们没有对文学投注足够的时间、精力。杨芳灿的这一论述，有理有据、逻辑谨严，其在对重道轻文的传统观念提出有力质疑的同时，突出了文学创作的意义、价值，这也为杨芳灿进一步突出骈体文的价值、地位，提供了理论依据。

其二，骈文是文学发展的必然产物，不能狭隘地对它进行非难。面对来自古文阵营的强大压力，如何突出骈文的价值、地位，是清代骈文家们共同希望解决的重要问题之一。杨芳灿在《与兄永叔书》中也曾对此有所论析：

……重惠苦言，间聆高论……识异蕊奇花之不殊散木，知华词丽句之无当清裁……然揆余怀抱，颇有异同。夫朱羲启曜，九枝扬若木之华；黄河始流，五色绚昆丘之派。搆云屋而虹梁焕彩，鼓烘炉而赤堇飞芒。丰貌隐豹之珍，其文蔚也；缫羽明玑之贵，其采鲜也。地非裸壤，宁有弃绮绣而弗陈；人异哀骀，孰肯却铅华而不御？如必欲易缣缃以结绳，返轮辕为椎辂，有不令见者口呿、闻者舌缚乎？

---

① 杨芳灿撰，杨绪容、靳建明点校：《杨芳灿集》，第440页。

若谓玩物者易溺性灵,负才者必邻浮薄,是又鄙儒之过论,而非达士之知言。何则?陈思《代马》之篇,王粲《飞鸾》之制,陆士衡之拣金积玉,徐孝穆之列堞明霞,并抒柚清英,激扬钟律。苟高奇而有骨,即连犿以何伤?而世乃有学昧鼠玼,经谈狗曲,早已斥词章为末技,薄藻翰为骈枝。如吴迈远之凌轹古人,同刘季绪之诋诃作者。有是哉!俗士之披猖,更甚于才人之躁脱也。①

从这封书信中可以推知,杨芳灿的朋友曾给他写过一封谈论文艺的书信,并苦口婆心地劝他要对特别注重"华词丽句"的骈体文保持一定的距离。杨芳灿对此不以为然,他文采斐然地回复友人,天地间的自然之景如太阳普照万物、黄河奔腾前行,都有着动人的绚烂之美,而"丰貂隐豹""缚羽明玑"之所以获得人们的普遍喜爱,很重要的一个原因便是它们本身具有诱人的绚丽外貌。那么,就像我们不能让大自然返回或退步到不假修饰的原始状态一样,我们也不能让已经有几千年发展历史的文学回归到质朴的原初状态。在这个意义上,可以说强调"华词丽句"、强调修辞的骈文,是文学发展的必然结果,我们无法逆转这样的发展趋势。同时,我们也可以清楚地看到,文学史上不乏注重文采、注重修辞的佳篇。既然如此,我们就可以得出下面的结论:首先,那些将文学创作视为"易溺性灵"之"玩物"、认为"负才者必邻浮薄"、"斥词章为末技,薄藻翰为骈枝"的观点,都不过是一些迂腐、过激之见;其次,注重藻饰的骈体文,自有其无法抹煞的美学价值。

基于上述的观点,杨芳灿进而提出了"识异量之美"的审美主张。在《陈云伯碧城仙馆诗集序》中,杨芳灿回顾了自己自幼以来对华丽文风喜爱与效仿的大体历程,并说自己从"未敢喜甘忌辛,好丹非素",之所以如此,是因为他对各种类型的美都能够理解、体会、包容,换言之,就是有着宽广的审美胸襟,就是能欣赏"异量之美"。② 杨芳灿在《王芸岩天绘阁诗集序》中也表达了类似的观点:

夫丽则壮违,华则质反,固艺苑之常谈;和者好粉,智者好弹,亦偏人之自题。意制相诡,风气不齐,嗜甘忌辛,喜丹非素,均属拘墟之

---

① 杨芳灿撰,杨绪容、靳建明点校:《杨芳灿集》,第 447—448 页。
② 同上书,第 517 页。

见，难语淹雅之才。①

正如杨芳灿所指出的，长期以来文坛一直流行着一种观点，即将文学创作中"丽""华"与"壮""质"等美学倾向对立起来，认为有此即不能有彼，两者不能兼具。但是在杨芳灿看来，这实在是一种偏见或说"拘墟之见"，因为文学之美是多元的，我们应该对多种类型的美采取包容的、公平的态度。进一步说，对讲究华丽藻饰之美的骈体文，我们不但要客观承认它的美与价值，而且要平心静气地学会欣赏它的美与价值，不能狭隘地对它进行非难。

其三，骈文创作应综合考虑识、情、才、义理、词章及创新等多种因素。文学创作是一种综合性的艺术活动，要想使其臻于高妙的艺术境界，就必须在艺术运思过程中妥当处理好各种相关因素，骈文写作也不例外。在《樊学斋文集序》中，杨芳灿重点拈出了三个因素——识、才、情，文章言道：

> 文以识为主，而才与情辅焉。识不卓无以达其才，识不远不能宣其情。是以萃百家于豪楮，纳万汇于襟灵者，才也；隔千里而遐慕，旷百世而相感者，情也；握寸管而权衡邃古，不下堂而周知宙合者，则识也。②

杨芳灿认为，成功的文学创作应当具备识见、才华与情感这三个要素，当然，三者中处于最主要位置的是"识"，"才"与"情"乃是"识"的辅助因素，因为创作者如果没有这样一种能对宇宙万类进行权衡、把握的能力，就无法将他的才华发挥到极致，也不能成功地宣达、表现其内心的丰富情感。

这里需要指出的是，杨芳灿虽然认为"识"在文学创作中的地位最重要，但他对"情"的论析实际最为深入。如其在《药林诗钞序》中强调，情感深刻的作品自然有工妙真挚之美，根本不需要过多的雕饰，所谓"情至者语自真"③。又如其在《陈云伯碧城仙馆诗集序》中强调："苟萧骚而

---

① 杨芳灿撰，杨绪容、靳建明点校：《杨芳灿集》，第556页。
② 同上书，第515页。
③ 同上书，第478页。

善感，则绮靡固属缘情，如高丽以见奇，则绚烂宁非本色？何必谓雕鐰之文费日，柔曼之音导淫，遂嗤孝穆之华词，訾士衡之绪论也。"[①] 也就是说，不论诗文作品的文风是否绮靡、文笔是否华丽，只要其中充盈着创作者的真情实感并且能够感人，那么它就是好的作品。

我们可以将杨芳灿的文学识、才、情之论析，放置到清代"才识论"发展的大背景中来考察。可以说，清代最具代表性的"才识论"，乃是叶燮的"才、胆、识、力"说、袁枚的"才、学、识"说以及章学诚的"德、学、才、识"说。经过比较不难发现，杨芳灿的"识、才、情"说，应当是吸收了作为杨芳灿老师或前辈的叶燮、袁枚、章学诚等人观点，不过，杨说自有其新颖之处，那就是其突出了"情"在文学创作中的作用。考虑到杨说的周延性与深刻性，我们实可将其视为清代"才识论"在叶、袁、章诸说之后的又一重要创获。

"识、才、情"之论而外，杨芳灿还对文学创作中义理与词章的关系问题有独到的认识，《张蓉湖先生笙雅堂诗文集序》有云：

> 昔郑夹漈有云，义理之学好攻击，词章之学尚雕镂。习义理者以诗赋为曼辞，工词章者以笺疏为朴学。卒之朝霞落采，空谷寻声，根柢不存，二者交病。若夫才全能巨，体大思精，宫众岭而为山，汇万流而成渎。经神学府，撮服郑之标；辩囿词宗，吐卿云之思。春华秋实，美可兼收；文苑儒林，理原一贯。[②]

义理与辞章的关系是清代中叶学界关注度很高的问题，杨芳灿对义理与词章两派之相互攻讦显然并不认同。他所持的观点是，不论是文学创作还是学术研究，其在终极追求上是一致的，因此两者首先不应"交病"；其次，对于"文"（不论是笺疏之文还是诗赋之文）的写作而言，义理、词章各有其长、各适其用，那么在写作中最理想的处理方法，就是将两者兼收并蓄，这与桐城派所强调的"义理、考据、词章"相结合的观念是一致的。

文学创新，也是杨芳灿重点关注的问题之一。《刘竹山挹翠轩诗集序》有云："昔萧子显云：'文无新变，不能代雄。'温子昇云：'文章易作，庸峭为难。'之二言者，洵文苑之元枢，亦诗家之灵矩……然非轹古切今，未

[①] 杨芳灿撰，杨绪容、靳建明点校：《杨芳灿集》，第516—517页。
[②] 同上书，第561—562页。

易言新变也；非情赠兴达，未易言庸峭也。"① "庸峭"虽指文章的审美特点，但说到底仍是文章的情感问题，亦即通过真情实感的表达与感发以达到优美的境界，这里不赘述。文学"新变"是个永恒的话题，清代学者、诗人多有论及，杨芳灿所讲的"新变"，是指文章既要在某些方面超越古人，又要切合创作者所处的时代现实，它虽然不如赵翼"江山代有才人出，各领风骚数百年"那样耸人耳目，但其表达的意思与赵说是基本一致的。需要提醒的是，我们应当特别注意杨芳灿此说的一个过人之处，那就是其强调了文学创新必须紧扣变动不居的时代现实，这是比前人或同时代人深刻的地方，可说是对古来文学"新变"论的一个延伸。

概括起来说，杨芳灿的文学（包括骈文）创作论，实际包括三个层面的问题：一是主要依赖于创作者的识、才、情问题，二是文学内部的义理与词章关系问题，三是文学演变层面的创新问题。这三个层面的论析，比前面的文学创作价值论、骈文地位及审美包容之论更加细致，是杨芳灿骈文主张中特别值得关注的部分。

三 "喣噱徐庾，攀追任沈"：杨芳灿骈文创作概貌及风格取向

杨芳灿是一个多产的骈文家，他一生所写的骈文作品，目前可见的就有166篇，刊刻于光绪十七年（1891）的《芙蓉山馆诗钞词钞文钞》，将这166篇骈文及1篇散体文（《李凫塘遗集序》）按文类分为八卷，杨绪容、靳建明点校的《杨芳灿集》中文的部分即以此为底本。就文类而言，杨芳灿《文钞》涉及了赋、记、铭、赞、启、书、序、碑铭、传诔等多种文体，其中序体之文（包括诗文序、赠序、图序、寿序、小引等）数量最夥，计有87篇②，几乎占杨芳灿全部作品的一半，这从一个侧面见出杨氏在当时文坛有着很高的地位和较大的影响力；同时，序文中的诗文序一类（当然也包括一部分书启），包含了杨芳灿丰富的文学主张，其理论价值是比较高

---

① 杨芳灿撰，杨绪容、靳建明点校：《杨芳灿集》，第549页。
② 曹虹、陈曙雯、倪惠颖等所著《清代常州骈文研究》计算出杨芳灿的序体文共83篇，其应是将《芙蓉山馆文钞》中的4篇寿序剔除在外了。参见该书第225页，江苏人民出版社2010年版。

的。另外,《文钞》卷一收录了杨芳灿的10篇骈体杂记[①],其数量虽然不多,但总体成就不俗。从骈体文的发展历史来看,骈体杂记虽然兴起于齐梁、勃兴于唐,但它的极盛期则在清代,杨芳灿的这10篇杂记也是清代骈体杂记发达史的一个重要组成部分,不过,这些作品一篇也没有入选姚燮《皇朝骈文类苑》、王先谦《骈文类纂》等以选文周全名世的重要骈文总集,这不能不说是一种遗憾。我们在研究清代骈文发展史时,不应忽略这一类作品。

再者,《文钞》中收录的杨氏赋作虽然不多,但风格清丽精警、特征鲜明,它们以及杨芳灿的绝大部分杂记、一部分具有清丽之美的序作,正是学者们所说的"常州体"之作[②]。这一类作品篇幅不大,主要以写景工妙见长,是清代骈文史上颇具创造性的一类作品。杨芳灿书启之文的特色也颇为鲜明,它们取格近于六朝,很少在字句上做引人注目的文章,追求的是一种内在的、浑成的、自然的美,是极具杨芳灿骈文主体风格特征的一类作品。这两类作品也宜重点关注。

接着,我们考察一下杨芳灿骈文的分期问题。正如杨绪容在《杨芳灿集前言》中提到的,杨芳灿的诗歌可分为早年、中年和晚年这三个风格特征相异的创作阶段[③],杨氏的骈文虽然不能像诗歌那样被比较清楚地区分为三个阶段,但分其为前、后两个阶段并不困难。大体来讲,杨芳灿的早期骈文,典型的如《夜明虾赋》《送年赋》《春怀赋》等赋作,结体尚不够成熟、文笔尚不够老到,但华艳新警,表现出少年才子的多愁善感与过人才华;后期骈文笔力浑厚且风格比较一致,用典比早期多而且自然,早年骈文外露的华艳新警之风,被趋向内敛的沉丽清畅之风所替代,折射出成熟骈文家的才情、识见与艺术风采。

延续对杨芳灿骈文进行分期的话题,有必要进一步深入探析杨文的风格

---

① 这10篇作品分别是《弇山毕大中丞灵岩读书图记》《江郑堂书窠图记》《简园记》《绿净园记》《仓山月话记》《灵芬馆记》《北山旅社记》《瞿花农洞庭泛月图记》《小檀栾室读书图记》《李松云先生写十三经堂记》。事实上,《芙蓉山馆文钞》卷一还收录了杨芳灿的另外两篇记体文,即《重修汉平襄侯祠碑记》与《重修太白墓碑记》,但这两篇文章在传统意义上一般都被归入碑记(类),因此本书也未将其计入杂记类。

② 如本章第二节论洪亮吉骈文部分,即曾引述过台湾学者张仁青《骈文学》中的一段话:"洪亮吉所为骈文,格调纤新,笔致轻倩,世有'常州体'之称,稍后之刘嗣绾、杨芳灿、彭兆荪、曾燠、李慈铭专学之,影响殊为深远。"张氏将杨芳灿视为"常州体"骈文洪亮吉之后继,其所谓"常州体"骈文,主要就是指那些以写景为主的、具有清新风格的作品。

③ 杨芳灿撰,杨绪容、靳建明点校:《杨芳灿集》卷首,第3页。

取向。对此，杨芳灿曾有一段自报家门式的概括，它见于杨芳灿友人陈用光为方履籛骈文所作的序言中：

> 余未尝为骈俪之学，顾于其源流、派别考核之尝熟，往者喜杨蓉裳农部芳灿之文也。蓉裳之言曰："吾之为俪体文，色不欲其炫，音不欲其谐，以閟采而得古锦之观，以閟响而得孤弦之韵。是则吾之所取于玉溪生也。"……若蓉裳之文，取格近于邵叔𠖎（齐焘）、孔巽轩（广森），而易其朴而为华；取材富于陈其年（维崧）、吴园次（绮），而易其熟而为涩。其于此事，信可云三折肱焉。①

陈用光这段文字的内涵很丰富，可以从两个角度具体分析。首先，杨芳灿自己追求的骈文风格及其骈文的实际风格。从《方彦闻俪体文序》所引杨芳灿之语来看，杨氏所追求的骈文美学风格，主要包括两个因素：一是骈文的视觉效果，希望做到既讲究藻采、修饰，又不过分炫目，就如同经过时间洗礼的古锦那样，有一种内敛的、典雅的、深沉的美；二是骈文的听觉效果，希望做到既讲究音韵的锤炼，又不能使其变得过于谐畅而堕入滑熟，就如同历经岁月沧桑的孤弦所弹奏的音乐那样，有一种沉厚而略带滞涩的美。这样一种美学追求，用陈用光在《杨蓉裳墓志铭》中记录的杨芳灿骈文理想自我表述的另一个版本来说，就是"色不欲其耀，气不欲其纵，沉博奥衍"②；用陈氏自己总结的话讲，就是既华美又奥涩。应当说，这种风格是杨芳灿骈文的主体风格，他后期的大部分骈文，都具备这一特点。

当然，大家名手的骈文作品几乎都不会局限于某一种固定的风格，清代陈维崧、尤侗是如此，彭兆荪、洪亮吉、袁枚等也皆如此，杨芳灿自不例外。杨绪容在点校《杨芳灿集》时已经发现了这个事实，该集《绪言》便列举了华丽典雅（如《散花集序》）、清新澹远（如《绿净园记》）、苍凉悲壮（如《重修汉平襄侯祠碑记》）等几种杨氏骈文的风格倾向③，此外，杨文还有沉雄劲健（如《黄冶斋先生安定守城事略序》）、凄恻悲凉（如《辟疆园遗集序》）、华贵雍容（如《大宗伯纪晓岚先生八十寿序》）等多种风格。要之，骈文家所着力追求的骈文风格，通常都不是其骈文的唯一风格，

---

① 陈用光：《太乙舟文集》卷六《方彦闻俪体文序》，杨芳灿撰，杨绪容、靳建明点校《杨芳灿集》，第705页。

② 陈用光：《太乙舟文集》卷八，杨芳灿撰，杨绪容、靳建明点校《杨芳灿集》，第670页。

③ 杨芳灿撰，杨绪容、靳建明点校：《杨芳灿集》卷首，第10页。

骈文家美学理想与创作实际的"误差",应引起我们的注意。

其次,杨芳灿骈文的渊源及其转益多师后的自我树立。转益多师是杨芳灿骈文的一个基本特点,结合杨氏的骈文创作、"自我表白"及其他学者、文人的相关论述,我们可以大体确定杨芳灿师法的主要对象,它们包括以徐陵、庾信之文为代表的六朝骈文,以王勃、李商隐之文为代表的唐代骈文,以及清代袁枚等人之文。杨芳灿在《芙蓉山馆文钞目录序》中曾有一段自我总结:"呕嚛徐庾,攀追任沈。朱弦緪瑟,金徽饰琴。匪曰雕华,中多古音。"①"徐庾""任沈"固然不是确指,但由此可见,以"徐庾""任沈"为代表的六朝骈文,的确是杨芳灿参考、学习的重要对象;同时,杨芳灿对六朝骈文的学习,并不是要效仿它们文辞的藻丽,而是要撷取其中包含的古雅韵致。

杨芳灿对唐代骈文的取法,可以从下面几段材料中得到印证:

> 向从仲则处,得读足下骈体文,以为初唐四子之风于今再睹。趣博语重,郁为通人。今兹可存,他年可传,无遗憾也。(杨芳灿《芙蓉山馆文钞》卷二《上朱笥河师启》附朱筠复书)
>
> 吾里中多瑰奇杰出之士,其年相若而才足相敌者,曰孙兵备星衍、杨户部芳灿……杨君能为梁陈初唐之文,尤以徐孝穆、王子安为宗。(洪亮吉《更生斋集》文甲集卷一《吕广文星垣文钞序》)
>
> 忆自幼嗜讴吟,长夸摛属,猎艳侈于楚汉,逞雕缋于齐梁。远溯玉溪,近宗娄水(按:吴伟业),自谓情灵无拥,意匠独窥。(杨芳灿《芙蓉山馆文钞》卷四《陈云伯碧城仙馆诗集序》)
>
> 抗手千古,玉溪我师。(杨芳灿《芙蓉山馆诗钞》卷首《序》)
>
> 余髫龄向学,即慕义山。(杨芳灿《芙蓉山馆文钞》卷五《自序》)②

正如朱筠所说,杨芳灿的骈体文,特别是他早年的作品,确有比较明显的"初唐四子之风",换句话说,以初唐四杰之作为代表的初唐骈文乃是杨芳灿取效的对象;如果再深入一点考察杨氏之文,可以发现,其文风实际更

---

① 杨芳灿撰,杨绪容、靳建明点校:《杨芳灿集》,第391页。
② 以上五段引文,分别见杨芳灿撰,杨绪容、靳建明点校《杨芳灿集》,第434、697、517、3、536页。

接近洪亮吉所提到的王勃以及洪亮吉未提到的杨炯。当然，对杨芳灿影响最大、最深入的唐代骈文家，不是初唐四杰，而是晚唐骈文巨擘李商隐。杨芳灿对李商隐可谓情有独钟，他写的《自序》曾细致分析了自己与李商隐生平经历的"四同三异"，所以他"髫龄向学，即慕义山"，绝对是写实之语，前引"远溯玉溪""抗手千古，玉溪我师"云云都是佐证；它的真实性还可以从《芙蓉山馆文钞》中的一百多篇作品中找到最有力的证明，因为这些作品具有的"以閟采而得古锦之观，以閟响而得孤弦之韵"的主体美学风格，最接近的正是李商隐之文。

清代骈文也是杨芳灿骈文师法的对象，特别是袁枚的作品。杨芳灿年甫弱冠即与外兄顾敏恒一起投到了袁枚的门下，所谓"追随杖履，动辄弥旬"①，作为一代宗师的袁枚对他们也十分青睐，不但将他们许为门下"双绝"②，而且还将他们与洪亮吉、孙星衍等常州诗文名家相提并论，所谓"常州星象聚文昌，洪顾孙杨各擅场"（《仿元遗山论诗》）。在袁枚的指导下，杨芳灿的骈文创作水平得到了提高，《复袁简斋师书》中所说的"特以入针神之室，虽拙女亦解钩描；游匠石之门，虽贱工亦知雕斫"③，正是杨芳灿对游学袁门、有所获益的一个比较诚恳而正面的反映。就具体创作而言，我们品味《芙蓉山馆文钞》中收录的《重修汉平襄侯祠碑记》《贺方葆岩通政西征凯旋序》《大宗伯纪晓岚先生八十寿序》《灵州移建太平寺碑》等文，不难发现它们与袁枚骈文实有着比较明显的一些神似。有一个较有意味的事件值得一提，那就是杨芳灿曾经着手注释袁枚的骈体文，但后来因为他要"出宰甘肃"，故而此事做到一半就中止了，事见袁枚《随园诗话》卷十四。由此可以得出下面的推论，杨芳灿对袁枚这位老师的骈文成就十分钦佩，他认真钻研过袁文，并在钻研过程中有所领悟、受益。

在分析完杨芳灿骈文师法的具体对象后，我们必须要指出，杨芳灿转益多师的最终目的，并非是要毕肖前人，而是要在神似古人的基础上自我树立、形成自己的特色。事实上，杨芳灿已经做到了：他的骈文既有"以閟采而得古锦之观，以閟响而得孤弦之韵"的主体风格，又有丰富多样的其他风格；其看上去虽然像庾信、徐陵、王勃、杨炯、李商隐、袁枚等人之文，但说到底还是带有自身风格特点的杨芳灿式骈文。前引陈用光《方彦

---

① 杨芳灿：《寄袁简斋师书》，杨芳灿撰，杨绪容、靳建明点校《杨芳灿集》，第439页。
② 杨芳灿撰，杨绪容、靳建明点校：《杨芳灿集》附录一《杨蓉裳先生年谱》，第639页。
③ 杨芳灿撰，杨绪容、靳建明点校：《杨芳灿集》，第438页。

闻俪体文序》中的那段话，恰可作为杨芳灿骈文转益多师而自我树立的一个很好的注脚："若蓉裳之文，取格近于邵叔宀、孔巽轩，而易其朴而为华；取材富于陈其年、吴园次，而易其熟而为涩。"

四 "戴着镣铐跳舞"：杨芳灿骈文的格式化倾向及其艺术创造

骈文本是一种有着较强格式化倾向的文体，特别是它的行文架构，很容易形成格套，而骈文创作一旦格套化，其艺术成就很容易受到影响，这样的例证在骈文史上不胜枚举。当然，人类文艺发展史也告诉我们，格式化并不是艺术创造的根本阻力，很多优秀的文艺作品，正是在格式的框范下被艺术家创作出来的，换言之，如果艺术家有着足够的艺术创造力，他就可以突破格式的限制，进行有意味的艺术创造，用我们耳熟能详的话讲，就是"戴着镣铐跳舞"。回到杨芳灿的骈文创作，首先我们必须承认，杨氏骈文确实有着比较明显的格式化倾向；其次，杨氏骈文中也有许多跳脱格套限制的优秀作品，体现出作者具有"戴着镣铐跳舞"的过人艺术才华，同时，杨芳灿的骈文美学追求和理论主张也在其中得到了很好的贯彻。

认真研读《芙蓉山馆文钞》可以发现，其中收录的大部分文体类型都存在格式化倾向，其中尤以序与碑铭（包括墓碑、墓志铭、神道碑、墓表、诔祭等）两体的格式化特征最明显。杨芳灿序文最典型的格式，是先以议论引入，接着转入对所序诗文集作者个性才华的介绍，继而以主要笔力渲染所序诗文的主要内容，最后点明作序之因缘。当然，在这个基本格式框架下，不同的篇章会有一些细部的变化，比如有些序文不但要介绍诗文集作者的个性才华，而且要介绍他们的家世、爵禄等（如《吴黼仙诗集序》《陈宝摩诗集序》《法梧门先生存素堂诗集序》《明我斋诗集序》《顾修圃方伯词集序》等）；又如许多序文对诗文集内容的渲染，通常与对诗文集作者生平经历的介绍"双管齐下"（如《石田子诗钞序》《吴松厓诗集序》《张春溪诗序》《怡斋六艸序》《于印川诗序》《刘竹山挹翠轩诗集序》等）；还有一些序文的末尾不但点明作序因缘，还要简述作序人即杨芳灿的个性、喜好或与被序对象相关的经历等（如《伍康伯诗集序》《王虹亭碧螺书屋诗序》《朱联壁词序》及前举《法梧门先生存素堂诗集序》《张春溪诗序》等）。

杨芳灿碑铭的基本格式，是先以议论或由简述墓主之逝引入，其次则依次介绍墓主生平主要事迹，复次乃扼要介绍墓主妻妾、儿女情况，最后以铭诔之语作结。另外，杨芳灿的该类作品还有一个特点，即它们在行文上大多都是骈散兼下，内容则皆以记叙墓主生平为主。其代表作品有《诰授朝议大夫湖南沅州府知府吴松厓先生墓碑》《诰授资政大夫兵部右侍郎都御史广西巡抚孙公神道碑》《通奉大夫四川布政使姚公神道碑》《陕西岐山县教谕陈君墓志铭》《福建台湾府凤山县知县恤赠云骑蔚世职吴君墓表》《外弟顾学和诔》《金朗甫诔》等。

需要说明的是，杨芳灿碑铭的基本格式，实际也是历来骈体碑铭的重要格式之一；而杨氏序文的主体格式，则是清代骈体序文写作中常见的格式，我们可以在陈维崧、袁枚等人的文集中找到很多相似的例证（特别是袁枚《小仓山房诗文集》中的序作，很大一部分几乎就是杨芳灿序文的蓝本，这也可以再次证明杨芳灿的骈文与袁枚实有着深厚的渊源）。更为重要的是，即便是在格式化的束缚之下，杨芳灿也能创作出许多优秀的骈文作品。因此，对于杨芳灿骈文所存在的格式化问题，我们一方面固然要持批评的态度，另一方面也要对其存"了解之同情"（陈寅恪语）。

下面就来看看杨芳灿跳脱格套限制而创作的那些优秀作品。这里所说的"跳脱格套限制"包含两层意思，一是在格式限制下的创造性艺术发挥，二是不受格式限制的自由艺术创造。在格式的限制下翻出无限波澜，是成功的律体诗词、曲赋及骈文创作一致追求的目标，杨芳灿的许多序和一些碑诔之作，便达到了这一境界，前文提到的《石田子诗钞》《怡斋六艸序》《辟疆园遗集序》《散花集序》《陈云伯碧城仙馆诗集序》《刘竹山挹翠轩诗集序》《诰授朝议大夫湖南沅州府知府吴松厓先生墓志铭》《外弟顾学和诔》《金朗甫诔》而外，《顾韶阳诗词集序》《秋林集序》《梁家废园唱和诗序》《饮水词钞序》《红豆斋乐府序》《金纤纤女史瘦吟楼遗稿序》《孙莲水诗集序》《谭荟亭先生纫芳斋稿后序》等，都具有代表性，以《刘竹山挹翠轩诗集序》为例：

> 昔萧子显云："文无新变，不能代雄。"温子昇云："文章易作，庸峭为难。"之二言者，洵文苑之元枢，亦诗家之灵矩。九变复贯，论超挚虞之《流别》；五际递嬗，识过钟嵘之品藻矣。然非轹古切今，未易言新变也；非情赠兴达，未易言庸峭也。求之作者，殆难其人。今读竹山先生之诗，庶有合乎？
>
> 先生负轶群之才，有韬世之量。方闻充赋，明经入仕，历巴僰之巉崄，越蚕凫之重阻。孤云两角，奔湍三折，叱驭度悬索之艰，鼓棹骇脱筶之驶。蛇雾嘘毒，窅屃层青；虎风吹腥，秘箐深黑。先生乃据鞍慷

慨，洒墨淋漓，标句恢奇，吐辞雄异。胜襟拂霓，逸兴横云，少陵纪行之篇，仲宣《从军》之什。奇情既同，健笔相抗，惟于役之劳歌，实诗坛之高唱矣！

洎乎移官三辅，访古五陵，眺华岳之三峰，溯长河之九曲。犹复西越阑干之岭，北叩杨榆之关，霜辛露酸，沙惊蓬振。苍厓题字，雕侧目以遥看；古驿吟诗，马长嘶而若答。边声石裂，壮思霄峥，语以峭而逾工，格每变而益上矣。至于陔兰补亡，白华养志，顾彦先赠妇之作，陶渊明戒子之诗，则别见孝弟之性，自矢和平之音，原本骚雅，在集中又成一格焉。是知其新变也，由其思精，非模山范水、摘花斗叶者可几也；其庸峭也，由其力锐，非炼青濯绛、镂冰刻楮者可拟也。

盖君之测交也，有奇人杰士辅其襟灵；君之游宦也，有名山大川扩其闻见。故其造诣敻绝流俗如此。余以梼昧，得窥巨丽，向若增叹，绝尘莫及。命为序引，弥月不献。聆钧韶之奏，抚弦而不成声；见膚施之容，揽镜而憎其貌。聊弁数言，以酬诺责云尔。①

从内容、框架上看，该文是典型的杨式序体文。不过首先，文章以论述文学应讲求创新与笔调优美开篇；主体部分则结合刘竹山主要为官经历，诗意地概括、分析其诗歌题材、风格的相应变化，并紧密呼应文章开头提出的问题，得出刘竹山之诗确乎有相对于古人的新变、有因"力锐"而达成的"庸峭"之美的结论；末尾则扼要言明作序因由。可以说，文章的内在结构力与整体性是很强的。其次，文中提出的文学应讲求"新变"与"庸峭"之美的主张，虽是结合刘竹山的诗歌创作而发，但它实际是对中国古典诗歌创作一般规律的总结；它虽然是对萧子显、温子昇文学主张的截取，但这种"有意味"的截取乃是对中国古典诗歌主流审美追求的呼应与强调；因此，这样的立论是巧妙而深刻的。再次，文章能根据写作对象的需要来选取妥帖的词语、意象，并形成相应的艺术风格，其字锻句炼、匠心独运，风格遒健、笔力纯熟，有"沉博奥衍"之美。要之，该文虽然受到严格的格式限制，但其能够在限制之内，尽腾挪、变化之能事，才情、识力俱高，义理、辞章并备，无疑称得上是杨芳灿晚年佳作之一。

杨芳灿不受格式限制的骈文作品，数量也颇为可观，其中既有格式化程度颇轻的赋、记、书启之作，又有总体格式化程度较重的序体及碑祭之作，

---

① 杨芳灿撰，杨绪容、靳建明点校：《杨芳灿集》，第549—550页。

既有以"沉博奥衍"见长的作品，又有以清丽新警擅胜的作品。典型的如文笔老成、脱略凡俗的《瞿花农洞庭泛月图记》《夏五赵芸浦学使招游草堂诗序》，结体短小"似太白诸小序"[①]而自具风韵的《送友人诗序》《书七人联句诗记后》，"如锦如绣"[②]的《散花集序》，还有《忆江南早春赋》《老树赋》《一角湖山楼赋并序》《斗寒图赋》《重修汉平襄侯祠碑记》《绿净园记》《仓山月话记》《答赵艮甫书》《与陈云伯书》《复法梧门书》《琵琶侠乐府序》《贺方葆严通政西征凯旋序》《灵州移建太平寺碑》《公祭嘉勇福公文》《微波词小引》《家斐园五兄遗集序》《顾修圃方伯词集序》《金瑶冈一百二十本梅花树屋图序》《竹屿垂钓图序》等。可以举两个通篇比较完美的例子，其一是《断墙赋》：

> 花首龛旁，耆阇崛后，草没幽墟，沙埋断甓。绕荒囿之逶迤，见鼙墙之延袤，嶷若断山，兀如古埭。岂陵崢而岸峭，抑风穿而雨溜？遂颓陁乎崇基，剩摧残之落构。礌珉半蚀，涩浪平倾，屹三成而并堕，耸一面以孤撑。妖藏魑魊，颉窜鼯鼪，篆悲蛄吊，篆湿蜗行。藤萝隐翳，枳棘纵横，雨积而蠛衣乱上，宵深而鬼炬争明。重以野果悬丹，秋芜剪碧，蜀锦殷鲜，秦灰黝黑，峭崖奇状，颓云怪色。何代磨砻，几年雕饰，徒劳缩版，虚烦密石，慨砖甓之仅存，讵楼台之可识？千年古刹，一片斜阳，翠沉烟暝，红黯霞凉，闲寻幽蓼，独立苍茫。疑宝衣之欲化，如昼帧之犹张，渺古怀其何托，长发叹而循墙。[③]

文章使用生僻字的频率很高，而且精雕细琢，极锤炼之工，有奇崛凝练之美。从"藤萝隐翳"至"颓云怪色"数句中，我们不难看到洪亮吉、刘嗣绾写景小品的影子，而其色调的沉丽、雕炼的精细，与刘嗣绾实际更为接近；同时，文章四六成文、沉丽奥衍，与李商隐的骈文又有着内在的相通。要之，这是一篇融摄"异量之美"而自成一格的"杨芳灿体"骈文作品，是一则讲究选字、锻句，注重色彩搭配、音韵调和与意境营造的短篇佳制。

其二是《瞿花农洞庭泛月图记》：

[①] 吴镇本《送友人诗序》篇末评语，见杨芳灿撰，杨绪容、靳建明点校《杨芳灿集》，第513页。

[②] 杨芳灿撰，杨绪容、靳建明点校：《杨芳灿集》，第503页。

[③] 同上书，第406页。

洞庭始波，木叶微脱，千古惟希逸之赋，能传望舒之神。读之心骨清泠，毛发洒淅，每欲题五渚之帆，纵三湘之棹也。花农先生自号漫郎，出作散吏。骚情萧澹，诗思清深，扣舷洞庭，击汰秋月。于时空水无际，长烟乍收，太虚四垂，如帐碧玉。圆珠裴徊，素华上浮，君山空明，湿翠欲滴。洲小如豆，船轻于凫。丛芮瑟瑟，不闻雁鹜之声；断云离离，似嘘鱼龙之气。扬舲独迈，不知身之在尘世也。蓬心太守孤情绝照，渊怀洞赏，炼魄瑶圃，莹神冰壶。兴酣作图，水墨俱化，灵瑟罢鼓，娥簧正寒。秘怪恍惚，倾耳寂听，广乐振野，洪涛殷床。以兹画手，俪彼赋心，前谢后王，并臻神品矣。花农家本包山，宅近林屋，吴楚辽阔，洞穴潜通，金庭玉柱之天，左神幽虚之府，郭景纯所谓巴陵地道也。兹乘一叶，远凌万顷，孤月照影，微霜沾衣。松醪一樽，铁笛三弄，能无触渺渺之仙心，增耿耿之离思邪？东华薜苈，嫩暑未炽，凉露滴砚，绿阴眠琴。冰簟风帘，展对此卷，彷象月抱，流连霞踪。歌碧霜之辞，舞玉烟之节，尘襟顿涤，清思忽来。洒墨濡豪，遂为之记。①

文章色彩丰富，但并非炫目的华艳，而是"古锦之观"式的典雅沉丽；文章锤炼精警、劲气内运，与陈维崧骈文的纵肆有别；文章起笔空灵，收束则余味无穷，整体结构十分完整而腾挪、转接不着痕迹，实有唐人绝句的神韵。要之，这是一篇才情俱厚、笔力遒上而风格独特的绝妙骈体图记！阅读这样形神兼备的清逸小品，真让人有出尘之想。

前举的这两篇作品，各有特色、别自成体，我们要在《芙蓉山馆文钞》中找到与它们功力、风格相似的作品不难，但要找到与它们在结构上有很大相似度的作品确并不容易。总体看来，杨芳灿的这一类作品，大多能依照写作对象的特点，择取相应的词句、确定相应的风格、营造相应的意境，同时，也能确立相应的框架结构，一言以蔽之，这类作品具有反格式化的倾向。如果将其与杨芳灿的那些在格式限制下翻出无限波澜的作品相比较，很容易发现，前者比后者艺术自由度更高、作者才华的发挥也更加充分一些。

正如前文已经揭示的，杨芳灿的骈文的确存在格式化的倾向，而这在一定程度上限制了他骈文的总体成就。不过我们必须承认，即便在格套的束缚下，杨芳灿也能创作出文采、意境俱佳的作品，而他创作的不受格式限制的骈文佳制，也有非常可观的数量，这些作品正是对杨芳灿超卓识见、过人才

---

① 杨芳灿撰，杨绪容、靳建明点校：《杨芳灿集》，第420页。

华、丰沛情感的体现，是对他"戴着镣铐跳舞"的艺术本领的体现。

五 "当代无徐庾，梁溪得嗣音"：杨芳灿骈文的文学史地位

杨芳灿的同乡，清代诗文家、戏曲家钱维乔在《旅宿不寐忆同里故交得诗八首》中评价杨氏云："当代无徐庾，梁溪得嗣音。"① 这是对杨芳灿诗文特别是骈文的一个很高的评价。类似的积极评价不在少数，除了前文引述的而外，如吴镇《芙蓉山馆文钞序》用诗意的笔调论杨氏骈文曰："既兼徐庾之长，复运韩苏之气，春饶草树，而山富烟霞。"② 即认为杨文既能清丽工致，得徐陵、庾信骈文之长，又能疏宕遒劲，得韩愈、苏东坡古文之长，从而达到面貌丰润而劲气内转的境界，而这一境界正是清代学者们一致推崇的骈文高境。又杨芳灿的后辈同乡钱基博在《骈文通义》中认为："吾邑杨芳灿文温以丽，举体华美，虽靡于汪中，而雄于刘星炜也。"③ 这是将杨芳灿视为作品比汪中略逊，但较刘星炜更佳的骈体高手。他如金钜香则将杨芳灿与尤侗、王太岳、毛奇龄、刘嗣绾、王昙、彭兆荪、姚燮等同称为清代"以骈文驰名当世"的"专门名家"。④ 要之，从清代以至民国的学术界，对杨芳灿的骈文颇多推扬，大体是将其视为有清一代的骈体名家。

当然，杨芳灿的骈文并非十全十美，比如他的一些序、诔、墓志铭，格式化倾向比较突出，往往平平道来，内容、文采俱乏善可陈；还有一些作品文采固然可观，但是不免有与其诗歌相似的"多肉少骨"⑤ 之弊；他的"常州体"之作，虽然才情发越、创造力颇强，但有些作品也像他的门人刘嗣绾之文那样，"不免琢句纤巧"之失⑥。这些我们都需要客观地看待。

总而言之，杨芳灿的骈文取则先贤而自成一格，是清代骈文发达史的一个重要组成部分；其虽然存在一定的不足，但优点多于缺点，总体成就颇高。在清代骈文史上，杨芳灿固然无法与洪亮吉这样的一代巨擘相提并论，但将其定位为乾嘉骈坛核心人物之一、定位为有清一代骈体名家，应是没有

---

① 钱维乔：《竹初诗文钞·诗钞》卷十，清嘉庆刻本。
② 杨芳灿撰，杨绪容、靳建明点校：《杨芳灿集》，第688页。
③ 钱基博：《骈文通义》，上海古籍出版社2012年版，第114页。
④ 金钜香：《骈文概论》，台湾商务印书馆1967年版，第126页。
⑤ "多肉少骨"是洪亮吉批评杨芳灿诗歌之语，迻论其骈文也比较客观。语见袁枚著，王英志批注《随园诗话》卷十四，凤凰出版社2009年版，第271页。
⑥ 刘麟生《中国骈文史》在谈到刘嗣绾骈文"不免琢句纤巧"时，认为杨芳灿也"不免有此结习"。参见刘麟生《中国骈文史》，第129页。

疑义的。

第五节　各自称雄的杨门高足：刘嗣绾与方履籛

在清代骈文史上，师弟相传且师徒皆成名家者并不鲜见，但一府之内形成名家师徒授受传承的情况却较为少见，清中叶常州府杨芳灿及其高足刘嗣绾、方履籛间的文脉传承就是其中的一个典型。出身名门的刘嗣绾和才高识博的方履籛，在骈文创作上各臻高诣，称他们为"杨门双雄"，是十分合适的。

一　刘嗣绾

武进西营刘氏是常州府著名的世家望族，其无论德业、世功、文学，都取得了不凡的成就。文学方面，前有刘星炜，后有刘嗣绾，两相辉映，为刘氏在清代文学史上奠定了令人瞩目的地位。刘嗣绾生当刘氏渐衰之际，一生遭际坎坷崎岖，但其在文学上却取得了颇为卓越的成就，尤其骈文方面，成就斐然，被认为是骈文常州派继洪亮吉、孙星衍之后屈指可数的大家，如钱基博就曾说："嗣绾书、记翩翩……间以短语，弥臻遒媚；新声迥句，处处闲起；得汪中之淡简，比世骏（杭世骏）之婉悌，骨节遒于太岳（王太岳），驱迈安于奇龄（毛奇龄），擅美四氏，冠绝一时，嗟其才美，良未易几。"[①]不过，就学界现有的相关研究而言，刘嗣绾是一个在很大程度上没有被足够重视的作家。因此，本节即在对刘氏骈文创作进行比较深入研究的基础上，对他的文学史地位进行论定。

（一）刘嗣绾生平

刘嗣绾（1762—1821），字简之，号芙初，一号醇甫。嗣绾所自出的武进西营刘氏，是常州府名门著族，刘翊宸在《重修族谱序》中有云：

> 吾宗自明初始祖恪公公（刘真），由凤阳迁常，迨万历末年，子姓日繁，科名渐起。至清朝雍乾时，文恪（刘于义）、文定（刘纶）二公相继作相，圃三（刘星炜）、青垣（刘跃云）二公相继作卿贰，其间甲

[①] 钱基博：《骈文通义》，第113—114页。

科不绝，出为方伯、观察、郡守者益多，遂煌然为兰陵望族。①

刘于义系刘嗣绾高祖父，历官吏部尚书、协办大学士，是一时名相，刘嗣绾曾祖刘复为雍正丁未（1727年）进士，官浙江督粮道，祖父刘寅宾、父亲刘汝器也都是举人，相门文风一脉传递，绵绵延续。刘嗣绾出生于这样的家族，生来便禀受了父祖的一部分天资，他的成长也自然受到了良好的家族文化氛围的熏染。

据刘嗣绾子延和《简之府君暨妣汪宜人行略》所载，嗣绾"生数月，即以指画字，先大母令识楹帖间字，一过即记。五岁就塾受书，课余则挟《史》《汉》等书趋先大母前讲大意，欣然忘倦"②，他对于文字是有着天然的爱好，而且天禀颇厚。刘延和这里所说的"先大母"，即是刘嗣绾母虞友兰，她是当时有名的女诗人，翁方纲为她的《树蕙轩诗集》作序时，称其"幼即端庄明敏"，"于针黹外，通习古今，博综群籍，喜为诗，兄弟间多所唱酬，落笔辄翩翩有致"，而《树蕙轩诗集》"多咏古之作，尤能洞彻源流，中其窾会"，"更长于咏物，刻琢工细，一以神韵出之"③。因为刘嗣绾的父亲刘汝器长期游学在外，抚养刘嗣绾的责任实际主要即由虞氏承担，当时的刘氏已非刘于义、刘复时的富足荣华，所遗薄田百亩，"遇岁一不登，则拮据难状，食指渐多，家困益甚"④，虞氏一力摒挡，艰难可想。但是穷困未隳其志，虞氏一面为家计操劳，保证刘嗣绾兄弟能就塾读书，一面更尽其所能地对刘嗣绾兄弟进行直接的文化教授和熏染，翁方纲说她"暇即展玩书史，凡古人之事之可法者，每切究讲明，为儿辈勖"⑤，而刘嗣绾与仲钊、婉怀兄妹三人能诗擅词，主要便是得之于虞氏的亲身传授，因此当时有"诗母"之称。

等到刘嗣绾在乾隆四十七年（1782），补博士弟子员入太学，漫长的科举仕进之途便在他的面前清晰起来，他的坎坷生涯也可算是正式拉开了序

---

① 武进刘氏绣衣坊大宗祠重修，刘琛、刘昕泰、刘尚德等校订：《武进西营刘氏家谱》卷一，民国十八年排印本。

② 刘祺编，刘继丰校订：《武进西营刘氏清芬录第一集·行略》，民国十二年尚絅草堂初刊本。

③ 刘祺编，刘继丰校订：《武进西营刘氏清芬录第一集·文稿外篇》。

④ 刘延和：《简之府君暨妣汪宜人行略》，刘祺编，刘继丰校订《武进西营刘氏清芬录第一集·行略》。

⑤ 翁方纲：《树蕙轩诗集序》，刘祺编，刘继丰校订《武进西营刘氏清芬录第一集·行略》。

幕。刘嗣绾自订诗集中，有一集曰《十上集》，何谓"十上"？其自序云："余应秋试者六，至是则又四上春官，愧儳场空，邯郸道远，名曰十上，行自笑也。"① 按此，所谓"十上"，乃是刘嗣绾六应乡试方中一举，四应会试仍然不售，他以此名集，"行自笑也"，其中是饱含了多少的无奈苍凉！在这期间，刘嗣绾为饥窭所趋，辗转幕府，少有几天安宁的日子，但是境况并未因而有所改观，比如乾隆六十年（1795），嗣绾父刘汝器由京城返乡，病逝于瓜洲，嗣绾扶丧归里，他在给朋友的信中说道：

乙卯之冬，衔哀归里。尘事多虞，饥趋遂迫。比发豫章，言留鸠兹。泷冈之阡，日月未卜。辄思买山十笏，庐墓数椽。鱼菽以祀先人，鸡黍以奉吾母。敦勖子弟，弗坠前业；周旋邻里，克继世好。所愿止此，亦复不奢。而债台久居，旧产尽荡，鲁人之田假而不归，薛公之券积而难返。坐此怏怏，靡有宁日。②

父亲殁世却无力营葬，希望回家过着平淡的日子，也因为债台高筑，不能如愿，所以只得继续游幕，继续赴考以谋仕进之阶。坎坷直到嘉庆十三年（1808），他的生活方出现转机，是年礼部科考，他以会试第一名成进士，那时已经四十七岁了。四月廷试，改翰林院庶吉士，次年散馆，授编修。嘉庆十六年，因祖父母"茔封树未完"，需要"鸠工葺治"③，嗣绾乃假归，次年复回京供职。十九年因南方大灾，嗣绾再回乡省视母亲，次年返京，到了二十五年，嘉庆帝驾崩以后，他便因疾辞官，但次年即道光元年竟溘然辞世。总计他在京任职的时间，也不过十一二年，而且都是词馆闲职，陆耀遹所谓"沉沦一官，十载寒畯"④，他平生"上之冀得尺寸之阶以继堂构"⑤的理想，真是十而未得展其一，最后是抱了一腔遗憾，辞此红尘。《武进西营刘氏清芬录第一集》引嗣绾友人张维屏《听松庐文钞》之语云：

芙初以相门子，稽古绩学，绮岁能文，乃青衫落魄，破砚依人，可

---

① 刘祺编，刘继丰校订：《武进西营刘氏清芬录第一集·先世轶事·轶史类》。
② 刘嗣绾：《尚絧堂骈体文》卷一《答吴梅庵书》，清道光六年大树园刻本。
③ 刘延和：《简之府君暨妣汪宜人行略》，刘祺编，刘继丰校订《武进西营刘氏清芬录第一集·行略》。
④ 陆耀遹：《祭刘芙初编修文》，屠寄辑《国朝常州骈体文录》卷十五，清光绪十六年刻本。
⑤ 刘嗣绾：《尚絧堂骈体文》卷一《答陈理堂书》。

谓穷矣。然卒以礼闱榜首，簪笔木天，不可谓非达也。顾中年以后，心力就衰，又以不工小楷，未获奉使衡文。身居京国，心系家园，归咏循陔，出仍负米。迹其生平，盖穷而达、达而穷者也。①

对嗣绾的一生坎壈，总结最为切当，我们抚文追怀，也要生出许多感慨。

但是正如法式善所云，虽然刘嗣绾"遇穷矣，而其心未穷，其心穷矣，而其诗未穷也"②，他"上之冀得尺寸之阶以继堂构"的理想虽然未能充分实现，但是"下亦思竭斗石之才以追作者"③的理想，却得到了很好的实现，这主要体现在其诗、文、词的创作上。刘嗣绾之诗，其自订四十卷，殁后，子延和"复增葺其官翰林时所作及所散佚，合五十二卷"，"其篇什宏富，为洪（亮吉）、黄（仲则）所不逮"④，数量是相当可观的；其质量也颇高，法式善《尚絅堂诗集叙》总结刘嗣绾一生诗歌演变有云："少作明艳之篇居多，肄业太学以后则沉博矣，放浪江湖以后则排奡矣，兹则清遒骏迈以快厉之笔达幽隐之思，如水银泻地、天马行空矣。"又云："常郡故多诗人，黄仲则死，洪稚存、秦小岘（瀛）、孙渊如、赵味辛（怀玉）、杨蓉裳（芳灿）、吕叔讷（星垣）皆与余游好，余皆尝论定其诗，如醇甫者，其在数子之间乎！"⑤是将刘氏的诗歌成就，与著名诗人洪亮吉、孙星衍等人并称，推举可谓高矣。刘嗣绾文章，先受学于杨芳灿、杨潮观两人，继又拜翁方纲为师，制艺文写得极好，骈文则为乾嘉间常州名家，有《尚絅堂骈体文》二卷。嗣绾于词，也是乾嘉间的名手，郭麐称其"倚声喜于委折，善言儿女，然其迈往之气，隽永之味不可诬也"⑥，严迪昌《清词史》将他与乐钧视为在浙派与常州词派消长继替阶段，"不为牢笼、独立自行"的代表性词人⑦。有《筝船词》二卷。除《尚絅堂集》所收五十六卷诗文词之外，刘嗣绾尚有不少试帖诗与制艺律赋值得一提，特别他的试帖诗，在当时的名气极响亮，法式善称其"学少陵而不为少陵所囿，所谓属对诠题，似别有

---

① 刘祺编，刘继丰校订：《武进西营刘氏清芬录第一集·先世轶事·轶史类》。
② 法式善：《尚絅堂诗集叙》，刘嗣绾《尚絅堂诗集》卷首，清道光六年大树园刻本。
③ 刘嗣绾：《尚絅堂骈体文》卷一《答陈理堂书》。
④ 刘祺编，刘继丰校订：《武进西营刘氏清芬录第一集·先世轶事·轶史类》。
⑤ 刘嗣绾：《尚絅堂诗集》卷首。
⑥ 郭麐：《尚絅堂诗集序》，刘祺编，刘继丰校订《武进西营刘氏清芬录第一集·文稿外篇》。
⑦ 严迪昌：《清词史》，第458页。

神解"①，道光初曾有《七家试帖诗》刊行，他便"以重名居其一"②。后来嗣绾子刘延和曾搜辑这些作品，嘱托董国华编校续刊为《尚絅堂外集》三卷，其中试帖二卷，律赋一卷。于此，我们足可知道刘嗣绾文学创作的成绩之富、成就之高了。

（二）刘嗣绾骈文成就及其文学史地位

骈文"常州体"的代表作家，洪亮吉、孙星衍而外，当首推刘嗣绾，其文取法洪亮吉而更有所发展，自成一家，曾燠辑《国朝骈体正宗》，嗣绾亦得与洪、孙等并列其中。他的骈文，大体都是作于乾隆末、嘉庆间，曾自为编校厘定，应当有所删减，辑成二卷83篇，收于《尚絅堂集》中。这些文章的体裁比较有限，主要集中在书、记、序、启及诔祭诸体之上，而以书信与记、序三体数量最多、质量也最高。题材亦相对集中，多写旅居之况、身世之感，友朋聚散之情、人生进退出处之理，因生而具之乐、缘死而有之哀，如此等等。不过读这83篇文章，几乎篇篇精粹，他的高才深情、奇思妙想，处处可见。

总结而言，刘嗣绾骈体所擅，一在赋物纤新，二在写情沉绵，三在议论明通。

其一，赋物纤新。写景状物具"清新"之格，是"常州体"骈文重要特征，刘嗣绾之所以被目为"常州体"重要一员，也主要是由于他的文章在赋物写景上，有着"清新"的特色。但是准确地说，刘嗣绾写景赋物文字的主要特点，应是"纤新"，其原因是刘氏为文极工锻炼，深心雕琢，甚于洪亮吉，因此他的清新文字之中明显能见出作者刻画的匠心，细细读来，似能听见雕琢的脆响，又因为刘嗣绾才力雄厚，这种刻画尚能较好地浑融于整个篇章之中，只是文章气象格局较窄，可说是"清新"之风中糅进一种逼仄的力度，故称其为"纤新"。若以唐诗作比，洪亮吉之文近初盛唐，刘嗣绾之文则近中晚唐。

这方面作品，《与王秋塍书》《山中与鲍若洲书》《颐园读书记》《龙泉寺记》堪称典型。《与王秋塍书》写刘嗣绾在京城寓所之景：

> 此间风景，殊类江乡，然岸柳十围，不解留客；山桃一面，即能笑人。耳目异观，未识何故。宅折而西，一水环带。宽可弥亩，亘以长

---

① 法式善：《尚絅堂诗集叙》，刘嗣绾《尚絅堂诗集》卷首。
② 刘昆：《尚絅堂诗集序》，刘祺编，刘继丰校订《武进西营刘氏清芬录第一集·文稿外篇》。

桥。桥东有亭，阑槛相亚。幽鸟隔竹，如闻宫商；游鱼唼花，不辨红紫。①

"岸柳""山桃"与"幽鸟""游鱼"两联最见神采，前联妙在意致，岸柳本不解留客，山桃也不能笑人，作者是借景言情、着意伸发，将杨柳赠别、"桃花依旧笑春风"的典故婉转引入，工巧而不见雕琢之痕。后联以声响和色彩为发力之点，幽鸟隔竹，不见身形，但是宫商协畅之音已足能传递出它的美好，这是侧面写法；游鱼唼花，它们身上的色彩与水中之花难以辨清，作者似乎隐去了游鱼的色彩，实际是突出了它的色彩，这是正面写法。另外再看后一联用字的音韵，"隔竹"俱为入声字，"宫商"两字阴平，"唼花"前仄后平，"红紫"前平后仄，一联之中，平仄参差，宫商交错，极具音响之美，也可见刘嗣绾琢炼之精细了。

《与王秋塍书》写春景，有明朗歆动之气，《颐园读书记》写冬景，则转幽阴静悄，而静中含动，动静相生：

> 时方穷冬，篱落寒色。积叶平槛，栖尘在梁。苔印隔世，履綦犹新。竹粉坠空，衫袖忽古。幽步徐引，素襟遂开。松吹落落，如助清吟之声；藤阴盘盘，别成奇字之格。茶坞四壁，芦帘一重。寓公致佳，日夕栖止。炉烟出户，随风低高；墨云过窗，与石凹凸。月白而鸟梦长午，雨晦则鸡栖不尘。②

"积叶平槛"至"衫袖忽古"几句，妙处全在一"静"字：叶积、尘栖本是一个动态的过程，但是在这里已被抽象定格为静态的结果；"苔印""履綦"，一旧一新，作者也通过视觉的呈现，传递一种超越时间的安静；"竹粉"两句虽然出以动态，然而一个"古"字，又将这动态凝结、定格，似乎我们看到的视觉效果是竹粉坠空的一个剪影。此后数句的着意之处，就恰在一个"动"字："松吹落落"固然是动，"藤阴"盘盘诘屈，何尝不是静中生动？下面的"炉烟""墨云"一联，更是动意勃勃，炉烟高低变化，便是刻画出了风的形状，墨云与石凹凸，乃将石头也带转起来，其意趣之高、情韵之美，令人叹赏。

---

① 刘嗣绾：《尚絅堂骈体文》卷一。
② 刘嗣绾：《尚絅堂骈体文》卷二。

毋庸置疑，《与王秋塍书》《颐园读书记》两文，描摹景致已经十分工巧，纤新落落，才情兼美，特色比较明显，已有刘嗣绾之风，但大体仍未出洪亮吉所辟之境。更能体现刘嗣绾个性特色的，还是《山中与鲍若洲书》《龙泉寺记》一类文章。如《山中与鲍若洲书》写山斋景致，所谓"山斋虽僻，亦足晏娱。钟声上云，檐翠下雨。冷泉咽其清梦，瘦竹摇其古魂。山鬼宜笑，时来牵萝；野狐工媚，乃复拜月。一灯莹然，辄堕遐想。颇望足下能来同之。"① 极意炼字炼词之外，更深心炼意，冷泉咽梦、瘦竹摇魂，作者是将自己的一颗心敲凿出了幽冷的幻觉，山鬼牵萝的妖娆、野狐拜月的妩媚，仿佛是妖艳逼真的一出戏剧，让人感觉这文章的作者是与灵魅相知的鬼才。它的纤新"幽秀"②，直逼人心魄，实在是超出了洪亮吉开辟的所谓"清新"之境。

《龙泉寺记》的风格意境与《山中与鲍若洲书》颇为相似：

  余好野行，时一往过。癯僧应门，面若枯树。古佛卧壁，身余坏落。历院数重，始达寓室。鸟团梦于幽栋，虫选言于古墙。草蝶出茧，黄于野人之衣；风蝉上枝，绿成秋士之鬓。老杏一株，实可升斗，就树解渴，便忘朝饥。数子辍读，清谈乃集。说剑动魄，吟诗悦魂。片石之砚皆留白云，小团之茶可代明月。自晨入夕，如夏成秋。英英风露，逼人萧寒；离离星辰，穿树琐碎。轻磬偶发，寻声出门。门外古冢，累累百数。妖鸟咒客，山魈窥人。白杨背风，如助吟啸。晞发散步，消摇其间，盖至零露沐首，始就归寝也。③

字词句意锤炼俱极工妙的，是"鸟团梦于幽栋"至"绿成秋士之鬓"两联，前联匠心独运之处，在"团"与"选"两个动词：幽鸟栖梁，它蜷曲的身形，在作者的眼中，成了动态的酝酿梦境的过程，夏虫在古墙鸣叫，诗人听到它选言择语的用心，其细微若此！后联的特色，在色彩的比拟，出茧草蝶的色彩与野人之衣相近，上枝风蝉的色彩与秋士鬓发相近，真是天才诗心，出人意表！本文的另一个特点，也是对灵鬼意象的运用，所谓"妖鸟咒客，山魈窥人"云云，幽冷尖新，细邈入微，作者似乎是信手拈来，

---

① 刘嗣绾：《尚絅堂骈体文》卷一。
② 曾燠选，姚燮、张寿荣等评：《国朝骈体正宗评本》卷十《山中与鲍若洲书》姚燮评语。
③ 刘嗣绾：《尚絅堂骈体文》卷二。

而惟其是信手拈来，更能见出刘嗣绾的内在才性，在他对这些意象的摄取中，含纳了其幽深的用心，这与《山中与鲍若洲书》类似之处，是意致相通的。刘嗣绾之所以虽系"常州体"洪亮吉直嗣，而能尺径更进、自成风格，写景状物上的极力锤炼，是最主要的因素。

其二，写情沉绵。若排比美文文学体裁如诗、词、骈文之类的文学组成因素，最首要的就应当是景与情两者，刘嗣绾的骈体文，既善赋物，亦善写情。其写情最多自伤身世（如《与吴兰雪书》《与倪米楼书》《致吴穀人先生书》），其余或写悼亡之痛（如《许玉年悼亡词序》），或写生离之苦（如《陈爱苍白门惆怅词序》），或为友朋之生涯坎坷慨然一喟（如《杜漱岩诗集序》《送董巨川之荆南序》），或为人作序悲怀深阔（如《黄鲁山悲秋百咏叙》《陆绍闻双白燕堂诗集叙》），等等。在诸种述情之作中，我们可根据文章中所表达情感的大体类型，选取三种，略加陈述。

一为悱恻缠绵。刘嗣绾友人许玉年青年结褵，人间美事，然而不到六个月，其妻吕氏便溘然逝去，玉年悲悼无任，作词怀念，请嗣绾作序，其文曰：

呜呼！问姑卫水，驾松舟而不归；望母齐亭，别梧宫兮长夜。烟消吴中之玉，雾卷秦楼之衣。路绝人天，渺难即矣。今者聆广寒之乐，紫府虚圆；望清浅之河，红墙永隔。明月划字，春入双倚之栏；郁郁埋香，秋草重生之径。帘旌欲断，屦响难寻。蘅芜裹而不芳，芭蕉展而仍结。所赖遗挂犹留，堕钗可拾；唾点长碧，唇涂不朱。郎原京兆，眉借图开；塙异连波，肠随锦断。[①]

嗣绾本多情人，以己之心量人之心，绮才深思，形诸文字，读来悲伤郁结，绵绵不断。

《许玉年悼亡词序》是写死别，《陈爱苍白门惆怅词序》则写生离：

继而秋娘送别，春梦还家。虚望檀来，竟歌郎出。红叶长辞，万古官人之恨；石榴一笑，三年越女之缘。花从风去，两地漂流；泥忆云来，漫天惆怅。遂使文鸳影散，彩凤身飞。珠买歌归，云随舞散。印三

[①] 刘嗣绾：《尚絅堂骈体文》卷二《许玉年悼亡词序》。

生而石在，摇九子以铃空。①

陈爱苍才子风流，在烟柳歌舞之地与人生情，"瑟长于妾，簧暖因君"，流连相爱，如梦如幻，但是此情虽笃，不能永好，只得怏怏分离。文章悱恻缠绵、绮而不缛，特别"红叶长辞""石榴一笑"一联，运典无痕，将陈爱苍的爱情失意，在灿烂的意象背景中，抽象成超越时空的悲剧，有情人皆为叹惋。

一为沉郁感慨。刘嗣绾的一生饥驱四方，穷愁入骨，因而他的诗文中颇多抒写身世之感的作品，他那饱满的人生无奈，以深情之笔写出，往往沉郁感慨，《致吴穀人先生书》中对自己悲窘心境的表达，可视为典型：

小住西湖，一年于此矣。风花度劫，烟水栖心。倚竹身寒，观河而皱；吟肩削尽，真入山图。诗骨凉来，不离泉梦。乃者月魄方荡，秋魂已销。浮白之觞罢飞，闹红之舸不至。渺渺余怀，凄咽弥极。况复江天日短，乡井愁长。丙舍未营，午桥将圮。白头老母，黄口娇儿。一身无山鸡之膏，全家有鸥吻之望。寸心木落，百感蓬飞。又安能借酒忘忧，因诗作达乎？②

西湖景美，旅食谋生之人居此，应当是可以暂除尘虑、撇略愁怀的，但是刘嗣绾的心中的积蓄了太多太深的失意，"倚竹""吟肩"一联琢炼精工，乃将他的惆怅心曲，婉转诗意地传达了出来。接着，壮志未酬已是人生一恨，再加之老母待养、娇儿待哺，那么刘嗣绾的无奈惆怅之中，就更多了一种紧迫感，以他一颗敏感多情的心来承受，难怪要生出"寸心木落，百感蓬飞"的阔大深沉之痛了。整段文字续续读来，沉浑多慨，摇人心魄。其余如《致汪剑潭丈书》《答吴香竹书》《与倪米楼书》等，也都是这方面较好的作品。

一为沉郁悲壮。士子逢秋兴悲，乃是古代文学史中一个恒定的主题，历来文人诗家颇多吟咏，刘嗣绾之友黄鲁山有《悲秋百咏》之作，嗣绾为其作序：

---

① 刘嗣绾：《尚絅堂骈体文》卷二。
② 刘嗣绾：《尚絅堂骈体文》卷一。

维士悲秋，发言成咏，不平之鸣由斯起焉。翳其发商飙于齐馆，腾清吹于梁台。江山文藻，屈宋伤心；轩盖风流，徐陈叹逝。至夫城笳凄动，陇水哀鸣。关前鸿雁，河梁落日之篇；塞外牛羊，敕勒阴山之唱。黄榆蔽野，红柳连天。冢草青而霜飞，边沙白而月堕。秋之悲也，一至斯乎！①

言者心声，刘嗣绾作文不但为黄鲁山的内心之悲写意，更是借而抒发自己的一腔愁闷，它特出之处，在于嗣绾将这一己之愁心悲怀，放置在辽远的时空中，从而与古今秋士骚人的内心形成共鸣，又以他独具魅力的生花妙笔，一气写出，我们读他的文章，似乎是在感受浩荡而抽象的士子悲秋之情，一种悲壮感因而蕴生，反复吟哦，真能惊心动魄。他的文字表面看来是沉着叙述，不假修饰，但实际是大才运使，精心锤炼，以至不见凿痕："江山文藻，屈宋伤心；轩盖风流，徐陈叹逝。"寥寥数语，就写尽古来悲秋主题；"关前鸿雁""塞外牛羊"一联，化用前人诗作，不失原作意思而婉转纳为己用，这是颇为高明的用典。从风格上来讲，这是一篇取则徐、庾而能自铸伟词的成功之作。

其三，议论明通。赋物写情之外，刘嗣绾才学深厚、识见卓特，议论之文亦称作手。《与张皋闻书》《祭吴季子庙文》两篇可为代表，曾燠《国朝骈体正宗》选刘嗣绾文章8篇，这两篇及《贻友人书》皆在其中。

在《与张皋闻书》中，刘嗣绾与张惠言论身交游之道，文章首先对世情之衰及君子之伦应当如何去取作提纲挈领的议论，所谓"都门人海，品类尤杂。炙手可热，盟心易寒。一贵一贱，翟公之所榜门；势交量交，刘峻之所著论。固已坚我崖岸，屏之阶庭，鲁铎表其高风，齐竽除其滥奏矣。"②正如张寿荣所评，"洞悉世情，直抒胸臆，言之真切，可当交游龟鉴"③，是十足的隽语高论。接着便条分缕析，对当世学者立身的"七惑"一一刺论，如言门户之见：

昔李斯吴起，别派衍于西河；力牧容区，传薪极于鬼谷。太邱之道宜广，河汾之教贵宏。若拘守师箴，坚持党议，以矛刺盾，借笔操戈，

---

① 刘嗣绾：《尚絅堂骈体文》卷二。
② 刘嗣绾：《尚絅堂骈体文》卷一。
③ 曾燠选，姚燮、张寿荣等评：《国朝骈体正宗评本》卷十。

输墨攻守，交肆诪张，高赤异同，各争纰缪，南辕而不知北辙，东向而不见西墙。

引比得当，言辞振振，胸怀识见俱高。又如言学者之好藻饰：

> 董子曰："先质而后文，左志而右物。"故明体以达用，佩实乃能衔华。或者弃绝学之丹青，耀虚名于朱紫：鲁缟齐纨，徒增其文饰；宋画吴冶，竞艳其浮荣。则虽刻楮忘年，镂冰费日，亦不过燕客藏璞，郑人买珠，叶公之好似龙，何如伯乐之相真马？①

在质、文关系上，主张先质后文，体用既明，比论亦妙，可为浮于虚誉、好藻饰者，下一针砭。整篇文章有明通高卓的议论作干，又有恰当的例证、完美的炼词属对丰其枝叶，通才慧辨，大气浑成。

《祭吴季子庙文》在体制上为一篇诔祭之文，刘嗣绾别辟境界，全篇以议论运使，对季札一生让国退隐的缘由作剀切独到的议论，深情贯注而立论精警，特别是阐论公子光（阖闾）篡杀吴王僚而自立后，季札仍屈身事之的隐曲，尤具洞见：

> 嗟乎！履卫土而食卫粟，子鱄所以盟心；鞭楚墓而处楚宫，申胥所为痛哭。何身何世，吾相吾君。来当訚野，愁听鸲鹆之谣；去已违山，厌聒螗蚷之耳。则其冥情理乱，遁迹郊墟，四海安归，一丘可老，而岂忘燕幕之危，恋莵裘之乐者乎？且知远而略近者，非智也；察彼而昧此者，非哲也。以彼理炳先几，望推达识，早知夫鱼肠衅始，乌喙图终。虎踞池边，鹿游台下，痛诸兄之无禄，忧吾宗之不祀。几几乎鬼谋曹社，神降莘墟，虞腊将终，鲁郊已改。许迁而思太岳，蓼灭而悼庭坚。则又陈完易姓，长存虞代之韶；王子投荒，独抱汤孙之器者矣。②

在刘嗣绾看来，季札虽然返身居吴，屈事阖闾，"遁迹郊墟""一丘可老"，但他的内心实际是充满了失亲之痛、"燕幕之危"，他痛哭于僚墓之前，史书是有载记的，事实如此，不可辩驳。张寿荣对刘嗣绾的这段分析大

---

① 刘嗣绾：《尚絅堂骈体文》卷一。
② 同上。

加赞赏，说其"练才洞鉴，剖字钻响，情辞激昂，音节哀亮，有俯视一切之概"①。那么季札明明心中痛楚、屈身以事阖闾又危机常在，为什么还要那样做？刘嗣绾认为，王僚虽被阖闾所弑，但是他的宗室眷属尚在，如何保证死者得祀、生者得养，是绝大的问题，季札身为宗室一员，知危而进、蹈火不顾，主要就是为了"陈完易姓，长存虞代之韶"，他的深心应当得到后世的充分理解，我们平心体味思索，确实要为刘嗣绾的阐论击节称赏。整篇文章大才议论，睿见迭出，音节铿锵，气宇不凡，有沉浑绝特之概，称得上是一篇大手笔。钱基博在《骈文通义》中对该文颇为不满，认为它"出以议论，既非体要，亦损标致"②，这是保守主义者的一种偏见，不足为凭。

根据以上所述，我们知道刘嗣绾的骈体文，不论是赋物写情，还是议论事理，不论是字句的锤炼，还是意境的营造，都有着相当的成就，特别他在写景状物方面的精敲细凿、刻意锤炼，取则于洪亮吉而能更进一步，自辟境界，可谓"常州体"的得力接续。我们可以说，在沿着洪、孙主要是洪亮吉开辟的以"清新"为主要特色的骈文"常州体"的演进历程中，刘嗣绾是仅次于洪、孙的常州骈文创作健将。他的骈文创作，气象格局虽然比不上洪亮吉，但是他深心结撰的那些美文，许多可与洪亮吉的作品一较高下，甚至有洪亮吉不能比及之处。当然，他在骈文创作中的刻意锻炼，有时也不免有"炼字太过"之弊③，所谓美中不足。但是总体而言，在清代常州骈文的整个版图上，刘嗣绾是一颗耀眼的明星，在整个清代骈文史上，他也是一位值得重视的骈文作家，不应只将他视为常州派的一般作家。刘嗣绾的同邑后学，骈文家方履籛《书刘芙初编修骈体文集序》对嗣绾的骈体曾有一段类似总结性的议论，引列如下，作为本节之煞尾：

> （刘嗣绾之文）抒华千载，启韵百家。句非春日，流红有花；词揽晚霞，茹碧成彩。河梁载酒，情深送远之章；湘雨留人，怅触论文之梦。展其幽思，可戛丝桐；缬其芳瓖，若列锦绨。不错于雕镂之工，不逾于性情之外。洵操缦之津涂，为学林之衣钵矣。④

---

① 曾燠选，姚椿、张寿荣等评：《国朝骈体正宗评本》卷十。
② 钱基博：《骈文通义》，第114页。
③ 瞿兑之：《中国骈文概论》，刘麟生、方孝岳等著《中国文学七论》，广西师范大学出版社2007年版，第50页。
④ 方履籛：《万善花室文稿》卷三，清光绪七年王氏畿辅丛书本。

二 方履籛

方履籛（1790—1831），字彦闻，本籍大兴，因他的高祖方辰，就婚常州徐氏，遂卜居阳湖，故履籛自号"江左侨民"。嘉庆二十三年（1818）举人，官终福建闽县知县。履籛"魁质而毅姿，朴章而和理"①，性格超迈忼爽，李兆洛说他"自恃精气壮盛，致志一往，锐而且果，往往不量其力，于处事亦然"，得选任闽中，振奋自喜，以为"天下患无任事之人，事无不可为者"②。他天资绝特，博学嗜古，王树枏称其"自天文、地理、氏族、金石、钱币，及六书、九章之法，梵筴之典，靡不综贯"③，尤嗜金石文字，有《金石萃编补正》四卷、《富蘅斋碑目》六卷、《伊阙访碑录》三卷，皆为当世所重。又有《希姓录》一卷、《泉谱》一卷传世。学术而外，方履籛文才亦高，"年十三，为文示杨蓉裳芳灿，杨惊为奇才"④，诗、词、骈文俱有创获，而以骈文的成绩最厚。有《万善花室诗集》五卷，《词集》二卷，《文稿》七卷。

方履籛在乾嘉间，是骈文创作的名手，王树枏《万善花室文稿叙录》引陈寿祺之语云："（方履籛之文）汇汉魏晋宋作者之风骨神韵，纚纚焉御风而行，而阳开阴阖，云谲波诡，神明矩矱，动与古会，唐宋以来迄明，一人而已。"⑤评价可谓极高。前所言《万善花室文稿》七卷，即是其骈文作品的汇集，据王树枏所云，"是编乃永定人士，思其政绩而刻以志爱者"，因为"板甫成即毁于贼，故集中讹夺处，多未及更定，而前后排纂亦无伦次"⑥，后来王文泉重为锓板，与同人对舛讹之处又进行了部分的订正，但是文章编排的次序，因为没有定本可据，仍同旧本，这样的缺点，就是不能窥察方履籛骈文演变的轨迹，亦是一憾。

我们读《万善花室文稿》，首先可以发现，方履籛之文的总体面貌是众体兼善、内容丰富而风格多样。言其体裁，《文稿》中所录之文涉及了骈文创作常用的很大一部分文体，如赋、颂、碑、诔、赞、铭、祭文、墓表、书、记、序、跋、传、启、谒文、奏对、策命等，种类是十分丰富的，而且

---

① 李兆洛：《养一斋文集》卷十四《方彦闻传》，清光绪四年汤成烈等重刊本。
② 李兆洛：《养一斋文集》卷十四《方彦闻传》。
③ 王树枏：《万善花室文稿叙录》，方履籛《万善花室文稿》卷首。
④ 同上。
⑤ 方履籛：《万善花室文稿》卷首。
⑥ 王树枏：《万善花室文稿叙录》，方履籛《万善花室文稿》卷首。

可以说是各体皆有佳作，这在常州骈文作家群体中是不多见的。而在方履籛这里，体裁的丰富即对应着题材的丰富，写景状物、抒情议论、叙事考证，无不可发以骈俪之文，亦可见方氏才力之雄厚。

就总体风格而言，方履籛骈文有着华丽而刚健雄肆的特点，但是因为方氏博宗兼取，而且学无不善，所以其骈文就在华丽而刚健雄肆的总体风格基础上，表现出了侧重不同的多种风貌：或清华夸饰，如《拟江淹江上之山赋》；或哀婉悲恸，如《伤友人赋》；或清绮骚雅，如《仙山尘梦图序》；或清遒，如《春暮游陶园序》；或奇肆，如《立鱼峰赞序》；或华采中寓悲怀，如《送董晋卿南归诗序》；或雄奇浩荡，难窥涯涘，如《嵩山启母庙碑》；或绮中含悲，迷离哀婉，如《绿玉词序》；或浩气凛然，如《李氏三忠家庙碑铭》；或庄严清净，如《天宁寺重修九莲阁记》；等等。像这样以一人而具兼人之勇、能众体兼善的，在清代常州作家中，洪亮吉而外，就要推方履籛最为特出了。

细析这些风格特征，我们可以发现，方氏骈文除了汲养于楚骚、汉赋，还有两个方面的祖述渊源：一是洪亮吉，并经由洪亮吉上溯魏晋六朝；二是杨芳灿，并经由杨芳灿上溯初唐诸家。方履籛之友李兆洛曾有云："彦闻之为学善变。其为骈体也，初爱北江洪先生，效齐梁之体，绮隽相逮矣。已而曰此不足以尽笔势，则改为初唐人，规格雄肆，亦复逮之。"① 此即明言方履籛的骈文创作曾取法洪亮吉，并经由洪氏溯源魏晋六朝，而且其取法的侧重点，是在"绮隽"的方面。这里"绮隽"的意思，大体是艳而不靡、丽而不缛，绮丽之中有股清隽之气，此系洪亮吉骈文的一个重要特点，也正是魏晋六朝骈体文特别擅胜的方面，孙德谦《六朝丽指自序》总括魏晋六朝骈体文的主要特色所谓"气转于潜，骨植于秀，振采则清绮，凌节则纡徐"②，即可为佐证。

如李兆洛所论，方履籛骈文的渊源除了洪亮吉与魏晋六朝，还有"初唐人"。实际上，方氏摘采初唐也有一个作为中间人的"近源"，那就是杨芳灿。方履籛为杨氏受业弟子，在骈文方面受其影响颇深。陈用光总结杨芳灿骈文特色有云："蓉裳之文，取格近于邵叔宀（齐焘）、孔㧑轩（广森），而易其朴而为华，取材富于陈其年（维崧）、吴园次（绮），而易其熟而为

---

① 李兆洛：《养一斋文集》卷七《跋方彦闻隶书》。
② 孙德谦：《六朝丽指》，王水照主编《历代文话》第九册，复旦大学出版社2007年版，第8423页。

涩，其于此事，信可谓三折肱焉矣。"① 进一步说，乃是华而不靡、涩而能雅。方履篯《万善花室文稿》所收文章，最为明显的一个特征即是辞采壮盛且华而不靡，这与方履篯之师承杨芳灿，实有直接的关联，我们还可以从王树柟《万善花室文稿序》中的相关论述获得有力的佐证："其（方履篯之文）命意遣词，浩乎若靡有津涯，盖与蓉裳有异曲而同工者。蓉裳固彦闻之受业师也。"②

进一步来说，方履篯骈文之学习杨芳灿，并非仅止步于杨芳灿，其思路应与方氏取则洪亮吉而推溯魏晋六朝相似，亦即在学习杨芳灿的基础上更上溯李兆洛所说的"初唐人"。深入研读《万善花室文稿》诸文，我们可以推定，这里的"初唐人"不但包括"初唐四杰"，还包括我们现在通常划入盛唐的张说、苏颋诸人，他们文章的共同特点，乃是气象高华、辞采宏博而气势充沛，王树柟称方履篯骈文所谓"浩乎靡有津涯"的特征，在内在气质上与初唐诸家的这种文风的确是相通的。而当这样一种气质注入方履篯的骈体创作，其文便因而具有了李兆洛所谓"规格雄肆"的特点；并且，经由方履篯的天才熔铸，这种"规格雄肆"的特点与前所谓"绮隽"的特点相交融，于是便形成了方氏骈文华丽而刚健雄肆的总体风格。可以说，在方履篯骈体对前人进行取则效仿时，杨芳灿、洪亮吉、魏晋六朝、初唐人之文，实际是互为补充的资源。

一个骈文作家之所以能成为一代名手，个性鲜明的骈文风格的铸成，是其必备条件之一，而以成熟的文学风格为内在特征、以数量众多的优秀骈文作品为依托、以娴熟的技巧与深厚的功力为保证的骈文总体艺术成就，则是更为根本的条件。那么骈文家方履篯在学习前人基础上发挥才情所创作出的众多骈体作品，取得了怎样的艺术成就呢？经过对《万善花室文稿》所录99篇作品的深入品读，我们将方氏骈文最为擅胜之处总结为两点：一是以情长胜，一是以气壮胜。可结合具体文例分别论述。

其一，以情长意挚擅胜。刘勰《文心雕龙·情采》有云："情者，文之经，辞者，理之纬；经正而后纬成，理定而后辞畅，此立文之本源也。"又云："昔诗人什篇，为情而造文。"③ 情感为文章之心，成功的诗篇美文，应当是因情造文的结晶，方履篯的骈文中最多情长意挚之篇，它们往往是因

---

① 方履篯：《万善花室文稿》卷首《万善花室文稿序》。
② 方履篯：《万善花室文稿》卷首。
③ 刘勰著，周振甫注：《文心雕龙注释》，第346—347页。

事、因物生情，缘情而赋辞，《送赵林一序》《游菊江亭记》《祭周筠云文》《陆祁生宣南话旧图序》都是这方面的代表。

《送赵林一序》为友人送行赋辞，先写临别秋景，则清丽可爱，继转送别主题，则沉厚多慨；接着宕开一笔，回忆与友人当初交游，先则情意笃挚，继而穷窘催迫，友朋离散，复转沉绵，再而彼此倦游同返，携手言笑，又乃欣悦无限；最后结以箴语，恳切诤直。在一文之中，以情感为中轴，文字随情感而起伏跌宕，或喜或愁，或叙或议，曲尽抑扬变化之美。《游菊江亭记》记方履籛与友人李兆洛、张成孙仲春游赏，先写众人宴聚之乐，真是潇洒隽逸，继而感怀身世、推思物理，则物外之思中浸润欸嵩不平之气、豁落无奈之感。文章因景生情，随情婉转，情景交融，骈散交融，称得上是一篇佳文。

《送赵林一序》为友人暂别而作，《游菊江亭记》为友人暂聚而作，《祭周筠云文》则为友人永隔而抒发，其写周筠云坎坷落拓、遽然早逝，写其客死行途、寂寞魂飞：

> 劳人之生，诚不如死。然而摧千尺之桐，竟先拔其枝叶；刈百亩之蕙，又遽伤其根荄。安仁悼逝之时，未周于岁；兰成伤往之作，不绝于书。匪朝伊昔，掬琼瑰于盈怀；跼地蹐天，恨尺蠖之无足。落拓寡耦，崎岖损欢。入室靡睹，出门何之？藜蒿泣雨，围十口之棺；茅檐坐霜，冷三生之梦。望故乡而不见，类飞蓬之焉如……十千市木，未知视敛之人；万里停舆，定多欺贫之鬼。寒烟夕卷，断叶惊飞。临笛乍起，卧白骨而酸魄；生刍载将，以苍蝇为吊客。人之生也，死固其所；死之为累，乃若是其凄怨乎！[①]

深情贯注，既哀且愤，凄凉悲恸，有动天感地之气。

《陆祁生宣南话旧图序》落笔亦与友朋情谊相关，其先想象诸友人欢聚之乐：

> 是时则爽飔乍警，清阴满空。砌药朝飞，庭果宵坠。都馆蒙密，层槛闲敞。虞翻别榻，奇书尽陈；管宁藜床，坐客恒满。哈笑既作，狂歌相答。各谋尊酒，争浮瓜李。六博弹棋，间以丝竹。主宾相忘，乐不

---

① 方履籛：《万善花室文稿》卷三。

可竟。

确实是清狂逸宕，欣乐无极，然而乐极容易生悲，于是追述往事，感怀身世：

> 俯仰失时，牵率丧志。铅刀不藏，燕石空炫。束缰加肘，逼壤侧足。凄凄嗟嗟，至于没齿。秋风一来，奔走四海。骨肉之爱，去若断丝；心膂之契，伤如脱笋。死生契阔之怨，羁旅沦薄之思，靡日不臻，何人能免？虽使怡衍良辰，逍遥宴饮，晨梦易寤，瞬息已非。岂足消大噫之气，饫属车之愁乎！①

众人多久困不起，半身驱驰，一腔志意未酬，方履篯与他们气类相投、沦落相感，伸笔写怀，可说是代众人立言，故一气写来，沉浑感慨，写尽诸人胸中郁郁菀结之愁。其余如《拟庾信荡子赋》《答董方立书》《越西江行竹枝词序》《陆母林太孺人家传》《与李申耆书》等，亦都是以情长意厚为擅胜的佳作。

其二，以气势壮迈胜。方履篯骈文不但以情长胜，而且以气壮胜，这主要就是指那些规仿初唐诸家而具"规格雄肆"之特点的文章，《立鱼峰赞序》《怀远县重修涂山大禹庙碑》《嵩山启母庙碑》《江行记》《李氏三忠家庙碑录》《董大令黎阳城守记》等，即是这方面的典型作品。它们的风格与方履篯那些深情笃挚、绸缪婉转之作有着很大的差异，主要即是以刚劲代替柔婉、浑厚代替清绮、峻速利落代替沉缓回环，似有一股劲气流转其中，并带动意象、词句的运使。方履篯超迈忼爽的个性，也在这类作品中得到了充分的展现。可以《怀远县重修涂山大禹庙碑》《江行记》为例。

前文旨在赞颂大禹一生功绩，并考证大禹神迹所在，其尤为成功之处，即在总结大禹一生之盛德鸿懿，他的孝、诚、勤、功、仁、神、明、化诸德，文章高古佶屈，浑灏汪洋，才力、学问、识见俱高，如赞大禹之"功"：

> 若其治吕梁，修大陆，创兖岱，底雍梁，则登乎孟门之上，载乎壶口之安。南自华阴，以灭高阜；东至底柱，以疏峻流。播为九河，奠于

---

① 方履篯：《万善花室文稿》卷四。

三门。太史涌而有常,徒骇潜而曲指。于是穿雷夏之泽,决荥波之潴。彭蠡震泽之大,以蓄其埋;汝汉济漯之滨,以滑其驶。流沙写,弱水浮,积石延,寒谷引,清泉丹沼,顺乎五行,赤岸黄支,排乎四海。使鹑首就粒食之生,鱼民返甸服之处。共操耒耜,告成赋于中邦;争息闾阎,得庶士之交正。故天下咸仰大禹之功。①

以散行之气运骈俪之文,煌煌浩浩,辞气俱盛,可称是"燕许大手笔"之后续。

《江行记》写作者由金陵泛江至汉阳途中所观奇景:

岁入元默,月居阳首,方子将由金陵至于汉阳。乃溯岷江,别沱水,擘洪波,指太清。缨溟匈匈,呀呷溰溰,泼湅潋滟,浀溣沆瀁。初映曜轮,砥如重簟;乍激回驷,矗见层峦。瞬睫少举,可抚万里;云天相迫,曾不一尺。于是霁光在枕,晨飔上衣。舟人群呼,客子惊视。赤潦拍荡,垂腕能接;黄霞弥漫,障袖欲飞。蒲帆扬鳞,吼音终旦;筒篙森刺,浪涌欲夺。走电谢迟,劲矢忘速。孤鹤无影,哀猨有声。边笳四起,沉雾千仞。地轴争峙,至此而遥。②

方履籛大力运斤,奇思壮采,一气注涌,有一种峻速之感,文笔所到,沿途景致,瞬息多变,令人目不暇给。

当然,前举或以情长、或以气壮擅胜的诸文,并非方履籛骈文佳作的全部,张鸣珂辑《国朝骈体正宗续编》,选履籛之文10篇,《怀远县重修涂山大禹庙碑》《绿玉词序》《仙山尘梦图序》《陆祁生宣南话旧图序》《游菊江亭记》《祭周匊云文》外,《再答董方立书》《江西广信府知府……康公神道碑》《甘肃巩昌府知府……胡息斋先生别传》《谒紫虚元君文》亦在选,固然都是辞采俱为可观的好文章。另外本书和张选都未曾提及的,还有不少佳篇,像《邓完白先生墓表》《邓氏隶书赞序》之形容邓石如书法之妙,想象绝特、比譬传神,也是不可多得的佳文。

总而言之,方履籛的骈体文,数量之可观、质量之上乘、风格之众多、才情之壮盛,在常州骈文作家群落中,在整个清代骈文史上,都是卓然自

---

① 方履籛:《万善花室文稿》卷二。
② 方履籛:《万善花室文稿》卷三。

立、可名一家的。王树柟《万善花室文稿叙录》将履篯视为能够接续阳湖洪亮吉、孙星衍等人骈文脉络的重要作家①，是颇为中允的判断。在常州诸家中，方履篯的骈文成就，虽不能与洪亮吉相提并论，但可与刘嗣绾、董基诚与董祐诚等人相颉颃上下，较之张惠言、李兆洛诸人，则已胜出一筹，我们研究清代常州骈文，方履篯不可不提。

第六节 清代骈坛著名的"双子星"：董基诚与董祐诚

清代中叶的常州府，出现了不少家族性骈文家群体，洪亮吉及其子符孙、齮孙、杨芳灿、杨揆兄弟、张惠言、张琦兄弟及惠言子成孙、陆继辂与陆耀遹叔侄等，皆其代表，但是以家族群体性面貌获得世人广泛关注和赞誉的，首先要数阳湖董基诚与董祐诚兄弟。

一 "二董"之身世

董基诚（1787—1840），字子诜，号玉椒，阳湖人。嘉庆二十二年（1817）进士，官至河南开封府知府，有政声。弟祐诚（1791—1823），初名曾臣，字方立，一字兰石，嘉庆二十三年举人。阳湖董氏本是世胄之家，"胄炜縢编，代著通籍"②，但是到基诚兄弟父亲的时候，家道已衰，所以他们年幼时，只得跟随父亲远宦谋生，方履篯所谓"侍宦汧雍，所历遐僻"③，尝尽了辛苦。但他们自幼天资绝特、聪颖过人，虽然侍父遐宦，"既乏师资，亦鲜胜侣"，然而亲炙庭训之外，弟兄两人能彼此诲励，推挽齐进："二难相诲，七业俱兴。恭丕则闭门讲艺，机云则分廯摘华，盖已骋骥长途，而一日千里矣。"④所以到了嘉庆十五年，两人返乡参加府县的考试，每试皆摘其冠，阳湖"二董"从此便"腾踔士林"⑤，所谓"元方季方，并

---

① 王树柟《万善花室文稿叙录》云："乾嘉间阳湖工俪体文者，以洪稚存、孙渊如、赵味辛、刘芙初为最，彦闻与董子诜、董方立兄弟联镳并起，以称雄于世，所谓屈平、宋玉导清源于前，贾谊、相如踵芳尘于后者也。"方履篯《万善花室文稿》卷首。

② 方履篯：《万善花室文稿》卷五《董方立诔序》。

③ 同上。

④ 同上。

⑤ 李兆洛：《养一斋文集》卷十三《董君方立传》。

誉汉世；大山小山，骋英齐代"①，声名日益为天下所知了。

可是因为家贫，"室靡藜菽，养资蓳饴"，"二董"只得"爰敛修豪，出绾游屐"②，一边游幕谋生，一边继续参加科举考试以求仕进，他们弟兄两人的生活境遇，此后就渐渐不同。董基诚科考仕进之途相对颇为顺利，嘉庆二十二年成进士之后，不久即官户部郎，已有政声，玉麟说他"方将入参枢机，扬历阀阅，其所施用，正未可量"③，前途大好，后来也确如玉麟所云，做到了一方知府。董祐诚则多践坎坷，境遇大不如乃兄。嘉庆十六年二十一岁时，董祐诚便随其师陆耀遹赴陕西寓幕，直到嘉庆二十三年，方举顺天乡试恩科，此后更"三应礼科，两就杂试，奥渫未升，容刀屡脱"④，一腔壮气销沮殆尽，方履篯形容其窘况有云：

> 衡宇花飞，故园春老，流景易逝，侘傺无聊。寸履初阐，徒招奔驶之讥；缄口未弛，已罹晓渎之咎。南阳之竹，取憎茅茨；龙门之桐，辱置爨下。低头马坂，昔人所悲；奋翼鹏溟，此志谁展？⑤

郁郁之情，频年累聚，又因为他"所治书皆隐赜深微之书，读之疲神"，而他"乐之不厌，虽精慧倍人，然用之无节，耗竭不觉，以明自销，以香自烧"⑥，所以到了道光三年（1823）便遽然辞世，寿仅三十三岁，满怀用世之志，都随他一起沉埋黄土了。天才殒灭，亲族、师友俱为震惊惋痛，直至梁启超著《中国近三百年学术史》，提到董祐诚卓异的学术才能，还对他的早逝感慨不已："呜呼……夫使巽轩（孔广森寿仅三十五）、方立辈有定九寿（梅文鼎寿八十九），则所以嘉惠学界者宜何如哉！"⑦

董基诚古文、骈体与词皆长，有《古文》二卷，《骈体文》二卷，《玉椒词》二卷。祐诚学术、文学并擅，学术方面，律历、数理、舆地、名物无不通晓，而以律算之学最为学界称道；文学方面，与其兄相似，古文、骈体、

---

① 方履篯：《万善花室文稿》卷二《答董方立书》。
② 方履篯：《万善花室文稿》卷五《董方立诔序》。
③ 玉麟：《柁华馆骈体文序》，董基诚、董祐诚《柁华馆骈体文》卷首，清光绪十四年活字本。
④ 方履篯：《万善花室文稿》卷五《董方立诔序》。
⑤ 方履篯：《万善花室文稿》卷二《答董方立书》。
⑥ 李兆洛：《养一斋文集》卷十三《董君方立传》。
⑦ 梁启超：《中国近三百年学术史》，上海三联书店2006年版，第305页。

词皆有撰述,有《古文》二卷,《骈体文》二卷,《兰石词》二卷。祐诚殁后,友人方履篯曾将他的骈体二卷刊行,名为《兰石斋骈体文遗稿》;董基诚也曾将他们兄弟二人的骈文四卷合刊行世,名曰《合刻栘华馆骈体文》。

二 《合刻栘华馆骈体文》之由来及主要内容

考诸文献,董基诚刊刻《合刻栘华馆骈体文》四卷,是在道光十四年(1888)。在此集刊刻之前,董基诚骈文创作并没有独立的刊本行世,而董祐诚诸作应已有方履篯的刻本。方履篯是董基诚、祐诚兄弟同乡挚友,按方氏《兰石斋骈体文遗稿序》,董祐诚在道光三年遽然辞世,留下各类撰述计四十三卷,它们在方履篯看来,"皆足刊摘冥奥,讨瀹学源",不过方氏对董祐诚骈文创作有特别的偏嗜,并且"冀速彰其微言,以少酬夫夙愿",于是搜求遗稿,"嘱诸梓人"。① 《遗稿》收文25篇,它很可能是董基诚《合刻栘华馆骈体文》董祐诚部分的底本。②

董祐诚的辞世,不仅客观上催生了方氏《兰石斋骈体文遗稿》的刊刻,而且还直接影响到董基诚《栘华馆全集》和《合刻栘华馆骈体文》的编刊。按玉麟《栘华馆骈体文序》,祐诚殁后三年,即道光六年,基诚曾将祐诚遗著十六卷③和他自己的古文、骈文与词作六卷,共计二十二卷,编成一辑,

---

① 方履篯《万善花室文稿》卷五。又刘大观《兰石斋序》有云:"(董祐诚)年逾三十,遽捐馆舍。遗《兰石斋骈体文》25篇,其同年友方子彦闻刊于怀庆。盖怜其才,不忍使其笔精墨髓,与昂藏七尺躯,同埋没于人间世也。"(参见刘大观《玉磬山房文集》卷一,清道光八年刻本。)可与方履篯之言互证。

② 方氏刊本如今或已佚失,其刊刻年代不可确考。按照董、方二人的卒年(方氏殁于道光十一年),以及刘大观《兰石斋序》的写作年份(前引刘大观《兰石斋序》的写作年份我们虽亦不能确知,但刘氏收录此文的《玉磬山房文集》刊于道光八年,故可推知,方履篯《兰石斋骈体文遗稿》,至迟刊刻于道光八年),我们可以推知方氏刻本的刊刻时间,当在道光三年至道光八年之间。再从收文数量上看,方氏刊本录祐诚骈文25篇,董基诚于道光六年所编《栘华馆全集》收祐诚骈文27篇(《合刻栘华馆骈体文》祐诚部分与《全集》相关部分完全相同,下文有述),故我们进一步推测:一,方氏刊本很可能就是董氏刊本的底本;二,若前一点成立,则方氏刊本应刻于道光三年至道光六年间。

③ 玉麟《栘华馆骈体文序》所记董祐诚遗著九种十六卷,包括《割圜连比例术图解》三卷、《撱(椭)圜求周术》一卷、《斜弧三边求角补术》一卷、《堆垛求积术》一卷、《三统术衍补》一卷、《水经注图说残稿》四卷、《文甲集(古文)》二卷、《文乙集(骈文)》二卷、《兰石词》一卷。这与前引方履篯《兰石斋骈体文遗稿序》所言董祐诚遗书四十三卷有很大的出入,其原因有二:一,方氏所记,将董祐诚参与编纂的《嘉庆咸宁县志》二十六卷也包括在内;其二,方氏将祐诚《水经注图说残稿》四卷误记为《水经注疏证》三卷。

名曰《栘华馆全集》。是集编成，基诚呈请玉麟为之作序，玉麟览集，自谦"学问日益荒落"，对基诚、祐诚兄弟的论著"愧未能尽通其说"，但是"独于其骈体文，见之最早，赏之最深，向许为必传之作也"，于是让基诚"别录四卷，先为刊板行世"。① 基诚领命，乃专辑自己和祐诚的骈文作品各二卷，刊刻行世，此即《合刻栘华馆骈体文》四卷的由来。

《合刻栘华馆骈体文》中所录董基诚的作品，共计30篇，主要作于道光元年以前。玉麟《栘华馆骈体文序》曾提及，道光元年其还京师，基诚已经以进士任职户曹，因为基诚"奉职勤谨"，故"不暇复治旧业"，即是说没有空闲进行诗文的写作了。董祐诚诸作计27篇，则主要写于嘉庆十六年（1811）至嘉庆十七年的两年间。基诚序《董方立遗书·文乙集》有云：

> 嘉庆庚午，方立年二十，初学为汉魏六朝之文，明年辛未，客游陕西，首成《西岳华山神庙赋》，名大著。居西安二年，得文二十余首。自后稍稍弃去，或阅数年不一作，既作亦鲜有存者。②

嘉庆庚午即嘉庆十五年，董祐诚之"居西安二年"，即在嘉庆十六年与十七年。这里所说董祐诚在西安两年作骈文"二十余首"，与《合刻栘华馆骈体文》所收27篇数字相近。当然，嘉庆十七年以后直至去世，董祐诚也写作骈文，《合刻栘华馆骈体文》中亦当有部分收录，但是这段时间的创作，首先数量有限，其次存留很少，其主要原因是祐诚认为包括骈文在内的文学创作是"无用之学"，不愿意再在这方面投注精力③。由此可知，"二董"都主要是在年轻时写成他们的骈文作品，尤其董祐诚，一生的骈文创作，主要集中在两年之间，那时他不过二十一、二岁，结合他们的创作成就，不得不感叹其天才绝人了！

纵览"二董"57篇作品，可以发现两人最为擅长的体裁是赋、书、序三类。赋体又分大赋和骚体短赋。董基诚大赋5篇，主要是朝廷颂纪之作，文采虽盛，但空洞肤泛，成就有限；骚体短赋则颇有佳作，《合刻栘华馆骈体文》中所录7篇，大多可观。董祐诚大赋仅嘉庆十六年所作《西岳华山

---

① 玉麟：《栘华馆骈体文序》，董基诚、董祐诚《栘华馆骈体文》卷首。
② 董祐诚：《董方立文乙集》卷首。
③ 董基诚《董方立遗书·文乙集》在述及祐诚嘉庆十七年以后很少写作骈文后感慨道："呜呼！是固方立所谓无用之学也，舍无用之学进而求有用之学，卒亦无所成，徒赉盛志以殁，其命也夫！"即可佐证文章所述观点。

神庙赋》1篇，然而出手惊人，宏博汪洋，靡有津涯，当时士林颇为推服；短赋则有5篇，亦多是辞情俱佳的作品。书、序二体是二人写作最多的体裁，董基诚9篇、祐诚10篇共计19篇，其或摹写景致，或发抒性情，或议论事理，大多能流丽稳贴、抑扬合度，"二董"突出的骈文创作才华在此得到充分展现。赋体、书、序而外，碑诔、跋语等，他们也都有一些好作品，特别董祐诚的《武功县后稷庙碑》和《兴平县马嵬堡唐贵妃杨氏墓碑》两篇，颇值一提，玉麟所称祐诚"瑰玮绝特，规摹渊云"的"必传之作"，《武功县后稷庙碑》即在其列。① 就总体风格而言，"二董"的骈文创作体现出较为明显的相似性，其大赋出入汉魏，总体上模拟多于新创，特色并不明显；大赋以外诸体，则远法魏晋六朝，近则同邑骈体名家洪亮吉、刘嗣绾诸人，承中有创，自成风格，是骈文"常州体"的有力后继。

三 《合刻栘华馆骈体文》的主要艺术成就

由上考述可知，"二董"从事骈文创作的时间并不长，其所创作的骈文作品的数量也不多，但这有限的骈文作品却取得了很高的艺术成就，阳湖"二董"在清代骈文史上声名颇盛的根本原因正在于此。深入研读《合刻栘华馆骈体文》所收诸作，我们可以将"二董"骈文的主要艺术成就总结为三个方面，即写景清隽、抒情沉郁和议论精卓。可结合作品分别论述。

其一，写景清隽。《合刻栘华馆骈体文》中有全篇抒情、全篇议论之文，但是并无全篇专以写景之文，这里主要选取比较而言写景状物能见出"二董"才情的那些文章，截取最精彩处加以评析。董基诚《至青浦县与弟方立书》《八月十五夜泛舣舟亭序》，董祐诚《与方彦闻书》《游牛头山记》都是这方面的代表作。

基诚《至青浦县与弟方立书》写青浦县周遭山水景致：先写县西长泖之景，则出以清新隽逸；继写仲秋观潮，乃转壮肆惊奇；再写畲山之景，又为雄奇壮丽；写畲山庙宇，更复壮逸。一文之中，因景赋辞，风格多变，读来如观长卷图轴，颇惬人观感。《八月十五夜泛舣舟亭序》与洪亮吉《八月十五泛舟白云溪序》命意颇为相似，功力亦不让洪文，如写夕阳将坠，诸人命舟赴亭途中及登舣舟亭所观之景：

出郭左转，横桥接空。禅栖星罗，梵宇云亘。半川以上，气尽金

---

① 玉麟：《栘华馆骈体文序》，董基诚、董祐诚《栘华馆骈体文》卷首。

银;缘岸而下,晴开绀碧。堤柳微脱,遥汀未波。塞鸿不来,凉苇欲白。更极前浦,榉香袭裾。危亭翼然,界水中峙。历级直视,披襟独登。流尘绕梁,扫箨平槛。冷蝶团粉,时来亲人;枯蝉嘶风,似复留客。白云出乎虚牖,夕照回乎曲廊。杂花依草,青红不名;疏藤上墙,诘屈成格。巾屦小憩,有尘表之想焉。①

其中"半川""缘岸"一联,写傍晚河面水气与河两岸景致,远处落笔,泼墨写意;"冷蝶""枯蝉"一联,"杂花""疏藤"一联,写舣舟亭内外作者所见所感,近处着墨,细笔描绘,都是琢炼精工、辞意俱妙的好文字,将其放在洪亮吉、刘嗣绾集中,实难分彼此。整段文字一气读来,清新逸宕,可与洪文一较高下。

董祐诚《与方彦闻书》《游牛头山记》两篇文章写景的特色,与基诚《八月十五夜泛舣舟亭序》类似,都是比较典型的"常州体"的风格。如《与方彦闻书》写祐诚渡江北上,沿途所历景致:

渡江北行,土俗迥异。黄菽杂饭,菰芦结床。花袭马蹄,草卧沙碛。访八公之故馆,过清流之岩关。尘惊鸟飞,石讶人立。足蹀十步,时升火光;树眇百尺,才见青气。自兹以西,地坰天旷。淮颖千里,田庐万重。水星镜浮,荇叶带抱。麦气朝雾,沆霞亦黄;楸花夜开,土岸皆紫。②

全文清新隽特,逼肖洪亮吉。又《游牛头山记》写山寺之景:

土硁蛇蟠,岩磴雁列。古刹绀宇,矫出天外。门接云窟,牖通鹊巢。枯僧擘罗,梵钟度谷。玉女香绕,灯王月澄。鱼鳞瓦晴,惟见金黛;虬甲松古,纯成龙蛇。怪禽五色,礼陀罗之幢;迷蝶两三,涂天人之粉。鹫阙盘郁,花光阴阳;鹿宫觚棱,红采上下。③

文章主要是写远观之景,起笔勾勒山寺形势,继则移笔从不同角度点染

---

① 董基诚、董祐诚:《栘华馆骈体文》卷二。
② 董基诚、董祐诚:《栘华馆骈体文》卷三。
③ 董基诚、董祐诚:《栘华馆骈体文》卷四。

山寺面貌，虽立意在皴染概观，但粗中有细，尤其"迷蝶两三，涂天人之粉"两句，灵心天纵，细腻入微。整段文字，读来犹如观画，色彩、形象宛然可见。

其二，抒情沉郁。"二董"抒情之作颇多，董基诚《壬申岁暮诗序》《泣秋阳赋序》，祐诚《对烛赋》《答方彦闻书》《与杨绍起书》《方彦闻鹤梦归来图序》《书春觉轩诗集后》，都是属情深厚的佳作。

所举董基诚的两篇，主旨皆在感怀身世。《壬申岁暮诗》是基诚客居青浦所作诸感事诗的结集，他自为作序，进一步发抒客居之感、身世之慨，整篇文章，欷歔唱叹，连贯一气，不可句摘。《泣秋阳赋序》命意与《壬申岁暮诗序》相似，而属情造境比《壬申岁暮诗序》更为沉厚，其文曰：

悲哉！黍谷吹律，不能照幽都之春；鲁阳挥戈，不能驻羲轵之辙。耿弇冠军之岁，已逾其三；戴凭明经之年，又涉其半。长河滔滔，逝者如是；流晷短短，来时大难。忧如之何？怆可知矣！况复尽年穷愁，非凉燠之可谢；故乡羁旅，不关河而亦悲。抟抟之土，难容张俭之家；苍苍者天，孰问灵均之璧？仅此寸鬲，丛滋百忧。松柏虽劲，戒惊风而作声；茝兰信芳，应清商而改色。淇园下梃，不辨琅玕；元圃飞灰，讵留瑊玏？浊泾清渭，异源同澜；白艾紫芝，殊根共悴。虫欲坏户，乃掘井而及泉；鹿已走铤，复震雷而破谷。士之感遇宁有异焉。大块非霾愁之所，薄酒无蠲愁之用。燕市击筑，先伤烈士之魂；雍门微吟，大短相君之气。嗟乎！长卿奇才，四壁徒立；季子辨士，十上不行。是即幽渺弗闻，亦为涕泣横集者矣！①

作者感慨时光逝迈，不可挽留，年岁已长而仍旧穷愁羁旅、奔波劳碌，一身才能却得不到施展的机会，愁山恨海，层层堆叠。整篇序文沉郁顿挫，感慨深厚，其琢句之精工，设境之沉浑，不让庾信、洪亮吉。

董祐诚诸文，《与杨绍起书》与《书春觉轩诗集后》两篇更为特出。祐诚一生虽短短三十三载，但也是饱经坎坷，因为饥来驱人，二十一岁即赴陕客游，落拓寄居，功名未就，以他的天才多情，能不感慨满怀？《与杨绍起书》就是写当时的客居之感：

---

① 董基诚、董祐诚：《栘华馆骈体文》卷二。

第二章　清中叶独步天下的常州骈文

> 矧以尘梦迫虑，风土乖宜。百事振心，万忧拂性。车回歧路，何处寻家？人上河梁，不堪掩袂。堂前击筑，已销佣客之魂；台上引弦，自賫惊禽之羽。宁止悲生红女，望极湛江？昔建安才子，横涕荆楼；魏国词人，凄神汉殿。亦有华阳奔命，东海羁宾。真定常山，奄风波而失所；河阳漳水，望云雨而长乖。要皆丁元二之灾年，植三州之离会。①

陕中冬去，春意渐浓，天时的轮转，催动了羁人的故园之思，然而衣食依人、功名未就，即使乡思断肠，岂能遽归？所谓"车回歧路""人上河梁"云云，就是写尽了祐诚故园情切而不能返乡的无奈。"堂前击筑"以下，便援引故事，反复吟咏，将一腔深沉的悲愁，郁郁道出，其锤心炼骨，振落有声。《书春觉轩诗集后》是祐诚追怀舅氏庄达甫之作，庄氏生前对祐诚兄弟大力关爱提携，所谓"识阳元于陋巷，拔孝相于无名"，知遇之恩、亲眷之情，兄弟二人是铭感于心的，庄氏既殁，他们追忆往事，能不伤怀：

> 追惟晏旦，宛尔生平。秋蓬纵火，先空卷斾之心；长淮涸流，自賫枯鱼之泣。西山冤禽之木，塞沧海而未穷；建阳高台之钟，不落叶而已恟。哭簪大泽，筮魄江南。青萍雨化，难忘皙柳之星；丹鸟双飞，长感黄垆之草。谓天盖高，梦梦而左暗；谓地盖厚，沉沉而下队。鲍子知我，徒慨乎归人；罕皮云亡，畴与夫为善！②

因为深情蕴结、出自肺腑，加上祐诚才力充沛，续续写来，郁郁沉痛，感人至深。就风格而言，两文上承庾信、徐陵，下效洪亮吉，取得了突出的艺术成就。

其三，议论精卓。"二董"的骈文创作，抒情写景之外，叙事稍弱，而俱工议论，其辨论的明通、持见的高卓，都足可观，其中一些优秀篇章，读来令人拍案称快。董基诚《答友人书》，祐诚《送洪右甫序》《云溪乐府序》《兴平县马嵬堡唐贵妃杨氏墓碑》，就是这类作品中的典型。基诚《答友人书》极论士子立身处世常有的"十失"与"五惑"，目光锐利，抉剔深刻，可为世箴。如论所谓达者之失：

---

① 董基诚、董祐诚：《栘华馆骈体文》卷三。
② 董基诚、董祐诚：《栘华馆骈体文》卷四。

凉燠僭序，在时为灾；中和易宜，于世惟戾。徒脱检以作达，将蹈瑕而丧生。次公入座，方醒亦狂；渔阳弄鼙，三挝轹厉。瘦狑岂第嗥日，山膏亦知詈人。又或幽纱自悼，牢愁无端。苕未秋而泣凋，槿才朝而告谢。乌岂思越，乃耽哀吟；非不因秦，预成孤愤。蒿竹无欹愉之响，㹈桐有懊咿之音。恶云达怀？多恐灭性。

他们或跳脱绳检，狂戾无度，或悼伤身世，无病呻吟，都是刻意造作，不得性情之正。其文音节铿锵，鞭辟入里。又如论处世一切以亲疏恩仇为据之惑：

契分疏戚，视为瑕瑜；毁誉重轻，施为报复。羊左凤谊，咳唾亦恩；殷刘世仇，排挤必力。①

文章言简意赅，而析论字字入骨。

董祐诚诸文，以《兴平县马嵬堡唐贵妃杨氏墓碑》辞采、义理兼备而最称佳制。杨玉环在古代文化史中是一个有意味的形象，史家常指其为红颜祸水，诗人则有同情其悲剧命运，是非曲直，评述纷纭。董祐诚的这篇文章，主要是以史家的眼光来审视杨玉环的一生所为，但是他不是重蹈旧说，指斥杨氏的惑魅君王，祸国殃民，而是以同情的、客观的视角，对杨妃所遭不合理的批评进行辩驳。比如论者以为岭南荔枝之贡、骊山行宫之起，徒费民力，其咎在杨妃，但董祐诚持议与之相反：

或谓俪极失闲，宸仇爽德。责岭南之味贡，起浮肺之雕宫。竭物曲于土木，尽人力于醉饱。故使重关无勇闭之夫，河上有弃师之噪。然而洋川置驿，无亏隆准之名；邯郸倚瑟，不渐龙据之圣。当夫先天授政，稷日劬劳，开延英以旁求，临勤政以兼听，焚珠玉于三殿，罢织锦于两京。然已御门楼而观灯，命骁卫而典乐；置宜春于西内，教法曲于梨园。故知周王飨国，自有髦荒之讥；虞帝宅师，终生倦勤之叹。妃无班好辞辇之贤，昧樊姬进善之智。逮乎变生龙武，怨积掖庭，甘陨轻躯以绥宗社，较之虏临瓜步，犹唱《后庭》，师入晋阳，尚闻小猎，讵可同

---

① 董基诚、董祐诚：《栘华馆骈体文》卷二。

年，方斯等语？①

董祐诚指出，君王倦勤逸乐，自来有之，周王、虞帝尚且不免，何况唐王？明皇临政之初，已经在执政之暇，颇享观灯典乐之乐，那么杨妃得宠，明皇遂其所好，"责岭南之味贡"，同与奢享，"起浮肺之雕宫"，是帝王常有之事，为什么要将这些事件引起的严重后果，归咎于一个作为帝王附庸的女子身上呢？文章阐论有据，辞气振振，醒人耳目，可视为历来议论杨妃诗文中的上乘之作。

要之，"二董"的骈文不论是写景状物，还是抒情议论，都能灵心独运，挥洒自如，各种物态人情、世间道理，经作者生花妙笔的描写，具有了独特的美感和感人的艺术力量；而"二董"深厚的学识和卓越的文学创作才华，也在其中得到了充分的体现。

四 "二董"骈文的风格渊源及文学史地位

在文学史衡论机制的审视下，一位诗文名家之地位的最终确立，需要具备多方面的因素，诗文文本写作达到相当的艺术高度、取得相当的艺术成就，是其中最基本的要素。它不但要求作家具备高卓的诗文写作技巧与才情，而且要求作家在技术操作与才情发挥的基础上，形成一种独特的风格，阳湖"二董"的骈文创作正是如此。我们透过"二董"骈文清隽的写景、沉郁的抒情和精卓的议论，可以概括出他们骈文的总特风格，那就是方履籛评祐诚骈文时所说的"儁不害窕，缛而有则"②。所谓"儁不害窕"，意指文章虽清隽利落，但并不妨其兼有窈窕柔静之风情；"缛而有则"则指文章华而不靡、丽而不缛，绮丽之中有股清隽之气。一言概括的话，即是绮而能隽。

绮隽是"二董"骈文独特的风格特征，但这种风格的形成，并非全然是"二董"自身天才独创的结果，它自有其深厚的渊源。方履籛《兰石斋骈体文遗稿序》在言及其与"二董"的交游时有云：

吾始羁䰂，交君伯仲。纵猎道义，研搉元史……既欣同志，俱好纂组。遂欲发兰台之奥府，夺陈留之重席。上析潘陆，下综任刘。勤身奋

---

① 董基诚、董祐诚：《栘华馆骈体文》卷四。
② 方履籛：《万善花室文稿》卷五《兰石斋骈体文遗稿序》。

志，显光气于寰中；瑰词绮章，操雅丽之绝格。

所谓"上析潘陆，下综任刘"，就是说他们的骈文创作取法西晋潘岳、陆机陆云兄弟与南朝任昉、刘峻诸人。当然，这里的"上析潘陆，下综任刘"只是一种概括的说法，他们实际所效法的对象，潘、陆、任、刘而外，还包括魏晋六朝时众多的骈文家，如上文分析董基诚《壬申岁暮诗》《泣秋阳赋序》与祐诚《与杨绍起书》《书春觉轩诗集后》时所说的庾信、徐陵等，从二人骈文创作的总体情况来看，可以说魏晋六朝是他们向古人学习的主体部分。此外，"二董"骈文还效法两汉大家，特别是他们的大赋，体制格调，皆肖汉人。其中董基诚诸文因涉肤泛之弊，总体成就不高；但董祐诚《西岳华山神庙赋》则气度恢宏，瑰玮华丽，颇有两汉名家大赋之风神。笼括言之，"二董"的骈文都摘采于两汉魏晋六朝，并以魏晋六朝的骈文家群体为主要祖述对象。

魏晋六朝是"二董"骈文主要学习的远源，实际他们还有一个学习的近源，那就是洪亮吉，也应当包括刘嗣绾。我们读《合刻栘华馆骈体文》所收文章，其写景之清新、抒情之沉郁、议论之卓特，琢字炼句之精工、用典使事之巧妙，都与洪亮吉、刘嗣绾有很大相似之处。如在辞句琢炼方面，董基诚《郝筱初南游小草序》"枯僧两三，戴明霞而回渡"与洪亮吉《终南山圭峰寺铭》"怖鸽一队，枯僧两三"①，造语有完全的雷同；而董基诚《八月十五夜泛舣舟亭序》"冷蝶团粉，时来亲人；枯蝉嘶风，似复留客"一联，董祐诚《游牛头山记》"怪禽五色，礼陀罗之幢；迷蝶两三，涂天人之粉"一联，在字、词、句意上的深细锤炼，其用心、功力与刘嗣绾《龙泉寺记》"鸟团梦于幽栋，虫选言于古墙。草蝶出茧，黄于野人之衣；风蝉上枝，绿成秋士之鬓"②数句颇近。又如在用典取意方面，董基诚《泣秋阳赋序》"燕市击筑，先伤烈士之魂；雍门微吟，大短相君之气"一联，董祐诚《与杨绍起书》"堂前击筑，已销佣客之魂；台上引弦，自賮惊禽之羽"一联，与洪亮吉《伤知己赋序》"秦声扬，不能激已沮之气；鲁酒薄，不能消未来之忧"一联，属辞命意，实有异曲同工之妙。再如在文章整个意境的营造方面，董基诚《八月十五夜泛舣舟亭序》与洪亮吉《八月十五泛舟白云溪诗序》几出一辙，其立意布局与行文风格，都十分相似。这些例证

---

① 洪亮吉：《卷施阁文乙集》卷一。
② 刘嗣绾：《尚絅堂骈体文》卷二。

可以有力地说明，"二董"的骈体文创作，对他们的常州府前辈有着明显的效仿学习。而且，按照他们文章的特点，尤其是写景状物的清丽新巧、锻词炼句的精工细致、使典隶事的自然浑融、谋篇布局的深宛抑扬，即可以将其视为"常州体"洪、刘的有力后继。

进言之，"二董"骈文之近则洪、刘，远效魏晋六朝，实际应是源流一体、内在贯通的。前引方履籛《兰石斋骈体文遗稿序》中提到，方氏幼年即与"二董"订交，他们"既欣同志，俱好篆组"，对骈文创作有着共同的兴趣，于是一起"上析潘陆，下综任刘"，希望将来能"显光气于寰中"。在三人切磋交流的过程中，由于长期共同致力于对魏晋六朝骈文的学习，他们的骈文创作也形成了一些相似的风格特点。按方履籛骈文的总体风格是清绮雄肆，其风格熔铸的渊源，正如李兆洛《跋方彦闻隶书》所云："彦闻之为学善变。其为骈体也，初爱北江洪先生，效齐梁之体，绮隽相逮矣。已而曰此不足以尽笔势，则改为初唐人，规格雄肆，亦复逮之。"① 这里李氏论方履籛骈文所谓"绮隽"之特点，与"二董"骈文"儇不害窕，缛而有则"的绮隽，实是意蕴相通、内在一致的。而方履籛骈文所含纳的"绮隽"之风，乃是"爱北江洪先生，效齐梁之体"的结果。依此并结合前述"二董"对洪亮吉、刘嗣绾骈文在造语炼句、用典命意等方面学习的事实，我们可以推论，"二董"的骈文风格的形成，确实在很大程度上是得益于效仿洪亮吉（也应当包括刘嗣绾）并经由洪、刘上溯魏晋六朝。这样，从洪亮吉、刘嗣绾到两汉魏晋六朝，"二董"骈文祖述的渊源就一脉贯通了。

总体来看，阳湖"二董"的骈体文创作，远承两汉魏晋六朝，近则洪亮吉、刘嗣绾等常州骈体名家，而且承中有创，自成风格。其不但扩充了"常州体"骈文的内容，续写了清代常州骈文在陈维崧、刘星炜、洪亮吉、孙星衍、刘嗣绾之后的辉煌，而且为清代骈文史添上了浓墨重彩的一笔。就文学史地位而言，"二董"在同时可与方履籛颉颃并驾，而上可追洪亮吉、孙星衍、刘嗣绾，称得上是常州骈文名家，在清代骈文史上，也是不可多得的骈林双子星。

第七节　古文阳湖派作家群体的骈文创作

古文阳湖派诸家虽以古文创作名世，但他们大部分皆是古文家而兼骈文

---

① 李兆洛：《养一斋文集》卷七《跋方彦闻隶书》。

家，像张惠言、李兆洛还是清代骈体名家，因此，很有必要对他们的骈文创作进行探讨揭示。从实际创作成就来说，古文阳湖派作家群体中，以张惠言、张成孙父子和李兆洛、陆继辂、董士锡五人成绩最丰，其中张惠言、陆继辂、董士锡尤长于赋体，李兆洛、张成孙则众体兼能。

一 张惠言、张成孙父子

张惠言（1761—1802），字皋文，世称茗柯先生，江苏武进（今属常州）人。他出生在一个文儒世家，少孤贫，但是在母亲姜氏的教导抚育下，他与弟张琦刻苦力学，《先妣事略》所谓"夜则燃一灯，先妣与姊相对坐，惠言兄弟持书倚其侧，针声与读书声相和"[1]，所以最终在学术与文学方面皆有树立。乾隆五十一年（1786）举人，次年赴礼部试，报罢，考取景山学官教习。嘉庆四年（1799）进士，六年，授翰林院编修。张惠言是清代经学大师、古文与骈文名家、常州词派开山宗师，有《茗柯文编》《茗柯词》，又编有《词选》《七十家赋钞》等。

恽敬言张惠言一生文章有云："（惠言）少为辞赋，尝拟司马相如、扬雄之言；及壮为古文，效韩氏愈、欧氏阳修。"[2] 张惠言《文稿自序》亦云："余少学为时文……为之十余年……其后好《文选》辞赋，为之又如为时文者三四年。"[3] 创作之外，他又于乾隆五十七年编成《七十家赋钞》一书，该书选录上自屈原、荀子，下至庾信的众家词赋作品200余篇，可见其对辞赋的倾重。而张惠言的骈体创作，即以赋体最善，主要有大赋与骚体小赋两类，大赋纪游，小赋咏物，各有所长。

大赋以《游黄山赋》与《黄山赋》为代表，它们也是张惠言最著名的作品。两赋铺张扬厉，才学俱盛，吴德旋《张皋文先生述》所引"同郡恽敬见而叹曰，'自相如、枚乘殁后二千年无此作矣'"[4]，即是指此类作品。尤其《黄山赋》一文，兼有汉大赋与六朝俳赋体气，千态万状，博奥汪洋，令人目不暇给，如写黄山远观之大势则曰：

> 尔其大势，则岎岭崆崇，纠缠崛崎。积沓匝帀，阴阳蔽亏。夫容菡萏，倚天无茄，形精亘辉，灼若朝霞。其曾高，则上出阊阖，平眄寒

---

[1] 张惠言：《茗柯文编二编》卷下，《四部丛刊》本。
[2] 恽敬：《大云山房文稿初集》卷四。
[3] 张惠言：《茗柯文三编》，《四部丛刊》本。
[4] 吴德旋：《初月楼文钞》卷八，花雨楼校刻本。

门，频视一气，空如下天。其穷阴，则涸冱悷悵，昧不见太阳，乃有因提之雪，循蛰之霜。

其中"其曾高"几句，乃正面直写黄山之高，"其穷阴"几句，则侧面曲写黄山之高，一正一侧、一直一曲，对比烘托，富于变化。接着具体写黄山山石之奇云：

其石则蹠踔刻削，岇累增积，搏总别追，重迭并益，将颠复稽，附堮躐跖，纵横骇盰，震心警魄。勤质斑采，炫耀龙鳞，随物成象，百怪千端，若有鬼神，突怒凌厉，单不知其所原。①

文笔恢诡奇卓，才气逼人。张惠言的这篇《黄山赋》在清代赋史上之所以备受推崇，主要就是因为张氏在效仿汉大赋体式风格的基础上，高才独运，自出心裁，不但是传达出了汉赋的形式特征，更能传其精神，即所谓神似古人。

张氏短赋亦多有佳构，以《寒蝉赋》《秋霖赋》《望江南花赋》3篇最佳。《寒蝉赋》以寒蝉为比，托物自喻。其序言写寒蝉之修洁，"辞缁涅于埃秽，翾乘风而遒行"是总体概括它的气质态度；所谓"端广额以节首，抗修緌以仪冠"，乃言其仪容之修洁；"叽醴泉以为饮，接沆瀣而为餐"，言其餐饮之修洁；"心抱清而守素，体逍遥以自然"②，则言其体性之修洁。这样的寒蝉，实是通体修洁、内外兼美的德物，张惠言以其为比，主要是借而寄托一腔高洁的情怀。《望江南花赋》命意与《寒蝉赋》相近，望江南花虽然只不过是一种不大起眼的"庭前小草"，然而它"丽见朝阳而布叶，矫夕仪而敛阴。托秋霜而表荣，倚曾壖而效心。华不饰说，香不越林。群不比标，偏不庋参。独专专兮沉沉，体志安稳，醇醇深深"③，称得上是花草中的隐逸君子，张惠言这样写，也不过是君子的自期与自况。《秋霖赋》写作者谋食客居，时值秋雨，于是因景兴怀，抒写心中的感伤无奈：

心抑郁而无悷兮，暮独返于虚堂。飙风凄凄而入帷兮，溜循檐之

---

① 张惠言：《黄山赋》，见屠寄辑《国朝常州骈体文录》卷十一。
② 屠寄辑：《国朝常州骈体文录》卷十一。
③ 同上。

浪浪。茅阖苦而不蔽兮，雨足入于空床。夜沾湿而十起兮，履颠倒乎余裳。独专专而不寐兮，百虑颓而侵寻。故乡杳以日远兮，又流转而北南。惟同怀之寂历兮，共千里之忉心。造分襟于假夏兮，淹清秋之绪风。欲褰裳而就之兮，限浮潦之淫淫。念人生之靡乐兮，恨秋夜之不旦。①

抑郁感慨，回环揉转，真要摇动人的心魂。这3篇赋作，体制虽短，精神则长，将楚骚及汉魏小赋风格融于一体，情辞、意思俱美。其余如《蕉花赋》《赁春赋》等，亦是佳文。

张惠言另有一篇妙文为《邓石如篆势》，李兆洛《骈体文钞》将赞写书势的一类文字，归入"杂颂赞箴铭类"，崔瑗《草书势》、蔡邕《篆势》及《隶势》、卫恒《字势》、成公绥《隶书体》、鲍照《飞白书势》等，都是李书所选而辞采可观的美文。中国书法之美，众人皆知，但要具体说出它的好处，却并不容易，在文章写作中我们的古人通常采用比譬的修辞方法，通过间接形容，来引发想象之美，前引崔、蔡诸人的文章，莫不如此。张惠言汲取于前人而熔铸心裁，更出新意，如其比譬云，"突植立以离偶，乃禽趋而伎逻。窈窈冥冥，若首若惊，若应龙将鲵，以须震霆；幡幡嵝嵝，若阳若阴，似柔柎賷荣，不可见风"，又云，"即而察之，若慈母字子，裴回迁转，煦妪而相分"②，精妙妥帖，神乎其神，可见张氏才力之高。

武进大南门张氏，一门风雅，张惠言之外，惠言弟张琦、惠言子张成孙，都是阳湖古文、骈文的重要作家。骈文方面，张琦因为对自己文集删汰极严，所余骈文仅《古诗录序》《十二艳品序》和《素灵微蕴序》3篇，但从中亦能见出他的才气；张成孙诸作，则收于其《端虚勉一居文集》中，屠寄《骈体文录》选11篇，可略加论述。

张成孙，字彦惟，他"通小学，工历算，于经精研礼意"③，以小学的成就最高。张惠言志撰《说文谐声谱》二十卷，未竟而卒，后成孙跟随同邑庄述祖研习小学，学成后乃在张惠言已有基础上，"卷第篇例多所增易"④，成书五十卷，学者多喜之，支伟成评曰："即谓彦惟绍述父志以自成

---

① 屠寄辑：《国朝常州骈体文录》卷十一。
② 同上。
③ 支伟成：《清代朴学大师列传·皖派经学家列传第六》，岳麓书社1998年版，第96页。
④ 赵尔巽等撰：《清史稿》卷四百八十二《张惠言传附张成孙传》。

一书，要无不可。"① 其诗文创作，裒为《端虚勉一居文集》三卷。

张成孙于骈文，是众体兼能，书序赋铭，皆有佳作，而最长于书序，《萍聚词序》《咏菊诗序》《答董方立书》《与杨绍起书》可为代表。嘉庆二十四年己卯（1819），张成孙与友蒋学沂、董士锡、程子衡等人同客长安，诗酒征逐，极一时之乐，后各人星散，是年冬，程子衡回忆当时情状，感慨赋词数首，此即张成孙为之作序的《萍聚词》。《萍聚词序》以议论振起，议论人生百年应当如何活法，作者认为最惬意的应是：

> 尔其疏斋绝喧，嘉肴涤俗。左右修竹，春秋佳辰。时与二三子，窈窕言怀，慷慨论志。当夫酒酣耳热，放歌古今。羲阳纳景，饯归岫之纤云；皓魄升华，鉴臧心之逸气。托微禽而寄响，假芳草以言思。此时心情遐焉恬旷，或足跂也。

清新隽逸，辞情俱高。末尾则结以抒情，言友朋分逐的无奈：

> 嗟乎！分襟即路，怆寒风之逼人；默坐溯怀，怆浮云之滞迹。千里百里，契协他山之落；长言短言，声谐燕市之筑。②

炼词属对极工，而感慨万千，结响悠长。整篇文章，先扬后抑，其篇章结构的方法、用词造句的工力、文章的气度，皆有洪亮吉之风概。

与《萍聚词序》风格相似的，是《咏菊诗序》与《答董方立书》，前文写友朋高聚、诗酒流连一节：

> 是日也，天朗肃霜，旭华丽曜，飙风徐引，纤云不尘。左右无纷俗之俦，居斋绝甚嚣之扰。清言飞屑，妙析渊微，逸志摩空，气裕雄爽。既而钩月侵脯，宵漏进筹。四座欢然，杯肴狼藉。花气益皎，清景布阶。人意欲醺，流觞满席。长歌当啸，曼词若芬。骚人艳采，吐锦绣之肠；客子感怀，荡牢愁之魄。此时心情旷焉莫接。兰亭修禊，花坞游吟，虽静动之各殊，亦古今而一致已。③

---

① 支伟成：《清代朴学大师列传·皖派经学家列传第六》，第96页。
② 屠寄辑：《国朝常州骈体文录》卷十二。
③ 同上。

真是清新逸宕，才气横溢。后文写作者独居闲适之况：

> 江南三月，春融草长……鱼伏波而不游，花迎人而若笑。乃有豪士呼酒，雅客抡弦。曼歌一阕，鸟为之翔；急管一声，云为之裂。山有焕绮之色，水聚纤锦之奇。某亦披襟曳带，容与其间。①

三月江南的清景、豪士雅客的风流，跃然笔端。《与杨绍起书》先向友人尽陈一生志向，含蓄中有一种执着在；继述自己迫于家贫，志不得施，郁郁委身世俗，所谓"文质未达，长铗来歌，饥寒是困，草属儳蹙。秋云春月，付之俗氛；一日六时，掷于为人。琳琅之卷未启，尘嚣之务汇摧。醍醐终晷，无可自喻"②；结尾则笔锋一转，以宏志自励，告慰于友人。全文一波三折，字字出于肺腑，读来令人唏嘘感慨。

书序而外，张成孙亦擅写骚体短赋，《秋阴赋》《梦游弇山图赋》两篇可称典型。前文写秋之氛围，文章侧笔描绘、虚实相间，将抽象的秋阴写得郁郁可感。后文系成孙为友人冯晋蘬所绘《梦游弇山图》作的赋辞，文章依图命笔，敷衍小弇山草堂的景色，全文皆为想象之语：

> 槐千章而夹道，杂时卉以标妍。丹禽抗翼而撇捩，玄鹤振羽而翩跹。增峦嵯峨，密栗参差。复道重阁，隐拂天阶。屮髻迎于门阤，道前路而为期。雕阑绮户，若续若离。奇峰四达，若蹲若跱。则有长桥，缦亘东南。珠波滴石，涛景写潭。扶危隥而仄越，濯清沚而怡恬。③

飘洒奇逸，有如仙境。此外如《石鼓文赞》《书双钩石阙铭后》，前文描写石鼓文的形与神，后文形容仓籀文之势，比譬之精妙，不亚于其父张惠言的《邓石如篆势》。

综观张成孙的骈文创作，多是以清新的笔调描绘景象、抒写情怀，少用典，富于才情，在风格气质上，近于"常州体"的清新一路，我们将其视为"常州体"洪亮吉的后继，也未尝不可。在描绘清代常州骈文版图时，应为张成孙留出一席之地。

---

① 屠寄辑：《国朝常州骈体文录》卷十二。
② 同上。
③ 同上。

二 李兆洛

世人之于李兆洛，特别推崇他的《骈体文钞》对文章创作"骈散融通"理论上的贡献，于文章也多举赞他的古文，实际李兆洛的古文、骈体皆有佳作，不应仅视其为古文家，掩盖他的骈体成就。李兆洛（1769—1841），字绅琦，更字申耆，号养一，阳湖人。幼颖异，九岁为制举文，操笔立就。大学者卢文弨主讲常州龙城书院，"从游者极一时之俊，独许兆洛为第一流"①。嘉庆十年进士，散馆授安徽凤台县知县。历主怀远真儒书院、安庆敬敷书院、江阴暨阳书院，为嘉道间海内名儒。他学术研究、文学创作并擅，辑有《皇朝文典》七十卷、《大清一统舆地全图》《凤台县志》十二卷、《地理韵编》二十一卷、《骈体文钞》三十一卷等，撰有《养一斋文集》二十卷。

李兆洛《骈体文钞》三十一卷在清代文学史上影响深远，其编纂的原因，《清史列传》认为是"（李兆洛）尝病世之治古文者，知宗唐宋而不知宗两汉。《六经》以降，两汉犹得其遗绪；而欲宗两汉，非自骈体文入不可。"② 实际上，其一方面"是为提高骈体文的地位"，另一方面"也是最主要的是要借此证明骈散同源，打通骈散的人为壁垒，倡导骈散合一"③。他在理论上，比孙梅等人走得更远，其也为阮元、刘师培等骈文理论家进一步提倡骈文，提供了最重要的理论资源。从清代中后叶古文与骈文发展史的实际来看，李氏的这两个目的最终都实现了。

正如李兆洛在理论上所提倡的，其骈体文的最大特色，即是骈散交融，这种骈散的交融，不仅体现在显性的词句安排上，还体现在隐性的行文气质上，它们往往气息流畅，如行云流水，骈中有散，散中有骈。这一点在李兆洛颇为擅长的序、记体作品中，表现得最为充分。序体如《骈体文钞序》议论推溯古今文章源头，骈散结合，理辞俱佳，是其所倡导"骈散融通"理论的系统宣言，又是这一理论落实于实践的典型之一。又有《姚石甫文集序》，言"古之学者"器识涵养，所谓"夫古之学者，莫不有天下己任之量，所以副其量者，莫不有尧舜斯民之心"，议论超迈；评论姚石甫"咏歌性情之作，雕绘景物之篇"，所谓"体兼质文，词必廉杰，不佻诡以害才，

---

① 清国史馆原编：《清史列传》卷七十三《李兆洛传》，周骏富辑《清代传记丛刊·综录类②》，台湾明文书局1985年版。

② 清国史馆原编：《清史列传》卷七十三《李兆洛传》。

③ 于景祥：《中国骈文通史》，吉林人民出版社2002年版，第912页。

不愧丽以荡心，下视辟绩，犹茝楗也。加以少岸隐忧，长宭群忌，憔悴之音托于环玦，悲愤之思憯若风霜。诵者涕零，恻其幽眇；作者顺息，归诸和平"①，则《诗》心《骚》情，体兼雅怨。文章一脉贯通，流畅无碍，骈散融通，也是一篇佳作。

记体以《马瑙泉别墅记》为代表，文章先以记述孙景贤所构筑的玛瑙泉别墅之地形胜景：

泉上出，精莹可鉴。上有佳木，乔枝互翳。凿方塘，引泉盈之。筑小亭于其中，敞牖四达。芙蓉被波，纤鳞唼绿。水溢东出，潺然泻石上下，导小溪，曲折数里，达于肥泉之南。结庐数楹，容促坐，盖营之而未成也。负阜接磴，屏拥案演。面带肥水，悄焉西迈。尉湖渟渟，鲜碧无际。外则交横阡陌，方罫原隰。秋场可筑，春蔬足供……远不绝迹，近不涉嚣，亦闲居之胜赏矣。②

继而伸发"夫山水之华泽，天地之所含演也，所以涤畅灵明，书写仁智"之大义，有叙有议，清妙可赏，有柳宗元、欧阳修山水游记神韵，其骈散融合无迹，目为散体、目为骈体皆无不可。其余如《旧言集序》《爱石图题辞续编序》《岁寒堂夜课图记》等，也都是骈散结合而文气流动、脉理清畅的好文章。

序、记而外，李兆洛碑铭诔祭诸体，也多有佳作。其大体可分两类，一类是谨守古人体制，骈俪工整，鲜用散句，如《怀远县重修文庙碑》《祭廉将军文》。《怀远县重修文庙碑》旨在崇饰怀远县主事者重修文庙的功绩，所以命笔多雅，所谓"兹土之美，远近修洁。饬省嘉义，庠序济济。百里之封，峨峨者山，洋洋者水，翼翼者庭，巍巍者堂。莫不耸跂，笃生俊贤。弁冕端委，先后踵趾"③，渊穆典重，有醇儒气度。《祭廉将军文》为骚体祭文，全文虽仅269字，而感慨深厚，所谓"出北郭而戒涂，汨苍茫乎邺丘。川浩兮不回，日又澹澹而西流。吾讵知夫归骨之在不？"所谓"威伸乎邻敌，而内戁乎奸回；功存乎社稷，而曾不足解猜。盖阻尼之自天，吾奚尤夫郭开？"④对廉颇悲剧的一生寄寓同情，有《史记》之睿识深情，兼具《楚

---

① 屠寄辑：《国朝常州骈体文录》卷十三。
② 屠寄辑：《国朝常州骈体文录》卷十四。
③ 屠寄辑：《国朝常州骈体文录》卷十三。
④ 屠寄辑：《国朝常州骈体文录》卷十四。

辞》之悲郁沉绵。另一类则有承有变，将他骈散融通的思想成功地运用其中，典型的是《重修玄妙观碑记》，特别是其中言道术之演变，以散行之气，运骈俪之句，从鸿蒙初开直至宋代紫阳真人张伯端，钩玄挈要，识见高卓，可谓叙议一体、骈散一体，没有通才实学是办不到的。屠寄在《国朝常州骈体文录·叙录》中说李氏于骈体"尤长碑铭"，又说其"翰藻之美，张蔡是宪"①，这的确是有根据的评价。

三 陆继辂

陆继辂（1772—1834），字祁生（一作祁孙），一字修平，阳湖人。嘉庆五年举人，官合肥县训导，甚得时誉。曾任江西贵溪县知县。与兄子耀通并擅文名，人称"二陆"。陆氏长于古文，为阳湖派古文代表作家之一，同时也工骈体。有《崇百药斋文集》四十四卷、《合肥学社札记》八卷。长期以来，陆继辂的古文，论者鲜有涉笔，他的骈体文则更少有人问津。《国朝常州骈体文录》选继辂文9篇，数量虽然不多，但是质量颇可观。他的骚体短赋最见才情工力，屠寄《骈体文录》所选《摄山采药赋》《牵牛花赋》《络纬赋》3篇，都是托意委婉、属辞精美的好作品。

陆继辂之师庄达甫曾将所作《摄山采药图》给继辂观赏，继辂览图有感，对其师"抱经世才，吝于遇，不得施，寄意林泉间，行歌采芝"的遭际振袖一叹，于是伸笔赋此。文章所描绘，山则"仰斡斗维，俯络江渚，前蟠句曲，后躅龙阜"，林则"寂以窈窱，上蝯狖之所群"，药草则"黄良白昌，赤节朱蠃。金盐玉荄，珠英石精。桐君之所未录，农帝之所不名"。其写山之奇俊，林之幽窅，药草之珍异，都是为下文勾勒庄达甫"指若木以写意，拾瑶草而悠然。冀览察其可得兮，愿从搴兰而扈荃"的风神张本，都是用来托喻庄达甫人格之绝特非常，"写物以附意"②，得骚人之旨。

《牵牛花赋》以庭前小草起兴，托言人生感受，它的妙处是在短小的篇幅中，将万物的荣枯代谢、生命的短暂而不可依恃，婉转呈示：

> 于时玉露留华，冰轮返驾。翠黛连娟，绿鬓低亚。乍现景于优昙，遽委形于瓜柫。讵朝晖之不接兮，隐幽姿之速化。刻移阴于曲槛兮，悟荣枯之代谢。彼群卉之自炫兮，孰芳华之可贳。倘尘梦之易觉兮，伫星

---

① 屠寄辑：《国朝常州骈体文录》卷三十一。
② 刘勰著，周振甫注：《文心雕龙注释》，第394页。

辰于今夜。①

并以此为前提，进一步暗示出他独居寂寞、蕴志深沉而乏人汲引的人生无奈。文章有兴有比，物人互喻，而精神自见，体制虽短，精神则长。

《络纬赋》亦是借络纬秋虫，托物寄意：

> 伊秋人之无寐兮，纷百感之忉心，有萧萧之络纬兮，答哀响于孤吟。翳片叶而为安兮，奚喧喧而不已？岂宵杼之罔顾兮，迫寒侵于在己？维春鸟之催耕兮，亦中夜之啁啾。谅栖啄之易遂兮，抱盈歉之隐忧。羌物小而志大兮，惧多言之见尤。彼鹰鹯之敛翼兮，方煦妪而为德。汝既不与蚯蚓以为群兮，宜含贞而守默，勿强聒以终宵兮，怆侨居之凄寂。②

络纬秋啼，本是自然之理，但作者却要斤斤赋言，对它的聒噪表示不满，还要以理相劝，愿其息响，之所以如此，是因为络纬的啼叫，"怆侨居之凄寂"，不但增作者侨居的凄寂，还促他由络纬的"羌物小而志大兮，惧多言之见尤"，想及人生的种种不如意。文章即物起兴，如即兴短诗，小而有味，余响悠长。

骚体短赋之外，陆继辂的铭赞也有较好的篇章，如《周南书院寓室铭》《周保绪书赞》。《周南书院寓室铭》以言简蕴厚见长，其文曰：

> 亭亭瑶林，非鹓何栖？英英香草，寸根不移。何以却疾？饮芳食菲。何以延年？沐玄浴微。怀哉斯室，既安且夷。敬业以勤，乐群而嬉。佛恋三宿，庄适一枝。永朝永夕，云胡不思？惟屋有乌，惟木有荑。用告后来，视此铭辞。③

寓室一间，"既安且夷"，其所以能有如此体性，主要还是因为居住者内心的充盈自在，"敬业""乐群"，"沐玄浴微"，儒、佛、道能各适其需、互为济助。简澹铭辞中，寄寓通透的体悟。《周保绪书赞》与前述张惠言、

---

① 屠寄辑：《国朝常州骈体文录》卷十四。
② 同上。
③ 同上。

张成孙父子诸论书文形似，特出之处也在比譬的精妙，如"操纵适度，昞睐四周。雄虹雌蜺，左旋右抽。锵鸣珂于逸足，驯野鹍于劲秋。远而望之，若莲苞乍放，迎朝晖而振采；近而瞭之，若兰心初展，滋晓露而未收"① 云云，可与张氏父子文章相媲美。

四　董士锡

董士锡（1782—1831），字晋卿，一字损甫，武进人。副榜贡生，候选直隶州州判。董士锡幼时，其父董达章经常游学在外，发蒙督学的责任，多由士锡祖母钱氏承当，士锡《祖妣钱孺人行略》有云：

> 士锡生二岁，太孺人裒裒之，戏指桃符字使识，时不能言，以目识之。三岁，口授杜甫《秋兴》诗八首成诵。四、五岁，则受以《孝经》《千文》。六岁就傅，辰入塾，申出，出必于太孺人前尽呈一日之课，必无所失乃已。所课书日几何，能否中程，太孺人命之皆如其资，暇则为讲说史传名臣贤士之言行指趣。十二、三岁学属文，则训以宜自得师、慎取友、勤修饬，坐卧行立勿有惰容，更衣履、整卧具，勿许辄委婢仆，曰劳不可不习也。言动轻妄必谴诃，甚者怒且不食，诸母姑姊环请不得，则皆仓皇交责士锡，引自数长跪，谢不敢，乃解。②

大到读书立身，小到衣食言行，钱氏都一一诲教，我们可以称钱氏为董士锡一生中的第一导师。对董士锡一生产生巨大影响的，祖母钱氏而外，必推他的两舅氏张惠言与张琦，士锡钻研经史、习为诗文歌赋，都是承其指受，二张可说是士锡人生中的第二导师。

学术上，董士锡长于虞氏《易》与地理之学，前者受自舅氏张惠言，后者则为覃思独创。纂《续行水金鉴》，补郑元庆《行水金鉴》之不足，当时学者倍加推崇，如支伟成《清代朴学大师列传》将董士锡作为地理学家介绍时，即对此书着墨颇多③。文学上，诗、词、文、赋俱工，比如词的一方面，他是常州词派张惠言以下承前启后式的重要人物，古文方面也是一时名家，有《齐物论斋文集》六卷。这里重点介绍他的骈体创作。

---

① 屠寄辑：《国朝常州骈体文录》卷十四。
② 董士锡：《齐物论斋文集》卷四《祖妣钱孺人行略》，清道光二十年江阴暨阳书院刻本。
③ 参见支伟成《清代朴学大师列传·地理学家列传第十七》，第246页。

董士锡长于赋体，支伟成《清代朴学大师列传》曾提及，董氏文集中有"《古赋》二卷，包世臣至推为独绝往代"①，按照包世臣的评判，董士锡的赋体创作成就是极高的。其赋大体分骚体赋与杂言赋两类，骚体赋如《思归赋》《秋霖赋》《白云赋》《红蕙赋》等，皆有可观处，这类作品体式古雅，用字造语皆骎骎入古，如《白云赋》写白云之状：

扶桑之白云兮，千里而猗靡。连蜷兮郁律，磅礴兮变化。岩峦兮驾浦，蛟螭兮浴波。幽螺兮参差，撇薛坡峨。滛滛溶溶，翳翳离离。旁溢复充，乃猎泰岳而西驰。其为状也，纤绡不足以喻其絜，丰桁不足以方其华。耻游氛于夕蟬，陋错采于朝霞。去若编帆，来如阵车。辞阴暮卷，迎曦昼舒。扶台傍垣，不知其居。②

白云的万千变态，如在目前，可谓描写入微。不过这类作品虽然才气颇盛，但是思路格式，与前人无异，是旧瓶装新酒。

真正有特色、最能见出董士锡才情的，是其文集中的两篇杂言赋，即《庭中杏花赋》和《忆梅赋》。这两篇作品，沿取齐梁诗体赋之格，通篇押韵，并且四字、五字、七字为句，打破骈体四字、六字为主的格局，参差可爱，如古体歌行，称它们为赋体歌行，也未尝不可。《庭中杏花赋》云：

东皇二月驻銮车，披风带雨入人家。散将满院燕支雪，化作清明一树花。锦屏十二玉夫容，暖倚骄阳萼尚封。九微夜锁匀酥靥，七宝春堆薄粉容……不忍轻攀摘，惆怅折花人。庭除几日阅芳菲，喜得枝头凝靓妆。照水神偏艳，欹风梦亦香。露深花重，门掩春长。吐丹心而若绣，横素质而含章。寒食华雨满中庭，日日觅醉不教醒。③

精气流转，丽而不缛，正所谓"诗人之赋丽以则"④。《忆梅赋》云：

若夫洞房延魄，阑径调犨，未辞飞罕，先惊落辉。梦深宵浅，酒重香微，低徊绣野，怊怅朱扉。寒枝照水静生光，却讶月痕都带霜。盼影

---

① 参见支伟成《清代朴学大师列传·地理学家列传第十七》，第246页。
② 董士锡：《齐物论斋文集》卷四。
③ 同上。
④ 扬雄：《扬子法言》卷二《吾子篇》，《四库全书》本。

疑分鄂，披风怪箸香。但随苹叶，怕拂疏枕。倦凝情于北渚，空伫望于南湘。春风未到上旗亭，记得青苔覆路平。金屋虚教置，珠帘空复明。只今何水部，应知鬓尚青。还胜深闺里，年年余怨情。①

流丽绮怨，柔肠百结，一气浑成，不可句摘。我们细读这两篇赋作，上承庾信《春赋》，兼采初唐四杰，才力、辞情皆臻高诣；在体制上，它们是引诗入赋、以赋体为诗、诗赋交融的成功之作，包世臣"独绝往代"的高评，它们实可以副之。在清代骈文史上，对这两篇作品应给予足够的重视。

赋体之外，董士锡还有数量可观的一些哀祭文及两篇赞文，不过与他的赋作相比，艺术成就稍显逊色。可值一提的，是《同门祭张先生文》。张惠言为一代鸿儒，世所敬仰，董士锡不但是他的嫡亲外甥、女婿，而且是他的及门高足，当张惠言以壮年遽殁，士锡的悲伤可想有怎样的深厚。但是儒者立世，以禀受天命、利济天下为大，生死本不可避免，不足介怀，所以深悉张惠言胸怀品格的士锡，在祭文中花了很大的篇幅陈述张氏一生的遭际品德和学术成就，如开篇即云，"天生哲人，有命于天。大任降矣，曷眷伊贤。孰通厥身，而困厥施？施且弗延，吾将孰仪？于维先生，淑闻孔昭，嘉德申申，以燕以姚。阳风阴雨，翼俊登髦。弟子识之，先生则劳。先生治经，详乎《易》《礼》，既通以神，亦视其屦。威仪隆杀，消息盈虚，先生述之，祖郑宗虞"，怨而不怒，醇雅温厚，董士锡用这样的叙述，总结突出张惠言的人格学问，并在其中寄寓对大雅逝迈的哀伤。

总结而言，古文阳湖派诸家的骈文创作成绩，虽然无法与洪亮吉、孙星衍相提并论，也不如前述比较专门骈文家刘嗣绾、方履籛和董基诚、董祐诚兄弟诸人，但是他们本以古文家而兼骈文家，余力所为，成绩不斐，与洪、孙、刘、方、"二董"诸人，共同构成了清代常州骈文的主体版图，深入系统地研究常州骈文，不可不提及阳湖派古文家的骈文创作。

---

① 董士锡：《齐物论斋文集》卷四。

第三章　邵齐焘、彭兆荪与清中叶苏、松、镇、太骈文

在众芳争妍的清中叶江南骈坛，常州府在以洪亮吉、孙星衍、杨芳灿等为代表的诸多骈文家的群体努力下，取得了堪称辉煌的成就；杭、嘉、湖地区的骈坛也不甘示弱，涌现出包括杭世骏、袁枚、吴锡麒、王昙等人在内的一批骈文名家。常、杭、嘉、湖而外，苏、松、镇、太三府一州中，松江、镇江骈坛颇显寂寞，而苏州、太仓地区则名家辈出，显示出比较旺盛的创作力。

第一节　"于绮藻丰缛之中，存简质清刚之制"的骈文国手：邵齐焘

接续清初尤侗、吴兆骞等人开创的骈文初兴之局，清代中叶的苏州府骈文获得了更为重要的发展，其名家辈出，前后相继，蔚为壮观。其中率先在骈坛自树一帜，号为大家者，乃是昭文邵齐焘。吴鼒辑《八家四六文钞》，即将邵氏与袁枚、刘星炜、孔广森、吴锡麒、孙星衍、洪亮吉、曾燠并为收入，足见其在当时影响之大。

一　邵齐焘生平

邵齐焘（1718—1769），字荀慈，号叔宀，江苏昭文（今常熟）人。昭文邵氏源远流长，据邵齐焘《伯兄诗文序略》，其最早可明确上溯到唐贞元间邵喜，喜居杭州之北市，无子，以弟邵说次子好礼为嗣。好礼生禄，禄生德元，咸通中迁于睦州。德元生康，康生靖，靖生清，清生显，乃迁于歙，居贵溪。显生约，约生世，世生颜，颜生清溪公万成，始迁于休宁，居黎阳村。万成以下，一脉传衍至存养公继善，世居黎阳。继善生若水公嘉祚，始迁于常熟。雍正二年（1724），清廷析常熟置昭文，邵氏因以昭文为籍。邵氏迁常熟初祖嘉祚，是邵齐焘的高祖。嘉祚生庸斋公可嘉，可嘉生庄庵府君

甲临，甲临生韡（味闲），即其父。①

邵氏自唐以来，有千余年的繁衍历史，在此过程中也出现过一些令家族感到自豪的名人，唐吏部侍郎邵说而外，最值得一提的，应是邵氏在河南一支的宋代大儒邵雍。不过，除他们而外，邵氏的名人并不多，特别是迁于休宁的一支，在邵齐焘兄弟名振当世之前，一直默默无闻，邵齐焘在《伯兄诗文序略》中即曾提到："黎阳之邵，世以醇德相承，礼教信义被于乡间，潜而弗耀，未尝显闻当世。"当然，以邵齐焘兄弟为代表的黎阳邵氏在文化上的振起，并不是一个偶然的事件，就科举仕进而言，邵齐焘的从祖大椿即为雍正元年进士，"自此以来，往往有仕进者"，他对家族影响是可以想见的；就文艺创作而言，邵齐焘的祖父甲临便热衷此道，"欲以文学鸣"②，同时他还将这种志向成功传递给了他的儿子邵韡，并经由邵韡传衍到了邵齐焘兄弟。

毫无疑问，邵韡对邵齐焘兄弟的影响，是最为直接、最为全面、最为深刻的。邵韡在仕进上"久踬场屋"，只做到了一个候补主事，没有什么作为，但他"殚精文史"③，并"游义门何学士门（按：即何焯），受其学，尤善书，得二王法"④，有着相当的文化修养。他对几个儿子的家庭文化教育，内容非常丰富，文史、艺术、科举仕进等，都包括在内。如邵齐焘在文集中就两次提到，由于乃父在科举上"屐爽逢年"，所以他就像中国传统社会的其他家长一样，把内心的希望寄托在子嗣的身上，《伯兄诗文序略》所谓"属望来者"，又因为邵齐烈是长子，故他对齐烈便"训诲期勉之尤至"，而齐烈之所以能成举人、成进士，与乃父的"训诲"是分不开的。此外，邵齐焘之工章草、邵氏兄弟在诗文创作上各有建树，也都与得益于他们父亲的训励影响。

邵氏兄弟虽然对振兴家族声望都贡献了力量，但贡献最大的并不是长兄齐烈，而是弟弟邵齐焘，正是由于他在诗文创作上所取得的颇为卓越的成就，使得昭文邵氏成为清代文化家族史上不容忽视的一个组成部分。邵齐焘幼即异敏，"甫受书，辄了大义"，以致"塾师惊，辞不能师"。他的科举之路，在开始是比较顺利的，乾隆七年（1743）二十六岁时即成进士，"其闱中文腾羣下，人皆口传以熟。后有效者，辄得弋获。虽形貌乖舛，群相指为

---

① 邵齐焘：《玉芝堂文集》卷二，《清代诗文集汇编》影印清乾隆间刻本。
② 邵齐焘：《伯兄诗文序略》，邵齐焘《玉芝堂文集》卷二。
③ 同上。
④ 郑虎文：《敕授儒林郎翰林院编修加一级邵公墓志铭》，邵齐焘《玉芝堂文集》卷首。

'邵体'",这一颇具传奇性的经历,似乎为他的仕进之途打开了一扇宽敞的大门。次年,乾隆帝东巡,他献上了一篇被人赞为"原道敷章,研神播采,扬、班之亚"的《东巡颂》,于是文名大振,"群公器之,争欲致君门下"。① 但是,由翰林院庶吉士而考授编修的他,性格、志向与时好皆相左,郑虎文《墓志铭》有云:"君冲澹,不省揣合,相澹澹为暱,又习与一二静者游,益耽闲,喜自弛置。"又说当时"多少年暴起,意气盛,各以才力相斗煽,舆马服御燕款相矜高,虽谨厚贫者咸务此",但被人误指为富人的邵齐焘,却"独乘羸车,摄敝衣冠,傲然出众中",这使得众人大骇,对他也就"刮目相看",并日益疏远冷落他。乾隆十四年,他在为友人所作的一篇诗序中言道:

> 齐焘文非适时,学不师训。十年佔毕,才辨离经之志;七载成名,方贻筐篚之愧。若使得偃息茂树之阴,濯足清泠之源。尘缨一挂,便散发于书林;俗驾长停,揭还辕于学市。蠹残竹于名山,餐鸿经于宝笥,上可以遗弃名利,养性穷神,次亦足论次古今,增闻胆见。实纷吾之本怀,羌未逮而有志者也。②

这里固然讲的是他的高洁志向,但我们从中也不难体会到他与世不谐、落落寡合的惆怅之感。事实上没过多久,他就在乾隆十七年被罢归,那时他正值三十六岁的健盛之年,"性格决定命运"的命题,在他的身上倒是应验了。

从各种文献记载来看,罢官还乡以后,邵齐焘的满足感远远大于失落感,一方面在他为官翰林的十年,"遭母、兄丧,旋丧偶,思亲图归,日夜以冀",现在他便可以与家人团聚,弥补他缺失的天伦之乐;另一方面,远离官场,又可以实现他读书养性的理想;同时,以"道山禄隐"的方式退居林下,他的声名并没有受到负面的影响,特别是在文学创作上,"间遇国家庆典,皋赘禹谟,鎗洋庙堂,假羽饰喙,颉辉鸾凰,邮书属草者,使填于门。负鳌蟠螭,铭宫揭阡,人交走币恐后,咸须君文以休万祀",以故"身晦名显,日逾以崇",后来(乾隆三十年)"清跸南巡,有诏征在籍词臣集

---

① 郑虎文:《敕授儒林郎翰林院编修加一级邵公墓志铭》,邵齐焘《玉芝堂文集》卷首。
② 邵齐焘:《读书吾庐图诗序》,邵齐焘《玉芝堂文集》卷二。

试阙下"，他以母老辞试，也就入情入理了。① 乾隆三十一年春，因进士同年常州知府潘恂之请，主龙城书院，喜奖掖后进，黄景仁、洪亮吉等皆从受学。三十四年卒，年五十二，郑虎文《墓志铭》谓："君殁，士有哀之若父母者。"可见其得人心之深。

在文学创作上，邵齐焘诗文兼擅，有《玉芝堂文集》六卷、《诗集》三卷，"乃其晚年所自定"②。《文集》中骈散并收，以骈体为主，陈康祺谓其"渊懿鎗洋，鲸铿春丽，骈偶家奉为鸿宝"③，又郑虎文《墓志铭》云，齐焘挚友骈文名家王太岳，"初亦好为文如叔〇，及见叔〇文，叹为天授，遂辍不复作"，其钦重如此；其诗"清夷雅妙"④，亦有可观。虽然邵齐焘的文学声名极盛，但是他为人十分谦虚，"常用陈思王语'仆常好人讥弹其文'八字镌为小印"⑤，《答王芥子同年书》亦自谦"根柢疏薄，智力凡弱，词不副意，意不逮见。"⑥ 当时文坛对他十分推重，与此不无关联。

二 邵齐焘骈文创作概貌

邵齐焘的骈文创作，主要收录在《玉芝堂文集》六卷中，该集收录邵文共计94篇，其中可以确认为是散体文的计有26篇⑦，亦即目前我们可见的邵氏骈文共有68篇。当然，这并不是邵齐焘骈体文创作的全部，《答王芥子同年书》中提到，邵氏的好友王太岳曾希望阅读他的文集，但是他自称"少时不学，今复何及，性既益懒，草稿多未存录"，所以"谨缮癸酉以

---

① 郑虎文：《敕授儒林郎翰林院编修加一级邵公墓志铭》，邵齐焘《玉芝堂文集》卷首。
② 四库全书研究所整理：《四库全书总目·别集类存目十二·玉芝堂集》，中华书局1997年版，第2593页。
③ 李桓：《国朝耆献类征初编》卷一二六，台湾明文书局1985年版。
④ 单学傅：《海虞诗话》卷四，民国四年铅印本。
⑤ 清国史馆原编：《清史列传》卷七十二《邵齐焘传》，周骏富辑《清代传记丛刊·综录类②》，台湾明文书局1985年版。
⑥ 邵齐焘：《玉芝堂文集》卷五。
⑦ 这26篇分别是《江万川先生弃余集序》《江掞庭诗序》《安定新城记》（卷一）、《伯兄诗文序略》（卷二）、《为按察许公题画菜后》《常熟海防厅署记》（卷三）、《噩梦录序》《谢母姚孺人墓志铭》《陕西粮储道席公元配李恭人墓志铭》《为郑赞善作肇庆府志序》《方母毛太宜人墓志铭》《李长衡先生山水跋》（卷四）、《敕封文林郎浙江云和县知县……勉庐谢先生行状》《翰林院编修栢东皋先生行状》《章烈妇墓碣》《蒋秋泾先生诔》（卷五）、《湖南按察使严公墓志铭》《景州知州屈府君墓志铭》《南巡盛典后序》《伯兄墓志铭》《先室席安人墓志铭》《康母王太宜人墓志铭》《跋袁随园前辈送韩宗海序册后》《雕虫观略跋》《书院生徒送太守潘公之官浙东诗序》《书院生徒送太守潘公之官浙东诗后跋》（卷六）。

来杂文十余篇，奉尘清览"，这里"少时不学，今复何及"固是自谦语，但"性既益懒，草稿多未存录"，有不少散佚，应是实话；我们再看《玉芝堂文集》，其录文始于乾隆八年迄于乾隆三十三年，乾隆七年即邵齐焘二十六岁以前的骈文一篇未录，另外被他删而未录者（乾隆九年、十年、十一年、二十五年、二十七年、三十年都没有作品被选录），还应有一定的数量。这都说明，《玉芝堂文集》六卷68篇骈文，只是邵齐焘一生骈文创作的一部分。

如前文所说，从时间跨度上看，经过邵齐焘亲自筛选的这68篇骈体文，主要分布在乾隆八年至三十三年这二十六年间。《玉芝堂文集》中的这些作品，并不是依文体而类分，而是按照作品创作的时间先后，依次分卷而列（年份上采用岁星计年法），其不足是体类不太清楚，优点则是便于读者依时间先后，把握邵齐焘骈文创作的轨迹、了解其内在变化。其每年所录作品的数量分布情况如下：乾隆八年（5篇）、十二年（2篇）、十三年（3篇）、十四年（6篇）、十五年（6篇）、十六年（6篇）、十七年（2篇）、十八年（2篇）、十九年（5篇）、二十年（3篇）、二十一年（3篇）、二十二年（3篇）、二十三年（1篇）、二十四年（1篇）、二十六年（1篇）、二十八年（4篇）、二十九年（3篇）、三十年（5篇）、三十一年（4篇，其中《嵩县志序》有目无文，难以判定骈散）、三十二年（1篇）、三十三年（2篇）。

由此可知，邵齐焘在为官翰林的十年中（其中乾隆九到十一年三年未录一篇），所作骈文数量相对较多，这与他作为翰林院官员必须经常写作应制及其他朝廷应命文章有密切关联，核对《文集》，可知这类作品占整个十年所作30篇骈文一半以上的比例，这也从一个侧面说明，清代翰林院风习对清代骈文的发展实有一定的影响。从乾隆十八年开始，邵齐焘每年所作骈文的数量相对有所减少，二十六年总计38篇，与此前十年所为骈文的数量相近，这一方面是因为他不必再大量写作前述的那些应制、应用文章（事实上二十六年中只写了4篇），而主要是依照自我感受和生活交往的需要，进行相对自由的创作；另一方面，这一时期的散体文创作的数量，较此前十年有较大幅度的增加，《文集》中收录的总计就有22篇，这也会对他创作骈体文产生一定的影响。另外，以乾隆十七年邵齐焘罢官还乡为界，我们就可以将他的骈文创作大体分为前后两期，这两期作品除了在内容上有所区别，在文风上也有所变化。概括地讲，就是后期作品行文更为清简、文笔更加老辣，当然，一些平朴无味的作品也出现在这一时期，《孙嘉复像赞》《祭曾会宗文》《祭席仲权文》等即其代表。

就文体使用的情况来说，《玉芝堂文集》中所收诸文，主要集中于墓铭祭赞、序跋题词及赋颂这几类文体，其中第一类墓铭祭赞在数量上占绝对优势（30篇），其次为序跋题词（18篇），再次则是赋颂（8篇），集中赠序、表、书及杂体文的数量比较有限。当然，赠序、表、书诸体的数量不多，但是成就却不低，特别是赠序（《送顾古湫同年之荆南序》《送黄生汉镛往徽州诗序》）及书信（《答周芝山同年书》《答王芥子同年书》）二体作品，曾燠《国朝骈体正宗》共录邵文6篇，前述赠序、书信4篇俱被选录，姚燮《皇朝骈文类苑》录邵文5篇，除《答周芝山同年书》而外的3篇亦俱被选录。

三　邵齐焘的骈文主张及其骈文的风格取向

关于邵齐焘的骈文主张，历来学者都将目光集中在邵氏《答王芥子同年书》中的那段著名的表述：

> 平生于古人文体，尝窃慕晋宋以来词章之美，寻观往制，泛览前规，皆于绮藻丰缛之中，能存简质清刚之制，此其所以为贵耳。

事实上，这也是邵齐焘文集中唯一一处明确表达骈文主张的文字。其意思比较清楚，可细分为两层：第一层，邵齐焘特别欣赏"晋宋以来词章之美"；第二层，邵齐焘所欣赏的"晋宋以来词章之美"，指的是"皆于绮藻丰缛之中，能存简质清刚之制"，"绮藻丰缛"说的是文章的藻采，"简质清刚"说的是文章的气质风骨。这样一种藻采与气骨兼备的骈文主张，确实是深刻、独到之论，直至民国初年，杨钟羲在他的《雪桥诗话》中仍向学文者推荐："古人有云'于绮藻丰缛之中，存简质清刚之制'，盖自道所得也，可为学者作文之法。"[①] 可见其影响之大。

文学家提出的相关理论主张，通常就是自己文学创作的理论取向，这是文学史的常识，前引杨钟羲所论邵齐焘的文学主张"盖自道所得也"，就是这一思路下的产物。那么，邵齐焘骈文是不是就是取法"晋宋以来词章"，并具"于绮藻丰缛之中，存简质清刚之制"的特点呢？关于这一问题，清代以来学者的意见就不太一致了。就骈文取径而言，郑虎文《墓志铭》有云："今海内人士所推能为东京、六朝、初唐之文者，无论识与不识，必首

[①] 杨钟羲：《雪桥诗话三集》卷六，民国八年南林刘氏求恕斋刻本。

吾友叔宀。"亦即在郑氏看来,邵齐焘骈文有东汉、六朝、初唐之风。又吴鼒《玉芝堂文集题词》指出,"昭文邵太史荀慈,志行超远,意度夷旷,似魏晋间人,其文亦如之"①,是以邵文近魏晋。又《国朝耆献类征初编》卷一二六引陈康祺语云:"邵叔宀太史齐焘,工东京、六朝之文。"认为邵文近东汉、六朝。又易宗夔《新世说·文学》谓:"邵则规摹魏晋,风骨高骞,于绮藻丰缛之中,存简质清刚之制……少能为六朝、初唐之文。"钱林《文献征存录》卷七有云,邵齐焘"善为骈体,文宗六朝、三唐,成一家言。"则前者明言邵文以魏晋为宗,而兼采六朝、初唐,后者确指邵文以六朝、三唐为宗。

再就骈文风格特色言之,学者们的意见也不太一致,如前引易宗夔《新世说·文学》及张仁青《中国骈文史》,便认为邵文具"于绮藻丰缛之中,存简质清刚之制"的特色②。又《四库全书总目》指出,邵文"以气格排奡、色泽斑驳为宗"③,《国朝耆献类征初编》卷一二六引陈康祺语谓,"《玉芝堂集》渊懿鎗洋,鲸铿春丽","色泽斑驳"与"春丽"是就文章藻采而言,意与"绮藻丰缛"近,"气格排奡""渊懿鎗洋"与"鲸铿"言文章体性气质,意与"简质清刚"近。另外,近人谢无量《骈文指南》评邵文所谓"清简"④,意思也与"简质清刚"相近。又吴鼒《玉芝堂文集题词》云:"太史规规前修,不失尺寸,而耻世士准量行墨,剽贼字句之陋。又其标格崖岸,有以自远,故所作如素族子弟,气韵不凡;如故家宗器,不比市肆骨董,专卖贩人;如元人画法,一丘一壑,自然高妙;又如吾乡休歙间,峰峦蔽亏,树木深黝,巨石空中,琴筑杂奏。"则认为邵文具气韵高素、古雅而自然、幽深之美。此外,钱林《文献征存录》卷七评邵文所谓"思甚雅澹",未出吴鼒所论范围;刘麟生《中国骈文史》所谓"《玉芝堂诗文集》,清劲秀洁,皆有自然妙趣"⑤,则与易宗夔、吴鼒等人所论俱有

---

① 吴鼒辑,许贞干注:《八家四六文注·玉芝堂文》卷首《原刻玉芝堂文集题词》,清光绪十七年刻本。
② 张仁青云:"荀慈《答王芥子同年书》云:'平生于古人文体,尝窃慕晋宋以来词章之美,寻观往制,泛览前规,皆于绮藻丰缛之中,能存简质清刚之制,此其所以为贵耳。'其志气,其作风,可于此中窥消息矣。"参见张仁青《中国骈文史》,浙江大学出版社2009年版,第424—425页。
③ 四库全书研究所整理:《四库全书总目·别集类存目十二·玉芝堂集》,第2593页。
④ 谢无量:《骈文指南》,中华书局1918年版,第82页。
⑤ 刘麟生:《中国骈文史》,商务印书馆1937年版,第126—127页。

交叉。

依上所述，从东汉至唐代的骈文，都被认为是邵齐焘骈文创作宗法的对象；而邵文除具"于绮藻丰缛之中，存简质清刚之制"的特色，还有气韵雅澹、自然高妙之美。这是否与邵齐焘《答王芥子同年书》中的论述存在矛盾呢？其实不然，如所周知，创作者的理论表述、理论期待与其实际创作，经常会存在不同程度的错位，因此，我们要比较准确地判定一个作家文学创作的取法对象与风格特征，结合他的作品而观，是相当可靠的一条途径，邵齐焘也不例外。我们研读《玉芝堂文集》中的 68 篇作品，可知邵齐焘的一部分骈文作品，如《圣驾东巡恭谒祖陵诗序》《圣驾东巡恭谒祖陵颂序》《恭祝皇太后六十万寿颂序》《圣驾再巡盛京颂序》《圣驾南巡颂序》等，铺文摛采，渊懿鎗洋，极尽揄扬之能事，其风格既近班固、扬雄，又近唐代"四杰"、苏张；另有一部分作品，如《纳凉赋》《张习诚合志堂诗序》《佩兰诗草序》《送黄生汉镛往徽州诗序》等，清捷婉转，流畅自然，有晋宋人风味；还有一些作品，如《答周芝山同年书》《送顾古湫同年之荆南序》《为少宰归公自陈表》《许在璞茹茶百咏题词》等，下笔清简，余韵悠长，而《兰郊奉母图序》《竹泉春雨赋》等藻饰中存清刚之气，亦近晋宋；此外，《诰赠朝议大夫沧崖袁公墓志铭》《席献之小照诗序》《顾密斋蕴真集序》等，气格排奡，古意盎然，是为汉魏体，如此等等。

由此可见，邵齐焘骈文的取法对象，绝不止晋宋两代之文，其骈文的风格取向也绝不止于"于绮藻丰缛之中，存简质清刚之制"，"寻观往制"，涵糅众体，并镕铸成自己各具面貌的风格，才是邵齐焘骈文创作的真实状态。我们应当进一步认识到，邵齐焘丰富多样骈文风格的形成，不仅规抚往代各种文学资源的结果，而且是广综博览古代各种典籍文献的结果，邵齐焘在《跋袁随园前辈送韩宗海序册后》中强调："余谓学医之与学文，其道未尝异。夫学文者，必原本六经，肴核子史，网罗古今典型先正，而后自以识见议论御之，乃可成焉，非可体貌近制，剿袭陈言，而以为能也。"[1] 这几乎可视为是夫子自道。另外，郑虎文《墓志铭》所谓"其学于古也，涵而揉之，去故遗迹，咀含浸淫，渗瀝衍溢，乃大昌于辞，而惟自其己出"，亦可与邵氏所论互证。在这个意义上，我们可以说，邵齐焘在《答王芥子同年书》中的那段表述，主要是作者基于个人偏好而提出的一个关于骈文取则与风格锻造的理想范式，是一个虽有偏重但实际比较模糊的理论期待。

---

[1] 邵齐焘：《玉芝堂文集》卷六。

四　邵齐焘骈文的艺术成就

作为清代中叶与袁枚、洪亮吉等齐名的骈体名家，邵齐焘的骈文不但形成了自具面目的多种风格特色，而且在众多方面取得了令清代骈坛刮目相看的艺术成就，这里拟三个方面切入，做具体的分析。

第一，奇偶相参，以气驭文。这里的既指句式层面的偶句与散句交错并用，又指文章行文气势上的奇偶交融，而不论是什么形式的奇偶相参，邵齐焘都能以一种连贯而比较饱满的"气"贯穿其中，从而达到以气驭文的效果。典型的如《答王芥子同年书》向友人婉陈不愿、不宜再出仕的原因云：

> 齐焘去秋，再奉恩命，中朝知己，数书劝驾。自念学业行能，本无足取，早蒙雨露，滥厕蓬瀛，至今扇影炉烟，渺然霄汉。书云辨蠱，岂忘梦想？蛊上不事，殊非素怀。而身婴痼疾，绵历七载，胸气不差，胛风频动；加以偏亲衰白，次子赢疾，事与意阻，竟成留滞。且道山册府，虽号悠闲，载笔赓歌，事资华国，非可但縻禄赐，苟为荣显而已。若齐焘者，学本不丰，文思蹇涩，比久荒梗，弥成颓堕，纵加齿禄，以何报称？加目眊腕战，作字疏放，珥彤之职，非复所胜。以此更思周任陈力之训，深惟柱下止足之义。每念身虽退闲，犹托旧恩，别异凡庶。姓名琐末，蒙至尊之记忆，时巡颁赍，预彤庭之分帛。其为恩幸，抚已踰分，何意更希荣进乎？

文章惜墨如金，而气韵沉厚，音节铿锵。从句式上看，我们很难找出几个非常标准的四六对偶句，其似散实整，亦散亦整，貌似信笔书写，实则锤炼入化，张寿荣批语谓"不似雕琢，正其工于雕琢者"[1]，实为知言。值得注意的是，文章虽然以四字句为主，运笔简重，貌似时有隔断，但细读起来，无疑是义脉勾连，一气贯注，这样的笔法、气度，真可上逼六朝名家，前引易宗夔《新世说·文学》谓邵文"规摹魏晋，风骨高骞"，将其迻论此文，倒是非常合适。

又如《为马少京兆观风教》言京兆士风有云：

---

[1] 《答王芥子同年书》张寿荣眉评，曾燠选、姚燮、张寿荣等评《国朝骈体正宗评本》卷五，清光绪十年花雨楼朱墨套印本。

若夫邦畿翼翼，建首善而称奥区；髦士峩峩，际休明而生王国。莫非有德有造，为龙为光，学重灵蛇，文传梦鸟。酌六经之庖厨，餐百家之异馔，琢三坟之瑚琏，吹五典之笙簧，近天子之光，系万民之望。东胶西序，挟册之侣如云；春藻秋槐，弦歌之声不辍。济济焉，洋洋焉！求桢邓杞，皆成上栋之材；问宾荆蓝，咸蓄白虹之气者也。①

作者写作该文的目的，说到底与《圣驾东巡恭谒祖陵颂序》相似，不过是要描摹太平、润饰王业，故其在思想内容上的无甚可观之处。但就文章的艺术性而言，这样的文字确实称得上是名家妙笔：其起首一联，概括了京畿士流生活的环境优势，接着便由"莫非"二字领起，用较长的篇幅描述了京畿之地人才济济的盛况。尤值注意的是，全段从"莫非"开始一直到末尾，就是一个由许多偶句联语贯穿而成的长句，其在形式上是相当标准的四六偶对，但文势上则畅顺无阻、一气横行，与散体无异，称得上是以散行之气运使俪词的上乘之作。蒋士铨曾在《忠雅堂评选四六法海》中指出："作四六，不过即散行文字，稍加整齐，大肆烘托耳。其起伏顿挫，贯穿宾主，整与散无以异也。"② 而实际起到"起伏顿挫，贯穿宾主"作用的，就是那一股绵绵不断的文"气"，邵齐焘的这篇文章即是对此一行家断语的完美印证。

需要强调的是，奇偶相参、以气驭文是邵齐焘骈文的基本特点，《玉芝堂文集》中的大部分作品都是如此，如《诰赠朝议大夫沧崖袁公墓志铭》《兰郊奉母图序》《佩兰诗草序》《敕封承德郎右春坊右赞善加一级原任长洲县知县吉安罗公墓碑》《掌录序》《单孔昭诗序》等，皆其代表。可以说，邵齐焘在这一方面的成功实践，已经构成了清代文坛沟通骈散潮流的一个有机组成部分，并实际推动了它的前行。

第二，文笔简澹，节短韵长。邵齐焘的骈文既有以铺排曼衍为长者，如前述《圣驾东巡恭谒祖陵诗序》《圣驾东巡恭谒祖陵颂序》《恭祝皇太后六十万寿颂序》《圣驾再巡盛京颂序》《圣驾南巡颂序》《为马少京兆观风教》及《秋暮宴游诗序》《公祭陈司业文》等，又有以用笔清简、韵味绵长为优者，《答周芝山同年书》《送顾古湫同年之荆南序》《席献之小照诗序》《为少宰归公自陈表》《读书吾庐图诗序》《跋方氏潜山寻墓记后》《许在璞茹

---

① 邵齐焘：《玉芝堂文集》卷二。
② 蒋士铨：《忠雅堂评选四六法海》，清同治十年刻本。

茶百咏题词》《送黄生汉镛往徽州诗序》等，都是这方面的代表。

如邵齐焘早年骈文名作《答周芝山同年书》，其在用非常诗意的笔触，概括两人"倾盖投分，忘形定交"的愉悦后言道：

> 奉教日浅，欢娱未足。寻值吾弟，茕茕在疚，望穷陟屺，行迫见星，嗟夫嗟夫！此之别也，岂直丝路恒悲，关岳往恨云尔哉！啜泣城闉，含辞哽咽，停骖郭门，赠言凄恻。山川重阻，蓟北极于周南；羲望推移，出冰惧乎流火。伤独行之踽踽，望远道之绵绵。追维曩游，百忧集矣。夏暑秋凉，摄卫何似，努力珍护，勉旃自爱。弦望未期，风云增怆。所冀思梦潜符，慈恩之游有验；春风卷地，中州之飞忽逢。略布所怀，词不宣备。①

这段155字的短文，涵纳了好几层意思：一是总括交游甚短，友朋遽分的感慨；二是以感慨深沉的笔调，描摹友朋辞别、一人独行的忧伤；三是希望好友善自珍重，并得遂所愿。文章用语相当简省，而笔下含情，余韵悠长，读来让人心旌摇动，姚燮评此文有"节短韵长"②之语，确乎是切中肯綮之论。

又如《送黄生汉镛往徽州诗序》言送黄景仁往徽州就幕云：

> 路指歙溪，棹开吴市。烟波渺渺，嶂岭盘盘。事迫饥驱，义兼负米。情笃知惠，性爱岩壑。粤以首夏，忽乎将行。余讲文此邦，才逾二载。空空自笑，愧韩愈之抗颜；济济相趋，得孔融之小友。方欣起予，遽慨离群。目极长衢，心驰遐路。垂杨濯濯，落絮萦愁；芳草芊芊，成茵藉恨。谷禽睍睆，求友相鸣；津树扶疏，落帆何处？西陵浙水，知有遇风之诗；渔浦桐庐，曾无维舟之待。新知生别，悲乐萃于一时；病骨空囊，劳怀极于千里。不能馈赆壮行，酌樽叙别。裁诗四首，聊代疏麻。③

黄景仁是邵齐焘在龙城书院执教时的学生，两人年龄相差三十一岁，但

---

① 邵齐焘：《玉芝堂文集》卷一。
② 曾燠选，姚燮、张寿荣等评：《国朝骈体正宗评本》卷五。
③ 邵齐焘：《玉芝堂文集》卷六。

是邵氏对这个天分很高的学生相当看重。文章以四字句为主，间以六字句，参差结撰，略无长语，言少意丰，音韵谐协；用典少而工切自然，直笔抒写而绝无疏浅琐碎之弊；虽用心修饰，而色泽素淡，锤炼工致，几臻浑化之境；且情真意切，感慨系之。因此，总体具清捷流畅、情辞兼得而文约意长之美，堪称邵齐焘晚年骈体的代表之作。

第三，长于叙议，兼擅写景。叙事、议论、写景、抒情，是文章写作的四种基本表达方式，邵齐焘骈文抒情含蓄真挚，前文已有论及，这里重点对其更加擅长的另外三类略加论析。总体而言，邵齐焘为文往往叙议结合，其中《诰赠朝议大夫沧崖袁公墓志铭》颇为典型，如该文写袁公秉承家风，勤学苦读云：

> 公家承清白，气禀淳和。体上德之冲粹，殚下学之沉研。既勗朝闻，弥勤暮习。每至明星在东，晓漏已尽，正襟危坐，讽咏无辍。朝趋市者，往往望其灯光；就而取火，咸共叹其笃志。燎麻未息，便知刘峻之居；松节犹燃，遥辨顾欢之室。岂止握卷屋上，随月而升；读书宵中，鸣钟为限而已！[1]

文章叙议兼下，交融一体，骈散并用，文气鼓荡，运典简切，言简意丰，确如姚燮所言，"似隋唐间金石文字"[2]。

对于骈文创作而言，写景是比较容易出彩的部分，历代骈文名家几乎皆长此道，邵齐焘也不例外，如《竹泉春雨赋》摹写春景有云：

> 乃有溪浮落蕊，涧长新芹，导涓涓之细溜，兴漠漠之轻纹。邅回翠筱之旁，漾清波而涣涣；曲拂丛篁之下，疏碧镜以沄沄。既而山岩蕴雾，川泽蒸云。霡霂流膏，似散丝之密下；霏微洒润，乍轻响之徐闻。绀影烟浓，俟赏心于王子；绿筠湿重，疑染泪于湘君。[3]

作者催动藻采，挥笔点染，用颇为精简的文字，描绘出了一幅清新的春景图。文章下足了修饰雕琢之功，但是由于作者造语古雅，锤炼工致，这就

---

[1] 邵齐焘：《玉芝堂文集》卷三。
[2] 曾燠选，姚燮、张寿荣等评：《国朝骈体正宗评本》卷五。
[3] 邵齐焘：《玉芝堂文集》卷一。

使得整段文字色彩丰富而不艳冶、字斟句酌而不刻露，加之通段押韵，声音谐畅，一气读来，声色兼备，意境疏朗。

但是，最能体现邵齐焘骈文创作才华的，是那些能集叙事、议论、写景于一体的作品，《秋暮宴游诗序》即其代表，其写诸友人在秋暮宴聚的缘由及其宴游所见所感曰：

> 汪探花者，仆友王兵曹之玉润也。文采媚于朝荣，襟怀映于秋沼。对风光之闲美，属职务之余暇。招王君之同牒，冠者六人；近重阳之令辰，先庚三日。相与促席行杯，剧谈纵怀。继而巾车南郭，升兹古榭，俯瞰原隰，极睇林野。白露下而蒹葭苍，寒烟交而城阙迥。登高作赋，诸君陈力于大夫；对酒当歌，下走无阶于末座。日夕言旋，余兴犹盘，重为后期，来命同游。粤以九日，会于王君琉璃街之私第。座上已满，非无不速之宾；俗外相期，尽是忘形之侣。抵掌抗袖，淹留永日。暮色四壁，寒花一庭。于是乎列芳馔而命雕舫，延清风而揖明月，颓然而醉，謑然而歌，取极一时之欢焉。

继而议论诸人宴游"极一时之欢"及由乐转悲的原因道：

> 知身外之事非，夫得真意于闲静，妙达观于自然，讵足与契此幽襟，陶兹素景者也？且夫"嘤其鸣矣"，诗人摘《伐木》之谣；"其臭如兰"，君子玩断金之系。方以类聚，物以群分，抑可知矣。假使素心莫在，独对芳尘，俗辈相呼，共衔杯酒，宁不令烟霞闇淡，琴尊索莫！今诸君得其朋矣，同其赏矣，可以乐矣。继之以悲，何者？今人讵能喻古人之欢，明日非复存今日之赏，故曰彼一时也，此一时也，不其然乎？①

文章亦骈亦散，骈散交融，前一段以叙事为主，笔致疏淡，从容安徐，同时，又在其间非常自然地嵌入极为简洁的景色描写，从而使得叙事似断实连，虚实照映。后一段意在为下文编纂诸人秋暮宴游诗文作铺垫，其议论婉转抑扬，文气疏宕，诚为名家手笔。

邵齐焘的骈文还有其他一些优点，如其总体上用典较少，即使用典也相

---

① 邵齐焘：《玉芝堂文集》卷二。

对常见，且大多能运使切当；又如他的很多作品音韵谐畅，赋作还通篇押韵，旋律感很强；还有些作品善用动词起句，从而形成迅捷之势，等等。当然，邵文也存在一些不足，钱基博《骈文通义》云："（邵文）才气苦弱，故务其清捷，殊得风流媚趣。课其实录，则清便婉转而未为刚，藻绮映媚而未为丰。"又钱氏将邵文与王太岳文相较后指出，"邵氏安徐而未沉博，清婉而未遒逸，未若王太岳之名章迥句，络绎奔会也。"[1] 钱氏目光如炬，评断犀利，同时也有求全责备之失，我们研读《玉芝堂文集》的确可以发现：邵文不乏才情，但才情稍弱，邵文大多能以气贯文，但这股气相对于胡天游、袁枚、洪亮吉等人之文而言，就显得比较平弱，特别是他的晚年所写的一些作品，多安徐平朴，甚无意趣，这是说缺点；邵文以清便婉转为大宗，其趣味指向亦多在晋宋人之疏宕，故在气质面貌上刚劲遒逸不足、沉博藻丽不足，这则是邵文的特点，未宜径指为缺陷。

就文学史地位与影响来说，郑虎文《墓志铭》评云："今古骈散，殊体诡制，道通为一，涉笔矢音，金玉咳唾，造次以之，允蹈维则，班范潘陆，斯文未坠，君本朝一人而已。"这固然是过誉，不过，邵氏为有清一代骈文国手，则并无疑义。《四库全书总目》有云："（清初）为四六之文者，陈维崧一派以博丽为宗，其弊也肤廓。吴绮一派以秀润为宗，其弊也甜熟。章藻功一派以工切细巧为宗，其弊也刻镂纤小。齐焘欲矫三家之失，故所作以气格排奡、色泽斑驳为宗，以自拔于蹊径，而斧痕则尚未浑化也。"其在指出邵齐焘骈文不足的同时，重点对他的文学史贡献进行了勾勒，结合清代骈文发展史来看，这确实是行家断语，入木三分。换言之，清代骈文能够跳脱陈维崧、吴绮、章藻功等人的影响，从清代中期开始走向更为广阔的发展道路，"自拔于蹊径"、率先垂范的邵齐焘，贡献良多。晚清常熟单学傅在其所辑《海虞诗话》中提到，邵齐焘"骈体文名重海内，《玉芝堂集》至今脍炙人口"[2]，这正可以作为邵氏骈文影响深远的有力佐证。

第二节 "精熟《选》理"、"专力排偶"的骈体大家：彭兆荪

以地域骈文创作的兴盛程度而论，清代江南的七府一州中，太仓直隶州

---

[1] 钱基博：《骈文通义》，上海古籍出版社2012年版，第113页。
[2] 单学傅：《海虞诗话》卷四。

并不突出，但是正在这个地方，出现了一位名震文坛的骈体名家，他就是镇洋彭兆荪。徐元润《彭兆荪传》谓，彭氏"骈体文沉博绝丽，与胡征君稚威、洪太史北江，项背相望。"①将彭兆荪与清代骈坛巨擘胡天游、洪亮吉相提并论。又骈文家杨芳灿在《与张子白书》中谓彭氏"才力独雄，文藻富艳，方之古人，亦罕其偶。"②两者的评价都极高。不过，目前学界对彭兆荪的骈文却很少论及，即有论述，也以评价彭文总体风貌及部分篇章得失为主，只词片语，不能为我们描绘出彭文的具体面貌，有鉴于此，本节即拟对彭兆荪生平及其骈文主张、骈文风格与艺术成就等问题进行详论。

一　布衣才俊，诗文名家：彭兆荪生平

彭兆荪（1768—1821），字湘涵，又字甘亭，晚号忏摩居士，江苏镇洋（今太仓）人。镇洋彭氏虽非渊源久远的鼎足盛门，但是彭兆荪所接受的家庭教育无疑是比较充实的。他的父亲彭礼为乾隆三十一年（1766）进士，是一个入世进取的读书人，《读史偶钞序》有云："予以弱龄，仰禀庭训，研经之余，纂记前典。愧陆倕之凤慧，暗诵五行；慕知几之析疑，通览群史。"③可见，他研经读史，与其父彭礼的"庭训"是有直接关联的。另外，他的外祖父蔡能一是一位精于琴理、兼擅鼓琴的音乐理论家和琴师，撰有《雅乐精义》，彭兆荪《雅乐精义后序》曾说，蔡能一"独以覃思，研究琴旨。上探空积忽微之数，下及搂批擽捋之法。引流溯源，斥哇去郑，汇集成说，葺为全编，总统古今，辨析同异。末附新奏，所谓神而明之之事。乐出于虚，技进乎道，宣扬中声，羽翼经义，盖非墨客之师传，筝人之谱录所可齐眡也。"④兆荪母蔡氏幼承家学，亦通琴理，能鼓琴，他自己也"于骑竹之年，获闻折荚之训"⑤，获得了良好的文化熏陶。

在彭兆荪九岁时，因其父彭礼官山西宁武知县，他便随父至官所，开始了整整十年的边地生活。"宁武，古楼烦地，为雁门三边之一，西极河湟，北邻火筛、瓦剌诸部"，在此期间，彭兆荪"习其山川，形诸歌咏，苕发颖

---

① 彭兆荪著，张嘉禄注：《小谟觞馆文集注》卷首，《丛书集成续编》影印四明丛书本。
② 杨芳灿撰，杨绪容、靳建明点校：《杨芳灿集》，人民文学出版社2014年版，第449—450页。
③ 彭兆荪著，张嘉禄注：《小谟觞馆文集注》卷二。
④ 同上。
⑤ 彭兆荪：《雅乐精义后序》，彭兆荪著，张嘉禄注《小谟觞馆文集注》卷二。

竖，已自卓然。"① 年十五应顺天乡试，"即名满声场"②，"诸公卿争欲招致"③。后来彭礼因为身体不好，乃引疾归，改颍州教授，兆荪仍随父赴任。正如王宝仁《彭兆荪传》所说，颍州系淮北雄郡，"晏、吕、欧、苏，遗风斯在"，兆荪得地利之便，"时与笃雅之士，联裾接席，互相研摩"，学术、文艺上有了不少的提升。不久，彭礼病殁于颍州教授任，兆荪扶柩南归。由于彭礼生前留下了数量"甚巨"的"遗债"，而兆荪又不愿向人求情，所以只得"尽斥家产以偿之"④。家产用尽，一家人的生活就成了问题，这对于科场无成、只会读书写文章的彭兆荪来说，的确是一件很棘手的事，于是他不得不屈身依人，以获取赡养老母、扶持弱弟的经济来源，由此开始了漫长的游幕生涯。

王宝仁《传》曾概括兆荪后半生游幕生活的轨迹云："由京口而淮南，近者茂苑、吴淞，先后凡数载。更历维扬，重游淮郡，继至皖江。"其间，他结识了不少位高权重、又对他很赏识的官吏，比如胡克家和曾燠，不过他为人十分清高自爱，"未尝有所私请于义所不可"⑤，故而他的生活一直比较困苦。当然，他也一直没有放弃参加科举考试，可是命运多舛，王宝仁《传》说他从十五岁应顺天乡试开始，"两试京兆，七踏省闱"，却始终没能摘取科名。嘉庆十二年（1807），年近不惑的兆荪，遇到了一次摆脱布衣之身的良机，因为该年主持江南省试的考官是他的故知，而且很希望将其"收之门下"⑥，可是清高自爱的性格让他拒绝赴试，这就使得有心帮助他的人也无能为力。事实上，科举的大门一直向他敞开着，道光元年（1821），方登大宝的皇帝"推恩海内遗佚之士，命郡邑举孝廉方正，例视古大科"⑦，当时地方长官便推荐了五十四岁的兆荪，可是他"为书却谢"，并列出了"断不可居者一，万不能就者二"⑧，固辞不就。而没过几天，正月四日晚，他与朋友饮酒，"归而足微痛"，"人定弥甚"⑨，次日便溘然长逝了。

---

① 王宝仁：《彭兆荪传》，彭兆荪著，张嘉禄注《小谟觞馆文集注》卷首。
② 清国史馆原编：《清史列传》卷七十三《彭兆荪传》，周骏富辑《清代传记丛刊·综录类②》。
③ 姚椿：《彭甘亭墓志铭》，彭兆荪著，张嘉禄注《小谟觞馆文集注》卷首。
④ 钱宝琛：《彭兆荪传》，彭兆荪著，张嘉禄注《小谟觞馆文集注》卷首。
⑤ 姚椿：《彭甘亭墓志铭》，彭兆荪著，张嘉禄注《小谟觞馆文集注》卷首。
⑥ 王宝仁：《彭兆荪传》，彭兆荪著，张嘉禄注《小谟觞馆文集注》卷首。
⑦ 姚椿：《彭甘亭墓志铭》，彭兆荪著，张嘉禄注《小谟觞馆文集注》卷首。
⑧ 王宝仁：《彭兆荪传》，彭兆荪著，张嘉禄注《小谟觞馆文集注》卷首。
⑨ 姚椿：《彭甘亭墓志铭》，彭兆荪著，张嘉禄注《小谟觞馆文集注》卷首。

彭兆荪虽然布衣终身，但是却以自己在诗文以及学术上的创获，获得了世人的广泛推重。就学术研究而言，《清史列传·彭兆荪传》说他"少为闳览博物之学，覃精训诂，曾辑有《经歧臆案》，后以多为前人所已言，乃芟薙之，为《潘澜笔记》二卷。"① 兆荪自己在《经歧臆案序》中曾介绍此书说："昔在弱年，娄经研索。包并总统，不拘滞于隅角；搜肠剪截，各参伍其端倪。或辨析几微，或详考名物。数说毂列，不免乖疑，间以臆推，决其得失。"② 可见他年少时，的确是下了很多"研索"考辨的功夫的。前文曾说，兆荪少时除了研经，兼好探史，曾撰《读史偶钞》一书，其在《读史偶钞序》中有详细说明，惜该书已佚失。又其中年后，在钻研儒道的同时，对佛学颇为倾心，有《忏摩录》一卷，姚椿《墓志铭》谓其"研穴覃奥，世之为内学者，莫能窥其际也"。

彭兆荪最重要的学术成绩，应该是在校勘方面，他曾受胡克家之邀，与挚友、校勘名家顾广圻，同为胡氏校刊淳熙本《文选》和元本《资治通鉴》，顾广圻在《彭甘亭全集序》中说："两书获成，盛行于代，大抵多赖君力。"③ 在校刊《文选》时，他还"独成《文选考异》十卷，钩稽探索，颇具要领"④，可见其在校勘过程中确实很用心，难怪王宝仁《传》要说他"佐人撰述，不苟为，为必精且核"。另外，曾燠在纂辑《国朝骈体正宗》时，也得到了当时正在曾幕的兆荪之助⑤，兆荪自己还曾辑有《南北朝骈文》二卷，这在当时是影响很大的骈文选本。

当然，彭兆荪在清代文化史上之所以能享有高名，主要还是因为他在诗文方面取得了颇为卓越的成就。彭兆荪最早先以诗鸣，在当时诗坛享有隆誉，而且不少人认为，在诗歌与骈体文两者间，兆荪更擅长诗歌的写作，如钱宝琛《彭兆荪传》云："兆荪天才亮特，为文章闳博沉丽，力追汉魏。尤长于诗，少务琦瑰，中年后炉锤众有，才调益雄。乾嘉以来，邑中称诗者，无出兆荪右。后乃讲求心性，诗境益澄澹孤复，怡与理会。"⑥ 大诗人龚自

---

① 清国史馆原编：《清史列传》卷七十三《彭兆荪传》，周骏富辑《清代传记丛刊·综录类②》。
② 彭兆荪著，张嘉禄注：《小谟觞馆文集注》卷二。
③ 彭兆荪著，张嘉禄注：《小谟觞馆文集注》卷首。
④ 清国史馆原编：《清史列传》卷七十三《彭兆荪传》，周骏富辑《清代传记丛刊·综录类②》。
⑤ 彭兆荪：《与姚春木书》，彭兆荪著，张嘉禄注《小谟觞馆文集注》卷三。
⑥ 彭兆荪著，张嘉禄注：《小谟觞馆文集注》卷首。

珍，也对他的诗歌创作评价甚高，《己亥杂诗》有云："诗人瓶水与谟觞，郁怒清深两擅场。如此高材胜高第，头衔追赠薄三唐。"以兆荪与名诗人舒位并称，且谓两人成就可上逼唐人。有《小谟觞馆诗集》八卷、《续集》二卷。彭兆荪很少写作散体文，一生主要精力都放在骈体文的写作上，有《小谟觞馆文集》四卷、《续集》二卷。另外，据顾广圻《彭甘亭全集序》所载，道光元年兆荪殁后，仁和孙均和吴江郭麐曾将其生前没有刊印的作品，定为《遗集》诗文各一卷；又据顾《序》文末缪朝荃按语，"孙古云袭伯，未久即世，故先生全集并未刊成，序中所谓《遗集》诗文各一卷，亦无从搜访也。"则这两卷诗文已佚失，今未见。彭氏也擅写词，是清中叶名词人，《小谟觞馆诗集》《续集》各附《诗余》一卷。

二 专力排偶，一集名世：彭兆荪骈文创作概况

前已有言，目前可见的彭兆荪骈文作品，共六卷，分前、后两集。按顾广圻《彭甘亭全集序》，《小谟觞馆诗文集》分两次刊刻，《初集》于嘉庆十一年刊于邗江，兆荪曾向顾广圻索序，当时顾氏"以君年犹未艾，学方日进，不欲遽为论定，辞而弗为"。到了嘉庆二十二年，兆荪又在苏州郡城刊《续集》，顾广圻说他"识益高，不复索人序"。道光元年，兆荪辞世后，友人孙均曾打算刊刻兆荪的诗文全集，但是并未刊成。现存的彭氏诗文集有不少版本，就骈体文而言，孙元培和张嘉禄的两个注释本比较值得注意。

孙均在《小谟觞馆诗文集跋》中提到，彭兆荪的诗文集虽"久为海内所脍炙，通人硕士，胥无异辞"，但集中作品"隶事属偶，既富且僻，拿浅学子，有未易津逮者"，恰好彭兆荪假馆其家，于是他的从弟孙元培及其子长熙，就借此机会"昕夕捧檄承教"，向彭兆荪讨教《小谟觞馆诗文集》，彭氏"启迪之际"，孙氏叔侄也"所得滋多"，"缀辑编摩，浸以成帙"，编成了彭氏《诗文集注》《续集注》十六卷。[①] 此事顾广圻《彭甘亭全集序》中也有述及[②]，孙均所云属实。按此，则《小谟觞馆诗文集注》十六卷，实是孙元培和孙长熙二人共同"商榷纂辑"而成。其中《文集注》四卷、《文续集注》二卷，总计六卷，与他本同。这里还要提及王宝仁《彭兆荪传》

[①] 彭兆荪著，张嘉禄注：《小谟觞馆文集注》卷末。

[②] 顾广圻《彭甘亭全集序》云："（彭兆荪）时方往来孙古云袭伯（均）所，古云既经纪其身后，仍取未刊之稿，同吴江郭麐祥伯，定为《遗集》，诗文各一卷。与先此其弟元培绮堂、子长熙寿伯所商榷纂辑《诗文集、续集注》十六卷，又《忏摩录》一卷，将合之成全集。后二年，属予于江宁付雕，且为之序。"

中的几句话，文中说道，彭兆荪"尝自为诗文笺注，十逮七八，今借刊他氏者，补其一二云。"若王氏所言是事实，那么此处所说的"他氏"就应当是孙氏，而孙注本的文献价值就非常高了，可惜我们无法考实。

张嘉禄的注本，仅限于彭氏的《小谟觞馆文初集》四卷。张嘉禄字肖荞，一字受百，浙江鄞县人。光绪三年（1877）进士，散馆授编修，历任山东道、云南道监察御史，户科、兵科给事中，兵科掌印给事中，有《困学纪闻补注》二十卷、《小谟觞馆文集注》四卷等，是一个笃学的官吏。嘉禄子寿镛在《小谟觞馆文集注后序》中言道，"先君子自庚辰（光绪六年）授编修，时天下无事，词垣职典文学，将欲尽心词章"，而他又喜读彭兆荪的文章，于是"一一循览，注其所自出，题缀于书眉，不足则更别简以志之"，"每一篇注毕，则自为写定"①，没有写定的部分，据张嘉禄门生刘若曾《小谟觞馆文集序》所言，实由张寿镛"倩友补写之"②。张寿镛还指出，其父嘉禄注彭文的时间应在道光七年至道光十年间；并且，该注的特点是"详于经史源委，而略于山川风景"。《小谟觞馆文集》张注本，注释思路明确、详略比较得当，总体佳于孙本，而且彭兆荪骈文的精华，几乎全部集中在这四卷中，因此流传较广，《丛书集成续编》即据以影印刊行。

王芑孙《小谟觞馆文集序》说，彭兆荪为文，"专力排偶"③，事实上《小谟觞馆文集》初、续六卷中的文章，确乎基本都是骈体之文。方东树《小谟觞馆文集跋》评价这些作品有云："甘亭先生《小谟觞馆文集》，郁律沉雄，阳开阴阖，俯蹈宗轨，仰稽前则。鸿序兼于众体，谥议美于碎金；诔掩安仁，书休曹植；论屈灵运、士衡，铭夺陆倕、班椽。远思前比，矫矫西京，自王筠旧手，萧恺才子，方兹蔑矣！"④ 方氏的评价固然有过誉之处，不过其也揭示出一个事实，即彭兆荪的骈文总体成就颇高，并且各体兼工。

具体一点说，彭兆荪的赋作，体式多变，楚骚汉赋以至唐人诸赋，兆荪都能够一炉冶之，自成面目。长篇如《五台山赋》，宏博奥衍、气势雄峻，《广问大钧赋》仿刘禹锡体，辨析款款、古藻纷披，《雁门关赋》苍古遒劲、一气呵成；短章如《江上愁心赋》效初唐体，流丽哀婉、轻倩可观，《灯舞赋》清绮轻捷、寄意沉绵，都是写得不错的作品。另外，这些赋作都通篇押韵，音声谐协。彭氏的序文，正如方东树所论，是"兼于众体"，或如

---

① 彭兆荪著，张嘉禄注：《小谟觞馆文集注》卷末。
② 彭兆荪著，张嘉禄注：《小谟觞馆文集注》卷首。
③ 同上。
④ 彭兆荪著，张嘉禄注：《小谟觞馆文集注》卷末。

《红蕙山房唱和诗序》《陈蔼人诗序》《亓南林词序》等，雅辞丽藻、引申诗旨；或如《送尤祖望学博膺荐入都序》《送乐元淑归临川序》等，勉励抒慰、词义并盛；而特别值得注意的是数量较多的学术性骈序，《经歧臆案序》《读史偶钞序》《雅乐精义后序》《钱可庐征君六十寿序》《周易疏义序》等，皆属此类，这些作品往往论辨精详、词气骏迈，取得了较高的成就，这在清代骈文家中是不多见的。

彭氏的书信之作，不少可称上乘佳文，《答李洪九进士书》《再答李洪九书》《与吴颖皋书》《与沈文起书》等即其代表，这几篇文章也以议论胜，大抵意到笔随、词气疏峻，允称名家手笔。他如《与宁榕坞书》素朴疏隽、用情深挚，《与姚春木书》议论、抒情、写景，交错并发，亦称佳作。其余墓铭诔祭、碑赞记檄，彭兆荪也都能依体命文、得心应手，中如《宁化定河村台驹庙碑》《明故特进光禄大夫柱国太子太保镇守山西提督雁门等关总兵官左都督周忠武公夫人刘氏庙碑》《宁征君诔》《翰林院待诏徐君妻吴安人诔》《天池记》《泛颖记》《橄城隍神驱猫鬼文》等，是清代骈文选家都颇为青睐的作品。

三　矫厉肤庸，归诸渊雅：彭兆荪的骈文主张

彭兆荪在创作骈体文的同时，对骈文的历史、地位、取则标准等问题，有着比较清晰的把握和认识，他在帮助胡克家校刊淳熙本《文选》、佐助曾燠编纂《国朝骈体正宗》而外，纂辑成《南北朝文钞》二卷，就是这种把握和认识的一个集中体现。概括起来讲，彭兆荪的骈文主张可分为三点：

首先，骈体文的出现，乃文学史发展的必然结果。彭兆荪《荆石山房文序》有云：

> 文章骈格，咸谓肇始东京。然自秦汉以来，李斯、邹阳、枚乘、王褒之属，率皆宏丽抒藻，绣错为辞。由质趋文，势有必至。马、扬而后，益事增华，俪偶之兴，实基于此。爰逮魏晋，以迄陈隋，众制蜂起，雅材弥劲。有唐一代，斯体尤崇，颖达以之序经，房乔用之论史。①

清代学界流行一种观点，即认为骈体文肇始于东汉。彭兆荪对此不以为

---

① 彭兆荪：《小谟觞馆文续集》卷一，清嘉庆十一年刻本。

然，他结合文学史的实际情况指出，秦汉以来的著名古文、辞赋家的作品中，已经出现了骈体文所应具备的一些基本特点，所谓"宏丽抒藻，绣错为辞"，并且随着时间的推移，这种趋势日益明显，于是到了魏晋南北朝乃出现骈文鼎盛的情况，到了唐代，斯风仍盛。要之，在彭兆荪看来，文学创作"由质趋文"是文学发展的必然趋势，而如果要推原骈文肇兴的源头，就必须由东汉而前推到被古文家们认为是古文重要渊薮的秦汉时期。

其次，骈散异途同源，不分尊卑，八代之文未尝衰。在彭兆荪以骈体名手的身份活跃于文坛的时候，正是骈散关系之争开展得非常热烈的时候，以桐城派作家为代表的古文家们，坚持认为散尊骈卑。彭兆荪对此也持反对意见，上引《荆石山房文序》在揭橥骈文渊源早于东汉且至唐代而"尤崇"后指出，骈体之于"散著"，"途异原同"，另外，他在《答姚春木书》中也说，"古人文笔，无分整散"①。在此，彭兆荪不但认为骈文的源头与散体相同，而且认为古人为文无所谓骈散，既然古人为文不分骈散，那骈散间也就无所谓孰尊孰卑了。

文坛强调散尊骈卑还有一个重要原因，那就是受到宋代文豪苏轼评韩愈古文所谓"文起八代之衰"的影响，比较武断地相信，以骈文兴盛为主要标志的八代之文确实衰弱了。同时，后世骈坛末流，昧而不察，"自为卑滥"，"以致伪体之滋繁"②，真体之不振，也让人误以为骈体格调不高，成就有限，其得出"八代文衰"、散尊骈卑的结论，也就不难理解了。彭兆荪在此传达出的观点是，末流卑滥不等于骈体文本身就卑滥：秦汉李、邹、枚、王、马、扬之作骈散参错，连古文家们也推为高格，固无所谓卑滥；上承秦汉诸家的魏晋以至唐代骈文，"众制蜂起，雅材弥劭""斯体尤崇"，也不能说卑滥。至此，彭兆荪就成功地告诉我们，八代之文未尝衰，骈体文自具高格，"寡学之士，高语'起衰'，轻诋骈文，谓为应俗"③，实在是武断的谬论。

再次，骈文应以六朝为高标，依此而"矫厉肤庸，归诸渊雅"④，使当代骈文创作走上正轨。彭兆荪对于骈散关系、地位的论辩，最终目的是为了推动当代骈文的良性发展，而实现这一目的的途径，就是以六朝骈文为范，纠正当代骈坛的弊端。《与宁榕坞书》在向友人谈到自己平日所为时提到：

---

① 彭兆荪：《小谟觞馆文续集》卷二。
② 彭兆荪：《小谟觞馆文续集》卷一《荆石山房文序》。
③ 彭兆荪：《小谟觞馆文续集》卷二《答姚春木书》。
④ 同上。

"课经之余，颇留意六朝偶体，欲复俳俗，归诸古音。"① 于是编纂成了《南北朝文钞》二卷，他在该集的《引言》中也强调："六朝文为偶语之左海，习骈俪而不胎息于此，庸音俗体，于古人固而存之之义何居焉？"② 那么，这里所说的"古人固而存之之义""古音"到底是怎样的呢？这在《荆石山房文序》里说得非常清楚："若究其椎轮，审其径遂，义归于渊雅，词屏乎哗嚣，俾色于敦彝，含音乎琴瑟，斟酌华实，逖远淫哇。"概括言之，就是要求骈文做到"华实相扶，文质并美"③，这也就彭兆荪在《答姚春木书》中所说的"渊雅"。

应当说，彭兆荪骈文主张的新意并不是很强，在他之前的陈维崧、毛先舒、袁枚，与他差不多同时的曾燠、吴鼒、李兆洛、王芑孙、方东树、包世臣、刘开等，都曾就骈散关系与地位问题提出了相关主张，在理论的充实性、完满性上，也无法和李兆洛、刘开等人相比，其主要价值体现在两个方面：第一，他通过自成一体的论说，加入到了清代中叶骈散关系论争的大潮之中，丰富了论争的内涵、推动了论争的向前推进；第二，强调将清代以来直至今日学界公认的骈体高标——六朝骈文，作为当代骈文学习者效仿的榜样，并通过编纂《南北朝文钞》的方式，扩大影响，他和许梿《六朝文絜》一起，推动了清代中叶崇尚六朝骈文风气的盛行。当然，必须指出的是，彭氏《南北朝文钞》"间取有宋迄隋数朝文，博观而慎择之"，"《文选》所已收及庾徐不录"，"分体诠次，仅得百首"④，确实有"简而未当"⑤ 之弊，这也是其不如许梿《六朝文絜》影响深远的最重要原因。

四　宏博沉丽，辞气并盛：彭兆荪骈文艺术特色与成就

曾为彭兆荪点定文集的曾燠，在为《小谟觞馆文集》所作的序中评价彭文说："譬如窥朱鸟之窗中，烂然甲帐；驾彩虹于霄半，丽矣琼楼。洞庭张乐，何有筝笛之音；瑶池命宴，故非烟火之食。足使江东袁淑，赋藏《鹦鹉》；关中庾信，诗逊《鸣蝉》。"⑥ 这既是说彭文的特色，又是说它的成就，不过，这种象征性的评断比较模糊，我们很难清晰把握。研读《小

---

① 彭兆荪著，张嘉禄注：《小谟觞馆文集注》卷三。
② 彭兆荪：《南北朝文钞》卷首，清光绪元年海南伍氏刻本。
③ 于景祥：《中国骈文通史》，吉林人民出版社2002年版，第910页。
④ 徐达源：《南北朝文钞序》，彭兆荪《南北朝文钞》卷首。
⑤ 谭献著，范旭仑、牟晓明整理：《复堂日记》，河北教育出版社2001年版，第327页。
⑥ 彭兆荪著，张嘉禄注：《小谟觞馆文集注》卷首。

谟觞馆文集》，文章认为彭文最主要的特点与成就，应体现在三个方面：

第一，精熟《选》理，宏博沉丽。清代的学者文人在论及彭兆荪骈文风格时，比较一致地倾向于从内容、文采和气韵的方面，将其概括为宏博沉丽或沉博绝丽这样的特点，这与邵齐焘骈文在接受审美评价时的情况不太一样。如前引徐元润《彭兆荪传》即说"甘亭先生骈体文沉博绝丽"，又钱宝琛谓："兆荪天才亮特，为文章闳博沉丽，力追汉魏。"① 姚椿谓："君文章鸿博沉丽，力追六朝三唐之作者。"② 又《清史列传·彭兆荪传》云，兆荪"所为文，鸿博沉丽，力追六朝、三唐。"这里宏博或鸿博，主要是说彭兆荪骈文的内容广博充实，其中各种典故的大量运用，无疑在提升彭文内涵方面，起到了比较关键的作用；沉丽包括沉和丽两个方面，沉是说彭文气韵沉厚，丽指彭文文采绮丽，《谈艺录》引《听松庐诗话》论彭兆荪诗云："丽在肉采，沉在神骨。甘亭诗，沉丽兼之。"将其迻论彭文，也很合适。

作家文学风格的形成，固然与其才华、天性有关，但从才华、天性到成熟风格的确立，必须经过一个学习、取效的过程，彭兆荪也不例外。王宝仁《传》中的一段话可以给我们提供了解彭文取则渊源的很好切入点："（彭兆荪）既早以能诗鸣，又探索汉魏六朝骈偶之文，悉其源流，精熟《选》理，所作以博丽称，究其采浓思淡，与诗无异旨也。"这里"精熟《选》理"一语非常关键，《选》自然是萧统所编《文选》，那么何谓"《选》理"呢？用萧统的话说，就是"事出于沉思，义归乎翰藻"③，亦即文章应内容与辞采并备，这与彭兆荪文章的宏博沉丽是非常一致的。为了"精熟《选》理"，就必须钻研《选》体之文，彭兆荪也正是这样做的，其《选注引书目录序》自述生平曾有云，"予自童少，迄于壮齿，遍历寒燠，锐心研摩，涯涘莫穷，津逮无尽"④，他所"研摩"的对象，正是《文选》；他后来与顾广圻一起为胡克家校刊淳熙本《文选》，并撰成《文选考异》，此外还编刊《南北朝文钞》，都是"研摩"《文选》这一活动的延续。

这里就涉及另外一个问题，即彭兆荪在骈文生涯中所研磨、钻研的具体对象，是否就应限定为《文选》和《南北朝文钞》所涉及的从楚《骚》汉

---

① 钱宝琛：《彭兆荪传》，彭兆荪著，张嘉禄注《小谟觞馆文集注》卷首。
② 姚椿：《彭甘亭墓志铭》，彭兆荪著，张嘉禄注《小谟觞馆文集注》卷首。
③ 萧统：《文选序》，萧统编，李善注《文选》卷首，上海古籍出版社1986年版。
④ 彭兆荪著，张嘉禄注：《小谟觞馆文集注》卷二。

赋直至隋代骈文作品①？答案显然是否定的，上引姚椿《墓志铭》即说彭文"力追六朝三唐之作者"，彭兆荪自己在《荆石山房文序》中也说唐代骈文"尤崇"，其《小谟觞馆文集》六卷中的也不乏唐人风味的作品（《江上愁心赋》依张说原题、原体而作，《广问大钧赋》径依刘禹锡《问大钧赋》体式而广之，就是最典型的例证），因此，唐骈也是彭兆荪规摹的重要对象。骈文作家取则对象虽分主次，但涉及面非常广泛，是清代骈文史乃至唐代以降骈文史的一个基本事实，我们对此应有非常清醒的认识。

第二，以散运骈，辞茂气盛。王芑孙《小谟觞馆文集序》中曾对彭兆荪骈文的特色、成就有过一段文采斐然而颇为贴切的评价：

> 湘涵少长边塞，多接通流，精求缘起，熟析利病，有山川以助其奇，有风云花鸟以壮其思，又不幸久困，有羁愁骚屑、摧撞拂郁以激宕其中之所存。繇是傀辞异采，匪意横发，长篇短章，随变杂施，持原以往，扶气以立，阳开阴阖，神出鬼没，而一皆以自载其心。湘涵不自知其文之为偶为奇，读者亦且忘乎其为排偶之文焉。

王氏所论彭文有深厚的生活和情感基础，达到很高的艺术境界，具备"自载其心"的特质，并具骈散交融、不分彼此之特征，皆是行家三昧语。结合《小谟觞馆文集》中的具体作品来看，彭文非常突出而且颇具标志性的一个特征，就是以散运骈、辞茂气盛。

《小谟觞馆文集》中不乏这样的作品，即行文时常在骈句中参以散句，并且做到骈散兼下、疏密有致，而义脉连贯、文气跌宕，《天池记》《泛颍记》《与宁榕坞书》《宁化定河村台骈庙碑》《安徽庐州府巢县何烈女碑铭》等，皆其代表。不过，《文集》中更多的是那种行文上几乎全篇皆以偶对结撰，但同时做到义脉贯通、辞茂气盛的作品。为了达到以奇驭偶、以散运骈的效果，彭兆荪经常会使用排比的方式，以加强文章表达的连贯性和气势，如《五台山赋》："是以宸章摛藻，念典学也；毗昙心印，示先觉也；福田牖善，宏普乐也；殊俗咸臻，怀沙漠也。"②《张子白进士入都谒选送行诗序》："是故于其测交也，信其获上；于其鉴古也，信其烛机；于其壸士也，

---

① 彭兆荪《南北朝文钞》上下两卷，刊刻于嘉庆四年（1799），共收录南朝宋武帝初至隋炀帝大业年间的文章100篇。

② 彭兆荪著，张嘉禄注：《小谟觞馆文集注》卷一。

信其活人；于其悦情也，信其和度。"① 这是篇幅较短的，篇幅稍长的，如《明故特进光禄大夫……周忠武公夫人刘氏庙碑》："若乃冯嫽持节于昆弥，吕母称戈于海曲。虞潭之妣，撤佩珥以饷师；张茂之妻，率部曲而讨乱。苟灌婴突围取救，潘将军同幕从戎。或先命妇以建旟，或合侍姬而教射。是皆军团壮女，城号夫人，膺崇义之封，加贞烈之号，须眉巾帼，前史美焉。"② 从句式上看，其固然是骈文联句的缀集，但是文意连贯、一气推衍，表达效果与散体无异。

排比毕竟只是一种虽然有效但不能过多使用的行文之法，在绝大多数篇章中，彭兆荪更擅长的是通过潜气内运的方式，以一股充实连绵的文气，如绳贯珠般连缀起诸多的骈体联句，并衍成篇章。前述《红蕙山房唱和诗序》《张子白进士入都谒选送行诗序》《明故特进光禄大夫……周忠武公夫人刘氏庙碑》而外，《徐企范词序》《告楚元王庙文》等也具典型性。以《周忠武公夫人刘氏庙碑》为例，如其写刘氏在丈夫周忠武公战死之后，带领家仆誓死抗敌、阖门壮烈云：

> 于时，夫人孤不怯兵，危不挠勇。健儿虽尽，尚有苍头；灶婢知兵，非无红线。驱蚕母斋娘以拒敌，合奚须臧获以当关。贼焰千屯，牙门一角。夫人身凭鸱尾，手挽乌号，战围阗而突骑不前，星镝骤而檑枪四散。地鸣鼓角，舞楼上之梯冲；宫似修罗，下空中之刀雨。殷战血于铃阁，结蜃氛于虎衙。月羽弦开，肉飞仙倒。盖其继公而与贼伉也，如长离去而宛虹来，耀灵沦而望舒睅。一息犹在，百战何辞？扞卫侯遮，双烟一气，夐哉尚已！待乎董泽之蒲莫继，绿林之刀交攻，乃退守危楼，积薪自爇，阖门不辱，婢仆偕亡。呜呼痛哉！

文章才情发越，铿锵抑扬，气骨沉雄，辞采壮丽，姚燮所谓"鸿芒壮采，有中郎之骨，而兼开府之腴"③。其体虽骈偶，而气则横行如散体，称得上彭兆荪集中具以散运骈、辞茂气盛特点作品中的杰构。王芑孙论彭文所谓"湘涵不自知其文之为偶为奇，读者亦且忘乎其为排偶之文"，用在这里是颇为合适的。

---

① 彭兆荪著，张嘉禄注：《小谟觞馆文集注》卷二。
② 彭兆荪著，张嘉禄注：《小谟觞馆文集注》卷四。
③ 曾燠选，姚燮、张寿荣等评：《国朝骈体正宗评本》卷十一《明故特进光禄大夫……周忠武公夫人刘氏庙碑》姚燮评语。

第三章　邵齐焘、彭兆荪与清中叶苏、松、镇、太骈文

第三，诸法兼擅，尤工议论。叙事、议论、写景、抒情是文章写作的基本表达方式，其使用的成熟程度和总体水平，直接影响文章写作水平的高低。彭兆荪为文可谓诸法兼擅，如《周忠武公夫人刘氏庙碑》《告楚元王庙文》以叙议结合擅胜，《题襟馆记》《潘榕皋虞山秋眺诗卷跋》以叙事、写景、议论三者融贯并用为长，而《天池记》《泛颍记》则以叙、议、写、抒四者交融运使称善。不过，彭氏最擅长的还是议论，如《答汾阳李洪九进士书》批评时士陋见有云：

夫慕学士以头厅，诋县令为畜道，此晋唐之陋习，非儒者之宅心。但谓清职麤官，仙凡路别；不知文章政事，报称道同。揆厥昧由，乃根立志。彼自佔毕幼学，考校中年，即视艺圃为荣梯，拥书林作利网。朝光夕露，秋蟀春鹍，欲得任公之大鱼，必以孔书为香饵。言泉沛于腕下，禄火燃于寸心。无食熊之肥，有望羊之瘦。一旦绿衣通籍，红研宣豪，既出泥而入脂，贵依天以宅照。志不逾乎食肉，而禁脔尤甘；乐止在乎寻春，而苑花独丽。是以得如甘醴，失若秋荼，枯菀攻心，悲愉易状。

其实蓬山云阁，盖延良直之材；东观西清，岂侈名衔之美。词头易作，史笔难操。君子怀称职之忧，俗目竞登仙之艳。不过身依香案，超千佛而名尊；路近红云，领群真而泽渥。防风之粥五合，三辰之酒万车。杏叶飞龙，蓬池斫鲙，称荣炫异，如是而已。所谓本舛者末乖，源淆者委浊。可为齿冷，无足涎流者也。①

彭兆荪的这段议论很有针对性，意在批评科举时代士人庸俗功利的读书、仕进观念，真是"骂尽庸流，钵心刺目"②。从艺术上来说，文章用典不多，以散驭骈，有"意到笔随，凌厉骏迈"③之美，称得上是才子力作、国手名笔。

此外，《小谟觞馆文集》中如《与吴韵皋书》论为文的"五弊""三惑"，《再答李洪九书》论士子立身为人之法，《与沈文起书》论"秀才一科，名实久舛"，《经歧臆案序》《雅乐精义后序》《钱可庐征君六十寿序》

---

① 彭兆荪著，张嘉禄注：《小谟觞馆文集注》卷三。
② 曾燠选，姚燮、张寿荣等评：《国朝骈体正宗评本》卷十一《答汾阳李洪九进士书》张寿荣评语。
③ 同上。

等学术性序文之"辨章学术，考镜源流"等，都是以辩才无碍、议论通达而切实擅胜的佳作。

当然，彭兆荪的骈文也存在一些不足，谢无量即说："彭甘亭《选》学最深，亦颇为《选》体所累，捋撺太多，真气不出。"① 所谓"捋撺太多，真气不出"，主要应指彭兆荪的有些作品大量运用典故（包括事典和语典），使得文章满眼雕缋，修饰过度，有修辞大于内容、以捋撺代替自我创造的弊病，《苦寒赋》《毕季瑜诗集序》《陈蔼人诗序》等，都比较有代表性。其实彭文有时不但用典太密，而且太僻，即孙均所谓"隶事属偶，既富且僻"②；同时，有些联句造语过于生新，导致文气不畅，如《毕季瑜诗集序》"厕优凤之列"一句，"优凤"一词从《南史·王僧虔》"王家门内，优者龙凤"生硬化出，《陈蔼人诗序》"逮乎纺砖别鹤"一句，则将出自《诗经》和崔豹《古今注》中意思关联较远的两个典故生硬地凑合在一起，都具有代表性。另外，钱基博说彭文有"结调太俗"③ 的毛病，刘麟生在批评"常州体"后起作家"不免琢句纤巧"④ 之弊时，也将彭兆荪算在此列，钱氏所论颇有几分道理，刘氏将彭兆荪归入常州派首先有问题，又说彭兆荪在琢句上有纤巧之症，这与彭文的实际情况也不太符合，故所评未为允当。

五　彭兆荪的文学史地位

就文学史地位而言，清代以来的学者，基本上都是将彭兆荪定位在有清一代骈体名家的行列，只是推崇的程度略有不同。如前引徐元润《彭兆荪传》，是将彭氏与胡天游、洪亮吉相提并论。又曾燠《国朝骈体正宗》通过选文数量多寡的方式，将彭氏（13篇）与胡（11篇）、洪（15篇）及袁枚（12篇）、吴锡麒（12篇）、孔广森（10篇）等骈坛名手并举。又《清史稿·彭兆荪传》云："俪体文自三唐而下，日趋颓靡。清初陈维崧、毛奇龄稍振起之，至胡天游，奥衍入古，遂臻极盛。而邵齐焘、孔广森、洪亮吉辈继起，才力所至，皆足名家。后数十年，而有镇洋彭兆荪，以选声炼色胜，名重一时。"⑤ 则从清代骈文演变的视角切入，亦将彭氏与胡、洪及邵齐焘、孔广森等并举。另外，易宗夔《新世说·文学》将彭氏与阮元、刘嗣绾、

---

① 谢无量：《骈文指南》，第85页。
② 孙均：《小谟觞馆诗文集跋》，彭兆荪著，张嘉禄注《小谟觞馆文集注》卷末。
③ 钱基博：《骈文通义》，第114页。
④ 刘麟生：《中国骈文史》，第129页。
⑤ 赵尔巽等：《清史稿》，第13382页。

乐钧、查揆等并论，并且将他们同比于吴鼒《八家四六文钞》所谓"清骈八大家"[1]；金秬香《骈文概论》又将彭氏和尤侗、王太岳、毛奇龄、朱珪、胡浚、厉鹗、刘嗣绾、王昙、顾广圻等并称[2]。

结合《小谟觞馆文集》六卷中的作品来看，彭兆荪在骈文创作上所取得的总体成就，虽然略逊于洪亮吉，但可与陈维崧、胡天游、袁枚、吴锡麒、孔广森、刘嗣绾等并辔而进；其余易宗夔所说阮元、乐钧、查揆、杨芳灿、刘开、梅曾亮，金秬香所说尤侗、王太岳、毛奇龄、王昙、王芑孙、谭莹、姚燮等，包括被吴鼒推举为"清骈八大家"之一的邵齐焘，相较于彭氏，都要略逊一筹；像吴鼒视为清骈大家的刘星炜，易宗夔所提到的杨揆、郭麐、吴慈鹤，金秬香述及的朱珪、厉鹗、胡浚、凌廷堪、顾广圻等，与彭氏则不可同日而语了。要之，在清代骈文史上，彭兆荪足称一代大家，他在骈文创作中所存在的瑕疵、弊病，并不会对他的这一地位构成实质性影响，识者鉴之。

第三节 吴慈鹤、袁翼及苏、松、太其他代表性骈文作家

清代中期，苏、松、镇、太地区的骈文作家，固以邵齐焘、彭兆荪为巨擘，但是若缺失了王芑孙、郭麐、顾广圻、吴慈鹤、沈清瑞、陈黄中、孙原湘（此前苏州府）、袁翼、钱坫、张铎（此前太仓州）等人，这一大片区域的骈文将失去很大的光彩。本节亦择其要者，分为概论。

一 吴慈鹤

吴慈鹤（1778—1826），字韵皋，号巢松，又号岑华居士，江苏吴县

---

[1] 易宗夔《新世说·文学》云："八家之外，以骈体文称者，又有阮云台（元）、刘芙初（嗣绾）、乐莲裳（钧）、彭甘亭、查梅史（揆）、杨蓉裳（芳灿）、杨荔裳（揆）、刘孟涂（开）、梅伯言（曾亮）、郭频伽（麐）、吴巢松（慈鹤）诸君。其文皆闳中肆外，典丽肃穆，足与八家并美。"

[2] 金秬香《骈文概论》云："骈文一道，清代工为之者甚多，吴兆骞承复社之流，吴绮摹义山之作，胡天游追踪燕许，颇称壮美，而俗调伪体，芟除未尽；陈维崧、章藻功，虽云导源徐庾，而体格实近唐宋，此皆气矗词繁，其体未纯者也。余如长洲尤侗、定兴王太岳、萧山毛奇龄、大兴朱珪、仁和胡浚、钱塘厉鹗、阳湖刘嗣绾、秀水王昙、金匮杨芳灿、歙县凌廷堪、南海谭莹、镇洋彭兆荪、镇海姚燮、临川乐钧、长洲王芑孙、元和顾广圻，皆以骈文驰名当世。前体格不能一辙……流别各异，其骨格韵调，则皆超轶流俗，同为专门名家之作也。"参见该书第125—126页，台湾商务印书馆1967年版。

（今属苏州）人。他的父亲吴俊，字昙绣，是乾隆三十七年（1772）进士，官至山东布政使，撰有《荣性堂集》。有诗名，徐世昌《晚晴簃诗汇》卷九十五即曾录其诗3首。吴慈鹤"幼禀庭诰"①，天资聪颖，较早显示出过人的文学才华。其父历官南北，他也随而宦游，南至粤东，北至济南，足迹所至，诗文随生，蒋攸铦所谓"凡壮游之所经，悉缘情而有什"②。嘉庆十四年（1809）成进士，改翰林院庶吉士，散馆授编修。二十四年，充云南乡试副考官。其后，尝督学河南、山东，官至翰林院侍讲。生平喜游览，"使车所至，山水为缘，而悉以发于诗"③。工诗，擅骈体文，与镇洋彭兆荪交最契，吴慈鹤《祭彭甘亭文》所谓"余与夫子，结为弟昆"④，文名亦相埒。有《岑华居士兰鲸录》八卷、《外集》二卷、《凤巢山樵求是录》六卷、《二录》四卷、《续录》一卷、《外集》二卷，总名《吴侍读全集》。

  吴慈鹤的骈体文，分别收录于《岑华居士兰鲸录外集》和《凤巢山樵求是录外集》，共四卷。总体来看，吴慈鹤一生的诗文创作，大体可分为前后两期，其分界点则是嘉庆十四年吴氏进士中式⑤，《岑华居士兰鲸录外集》和《凤巢山樵求是录外集》即分别对应其前后两期的骈文创作。彭兆荪论吴氏前期诗文云："巢松太史之初为《兰鲸录》也，其时翔辉鼎门，振奇觿岁，涌思雷出，通庄软驰，固已剔陈隋、抉魏晋，轹潘左、睨曹刘。刘黄窈邃之气，琼杯玉斝之彩，峻风急流之辞，钩陈天策之仗，铿鎗炳耀，凛耳叠目。"⑥又曾燠《凤巢山樵求是录序》云："巢松司业……回翔蓬瀛，踔厉坛社，以鸿黄窈窕之才，奋旭历锐银之学。故其初刻《兰鲸录》也，逸情驹骞，奇采凤振。姚冶万态，如春葩之怒开；呼汹众流，若秋水之时至。兰气袭袂，则百草失芳；鲸音铿钟，则众乐夺响。煌煌乎，艳艳乎！固已追躅孟韩，并驾徐庾，馨诗国之瑰观，极才人之能事矣。"⑦彭、曾二人所论颇为相似，可谓英雄所见略同。我们研读《岑华居士兰鲸录外集》，可知彭、

---

① 曾燠：《凤巢山樵求是录》卷首，吴慈鹤《凤巢山樵求是录》卷首，清嘉庆至道光间刻本。
② 蒋攸铦：《吴侍读全集序》，吴慈鹤《吴侍读全集》卷首，清嘉庆至道光间刻本。
③ 清国史馆原编：《清史列传》卷七十二《吴慈鹤传》，周骏富辑《清代传记丛刊·综录类②》。
④ 吴慈鹤：《凤巢山樵求是录外集》卷二，清嘉庆至道光间刻本。
⑤ 据蒋攸铦作于嘉庆十五年的《吴侍读全集序》，可知《岑华居士兰鲸录》成书于嘉庆十五年以前。
⑥ 彭兆荪：《凤巢山樵求是录序》，吴慈鹤《凤巢山樵求是录》卷首。
⑦ 吴慈鹤：《凤巢山樵求是录》卷首。

曾二人确乎知言，典型的如《春日游白云山序》写众人之游览所见所感云：

> 白云山者，羊城之望也……胜壤独肖，佳侣适集。观察以吴中耆旧，屏皂盖而来游；征士则林下风期，跨青筇而莅止。至如仆者，夙世道流，等方壶之片云，本辽城之一鹤。烟霞痼疾，不以和扁起其羸；松桧笙簧，不以钧韶易其吹。际骀荡之三春，偕风流之二老。兹之游也，适吾志矣。于时上巳初过，谷雨将及，桐乍叶而还花，柳初稊而即絮。野色万变，郊莱几易。霁光敛淑，回峰现彩翠之林；澹日浮曛，密坞涨薰兰之气。石关十上以弥高，铜梁九折而比峻。金枢南向，常羲之月长圆；琼户东启，少女之风先至。目连迦叶，吞吐可以为花香；无着天亲，指掌可以现龙象。至于细岑锐出，幽径数岐；垂绝银梁，中通翠复。风莺出谷，趁紫蝶以狂飞；石髓悬崖，杂丹泉而迸洒。星軿一去，菖蒲千载；宝书不锁，藤萝两重。于是披襟当风，拂衣入座。裙纻枝而一红，席藉草而俱绿。轮囷缥瓷，王烈香膏；潋滟金杯，严遵芳乳。既醉无忪忪之容，独醒有汶汶之色。口发高咏，配秋菊以荫春松；手挥素琴，登青山而求绿水。遂使卢敖倾盖，赤斧回镳，雕陵之鹊罢翔，缑岭之笙停韵。匪盘匪荒，乐极情畅。①

作者才情勃发、清狂一气，将言之所见、身之所感，写得妍冶秀润、精气贯注，文章有层次、有变化，"韶秀处不减北宋人小品"②，与洪亮吉《八月十五夜泛舟白云溪诗序》有着相似的力度与文采，洵为骈体小品中的上品。

吴慈鹤前期作品中类似于《春日游白云山序》者还有很多，如《越台唱和诗序》《张绚甫先生诗序》《林仲谦白云集序》《感春诗序》《游西湖记》等。这样的作品格局虽然不大，但是才情与文采兼备，自有其不容否认的成就与价值。这里需要提一下钱基博对吴氏骈文的评价，《骈文通义》有云："吴慈鹤有意妍冶，骨气不高。"③ 如果用"有意妍冶"来评价吴慈鹤的前期作品，是比较贴切的，但"骨气不高"之评，就显得有些武断，因为吴氏前期作品中不乏像前引《春日游白云山序》这样既"有意妍冶"，

---

① 吴慈鹤：《岑华居士兰鲸录外集》卷二，清嘉庆至道光间刻本。
② 曾燠选，姚燮、张寿荣等评：《国朝骈体正宗评本》卷十二姚燮评语。
③ 钱基博：《骈文通义》，第114页。

又骨气颇高的佳作。

随着阅历的增加与心境的转变,吴慈鹤骈文的风格也发生了较大的转变,《凤巢山樵求是录外集》中虽然也有《杨柳共春旗一色赋》《阑干赋》《晚香图赋》等追求妍冶之作,但绝大多数作品,已经有了新的风貌。吴慈鹤在《凤巢山樵求是录外集自序》中即说:"少年盛气,不可束缚,绝鞿脱靷,生吞活剥,声闻过情。既悟滋恧,中岁学道,由博返约,渐近自然。丝竹输肉,以傲弇州,至老方觉。"① 曾燠则说:"既乃涉历多故,驰驱壮游,蒿笔一枝,荡节万里。扬雄少作,悔其雕华;谢傅中年,深以陶写。则又原本忠孝,发抒性情,饮真茹强,简精练锐。譬诸老禅入定,百怪失其奸穷;宿将行军,万众喑其咤叱。其旨深,故其词约;其理正,故其气直。婉笃谆复,酣嬉淋漓,古设今施,功多累寡。勜然一变,以臻厥成。"② 概言之,词约旨深、气直理正,是吴氏后期骈文的总体特色。典型的如《重建蒋忠烈公雅集亭诗并序》:

> 尝谓金石之劲,歊阳不能烁其形;姜桂之辛,沸汤不能灭其性。临大难而不惧,经百代而弥烈。所以遗文只字,志士览而动心;断瓦尺椽,文孙得而思奋。有明赠光禄卿,谥忠烈蒋公,讳钦,吴之常熟人也。砥行圭璧,润猷丹青;遇屯思夷,往蹇来连。读书而爱孟博,少有壮怀;折槛而慕朱云,长抱荩悃。天地正气,炼之为心胸;古今奇节,嗜之如刍豢。当豸冠立朝之日,正貂珰凭焰之秋。狐鼠窃势,搢绅可以炙手;熏腐余威,宰相见而胁息。公以为阿胶止浊,虽无损于黄河;愚叟移山,冀感通于帝座。率其同列,历诋奸回,拜书九重,得杖三十。举朝相顾而愕眙,同志当之而反顾。公曰一击不中,九死奚辞?复草谏书,两受廷杖。豺狼之噬愈狠,鸾凤之鸣益昌。忍创而更伏青蒲,刳肝而必馨丹悃。其在请室,草第三疏也,鬼神昼号,日月彩匿。公不为动,视死如归,竟以杖卒于狱。③

文章叙议结合,沉劲清畅,成功描写了蒋钦刚正不阿、九死不悔的直臣形象,其气充,其理正,其辞茂,与早期"有意妍冶"的作品相比,无疑

---

① 吴慈鹤:《凤巢山樵求是录》卷首。
② 曾燠:《凤巢山樵求是录序》,吴慈鹤《凤巢山樵求是录》卷首。
③ 吴慈鹤:《凤巢山樵求是录》卷一。

有了很大的不同。

此外，《宋思堂诗序》《云泉山馆记》《钱武肃王画像赞》《祭彭甘亭文》等，也都是吴慈鹤后期作品中的佼佼者。其中特别值得一提的是《云泉山馆记》，该文在题材上是一篇写景游记，其锻辞炼藻，与吴氏前期同类文章相较，有过之而无不及，但文章并不是朝着妍冶的方向，而是朝着沉隽疏越的方向发展，其辞气茂盛、丽而有则，显然与前期作品有别。应当说，吴慈鹤的骈文创作，总体成就固然不能与同时期邵齐焘、洪亮吉、袁枚、吴锡麒、彭兆荪等大家相提并论，但是无疑可称是清代中叶自具一格的骈体名手。

二 袁翼

袁翼（1789—1863），原名书培，字穀廉，号中甫，江苏宝山（今属上海）人。宝山袁氏源出宁波府鄞县，袁翼《校刻袁氏簪缨录序》有云："甬上杨、袁、舒、沈，并为望宗甲族，而三袁鼎峙，朋才尤盛。"[①] 这里所说"三袁"，指的是袁氏的三个支系，即宋正献公裔系、元文清公裔系和明太常公裔系。宝山袁氏，系出明太常公一支，大概在明代隆庆、万历间，袁翼的八世祖凤冈公，自鄞县迁嘉定，雍正二年（1724）清廷从嘉定析出宝山县，袁氏遂占籍宝山。宝山袁氏的鼎盛是在明代，入清以后，渐次衰弱，袁翼在《宝山袁氏宗支续谱序》中曾云："我袁氏自凤冈公以来，世居城中，或迁西郭外，或迁上海、华亭，盖枝叶稍陵夷衰微矣。先代之居此城者，勤农贾、习岐黄，至七世伯父小山公，及先大夫朗斋公，始攻制举业，为庠生、为副榜贡生，嗣后子孙，有相继登贤书者。然有乙科，而无甲第，功名不显，筮仕仅得县令，视前明之宰相、尚书、御史、太守，累奕簪缨，相去奚啻天渊！"[②] "君子之泽，五世而斩"，家族的兴衰有其自然的规律，这也是无可奈何之事。

清代宝山袁氏虽然已经衰弱，但是读书上进，非无其人。如袁翼的祖父袁绶，便"少习举业，工吟咏"[③]，时与同侪诗文唱和，撰有《雪窗类稿》一卷。袁翼的父亲则更青出于蓝，据袁翼《先府君事略》所述，其"资禀颖悟，总角有成人风"，"制艺研炼浑穆，岁科辄冠军"，并且"诗才拔俗，

---

① 袁翼：《邃怀堂文集》卷四，清光绪间袁镇嵩刻本。
② 袁翼：《邃怀堂文集》卷四。
③ 袁翼：《邃怀堂文集》卷四《先府君事略》。

工于体物"①，可惜七荐不售，在仕途上无所成就，只能四处漂泊，授徒为生。袁翼出生在这样的家庭，受到祖父及父亲的影响是再自然不过的事。俞廷瑛谓袁翼"幼颖悟，诵经史如夙习，有所作，操笔立就"②，袁翼门生朱黔则说他"博涉坟典，少馆于吴淞高氏，诗酒雅集，一时老宿，咸折辈行与之游"③，可见他确实是一个天资过人的才子。不过在科举仕进上，他的命运也颇为坎坷，道光二年（1822）中举之后，"五应春试，皆拟中，皆以二三场不到置之"④，朱黔《玉山县知县袁公传》说可能是因为他"病目病酒"⑤所致。在中举后，袁翼曾考取国子监觉罗官学教习，由于会试屡考不中，期满后乃以知县用，历属峡江、安福、会昌、浮梁、大庾、广丰、弋阳等县，政绩颇著。咸丰七年（1857），调玉山知县，翌年以守城功，加同知衔，升直隶州知州，这样的仕途成绩，比他的祖父、父亲，确实是高出许多了。可惜因为他在任官期间劳瘁过度，加之年岁已高，所以不久以后（同治二年，1863），他便在南昌溘然辞世了，卒年七十五岁。

袁翼工诗擅文，有《邃怀堂文集》四卷、《骈体文》六卷、《诗钞》十卷、《哀忠集》三卷、《清容山馆词钞》一卷、《诗话》一卷、《吴淞轶事》一卷，又校刊《袁氏簪缨录》一卷。俞廷瑛《江西玉山县知县袁公传》对袁翼的诗才颇为推崇："（袁翼）尝幕游于粤、于晋，阅历所得，一寄诸诗，秀句奇章，足以上规钱刘，平视温李。迨军兴而后，忧时感世，咏叹长言，则又骎侵入杜陵之室矣。"⑥ 何栻则推扬更甚，其所作《邃怀堂诗集序》云："论才者尽于三，天、地、人是矣已，而人实兼天地之才以为才，故人才亦尽于三，吾于诗也，决之矣……眉目秀长，手足端方，精神吐纳，声气沉扬，此人之才也，以诗言之，则为清才。大才则前有陈思，后有子美，韩、苏其庶几焉。奇才则青莲、长吉，异曲同工，此外无闻也。惟清才则似易而难，似广而狭，其派亦有三，陶韦、元白、温李而已。乐天有时似陶韦，微之有时近温李，然未有能兼之者，兼之自我縠廉年丈始矣。"⑦ 要之，不管袁翼之诗与何人相近，他诗才高卓、成就不凡，是毋庸置疑的。

---

① 袁翼：《邃怀堂文集》卷四。
② 俞廷瑛：《江西玉山县知县袁公传》，袁翼《邃怀堂全集》卷首。
③ 朱黔：《玉山县知县袁公传》，袁翼《邃怀堂全集》卷首。
④ 同上。
⑤ 袁翼：《邃怀堂全集》卷首。
⑥ 同上。
⑦ 袁翼：《邃怀堂诗集前编》卷首。

袁翼骈体文的成就，与诗歌相埒，耆龄序袁氏骈体文集，曾谓袁文"鲸铿春丽，蹀踔毫端，直如杜诗、韩笔，无一字不有来历"[1]；徐士芬则称其"宗来徐庾，得此奇芬；上溯渊云，导其逸轨"，"既高文大义之含淳，且小札短章之流美，史家之才、赋家之心，兼而有之"[2]。就数量而言，《邃怀堂骈文》中收录的作品，共计67篇，当然，这仅仅是袁翼一生骈文创作中很少的一部分，朱龄在《邃怀堂骈文》目录后的识语中提到，据袁翼自己所说，他生平所创作的骈文，在总量上"不下六七百首"，目前我们所能见到的67篇，乃是"应酬之篇，概从删削"以后的结果。[3] 这67篇骈文，本来分为六卷，后来朱龄对其笺注，乃厘为十六卷。

就艺术特色、成就言之，袁翼骈文最擅长者，乃是以赋家之心叙史论世，《邃怀堂骈文》中最具代表性的作品，除张鸣珂《国朝骈体正宗续编》所录《书几社考后》《书王义士虞山柳枝词后》《印古琴白下联吟集序》而外，《哀忠集自序》亦属其选。如《书几社考后》：

> 溯自熹庙之倦勤，实乃明家之末造。缙绅分洛、蜀为门户，阉儿视名器如弁髦。西里邀封，稷狐社鼠；东林点将，地煞天罡。迨泾阳之首善既撤，西铭之盟长代兴。天子问吉士之起居，闺阁联党魁之声气，而彝仲、卧子诸贤，亦复刑牲于白苎之城，设醮于黄门之宅。通缟带者万人，饮平原者十日。维时赤羽警于三边，黄巾满于六宇，而牛心麈尾，竞尚清谈；龙腹虎头，互相标榜。卒至萧不并兰，鹦能啄凤。贻貂璫以口实，树敌国于眉间。及白旄鲔水，甲子徇师；青盖洛阳，庚申出迪。荡纶扉于茂草，殉昆玉于劫灰，又奚补哉！[4]

文章以颇为精简的文字，对明末文人群体党同伐异、竞尚清谈，以至满人入侵、社稷沦亡的历史过程，进行了叙述、评论。其叙述简切明净，论析切中肯綮，有史才，有赋心，风格沉劲浑厚，有一股沉绵而强韧的力道贯穿其中。在形式上，骈中夹散，亦骈亦散，达到了骈散交融无间的境界，洵为高才妙笔。

---

[1] 耆龄：《邃怀堂骈文笺注序》，袁翼撰，朱龄笺注《邃怀堂骈文笺注》卷首，清光绪间袁镇嵩刻本。
[2] 徐士芬：《邃怀堂骈体文原序》，袁翼撰，朱龄笺注《邃怀堂骈文笺注》卷首。
[3] 袁翼撰，朱龄笺注：《邃怀堂骈文笺注》卷首。
[4] 袁翼撰，朱龄笺注：《邃怀堂骈文笺注》卷二。

《哀忠集自序》是袁翼为自己所编《哀忠集》所作的序言,该文本未收录于《邃怀堂骈文》中,但当袁翼将此文随《哀忠诗》一册一同寄达朱龄后,朱龄颇为推崇,认为它"指事类情,扶植人纪,为纪载家所不可少之文也",于是便"补订篇末,重为诠解",编入了《邃怀堂骈文》之中。①文章写在太平天国运动中殉难诸臣云:

> 溯自氛起粤西,祸延两楚,寇深皖北,毒遍三江。初效狐鸣构火之谋,继成蚁穴溃堤之势,其间殉节诸臣:或结缨正命,裹革还尸。星坠营头,声嘶枥马;魂骑箕尾,泪洒沙虫。剖金藏之赤心,任屠百口;化苌宏之碧血,何待三年?此则深明大义,视死如归者也。或白门就缚,丹穴熏求,吞脑子而如常,悬丝绳而未绝。不餐跖粟,肠枯薇蕨于首阳;旋脱钟囚,身葬波涛于彭蠡。长亭驿壁,谁黏生祭之文?故里闾人,犹作还乡之梦。此则就义从容,同归授命者也。或斗生毁家而纾难,耿纯率族以从戎,犒军输少妾之财,募士建勤王之帜。遂致鬼瞰高明,摸金则钞延瓜蔓;盗憎守望,纵火则殃及池鱼。项籍之子弟皆亡,余阙之妻孥并殉。侧身无地,讹言白雁之来;大数由天,莫避红羊之劫。此又衔冤精卫,魄化啼鹃,斫胫而呼作好男,披发而思见上帝,以是言忠,忠更惨矣!②

我们姑且撇开袁翼的思想立场及其对于太平军起义的态度不论,单就文章在表达方面的艺术成就而言,其层次清晰,造语简净,运典自如,意蕴沉厚,有沉浑简劲之美,在《邃怀堂骈文》中,称得上是上乘之作。

总体而言,袁翼的这类作品"叙次明净,锻炼精纯,词取达意,不事华缛,发挥经史,纵横开阖,一与散体文同也"③,取得了很高的成就。当然,袁翼的骈文除了擅长叙史论世,写景、抒情也不乏佳作名篇,《答刘孟眉明经启》《游东湖鹦鹉洲记》《游西山记》《游陶然亭记》等,即是这方面的代表。要之,袁翼"负沉博绝丽之才"④,为气沉蕴厚之文,清代太仓州骈文,彭兆荪而后,袁翼允称翘楚。

---

① 朱龄:《邃怀堂骈文笺注目录》所附识语,袁翼撰,朱龄笺注《邃怀堂骈文笺注》卷首。
② 袁翼撰,朱龄笺注:《邃怀堂骈文笺注》卷十六。
③ 朱龄:《邃怀堂骈文笺注目录》所附识语,袁翼撰,朱龄笺注《邃怀堂骈文笺注》卷首。
④ 许应鑅:《邃怀堂集序》,袁翼《邃怀仁堂全集》卷首。

三 王芑孙、顾广圻、郭麐

王芑孙（1755—1818），字念丰，号铁夫，一号惕甫，又号楞枷山人，晚号樗隐老人、老铁等，江苏长洲（今苏州地区）人。乾隆五十三年召试举人，由国子监典簿，出为华亭教谕。王氏为长洲望姓，明弘治、正德间名臣王鏊即是王芑孙的十世祖。芑孙幼有异禀，年十二三，即能操觚为文。为诸生时，得刘墉、彭元瑞诸公识拔，声名藉藉。壮岁入京，曾馆董诰、梁诗正、刘墉、彭元瑞、睿亲王淳颖诸名公显宦家，"为诸人代削草"，又与法式善、洪亮吉、孙星衍、吴锡麒、秦瀛等诗酒唱和，"故虽未挂朝籍，而朝廷有大典文章之事，未尝不操笔窃与其间"①。中年南归，曾主真州乐仪书院讲席。晚岁乡居，以著述自娱。生平撰述颇富，有《渊雅堂全集》《惕甫未定稿》《楞枷山人尺牍》《读赋卮言》《古赋识小录》《宋元十家文选》《国朝十家文钞》《碑版文广例》等。

王芑孙为人简傲自负，其一生多困窘与此有直接关联，秦瀛《渊雅堂编年诗稿序》即有云："铁夫久困，以诗闻于时，京师贵人多誉之者。顾性简傲，少可多否，不肯从谀，遇公卿若平交，人又以是病铁夫狂，而铁夫乃坐是益困。"②但是，简傲、狂狷的个性以及穷窘的人生遭际，却也在很大程度上玉成了他的诗文创作，铁保认为"铁夫之为人如其诗，峥嵘傲岸，无一字寄人篱落下，而上下五百年，纵横一万里，自有一种不可磨灭之气。"③"人如其诗"基本上是一种善意的赞誉，诗如其人才是写实。

王芑孙不但是乾嘉间的诗坛名家，在古文、词赋、试帖诗文等诸多方面都颇有成就；另外，他还是清代比较著名的赋论家，《读赋卮言》在赋论史上有着较高的地位。在骈文创作方面，王芑孙并非专门名家，但其创作成就却不容忽视，曾燠《国朝骈体正宗》即将他视为清代比较有代表性的骈文家之一。王芑孙好友、骈文家吴锡麒曾对他的骈文有过颇为诗意的评述：

……及循览再四，见其沉博绝丽，凌轹古今。如昆仑之巅，层城九重，而瑶台十二也；如春山发荣，而万花竞媚也；如洞庭张乐，而金石铿鸣，杂之鲸吟而鼍吼也。其气盛，故其声宏；其趣高，故其词雅。此

---

① 清国史馆原编：《清史列传》卷七十二《王芑孙传》，周骏富辑《清代传记丛刊·综录类②》。
② 王芑孙：《渊雅堂编年诗稿》卷首，清嘉庆八年刊本。
③ 铁保：《渊雅堂编年诗稿序》，王芑孙《渊雅堂编年诗稿》卷首。

真能由六朝而晋而魏，以仰窥东京之盛者。夫以余竭蹶趋之而不得，至铁夫出其余力为之，已沛然其有余。盖铁夫之文从古人入，故根柢深而无枝勿荣也；余之文从骈体入，故风骨滞而负声无力也。①

要之，吴氏认为王芑孙骈文气盛、趣高，沉博绝丽，是有根柢、有高格、有相当成就的。这里吴氏比较其自己骈文与王文的几句话颇值玩味。

在《渊雅堂文外集自序》中，王芑孙曾既谦虚又自负地言道："芑孙于古文，学之而不敢为；于词赋，则不学而敢为之。"② 说他谦虚，是因为他一生措力相当多的恰是古文，并且创作了数量比较可观的古文作品③，并非"学之而不敢为"；说他自负，是因为他于词赋一道用功颇深，并非"不学而敢为"，《读赋卮言》《古赋识小录》便是很好的说明。

在确定王芑孙对古文用力甚深的前提下，我们再来看看他仰承"古人之文"的路径。按《渊雅堂文外集自序》中提到，在王芑孙年轻时参与科举考试的过程中，他没有按照当时流行的"坊刻读本"来学习为文之道，而是"独自以意用魏晋人语"，其结果却是"主者大称之"，因此之故，他"自壮取《文选》《唐文粹》以若东京、六朝以来文字，日夜纵观，疲困不知止"，以至好友甚为担心，怕他误入歧途。在桐城古文歕动天下之际，王芑孙提出古文创作必须"驰骛于沉博绝丽之途"，这的确是个性鲜明的大胆主张，其目的固然不是在为骈文争地位，可实际效果则与李兆洛等人的理论努力有着比较一致的指向。

而正是在王芑孙向古人学习以从事于古文的过程中，他对向来被骈文家们视为骈文系统重要组成部分的"东京、六朝以来文字"也"日夜纵观"，这就为他创作骈体文创造了天然的机遇、奠定了坚实的基础；同时，由于他创作古文、骈文，都"自古人入"，对被世人看作古文系统和骈文系统的古来之文都有体悟学习，这便使得他的骈文与主要瓣香唐人的吴锡麒之作，有

---

① 吴锡麒：《渊雅堂文外集序》，王芑孙《渊雅堂外集》卷首，清嘉庆八年樗园刊本。
② 王芑孙：《渊雅堂外集》卷首。
③ 王芑孙《惕甫未定稿自序》中提到，他"于诗不甚措力，所志焉而未逮者，古文辞也"，并且虽然他从事古文之志"一夺于制举之艺，再夺于词章之好"，但"马、班、韩、欧氏之书与夫诸子百家所以资为古文之具，未尝一日而去诸左右"，而《惕甫未定稿》二十六卷所收的近400篇作品，正是他六十岁以前所作古文的缩影。当然，《惕甫未定稿》并非只收古文，曾燠《国朝骈体正宗》所录王氏《詹鳞飞独茧诗钞序》《横云秋兴图记》即出自《未定稿》，另外该书中的赋作也都是骈体，这一点值得注意。引文见王芑孙《惕甫未定稿》卷首。

了一定的区别，所谓"根柢深而无枝勿荣也"。可举《惕甫未定稿》中所收的一篇骈体短赋，来概观王芑孙的骈文风貌：

> 楼红雁外，舫白鸥边。二分月地，千里云天。惜良时兮望远，属参差而告焉。殷勤紫玉，徙倚银床。胸怀烟乱，手指风凉。辫丝悬绶，刺绣安囊。孔缘多而力弱，曲弥低而怨长。斜汉横阁，一扉启房。猿鹤夕起，关河已霜。曼声迟而停暂，流音歇而曳残。丁年身世，子夜阑干。炉频凫暖，瓦自鸳寒。醒春梦兮昨日，满秋心乎此间。倚箫而赋，人远蓬山。①

讲究格律、注重藻采与寄托，是王芑孙骈体赋作的共同特征。这篇《吹洞箫赋》以虚笔、侧笔写景抒情擅胜，其中正面、实笔写洞箫和吹奏洞箫的，只有"辫丝悬绶，刺绣安囊。孔缘多而力弱，曲弥低而怨长"和"曼声迟而停暂，流音歇而曳残"，而且即使是正面写实的文字，也饱含了浓郁的诗情；而占据赋作主题篇幅的虚笔、侧笔文字，渊源楚辞、瓣香六朝小品，以人的情感贯穿中，形成了色彩清丽、朦胧依约、余味悠长的艺术风貌。整篇赋作可以说是情、文兼长，趣高词雅，取得了很好的艺术效果。当然，如果我们想深入体会王芑孙骈文"沉博绝丽，凌轹古今"的特点，那就要研读他的《惕甫未定稿》和《渊雅堂文外集》。

清代是朴学十分兴盛的时代，以学术研究擅长而兼为骈文家者指不胜屈，就朴学重镇苏州府一地而言，就有黄始、徐昂发、何焯、陈黄中、顾广圻、许玉瑑等多位在清代骈文史上享有一定声誉的创作者，杨旭辉《清代骈文史》一书曾设专节对此进行论述②。在清代中叶的苏州府学者型骈文家中，顾广圻是学者们关注较多的一位，本节即对他的骈文创作进行扼要论析。

顾广圻（1766—1835），名千里，以字行（广圻其字），号涧薲，别号思适居士，江苏元和（今苏州地区）人。少孤多病，但"枕上未尝废书，人咸异之"③。弱冠时曾馆于富于藏书的程氏，因得遍览群书，学者称他为"万卷书生"。年三十，始补博士弟子，"屡应乡试，不利，孙兵备（按：即

---

① 王芑孙：《惕甫未定稿》卷首《吹洞箫赋》。
② 参见杨旭辉《清代骈文史》，人民出版社2012年版，第230—248页。
③ 李兆洛：《顾君墓志铭》，顾广圻著，王欣夫辑《顾千里集》，中华书局2007年版，第406页。

孙星衍）举为衍圣公典籍"①。因为他没有任何科名，为了谋取衣食之资，只得长期为人校刻书籍，可以说是清贫了一生。晚患类中症，年七十而卒。

顾广圻是清代中叶著名的学者，他师事汉学名家江声，为吴派经学大师惠栋的再传弟子。江藩说他"天资过人，无书不读，经、史、小学、天文、历算、舆地之学靡不贯通。又能为诗、古文词、骈体文字，当今海内学者莫之或先也。"② 而以校勘之学尤擅胜场，李慈铭《越缦堂读书记》谓其"邃于考订之学，尤精校雠，其序诸书及题跋，皆一时绝学也。"③ 傅增湘则认为他可与钱大昕、王念之、王引之"并驾齐驱"④。他的学术研究文章与诗词创作，王欣夫辑有《顾千里集》二十四卷，基本完备。

统观顾广圻的一生学术文艺贡献，学术研究尤其校勘之学无疑是其大宗，相对而言，诗文创作只能算作他的"余事"。李慈铭《跋〈思适斋集〉十八卷》即认为顾氏"诗词皆肤率，备体而已；赋摹《选》学，亦仅面目。"⑤ 这个判断是比较客观的。骈文一体，顾广圻也没有刻意而为，但是正如李慈铭所说，"千里先生深于汉魏六朝之学，熟于周秦诸子之言，故其为文或整或散，皆不假绳削而自合"⑥，其在艺术上是有一定成就的。当然，研读《思适斋集》中的顾氏骈文，很容易发现一个特点，即这些作品基本都是学术论文，并且古雅沉着、以学理胜，这就让我们联想到李慈铭在比较彭兆荪与顾氏骈文后得出的结论："此文人学人之别焉"⑦。

清代文学史上，诗歌界的学人之诗与文人之诗的界分，是人所熟知的话题，事实上，这个现象在骈文一体中也同样存在，而顾广圻与彭兆荪的骈文创作就是非常典型的两个例证。从艺术审美的角度来看，顾广圻"以骈语疏其考据"的《重刊宋本名臣言行录序》《广陵通典序》《开方补记后序》诸文，包括《百宋一廛赋》这样的骈体赋作，固然都"尔雅可观"⑧，但是其基本上都缺少了文学作品通常必不可少的一个要素——情。倒是《对床

---

① 夏宝晋：《奎文阁典籍顾君墓志铭》，顾广圻著，王欣夫辑《顾千里集》，第408页。
② 江藩著，锺哲整理：《国朝汉学师承记》，中华书局1983年版，第37页。
③ 李慈铭撰，由云龙辑：《越缦堂读书记》"《思适斋集》"条，中华书局2006年版，第827页。
④ 傅增湘：《思适斋书跋序》，顾广圻著，王欣夫辑《顾千里集》，第426页。
⑤ 李慈铭撰，由云龙辑：《越缦堂读书记》，第418页。
⑥ 李慈铭撰，由云龙辑：《越缦堂读书记》"《小谟觞馆集》"条，第835页。
⑦ 同上。
⑧ 李慈铭撰，由云龙辑：《越缦堂读书记》"《思适斋集》"条，第827页。

风雨图赋》《五砚楼赋》《彭甘亭全集序》《汪容甫哀词》诸作,不但以理胜,同时以情胜,有情理兼得之美,这应当是学者之文中的高境。其中《彭甘亭全集序》整散相间、性情发越,可视为顾广圻骈文中的上乘之作。文章分三个部分,第一部分论彭兆荪骈文必传于后世的原因:

> 词章之为道,唯有至性、至情者为之而后可传,历观往古,靡不若是,求之于今,则吾友彭征士甘亭其人也。征士少奇颖,甫出即声满名场,迨成老宿,世尤交手推重。累居巨公幕府,其诗文皆沉博绝丽,见者固以为金玉渊海,卿云黼黻矣。抑其于亲孝、于弟慈,于伉俪笃、于交游信,终身韦布,而拳拳世事,有庆也忻,有忧也思。浩瀚千言者,性情之发露者也;驱使万卷者,性情之抟结者也。有集如此,而焉有不传?

顾广圻在此提出了词章之道的根本要求,即必须具备至性、至情。这里所说的至性、至情,既指文学创作者天生具备的个性气质、情感倾向,又指作为社会群体一员的创作者在社会关系中培养起来的积极的性情、品质,所谓"于亲孝、于弟慈,于伉俪笃、于交游信,终身韦布,而拳拳世事,有庆也忻,有忧也思";而当这样的至情、至性与创作者充沛的艺术才华、渊博的知识积累相结合,有内容、有根柢且有艺术感染力的作品就应运而生了,那么,汇集了前述这类作品的文集"焉有不传"?应当说,顾广圻的文学至性、至情说本身并没有太多的新意,但是其意旨明确,论述也十分清畅简洁,说理效果是很好的。

在揭出为文宗旨后,文章第二部分简要概述了作者与彭兆荪交游、彭兆荪诗文集纂辑的情况。接下来的第三部分则结合彭兆荪的生平遭际进行抒情、议论:

> 呜呼!兹乃以沟壑余生,而荷君后死之责,青简尚新,斯人不作,岂非大可痛哉!君晚年颇深释学,纯儒每以为病。予独谓君一生遭遇,多所失意,非特抱才负器,无分立功;甚至骨肉凋零,亲故衰薄,贫贱难居,继嗣竟乏;方复世机俗态,日夕相涵,屈清刚隽上之心胸,为和光同尘之面目,中有所遇,莫可告语。则其所谓至性、至情者,安得不郁辒沉滞,感慨哀伤,神为之枯,命为之损?唯有竺西书宏阔胜大之谈,暂一消磨耳。岂等寻常溺惑彼教,卑者徇因果利益,高者如陆法和

不睎释梵天王耶？后世读君集者，倘能知之。

　　大概是由于"终身布衣"的生活经历之相似以及个性的相契，顾广圻对这位挚友有着深切的同情！在文章的末尾，顾氏特别提及彭兆荪晚年向佛招致一些固执的"纯儒"非议之事，他态度鲜明地表示：对于彭氏这样有着至性、至情的人，坎坷甚至惨酷的生活遭遇，给他带来了深重的精神摧残，他借助佛教的"宏阔胜大之谈"暂时纾解内心的苦痛，又有何不可？从文章结构的层面看，第三部分扣紧开头部分所提到的文学至性、至情说来展开抒议，这就使得全文不但有清晰的层次感，而且有很强的结构力，在章法上是颇为高明的。再就文章的语句形态而言，其并没有刻意要为散体文或是骈体文，而是或散或整、整散结合，真正做到了李慈铭所说的"为文或整或散，皆不假绳削而自合"①的境界。应当说，《彭甘亭全集序》这样饱含情感的议论之作，是顾广圻文集中的"异类"，但它和《汪容甫哀词》一起，为清代骈体学者之文提供了两个相当优秀的范例。

　　郭麐（1767—1831），字祥伯，号频伽，又号蘧庵、复庵，吴江（今属江苏苏州）人。郭氏工诗词，"尤纵才力所至"②，兼长于古文及骈体文。少游姚鼐之门，极受称赏。撰有《灵芬馆诗初集》四卷、《二集》十卷、《三集》四卷、《四集》十二卷、《续集》八卷、《杂著》二卷、《杂著续编》四卷，《灵芬馆诗话》十二卷、《续诗话》六卷、《蘅梦词》《浮眉楼词》《忏余绮语》各二卷等。郭麐是一个才气横溢的才子，他的骈文也充满才情，姚燮《皇朝骈文类苑》选录了他的13篇作品，即《查伯葵诗序》《吴门画舫录序》《彭湘涵小谟觞馆集序》《钱同人美人赠我金错刀图序》《东郭幽居图记》《萝庄图记》《万廉山司马五十像赞》《四贤像赞》《顾亭林先生像赞》《赠按察司佥事灵山县知县雪柯徐公像赞》《新修颜先生祠碑铭》《鸳鸯冢铭》和《谢宾谷先生启》，其在数量上，与姚氏所录清骈名家孔广森、杨芳灿、金应麟、李兆洛的作品在一个层次序列，可见姚氏对他的重视程度。如《彭湘涵小谟觞馆集序》论彭兆荪之诗云：

　　　　湘涵自少迄壮，总十余稔。其所为以才为主，以古为程，旁午侧

---

① 李慈铭撰，由云龙辑：《越缦堂读书记》"《小谟觞馆集》"条，第835页。
② 冯登府：《频伽郭君墓志铭》，吴志达主编《中华大典·明清文学分典·清文学部二》，凤凰出版社2005年版，第962页。

第三章 邵齐焘、彭兆荪与清中叶苏、松、镇、太骈文

出,绮组瑰恢。珊瑚木难,碎不问贾;雉裘火锦,焚如裂如。九机百镊,五轨六庄。虞渊下春,迫而逐之;山子駃耳,驾而先之。秦娥赵女,越施汉嫱。不迤步幛,侠侍妍冶。妖姬失气,媱夫荡魄。呜咽颠倒,莫知其由。揆其张弛,辞胜于理。由立至人,悼心乱虑。奸穷既谢,百怪退舍。深谷峭壁,夷为唐途。万车驷马,憧憧往来;径寸之珠,不易握粟。熙熙饥年,不羡太牢。如暍得阴,如压得醒。疲剧登顿,邃宇幽憩。其直词正气,宏辩溥议;契阔骨肉,徘徊死生;婉笃谆复,意哀旨深。老氓力稼,宿将布阵。不问丰凶,不熹百级。亚旅从令,斥堠自远。惟其以理为主,以才为辅,古设今施,宏演瀞穆,湘涵之所为,又一变而泊乎有成。[①]

这是比较典型的郭麐式文章,主要是用象征式的意象来传达作者对彭兆荪骈文的认识,其奇崛兀傲,跳跃性颇强,一气读来,让人既惊奇又不免觉得滞涩。钱基博论郭麐文所谓"故为拗峭,边幅何窘"[②],确是说到了关键处。

[①] 姚燮原选,张寿荣校刊:《皇朝骈文类苑》卷三(上),清光绪七年刻本。
[②] 钱基博:《骈文通义》,第114页。

丁编　承衍渐衰：清代后期江南骈文

引论　清代后期江南骈文与清代骈文史的最后辉煌

草木有荣枯，是天道自然的规律；时运有盛衰，是古代历史的规律；文运有升降，则是古代文学的规律。在中国骈文发展史上，清代骈文固然别辟世界、堪称复兴，但就清代骈文近三百年发展历程本身而言，它也没有能跳脱由盛而衰、由升转降的历史命运。相对于清中叶的鼎兴，清代后期的骈文无疑是渐趋衰落的，这一大势在江南地区骈文身上，有着最为典型的表现；而考虑到江南骈文乃是有清一代骈文之主体的话，我们甚至可以说，江南骈文的渐衰，在最大程度上决定了清代骈文的总体衰落。

清代中叶江南骈文的隆兴，表现在众多方面：骈文大家名家辈出、佳作名篇难以尽数，形成众星同辉的局面；骈文的体式基本完善，各种风格、体派"百家争鸣"；骈文理论由浅入深、趋于系统。要之，清代江南骈文巨厦的主体建筑已经建成。清末骈文紧承其后，一方面可以充分占有前辈作家的那些可供景仰、仿效的丰厚遗产，另一方面则不得不面临类似诗歌史上"宋人生唐后，开辟真难为"的尴尬局面。当然，虽说清末的江南骈文，在大势上是不可逆转地趋向衰落了，但在这趋向衰落的大背景下，其也较前代有着一定的突破、发展，骈文题材的扩充及文体价值的提升，即是非常重要的方面。

正如所知，就本体特性而言，骈体文乃是一种美文，其主要价值是在给阅读者提供丰富多彩的审美愉悦，类似诗歌、古文中深刻蕴含并大量存在的现实主义精神，并不是历来骈体文创作重点关注的对象。事实上，以庾信《哀江南赋》为代表的骈文写实主义风格，曾经长期受到学者、文人的叹咏、推崇，但这一风格在此后的几百年间并没有得到多大程度的宏扬。因此，从骈文创作题材方面来讲，重大的历史事件及社会历史批评，一直处于相对被冷落的境地。清代江南骈文也大体延续了这一创作传统，除了清初出现了一些表现明清易代之际社会战乱及其给世人所带来的心灵创痛之作外，其在骈文题材方面并没有比前人有什么重要的突破。但是随着社会历史的推进，骈文题材转变的契机出现了：从乾隆初年开始累积的各种社会弊病，到了乾嘉之际渐次显露出来，社会的各种动乱也就因而相继发生，正如梁启超《中国近三百年学术史》所言，清朝"到嘉庆、道光两朝，乾隆帝种下的恶因，次第要食其报。川、湖、陕的教匪，甘、新的回乱，浙、闽的海寇，一波未平，一波又起。跟着便是鸦片战争，受国际上莫大的屈辱。在这阴郁不宁的状态中，度过嘉、道两朝四十五年。""咸丰、同治二十多年间，算是清代最大的厄运。洪杨之乱，痛毒全国。跟着捻匪回匪苗匪，还有北方英法联军之难，到处风声鹤唳，惨目伤心。"① 于是以庾信《哀江南赋》为代表的骈文写实主义风格再度兴起，以骈赋一体而言，江南地区就出现了金应麟《哀江南赋》、章炳麟《哀山东赋》、屠寄《火轮船赋》等具有丰富思想内容和很高艺术成就的大手笔。此外，龚自珍、谭献、赵铭、缪德棻、缪荃孙等，也都创作了一些值得重视的现实主义的骈文作品，如赵铭《与李爱伯同年书》《送许竹筼侍讲出使序》，缪德棻《与周元甫刺史书》《答胡荄甫农部书》等即其代表。换句话说，清末的江南骈体文在题材上有了新的拓展，反映社会现实、批评社会弊端，首次成为骈体文非常重要的表达对象，而骈文的文体价值也因而得到了整体性的提升。

  清末江南骈文发展另一个值得注意的现象，是针对往代及当代骈文发展的主要成就，出现了数量可观的骈文总集及一些比较系统的研究论著，陈均的《唐骈体文钞》、黄金台的《国朝骈体正声》、张鸣珂的《国朝骈体正宗续编》、屠寄的《国朝常州骈体文录》、曹允源的《吴郡骈体文征》及孙德谦的《六朝丽指》是其代表。陈均《唐骈体文钞》，是对清中期许槤《六朝文絜》、彭兆荪《南北朝文钞》、彭元瑞《宋四六选》编辑思路的衍伸，孙德谦《六朝丽指》在一定程度上是受清中期孙梅《四六丛话》影响的结果，这些纂作论著的出现，有力地推动了清末的历代骈文成就总结工作。黄金台、张鸣珂二人编纂的骈文总集，与曾燠《国朝骈体正宗》、姚燮《皇朝骈文类苑》相似，是对当代骈文创作成就的总结，只不过黄作通代并录，而张作上承曾燠《骈体正宗》，所录对象是清代中后期骈文。屠寄《国朝常州骈体文录》的独特性更强一些，此书是对清代近三百年间常州一地骈文成就的系统总结，也是清代骈文史上唯一刊行的一部地域性骈文总集。这部《文录》不仅直接反映出清代常州府骈文发展、兴盛的特点、成就，而且还间接折射出清代江南骈文高度繁荣的盛况。曹允源的《吴郡骈体文征》虽

---

① 梁启超：《中国近三百年学术史》，上海三联书店2006年版，第22—23页。

未刊印行世、影响不大，但稿本尚存，它对于清代苏州地区骈文的系统总结，与屠寄《国朝常州骈体文录》的性质、价值相似。应当说，前述的这些骈文总集及研究著作的出现，是清代骈文发展总结性阶段的必然产物，也是清代包括江南地区骈文渐趋衰弱的一个意味深长的呈示。

骈文家之间呈现地域性群聚的态势，也是晚清江南骈文发展的一个重要特征。以地域文化区块为单位，环太湖以南的杭、嘉、湖三府和环太湖北部的苏、松、常、镇、太四府一州，各形成了一个比较松散的骈文创作群落；以府为单位，各府、州又各自形成了群体关系相对紧密的骈文创作群落，其中常州、杭州、嘉兴府骈文群落最具典型性。晚清江南不同骈文创作群落的形成，也基于两个基本因素，即地缘相近和血缘相亲，这和清代中叶江南骈文群落形成的原因是类似的。晚清江南骈文家之间的地缘相近和血缘相亲，突出表现在师友授受和家族传承这两个方面；当然，这里的师友授受和家族传承，既包括同时代、同地域的，又包括跨时代、跨地域的。如江阴缪荃孙骈文承自常州西营汤成彦，汤成彦为阳湖李兆洛弟子，同时，李兆洛高足夏炜如系缪荃孙表丈，而缪氏又是元和孙德谦门生；又如平湖黄金台师事武康徐熊飞，阳湖洪符孙、洪齮孙系洪亮吉哲嗣，钱塘吴清皋为吴锡麒长子，昭文孙雄乃孙原湘玄孙……应当说，清代江南骈文文脉的传衍，在此得到了很好的展现。

如果将清代后期与清代初期江南地区的骈文发展态势进行比较的话，可以发现，后者在总体上呈现出一个上升的发展趋势，前者则呈现出一种下降的发展趋势。不过应当强调的是，清代后期的江南骈文虽然趋向衰落，但是它的总体发展并不能以"衰落"来定位：清代后期江南骈文作家、作品的量，虽然不能与清代中期相提并论，但显然超过了清代前期；清代后期江南骈文的总体水平，虽也无法与清代中期同日而语，但并不逊于清代前期。

具体一点说，清代后期虽然没有出现像陈维崧、尤侗、章藻功这样骈文创作数量众多、质量上乘而文学史影响较大的骈体大家，但名手云集、亦称壮观。年辈较长的金应麟、龚自珍、黄金台、洪齮孙、汤成彦、谭献、赵铭、徐锦、张鸣珂等，稍晚的冯煦、尹恭保、缪德荣、缪荃孙、屠寄、孙雄、孙德谦等，他们的骈文创作，都能够祖述古人而别有创辟、自树一帜；此外，董兆熊、曹垣、冯桂芬、杨葆光、何栻、蒋学沂、陆黼恩、夏炜如、吴清皋、张景祁、张预、俞樾、沈涛、黄燮清、褚荣槐、许景澄等，也都是一时在数的骈文作家，他们与前述金、龚、黄、洪、汤、谭、赵、徐、缪、孙、屠等人，共同促成了清代江南骈文最后的一次辉煌。

诸家中，金应麟有《矛华堂文钞》八卷，其文气韵沉雄、苍劲老辣，如幽燕老将；龚自珍和谭献的骈文，个性鲜明、成就不凡，龚文气盛言宜、淋漓纵横，谭文博雅闳深、声情悲沉，皆成高格；黄金台是被文学史"遮蔽"的骈文名家，为文包含宏大、词足意达，有《木鸡书屋文》五集三十卷，计收文339篇，这在晚清骈坛是绝无仅有的；赵铭为文极善议论，往往清健宏通、述理绵密，徐锦英年早逝，存文不多，但"惊才绝艳"，允称名笔；张鸣珂为著名学者和骈文选家，其文格局虽然不大，但清丽纤巧、文质兼备，亦称一家；汤成彦最擅诔、祭之文，大都闳深蕴藉、哀感缠绵，缪德菜之文雅丽工整，有着很强的表现力，其直击现实诸文，关注时代、沉酣淋漓，是写照清末史实的重要篇章；孙德谦以名学者而兼为骈文家，他在理论上将六朝骈文视为骈体极则，创作上也以六朝为尚，为文潜气内转、沉博绝丽，是晚清学人之文的代表；缪荃孙为晚清大儒，他的骈文学问与性情并备，其涵糅众体、别开生面，称得上是晚清骈坛大手笔；屠寄为清代常州骈文殿军，他的骈文数量不多，但博学高才，下笔惊人，其《国朝常州骈体文录》一书，广泛搜罗一地文献，也有很高的文献价值。本章即围绕前述诸人，对晚清江南骈文的面貌，进行有重点的描绘。

第一章　清代后期杭、嘉、湖骈文群落的创作

晚清是中国社会发生重要转折的时期，内忧外患、巨变频仍，这一社会历史的大变化，对本来似乎"坚壁自守"的骈体文也产生了一定的影响，而较早将这种影响表露出来的，当属环太湖南部的杭、嘉、湖骈文群落的创作，金应麟、龚自珍、赵铭等即其代表。当然，文学的发展流衍，未必都能与时代大势合拍共振，相对保守的骈体文正是如此，我们在考察晚清杭、嘉、湖骈文发展史时不难发现，众多骈文家的创作，基本都是在骈体文系统的坐标中，进行着复古与一定程度的花样翻新。可以说，坚持骈体文的精英性和保守性、与时代现实保持一种若即若离的关系，乃是晚清江南骈文发展的基本特点。

第一节　清代后期骈坛的佼佼者：金应麟

清代骈文在经历乾嘉及道光初年的兴盛以后，乃渐趋衰弱。当然在清代后期，虽然再也没有出现过像洪亮吉、袁枚、吴锡麒、邵齐焘等人那样的骈体大家，但是仍不乏骈文创作数量和艺术成就都堪称数的骈文名家，金应麟就是其中的一个佼佼者。

金应麟（1793—1852），字亚伯，钱塘（今浙江杭州）人。金氏本籍山阴（今浙江绍兴），南宋绍兴间赠少保金安节迁家于仁和，遂占仁和籍。其后族人，便主要居于地域紧邻的仁和、钱塘地区。仁和金氏虽然算不上世家大族，但是也出现了一些颇有历史影响力的家族名人，前述宋代金安节及明代金应奎即其代表。安节字彦亨，为官廉正，"尝拒秦桧，排曾觌、龙大渊"[1]，殁赠开府仪同三司、少保，谥忠肃，是南北宋间名臣。应奎字拱宸，

---

[1] 张敦仁：《明故四川按察使司佥事仁和金公家传》，金应麟《金氏世德纪》卷上，《丛书集成续编》第二十九册，上海书店1994年版。

号对峰，其耿直一承其祖金安节，以忤严嵩，"浮沉辇下十年不调"[①]，严嵩倒台后，方改调外任，亦以直声名天下。应奎生平事迹，金应麟曾广请一时名人撰为碑状诗赞，并编为《金氏世德纪》二卷。

金应麟一生正直敢谏，无疑是受到了乃祖的一定影响。金氏嘉庆十五年（1810）乡试中式，十九年例捐为内阁中书。道光六年（1826）成进士，授刑部主事，总办秋审。十二年升江西道御史，擢太常寺少卿，晋鸿胪寺卿，除直隶按察使，官至大理寺少卿。二十三年请旨省亲，可能从此就乡居不出，直至老死，卒年六十。金应麟实际为官的时间，不到二十年，但是在这将近二十年中，他一方面恪尽职守，造福百姓，另一方面则秉承了先祖金安节、金应奎的正直耿介，指陈时弊、弹劾大僚，对道光、咸丰间的政治弊端，进行了尖锐的批评和匡正。应当说，面对清代后期的时代颓势，金应麟和龚自珍、魏源等人相似，通过自己的政治实践和理论探讨，表达了对时代变局的深刻忧虑和思考，从而表现出一位耿直儒者非常积极的入世品格。

金氏擅长朝廷章奏及骈体文，有《豸华堂奏议》十二卷、《豸华堂文钞》八卷。《豸华堂奏议》所录皆是金应麟的朝廷章奏之文，宗稷辰评其"练于事而敢为，殚其诚而无隐者，非侪辈所能及"[②]，可谓知言。《豸华堂文钞》则是金氏骈体文的合集，本章所论金氏骈文即以此集为对象。金氏另有《金氏世德纪》二卷，已详前文。

一　金应麟骈文的风格特色

《豸华堂文钞》八卷所收金氏骈文，主要集中在序、记、奏折、碑诔几体，另外还有一些赋、论、书启及杂体之作，总计77篇，这个数量在晚清是比较可观的。而经由这些骈体之作，金应麟已经形成了别具一格的风格特色，即气韵沉雄、苍劲老辣。具体言之，金应麟的骈文不但义理精到，而且音韵谐畅，不但有气势，而且有力度，字锻句炼，曲折铿锵，其佳者既有李商隐的绵密、苏颋的淳雅，又有陆贽的雄鸷，还有着杜甫诗的沉浑，取得了很高的艺术成就。促成金氏骈文气韵沉雄、苍劲老辣风格形成的因素是多种多样的，主要应包括以下几点：

首先，金应麟的骈文虽然也有不少空泛议论、内容贫乏的作品，但佳者

[①] 金应麟：《明四川按察使司佥事族祖对峰公事略》，金应麟《金氏世德纪》卷上，《丛书集成续编》第二十九册。

[②] 宗稷辰：《大理寺少卿亚伯金公墓记》，周骏富辑《清代传记丛刊·综录类④》所收缪荃孙纂录《续碑传集》卷十六，台北明文书局1985年版。

则往往内容充实。其或议论时政弊端，或阐析人生道理，或叙写战争惨况，或发抒历史感慨，都能取实避虚，言之有物。

其次，金应麟不但才华高卓，而且学识渊博，因此在骈文创作中能够轻松自如地运使丰富的典实，从而极大地充实了文章的内蕴。而这两点乃使金氏骈文具有了沉厚之质。

再次，金氏骈文非常注重声韵的琢炼，不少作品还通篇押韵，不但像《藕花赋》《哀江南赋》《游龙杖赋》这样的赋作要押韵，就是《原感》《九稽》《诘闲》这样的杂体之作也要通篇押韵，这就使得他的文章铿锵抑扬、朗朗上口，具有很强的音乐感。

复次，金氏骈文还颇为注重字句的锤炼，《谢文节公琴图后序》"瘦日侵阶，寒云上岫"①、《高伯苏孝廉千岩万壑搜奇图后序》"乌风诸岫，鹿野数峰，鸟响烟深，台平树古"②、《陆费春帆方伯锄月种梅第二图记》"寒蝉泼阶，孤鹤翼户，夜色如水，瘦影亚枝"③ 等，即其代表。诸例琢句精整凝练、音声铿锵，有着杜甫律诗的美感，金氏骈文苍劲老辣之特色的形成，赖此良多。

最后，金氏骈文往往在整俪之中贯以散行之气，尤其是在许多篇章中运用了排比的手法。如《游龙杖赋》"爰呼工倕，爰奏吴刀，爰删碧叶，爰缀红缫"④，又《上汤敦甫师相启》"如岭云之舒卷自如，如岩日之曲通旁照，如赤埴青黎之各有宜植，如红鳞白鸟之同具天机"⑤，这是短句的排比；而《答庄芝阶书》"今夫铿瑶钟，摎玉节，麟口鳖足，鱼章蝉冠，以圜宰临之一蝼蚁也；贡灵桃，学碧藕，黎肤霜髭，长生未央，以松乔比之一殇子也；铸珊骨，凝虚鬐，泥人巴歌，折步楚袖，以龟伯窥之一骷髅也；突燕犀，涩鸾隼，红沉芙蓉，碧削竽竹，以丰隆视之一鸣蛙也"⑥，则是长联的对比。金应麟在骈文创作中频率较高地使用排比句式，便使得其骈文具有了疏宕流畅、气势雄厚的特点。

需要指出的是，金应麟骈文气韵沉雄、苍劲老辣风格的形成，一方面固然是自身气质、学识、经历等因素共同促成的结果，另一方面也离不开他对

---

① 金应麟：《豸华堂文钞》卷五，清道光三十年刻本。
② 金应麟：《豸华堂文钞》卷五。
③ 金应麟：《豸华堂文钞》卷六。
④ 金应麟：《豸华堂文钞》卷一。
⑤ 金应麟：《豸华堂文钞》卷二。
⑥ 同上。

前人的效仿。金氏《豸华堂文钞》卷首识语云："少习奏记，规抚樊南（李商隐）。长奉制册，球玉廷硕（苏颋）。壮厕谏议，绳尺敬舆（陆贽）。"①这就明确地道出了其骈体取则的主要渊源。事实上，金应麟骈文典实繁密而运使自如，显然得益于对李商隐骈体的取效；其言之有物、音声铿锵、俪体之中饶散行之气诸方面，无疑是受到了苏颋、陆贽的影响。三人而外，魏晋、唐宋骈体名家如庾信、苏轼等，也都是金应麟绳尺的对象，其《哀江南赋》径取庾信同题赋作之名且用庾氏原韵，即是明证。再者，从金氏骈文的句锻字炼、沉雄铿锵，也隐约可见杜甫律诗的影响在。要之，立足自身而转益多师，乃是金氏骈文风格形成的基本成因。

二 杂体诸作、题图之作与金应麟的文学创新努力

清代骈文在沿着前人所开辟的路向继续向前延伸发展的同时，也在一些方面有所开拓，文体创新就是其中比较重要的一点，而洪亮吉大量创作的山水游记、吴锡麒大量创作的图序，实际引导了清代骈体山水游记及图序体的发展，有着明显的开创意义。这两类而外，清代的杂体文也有着一定程度的发展、创新，姚燮《皇朝骈体文苑》所录释难类、杂体类中的一些作品，就是这方面的代表。金应麟的骈体文创作，也有着一定的文体创新意义，这首先就体现在杂体诸作的创作中。

《豸华堂文钞》所收录的难以归类的作品有4篇，即《原感》《九稽》《六正》与《诘闲》。依照李兆洛《骈体文钞》的分类，《原感》应归入杂文类，《九稽》《诘闲》大体应归入设辞类，《六正》则应归入驳议类。其中《原感》浑然一气地表达作者的各种人生与历史感受，与《骈体文钞》杂文类所收北周萧大圜《言志》一文颇为相似，将其归入杂文类，应无疑义。《诘闲》一首，托元贞子与荣组大夫的对话，来表达作者的议论，形式上显然是设辞类，金氏自己也明言此篇是沿着前人设辞类的路向来创作的："昔中郎宏《释诲》，子云解《客嘲》，夏侯设《抵疑》，平子制《应问》，咸感显晦，定出处。余间于养士，多非之，爱师其意，作《诘闲》。"② 归入设辞类，亦无疑义。而《六正》一首，以吃公子制《六反》而作者制《六正》的形式命文，论难辩驳，确实近于《骈体文钞》所设驳议类。

但是《九稽》的归类，则有一定的问题。此文托元镜先生与蜀客的辩

---

① 金应麟：《豸华堂文钞》卷首。
② 金应麟：《豸华堂文钞》卷三。

难，来探讨与死相关的十一事（"九"并非实指），即归岱、告亡、卟仙、明器、舍食、居冥、地祇、感生、制僞、升复、地狱，其形式上既从屈原《九章》、宋玉《九辩》汲取灵感，又从设辞类、七体类袭取体式，而同时又各与所效仿的对象有所不同，称得上是一种创体之作。具体言之，"九"这一虚指数字的设置，明显是受到了屈原《九章》、宋玉《九辩》的影响，但其以"九"代指"十一"，与屈、宋的实指相异，已经是一种创新；另外，《九稽》虽然使用了设辞类、七体类的主客问答形式，但其所稽求探讨的死亡问题，则是此前此类文章未曾涉及的主题，故它又有着题材上的创新。此外，《六正》一文在形式和内容上都近于驳议，但命题取数的方式，却和《九章》《九辩》及七体类有一定关联，并且以"六"命题的骈体文此前实鲜成例，这说明《六正》也代表着一种具有一定创新性的骈文体式。

事实上，自唐代以降，杂体骈文的创作已经渐趋衰弱，其中一些文体获得了一定程度的发展，如由枚乘《七发》所开创的"七体"之作；另一些文体的功能，则主要由散体文来承担，尤其是驳议辩难一类的作品。清人虽然不乏杂体骈文之作，但创作数量相对于其他文体也比较有限，作家即便有所撰述，也大多沿袭旧制，极少创新。金应麟的杂体诸作，一方面效仿前人，但同时也能有所开拓，显示出较为明显的文学创新、文体创新精神。

图序、图跋、题词、图记之作，在清代以前从来不是骈体文的一个重要文类，但是它们在清代骈文发展史上却占有着不容忽视的一席之地，如姚燮纂辑《皇朝骈文类苑》，即将这类作品作为序之大类下的一个重要分类加以设置，并统称为题图之作。姚氏《类苑》所列清代题图之作重要作家，主要有吴锡麒、洪亮吉、郭麐、胡敬、董祐诚及金应麟等人，但吴锡麒实是这方面的大宗，《有正味斋骈体文》及《续编》收录题图之作达48篇之多，这样的数量在清代是屈指可数的。

金应麟《豸华堂文钞》所收题图之作计16篇，数量固然无法与吴锡麒以及姚氏《类苑》未提及的黄金台之作相提并论，也不及胡敬，但其余作家则很少有出其右者。就作品的内容和艺术成就来讲，金氏的这些题图之作，半数并没有什么特色，艺术成就也不高，但另外8篇则颇值一提。其中《谢文节公琴图后序》《高古民梦游昆仑图后序》《黄树斋逍遥春兴图题词》三文，或寄寓历史兴亡之慨，或议论当世政治，或商略文士出处之道，内容充实，艺术精湛，是金氏题图之作的精品。如《谢文节公琴图后序》言友人吴氏有古琴一张，按其款识，乃宋代爱国名臣谢枋得的遗物。于是作者因琴志人，因人述史，对南宋末年政治闇弱、国家破亡，而谢氏守节不屈的史实进行了叙述议论：

> 呜呼！公以名世之才，值止钱之运，冰弦独洁，古调能弹。方欲消铁马之声，陁松关之险，而乃官家闇弱，鏊相贪狂。十一调南吕之官，但思半半；三十段霓裳之曲，不唱寻寻。坐使文焕进围，伯颜内逼，团湖之鼓声尽死，安仁之战马空归。一木难支，十全无术。迨至木波去国，君实沉舟，遂乃埋迹建阳，隐身唐石。舍桐君而莫语，弹清角以抒哀。所谓肆志寄言，此其时矣！①

文章铿锵沉浑，言之有物，这在题图之作中是不多见的。再如《高古民梦游昆仑图后序》，作者在析论高古民"导河宜浚其源，御夷当穷其本"的观念后，乃纵笔直书，对时政进行尖锐的讽刺：

> 嗟乎！金城既决，白塔无功；雉堞陆沉，蚁封宵陨。狐戈鸡戟，入海国而不回；蚕锭龙牙，输条支而莫返。螭潭汩汩，九府之金帑全虚；鲲壑重重，万丈之银峰将朽。而当轴者，犹且高谈贾《策》，远述桑《经》。谓金石可以和戎，谓采缯足以息寇。是犹凿火于沃焦之山，泛舟于弱流之屿，徒憎梦呓，取哂趾离。②

面对西方国家的入侵，清朝当局缺乏清醒的认识，认为还可以像汉人和戎那样，通过献予"金石""采缯"的方式以绥靖西方列强，这在金应麟看来实在是迂腐可笑的"梦呓"之想。这样清醒、务实而深刻的批评，在金应麟之前还并不多见。

此外，《高伯孙千岩万壑搜奇图后序》《方云泉花屿读书图后序》《曹岚樵桐江春泛图记》《蒋孝子刲股图记》《家杏楼皋亭问桃图记》等，也是写得较好的几篇题图之作。这些作品与吴锡麒、洪亮吉等人的创作思路相似，或是因图述意，对作图的旨趣进行推阐发抒，或是依图绘景，对图中所记载的游历景致进行描摹刻画，其在主题内容和艺术手法上并没有什么特别的创新。如《高伯孙千岩万壑搜奇图后序》先概述了作者的人生取向，继述高氏此图之主旨有云：

---

① 金应麟：《豸华堂文钞》卷五。
② 同上。

若乃迹托深胜，义征返本。异金泥之博闻，资琅门之芳藉。稚春之七世，青州仍称济北；徐邈之千家，京口犹是东儒。士龙渡江，不忘吴下；子厚居解，乃号河东。吾于高子之图，有足志焉。①

这里的"返本"并非指返乡关之本，而是高氏经历世事沧桑之后，对于人生志趣的最终确认，那就是在"乌风诸岫，鹿野数峰，鸟响烟深，台平树古"中，"认昔贤之杖履，话先人之钓游"，并将自己的精神寄托、安置其中。再如《曹岚樵桐江春泛图记》，其与《家杏楼皋亭问桃图记》相似，虽为图记，实际就是比较完整的游记。其写桐江春泛所览景致有云：

维时孤峰翠沉，夕日黄亚。人语似梵，小艇如鸥。大坡小坡，墨离离而吸树；三涧两涧，烟点点而渡云。此一境也。既而暝色比梦，舟居疑寮。榜人轰飧，僮奴絮里。紫虾银鲙，呼碧筒以媚颜；象板鸾笙，招蛾儿而绮夕。又一境也。少焉月出，渡口白半。仙乎风至，舵尾绿分。叩妙子于碧桑，牵左徒之紫蕙。鸟路不辨，鱼床斜侵。指点前途，境一变矣。虬水尽咽，虾更将穷。万籁无声，独月自洁。列星倒影，起游鱼而唼红；凉露坠空，濯灵魄而吹素。爰命琤琬，爰进媚川，昔昔其声，娟娟其影，歌曰……歌声未终，晓光突槛。俯仰之间，又一境也。②

其依游览的先后顺序，描绘了傍晚直至月升天际过程中，作者所游历所观的诸种美景。文字潇洒老辣，不但是金应麟题图之作中的上品，也是《豸华堂文钞》中艺术成就突出的一篇佳作。

要之，金应麟沿着清中叶吴锡麒、洪亮吉等人所开辟的骈文新路径，继续向前推进、发展，创作了艺术造诣较高的题图之作，为清代题图骈文续写了新的篇章。特别是他的几篇寄寓历史感慨和政治批评的作品，为题图之作注入了新的主题，使得主要是为了怡情悦性的题图骈文具有了一定的入世品格，无疑是对清代题图文的新发展，而金应麟的文学创新精神，也在此得到了较好的体现。当然，金应麟的文学创新努力，并不止于题图之作的写作。前述杂体诸作而外，其于赋体及碑诔文也有着不同程度的创新，如碑诔诸文，总体艺术成就并不是很高，但是有一个比较明显的特色，即金氏在叙事

---

① 金应麟：《豸华堂文钞》卷五。
② 金应麟：《豸华堂文钞》卷六。

上常常要跳脱常格，用观点明晰的几个要点来概括人物一生的功勋、性格等内容，这也是金氏文学创新精神的一个表现。或许是前所未有时代的骤变，使得一切文化艺术门类都产生了不同程度的变化，在晚清，对文学进行创新几乎是一个不可逆转的大势，而金应麟不过是顺应时代大势而变的文学作家群体中，一个比较成功的典型。

三 金应麟《哀江南赋》的特点、成就与文学史价值

前文讲过从文体特性上来讲，骈体文主要是一种美文，它的思想性、写实性并不是很强，尤其对社会历史重要事件，骈文一直保持着一定的距离。庾信《哀江南赋》妙绝千古，有"赋史"之称，但在庾氏之后，反映社会历史变迁的现实主义赋作几乎是后继无人。直到晚清金应麟《哀江南赋》的写成，由庾信所开创的写实主义骈文传统，才获得了真正的接续与再次的兴盛。

晚清是中国社会由盛而衰、发生剧烈变革的特殊时期，尤其是以工业发展为保障的西方国家的崛起及其对中国的商贸、军事入侵，很大程度上促使中国出现了"三千年未有之大变局"，而两次鸦片战争就是其中比较重要的历史事件。金应麟的《哀江南赋》以第一次鸦片战争为背景，对英国军队肆虐后江南的惨况进行了描写，对当局的文恬武嬉、不问军政的现实进行了尖锐的讽刺，最后还抒发了众志成城、共击夷敌的希望。从思想内容上来讲，金应麟对现实政治、军事的叙述、讽刺，非常具有现实针对性，写实性、思想性都比较突出。其写当政者纸上谈兵、临难奔逃，致使长江宁、润之地战火纷飞、生灵涂炭云：

> 赵括空读夫父书，王孙虚羁于卒伍。大府则奔走江淮，中军则逍遥鼙鼓。建业燔鱼，润州罢弩。赤乌夹日而飞，朱雀当航而舞。扬伏鳖之精芒，起积尸之臭腐。星辰为之动摇，山岳为之震怒。[①]

又写淫逸懈惰，妄想通过奉送女子金玉的方式来向侵略者求和，致使三军猛士无用武之地、愤恨痛心云：

> （当政者）不思黄钺以诛惑妇，不思金刀以斫唐姨。明星瑶舫，宝

---

① 金应麟：《豸华堂文钞》卷六。

月珠貔。闲我貔虎,送彼狐狸。白输绮縠,黄醉琉璃。有拜戎之藉父,少算敌之王离。赠虙妃兮洛之涘,送夫人兮湘之湄。所以白翎猛士,银镝神师,瞻伏龙而志愤,对神蛟而泪滋。

作者是带了深切的义愤和忧世之情来议论抒发,故文采斐然、音声铿锵而劲气内转,可谓文质兼胜。这样的文字在金应麟以前清代作家作品中,是从来没有出现过的,表现出了一位积极入世的儒家知识分子,对社会、政治的深切关怀。

从艺术特点与成就方面来说,《哀江南赋》有三个方面值得一提。首先,绳尺庾信,讲究声韵。讲究声韵的谐协,是赋体之作的一个重要特点,特别是押韵的方面,成为赋家在创作中经常要琢磨讲求的重要因素。金应麟此赋,不但在题目上径袭庾信同题之作,而且在声韵方面也效仿庾作的思路,即通篇押韵,音节流畅,使得全文有着很强的旋律感。就文章写作而言,大赋通篇押韵固有其优长,但要按照文章写作的逻辑,妥当地安排不同的韵部,无疑有着很大的难度。金氏此赋,不但通篇押韵,而且所押之韵基本上都是依庾信同题之作而设,这就更增加了写作的难度,但是金氏斟酌考较,大力运斤,使得全赋声韵谐畅、自然流转而绝无斧凿之痕,这是非高才莫办的一种文学创造。

其次,运用对比手法,突出战争给江南社会带来的灾难的深重。前后对比以突出社会历史变迁所带来的消极后果,是庾信《哀江南赋》的一个重要手法,金应麟此赋也借取了庾氏的这一艺术方法。其写鸦片战争之前,作者所亲历的江南社会之安宁云:

斯时也,紫荑指橹,丹枫染潭。素女冷其告节,纤阿巧其婴婶。钗影鬟影,红酣绿酣。鹇粉缛水,鸾裾藻岚。解语牡丹之结,同心栀子之甘。歌韵追夫花十八,眉痕映彼月初三。时饮乎碧筐之岭,或步乎莲花之庵。江表无事,太平膏涵。

又写战火燃后,江南之惨况云:

昔厌粉臞,今甘藜羹;昔阶笛韵,今塵箫声。龟与罗其莫见,杞与梓其无亲。慨沈令之如旧,怅江总之犹存。三里五里,千魂万魂。骷髅逐渡,磷火焚林。白杨乌悲夫暮雨,青枫鬼唱乎秋坟。霜棱棱而欲下,天惨惨而将冥。门复门兮卧豺虎,间复间兮啼鼯鼪。

因为作者是生于江南、长于江南,对江南优美的自然风景、兴盛风雅的社会人文有着深切的了解,因此,当战火蔓延之后,作者再次来到满目疮痍的江南,内心不可避免地要升腾起无尽的感伤沉痛。而这种感伤沉痛在作者内心对于社会政治的失望与愤慨之浸染下,便更加深重。作者运用对比手法,将战前的美好和战后的荒败作比较,取得了非常强烈的艺术效果。这样具有很强艺术感染力的历史实录,在金应麟之前的清代骈坛还很少见。

第三,文章用典密度较大,意蕴沉厚。从艺术创作的实际需要来讲,要想在骈体文中成功地表现战争给社会带来的巨大灾难、传达作者深沉的历史和现实感受,必须要运用各种艺术手法来蕴生出沉厚凝重的风格,而大量运用典故是历来骈文家所常用的一种思路。金应麟的《哀江南赋》也有这个特点。因为金氏学问渊博、才华超卓,因此运使典故轻松自如。在《哀江南赋》中,金应麟所使用典故的密度颇大,典型的如:

然而昌国之澳,谁然其麖?姚江之艇,谁挚其姬?惜汝妹兮媒手,问邱嫂兮女歧。珊瑚宝枕,冰雪香肌。青翟噢而告语,赤亭跽而进卮。子夜公孙之剑,丁香阕氏之饴。不思黄钺以诛惑妇,不思金刀以斫唐姨……

这段文字几乎每句必典,这虽然增加了阅读的难度,但是也无疑在很大程度上充实了文章的意蕴。当我们穿过典故的帘幕再去欣赏这样的文字,会发现金应麟的作品典故虽多而意脉流畅、略无阻滞,同时还具有简洁之美,在艺术造诣上,不少地方甚至可以和庾信的同题之作相媲美。

总之,无论就思想内容,还是就艺术手法而言,金应麟的《哀江南赋》都取得了颇为卓越的成就。虽然其在作品规模和总体艺术造诣上,都不及庾信《哀江南赋》,但是其作为第一篇正面反映西方列强在军事上入侵中国的赋作,第一篇表现鸦片战争对中国社会所带来的惨痛后果的赋作,在清代赋史、清代骈文史上,无疑有着相当重要的意义。应当说,清代晚期大量现实主义骈体文的出现,如王闿运《哀江南赋》、林昌彝《碧海掣鲸鱼赋》、喻长霖《鸭绿江赋》、易顺豫《哀台湾赋》、屠寄《火轮船赋》、章炳麟《哀山东赋》等作品,很大程度上正是金应麟《哀江南赋》所开创、再兴的现实主义骈文风气影响下的结果,而金氏的《哀江南赋》也称得上是晚清与王闿运《哀江南赋》、屠寄《火轮船赋》鼎足而三的一篇骈体名作。

综而论之，无论就骈文创作的数量，还是就骈文创作的艺术造诣而言，金应麟在晚清骈文史上无疑应占有相当重要的一席之地。其虽然不及清代中期洪亮吉、孙星衍、吴锡麒、邵齐焘等骈体大家，但足可与董基诚、董祐诚、方履籛、赵铭、李慈铭等颉颃并驾。姚燮《皇朝骈文类苑》总结清代骈文的成就，分体辑录清代骈文代表作家的代表作品，即录金应麟骈文12篇，数量颇夥，足见其在清人心目中的地位。不过，在民国以降的骈文学术研究著作中，金应麟基本上是处于被遗忘的境地，这不能不说是一种遗憾。

第二节　各具面貌的晚清杭州骈坛俊杰：龚自珍与谭献

清末杭州府骈文，首推金应麟为名家，其次龚自珍、谭献、吴清皋、张景祁、张预等，亦各有不可忽视的骈文创获。在这些作家中，龚自珍和谭献的个性特色最为鲜明：龚自珍是清末非常卓越的思想家和文学家，其骈文创作的数量并不多，但是匠心独运、自成风格，体现出很强的创新精神；谭献是清末的著名学者和词家，他骈文创作的数量也不多，但是渊源六朝，并辅以深厚的学识与丰沛的才情，取得了很高的艺术成就。此节即对龚、谭二人的骈文创作，进行扼要的论述。

一　龚自珍

龚自珍（1792—1841），字瑟人，号定庵，又名易简，字伯定，浙江仁和（今属杭州）人。龚自珍所生活的清季社会，封建吏治日趋腐败，西方文化与政治势力慢慢渗透进来，古老的帝国处于国事动荡不安，民族亟待变革谋新的局面。龚自珍积极投身于变革时代的洪流之中，主张改革政治弊病，坚决抵抗外国资本主义的侵略，并借文学来批评、揭露社会现实，抒发复杂的情感，从而呈现出他作为一个独特的思想者在那个特殊时代的思想和情感倾向。由于龚自珍以其思力为政论，以其才干、性情为诗为文，精悍奇逸、成就卓著，因此，他被柳亚子誉为"三百年来第一流"。

龚自珍的诗歌作品，声情沉烈，显示出一种蓬勃的声势和阔大的气象，好似万斛之泉，汩汩而出，不可遏制；同时，由于性情的桀骜刚烈，他的有些诗作还体现出一股豪侠之气，折射出独特的审美情趣。龚自珍曾言"一箫一剑平生意，负尽狂名十五年"（《漫感》），"剑"代表着思想家的凌厉锋芒和力挽颓世的热情、壮志，"箫"则折射出一代文坛健将的深沉、蕴藉和不得志的哀怨。这两种感情很容易引起当时人的共鸣，这也正是龚氏诗文能广为世人所喜爱、传颂和效仿的缘由。由于个性简傲和敢于揭露时弊，龚自珍不断遭到同僚的嫉恨，受到权贵的排挤打击。自知继续留在京师难以有所作为，年近知命之年的龚自珍决意辞官南归。道光十九年（1839），龚自珍只身出都，同年九月，又北上接还眷属。在往返途中，他百感交集，赋诗抒怀，写下了大型七绝组诗《己亥杂诗》315首，将平生身世经历、思想著述、师友交往、旅途见闻一一写入其中，这些自传性的作品，深刻表现出龚氏对于国家命运和人民苦难的关注和思考。

龚自珍的文章，慷慨感愤，大言炎炎，笑骂嬉怒，堪称那个时代最为锋锐的"匕首"和"投枪"。龚自珍之文，传世有三百余篇，大体可以分为政论、考订、传记、序跋、书信、赋、铭、箴等类。其传世文集版本颇多，本书依据的是王佩诤校点，上海古籍出版社1975年版的《龚自珍全集》。该集中所录龚自珍骈文较为分散，没有独立成卷，以《阮尚书年谱第一序》《水仙华赋》《燕昭王求仙台赋》《哀忍之华》《别辛丈人文》《戒将归文》等为代表。可以说，龚自珍骈文虽不以量胜，但在思想内容及艺术表现方面都别具一格，非常值得重视。

龚自珍骈文最显著的特点，是气盛言宜、纵横淋漓，在同时代的骈文界独具面貌。这一方面是因为他奇才绝世，往往能够冲破常规束缚，别辟世界；另一方面则因为他有着自觉的、努力追求打破平正文风的变革意识。龚自珍并不是不重视先贤文章的长处，但他能在汲取前人文学营养的基础上，更加自如地驾驭语言、表达思想，又因为他学识深厚、个性绝特，思想观念不同于常人，故而他的作品形成了一种精悍凌厉的风貌。

《阮尚书年谱第一序》最为典型。该文是龚自珍文集中的名篇佳作，其以精练老到的文字，概述了乾嘉时期著名学者阮元一生的学问成就与政治功绩。如论阮氏文章之学云："文章之别，论者夥矣，公独谓一经义纬，交错而成者，绮组之饰也；大宫小商，相得而谐者，韶濩之韵也。散行单词，中唐变古。六时三笔，见南士之论文；杜诗韩笔，以唐人之标目。上纪范《史》，笺记奏议不入集；聿改班《书》，赋颂箴诔乃称文。公日奏万言，自哀四集，以沉思翰藻为本事，别说经作史惟殊科。是公文章之学。"[①] 言简

---

① 龚自珍：《阮尚书年谱第一序》，龚自珍著，王佩诤校《龚自珍全集》，上海古籍出版社1975年版，第227页。

意赅,义理明晰。再如论阮氏之识人云:"公知人若水镜,受善若针芥。爨材牛铎,入聪耳而咸调;文梓朽木,经大匠而无弃。器萃众有,功收群策。公文武兼资,聪明异禀。胸中四库,妙运用于无形;目下十行,识姓名于一过。凡在僚友,畏其敏,服其大,此公之功在察吏者也。"① 文章叙事和议论相结合,生动形象,气脉一贯而下,具有凌厉之态。

序文之体古已有之,其萌芽在先秦,孙梅《四六丛话》有云:"先师韦编三绝,翼赞前经。《文言》橐栝乎《乾》《坤》,《序卦》发挥乎爻象。此则序所由昉,序作者之意者也。"② 序的正式出现当在汉代,如司马迁《史记》有《太史公自序》,班固《汉书》有《叙传》,此皆所谓"序典籍之所以作也"。汉魏时期的序文,如司马迁与班固的文序,大都古朴自然,不大讲究对偶、押韵,以散行为主,偶尔夹以骈句,形成骈散结合之态。到了清代,经过文人学者长期的创作实践和理论辨析,骈散交融成为骈文创作的重要原则之一,骈体序文的创作也不例外。当然,相对于大多数骈文家的骈散融通努力,龚自珍要走得更远,他几乎是完全以古文笔法来写作偶俪之文,从而努力使这类作品基本恢复到了汉魏骈文自然朴实的状态。

仍以《阮尚书年谱第一序》为例。该文的写作对象,是清嘉庆、道光年间的名臣阮元,他诣力绝人、德高望重,在经史、数学、天算、舆地、金石、校勘等方面都有所撰述,被尊为一代文宗。为有如此成就的人作序,要在有限篇幅内总括其一生行迹及其特点、意义,既要言之周全,又要重点突出,同时还不能满篇浮夸之辞,难度是相当大的。龚自珍清醒认识到阮氏生平"任道多,积德厚,履位高,成名众"的特点,因此在构架序文内容时,特别从叙述的思路上下功夫。他打破骈序常规,不从人物家世背景、学习经历入手,而是重点概括陈述人物的学问、品行、政绩。首先,龚自珍把对阮元行迹的叙述,重点放在"学问"与"政功"两大主题上,全文因此也可划为两大部分。其次,在分而述其"学问"、"政功"时,龚自珍注意到化繁为简、化虚为实,分层析论,将阮氏的学问修为归纳为"训故之学""校勘之学""目录之学""典章制度之学""史学""金石之学""九数之学""文章之学""道性之学""掌故之学"这几个方面,将阮氏的政治功绩归纳为"察吏""抚字""训迪""武事""治赋""治漕"这几点,这不仅使人一目了然,而且内容充盈质实,毫无空洞虚浮之感。再次,龚自珍将对阮

---

① 龚自珍:《阮尚书年谱第一序》,龚自珍著,王佩诤校《龚自珍全集》,第228页。
② 孙梅著,李金松点校:《四六丛话》卷二十,人民文学出版社2010年版,第399页。

元品行修养的肯定与赞美，放置于承接"学问"与"功绩"两大主题之处，以"富贵不足以为公荣，名誉不足为公显""矜遭际之隆，不如稽勋阀之旧也；侈福德之符，不如陈黎民之感也"等句，作为承上启下的过渡句，继总结其学术成就后，展开对其政治功绩的叙述，这样就使得文章气脉贯通，紧扣主题，可以说是做到了以气运文、以文载道，这是典型的古文笔法。

龚自珍《阮尚书年谱第一序》的独特意义还在于，其对阮元这位乾嘉学术集大成者学术成就的归纳总结，具体细微，客观真实，因此在一定程度上，我们即可以将这篇文章视为一篇比较全面总结乾嘉学术的学术论文。可略举一二段以窥其意蕴：

> 公毓性儒风，励精朴学，兼万人之姿，宜六艺之奥。曾谓黄帝名物，宣尼正名，篇者句所造，句者字所积，古者有声音而有语言，有语言而有文字，自分隶之迭变，而本形晦矣，自通假之法繁，而本义晦矣。公识字之法，以经为谳，解经之法，以字为程。是公训故之学。中垒而降，校雠事兴，元朗释文，喜胪同异，孟蜀枣本，始省写官。公远识架乎隋、唐，杂技通乎任、尹。一形一声，历参伍而始定，旧钞旧椠，斯厓略之必存。是公校勘之学。①

龚自珍所言，既是阮元的学问成就，也是清代乾嘉学派的主要特点之一，以训诂考据为治学方法，所谓"以经为谳，解经之法，以字为程""一形一声，历参伍而始定，旧钞旧椠，斯厓略之必存"，正是乾嘉学派"实事求是""无征不信"的治学态度。

这篇序文的表达形式相当自由灵活，除了将骈散结合的优势发挥到了极致，其排比句式的运用也相当成功。这种排比句式，对充分抒发作者思想情感、营造文章的气势，有着非常积极的意义。如"曾观道之丰也，命必啬之；德之亨也，遇必窒之。两汉以降，为世儒宗者，伏生沉沦，贾生放黜，子政、子云，所遭良陁，康成、邵公，皆在党锢，叔重终于库官，仲翔羁于远士；或藉阶经术，致身卿相，非其名德之无偶，则必世主之非圣。唐、宋之世，韩、苏之伦，横厥所遭，十九同慨，求其出秉斧钺，入总图师，朝宁倚焉，师儒宗焉，岂可遘欤？"② 行文以四字句为主，连贯而下，从而在偶

---

① 龚自珍著，王佩诤校：《龚自珍全集》，第226页。
② 龚自珍：《阮尚书年谱第一序》，龚自珍著，王佩诤校《龚自珍全集》，第228页。

对之文中注入排比之势，使得文章气韵沛然，体现出独特的艺术魅力。

龚自珍也有一些格式规范的传统型骈文，他的几首咏物赋和文赋都比较有代表性，如《水仙华赋》《燕昭王求仙台赋》《哀忍之华》《别辛丈人文》《戒将归文》等。辞赋作为一种传统文学体裁，到了清代后期，其形式已发展到极致，似乎很难再焕发出新的生命力。然而，龚自珍生活的时代，民族危机日益严重，朝廷弊政日渐突出，龚自珍借赋书写的，主要是他那呼唤民主与变革，反对压抑人才、堵塞言路，追求个性解放的独特思想，在这个意义上，我们可以说传统辞赋在龚自珍的手中，具有了新的时代特征和新的主题取向。

《水仙华赋》托物言志，借物喻人：

> 有一仙子兮其居何处，是幻非真兮降于水涯。鞶翠为裾，天然妆束；将黄染额，不事铅华。时则艳雪铺峦，懿芳兰其未芯；玄冰荐月，感雅蒜而先花。花态珑松，花心旖旎。一枝出沐，俊拔无双；半面凝妆，容华第几？弄明艳其欲仙，写澹情于流水。磁盆露泻，文石苔皴。休疑湘客，禁道洛神。端然如有恨，翩若自超尘。姑射肌肤，多逢小劫；玉清名氏，合是前身。尔乃月到无痕，烟笼小晕。未同汀蓼，去摹秋水之神；先比海棠，来占春风之分。香霏暮渚，水云何限清愁；冰泮晨洲，环佩一声幽韵。别见盈盈帘际，盎盎座隅。璧白琮黄，色应中西之位；攀红梅素，吟成兄弟之呼。雾幛低回而欲步，冰绡掩映以疑无。水国偏多，仙台谁是？姿既嫭乎美人，品有齐乎高士。妍佳冷迈，故宜涤笔冰瓯者对之。①

这篇赋采用拟人手法，想象描绘了水仙花的高雅脱俗，表现了水仙空灵蕴藉、风姿绰约的神韵，其脱离污浊现实而"弄明艳其欲仙，写澹情于流水""端然如有恨，翩若自超尘"之态，其"姿既嫭乎美人，品有齐乎高士"之性，正是龚自珍重视个性、追求纯真人格理想的真实写照。

《哀忍之华》亦是一篇遥寄深远的咏物赋，表达了龚自珍强烈的孤愤感："有植焉，在天地间，不能以名，强名之曰忍。是能华而香不外出，氲氲沉沉，以返乎其根。为之哀曰：云猗霞猗，天女所怜猗，而投之人间猗。飘摇猗，悲风飓猗。惨怛猗，阴气戕猗。凄心魂猗，郁猗，块猗，又孔之

---

① 龚自珍：《水仙华赋》，龚自珍著，王佩诤校《龚自珍全集》，第409页。

飙猗。"① "香不外出"的忍之花遭受着恶劣环境的打击、压制,正如许多人才之不与世合,龚自珍借此抒发了晚清时代有志之士遭受沉闷黑暗的现实环境压抑之郁闷与激愤。《戒将归文》所传达的龚自珍不与时侪同调的孤愤之感,比《哀忍之华》还要强烈:"予幼遭厥心疾兮,背吉祥而誓驰。上下无所泊于天渊兮,结灵光而内回。民莫予于众所食兮,予窃眇以吟呻。杀类草于旁秋,斥吟华于上春。予幽幽以自娱兮,非众磨之能穴。耻列炬之平然系,非孤光之所逼。塞万歧之恒由兮,乃嗒然而怒出。"② 文章几乎是振笔直抒,有力地表达了作者愤世嫉俗的思想和"孤光"独照、桀骜特立的人格。应当说,龚自珍的这类抒情小赋,几乎都是他在清王朝"日之将夕,悲风骤至"的衰世之中,在"万马齐喑"的死寂状态中发出的悲愤呐喊。

二 谭献

谭献(1832—1901),初名廷献,一作献纶,字涤生,后更字仲修,号复堂,晚号半厂居士,浙江仁和人。少孤,同治六年(1867)中举,屡试进士不第,曾入福建学使徐树藩幕。历任秀水县教谕,安徽歙县、全椒、合肥、宿松等县知县。后去官归隐,锐意著述。谭献一生可以说是怀才不遇,颇不得志,最终穷窘以终老。不过他治学勤奋,"读书日有程课,凡所论著,櫽括于所为日记"③,著述丰富,成就卓越。撰有《复堂类集》《复堂诗续》《复堂文续》《复堂日记补录》。谭献经术、辞章兼擅,潜心今文学派,重微言大义,多独得之言。谭献论词,本于常州词派张惠言、周济,但较周济"有寄托入,无寄托出"之论,更趋具体,《复堂词录序》所谓"上之言志永言,次之志洁行芳,而后洋洋乎会于风雅",这是对常州词论的引申与发扬。词而外,谭献兼工骈散文,于古文嗜汪中、龚自珍,于骈体则嗜孔广森。

《复堂类集》收文四卷,所录谭献骈文,主要集中于第四卷,包括赋、序、叙、记、碑志等几体,共计26篇。谭献骈文数量虽不多,但由于他学殖深厚,而才力又足以济之,因此自成风格、成就可观,在晚清骈坛也是特色鲜明的一家之言。就风格渊源而言,谭文规仿六朝,炼字造句,深有得于晋、宋、齐、梁文辞之神韵。

---

① 龚自珍:《哀忍之华》,龚自珍著,王佩诤校《龚自珍全集》,第411页。
② 同上书,第412页。
③ 赵尔巽等:《清史稿》卷四百八十六《谭廷献传》,中华书局1977年版,第13441页。

总体来看,谭献骈文博雅闳深,错落有致,声情悲沉,韵律和谐。所谓博雅闳深,是指谭文多是有感于现实而发,寄托着谭献的忧患意识,故其意蕴往往比较深厚。如《嘉善乘风亭碑》,这是一首篇幅短小但现实色彩浓烈的碑记,文前小序曰:"乘风亭者,浙江嘉善士民为肃毅伯李公筑也。公名鸿章,安徽合肥人,甄极图书,兼资文武,由翰林出为江南监司。惟时东南鼎沸,蛾贼结聚,沿江上下,殆二千里。公升坛誓众,杀敌致果,旋拜江苏巡抚之命。"有感于此,碑文重点记述了李鸿章的赫赫军威:

滔滔肥水,谁迎谢石之师;屹屹霸上,方结亚夫之陈。公以犬牙之错,唇齿之依,惟彼平江,襟喉吴会。逆渠李秀成,负隅长洲之苑,浙西诸郡县,掎角大枪之屯。公不以主客自疑,不以畛域自画,以为浙师格在上游,形势中沮。虎有牙须,益肆其豪,蹴而拔之,乃制厥命。于是楼船之军,佽飞之士,呼则波立,叱则墉摧,七里之城,一鼓可下……公轻舟薄城,鸣炮警贼,喘喙惕息,矢不敢发。公归军中,谓将佐曰:贼在吾目中矣。虽破竹之势,迎刃必解;而盖世之气,先声夺人。魏塘百里,秀州分区,循此而东,传檄皆下。非上智何以洞几,非神勇何以制胜?公平吴高于王濬,百战威于乐毅。昔斩蛟有台,犹铭布衣之烈;长风可借,孰践平生之言?登斯亭者,其亦颂壮猷,贾余勇也乎![①]

这段文字描写李鸿章的神机智勇,一泄而出,充满激情,赞美之词溢于言表,从中也不难看出谭献心系家国,渴望民生安定的人生理想。

所谓错落有致,是指谭献骈文的形式之美。为文骈散并用,且在骈体四六偶对中运以疏朗劲健之气,这就使文章取得了化整饬为错落、表述清健的艺术效果,上引《嘉善乘风亭碑》就是很好的例证。所谓声情悲沉,是指谭献骈文多为忧时伤国之作,其或借物咏怀,如《明堂赋》《梦辞叙》等,或借古讽今,如《临安怀古赋》《登城赋》,或于书信之中感慨现实,如《答郭晚香书》《上张大夫书》等,皆充满沉痛之情,表现出清末有志之士感伤于家国命运难测的沉痛怀抱。所谓韵律和谐,则指谭献骈文平仄和谐,气势充沛,字锻句炼,曲折铿锵,有着很强的旋律之美,这在他几乎所有骈

---

① 谭献著,罗仲鼎、俞浣萍点校:《谭献集·复堂文》卷四,浙江古籍出版社2012年版,第103页。

文作品中皆有体现。

谭献骈文艺术风格的形成因素是多方面的，概言之，应包括以下几点：首先，谭献骈文很少有空泛议论、内容平乏之作，其或议论时政弊端，或阐析人生道理，或叙写战争景况，或发抒历史感慨，都能做到取实避虚，言之有物，从而使他的作品具有了沉厚之质、闳深之美。

其次，谭献骈文用典不多，总体上比较平易清畅，其往往采用传统的比兴手法，以白描式的叙述为主，并借助比喻、夸张等修辞手段，依靠语言的感染力打动人心。如《仪征王句生先生诗叙》赞王生之诗才曰：

> 亭亭千尺秦松，挺而干云；皎皎连城和璧，珍而韫椟。觑索妍妙，憪忘凉燠。夫凌阴虽纳曾冰，必由积水而成；织缟既贡袗缔，岂谢素丝之质。沃其膏以舒光，滋其根以取荫。故知物必有本，外不先内。先生激扬孝悌，沾溉经训。哲王之寤，有方之游；忠厚之遗，风谏之体。寝馈乎比兴，襟带乎兴观。悱恻周流，精神襮箸。①

这段文字形象而简约，明了而深刻。谭献在赞其友的诗作时，并没有引用大量典故，强调其才学修养，而是以自然物象作为起兴，赞王句生之诗如秦松挺拔，谓其意蕴深厚，内容深沉博大，如合璧皎皎，谓其声韵谐美，温和圆润。比兴所用物象，皆为常见之物，故而其寓意很容易被理解，同时以物象作比，又可以令人产生丰富联想，更加容易透彻地理解王诗的内容特色及其艺术风格。谭献对王诗的夸赞，并没有只停留在表面，继而他还阐释了王诗为何能呈现如此形态，以"夫凌阴虽纳曾冰，必由积水而成；织缟既贡袗缔，岂谢素丝之质"再次起兴，强调内外之间的因果关系，所谓"物必有本，外不先内"，从而引导读者联想王诗艺术特质形成的内在原因，所谓"激扬孝悌，沾溉经训。哲王之寤，有方之游；忠厚之遗，风谏之体。寝馈乎比兴，襟带乎兴观。"这就从内容和形式两个方面，强调了王句生的学识修养对其诗歌创作的潜在影响。区区百余字，谭献就从内、外两个方面勾勒出王诗风格的基本特征及其形成渊源，而且通篇借助比兴的力量，完成了抽象的阐释，深入浅出，生动感人。这种平实而形象的表达方式，应是骈文创作的高境。

再次，谭献骈文往在整俪之中贯以散行之气，并且常常在文章平仄音律

---

① 谭献著，罗仲鼎、俞浣萍点校：《谭献集·复堂文》卷四，第96页。

上下功夫。除了前引诸文，典型的还有《临安怀古赋》："江上秋风，裴回故宫。芳草衰兮莫云合，流光逝矣歌舞终。出武林而迢遰，揽天目之崷崪。故国故都，凭吊无穷。夹城烟高，地平殿阙；重湖月黑，骨冷英雄。青山千古，浊酒一中。遗老尽矣信史在，闻见绝而精诚通。"① 这是一篇吊古伤今之作，作者开篇运用了几组意脉贯通的联句，悠徐行文，从而拉长了文章的情韵，营造出一种悠荡清徐的意境。在六字、七字联句之后，作者改变了叙述节奏，出以四字联句，而末尾又结以七言对句，这使得作者所要表达的忧郁感伤之气，在整饬的表述中急徐有致、回环往复。可以说，文章贯穿前后的意脉绵延，使得严整的俪体偶对具有了散体文的疏宕流畅；文章通篇押韵，且字句平仄极为工致、协调，这又使得意蕴深厚的表述具有了很强的音乐感。这样的文章，无疑称得上是行文错落有致、韵律协谐流宕的佳作。

第三节 "以文雄于时"的嘉兴骈坛代表人物：赵铭与徐锦

清代后期杭、嘉、湖地区的骈文保持了旺盛的活力，其中嘉兴府作家群体接续清中叶王昙、黄安涛等人，将该地的骈文创作推向了发展的顶峰，这是颇值关注的文学史现象。其中赵铭、徐锦与褚荣槐三人，颉颃并驾于世，钱骏祥《琴鹤山房遗稿序》谓："当咸丰初元，吾郡以文雄于时者，嘉兴则徐兰史解元、褚二梅孝廉，秀水则为赵君桐孙，皆为时人所推重。"② 赵铭、徐锦二人，传世骈文作品虽然不多，但成就斐然，本节即分述之。

一 赵铭

赵铭（1828—1892），字新又，号桐孙，别号梅花洲居士，浙江秀水（今属嘉兴）人。按赵铭《先曾王父政威府君家传》，赵氏源出宋秀安僖王赵子偁，其后子孙式微，乃"聚耕"于嘉兴城东魏塘西仓里。到了赵铭六世祖上卿公，"始迁郡城，著籍秀水"。五世祖中立公，无子，以兄仲子蔚苍公为嗣。蔚苍公亦无子，以弟艮山公长子国柱为后，是为赵铭曾祖。国柱子炜，炜子家基，即赵铭之父。③ 在赵铭之前，赵氏世代耕读，所谓"累世

---

① 谭献著，罗仲鼎、俞浣萍点校：《谭献集·复堂文》卷四，第90页。
② 赵铭：《琴鹤山房遗稿》卷首，民国十一年刻本。
③ 赵铭：《琴鹤山房遗稿》卷六。

孝友，传为家法"①，在科名上并无可述之处。赵铭在《貤赠奉政大夫先王父颐庵府君家传》中提及，其父赵家基的制艺文，曾被主司评为"才子之笔"，但是"十试棘闱"而"终不遇"。据赵铭所说，赵家基对自己的遭际并不介怀，但他对赵铭兄弟的教育却颇为用心，先是延请陆西美于家，授子读书，陆西美辞馆后，又让赵铭兄弟师事族祖益卿先生，而对于这些塾师，他都"礼敬甚至"。②

赵铭的科举之途，在开始也与其父一样坎坷，咸丰十一年间，他"偃蹇棘闱"，屡试不售。③ 后来因为捻军事起，他便以诸生从戎，同治八年（1869），"用平捻功，由训导累擢直隶州知州"④，进知府。继以知府参李鸿章幕，历署直隶易州知州、顺德知府、冀州知州，以劳瘁卒于任。比较有意味的是，赵铭在以军功得官后，虽然"屡权剧郡"，但他对是否中举一直没有忘怀，其在同治九年升任山东知府后所撰的《貤赠奉政大夫先王父颐庵府君家传》中就特别提到，"是秋举于乡"。官至知府而耿耿于科名，这一方面是传统社会科名观念影响下的结果，另一方面，对于赵铭来说，也是他对久攻科名而不获的父亲"平日之训"的一个交待。

赵铭一生勤于读书、撰述，即使是中年为官以后事务繁冗，他也丹铅不辍，因此著作等身，创获颇夥。其钻研经史，兼擅词章，而尤工骈体，所作有《左传质疑》三卷、《读左传余论》一卷、《梅花洲笔记》三卷、《琴鹤山房遗稿》八卷等，又辑有《十六国宫词》。当然，赵铭的撰著不止于前述诸作，特别是他的诗文作品，散佚颇多。据赵铭门生金兆蕃所言，他最初所看到的赵铭著述，"凡六巨册，诗古文辞总为集，说《左氏传》、说'四书'，又别为若干卷"。光绪二十五年己亥（1899），赵铭子炳林将这六巨册撰著，交予赵铭门生许景澄，请为作序，许氏将文稿携归京城，次年庚子，八国联军侵华，许氏殉官，宅第被焚，赵铭的六巨册文稿也不知所踪。其后，金兆蕃将自己与赵铭从子蔚文手头所存赵氏撰述残稿，与王先谦《国朝十家四六文钞》中所录赵氏骈文13篇，合编为《琴鹤山房残稿》二卷，共计录诗60首，文18篇。⑤

金兆蕃编成《琴鹤山房残稿》并作《编后记》是在民国元年（1912），

---

① 赵铭：《琴鹤山房遗稿》卷六《貤赠奉政大夫先王父颐庵府君家传》。
② 赵铭：《琴鹤山房遗稿》卷六。
③ 钱骏祥：《琴鹤山房遗稿序》，赵铭《琴鹤山房遗稿》卷首。
④ 赵铭：《琴鹤山房遗稿》卷六《貤赠奉政大夫先王父颐庵府君家传》。
⑤ 金兆蕃：《琴鹤山房遗稿编后记》，赵铭《琴鹤山房遗稿》卷末。

后来他进京与赵炳林相晤，又搜集到赵铭的诗文数十篇，《琴鹤山房遗稿编后记》云："曩兆蕃搜集先生残稿，以活字印行。后二年，来京师，复与金缄相见，录先生诗十余篇相示；先生外孙沈君楷庭，亦寄诗数十篇；儿子问源在南中，戚友出先生文字，又得诗二十余篇、文数篇。"数年以后，赵炳林函告金兆蕃，他从天津某氏，得赵铭手录古文稿一册，可是他还没来得及将文稿寄达金兆蕃，就遽然长逝了。幸有金兆蕃友人吴景毓，从天津将前述古文稿一册携归嘉兴；更值得庆幸的是，过了不久，吴景毓又给金兆蕃带来了赵铭的手录诗稿六册，"言自金缄家遗箧中出"，这六册诗稿有吴存义、薛时雨、张鸣珂、谭献等人的批点，尤为珍贵。这样，金兆蕃就将手头获得的各种赵铭诗文，重新排比类分，计有诗四卷379首，古文、骈体各二卷共52篇，这就是我们所见《琴鹤山房遗稿》的全部内容。①

《琴鹤山房遗稿》中的七、八两卷，收录的即是赵铭的骈体文，总计21篇。赵铭为文，长于议论，《琴鹤山房遗稿》所录21篇中有一半以上都是以议论擅胜。其中《夏论》《卫出公论》《书蜀志王平传后》《书孔巽轩太史元武宗论后》4篇论古史，皆能才、学、识三者并备，具明敏绝特、清健宏通之美。如《书蜀志王平传后》论王平虽识字不多，而天赋过人有云：

且刘裕雄主也，伸纸六七字，窘于擘窠；乐广名士也，舒旨二百言，短于摛藻。彼俊臣毅辟，犹借捉刀；况骁将武夫，但知仗剑乎？若乃神鉴渊藏，英辞天拔。口谈韬略，即是心规；目见古今，不如耳学。问吕蒙之呓语，《周易》潜通；抗贺拔之壮猷，兵书暗合。汉廷销印，发石勒卧听之聪；宋史传笺，报赫连口授之敕。如平者，可谓悬解无形，灵机独断者也。②

往史古典，随手拈来，而能妥帖入理，确实是高才佳文。

赵铭的议论之文，除了辨析古史、臧否人物，还有其他一些题材，如《十六国宫词自序》析论历来宫词值得纂辑行世之缘由，《上薛慰农夫子书》劝其师薛时雨出山为官，"勤身以济物"，《送方伯杨先生入都序》论杨氏平寇之功、惠民之政、造士之方、察吏之威、经远之模，《潘琴轩中丞六十寿序》论潘氏报国之忠诚、克家之孝义、当官之强毅、立身之刚明等等，都

---

① 赵铭：《琴鹤山房遗稿》卷末。
② 赵铭：《琴鹤山房遗稿》卷七。

能立论中肯、辞理兼胜。尤其值得注意的是，《琴鹤山房遗稿》中还收录了赵铭的两篇与人纵论时事的作品，一是《与李爱伯同年书》，二是《送许竹篔侍讲出使序》，如前者驳论某制军批评北洋水师云：

> 顷者，某制军过鄂，语黄子寿廉访曰：北洋拥重兵，专巨饷，论战则无具，言和则不耻，经营汲汲，将以何为？黄笑而未之应也。仆请有以对之：北洋水师，甫成一旅，所倚惟淮淝旧部，以分江南，以实淮右，以驻山左，以防楚北，兵非北洋独拥也。集饷十年，偻指千万，购船市械，制器养兵，综其大端，不出数事。天下之问军火而来者，内自京营，外达奉吉，以讫于新疆万里；其十八行省，则云贵取之，两粤取之，两湖取之，两江取之，浙闽取之，山左右、河南取之，独川陕甘未耳。余皆挹注因时，贷求相继，饷亦非北洋得专也。昌黎有云："及之而后知，履之而后难。"同舟击弹，犹病隔膜；局外讥议，果为公是欤？①

赵铭是戎幕出身的官吏，而且就在创立北洋水师的李鸿章幕中参佐过较长时间，因此，他对北洋水师的具体情况有着比较清楚的了解。文章根据事实，分别驳斥某制军谓北洋"拥重兵""专巨饷"之论，言之凿凿，不可辩驳。就文章表达而言，亦骈亦散、骈散兼下，既有骈体文偶对修饰之美，又有散体文说理明晰、行文清畅之长，称得上是颇具时代精神和实用功效的骈体佳作。

议论而外，赵铭骈文也兼擅叙事、写景、抒情，如《藤香馆诗钞序》概括薛时雨一生行迹及不同时期诗作的内容、特色云：

> 乃若芳规有资，谱述夫子，始登上第，出典专城。尚方赐其凫舄，明湖涤其鱼釜。黄花古戍，筹笔霜飞；檇李名都，下车风动。种花一县，艺兰百晦。衔参初罢，引儒席而批珍；原稼乍巡，听农歌而命酌。麟湖泛艓，月话题襟；鸳渚归艎，烟心入画。斯宣城之逸轨，鲁山之新乐也。已而转蓬瀫水，晞发章门，揖孺子之亭，参涪翁之社。时则长淮方斗，钱塘再墟，徐皇夜呼，湛庐夕啸。览古吊昆明之劫，升高雪清流之涕。大泽风起，苍虬独吟；空山雷耆，黑鹄几裂。重以涉洹声伯，梦

---

① 赵铭：《琴鹤山房遗稿》卷七。

琼瑰而戒涂；渡江献之，忆桃叶而增楚。星轺霓茀，怆乎崇朝；珠泪玉烟，长此终古。斯灞岸之喟叹，同谷之悲歌也。①

文章前半写薛时雨"始登上第，出典专城"，其一方面为官尽职，关注农事，一方面则亦官亦隐，逍遥烟霞，这段文字下笔沉丽清隽，有六朝人风味；后半写战事方殷，而薛氏迁官转徙，于是他便吊古伤今，感慨无限，文字便转而苍劲沉雄，就风格特点言之，也是宗法六朝而自成高格。全篇在叙事中抒真情，取得了很好的艺术效果。

又如《守梅别墅雅集记》写武塘守梅别墅景致云：

出郭未里，蕉衫不尘；入门数折，林香欲沁。屏闼幽邃，梧竹萧旷。中有澄沼，环若镜奁，危廊界之，左右皆月。凭栏四瞩，澹不可唾；敧树一角，郁极斯阴。菱荻侯风，或垂或斜。时移客踪，旁睇鳞影。蘋间泳鲤，闯波炫红；莲底戏龟，浴水争碧。翠茵藉草，凉生屐边；白藕作花，秋生帘外。前轩松峙，落落画格；侧膴泉注，泠泠筑声。②

这段文字纯以四字成文，其基本是按作者视角的变换而布置文句，有远观之景，有近观之景，而或远或近，都能刻画入微，惟妙惟肖。全段以节短韵长，隽洁清丽擅胜，将其置于齐梁小品中，应难分彼此。与《守梅别墅雅集记》风格相近的，还有《曹季襄孝廉松风堂读书图记》，不过该文写景则更加古隽，应是赵铭晚年手笔。

当然，《琴鹤山房遗稿》中所收的赵铭其他骈文作品，也大多各有所长，这里不一一详论。应当说，赵铭所传留下来的骈文作品，在数量上并不占优势，但是其绝大多数都是赵氏骈文的精品，在很大程度上，已经能够展现出赵铭骈文创作的才华和总体成就，这相对于不少骈文家之集，收录虽夥而不免良莠杂陈，未必不是一件好事。就文学史地位言之，王先谦纂辑《国朝十家四六文钞》时，即将赵铭与刘开、董基诚、董祐诚、方履籛、梅曾亮、傅桐、周寿昌、王闿运、李慈铭等清篇名家并称，将《琴鹤山房遗稿》中的21篇作品与诸家文集相较，我们可以断定，赵铭确乎称得上是晚

---

① 赵铭：《琴鹤山房遗稿》卷七。
② 赵铭：《琴鹤山房遗稿》卷八。

清骈文名家。

二　徐锦

徐锦（1834—1862），字兰史，号瀛臣①，浙江嘉兴人。他的家世，目前难以考实，不过从赵铭《徐兰史小传》所谓"（锦）从兄玉笙，有神童之目，始以读书起家，长老皆称徐氏子不凡，而昆季继起，麟骧虎奋，则以兰史才为最"②数语可以推知，徐氏在徐锦这一辈之前，应当只是嘉兴的一个寻常家族，在读书、仕进方面没有什么可述之处，而徐锦兄弟的相继振起，才推动了徐氏家族命运的改观③。徐锦"为人短小，发早白"④，长相并不怎么可观，但是幼即聪颖，在兄弟行中"才为最"。事实上，徐锦不但在兄弟行中称为翘楚，而且在嘉兴府士人群体中也是佼佼者，朱福诜《灵素堂诗钞序》云："兰史天资瑰异，冠绝侪偶。"⑤又赵铭《徐兰史小传》有云："是时嘉兴多名宿，吾师朱幼泉先生，实为领袖，其高弟子褚二梅昆季及石君莲舫，并一时之俊。余少习于诸君，酒酣谈艺，奋袂叫呼，各有登坛拔帜之意。兰史最后出，骎骎乎参驾其上，人竞异之。"当时的老宿对他都十分看重，"皆亟称之为国士"。

徐锦的卓异才华体现在许多方面，其中擅写八股文一方面，为他在咸丰八年（1858）二十五岁时摘取乡试头魁，起到了关键而直接的作用。不过，此后的进士考试，他接连失利。更让他痛苦的，是自京师罢归后不久，即"遇寇乱，遭父丧"，这让"性孝谨"的他哀毁无任，⑥因此他在二十九岁正当盛年时，便撒手人寰了。朱福诜在提到徐锦英年早逝时颇为感慨地说道："国朝经师硕儒，后先接踵，文章之士，颉颃代兴，兼是二者，亦可偻指。然穷经之彦，多禀遐龄，修词之家，或靳中寿。意其雕鈫肝肾，刻露情状，自燔出馨，干物之忌。抑或发愤有作，不平则鸣，忧能伤人，以至是欤？"⑦仕途的坎壈、家庭遭际的惨酷、时代的动荡，共同造成了徐锦的沉

---

① 赵铭：《徐兰史小传》谓徐锦字瀛臣，误。见赵铭《琴鹤山房遗稿》卷六。
② 赵铭：《琴鹤山房遗稿》卷六。
③ 朱福诜《灵素堂诗钞序》在提到清初以来人才"后先接踵"时也说，"咸丰之初，彭彬辈出，徐氏门才，于斯为盛"。见徐锦《灵素堂诗钞》卷首，清光绪十二年刻本。
④ 赵铭：《琴鹤山房遗稿》卷六《徐兰史小传》。
⑤ 徐锦：《灵素堂诗钞》卷首。
⑥ 赵铭：《琴鹤山房遗稿》卷六《徐兰史小传》。
⑦ 朱福诜：《灵素堂诗钞序》，徐锦《灵素堂诗钞》卷首。

绵之"忧",而这"伤人"的丛"忧",最终夺走了他未经充分绽放的生命。

徐锦的生命历程虽短,但是却留下了数量和质量都比较可观的文学作品。据赵铭《徐兰史小传》所说,徐锦身后共留下诗文作品七卷,由赵铭存录,但是到了光绪十二年(1886)朱福诜为徐锦《灵素堂诗钞》作序时,这七卷作品乃变成了五卷,是赵铭作传时的笔误?还是后来许景澄出资付梓时调整了篇目卷数?现在已无法考实。就光绪十二年的刊本而言,共录徐氏诗歌四卷,末一卷为骈体文,计有9篇。前已有述,徐锦才华超卓,八股文而外,他兼擅诗文,赵铭《徐兰史小传》有云:"(锦)喜为诗,瑰丽似义山,奇拔似长吉,歌行跌宕淋漓,善学太白,尤擅胜场。骈体多惊才绝艳之作。"结合《灵素堂诗文集》中的具体作品来看,赵氏的评语并没有什么过誉之处。

《灵素堂骈体文》中所录徐锦的9篇骈体文,总体上成就不俗。其中《窦建德论》与《书熊廷弼传后》,专论往史,评陟辩驳,自成一家言;《陈圆圆小影图序》评述陈圆圆一生遭际,情理兼得;其余诸篇,或叙或议,兼才兼情,也各具面貌。如《书熊廷弼传后》论熊廷弼之死云:

> 余读《明史》至熹宗时,而辽东之不可为,决矣!成梁之撤土堡,壤地错于犬牙;杨镐之丧军赀,铠仗高于熊耳。求其持重老成,洞明形势,孙承宗而外,廷弼一人而已。而乃朝赐环于魏阙,誓听王猛之谋;夕襭带于狴牢,愤下皋陶之拜。飞霜刑市,齿剑天庭,何哉?盖其时奄祸阴埋,搢绅朋比,青紫斗于朝,元黄混于野。而公以十年故将,新归李广之封;以特立孤臣,私请朱云之剑。自经抚不和,而张鹤鸣辈,皆其敌矣。然犹乞百札空名,仓皇募士;建三方节制,慷慨筹边。屯关而令肃貔貅,扼险而办严蛇鸟。其与化贞共事也,一则充国知兵,联属夷为固守;一则姜维轻战,出九伐以无功。而为阁臣者,复内存忮刻之心,外挟调停之见。公于是乎殿前论事,知节声高;私第愁居,李晟目肿矣![1]

熊廷弼是明末名将,曾两度经略辽东,为抗拒满族铁骑入侵明土,做出了重要贡献,但是因为满族入侵,广宁失守,他未尽死战之责,致使山海关

---

[1] 徐锦:《灵素堂骈体文》。

以外的辽东疆土尽失,加之异党的构陷,最终被熹宗处死,所谓"飞霜刑市,齿剑天庭"。徐锦的这段文字,重点就是在分析熊廷弼为什么会被处死。文章指出,明末的朝廷上下,朋党相争,一派乱象,而努尔哈赤的大军一直在辽东虎视眈眈,熊廷弼在这个时候出守边庭,显得很有必要。不过,熊廷弼任职之时,一方面与辽东巡抚王化贞不和,另一方面在朝阁臣又挟私忮刻、心存异见,这就让熊廷弼多方受制,无法施展自己的才能,这才发生弃守广宁的意气用事之举,继而才导致他的被杀。文章铿锵健举,脉络清畅,行文骈中夹散,亦骈亦散,论析考虑周全,平允可信,是论史之文中的佳作。

又如《陈圆圆小影图序》写李自成起义军攻占北京,烧杀抢掠,并劫走吴三桂爱姬陈圆圆,致吴降清云:

> 未几而当关虎豹,戊已空屯;食人鱼羊,甲申应谶。十八子兵锋彗扫,瑶阙成虚;三百年庙社灰寒,鼎湖流涕。贵主衔悲于引刃,后宫永诀于攀髻。斯时也,飞矢射门,括钱按籍。哀丝毫竹,绿蜡双辉;舞扇歌裙,红羊一劫。碎银筝于幺柱,魂随茵溷同漂;呼绛树于雕阑,胆与家山俱破。强质萧同邻国,遽留吕后营中。斯则琼箔蚕枯,柔丝未尽;银云蛾殒,芳心同灰者矣。嗟乎!草间乞活,岂独青娥;闼外复仇,偏怜碧玉。未为君亲而杀贼,独缘窈窕以兴戎。于是收烬长安,还珠合浦。

文章从大处落笔,将陈圆圆的生平遭际放置在明末社会剧变的大环境、大形势中来观照,其中"未为君亲而杀贼,独缘窈窕以兴戎"一联,惊警扼要,醒人耳目,写尽吴三桂降清的真实与荒谬,与吴伟业"恸哭六军俱缟素,冲冠一怒为红颜"有着相似的概括、表现力。其评述史事简略得当、重点突出,形制虽为俪体,但却具有散体长于叙议、层次清晰之功效,也是高手名笔。

《灵素堂骈体文》中所录徐锦之作,或论析往史、臧否人物,或命笔作序、概括衍论,大多是为人言说,只有《与赵桐孙书》和《与张玉珊书》两封书信,是为己言说,如《与张玉珊书》写蹙居京师之苦云:

> 走也于于,浪迹燕市,一击不中,未能善刀。珍箧迁书,凝尘弥剌。此行不乐,来日大难。旅邸枯坐,闲若僧院。树影当槛,圆盖吟

肩；车声过巷，碾碎晨梦。一鹊警睡，窗犹未明；万蝇绕几，扇不能敌。既歌逼仄，复苦炎歊。日气蒸瓦，破屋如然；风势骄沙，深㠊忽暝。鸳湖烟柳，忆如天上。

徐锦在乡试中式后，几次赴京会试，但是一直未能如愿，前引这段文字就是写其中的一次失败经历。"旅邸枯坐，闲若僧院"两句，总括羁居的孤独寂寞，下面"树影""车声"与"一鹊""万蝇"两联，则将这种寂寞孤独具象化：枯坐旅邸以至于看到天光树影照落到自己的肩上，这是十分寂寞了；而过巷的车声并没有使诗人感到温馨，而是让他感到稀薄的晨梦，好像被一点点碾碎一样，醒着不能内心充实，睡眠也不能深沉，这就更见其寂寞之深。"一鹊警睡"紧承前面的"碾碎晨梦"，进一步写晨梦被扰的苦闷，而"万蝇绕几，扇不能敌"，则通过极度的夸张，折射作者阔大的内心寂寞。这段文字虽然格局不够阔朗，但纤警细腻，别具一格，体现出徐锦文学才华的另一面。

前述诸篇而外，《窦佩蘅侍郎师奉使三音诺颜纪程草序》《汤雨生都督琴隐园词序》《与赵桐孙书》《石莲舫屑香草序》《周存伯范湖草堂图序》等也各有所长，这里不再一一论析。就这9篇作品而言，赵铭所论的"惊才绝艳"，确实是颇为中肯的评价。将他与赵铭相比较，我们可以发现两人有着颇多的相似之处：两人遭际都比较坎坷；文采、学问、识见俱高，而皆擅长论史；为文骈散并下，以俪体而具散趣；文风或清健、或沉丽，皆自成面貌。假使徐锦天年得永，其无疑可以取得与赵铭相近的骈文成就。

第四节　黄金台、张鸣珂及杭、嘉、湖地区其他骈文作家

嘉兴府的骈文家，除了前节论及的赵铭、徐锦二人，著述宏富的黄金台和《国朝骈体正宗续编》的编纂者张鸣珂不得不提；此外，嘉兴黄燮清、沈涛、褚荣怀、许景澄，杭州张预、吴清臯、张景祁，湖州俞樾、杨岘等，也都以骈体文创作鸣于一时，本节亦择要论之。

一　黄金台

在清代骈文史上，被历史遗忘或"遮蔽"的作家大有人在，清初的吴农祥、章藻功即其典型。有意味的是，吴农祥、章藻功都系浙江人，而同为

吴、章同省后辈的徐熊飞及其门人黄金台，也遭遇了类似的"尴尬"。因此，拂去历史的"迷障"，还原作为骈文高手的黄金台创作之面貌，乃是当今清代骈文研究必须解决的问题之一。

黄金台（1789—1861），字鹤楼，原名森，后改今名，浙江平湖（今属嘉兴市）人。道光二十四年（1844）岁贡生。他幼即颖异，"善记诵，博洽经史"，在文学创作上"早负盛名"[①]，但一生与科举仕进无缘，汪度所谓"十踏省闱，仅以明经终老"[②]。当然，科举仕进上的无所作为，一方面使得他的生活比较清贫，另一方面却也使他能集中精力从事于诗文创作。曾拜入钱大昕门人李庚芸门下，得其指授。又尝从徐熊飞游，与之宏议纵论，徐氏对他的遭遇颇感惋惜，但对他的才华则颇为赞赏，他第一部刊刻行世的骈体文集《木鸡书屋文初集》，即有徐氏的序言。咸丰间尝主芦川书院数年，奖掖后进。后入江苏学政李联琇幕，足迹遍及江淮诸郡。

黄金台勤敏好学，博览群书，在学术研究和诗文创作方面皆有所成，《左证》《史腋》就是其学术研究成果的代表；另外，他对曹雪芹的《红楼梦》也颇有心得，尝撰《读红楼梦图记》一文。当然，他在诗文创作方面措力最多，成绩也最突出，徐熊飞谓其"博闻强识，诗歌传颂一时，而尤长于骈四俪六之文"[③]，有《木鸡书屋诗选》《木鸡书屋文钞》等。此外，他的著述尚有《国朝骈体正声》《国朝新乐府选》《国朝七古诗钞》《国朝七律诗钞》《芦川竹枝词》等。

骈体文创作几乎贯穿于黄金台的一生，有《木鸡书屋文》五集传世，总计三十卷339篇，就数量而言，在晚清是无人能及的。从文体的角度来看，黄金台骈文显然是各体兼擅，其中当以论、传、序、记、书信为最大宗，黄文的成就也主要体现在这几类作品中。从内容和艺术特点上看，以《木鸡书屋文三集》为分界点，黄金台的骈文大体可以分为前后两期，即此前二集作品为前期，《三集》及此后二集作品为后期。前期作品清隽流宕，但剪裁尚未精纯，笔力略欠火候；后期作品延续了前期的清隽流宕之风，但文笔更老辣，体现出成熟骈文家的气度。就艺术风格和取则渊源而言，黄文瓣香六朝、规抚唐宋，总体上兼容初、晚唐骈文的清丽、隽捷、跌宕，同时涵纳宋人骈文的平易流畅，文章的辞藻虽然比较华丽，典实运用也比较丰

---

① 孙澍：《木鸡书屋文三集序》，黄金台《木鸡书屋文三集》卷首，清道光、同治刻本。
② 汪度：《与黄鹤楼书》，黄金台《木鸡书屋文四集》卷首，清道光、同治刻本。
③ 徐熊飞：《木鸡书屋文初集序》，黄金台《木鸡书屋文初集》卷首，清道光、同治刻本。

富，但读来面目清朗、意脉连贯，用汪度的话讲，就是"以单行之气运排偶之词，锻炼精纯，叙次明净，丽而有则，巧不伤雅"[1]，成就是颇高的。

黄金台骈文有一个比较突出的特点，就是议论、叙事比较多，这集中体现在论、传文中。散体文比骈体文更适宜议论、叙事，是古来许多文人、学者反复强调的论调，黄金台用自己的创作对此进行了正面回应。《木鸡书屋文》五集中收录的论、传之文有近80篇，许河《木鸡书屋文初集序》即特别指出，黄金台"论古有识，与时不乖，集中如史论、别传诸作，合彦和、知几为一手，固非摘艳熏香之苟为炳炳烺烺者比也"[2]。当然相对而言，黄金台的论说文虽然用力甚深，但见解似乎不是很深、很新，倒是他的传文明晰而生动，更能体现他的才华、识见，《袁简斋先生传》堪称典型。

袁枚是清代中叶名动天下的大才子，他的人生经历丰富而奇特，学术文艺成就卓越而与众不同，从什么角度写？如何剪裁事实？都需要创作者精心谋划，并以足够的才力、识见来贯穿、融合。黄金台无疑已经具备了为袁枚作传的条件，于是他催动藻采，振笔挥洒，写下了这篇妙文。总体来看，黄氏的《袁简斋先生传》基本涵括了袁枚的一生行藏出处，如其写袁枚辞官养亲、优游林下云：

> 尔乃开别业于鸡鸣埭畔，接层峦于牛首山巅。蔚蓝之天，层层欲闪；水晶之域，色色皆空。柳谷打鱼，苔阶饲鹿。万竹依水，六松为亭。春归香雪海中，秋入芙蓉城里。红雨朝落，白云晚生。海岳奇情，惟知拜石；河阳余事，竟到栽花。别有神画一厨，好书千轴。箧内则尧钱舜策，座间则乙斝丁觚。
>
> 于是周凯慈亲，桓冲贤妇，何點兄弟，王融舅甥，子长外孙，明远弱妹，方回少婢，颖士家奴，靡不即景怡情，推爱养志。泗水之鸢鱼俱乐，淮南之鸡犬都仙。加以太邱道广，夷甫量宏，门延七贵五侯，坐列八儒三墨。绣虎雕龙之彦，并与知心；侩牛屠狗之俦，亦多接踵。茶煎陆羽，膳设何曾。伶捧金杯，妓鸣玉柱。树爇千枝灯火，影乱鱼龙；镜张十丈琉璃，光腾鸾凤。裴相之小儿坡上，景自堪夸；庾公之老子楼前，兴复不浅。但标晋士之风趣，不作汉官之威仪。由此，随园之名震

---

[1] 汪度：《木鸡书屋文四集序》，黄金台《木鸡书屋文四集》卷首。
[2] 黄金台：《木鸡书屋文初集》卷首。

宇宙矣。①

文章既然是"传",叙事应是主干,但是此文的叙事,写意大于写实。作者选择了袁枚隐退金陵后生活中的一些典型事件,用高度诗意的笔触,渲染、概括袁枚家居生活的温馨、美好——他生活的环境是那样地充满诗情画意,而他生活的内容基本上就是读书栽花、即景怡情,就是和家人尽享天伦、和友朋唱酬欢聚,真是惬意非常、令人欣羡。从表达上看,文章叙议结合,双管齐下,作者在载记事实的同时,充分表达了自己对袁枚生活状态的正面评价;其用典颇多,但作者能将它们自然地融入叙述、议论之中,读者即使对文中所运用的典实不是很明了,也基本不影响对文意的理解、把握;文章全篇以骈体结撰,但文气鼓荡,行文与散体并无本质的区别。徐熊飞在评价黄金台骈文时曾说过:"鹤楼熟精《文选》《文粹》二书,而于南北朝史事尤兼综条贯,取材以济其用,故其文能于重规叠矩中,运清刚隽上之气,而言之短长、声之高下,一一合于义法。视世之师心自用者,异焉,可谓有物、有序也已。"②将其迻论此文,是比较合适的。如果将黄金台的这篇袁枚传与姚鼐的《袁随园君墓志铭》相比较,不难发现,前者潇洒灵动,后者清穆稳健,或许前者更能吻合袁枚性灵的一面。

除了议论、叙事,黄金台骈文也颇工写景、抒情,序、记、书信诸体中有很多这一类作品。黄金台晚年所写的《南湖访秋记》比较有代表性。南湖原称鸳鸯湖,是嘉兴的名胜,黄金台对家乡的这一风景佳地非常熟悉,文章开头就说自己"往来南湖四十余年矣"。该文作于道光二十五年(1845),黄金台"以试事至郡",于是应友人严伯年之邀,与朋辈八人至南湖访秋:

是日也,日气乍瘦,云容渐肥。蓼比人长,荷如女老。疏疏残柳,千枝蝶黄;瑟瑟枯萍,一个鹭白。人疑入月,船若登仙。先至烟雨楼泊焉。时方广征凫匠,遍召鲸工,丹柱电烻,皓壁星朗。于是迎风倚槛,披雾过亭。桥低而鱼气更香,塔远而鸽音徐度。菱剥嫩绿,饱嚼一盘;茗浮新红,渴尝七椀。乃三篙浆荡,一席樽开。喜李、郭之同舟,踞荀、陈之首座。志和《西塞》,共此烟波;昌黎《南溪》,无兹槃敦。

---

① 黄金台:《木鸡书屋文三集》卷六。
② 徐熊飞:《木鸡书屋文初集序》,黄金台《木鸡书屋文初集》卷首。

奇情跌宕，欲与鸭言；醉态淋漓，或惊鸳梦。①

读这样的作品，很容易让我们联想到洪亮吉的名作《八月十五泛舟白云溪诗序》。洪文以清丽跌宕、逸气纵横擅胜，而《南湖访秋记》实与其有着内在的相似。文章有几个特点值得注意，一是文笔清丽，雕琢而不露痕迹；二是以散驭骈，气脉通畅；三是"为情造文"，字里行间渗透着新奇逸宕之风。需要说明的是，《南湖访秋记》与《八月十五泛舟白云溪诗序》虽都是写赏秋之乐，但后者还自然地嵌入了洪氏因欢愉而引发的人生感怀，其不但比前者意蕴略厚，而且比前者也多了一些层次感。当然，就清代骈体写景小品的发展历程来看，包括《南湖访秋记》在内的黄金台诸多序、记之作，无疑处在第一流的层次，这是值得我们充分重视的事实。

《读红楼梦图记》是《红楼梦》研究史比较早的一篇作品，也是黄金台早年代表作之一。文章的内容，主要是论议曹雪芹写作《红楼梦》的缘由及小说主旨。它有两个比较明显的特点：一是观点鲜明，层次清楚。比如它概括《红楼梦》的主旨有"四端"，即写欢娱、写悲哀、写盛时繁华、写衰时苍凉，可以说深得《红楼梦》之神髓。二是议论、写景、抒情三者相结合，有情景相生、情理兼得之美。如其写盛时繁华与衰时苍凉云：

且夫当其盛也，徐昭佩新承主眷，丁令光宠冠后宫。金屋酒香，玉台花丽。上元灯下，红猴黑兔之车；春水池中，青雀黄龙之舫。集金钗之十二，赏珠履之三千。王家以宝井夸人，石氏以珊瑚炫客。赵后金盘武后镜，四面玲珑；同昌宝帐寿昌床，十重绚烂。寿筵大启，八公十客齐来；穗帐高悬，七贵五侯并会。是则繁华之极致，洵为艳冶之大凡。

至其衰也，孤蛩吊月，怪鸟啼云。桂殿椒宫，狐狸夜瞰；茜窗兰槛，鼯鼠昼眠。委鲛帐于尘埃，捐雀裘于草莽。凹晶馆冷，不闻笛韵悠扬；凸碧山荒，愁听箫声凄咽。黄莺已老，杏帘与藕榭俱空；白鹤重来，柳渚偕蓼汀并废。加以风波顿起，雷电交攻。燕巢幕而忽倾，鱼在池而及祸。王根邸第，无复奢华；窦宪田园，半归籍没。则又苍凉弥甚，恻怆益深者矣。②

---

① 黄金台：《木鸡书屋文四集》卷四。
② 黄金台：《木鸡书屋文初集》卷三。

作者能根据所写对象的特点，选取特定的意象、营造特定的意境，做到了以繁华之笔写繁华，以苍凉之笔写苍凉。与一般的写景、议论相异，这篇文章中浸润着浓郁的抒情意味，"金屋酒香，玉台花丽""四面玲珑""十重绚烂"诸语，意在描绘红楼家族的繁华艳冶，一种夸张的、明朗的情绪弥漫在文章的字里行间；等到作者绘写"孤蛩吊月，怪鸟啼云""燕巢幕而忽倾，鱼在池而及祸"等衰时景象，文章中则又被萧瑟、苍凉的情绪所渗透。换言之，贯穿文章表达的意脉，除了显在的写繁华、写苍凉之论点，还有隐在的繁华之感、衰飒之感和由盛而衰的无尽苍凉，这样的写法岂非骈体文的高境？

应当说，黄金台三十卷339篇骈文作品的内容、特点和成就，并不是前面的文字所能全部概括的，但是黄文的总体面貌，已经被大致勾勒了出来，而本书希望拂去历史的"尘埃"，将黄金台和他的骈文创作重新引入当代学术视野的初衷，相信也基本实现了。最后，引述几段当时学者文人评论黄金台骈文的文献，来作为本节论述之煞尾，相信一定能帮助我们加深对黄氏骈文创作的了解：

> 我友鹤楼黄君，以殚见洽闻之学，发而为沉浸醲郁之文，亦既高攀徐庾，上薄《风》《骚》矣。（许河《木鸡书屋文初集序》）①
>
> 读其论确而畅，读其传实而著，读其他体词足而意达，不与古文同工哉？（汪能肃《木鸡书屋文二集序》）②
>
> 今观《木鸡书屋》与《有正味斋》（按：即吴锡麒骈体文集）、《白鹄山房》（按：即徐熊飞骈体文集）鼎足，奚多让焉？（张祥河《木鸡书屋文四集序》）③
>
> （黄金台骈文）直可与子才（袁枚字）、圣征（吴锡麒字）鼎足而三。昔人谓本朝诗山东有真传，古文江西有真传，仆则谓骈文吾浙有真传矣。（汪度《木鸡书屋文四集序》）
>
> 鹤楼黄君博访通人，遍识奇字，眼高三古，手追六朝。王勃兴到，静言痦处；曹褒念至，忘所之适。或繙史翟经，斐然有作；或合尊促坐，传之其人。绵历载年，衍溢箱案。……（所著）无博诞空泛之词，

---

① 黄金台：《木鸡书屋文初集》卷首。
② 黄金台：《木鸡书屋文二集》卷首，清道光、同治刻本。
③ 黄金台：《木鸡书屋文四集》卷首。

有包含宏大之量。(董兆熊《木鸡书屋文五集序》)①

二 张鸣珂及其《国朝骈体正宗续编》

张鸣珂（1829—1908），字玉珊，一字公束，号窳翁，晚号寒松老人，浙江嘉兴人。张氏最为人熟知的身份，是浙西派后期著名词家，事实上，他也是清代后期嘉兴府的代表性骈文家和颇有名气的诗人。他的一生不但留下了两卷自成一格的骈文作品，而且还编纂了影响深远的《国朝骈文正宗续编》八卷，在清代骈坛实占有比较重要的一席之地。

张鸣珂是咸丰十一年（1861）拔贡，朝考合格，入军门戎幕，保同知，需次江右，曾知德兴、奉新、义宁等地。作为诗人，张鸣珂一生创作了数量颇夥的诗作，有《寒松阁诗》八卷传世，李慈铭《寒松阁集序》称其诗"溯王、韦，沿波钱、李，盖承小长芦之绪论，而尤与秋锦相伯仲。"② 又徐世昌《晚晴簃诗汇》有云："嘉禾诗派自钱箨石后，别开境界，公束则守朱、李旧风者。才情虽弱，格韵自真。"③ 他的《春柳》诗四首，曾经传唱一时，冒广生《小三吾亭词话》卷四谓其"身世之感，民物之故，托兴如见"。张鸣珂的词，历来受到词家的推扬，如李慈铭即谓其"圭臬姜、张，玉屑天风，葩流藻采，虽才情烂漫尚逊竹垞，而龢龤宫商，严辨去上，则本其师黄君（燮清）之学，与樊榭山民为近，有非朱、李朱老所及讲者。"④ 谢章铤则赞曰"铜簧新炙无其脆，弹丸脱手无其灵"⑤。诗文创作而外，张鸣珂还兼治小学、史学，有《疑年赓录》《说文佚字考》；家富藏书，逾万卷，所藏多为手抄本、初印本、原刻本、清刻本，编有《寒松阁书目》《寒松阁行箧书目》，著录图书950余种；又精书画创作及评鉴，所撰《寒松阁谈艺琐录》，历来为学者所重。

收录于《寒松阁骈体文》及《寒松阁骈体文续》中张鸣珂骈文作品，共两卷42篇，其中前者收录23篇，后者19篇。这42篇作品，以诗文序跋题词（15篇）、题图之作（共9篇，包括4篇图记）及铭赞（11篇）为主，另外还有一些疏（1篇）、启（1篇）、游记（1篇）、墓诔（2篇）之作，

---

① 黄金台：《木鸡书屋文五集》卷首，清道光、同治刻本。
② 张鸣珂：《寒松阁集》卷首，清光绪间刻本。
③ 徐世昌：《晚晴簃诗汇》卷一五七，《续修四库全书》本。
④ 李慈铭：《寒松阁集序》，张鸣珂《寒松阁集》卷首。
⑤ 谢章铤：《寒松阁词序》，张鸣珂《寒松阁词》卷首，清光绪间刻本。

文体选用是比较集中的。这里比较值得注意的，是张鸣珂的9篇题图、图记作品，骈体题图之作在清代中期渐次崛起，经过一段时间的发展、累积，到了清末已经成为骈体文类中比较令人瞩目的一体，姚燮《皇朝骈文类苑》即在序类中单列题图一目。由于张氏本身工于书画创作和评鉴，作为骈文家的他，遇到合适的机会写作这一类作品，本属自然之事，不过在42篇存世作品中收录9篇题图之作，可见张氏对这类作品是颇为在意的。

纵览《寒松阁骈体文》及其续编，可以发现，张鸣珂的骈文创作还有以下一些比较突出的特点：

第一，为文喜用诗词典。这里所说的"诗词典"，固然是一个泛指的概念，实际主要包括诗、词、曲三类文学之典，其中诗、词典使用频率最高。典型的如《叶南雪先生秋梦龛词序》中"漠漠平林，暝色高楼之句；绵绵远道，斜阳芳草之思"一联，上联用李白《菩萨蛮》词典，下联用汉乐府《饮马长城窟行》诗典；"红萼无言，写罗浮之清影"一句，取典于姜夔名作《暗香》；"吴云鏊春霆秋雪，敷畅襟灵；苏子瞻玉宇琼楼，缠绵忠爱"一联，上联出自南宋吴琚《酹江月·观潮应制》，下联出自苏轼《水调歌头》；"拾坠欢于何处，紫玉销沉；度饮水之新词，青衫湿遍"一联，上联用洪昇《长生殿·看袜》典，下联用白居易《琵琶行》典。① 又如《双辛夷楼词序》中"况复画帘微雨，肠断阿灰；锦瑟华年，神伤奉倩"一联，上联前句源出唐张泌《浣溪沙》"旧欢新梦觉来时，黄昏微雨画帘垂"，下联前句源出李商隐《无题》"锦瑟无端五十弦，一弦一柱思华年"；"断雁一行，谢客池塘之梦"一句，前半从杜牧《江楼》"谁惊一行雁，冲断过江云"化出，后半则从谢灵运《登池上楼》一诗衍来；"枝头春闹，红杏传小宋才名；鬲指声微，白石定大晟乐府"一联，上下二联分别用宋祁《玉楼春》、姜夔《鬲溪梅令》典。② 张鸣珂骈文中所运用的文学性典故，大多偏向于优美、忧伤路向，它们的运用，一方面增强了内蕴，另一方面也参与了对骈文作品格调的营造，张氏骈文以清丽而意蕴悠长胜，与此实有重要的关联。

第二，为文脉络明了、层次清楚。骈文结构之法，有隐有显，张鸣珂骈文的结构，基本都是显明的，这也是张文比较突出的一个特点。我们可以《陈木吾麓西小隐图序》为例，来考察这一特点：

---

① 张鸣珂：《寒松阁骈体文》，清光绪间刻本。
② 张鸣珂：《寒松阁骈体文续》，清光绪间刻本。

夫涉津疲梁，睠乡关而动念；模山范水，托槃涧之可歌。况复云离故山，波恋旧浦。髺丱钓弋之所，鱼鸟犹亲；真灵朝揖之区，峰峦竞秀。此陈子木吾《麓西小隐图》所由作也。（第一层）木吾夙禀瑰质，挺生名邦，卜宅恒岳之麓，拥树灵檀之几。蜡阮孚之屐，九疑恣其遨游；开陶潜之径，三湘涤其襟抱。吐文万牒，悉美人香草之词；淬锋十年，极旭历锐锟之志。（第二层）无何，戎马南来，仓皇东下，川路百织，孤云一身。就庾幕之莲花，度支军食；屯严营于细柳，平揖公卿。擘画储胥，如金受冶；钩稽簿籍，若网在纲。合夷惠而与物为春，权通介而与道大适。（第三层）论功却赏，诵左思《咏史》之诗；抑躬敛华，慕顾欢然穄之乐。绨椠百轴，撷其芳馨；衡斋一灯，寂若禅悦。时复摩挲烟墨，典征衣而市碑；驱染丹青，裂蛮笺而作画。握管茧指，鸲学粪心。固已扇馥江湖，振声宙合矣。（第四层）然而负米道远，则陔兰损欢；捶琴韵清，而幺弦无俪。征蓬流转，何如长铗归来？桂树团栾，莫负小山招隐。总辔首路，将归湘中，出睎斯图，嘱为喤引。窃比赠言之义，难忘抚尘之欢。（第五层）佽橐笔金闾，同依玉帐。喧辰肃月，命琴酒而互赓；流水高山，缔韦弦之幽贲。属当判袂，弥想冲襟。木吾负郭有田，买山可隐。投怀笑粲，奉子舍之匜浆；执手款存，课农家之晴雨。墙头过邻翁之酒，近局招邀；船唇和渔父之吟，烟波容与。此去鸥盟冷落，试重寻爪印之留；倘逢雁度衡阳，莫忘寄相思之字。（第六层）①

这篇文章大体可以分为六个层次：第一层，总括友人陈木吾作《麓西小隐图》的缘由；第二层，概述陈木吾天资聪颖且勤学淬砺，已经具备了过人的才华、本领，而他的家即是在岳麓山下；第三层，讲陈氏遭遇战乱，"仓皇东下"，并在戎幕中建立了军功；第四层，写军中论功行赏，欲对陈氏有所奖励，但他"却赏""敛华"，功成身退，醉心于闭门读书、市碑作画；第五层，承上而进，继写陈氏对蓬转他乡的生活已经厌倦，归去之志已坚，在还乡之前，乃将自己所作《麓西小隐图》呈示于"我"，请"我"作序；第六层，概写与陈氏的交情，并想象友人隐居故里的美好生活，最后以希望彼此常通音信作结。其意脉层次，非常清晰。

事实上，像《陈木吾麓西小隐图序》这样，先以议论引入、次则具体

---

① 张鸣珂：《寒松阁骈体文》。

陈述、最后结穴衍伸的结构，几乎是张鸣珂除短篇铭赞而外绝大部分文章的基本框架模式，其优点是层次清楚，一目了然，不足则是千篇一律，缺少开阖变化，尚不能臻于大家境界。

第三，为文格局不大而清丽纤巧、文质兼备。遍读张鸣珂的骈文，我们很容易获得一个基本的印象，即张文的格局一般都不大，这包括两方面的内容：一是说张文篇幅一般都不长，篇幅最长的《九江重建文昌宫》也不足750字，而像《九江重建文昌宫》这样的文章，《寒松阁骈体文》《骈体文续》中也仅此一篇，篇幅最短的《跋娟镜楼》则仅有32字；二是说张文的气局不够大，总体都以清丽而韵味悠长胜，以诗词相喻，差不多都是绝句、小令，气局最大者，也大体近乎律体之诗、中调之词。

不过，正如前面所说，张文格局虽然不大，但是风格清丽纤巧，且文质兼备、韵味悠长，李慈铭评张文即有云："君文树骨庾、徐，取材杨、骆，华而不诡，质而弥文。"① 典型的如《游白傅亭记》：

> 于时木叶微脱，凉侵衣裾；水波澄夐，冷鉴鬓影。艖艒五尺，兼载疏雨；敏舷一曲，遥和渔笛。循梅里而南，遵审山之麓。双桨划水，动惊游鱼；一峰堕窗，浮若眉翠。再折而上，至白傅亭憩焉。荒祠三间，牓署吟榭；白云一坞，时流磬声。缁衣两三，栖真其地。禅关重键，叩问始启。肃客入座，煮茶一瓯。清谈甫竟，袖诗索评。宗风不坠，代工吟啸，齐己、贯休，名足相埒。方外之交，不遗乎岩壑；名贤所至，增美于林峦。横山一角，近纳窗户。逋翁草堂，尚封苔砌；乐天吟屐，时来空山。爰建兹亭，并肖遗像。②

这段文字写的是作者与友人游白傅亭的过程，开首两联，总括季节物候，并点明诸人赴白傅亭，是乘小舟由水路而进。从"循梅里而南"，至"至白傅亭憩焉"，用极精简的文字，概述了行程所历。其下至"增美于林"数句，写诸人在白傅亭边，发现了"荒祠三间"，原来是几个僧人修行之所，于是移步叩问，与僧人清谈饮茶；谈毕，僧人拿出自己所作诗作，请客人品评，这让作者感慨系之。最后几句，则归结到白傅亭，写建亭之由。整段文字总计185字，但是将作者与友人出游的过程，勾勒得非常清楚，这是

---

① 李慈铭：《寒松阁集序》，张鸣珂《寒松阁集》卷首。
② 张鸣珂：《寒松阁骈体文》。

说文字虽简而含蕴饱满、意味深长。从文章具体内容来看，作者琢句清新明丽，工巧自然，尤其是"木叶微脱，凉侵衣裾；水波澄复，冷鉴鬓影"与"双桨划水，动惊游鱼；一峰堕窗，浮若眉翠"二联，形容极为细腻，其风格清丽纤巧而文质兼备的特点，是显而易见的。

再如《汤廉泉旅馆听秋图序》写汤氏作画之由云：

> 翳夫杨柳垂丝，静摇春碧；芰荷被沼，浓染霞青。夭桃呈含笑之姿，修筇挺干宵之节。扶筇扑蝶，赏百五之韶光；把盏听莺，沽十千之美酒。黄梅雨洒，诵贺监之新词；红藕香残，荡玉田之画舸。凄迷藻国，鱼乐遨游；澄暎麹尘，鸥盟狎主。爱双鬟之菱唱，暮雨潇潇；分片席于苔矶，澄波渺渺。俄而凉飙倏起，桐叶凋零；珠露宵滋，桂香馥郁。莼丝波涨，牵寒翠之萦回；枫背霜酣，舞冷红而飘堕。横一绳之征雁，书寄关山；数八月之惊涛，潮回凫赭。此廉泉汤子《旅馆听秋图》之所由作也。①

文章从开首至"澄波渺渺"，作者诗笔纵横，想象寓居吴下的汤廉泉在春、夏两季的美好生活；"俄而"以下数句，则写秋来万物凋零，汤氏于此季节轮转之时，对景而生乡关之思，于是乃挥笔而作《旅馆听秋图》。这段文字的内容非常清晰明了，它的妙处，一在以想象命笔，而诗意勃郁；二在选辞炼句，十分工巧，尤其"莼丝波涨，牵寒翠之萦回；枫背霜酣，舞冷红而飘堕"一联，形容精妙细腻，视觉效果极佳；三在整段文字清丽流畅，转承无痕，作者才华高卓，下笔有神，在从春季转向夏季的想象描写时，并没有用任何一个连接词，而"黄梅雨洒"这一典型意象，已经起到了意思迁转的作用。整体看来，文章修饰极工，而能出以自然，其文采斐然而虚中有实，李慈铭"华而不诡，质而弥文"之论，用在这里是颇为恰切的。

从骈文创作的技术运用、意境营造的层面来讲，张鸣珂无疑可称此中行家里手，同时，张鸣珂在《寒松阁骈体文》《骈体文续》的42篇作品中，也形成了自己的风格，在清代后期骈文史上，他应当可跻身名家之列。不过，张鸣珂骈文的不足也很明显，其最显著者，就是格局偏小，此外，文章结构略显程式化，也不容置辩。如果结合时代特点而言，我们可以说，张鸣珂的骈文在很大程度上，已经折射出了末世的况味，这与赵铭、屠寄等人以

---

① 张鸣珂：《寒松阁骈体文续》。

骈体之文评述当代历史，并非一辙，这一点颇值注意。

最后，我们还要对张鸣珂编纂的《国朝骈体正宗续编》，略作探讨。该集问世于光绪十四年（1888），其以人系文，共选录嘉庆后期至光绪中期60位作家的骈文作品。从性质上来看，它是对曾燠《国朝骈体正宗》的接续，缪德葇《国朝骈体正宗续编序》云：

> 雅材代兴，我朝尤盛。南城曾宾谷先生，尝辑《骈体正宗》一书，颓波独振，峻轨退企，艾薙浮艳，屏绝淫哇，取材于元嘉、永明，极才于咸亨、调露。钟釜齐奏，弗渐晋楚之聪；珉玉并耀，特具卞和之识。固已辟途径于文囿，誓楷模于艺林矣。然而鉴裁精审，尚止乾嘉以前；搜选丛残，未逮道咸而后。裒录仅四十二家，旷隔已八十余载。时历屯亨，人务钻厉，虽巨笔较少于畴昔，而雕章仍焕于当今。体气高妙，庸诎无前哲之风？杼轴清英，颇不乏后来之秀。岂皆趋异逐新，迷真离本者哉？但使鱼龙百变，天外夭矫；锦绣千堆，人间零落。王杨名侪四杰，罕事网罗；崔李价重一时，靡加甄采。纪思远手停于钞写，向巨达力艰于积聚。是则桐怀逸响，恐难免人爨之灾；竹有异声，竟不获知音之赏。抑或裒萃夸多，权衡失当；芜秽不除，榛楛勿剪。妍媸互呈其资貌，剖析莫极夫豪芒。求珠于水，而砾石同登；简金于沙，而泥滓杂出。斯又牛溲、马勃兼收，未足珍奇；虮户、鹩闹僻语，转增鄙累耳。吾友张君公束……遂取时贤之作，以续曾氏之书。搜集宏富，持择谨严，约而不滥，华而不靡。风清骨峻者，非颛门而亦存；文丽义睽者，即宗匠而必汰。扶质立干，振叶寻根……挚仲洽深明流别，能定去留；刘季绪非好诋诃，善摭利病。撰次八卷，勒成一编。①

缪德葇在序中指出，清代是骈体创作人才辈出的时代，曾燠曾编辑《国朝骈体正宗》一书，对乾嘉以前的骈文代表作品进行了集中呈示，其已经为骈坛树立了一个很好的效仿典范。但是，时隔八十余载，骈坛人才继出，名笔迭现，若无人及时对其进行剔选、搜罗，恐有佳作湮没之虞，换言之，文坛亟须一部的高水平骈文选本。而令人遗憾的是，这样的高水平选本尚未出现，既有的那些选本，"或裒萃夸多，权衡失当；芜秽不除，榛楛勿剪"，皆非能上承曾选的理想之作。于是，才华、识见俱高的张鸣珂，乃应

---

① 张鸣珂：《国朝骈体正宗续编》卷首，清光绪二十一年善化章氏校刊本。

时而出，纂辑了八卷本的《国朝骈体正宗续编》。在缪德菜看来，张选不但内容丰富，而且采择谨严、审慎，因此它称得上是曾氏《国朝骈体正宗》而后最佳的清骈选本。事实上，缪氏的评价是比较中肯的，《国朝骈体正宗续编》与曾选一起盛行于文坛，成为天下士子学习骈体文的重要范本，已经说明了问题。

从内容上看，与曾燠《国朝骈体正宗》所录作品相比较，我们可以发现《续编》所录，在文体上相对集中，主要集中于序跋、题词及一些碑诔文，序跋占了极大的比例，这与《国朝骈体正宗》所录作品的体类众多已有较大的区别。其所反映出的骈坛状况是，经过清代中叶近百年的高度兴盛，清代骈文的发展，已经呈现出衰弱之势，道咸以至张鸣珂编纂《续编》的光绪时期，虽仍名家辈出、佳作迭现，但是具体作家、作品所达到的高度，该时期骈文创作所达到的总体兴盛程度，已无法和乾嘉时期相提并论。当然，张氏《续编》的文献价值是很高的，因为它比较客观、全面（不可能搜罗无遗）地反映了道光至光绪间清代骈文发展的总貌，一些文集没有行世的作家之作品，也赖此得以保留。要之，对于张鸣珂来说，《国朝骈体正宗续编》的编纂，无疑是其一生骈文活动中非常重要的一个组成部分。

三 晚清杭、嘉、湖地区其他骈文作家

金应麟、龚自珍、谭献、黄金台、赵铭、徐锦、张鸣珂诸人而外，清季的杭、嘉、湖骈文家，还有吴清皋、张景祁、张预（此前杭州府）、沈涛、徐士芬、钱仪吉、黄燮清、褚荣怀、许景澄（此前嘉兴府）、俞樾、杨岘（此前湖州府）诸人。择其要者，略述概貌。

吴清皋（1786—1849），字鸣九，号小榖，又号壶庵，浙江钱塘（今属杭州）人。嘉庆十八年（1813）举人，捐授中书。历任军机章京、内阁侍读、抚州知府等。他是清中叶诗文大家吴锡麒的长子，与弟吴清鹏并以诗文名于世。作为名父之子，吴清皋在诗文创作上很早就显示出了过人的才华，曾随父游扬，乃父吴锡麒的酬应篇章，多由其代手，所以时人称他为小榖先生[1]（按：吴锡麒字榖人，故有是称）。又曾寓于文坛名宿曾燠府中，与乃师曾氏多有唱和。

根据吴清鹏《壶庵诗文纪略》所言，由于吴清皋外任为官，加之他对自己的创作"不自检收"，因此，目前可见的《壶庵诗》二卷和《壶庵骈体

---

[1] 吴清鹏：《壶庵诗文纪略》，吴清皋《壶庵诗》卷首，清咸丰五年钱塘吴氏刻本。

文》二卷，不过是他生平创作很少的一部分。仅从《壶庵骈体文》二卷所收诸文来看，可知吴清皋为文喜议论，同时也擅长写景、抒情，后者诸作清丽流畅，实有乃父之风，《驿柳诗小引》短章较有代表性，其全文如下：

> 某年某月，余自京邑，道出津门。短发将银，轻装似叶。指征夫之前路，慨行子之单衣。啼鸟自鸣，古堠残阳之地；芳草未歇，蹇驴细雨之天。则有薄絮吹襟，长条拂袖。十里五里，如相送迎；千丝万丝，似悲摇落。睹彼婆娑之态，触余身世之忧。大抵舞地歌场，春痕易短；边笳戍角，秋气多悲。以彼金缕衣空，玉蛾色老。阅人道左，但看如水之轮蹄；照影河流，空认笼烟之情态。以视余之故衫落拓，独客羁栖，夫亦有迟暮同嗟，飘零共噢也乎！爰成短律，用绘斯图。此日纱笼，敢赌旂亭之唱；他时笛拍，用传劳者之歌云耳。①

这是多感文人的忧慨抒怀，所谓"睹彼婆娑之态，触余身世之忧"，作者用清丽的笔调，来摹写晚春的景致，同时自然地渗入自己的身世之感，其眼前之景皆着作者心中之情，用"一切景语皆情语"来评价这样的文字，应是比较妥帖的。文章酌句精细，音声流畅，情景交融，意境完满，有晚唐绝句的风韵。由此，我们基本能把握吴清皋骈文创作的风貌。

张预（1840—1910），字子虞，号虞庵，浙江钱塘人。光绪九年（1883）进士，选翰林院庶吉士，散馆授编修。曾任松江知府、湖南督学、徐州知府、江南通志局提调。张预早膺时誉，科举仕途虽然有些坎坷，但比无数皓首穷经而终无所成的读书人要好得多，他的好友、名诗人樊增祥曾说过，"（预）自为诸生，洎通朝籍，英声飙举，藻誉云蜚。年四七而举乡科，又七试而成进士。中间迭流江澨，往复京华。北都宫阙之丽，不少名篇；长江节钺之雄，最多币聘。"又说他"弱岁冠诂经之舍，中年登清秘之堂"，这些都可以说明问题。② 有《崇兰堂诗初存》十卷、《崇兰堂骈体文初存》二卷传世。

《崇兰堂骈体文初存》是张预在晚年编成，据他自己所言，其"少好为文，嗜骈俪之作尤甚。顾缨乱孤露，家学师承，两无所藉，故述造多而可存

---

① 吴清皋：《壶庵骈体文》卷二，清咸丰五年钱塘吴氏刻本。
② 樊增祥：《崇兰堂骈体文初存序》，张预《崇兰堂骈体文初存》卷首，清光绪三十四年湖北官印书局铅印本。

者尟"，但是年老的他又想对自己一生的骈文创作有个交代，于是在闲暇之时，"取旧日述造诸作，董理而淘汰之，得骈体文什之二，釐为上下二卷"。① "述造多而可存者尟"，固然是自谦，但"董理而淘汰"留下少量自认为说得过去的二卷作品，也是写实。

张预对骈文创作的态度有一些纠结，在《崇兰堂骈体文初存自识》中，他一方面认为"文之有骈体，犹诗之有长短句也。长短句谓之诗余，骈体文亦文之余耳。""文本一也，而区分为二，此又骈体文始作俑者之过也"，强调骈体文为文之"余"枝、别体，不宜将文分为骈、散二体；另一方面，他又基于对清代骈文创作盛况的考察，强调骈体文的文体独立性和突出成就，提出"骈文又可厚非乎哉"的观点。这样的论调，在晚清已经不多见了。

虽然张预的骈文理论主张并不令人满意，但他的骈文创作却让人不得不刮目相看。樊增祥在《崇兰堂骈体文初存序》中，曾不吝笔墨推扬张文云："精选万钱，裁盈两卷。如飞卫教射，十发而九不虚；如骊龙选珠，一取而万皆弃。自其少作，迄于晚成，君方靳以全龙，吾已窥乎半豹。大抵清新若庾，绮练若徐；博大若苏、张，赡丽若崔、李；排宕若宣公，华妙若玉溪。上者直轶隋以前，次亦不落唐以后。"② 即是说张预的两卷骈体文，乃是他一生创作的精髓，并且衡综诸家、文兼众体。虽然樊氏的评断显有过誉，但认为张文取则众贤、具有多种面相，则是客观的。如《拟徐陵自邺都上梁元帝文》沉博绮练、《七夕赋》华妙流转、《汉云台功臣二十八人颂》元气淋漓、《送布政使杨公入觐序》沉劲厚重、《十八阿罗汉画像赞》与《镂尘吹影之斋题跋》高华清健，都是写得比较成功的作品。

试举《募栽西湖杨柳小引》一文，略作析解，以尝鼎一脔。该文分为三个部分，开篇议论，言西湖之美；中间结合现实，言西湖劫后之荒凉；结尾则申述募栽杨柳之旨。其前两个部分如下：

五更风月，琵琶小妓之弦；一角楼台，鹦鹉青春之树。系蹇驴于灞岸，茸帽侵烟；驮细马于章台，珊鞭拂翠。是以曲江燕集，柳亦名衙；隋苑巡游，杨多赐姓。矧夫金牛湖岸，乳凤山城，修堤两绳，澄泓一鉴。濯濯琳琅，步口雪絮成团；依依水月，园中烟丝作障。闹红摇碧

---

① 张预：《崇兰堂骈体文初存》卷首《崇兰堂骈体文初存自识》。
② 张预：《崇兰堂骈体文初存》卷首。

舣,几家折叠轻蓬;放鸽听鹂歇,一路逍遥行檋。匪特樱桐卢橘,哦水风山雨之奇;红藕绿藤,夸歌席伎船之胜而已。属值红羊入劫,青犊扬氛,风曲院而灰飞,雪断桥而尘压。牛羊夕下,但荷薪蒸;鼪鼯昼飞,半巢荒蘐。酒家何处,飘零宋嫂垆前;春色谁边,摇落苏娘楼外。风流顿尽,胜概空谈。①

文章兼有庾信之清新和徐陵之绮练,琢句炼词,刻意出奇,与律诗的拗体相近,给人造成一种特有的陌生感。作者在文中运用了比较多的典故,加之在写景中渗入较为深沉的沧桑迁变之感,这就使得全文颇为厚重、颇有艺术感染力。

如果将张预的骈文与吴清皋之文相较,可以说,吴文有张文不具备的清丽流宕,而张文也有吴文缺乏的沉博厚重;吴文的格调相对单一,是专才,张文则体貌众多,有宏才。若一定要区分高下,那么张预的骈文成就,无疑是要高于吴清皋的。

---

① 张预:《崇兰堂骈体文初存》卷上。

第二章 晚清苏、松、常、镇、太的骈文创作

如果将清代江南骈文大体划分为环太湖的南（今江苏南部和上海部分地区）、北（今浙江北部）两个区块的话，那么我们可以说，晚清时期这两个区块的骈文总体成就是旗鼓相当的。就环太湖北部区块而言，各府（州）骈文发展的不平衡性依然存在：其中常州府继续保持霸主地位，而太仓州则"默默无闻"；苏州府延续清中叶的势头，又涌现出几个在骈文史上有相当地位的骈文家；镇江府的表现尤值关注，因为该地一改此前近两百年几无名家可述的局面，首次在清代骈文史上"登台亮相"。

第一节 晚清常州骈文巡览：汤成彦、缪荃孙及其他作家

清代后期的常州骈文，已经没有了清代中叶的辉煌，但是劲气尚足，仍然取得了颇为丰厚的成绩。在屠寄之前，洪齮孙、刘承宠、蒋学沂、汪士进、庄受祺、庄士敏、汤成彦、杨传第、蒋曰豫、夏炜如、何栻、缪荃孙等前后相继，共同促成了常州骈文最后的灿烂，而在这些作家中，汤成彦和缪荃孙堪称代表，另外夏炜如、洪齮孙和何栻亦称能手。

夏炜如（1799—1877），字永曦，号怡云，江苏江阴人。他少孤力学，工诗古文词。后拜入大儒李兆洛门下，与蒋彤、承培元、宋景昌、徐思锴、六承如、六严等，并为李门高足。民国初年，炜如子夏勤邦将其父所著诗文汇集为《鞠录斋稿》四卷传世，中有骈散文二卷，以骈体为主。缪荃孙在《鞠录斋稿序》中提到，李兆洛的诸位高弟"莫不龙翥凤翔，一举千里"，而他的表丈夏炜如"尤以遒文丽藻，魁能冠伦"[①]，这个评价是符合实际的。《鞠录斋稿》中收录的《拟陆士衡文赋》气度阔大，文气卷涌而识解精到，

---

① 夏炜如：《鞠录斋稿》卷首，民国二年刻本。

是一篇大文章。他如《章云巢浣香簃词序》《沈竹宾空山鼓琴图序》《瀛洲引登图跋》《孝廉王唯庵先生诔》等，也都是辞旨精警、识锐情厚的好文章。

洪齮孙（1804—1859），字子龄，又字芝舲。他是洪亮吉的第三子，与兄饴孙、符孙并以学术名于世。洪氏兄弟三人中，以洪齮孙的骈文成就最高，"年才弱冠，即能为汉魏六朝文字"①，有《淳则斋骈体文》传世，谭献论其骈文有"家学不坠，韵味少减"②之语。《淳则斋骈体文》收洪文36篇，其中《游城东记》清新疏放，有乃父洪亮吉《八月十五泛舟白云溪诗序》《琴高溪夜游记》一类"常州体"小品神韵，允为骈体佳制。此外，《吴慎庵先生地理便览序》《孙希鼓师竹庐诗集序》《杨礼堂孝廉寒梅晓梦图序》《方彦闻隶书楹贴跋》《东皋草堂记》《户部主事季颖吕君哀诔》等，也都是洪氏骈文的代表之作。

何栻（1816—1872），字廉昉，一字莲舫，号悔余，江苏江阴人。道光二十五年（1845）进士，官至江西吉安知府。他的个性颇为阔大能容，生平经历也比较奇特，为官遭降黜后，便转战商场，未数年乃成巨富，这在清代文坛上实不多见。他既嗜藏书，又工书画，诗文创作也是一时翘楚，可以说是一个全才。曾国藩曾对他颇为看重，两人多有诗文唱酬。有《悔余庵诗稿》十三卷、《悔余庵文稿》九卷、《悔余庵乐府》四卷、《余辛集》三卷、《袝苏集》二卷等。他的诗文作品既有悲歌慷慨的一面，又有缠绵委婉的一面，《悔余庵文稿》中收录的百余篇骈文作品，基本上都具备这样的特点。当然，《悔余庵文稿》中虽多佳篇，但也掺杂了一些平平之作，这需要一分为二地看待。下文即分论汤成彦与缪荃孙。

一　汤成彦

汤成彦（1811—1868），字梅生，又字心匏，号秋史，常州阳湖人。道光二十一年（1841）进士，官刑部主事。他是嘉道间名儒李兆洛的高足，又是晚清名学者缪荃孙的老师，在常州学术与诗文传承、流衍过程中，起到了重要的桥梁作用。作为晚清常州文学名家，汤成彦在诗文创作方面取得了比较突出的艺术成就，缪荃孙《征刊听云仙馆诗文集启》论汤氏文学有云："秋史先生，识冠百代，言成一家。命居磨蝎之宫，爪印飞鸿之渚。屈原放

---

① 李兆洛：《养一斋文集》卷三《洪子龄补梁疆域志序》，清光绪四年汤成烈等重刊本。
② 谭献著，范旭仑、牟晓朋整理：《复堂日记》，河北教育出版社2001年版，第150页。

逐，乃赋《离骚》；马迁幽愤，退论书册。故其为文也，潜唉赵之经心，振渊云之俪藻；发韩柳之精思，轶徐庾之俳体。冥心象外，而落笔已超千古；局迹区中，而胸罗能括九有。而况半生道长，万里饥驱。岳渎助其精灵，烟虹资以光气。哀乐之异宜，古今之感喟，莫不于是发之。"① 应当说，缪荃孙对汤成彦文学创作总貌的概述，是比较全面的。

汤成彦文学创作最为世人所重的，主要是他的骈体文，撰有《听云仙馆俪体文集》四卷、《文集补编》一卷、《听云仙馆俪体文续编》二卷等。从这几卷作品来看，汤成彦骈文可谓诸体兼工，但当以诔祭、墓表之文最擅胜场。就风格特色与总体成就来讲，缪焕章在《听云仙馆俪体文集跋》中的几句评断最为切当，所谓"沉浸醲郁，渊雅闳深，足树帜于洪、孙二家之外"②。

"沉浸醲郁"，主要是指汤氏骈文情感真切、蕴藉深沉，其重在抒写作者的真实感受，反映人物的真实命运，体现汤成彦作为沉实学者的学识修养及其对社会、人生的深刻思考。汤成彦骈文以诔祭、墓志之作居多，这类文章多为处在社会下层的晚清普通文人而作，反映了他们的不幸生活和坎坷命运。诔祭、墓志文系针对死者而作，孙梅《四六丛话》所谓"后人饰终，其大者托之行状、碑志，其细者见之哀挽、祭文"③。从历史上看，诔祭、墓志文在六朝时期已经比较盛行，彼时此类作品，多用于身份显赫的人物，如君王、大臣等，为了突出人物身份的尊贵及其功绩的不朽、献媚于墓主，有些创作者在写作中往往过分追求夸饰，甚至有虚假之辞，桓范"欺曜当时，疑误后世，罪莫大焉"④ 的严厉批评，就是针对这一现象而发的。

汤成彦的骈体诔祭、墓志，摒除虚夸谀美之风，体现出较强的征实精神。在这些作品中，作者重点肯定墓主的美德美行，同时又客观叙述其美德美行形成的原因，从而使平凡人物之不平凡跃然而出。以《署福建闽县知县方君彦闻墓表》为例，该文是为哀悼友人方履籛而作，作品开篇先言方氏逝世之由云："道光十一年夏，闽省福州亢旱，自大吏以下，无不奔走祈祷，为民请命。署闽县知县方君彦闻，轸念民瘼，晨夕蕴结，初犯瘴暑，肃

---

① 缪荃孙著，张廷银、朱玉麒主编：《缪荃孙全集·艺风堂文集·外篇》，凤凰出版社2014年版，第248—249页。

② 缪焕章：《听云仙馆俪体文集跋》，汤成彦《听云仙馆俪体文集》补编后附，清同治间刻本。

③ 孙梅著，李金松校点：《四六丛话》卷二十五，人民文学出版社2010年版，第469页。

④ 桓范：《世要论·铭诔》，魏征、虞世南、褚遂良《群书治要》卷四十七，《四部丛刊》本。

谒神祠，鞠躬竭诚，刻无停晷，精诚上通，帝感斯应，甘澍普降，民瘼大苏，而君以勤民过劳，婴疾遽卒。"简要概述了作为地方官员的方履篯，尽心奉职，心系民众，最终积劳成疾而殁世的高尚人格。文章接着又言，"至君之内行醇备，朴学渊茂，舒为文辞，风发踔厉，固海内所知名者也"，这就强调了方履篯的学识修养。而在后文的追叙中，作者特意详述了方氏学问、品行形成的重要原因："偶值尊明在座，辨论锋起，嗤君渺闻，见哂众视，君遂腼默而归，力肆典索。孝侯奋心，由于蛟虎之三害；季路刻志，激于镞羽之一言。悔心萌于断杼，渊学由是植基矣。"①这一追述，与开篇对人物品行、学识的赞美之辞形成因果呼应，开篇言语也由此而不再是浮夸之辞，而是实实在在的对人物的肯定与赞扬。无疑地，文章之所以具有打动人心的艺术效果，与作者真实诚恳的叙述是直接关联的。

汤成彦骈文的沉浸醲郁、渊雅闳深，还在于他往往把自己的人生感受寄托在对人物命运的叙写中，其既写出了人物之不幸，又表达了作者对人物命运的深沉思考。如《明经赵君孟符诔》一文，作者对这位名不见经传的普通文人赵孟符之病逝，表达出了深挚沉痛的哀挽："呜呼哀哉！商飚戒途，毁邅穴岳之干；洄谷激响，遂沉烛天之辉。一棺千里，燕市之魂谁招；上圜百重，苍壁之呵莫达。英华绝稀，有识陨涕。"②文章详述赵君生平种种，既言其童年丧母之不幸，又言其蒙受祖母疼爱之有幸；既详言其事亲以孝敬、抚弟以敦肃、立身以节概、交友重气谊的品节，以及"尤精于诗，旁逮篆词，俱执枢要，而于应举之文，英绝领袖，同侪渊隽，竞取式焉"的过人艺术天赋，又言其"两经悼亡，屡试见黜"的人生不幸。全文写赵孟符人生之幸，笔墨极多，言其不幸，则极为简练，以反差比较强烈的叙述，反映了人物生平的各种悲欢遭际，揭示出平凡文人命运的真实与无奈，这也使作者深沉的哀挽、抒情落到了实处。

再如《孙庶翼上舍程子香明经两君哀辞》一文，作者不具体记述二人的生平事迹，却从自己与二人的交往写起，"仆与二君，形骸既疏，踪迹远隔，而闻声相思，素款忽惬。眷眷之意，通之以尺书；昭昭之言，镂之以胸膈"数语，表达了作者与孙、程二人知音相赏的人生感受。正因为作者与二人"神交"已久、惺惺相惜，所以两位好友的病逝乃令作者倍感孤独伤感，而下面这几句饱含深情的假设，也就不显得做作了："使假以邂逅之

---

① 汤成彦：《听云仙馆俪体文集》卷三。
② 汤成彦：《听云仙馆俪体文集》卷四。

缘，得伸契阔之谊，吐肝臆以深赏，忘年齿以眷隆，则协好重于恒岳，契怀珍于兼金。所谓白日不足，尚系思于梦魂；百年非遥，且誓好与来世者也。"① 从自失挚友到痴想重聚，反映了作者深沉的人生感伤与孤独，在这个意义上，可以说《孙庶翼上舍程子香明经两君哀辞》既体现了作者对好友逝世的伤怀，又体现了作者对死亡这一人生命题的独特体验与思考。

作为一种美文，骈体文不仅要情感内蕴美，更要形式美。与汤成彦骈文情感真切、蕴藉深沉相得益彰的，是其独特的艺术结构，即提纲挈领、分而述之的结构方式。汤成彦注重对人物命运的真实再现，因而善于总结提炼人物生平的独特之处，并以典型细节表现人物个性特征。如前引《明经赵君孟符诔》一文中，汤成彦评价人物并没有一一列举具体事件，也努力避免虚夸之辞，其着力点主要在以下几个方面：

> 君之于学，契精覃思。蹑其元踪，蹈厥藩篱。少为《诗》诂，抉幽剔要。曰《毛》曰《郑》，独辟奥窔。君之于文，镕匠性灵。挥霍八级，穷睇杳冥。摇笔放词，若决奔溜。藻采腾跃，共惊宿构。君之于行，克谐由仁。博量恢渊，遵乎前民。轨隆儒修，芳振靡俗。披藻昆仑，蟠规海岳。君之事亲，朴挚肫肫。及奉继母，微志克循。每撼客游，莫谋色养。中夜彷徨，私衷怏怅。卖赋所入，以奉旨甘。家书万言，至性醰醰。沉疴日深，恐伤我亲。及至疾革，密不以闻。君之恺悌，一堂敦睦。内怀温和，外范端肃。君有弱弟，嬉游惰学。君招之来，同宿经幄。教之诲之，愧之勉之。述父训言，贲容涕泪。弟感君诚，矢志勤读。锁具心化，不疾而速。君之交友，悉本素诚。倾盖之识，欢如平生……君之讲学，风和雨施。先之践履，后其文辞。训诂之精，删其穿凿。理义之精，削其糟粕……②

作者从学识、文才、素行、孝亲、讲学等几个方面，对赵孟符生平大节进行提纲式的概述，使人感觉纲举目张、一目了然。同时，在每个纲目的具体操作中，作者并非细大不捐、无事不讲，而是只择取具有代表性的细节、特点。如写其事亲，只择取了"及奉继母，微志克循""卖赋所入，以奉旨甘""及至疾革，密不以闻"这三个典型事件，其"朴挚肫肫"令人信服。

---

① 汤成彦：《听云仙馆俪体文集》卷三。
② 汤成彦：《听云仙馆俪体文集》卷四。

从语言结构上讲，这段诔文四字成句、两句一组，通篇转韵而押，视觉和听觉效果都是比较和谐的。

再如《祭董晋卿明经文》，这是一篇格式严整的骈体祭文，四字句为主，整齐划一，贯通全篇。在内容构架上，汤成彦分别从董晋卿之家世、文艺、学问、仕宦等几个方面展开叙述，将对人物的评述落到实处，真实再现了人物性格特征，令人物形象丰满感人。另外，《听云仙馆俪体文集》中收录的《祭蒋启丰明经文》《祭管孝佚大令人》等文，也都是以提纲挈领式的叙述来展现人物生平遭际，它们与《明经赵君孟符诔》《祭董晋卿明经文》相似，大都具有以情动人的审美效果。

与汤成彦骈文情感真切、蕴藉深沉相映衬的，还有其骈散结合、层层排比的表达方式。汤文的骈散结合，一方面是在偶对中融入散句，另一方面则在于通过运用排比法，将所要陈述、表达的内容进行分层罗列，这样的表达既脉络清晰、层次井然，又能形成较强的行文气势，艺术效果是很强的。典型的如前引《署福建闽县知县方君彦闻墓表》对方履篯学识品行的叙述，即分别从"君之于著述也""君之于文也""君之为治也""君之制行也"等几个角度展开，从而形成不同的观点、论断相继铺排的表达效果，而正是这种层层排比之态，在很大程度上加强了文章的情感气势。同时，作者对每个观点、论断的具体阐释，其骈散结合之态也变化多端，如述方氏著述云：

> 君之于著述也，力敌万夫，识冠百氏。其周辨广轮，抵搜氏族，继白阜赤洛之篇，探掌姓垂氏之要，则有《方志》《希姓录》等书。其博采彝鼎，旁及钱刀，上可补史乘之阙佚，下以证六书之转讹，则有《金石录》《钱币图》等书。可谓析彼一艺，足为硕儒；兼兹数长，雄视百代矣。

这段文字在骈体叙述的大框架下，糅进散句，骈散是结合并行的，但即使在骈体叙述部分，作者也做到了以古文笔法来驾驭偶俪之句，这就使文章气韵流畅，略无滞涩之感。而继述"君之为文也"则变化为：

> 荟萃百家，研厥精魄，囿巧于朴，寓圆于方。叠规重矩，阴阳之阖辟也；殊途同归，川畛之交错也。千辟万灌，铸一剑以五金；八代三唐，会洪炉而并冶。至矣哉！

这就是相当典型的骈体文写法，但是与前面论方氏著述的路径相似，其也能在偶俪中运以清畅的散行劲气，从而使文章形成了气韵跌宕婉转之态。他如《云吟山房诗钞序》所谓"夫文章懿嬺，希世所珍；老成典刑，后进作式。况枌榆得荫，依郑公通德之乡，茑萝承条，附谢氏诸姻之谊，如肇龄于先生者哉"①，亦是骈散结合的语言结构，骈句相对凝聚文气，再以散句破之，使文章流利而多变。这样的例证在汤成彦的文集中俯拾皆是，这既是汤氏骈文的特点，也是晚清时代骈文创作的大势所趋。

总体而言，汤成彦骈文情感真挚浓郁而抒写有度、自持有道，做到了情感真切而蕴藉深沉，具有较强的艺术张力；汤文的结构脉络清晰、层次井然、主题突出，语言清健雅正、骈散交融，表现出作者有着很高的艺术造诣。应当说，"沉浸醲郁、渊雅闳深"的汤氏骈文，内容充实、风格独特，取得了比较高的总体艺术成就，其不但能在常州府"足树帜于洪、孙二家之外"，在整个清代骈文史上，也应占有比较重要的一席之地。

二　缪荃孙

缪荃孙（1844—1919），初字小珊，号楚芗，改字炎之，号筱珊，晚又号艺风，世称艺风先生，江苏江阴人。同治六年（1867）举人，光绪二年（1876）进士，散馆授编修。光绪八年，充国史馆修撰，"独任儒学、文学、隐逸、土司诸传及康熙朝大臣传，信核有法"②。十一年，任国史馆总纂，因学术观点相左，与总裁徐桐发生龃龉，遂出都。历主江阴南菁书院、常州龙城书院、江宁钟山书院，"士尊之，匹卢文弨、姚鼐"③。光绪三十三年，创办江南图书馆（今南京图书馆），宣统二年（1910），主办京师图书馆（今中国国家图书馆）。辛亥革命爆发后，举家迁居上海，民国八年（1919），以胃溃疡疾发病逝。

缪荃孙是晚清的大学者、诗词文章名家和书法家，在文化史上享有崇高的地位。尝从翁同龢、潘祖荫、张之洞、李文田等游，"专攻考证碑板目录之学，旁罗山经地志，洽闻有清一代朝野人物政坛逸事，故其学博贯衡综，洪纤毕洞，继朱彝尊、全祖望、纪昀、阮元、王昶、黄丕烈、顾千里、钱仪

---

① 汤成彦：《听云仙馆俪体文续集》卷二，清同治间刻本。
② 柳诒徵：《缪荃孙传》，卞孝萱、唐文权编《民国人物碑传集》，凤凰出版社2011年版，第463页。
③ 柳诒徵：《缪荃孙传》，卞孝萱、唐文权编《民国人物碑传集》，第462页。

吉之绪而恢溢之"①，卓然成一大家。缪氏的生平著述十分宏富，他自己说是"身历十六省，著书二百卷"②，这"二百卷"显然是个约数，而且是不包括编纂类撰述的约数，具体可参见《清史稿·艺文志》、赵国璋《江苏艺文志·无锡卷》、武作成《清史稿艺文志补编》、王绍曾《清史稿艺文志拾遗》、缪文逵《缪艺风先生著述目》、许廷长《缪荃孙研究资料索引》及张廷银、朱玉麒《缪荃孙全集》等。其中影响较大者，有《续碑传集》《云自在龛丛书》《藕香零拾》《对雨楼丛书》《烟画东堂小品》《辽文存》《常州词录》《艺风堂藏书记》《艺风堂金石文字目》《艺风堂文集》等。

在文学方面，学者们多将缪荃孙视为文学文献编纂家，对他的诗文创作颇少论及，即有所论，也主要集中在缪氏的词作。就本书重点关注的骈体文而言，据张廷银、朱玉麒主编的《缪荃孙全集·诗文》，缪氏目前可见的骈文作品就不下100篇，而且这些作品自成一格、成就突出，足见缪氏骈文创作才力之厚，因此很有必要对其进行扼要的论析。

总体而言，缪荃孙的骈文创作与他的老师孙德谦之文，有着不少相似之处，比较突出的有三点：其一，二人都写作了数量比较可观的骈体学术论文，而且这一类作品都是比较典型的学者之文；其二，二人骈文都以六朝为宗尚，且都具潜气内转之长、沉博绝丽之美；其三，二人骈文在行文上，都讲求骈散的融通。当然，就内在气质、特性言之，缪文与乃师之文实是同中有异、各具面目。这表现在：第一，孙德谦传世的骈文作品，绝大部分都是学者之文，缪荃孙的学术论序固然是特点鲜明的学者之文，但他的诸多序记、题词、书启、赋赞文，则在学者之文的底蕴上增入文人之文的才情，从而使作品兼具学识与才情，可读性与感染力比孙文要略强一些。可举《皖词纪胜序》为例。文章在扼要概括舆地、词章两者的关系后，结合徐乃昌的《皖词纪胜》言道：

皖省都邑丰昌，关河重复。岷江贯其中权，灊霍峙其两界。固神皋之陕宅，亦水国之名邦。招皖公之翠色，先入寿杯；听硖石之波声，穿来残垒。八公苍莽，人驱草木之兵；九子连蜷，独擅东南之秀。插巉岏之一柱，云髻峨峨；泻潋滟之双溪，縠文叠叠。卅六峰，黄山挺出，绘壁成图；一千顷，翠澜卷回，醑神奏曲。鱼台迹古，漫说庄周；牛渚亭

---

① 柳诒徵：《缪荃孙传》，卞孝萱、唐文权编《民国人物碑传集》，第462页。
② 缪荃孙：《艺风老人年谱》卷首，民国二十五年北平文禄堂刻本。

寒，人怀温崤。以及堂寻姑孰，泉酌玻璃。南则风花时节，目极灵歊；北则飞絮阑干，神驰颖水。凡当前之景物，亘古常新；入佳客之吟哦，其神欲活。于以临风琢句，对月抽思。情之厚，足以当风谣；境之真，不啻临图画。斯词以地传，亦地以词重也。①

"斯词以地传，亦地以词重也"，是缪荃孙希望通过这段文字所得出的结论，但是他的论述过程并非学术性的理论分析，而是通过选取典型的意象、典型的故实，以文采丰沛、才情发越的文字传达出来，取得了写景与述理并胜的艺术效果。类似的文字在孙德谦的文中不是没有，但数量实在有限，以至读者甚至可以忽略它们的存在，从阅读接受的角度看，缪荃孙的文章显然更容易引起阅读的兴趣。

第二，缪、孙二人之文都祖述六朝，潜气内转、沉博绝丽是其共同特点，但就实际风貌来看，孙文沉博清健，缪文则古雅简劲，孙文多四六成文，缪文则颇多四字骈体；孙文每篇皆使典，且典实运用的密度颇大，缪文有用典很密的一类，还有近于"常州体"小品极少用典的一类。

第三，二人骈文都讲求骈散交融，但缪氏不少作品的偶对并不是那么严格，孙文则反是。试看缪荃孙《与沈鹤农书》：

鹤农足下：国门判袂，执手泫然。别思凄风，感怀逝水。振策趋道，十日九霾，黄沙簌簌，不辨昕夕。水潦没轸，泥涂接天，舆说其辐，马陷于淖。西眺太行，南涉大河。石磴如砌，言径渑池。土壁若削，乃度函谷。骄阳炙笠，炎歊裂衣，时值盛暑，不停挥汗。大风北来，甚雨随至。飞泉界岭，力转巨石，震雷劈门，响喑怪树。耳目所接，意骇神悚。长安以西，渐入危栈，黄金子午，天狱汉沔。折柳凤州，寻诗剑门。行抵左绵，涪江暴涨，连村比舍，悉付阳侯。老蛟攫人，怒鼋跳屋。修堤一线，浮梗水面，倘或奔坏，满城鱼鳖。如此三日，乃渐归壑。中秋前夕，行达成都。倚闾息望，穿窒纡叹。小女哑哑，牵衣索笑。嗟乎！茧足万里，偻指半年，惊定而喜，喜极而悲。亲朋相觏，争慰下第，发言面赪，辄复走匿。偶翻书簏，蛛网尘封，读未

---

① 缪荃孙著，张廷银、朱玉麒主编：《缪荃孙全集·艺风堂文漫存·辛壬稿》卷二，第498页。

数行，神思昏倦。志业荒堕，光阴荏苒。人生到此，宁复奚言。①

这篇作品与洪亮吉《与崔礼卿书》极为神似，其意象选择、词句运用、意境熔铸，都有效仿洪文的痕迹，就是很少用典也与洪亮吉相似，但是学而能化，自成缪荃孙之体。文章极写漂泊程途的艰难，要么是"十日九霾""不辨昕夕"，要么是"水潦没轸，泥涂接天"，抑或是盛暑炙人、炎热难耐，又或是风雨交加、惊雷劈门，如此等等，都十分形象、真切地描绘出人生漂泊之苦，这在孙德谦的骈文中是看不到的。漂泊之苦固然艰辛，但"志业荒堕，光阴荏苒"才真正让多情的诗人魂销神伤。文章叙述、写景、抒情、议论融为一体，尤其是在写景中浸满情感，艺术感染力无疑是极强的。就行文表述来看，作者基本上都是用四字句，不过与洪亮吉《与崔礼卿书》及孙德谦骈文采取比较严格的偶对句式相异，缪文主体部分颇多整齐的散句，其整散结合、自由交融，深得六朝骈体小品神髓，仅就这一点而言，缪荃孙是比洪亮吉、孙德谦走得都要远的。在缪荃孙文集中，像《与沈鹤农书》这样的篇章，为数不少，《与张瑞之书》《与杨策卿书》《与汤伯温书》《游浣花草堂记》《王雪丞东山牧话图记》《留云借月龛填词图题词》《快园秋色赋》《傅孟垣诗序》《佛图关赞》《濠堂铭为郑苏堪作》等，皆其代表，依此，我们实可将缪荃孙视为骈文"常州体"的后期代表作家之一。

缪荃孙与孙德谦骈文的同中之异，还有许多方面，如缪文在"丽"或说词藻一方面，比孙文着力更多，故视觉效果更强烈。又如孙文特擅议论，兼长叙事，但写景、抒情非其所长，而缪文则议论、叙事、写景、抒情兼擅，特别是那些集史才、睿识与深情为一体的作品，与缪氏简劲清丽的小品文一起，奠定了缪氏作为清代一流骈文作家的地位，《书碧血录后》堪称代表：

> 呜呼！读史至明熹宗朝，童昏失德，阉寺植权，未尝不废书三叹也。然而史臣载笔，惧以琐屑秽其书；故老传闻，或以虚诬没其实。乃有身亲图圄，目击恣睢。碧血千行，丹心一寸。如燕客所录，有足述焉。
>
> 熹庙初元，国家多故，郑妃之权方替，李氏之气复张，杨、左二

---

① 缪荃孙著，张廷银、朱玉麒主编：《缪荃孙全集·艺风堂文集》卷五，第169—170页。

公，首夷大难。翼凤辇以行，忠能捧日；戢牝晨之焰，诚可格天。同时诸君子，岳岳于朝，铮铮者铁。簪辛毗之白笔，伏史丹之青蒲。忠正盈廷，翕然望治，甚可观也。无何，政入宦卿，位尊姬相。本无孙程截衣之誓，而有左悟回天之力；并少单超啮臂之盟，而怀士良挟君之智。茹花委鬼，早应夫童谣；毛卵钩颈，得肆其流毒。分甘陵之部，刊章名捕；籍元祐之党，勒碑示禁。遂使缇骑朝发，圜扉夕满。狱成北寺，士尽南冠。杨花义子，重翻罗织之经；乔木世臣，悉就籧篨之考。呼天而巫咸不下，蹈海而精卫难填。地擢黄芝，天经白气。加范滂以三木，具李斯以五刑。火煎镬斧，生残戴就之尸；灵护缣囊，死辨杲卿之发。呜呼，惨矣！若夫收者在门，槛车就道，生还无路，死别有期。或历叙其生平，或遥诀夫亲故。《戒子》数语，歌泣夫鬼神；《正气》一歌，磅礴夫天地。云栖泚墨，不宿诺于缁流；止水濯缨，缅遗芳于正则。三百年之培养，士气长留；十万众之号呼，民心若此。当死而死，求仁得仁。迨夫太阿立断，绋楔增褒。祭关西之墓，汉鼎难扶；复司马之官，宋社终屋。则斯编也，亦之推冤魂之志，光禄鉴戒之录也。

已夫谒者四星，上应象纬；奄人一职，统之太宰。不过司奔走，备披庭耳。奈何手握王章，口衔天宪，黠鼠凭社，丑狐跳梁。必嬖宠如桓公，而勃貂方能专齐柄；必惨核如胡亥，而赵高因以执秦权！堕祖宗之良法，酿盗贼之阴谋。政体既乖，国本亦拔。小平津之走，汉之祸亟矣，而唐复仍之；白马驿之诛，唐之祸烈矣，而明复蹈之。覆辙屡误，厝火不惊。履霜坚冰，当防其渐。毋使后之视今，犹今之视昔也。①

明代熹宗朝的宦官专权，是影响一代政局走向的历史事件，多少正直的士大夫为了反对阉党付出了生命！黄煜汇辑的《碧血录》，就是对当时杨涟、顾大章等仁人志士，为维护宗庙社稷而与阉党展开斗争并遭到阉党陷害诸多事件的反映。缪荃孙此文以征实厚重而饱含情感的笔调，勾勒了《碧血录》所载事件的过程，突出了该书"亦之推冤魂之志，光禄鉴戒之录"的历史价值，并进而结合汉唐以来史实，提出了"履霜坚冰，当防其渐。毋使后之视今，犹今之视昔也"的鲜明主张。文章沉博流转、以气行文，深沉的历史之思贯以浓郁的情感抒发，洵为骈体上品，其不但体现出缪荃孙深厚的史学造诣，而且体现出缪氏超卓的骈文创作才华。

---

① 缪荃孙著，张廷银、朱玉麒主编：《缪荃孙全集·艺风堂文集》卷七，第225—226页。

要之，作为著名学者的缪荃孙，创作了一系列形式与内蕴并佳的骈体佳作，虽然他的文集中也不乏用典过多，读起来略嫌滞涩的作品，但是瑕不掩瑜，其总体成就是很高的。可以说，他既是清代六朝骈文的成功复古者，又是"常州体"骈文小品的后期代表作家之一；他既是清代学者之文继顾广圻、孙德谦等人之后的又一健将，又是超越学者之文限制的骈文多面手，称得上是晚清骈文大手笔。因此，在研究晚清骈文史时，缪荃孙是不能绕过的。

第二节　清代常州骈文殿军：屠寄及其《国朝常州骈体文录》

常州骈体文由清初一脉绵延至清末，堪称有清一代骈文大宗，举世无双。清初常州骈文无疑应以陈维崧为巨擘，清末则当以屠寄为殿军。屠寄（1856—1921），原名庚，字敬山，号结一宧主人，常州武进人。光绪十一年（1885）乡试中式，十八年成进士，选翰林院庶吉士。曾入张之洞幕府，任广东舆图局总纂。光绪二十二年，任黑龙江舆图总纂。后任京师大学堂教习、国史总纂官等。晚岁拒任袁世凯所授武进县知事之职，挂冠乡居，勉力著述。生平学术，以史地之学成就最高，所撰《蒙兀儿史记》一百六十卷尤称卓著。文学方面，有《结一宧诗略》三卷、《结一宧骈体文》二卷，又纂辑《国朝常州骈体文录》三十卷。作为清末常州骈文的殿军，屠寄骈文创作的数量并不多，但是成就颇高，特别是《结一宧骈体文》第一卷作品，屠氏将之附于《国朝常州骈体文录》卷末，代表了他骈文的主要成就；其《国朝常州骈体文录》对清代常州一地的骈文创作进行了比较系统的搜集整理，在清代骈文文献编纂史和骈文发展史上具有独特的地位和价值。本节即就这两方面展开论述。

一　屠寄骈文创作的主要成就

《国朝常州骈体文录》所附屠寄骈文，计13篇，其中赋1篇，序4篇，书3篇，其余碑诔哀辞等5篇。就艺术风格而言，屠寄之文总体上有着奥博朴畅的特点。屠寄是晚清著名的学者，学问渊博而笃实，才情勃郁而卓特，这种特点浸润到他的骈文创作中，就使得其骈文具有了奥博古朴而气脉流畅的特点。所谓奥博古朴，是说屠文随文取典，依义命辞，其取典广博而能化，其命辞则古奥雅训，尤其《火轮船赋》一篇，生字僻词层出不穷，可以说是典型的学者之文。所谓气脉流畅，则是说屠文虽然典博而词奥，但义理明晰、意脉贯通，并且屠氏不好使丽藻繁辞，因此其骈文刊落浮华，直示本真，有着比较突出的流畅之美。

就骈文表达的方式来讲，屠文最擅叙述、议论，《火轮船赋》是屠氏骈文擅长铺叙最为典型的例证，而《齲声谱叙》《新斠刻李氏历代地理沿革图后叙》《金湉生运同粟香随笔叙》《结古欢室印谱叙》《答尹丈仰论衡广东舆地图书》等，则是屠文长于议论的代表。屠氏议论诸文，多为学术论文，《齲声谱叙》言声韵之学，《新斠刻李氏历代地理沿革图后叙》《答尹丈仰论衡广东舆地图书》论舆地之学，《金湉生运同粟香随笔叙》与《结古欢室印谱叙》则一言杂史之学，一言印篆之学。这些作品有一个共同的特点，即论点明晰、层次清楚，义理与考据兼胜。如《新斠刻李氏历代地理沿革图后叙》论李兆洛《历代地理沿革图》之墨守、旁通、补阙、传疑、拾遗、正名"六善"及通经、考史、知兵"三益"，又如《金湉生运同粟香随笔叙》论金湉生《粟香随笔》诵芬、怀旧、辨俗、考古、榷艺之大旨，都能论析井然、纚纚条贯，屠氏的才华、学识在此得到了颇为充分的展现。

在写景、抒情方面，屠寄也展示出颇为出色的才华。如《与方子可书》写作者沿海所历览山东半岛景致云：

自濒青充，水皆缥碧，弥以纶组。列屿耸峙，烟树杂生。天青雾霁，海市乍失。沤鸟出没，时来狎人。既乃惊飚翀乎帆樯，洪涛浅于几席。同客偃伏，柁师震皇。而仆方叩舷狂啸，凭槛迢瞩。讽谢客之石华，觑张融之积雪。斯亦游子之壮观也。①

前半写"天青雾霁"时的海岛之景，"自濒青充"以下七句为远观，"沤鸟出没，时来狎人"则近观，文极简净，而风清海静时人物谐协的闲逸意境已经朗然可观。后半写惊飚忽起，"同客偃伏，柁师震皇"，而作者神闲气定，逸兴狂发，文章没有作太多的铺叙，但狂风怒涛时作者"叩舷狂啸，凭槛迢瞩"的形象也相当生动可感。简语传神，波澜起伏，乃是这段文字的主要特点。

抒情之作可举《翰林院编修缪君妻庄孺人诔》为例，诔文在概括了庄氏一生主要行迹以后，想象并抒写缪荃孙爱妻亡逝之痛云：

---

① 屠寄辑：《国朝常州骈体文录》卷末附《结一宧骈体文》，清光绪十六年刻本。

  呜呼哀哉！彼漆园之放旷兮，乃鼓盆而寄痛；矧骑省之绸缪兮，夫何眷宇而弗恸？登高阁以骋望，忆携手兮方皇。春风吹兮珠箔起，落日澹兮瑶琴张。步回廊兮响屧，抚增槛兮流芳。目弥弥兮苍葰，耳萧萧兮白杨。感妖鸟之夜笑兮，念孤魂之幽翔。庶珊珊其玉佩兮，仍来仪乎洞房。①

  文章缠绵悱恻，凄婉动人，虽然在内容上并没有超出历来悼亡诗文的范畴，但是因为作者深情贯注，以情运文，故能抒写真切，动人心魄。
  前已有言，《火轮船赋》是《结一宧骈体文》中以铺叙擅胜的典型之作，实际上，这篇赋作乃是屠寄骈体文中艺术成就最高的作品，其在晚清骈文史上也足称举世难得其匹的一篇奇文。此赋用问答体，托来泰西来客与杜几先生的对答，来表达作者的"风喻之义"。文章先借泰西来客之口，分别对火轮船制造的时间、缘由，火轮船的形制、主要构成、蒸汽机运作原理、导航方法，火轮船上常见的异域商贾、游客、货物等内容，进行了细致而丰富的铺陈；后则借杜几先生之口，用中国传统文化中道器之辨的观念，对泰西之客称扬火轮船进行了分析辩驳，强调了"务本抑末"、重道轻器的"风喻之义"。我们可以从思想主旨和艺术特点与成就两方面，对此赋的文学与历史价值进行深入分析。
  就思想主旨而言，《火轮船赋》有两点颇值一提。一是向晚清中国社会介绍了西方世界所制造的火轮船及其所承载的异域文化。向中国社会介绍火轮船并不始于屠寄，但以文学的形式比较系统而生动地描述火轮船，屠氏的《火轮船赋》应当是第一篇。如为火轮船运作提供动力的蒸汽机，是引导十八世纪西方工业革命的重要科学发明，也是火轮船最为关键的构件，对于科学技术相对越来越落后的中国社会而言，这是一个陌生而令人好奇的事物。屠寄通过实地的细致观察，对蒸汽机的运作情形进行了非常形象化的描述：

  于是煽洪炉，楂巨钫，炽石炭，㷟沸汤。芒熛昆上，烟煴周章。含阴阳之变化，发灵机以遹行；喉双管之狋猎，振欻吸而呀呷。氤𩐳謇而顿注，力排篡以靡摄。乃承甬以拗怒，漏沥滴以淋渗。盖磅礚以訇辟，气郁勃而寖淫；喷重琯而旁迬，射潜扃以激宕。蟠螭纤谲而奔赴，锯齿

----
① 屠寄辑：《国朝常州骈体文录》卷末附《结一宧骈体文》。

捷业而互觥。①

这段文字固然谈不上什么科学精确性，说到底不过是对蒸汽机运作的一种文学性呈示，但是它给人的印象无疑是比较深刻的，可以说已经成功地达到向中国社会介绍西方新事物的目的，而从表述效果来看，其显然是学术论文所无法企及的。除了火轮船，屠寄还有选择地介绍了火轮船上可以见到的异域文化，比如外国人的毛发、肤色，他们的许多物产如鸦片、咖啡、自鸣钟等，甚至西方女性束腰、裹胸的风习，屠氏也作了简略的概述，其时代性特色和历史价值是相当突出的。

二是反映了晚清中国传统知识分子对西方先进科技的态度。火轮船发明的十八世纪末叶，中国正值乾隆、嘉庆年间，那时的大清王朝已由康乾盛世转入衰弱时期。而与此同时，西方世界正在工业革命的带动下走向蒸蒸日上的新纪元，当西方世界通过火轮船将他们的科技与文化带到中国时，两种截然不同的历史与文化传统便发生了意味深长的碰撞。在《火轮船赋》中我们看到，屠寄作为介于保守与开放之间的中国知识分子，对火轮船及其承载的异域文化显示出了比较矛盾的态度。一方面，屠寄有着视野开阔的知识分子所应具备的开放性，对西方科技与文化有着比较包容的态度，对火轮船的先进性也能持着相当的推崇。但另一方面，作为中国传统文化浸润下的知识分子，屠寄也对西方的科技、文化表现出比较固执的保守，《火轮船赋》在铺叙了火轮船的各种特点后，便借杜几先生之口提出了纲领性的意见："有机械者，必有机事，有机事者，必有机心使取之以诈悖，且用之于慆淫。"接着，杜几先生还对火轮船的危险性即畏礁、畏浅、畏雾、畏水草等问题，进行了渲染，希望泰西来客充分认识火轮船的消极面。说到底，作者是想用中国传统的道、器之辨的观念，来解构西方新兴科技的先进性。

当然，作者之所以提出上述的观点，实际是十九世纪后期衰落不振的中国社会知识界，在面对西方贸易和军事入侵时的一般反应。《火轮船赋》接着又借杜几先生之口，对西方在中国境内商贸的弊处进行了比较委婉的分析，然后提出了本文写作的根本"风喻之义"：

> 布帛菽粟，实唯金玉，吾地自生之，不于尔乎取足也；奇技淫巧，适供玩好，昔人已恶之，不于尔乎是宝也。顾乃索公私之赀，究废居之

---

① 屠寄辑：《国朝常州骈体文录》卷末附《结一宧骈体文》。

职，凌风涛以无涯，委全受于不测，遂遣情于首邱，出万死以通中国。岂与破轮凿舟，闭境守塞，修而农功，劝而艰食，俗更革其夸饰，人服习于道德，相与中外无事，亿万年休息哉？史迁有言：本富为上，末富次之，奸富最下。今西俗末且奸矣，而卒未之富，其亦知所返邪？必若是沮溺夸诞，瞑瞿从衡，罣劳川陆，厘锱铢两。敦既怨于遮阏，贤亦㿦以骄强。彼厉兵而伺隙，此裹甲而猜防。吾恐金行利尽，交堕而槃敦不足以固其盟也。子之偶物详矣，谈艺微矣，信抉舟工之奥旨矣。虽然，君子算役心神，务其大者、远者，是以诸夏之士舍彼而取此也。

在作者看来，西方的科学技术不过是"奇技淫巧"，西方的贸易"末且奸矣"，如果继续恃其"奇技淫巧"对中国进行"末且奸矣"的贸易，那么兵戈之兴恐怕就不可避免了。事实上，被中国知识界视为"奇技淫巧"的科技，正是西方社会崛起的重要标志和基本保证，而"末且奸矣"的商业贸易，则是西方世界积累财富、不断富强的重要手段，屠寄试图用传统中国的文化观念对它们进行解构，其力度显然是相当微弱的，中国传统社会在面对西方崛起时的尴尬和无力，于此可见一斑。从这意义上说，《火轮船赋》可以被视为晚清中国历史的一个文学性写照，其认识价值是颇大的。

就艺术特点与艺术成就而言，《火轮船赋》用旧形式容纳新内容，极富创造性，艺术成就是相当卓越的。赋兴盛于两汉，而历代不乏作者，虽然赋体从两汉到清代已经发生了不少的变化，比如从魏晋开始，赋作已有骈文化的趋势，以致到了清代很多作家的赋作实是骈文之一体，但是大赋铺张扬厉、劝百讽一，小赋写物抒情、灵巧隽永的形制特点，并没有发生多大的变化。屠寄此赋用汉大赋体，前大半用"劝"，极尽铺张扬厉之能事，后小半用"讽"，委曲论议，意思显豁、层次清晰。其虽然在总体上加大了"讽"的分量、突出"讽"的地位，不过前"劝"后"讽"的总体格局并没有发生改变，其铺张扬厉的风格特点也没有发生改变。以这样的文体来容纳迥异于中国传统文化的新技术、新事物，这对创作者来说显然有着相当大的挑战性，但是屠寄却成功地写成了《火轮船赋》：其无论是勾勒火轮船肇造的渊源，还是描述蒸汽机运作的情形，无论是概括火轮船的外部形制，还是绘写火轮船的内部构造，无论是渲染火轮船上所易见到的各种异域风情，还是介绍各种奇异的商品、物产，都能触处生春、挥洒自然，传统大赋的艺术表现力在此获得了新的发挥、拓展，难怪论者要称赞此赋"绝非晚近词章家骈四俪六之文所能窥见"①。

就文学史地位来讲，《火轮船赋》所取得的高度艺术成就，在晚清骈文史上无疑是首屈一指的，即使在整个清代骈文史上，也很难找出几篇可与媲美的赋作。当然，《火轮船赋》不仅具有很高的文学价值，同时也有很高的历史价值。它所描写的火轮船及其所承载的各种异域人物、物产和风俗，是对十八世纪晚期以来西方科技与文化的真实而艺术的反映；它借由杜几先生之口所表达的"风喻之义"，也让我们了解到晚清传统中国知识分子在面对西方科技与文化时所持有的典型态度。在此意义上，《火轮船赋》应当说是一篇兼具文学艺术和历史认识价值的骈体大文，其上承庾信《哀江南赋》，并在庾氏的基础上，结合近现代历史，进行了具有开创意义的艺术创造。这篇《火轮船赋》也与前举《结一宧骈体文》所收其他作品一起，奠定了屠寄在晚清骈文史上一流作家的地位。刘禺生《世载堂杂忆》云："常州骈体文派之殿后者，不能不数屠敬山（寄），真能守常州骈文家法。"② 可谓知言。

二 屠寄《国朝常州骈体文录》的主旨、体例及内容特色

屠寄对于清代骈文史的贡献，不仅在于其创作出了以《火轮船赋》为代表的两卷骈体文，而且更在于其编纂出了系统总结清代常州骈文成就的《国朝常州骈体文录》。《国朝常州骈体文录》三十卷，收罗清初至清末常州43位骈文作家的569篇作品，另附《叙录》一卷和屠寄《结一宧骈体文》一卷，由屠寄于光绪十六年编成并刊印。吴兴华认为该书不但"网罗散佚"，而且"审定去取极有鉴裁"③，称得上是清代骈文总集中质量上乘的一部佳作；同时，它也是目前唯一一部刊印传世的清代地域性骈文总集。

屠寄编纂《文录》的主旨很明确，概括言之，就是保存乡邦文献、弘扬常州骈体。《国朝常州骈体文录叙录》在论述宋元明三代"遒丽之辞，阙焉靡纪"而后言道：

> 我朝创历，光启文明。圣祖亶聪，尤重儒艺，康熙以来，累试举鸿博。于是冠带荐绅之伦，间左解褐之士，咸吐洪辉于霄汉，采瑰宝于山

---

① 佚名《屠寄行略》，参见政协常州市文史资料委员会编《常州文史资料》第三辑，政协常州市委员会，第121页。

② 刘禺生：《世载堂杂忆·大好骈文派》，中华书局1960年版，第301页。

③ 吴兴华：《读〈国朝常州骈体文录〉》，《文学遗产》1988年第4期。

渊。雅道即开,飚流益煽。乾隆、嘉庆之际,吾郡盛为文章。稚存(洪亮吉)、伯渊(孙星衍),齐金羁于前;彦闻(方履籛)、方立(董祐诚),驰玉辀于后。皋文(张惠言)特擅词赋,申耆尤长碑铭。诸坰丽之者,亦各抽心呈貌,流芳散条,叠叠乎文有其质焉。于时海内属翰之士,敦说其义,至乃指目阳湖以为宗派。自时厥后,清风盛藻,尝稍替矣。然犹腾蹇步,躞蹀轨,振逸响,荡余波。至于咸丰,干戈时动,弦诵暂辍。衣冠播散戎马之足,缣帛割制縢盖之用,华篇丽篆,存者十一。不及今裒集,将恐苓落殆尽,后进英绝,益靡所观放,甚可惜也。往者刘赟总钞,撷英华于蜀国;虎臣摧艺,撰《文粹》于吴都。譬之国有风诗,宜事甄采,匪敢阿私吾党,薄爱殊方。爰就亲故,捃逸丛残,其巍编巨帙,行世广远者,则更芟剪繁芜,抉摘孔翠。①

屠寄指出,在清代朝廷重视儒艺、骈文兴盛的总体格局中,常州骈文扮演了非常重要的角色。尤其乾嘉时期,洪亮吉、孙星衍、方履籛、董祐诚、张惠言、李兆洛等骈体名家的出现,将常州骈文推向了鼎盛,因此世有"阳湖宗派"之目。乾嘉以后,常州骈文稍衰,但仍然文脉不断、作家辈出。但是咸丰间的太平天国起义,使得江浙文献损毁十分严重,常州骈文家的文集也不例外,如果不及时裒辑,"将恐苓落殆尽",这是十分可惜的事情。于是屠寄便仿照前人纂辑地方文献之例,以清代常州地区的骈文创作为对象,编成了《国朝常州骈体文录》三十卷。按此,屠氏编辑《文录》的目的,首先即是在保存饱受战火损毁、有可能"苓落殆尽"的乡邦文献;其次,屠氏在保存乡邦文献的同时,也旨在弘扬在清代十分兴盛的骈文"阳湖宗派",此点虽未明言,意思却甚为显豁;再者,屠氏还希望通过《文录》的编纂,为"英绝"的"后进"提供观览、学习的范本。

作为一部重要的文学文献,《国朝常州骈体文录》首先在体例上体现出了它的独特性,这表现在以下四个方面:

第一,编排作家作品,兼顾时间、血缘与学缘三个维度。时间维度是指《文录》所收骈文作家的年辈参照系,血缘、学缘维度则指一些常州骈文家之间的血缘和学术渊源关系参照系。《文录》目录末尾附屠寄识语云:"右录卷第,略以诸先生辈行为后先。洪幼怀(符孙)、子龄(齮孙)在孙(星

---

① 屠寄辑:《国朝常州骈体文录》卷三十一。

衍)、赵(怀玉)前者,则以子从父,名一家之学。张彦惟(成孙)亦然。"① 所谓以"辈行为后先",即是以年龄、辈分为序;而洪符孙、洪齮孙年辈次于孙星衍、赵怀玉,却紧附洪亮吉之后,张成孙年辈次于李兆洛、陆继辂诸人,却紧附张惠言、张琦(惠言弟、成孙叔父)之后,这既是一种按血缘关系"以子从父"的编辑思路,同时又是一种依家学渊源关系以"名一家之学"的编辑思路,体现出屠寄比较独特的编辑理念;此外,承培元年辈在陆继辂、陆耀遹之后,而紧附李兆洛,乃是单纯依学术渊源关系而编排的结果。

第二,"零章断简""以类相坿"。《文录》的实际编排体例,比前述的兼顾选录对象的年辈与血缘、学缘关系要复杂许多,对部分作家作品的"以类相坿",即是其一。从《文录》的具体内容来看,这个"以类相坿"主要是适用于对非重要骈文作家的一些"零章断简"之编排,如第三卷秦蕙田(1篇)、叶燮凤(1篇)、王苏(3篇)、孙尔准(4篇)四家合编,又如第十七卷顾敏恒(1篇)、杨揆(1篇)附杨芳灿之后(其中杨揆为杨芳灿之弟,因此这里又使用了依血缘关系而列的编排思路),第二十五卷钱相初(1篇)、汪岑孙(1篇)附刘承宠之后等,都是此例。这些作家大多并非以骈体文名世,但是诸人都创作出了一些骈体佳作,为了表彰先辈、"网罗散佚",屠寄便在《文录》中用"以类相坿"的方式,对这些作品进行了收录。

第三,《文录》的编排还有一个隐含的类分标准,即清代中期的作家编排,在"以行辈为后先"的基础上,又对骈散文兼擅诸作家及主要以骈文擅胜诸作家的作品,进行了跃出"以行辈为后先"标准的集中归类。具体来说,就是从第十卷赵怀玉文开始,直到第十五卷陆耀遹文为止,这六卷骈文的作者,几乎囊括了古文阳湖派的所有主要作家;而从第十六卷杨芳灿文开始,直到第二十二卷董祐诚文,这7卷骈文的作者,几乎囊括了清代中期常州骈文除洪亮吉、孙星衍、刘星炜以外的所有主要作家。但若就作家的行辈来讲,作品收于第十六卷的杨芳灿,收于第十七卷的顾敏恒、杨揆,收于第十八卷的刘嗣绾,他们的年辈都要不同程度地高于作品收于第十二卷到十六卷的李兆洛、陆继辂、陆耀遹诸人,之所以如此,主要就是前述隐含类分标准制约下的结果。

第四,在作品选录数量裁取方面,屠寄则在"芟剪繁芜"的前提下,

---

① 屠寄辑:《国朝常州骈体文录》卷首。

"抉摘孔翠"、力求全备。"芟剪繁芜"主要是对重要骈文家的作品即"巍编巨帙，行世广远者"，进行去粗取精。"抉摘孔翠"、力求全备，是指屠寄不但希望通过《文录》展示清代常州府所有重要骈文家的代表作品，而且还力图通过《文录》，全面搜罗清代常州府有一定影响力的骈文作者的代表作品，前举骈文作品收录较少的秦蕙田、叶馪凤、王苏、孙尔准、顾敏恒、杨揆、钱相初、汪岑孙等人之文而外，恽敬（2篇）、承培元（1篇）、杨传第（3篇）、管乐才（1篇）等人之文，都是在这种编辑思路下选录而成的。

应当说，作为目前刊印存世的唯一一部清代地域性骈文总集，《国朝常州骈体文录》有其独特的历史价值。从文献学的角度看，《文录》对于清代常州骈文作家作品的辑录、保存与展示广度，超过了清代的其他任何骈文总集。具体言之，首先，《文录》对代表性作家的代表作品进行了全面的辑录，特别是对一些骈体大家、名家的作品，《文录》的辑录范围远远超过清代其他任何骈文总集。如陈维崧骈文，《文录》选21篇，而曾燠《国朝骈体正宗》录8篇，姚燮《皇朝骈文类苑》仅录4篇；洪亮吉文，《文录》选79篇，而《八家四六文钞》录19篇，《国朝骈体正宗》录15篇，选录较多的姚氏《皇朝骈文类苑》也不过录37篇；刘嗣绾文，《文录》选36篇，而《国朝骈体正宗》录8篇，《皇朝骈文类苑》则录18篇。因此，从收录广度上来说，《文录》显然胜于诸选，这对我们比较全面地了解常州骈体大家、名家的骈文创作，提供了很大的便利。

其次，对那些骈文成就并不高但有一部分佳作的作家，《文录》采取了以文存人的方式，"抉摘孔翠"、力求全备，前举秦蕙田、叶馪凤、王苏、孙尔准、顾敏恒、恽敬、杨揆、承培元、钱相初、汪岑孙、杨传第等人，即是这方面的代表，而这些作家及其作品，在清代其他骈文总集中极少有"露面"的机会；另外，对一些骈文作品不录于作家别集，易于散佚之人的作品，《文录》则尽力搜罗，还其概貌，《文录》所收张成孙文11篇，除《祭董方立文》见于张氏《端虚勉一居文》，其余都靠《文录》选集我们才得窥其貌。《文录》在这一方面的努力，对保存清代常州骈文文献，对我们统观清代常州地区骈文创作的盛况，无疑有很大的帮助。

再次，《文录》立体交叉的编纂体例，在清代骈文总集中也独树一帜。清代骈文总集的编纂体例，主要有三类，即以人系文（如《国朝骈体正宗》《国朝骈体正宗续编》）、以体系文（如《骈体文钞》《皇朝骈文类苑》）和以（文）类系文（如《四六初征》），在这三个大类下，又通常依作家的时间先后来编列。将屠寄《文录》与其他骈文总集相比较，可以发现，《文录》在编排作家作品时，兼顾选录对象的时间先后与血缘、学缘关系，对清代常州骈文既进行"以行辈为后先"式的常规编列，又进行打破行辈次序的非常规编列，这是清代其他绝大部分骈文总集都不具备的；同时，《文录》在"芟剪繁芜"的前提下，"抉摘孔翠"、力求全备，"零章断简"也不遗漏，它的这种全备性，也是清代其他绝大多数总集所不具备的。在这个意义上，我们可以说，《国朝常州骈体文录》所采用的编纂体例，称得上是清代骈文总集编纂史上的一种创体，其文献价值是比较高的。

如所周知，文学总集除了具有文献保存、展示的功能，还具有文学批评的功能，屠寄《文录》也不例外。总体来看，《国朝常州骈体文录》的文学批评功能主要体现在两个方面：其一，它通过择录作品数量多寡的方式，确定了清代常州骈文作家的层次序列。如洪亮吉选文79篇（若将连珠32篇算作1篇，总计也有48篇），为第一流骈文大家；杨芳灿选35篇、李兆洛65篇（若将其中连珠15篇、较大规模的系列铭辞两组计19篇算作一组的话，总计34篇）、方履籛31篇、陈维崧21篇、赵怀玉37篇（其中演连珠18篇）、董祐诚选20篇，是略逊于洪亮吉的常州骈体名家；刘星炜选15篇、洪符孙13篇、洪齮孙16篇、张惠言12篇、董基诚12篇，他们也被屠寄视作常州骈体名手；此外，选录10篇以下者，基本属于一般骈文作者的行列。这里除了李兆洛、赵怀玉、洪符孙被推崇稍过，其余作家的层次定位，与清代以来骈文史的总体定位，基本是一致的。

其二，它通过特定的方式，表达了屠寄对于骈散文关系的认识，即上承常州前辈尤其是李兆洛，肯定了骈散交融的必要性与可行性。正如文学史已经展示给我们的，骈散交融是清代骈文发展日益清晰的一条主线。常州府作为清代骈文的重镇，其不但与整个清代骈文发展的历史同步迈进，在一些方面还引领了骈文史的演进方向，常州骈文家在文章写作骈散融通方面的努力，就是颇具亮色的一点。从清初陈维崧开始，常州的骈文作家们前后相继，不但在理论上，而且在创作实践中，对骈散文的地位及骈散融通的问题，进行了比较成功的探讨、示范；而李兆洛《骈体文钞》的编成，则代表着常州作家对骈散关系的认识达到了一个比较系统性的高度。屠寄作为"真能守常州骈文家法"的常州府骈文殿军，在《国朝常州骈体文录》的编纂中，肯定并接纳了骈散一体、骈散交融的理念，这体现在两个方面：其一，就是他在《文录》中将古文阳湖派作家的骈文作品进行了集中的编排，突出了阳湖古文作家群体的骈文创作；其二，《文录》所选取的常州骈文家作品中，有很大一部分都具有骈散交融的特点，特别是其所选取的65篇李兆洛之文，这无疑是对李兆洛《骈体文钞》编纂思路的一种继承、延伸。

要之，屠寄的《国朝常州骈体文录》编纂主旨明确、内容丰富、特色鲜明，其对清代常州府近三百骈文发展的概况进行了堪称全面、系统的总结，这既保存了常州的骈文文献，又弘扬了"实足纵横中国"[①] 的常州骈文之卓越成就；同时，它还大体确定了清代常州骈文作家的层次序列，并对如何处理骈散关系这一贯穿清代骈文史始终的重大问题，作了比较明确的回应。对于这样一部有着重要文献和文学批评价值的地域性骈文总集，我们应当对它给予足够的重视。

第三节　缪德棻、孙德谦及清季苏、松、镇、太地区其他骈文作家

清末松江府和太仓州的骈文，相较于常州、苏州、镇江三府，可谓黯然失色。苏、镇二府，则有董兆熊、孙雄、孙德谦、曹埙、冯桂芬、缪德棻、冯煦、李恩绶、尹恭保诸人，前后相继，声势颇盛。其中苏州府孙雄（1866—1935），与孙德谦并称一地翘楚。孙雄早岁治经，服膺东汉名儒郑玄，故原名同康，字师郑；后改是名，别号朴庵。江苏昭文（今常熟）人。他是清中叶名诗人孙原湘的玄孙，幼承家学，十岁即能诗。后从俞樾、黄以周游，以治三《礼》《毛诗》名世。又精史学考订，撰有《读元秘史注书后》，得到《元秘史注》作者、名学者李文田的激赏。工诗善文，曾辑《道咸同光四朝诗史》，收录近代二千余家诗人之作，每人缀以小传，可谓洋洋大观。孙雄的骈文创作，在晚清享有盛名，骈坛名宿李慈铭看了他的作品后大家赞赏，谓"君文精洁简雅，渊乎经籍之光。妙在命意遣词，必以盅粹为本，雍和为节，视世之矜奥衍、逞才情者，或雕饰以为古，或恢诡以为奇，正宗旁门，判若泾渭。此经生之文，异乎瑰士也。"钱基博在论孙德谦之文时也说，"若论秀润有逸气，盖不如同郡孙雄。"[②] 这个评价是相当高的。有《师郑堂骈体文存》二卷，其中《居庸关至宣化府行记》《贺曾孟朴新昏序》《读元秘史注书后》《与胡复修书》《与翁师汉书》，得到李慈铭和钱基博的大力推崇，洵为名家手笔。

镇江府的冯煦和尹恭保，也都是晚清骈坛在数的创作名手。冯煦

---

① 刘禹生：《世载堂杂忆·大好骈文派》，第 301 页。
② 钱基博著，傅道彬点校：《现代中国文学史》，中国人民大学出版社 2009 年版，第 116 页。

(1842—1927），原名熙，字梦华，晚号蒿庵，又号蒿叟、蒿隐，江苏金坛（今属常州）人。光绪八年（1882）举人，十二年一甲三名进士。历官安徽凤阳知府、山西河东道、四川按察使、安徽布政使、巡抚。生而颖悟，笃学不倦，少好词赋，有"江南才子"之称。工书，擅诗词、骈文，其诗"无体不工"①，词承常州派余烈，自成一家；骈散文亦为世所称，陈夔龙谓其"渊懿典丽，骎骎入古"②。有《蒿庵类稿》三十二卷、《蒿庵续稿》三卷、《蒿庵奏稿》四卷、《蒿庵杂稿》一卷等。他的骈体文创作，与其诗词、散文有着比较相似的风格，用陈三立的话说，就是"吐辞结体，一出于冲淑尔泛，盎然灿然"③。在考察清末镇江府骈文创作时，冯煦是不可绕过的。

尹恭保（1849—?），字彦孙，一字仰衡，江苏丹徒（今属镇江）人。同治九年（1870）举人，历任广东雷州、韶州知府、广西道员等，临治有政声。工诗善文，有《抱郄山房诗稿》《抱郄山房文稿》《抱郄山房骈体文续稿》《抱郄山房散体文》等。曾国荃在读到尹氏的骈体文集后，感慨说"（尹氏）处戎马纷纭之地，乃能为齐梁文字，从容闲暇，想见才量之宏。此非应、徐文人可比，当与瑜、亮争长。"④ 谭宗浚论其骈文则云："其骈语清丽宏放，率以任、沈之丰骨，运徐、庾之清才。其上者直欲排魏晋人门户，别成一家；独秀江东，一时无两。"⑤ 曾、谭二人的评语虽有过誉之嫌，但论尹文所谓"从容闲暇"、才量宏大，所谓"清丽宏放，率以任、沈之丰骨，运徐、庾之清才"，都能把握住尹氏骈文的特点，比较中肯。自余诸家，各有所长，这里不一一论析。下文专论缪德荪《怡云山馆骈体文》与孙德谦《四益宦骈文稿》的成就。

一　缪德荪

缪德荪，字谷叟，江苏溧阳（今属常州）人。他是一个很有才华的江南才士，年轻时便以词赋、骈文闻名当世，可是科举考试不顺，"困踬场屋，屡试不第"。后"以军功保举入仕途，服官章右，垂四十年"⑥。在为官

---

① 陈夔龙：《蒿庵类稿序》，冯煦《蒿庵类稿》卷首，民国二年至十二年递刻本。
② 陈夔龙：《蒿庵类稿序》。
③ 陈三立：《蒿庵类稿序》，冯煦《蒿庵类稿》卷首。
④ 曾国荃：《抱郄山房骈体文续稿识语》，尹恭保《抱郄山房骈体文续稿》卷首，清光绪间刻本。
⑤ 谭宗浚：《抱郄山房骈体文续稿识语》，尹恭保《抱郄山房骈体文续稿》卷首。
⑥ 缪嶷平：《怡云山馆骈体文跋》，缪德荪《怡云山馆骈体文》末附，民国十八年仿宋印本。

的这段时间里，他曾因文学创作受到当道赞誉、肯定，"三充赣省文闱内提调"，据其侄缪籔平所讲，"非科目出身而膺此华选，士林翕服无间言，舆论荣之"①，这大概是他一生中最有光彩的事件。他的骈体文，功力深纯，卓然成家，是晚清骈坛不容忽视的创作名手之一。有《怡云山馆骈体文》二卷传世，存文不多，有赋9（其中《公孙大娘舞剑器赋》一篇，有文无目，系刊工之误）、启4、书5、序13、记1、题词1、祭文2，共计35篇，其中《答何镜海观察书》《公祭徐孟卿观察文》，被张鸣珂选入《骈体正宗续编》。

缪德棻少时即工辞赋，《怡云山馆骈体文》所收的9篇赋作，显示出缪氏确实有着比较高的艺术创作才能。这9篇赋作有两个特点值得一提：一是题材类型较多，包括咏史赋（《周瑜纵火烧曹兵赋》《蜀江春日文君濯锦赋》《郭代公上宝剑篇赋》）、题图赋（《王右丞为孟襄阳作吟诗图赋》《家在江南黄叶村图赋》）、写景赋（《秋花赋》《小雪赋》）等；二是体式比较单一，全部是律赋，其中除《家在江南黄叶村图赋》没有标出明确的韵脚，其余或以题为韵，或以诗文成句为韵，皆有明确的韵脚限定。

律赋写作有着严格的格式规范，这在一定程度上限制了作家才华的发挥，但是才力充沛者往往能"戴着镣铐跳舞"，在固定的框限内翻出波澜。缪德棻的9篇赋作，基本都做到了既符合律赋"规矩"，又能自出意匠，而工致雅丽，乃是这些作品比较一致的风格特点。具体一点讲，虽然各篇赋作所描写的对象不同，但作者都能依照叙述对象的需要，灵活运用各种艺术手法，成功地描写、议论、抒情。如《周瑜纵火烧曹兵赋》，这是一篇咏史赋，而且其所吟咏的历史事件，乃是一个倍受历代文学家青睐的经典文学题材。这场发生于群雄争霸之际预示天下政治走向的著名战役，经常出现在历代诗文作品中，如李白诗《赤壁歌送别》、杜牧诗《赤壁》、苏轼词《念奴娇·赤壁怀古》和《前赤壁赋》等。前人论火烧赤壁，或借古喻今，或以古言己，重在议论或抒情，评说历史兴亡，感慨人生命运。缪德棻《周瑜纵火烧曹兵赋》，则充分结合赋重铺陈的文体特质，避开议论或抒情的传统思路，从"观看历史、想象历史"的角度，略言火烧赤壁之前交战双方间惊心动魄的军事交往与计谋较量，而浓墨重彩地大肆渲染"周瑜火烧曹兵"的情境，并紧扣题目中的"烧"字来展开叙述：

---

① 缪籔平：《怡云山馆骈体文跋》。

乃取蒙冲，乃备走舸。载荻柴而旗建，灌膏油而幕裹。降书特传，彼军辄惰。出营立观，延颈峨峨。倐十舰之如飞，向中流而纵柂。东风正猛，洪涛掀簸；炎光忽腾，心胆俱堕。蒸赤霞之一片，迸红星之万颗。并为井蛙之沉，竟遭池鱼之祸。绝焰惊熛，飞烟蔽霄，炙江波而欲沸，蒸山木而同燋。黄头纷其竞窜，赤舌吐而相撩。望北岸之营砦，复须臾而延烧。锐卒后继，轻骑前要；挥鼓疾进，揭帜齐摇。固歼灭其十七八，皆额烂而头焦，彼豺虎之气已詟慄而不骄。①

这段话对"火烧赤壁"的铺陈叙述，可以说是视角灵活、层次分明而声律和谐。其主要优长、特色，表现在以下几个方面：首先，文章按照时间先后，将叙述对象从内容上分成了几个义理单元，详细描述了备战、出战、风起、火烧、兵败等不同阶段的情况，从而在文学想象中，比较完整地再现了火烧赤壁的壮观场景。其次，文章将叙述描写的笔墨，重点集中于火攻这一环节，并分别从风势、火势、江水之态、草木之形四个方面展开描写形容："东风正猛，洪涛掀簸……蒸赤霞之一片，迸红星之万颗……绝焰惊熛，飞烟蔽霄，炙江波而欲沸，蒸山木而同燋。"做到了从多个角度来渲染曹营被火船攻击后的混乱景象。再次，作者对战争结果的描写，采用局部特写的方式，先言东吴军队的乘胜追击，军中气势高涨，再言曹营军容崩溃、气势尽衰的惨败，通过交战双方战况的强烈对比，强调、点明了"彼豺虎之气已詟慄而不骄"的结果。要之，《周瑜纵火烧曹兵赋》文辞华美而不浮艳，气韵流宕而不板滞，体现了缪德荣咏史赋创作的高超艺术技巧。

缪德荣的其他诸赋亦各具特色。如咏物的《秋花赋》描写生动细腻，体现了作者的高洁情怀。秋花，不同于春日里大肆绽放的春花，是在秋风中即将凋零的残花，这种有着生命凋零意味的自然意象，历来受到文人墨客的"宠爱"，要想写出与前人绝然相异的意蕴是比较困难的。缪德荣特别注意到了秋花孤芳自赏、自持其美的特点，于是便围绕着"步欹径兮几曲，觏幽花兮半丛，荡秋容之一碧，夺春艳之千红"的总体基调，来展开具体描写："其玲珑朵小，婀娜茎柔。怯日微弹，凌霜自抽。叶离披而翠谑，枝颓颔而绿愁。晕啼妆兮转媚，掩娇态兮如羞。羌簇簇其并缀，当懔慄而偏愁。"这既描绘出了秋花的雅静柔美，又表现出了它娇弱的动态。接着，作者乃进而赞美秋花有着不同于春花的独特品质："驻画鹢兮游春，开琼筵兮

---

① 缪德荣：《怡云山馆骈体文》卷上。

醉兮，奈东风之倏回，怅空枝之徒碧。岂若秋圃乍荣，秋庭独委，点缀昏黄，迷离暮紫？混枫缬于遥山，杂芦绵于远水。俨冷落其可怜，谢繁华兮莫企，凭流玩于骚人，触幽情而何已。"① 秋花并不因生于萧瑟季节而自感失落，也不因无人赏识而自感失意，这正是作者自身形象的真实写照。

缪德菜的题图赋《家在江南黄叶村图赋》，篇幅短小，清新自然：

> 烟水迢迢，秋林欲凋。地占幽僻，天澄沉寥。远峰北固，旧宅南朝。爰有词客，于焉逍遥。尔其荒径诛茅，短篱编竹，一亩半亩之园，三椽两椽之屋。邗沟环绕而波通，蜀岗逦迤而云矗。瑟瑟凉飔，萧萧落木，饶清景兮盈眸，入画图之一幅。则见孤村晻暧，万叶芘蒙。色斗衰草，影迷冷枫，夺众芳之夏绿，掩百卉之春红。君徜徉兮徒倚，寄遥情乎太空，荫修梧兮坐磐石，睇浮云兮吟清风。何襟怀之洒落兮，宛似乎坡仙与放翁。②

文中对江南水乡的描绘，充满田园之乐，表达了作者淡泊名利、渴望回归自然的人生志趣。

不过，缪德菜并不是一位不问世事的隐士，他的骈体书信充满强烈的现实关怀，折射出清代中后期的时代光影。缪德菜主要生活于道光年间，此时太平天国军揭竿而起，迅速占领长江中下游地区。当时的江南战事频仍，这在缪德芬写给友人的书信中，有诸多反映："南路之贼，自前月上澥，接踵北渡。绕越江浦六合，径趋真州，直犯广陵。逆众蔓延，将及瓜步，整我舟师，静以待动。朝则阵云匝地，夜则候火彻天。"③ 又如"此间上游贼踪，自楚师电扫而下，悉就歼除。惟九洑洲仍然峨负，金陵巢穴，亦尚蚁聚蜂屯，蜗争螳拒。"④

同时，江南战祸殃及广大的民众，导致其流离失所，缪德菜也将这一惨景记录到他的文字中："流民络绎，织于道路。扶老携幼，什百成群，冒犯露雰，枕倚墙壁。迭经触目，殊切伤心。"⑤ 清廷与太平天国交战期间，缪德菜正任职于军中，因此对双方的战况较为熟悉，身为朝廷官员，缪德菜更

---

① 缪德菜：《怡云山馆骈体文》卷上。
② 同上。
③ 缪德菜：《怡云山馆骈体文》卷下《与周元甫刺史书》。
④ 缪德菜：《怡云山馆骈体文》卷下《答胡菱甫农部书》。
⑤ 缪德菜：《怡云山馆骈体文》卷下《与周元甫刺史书》。

加关心清廷军队的情况。他曾在给友人的书信中，对清廷军队供给不足、物资匮乏深表担忧：

> 此间水师，军食屡空，献岁至今，已逾十旬，所给刍粮，未足一月。元戎类于债帅，壮士同于寒乞。非关拒魏，竟量道济之沙；不为救韩，递减孙膑之灶。京口陆军，均此情状。拊而勉之，幸免哗噪，设有缓急，如何指麾？幕府诸客，亦复鲋涸，每渐矛而数米，或弹铗而歌鱼。况在下走，厥艰尤甚。①

这里，缪德葇把军中的主帅称为"债帅"，战士称为"寒乞"，其并非诙谐之语，而是写实；他化用围魏救韩的典故，并以"非关""不为"二词加以限定，说明这一情况并非孙膑式的军事计谋，而确为清廷军队的窘迫实况。这段文字骈散兼下，折射出作者心情的急切；其所包含的情感极为沉痛，表显出缪德葇关心时政的深沉忧患意识。

在缪德葇的几篇以描写战乱为主题的书信中，《答胡荄甫农部书》是写得最出彩的，这里再作进一步的论析。文章开篇写道："阔绝音尘，两更裘簟。狼烽彻于吴天，鲸浪骇于浙水。引领南望，劳结如何。得前月十五日告，知足下已脱贼巢，而眷属则苍黄离散，狂喜之余，复为唏嘘者久之。"寥寥数语，便反映出当时战事紧张，而胡氏家人在战乱中离散、命运不定的复杂情境。缪德葇还记述了他奉命取道海路，所见到的海上奇景："洪涛鼓怒，阴火腾辉。鲲渚鲌浔，尽没于泱漭，蜃楼鲸室，忽现其离奇，亦生平之壮观也。"这段文字描写细致生动，是紧张战事中的一处闲笔，这使得文章张弛有度，有了节奏上的变化。

生逢乱世的文人，既不能享受生活得安定闲适，又不能一展治国抱负，时常感受到的乃是战争的残酷与悲伤，《答胡荄甫农部书》中对乱世文人的这种无奈与伤感，也有所反映：

> 昔与足下及子廉诸君，扬榷文史，茹含古今，纵论班、扬，间评潘、陆。晨鸡始唱，陈箧而诵书；夕蟾既升，刻烛而拈韵……访丛桂于武肃之祠，探老梅于逋仙之宅。当乎此时，调奏白雪，气陵青云，何其豪宕哉！岁月如驰，兵戈忽扰。申胥有入秦之哭，子卿有别李之悲。通

---

① 缪德葇：《怡云山馆骈体文》卷下《与周元甫刺史书》。

词而聊托微波，结梦而徒怀落月。赓河上之曲，频激愁音；念渭阳之情，更倾泪血。人间何世，海内骚然。嗟乎！青犊成群，苍鹅兆乱。苏公堤畔，花柳都非；西子湖边，绮罗顿散。君子已化为猿鹤，黎民尽慑乎豺狼。抚今溯往，良足慨已！

这是对乱世文人郁苦无奈的心灵创痛之淋漓抒写，其中所呈示的沧桑更迭、今非昔比之感，有着感人至深的力量。

二 孙德谦

孙德谦（1869—1935），字受之，又字寿芝，号益庵，晚号隘堪居士。孙氏先世本安徽人，明末始迁苏州，占籍元和（今属苏州）。德谦"少刻厉颖异，读书备常儿"①。十九补诸生，但是对科举考试颇不以为然，所以慨然弃去，从此不再谋科举仕进，而戮力于学术研究。曾主紫山书院讲席，并向当政请立存古学堂。辛亥革命后，徙居上海，梁鼎芬、沈曾植创孔教会，他还写了一篇《孔教大一统论》。历任东吴大学、政治大学、大夏大学、交通大学教授。晚年以胃疾，卒于上海寓庐。

孙氏是晚清、民初著名的学者，他少时即好高邮王氏之学，在声音训诂方面，曾下过一定的功夫。后"去经而治子"②，"遂有事于会稽（按：即章学诚）之学，以上溯《班书》六略，旁逮周季诸子，考其源流，观其会通，成《诸子要略》五十篇"③。诸子之学外，又精目录学，撰有《汉书艺文志举例》《刘向校雠学纂微》。此外，他还撰有《太史公书义法》《稷山段氏二妙年谱》《古书读法略例》《诸子通考》《补南北史艺文志》《文选学通谊》等。他的学术成就得到了沈曾植、张尔田、王国维等人的高度肯定，据王蘧常《行状》载，沈曾植在看了孙德谦的著述后颇为惊叹，将他比作当代郑玄。

孙氏也是清季、民初比较著名的骈文理论家和骈文家，有《六朝丽指》一卷、《四益宧骈文稿》二卷。他的骈文主张集中体现在《六朝丽指》及《吴郡骈体文征序》《骈体文林序》《复李审言论骈文书》《复王方伯论骈文书》诸文中。综而言之，其论文主旨包括以下三方面：其一，骈散合一乃

---

① 王蘧常：《清故贞士元和孙隘堪先生行状》，孙德谦《四益宧骈体文稿》卷首，上海瑞华印务局1936年版。

② 王蘧常：《清故贞士元和孙隘堪先生行状》，孙德谦《四益宧骈体文稿》卷首。

③ 钱基博著，傅道彬点校：《现代中国文学史》，第113页。

为骈文正格。《骈文丽指》即专设"骈散合一乃正格"一目,论析骈散合一的必要性,孙德谦认为"夫骈文之中,苟无散句,则意理不顺",如果有人写作骈文"通体属对,甚至其人事实,亦从藻饰",那么就难免"博士买驴之诮";而那些"一篇之内,始终无散行"的作品,乃是后世书启体,是"不足与言骈文"的。[①]

其二,六朝骈文为骈体极则。孙德谦不止一次强调,历来骈文,当以六朝为最高典范,《六朝丽指自序》云:"丽辞之兴,六朝称极盛焉。夫沿波者讨源,理枝者循干。作为斯体,不知上规六朝,非其至焉者矣。"[②] 又《复李审言论骈文书》云:"骈偶之体,极盛六朝,有所造述,度规乎上。"[③]《复王方伯论骈文书》亦云:"丽辞之作,六朝极轨。"[④] 那么,为什么六朝骈文可以被视为骈体极轨呢?孙德谦指出,这是因为它"琢辞新炼,造字精奇,意通于比兴,气行乎逸宕。得画理者,山川写其幽;练世情者,风云状其幻。凡晋宋以来,颜、谢腾声,任、沈齐誉,醴陵擅藻艳之美,兰成尽开阖之能:名家响臻,于斯为盛。"[⑤] 亦即涵括了骈体文所有最高的规范,这与诗以唐人为典范、词以宋人为楷模是一个道理。

其三,骈文创作应以气韵为归宿而勿尚才气、应以散朗为高标而勿擅藻采。这是孙德谦骈文理论的核心内容。王蘧常《行状》提到,孙氏初好李兆洛《骈体文钞》,但是"苦不得其奥窔",后来他接触到朱一新的《无邪堂答问》,书中"上抗下坠,潜气内转"一语让他茅塞顿开,于是提出了骈文"血脉之说","血脉者,以虚字使之流通,亦有不假虚字而气仍流通者,乃在内转。"孙氏本人对此说颇为自得,事实上,这也确实揭示出了骈文创作的一个内在规律。孙德谦的骈文"血脉之说",具体又体现为对骈文本体特征的界定,这个特征用王蘧常的话说就是"主气韵,勿尚才气;崇散朗,勿擅藻采"。王蘧常的这一断语,可以从孙德谦《六朝丽指》"以气韵胜"条、"贵有宕逸处"条、"唐骈不及六朝散逸"条和《骈体文林序》《复王方伯论骈文书》诸文中得到印证,这里不一一举述。

孙德谦骈文理论的深刻与创新,学界早有定论,但是对他的骈文创作,

---

① 孙德谦:《六朝丽指》,王水照编《历代文话》第九册,复旦大学出版社2007年版,第8450页。
② 孙德谦:《六朝丽指》卷首,王水照编《历代文话》第九册,第8422页。
③ 孙德谦:《四益宧骈文稿》下卷。
④ 同上。
⑤ 孙德谦:《四益宧骈文稿》下卷《骈体文林序》。

则鲜有人论及。目前可见的孙氏骈文，主要见于《四益宧骈文稿》，总计二卷47篇。当然，孙德谦大半生与骈文结缘，《六朝丽指自序》所谓"握睇籀讽，垂三十年"，因此他写作的骈体文远远不止这47篇。孙氏门人吴丕绩在《四益宧骈文稿》卷首的识语中提到，乃师"笃志儒修，于文不甚措意，即有所作，亦尠留稿，盖未尝以此自多也。故生平所作奚止千百，而晚年所存者才五十余篇耳。"当然，"五十余篇"也不是孙德谦晚年骈文的全部，因为吴丕绩曾在此基础上又搜集了20余篇，不过由于孙德谦对自己将要的传世作品特别慎重，在临终前还亲自点定、删汰，因此最后只留下这47篇骈文创作。

从创作时间上看，《四益宧骈文稿》所收诸作，基本都是孙德谦在辛亥（1911年）以后所创作的，孙氏早年骈文的面貌，我们今天已不得而知。《四益宧骈文稿》涉及的文体比较集中，其中序文与题辞为大宗，另外也有几篇书、记、墓铭和赞祭文，这也从一个侧面反映出孙氏骈文的题材范围是比较窄的。就《四益宧骈文稿》而言，孙德谦骈文体现出三个突出的特点与优长：第一，以学为文，具沉博绝丽之美；第二，特喜议论，强调比兴、寄托。第三，行文取效六朝，以骈散合一为尚。这三个特点普遍存在于孙德谦的骈文创作中，其与孙氏自己的骈文理论主张倒是比较吻合的。

李慈铭在《越缦堂读书记》中曾就顾广圻、彭兆荪之文，提出过清代骈文有学人之文与文人之文的区分，按照李慈铭的大体类分，孙德谦的骈文基本上可归入"学人之文"的行列。遍览《四益宧骈文稿》，不难发现，这些作品基本上都以议论为主体，而且相当一部分本身就是学术论文，如《稷山段氏二妙年谱序》《邠州石室录后序》《玉溪生年谱会笺序》《六朝丽指序》《文选学通义序》《复李审言论骈文书》《复王方伯论骈文书》等；有意味的是，就是《望庐图题辞》《校词图题辞》《南窗寄傲图记》《适园图记》这样极易在写景、抒情方面有所发挥的作品中，孙德谦也充分地发抒议论，这实际正是孙文的一个短处。

孙文的好处，在于以学为文、注重寄托而骈散合一，短处则在议论太多且过于追求气韵而忽略才气。孙氏在《六朝丽指》中曾对乃师王先谦《骈文类纂》的大旨提出过反对，他认为《骈文类纂》"持论大旨"是在强调"不分骈散，而以才气为归"，"夫骈文而归重才气，此固可使古文家不复轻鄙，无所藉口"，但这却和六朝骈文可贵的"以气韵胜，不必主才气"相悖，因此是不值得提倡的。① 孙氏确实将这一主张贯彻到了他的骈文创作当中，而这也导致他的骈文缺乏一些必要的才情挥洒。事实上，不论是孙氏极力推崇的六朝骈文，还是他颇为服膺的洪亮吉、孙星衍之文，其既注重气韵，也兼容才情，此一关捩，识者皆应明了。

总体而言，孙德谦的骈文，佳者确实词旨渊醇、气韵遒上，前面提及的《邠州石室录后序》《玉溪生年谱会笺序》及《鸳音集序》《缶庐诗序》《云山入道图题辞》《望庐图题辞》《高梧轩跋》等都比较有代表性，名家手笔，不可诬也。不过，若论整体成就，我们不得不说，其与孙氏自己的理论期许、与孙氏骈文理论所达到的高度，都是存在一定距离的，钱基博论孙文所谓"好自标置，特工议论，而所作或不逮"②，并非没有根据的苛刻之评。

---

① 孙德谦：《六朝丽指》，王水照编《历代文话》第九册，第8434—8435页。
② 钱基博著，傅道彬点校：《现代中国文学史》，第116页。

余论：一个延伸的话题

"清代为中国古代骈文的复兴期"，这一大判断已经获得了学界比较一致的认同；同时，已经有不少学者就清代骈文复兴的特点和基本格局，展开了一系列值得重视的研究。当然，清代骈文发展史的内涵是非常丰富的，比如从地域文学的视角入手，我们会发现清代骈文呈现出比较明显的区域化态势，而环太湖或说江南骈文板块及其延伸区块、湖湘骈文板块，几乎占据了有清一代骈文的大半壁江山；特别是包括苏、松、常、镇、杭、嘉、湖、太七府一州在内的江南地区骈文高度兴盛，成为清代骈文史上的奇观，然而这个盛况空前的清代地域文学发展现象，以前并没有受到学界应有的重视。有鉴于此，本书乃采用文学与社会学、历史学等相结合的基本方法，从社会、地域、家族的立体视角和共时、历时两个维度，对清代江南骈文发展进行了系统的研究，从而第一次比较立体、生动地展示了清代江南地区骈文兴盛的总体面貌。

这一研究揭示出以下几个主要的事实：第一，清代江南骈文大家、名家辈出，风格众多、体派纷呈，允称繁盛，就发展规模和总体成就而言，江南骈文乃是清代骈文的主体，江南地区也无疑是清代骈文的中心；第二，清代江南地区骈文的复兴与鼎盛，是清廷政治与文化政策、江南地区独特的学术优势、江南骈文家在地缘与亲缘上的紧密关联等外部因素，以及文学史演进自身规律的内部因素合力推进下的产物；第三，清代江南骈文的发展历程，几乎与整个清代骈文发展史同步，它体现出复古与创新并存、地域性群聚、创作与理论探讨彼此推进、与外域骈文充分互动等一系列发展特征；第四，清代江南骈文的演进史可以分为三个大的阶段，清初江南骈文承衍明末而面貌初具，奠定了清代骈文复兴的恢弘开局，清中叶的江南骈文发展臻于顶峰，同时也引领了清代全域骈文的鼎兴，清末则是江南骈文的承衍渐衰期，其与湖湘、皖闽等地骈文一起，共同铸造了清代骈文史最后的辉煌。

当然，由于受到各种条件的制约，书中已经完成的研究，并不能完全等同于"清代江南骈文发展研究"这一课题实际所期待的内容，比如江南骈文家与外域骈文家之间理论互动与切磋交流的复杂过程，还有待进一步深入探讨；又如本书藉以展开研究的社会、地域、家族视角，特别是家族视角，在一些个案研究中贯彻得还不是十分到位。另外，在本书的作家、作品个案研究中，涉及了诸多重要的学术论题，它们既包含在"清代江南骈文发展研究"这一课题中，又溢出了该课题所能融摄的范围，需要另作专题研究。

典型的如清代骈体游记和题图之作的兴盛，乃是清代骈文史上比较引人瞩目的综合性问题，其兴盛的原因是什么？除了洪亮吉、阮元、吴锡麒、刘嗣绾、彭兆荪、乐钧、吴慈鹤、王衍梅、刘开、郭麐、胡敬、黄安涛、金应麟、曹埙、董祐诚、黄金台等人，还有哪些作家创作了数量较多的此类作品？其究竟取得了怎样的成就？又如清代的骈体赋作数量宏富，它们对魏晋以来的骈赋、律赋既有继承，又有发展，那么其文体特征和演进过程是怎样的？创作的规模和实际成就又是怎样的？再如，在研究清代江南骈文作家创作的过程中，本书大量涉及骈、散二者的关系问题，而这也是贯穿清代骈文发展史整个过程的"大题目"，那么清代骈、散二体互动争衡的具体过程是怎样的？除了本书已经论及的江南骈文家，其他骈文家在理论和创作中是如何具体处理骈、散关系的？不同作家在理论上和实际创作中对于骈、散关系的处理，是否如一些江南骈文家那样存在一定的错位？如此等等，都是系统、深入的清代骈文史研究所不能绕过的，而它们也将是笔者将来继续从事清代骈文史研究，需要一一探明的论题。

最后，笔者还想在本书的末尾，提到一个与清代骈文研究相关的延伸性话题：清代骈文包括江南骈文研究的意义何在？最简单的回答，可以是通过这样的研究揭示清代骈文、清代江南骈文的真实面貌，但这样的回答显然是过于简单了。学术研究除了是学者群体"自娱自乐"的载体和为稻粱谋的工具，还应当有它更高的价值指向，而这一价值指向必须含有现实意义的因素，换句话说，它既应是指向过去的，又应是指向现在和将来的，它是"有用"的精神劳动。问题在于，研究那些被习惯地认为是"活着"的古代文化艺术样式，如古代书法、绘画、昆曲、古琴等，还能为今天的书画、昆曲、古琴创作、发展提供切实的指导和借鉴，那么研究一般被认为是"死了"的古代文化艺术样式，还有其现实意义吗？

必须承认，与中国古代书法、绘画、昆曲、古琴甚至唐诗、宋词、古文等文化艺术样式相比，骈文基本上是一种"死了"的古代文学艺术样式，催生骈文的时代文化氛围不复存在了，写作和阅读骈文的古典知识精英群体也不复存在了；欣赏、临摹书法、绘画，吟诵唐诗、宋词并写作旧体诗词，早就成为"时尚"，学习昆曲、古琴，近些年也俨然成为一种"时髦"，但是学习并创作骈体文，似乎不太可能成为"时尚"。不过，骈体文的"生命力"并未随着古典文化的衰歇而完全消逝，现在仍然有人在写作骈体文，它的创作群体规模虽然不能和旧体诗词的创作群体相提并论，但星火尚存，不可漠视；虽然骈体文的体式已随着古代历史的远去而无法在当代复活，但是骈体文的创作方法，已经婉转地融入到了现代散文写作的肌体里去，现代散文对于节奏、音韵的注重，在写作上时或融入偶句、时或运使典故，难道只是受到古典散文影响的结果？在这个意义上，我们可以说骈体文虽死而生命力尚存。

　　从文化生命力和文化遗产传承的角度来审视当代的骈文研究，我们的认识视野无疑可以得到拓展。有基于此，可以重新认识一下清代骈文主要是清代江南骈文研究的意义：其一，揭示清代骈文包括江南骈文发展的真实面貌，让我们了解清代骈体文学遗产尤其是优秀骈文创作的特点、成就，从而为当代阅读提供一些名作佳篇，为当代文学写作提供一些可资借鉴的艺术经验，为骈体文学遗产传承略尽绵薄之力；了解清代地域性文学发展的构成要素和内在机制，从而为将来更为深入的清代骈文史研究提供一些可资参照的视角、观点、结论。这些是本书的研究基本完成而尚待充实的。其二，以清代江南骈文研究为基石，进而对清代以及整个中国古代骈文作系统探研，呈现催生骈文的历史文化基础，骈文创作与传播的文化场域和具体形态，骈文与其他文学样式的争衡、互动，骈文衰歇的历史原因，并从精神史的角度呈现骈体文及其创作群体所体现的精英文化意识以及这一文化意识的演变历程，进而深刻揭示骈文这一文体的历史和当代价值。这是本书无法完成，而将来有志于从事骈体文研究者应当共同致力的。

参考文献

一 基本文献

张廷玉等撰：《明史》，中华书局1974年版。
赵尔巽等撰：《清史稿》，中华书局1976年版。
清国史馆原编，王钟翰点校：《清史列传》，中华书局1987年版。
李元度撰：《国朝先正事略》，台湾明文书局1985年版。
李桓撰：《国朝耆献类征初编》，台湾明文书局1985年版。
钱仪吉纂：《碑传集》，台湾明文书局1985年版。
缪荃孙纂：《续碑传集》，台湾明文书局1985年版。
卞孝萱、唐文权编：《民国人物碑传集》，凤凰出版社2011年版。
徐珂编：《清稗类钞》，中华书局1984年版。
范成大撰：《吴郡志》，《四库全书》本。
李贤等撰：《明一统志》，《四库全书》本。
和珅等奉敕撰：《钦定大清一统志》，《四库全书》本。
赵弘恩等监修，黄之隽等编纂：《江南通志》，《四库全书》本。
嵇曾筠、李卫等修，沈翼机、傅王露等纂：《浙江通志》，《四库全书》本。
高得贵修：《乾隆镇江府志》，江苏古籍出版社、上海书店、巴蜀书社1990年版。
宋如林修：《嘉庆松江府志》，江苏古籍出版社、上海书店、巴蜀书社1990年版。
冯桂芬纂：《同治苏州府志》，清光绪八年江苏书院刊本。
宗源瀚、郭式昌修：《同治湖州府志》，江苏古籍出版社、上海书店、巴蜀书社1990年版。
许瑶光修：《光绪嘉兴府志》，江苏古籍出版社、上海书店、巴蜀书社1990年版。

陈璚修：《民国杭州府志》，江苏古籍出版社、上海书店、巴蜀书社1990年版。

陈玉璂编纂：《常州府志》，清光绪十二年聚珍版翻印本。

张球修，汤成烈纂：《道光武进阳湖合志》，清光绪五年刻本。

李先荣等原本，阮升基增修，宁楷等增纂：《重刊宜兴县旧志》，清嘉庆二年增补康熙刻本。

施惠、钱志澄修：《光绪宜兴荆溪县新志》，清嘉庆刻本。

武进刘氏绣衣坊大宗祠重修，刘琛、刘昕泰、刘尚德等校订：《武进西营刘氏家谱》，民国十八年排印本。

任烜撰：《亳里陈氏家乘》，民国二十九年开远堂藏本。

欧阳东凤撰：《晋陵先贤传》，清同治七年刻本。

原北平故宫博物院文献馆编：《清代文字狱档》，上海书店1986年版。

张惟骧纂：《清代毗陵名人小传稿》，常州旅沪同乡会1944年版。

叶衍兰、叶恭绰编：《清代学者象传》，上海书店2001年版。

潘荣胜主编：《明清进士录》，中华书局2006年版。

朱保炯、谢沛霖编：《明清进士题名碑录索引》，台湾文海出版社1981年版。

南京师范大学古文献整理研究所编著：《江苏艺文志·常州卷、苏州卷、镇江卷、无锡卷》，江苏人民出版社1994—1996年版。

陈子龙编，王沄续编，王昶辑，庄师洛等订：《陈忠裕公自著年谱》，清嘉庆八年刻本。

吕培编：《洪北江先生年谱》，台湾文海出版社1966年版。

张绍南撰，王德福续撰：《孙渊如先生年谱》，清光绪二十四年刻本。

郑幸著：《袁枚年谱新编》，上海古籍出版社2011年版。

蒋彤编：《武进李先生年谱》，嘉业堂丛书本。

张鉴等编：《雷塘庵主弟自记》，清咸丰间刻本。

缪荃孙编：《艺风老人年谱》，民国二十五年北平文禄堂刻本。

王晫撰，陈大康校点：《今世说》，上海古籍出版社2012年版。

叶梦珠撰：《阅世编》，上海古籍出版社1981年版。

黄印辑：《锡金识小录》，清光绪二十二年刻本。

刘禺生撰：《世载堂杂忆》，中华书局1960年版。

四库全书研究所整理：《钦定四库全书总目》，中华书局1997年版。

永瑢等撰：《四库全书简明目录》，上海古籍出版社1985年版。

钱仲联主编：《历代别集序跋综录》，江苏教育出版社2005年版。
李灵年、杨忠主编：《清人别集总目》，安徽教育出版社2000年版。
吴志达主编：《中华大典·明清文学分典》，凤凰出版社2005年版。
萧统编，李善注：《文选》，上海古籍出版社1986年版。
张溥辑：《汉魏六朝百三名家集》，江苏古籍出版社2002年版。
杜骐征、徐凤彩、盛翼进辑：《几社壬申合稿》，《四库禁毁书丛刊》影印明末小樊堂刻本。
蒋士铨撰：《忠雅堂评选四六法海》，清同治十年刻本。
黄始辑：《听嘤堂四六新书》，《四库禁毁书丛刊》本。
李兆洛选辑，陈古蔺、吴楚生校点：《骈体文钞》，岳麓书社1992年版。
许梿评选，黎经诰笺注：《六朝文絜》，上海古籍出版社1982年版。
彭兆荪编：《南北朝文钞》，清光绪八年紫云室刻本。
陈均编：《唐骈体文钞》，清嘉庆二十五年刻本。
曾燠选，姚燮、张寿荣等评：《国朝骈体正宗评本》，清光绪十年花雨楼朱墨套印本。
张鸣珂辑：《国朝骈体正宗续编》，清光绪十四年寒松阁刻本。
吴鼒辑：《八家四六文钞》，清嘉庆三年较经堂刻本。
吴鼒辑，许贞干注：《八家四六文注》，清光绪十七年刻本。
王先谦辑：《国朝十家四六文钞》，清光绪十五年长沙王氏刻本。
王先谦辑：《骈文类纂》，浙江古籍出版社1998年版。
姚燮辑：《皇朝骈文类苑》，清光绪七年刻本。
屠寄辑：《国朝常州骈体文录》，清光绪十六年刻本。
王文濡选，蒋殿襄等注：《清代骈文评注读本》，民国七年上海文明书局铅印本。
徐世昌辑：《晚晴簃诗汇》，民国退耕堂刻本。
郭绍虞编选，富寿荪校点：《清诗话续编》，上海古籍出版社1983年版。
唐圭璋编：《词话丛编》，中华书局2005年版。
王水照主编：《历代文钞》，复旦大学出版社2007年版。
金应麟撰：《金氏世德纪》，《丛书集成续编》第二十九册，上海书店1994年版。
刘祺编，刘继丰校订：《武进西营刘氏清芬录第一集》，民国十二年尚絅草堂初刊本。

陈子龙著，王英志辑校：《陈子龙文集》，人民文学出版社 2011 年版。

艾南英撰：《天佣子集》，《四库禁毁书丛刊补编》本。

陆圻撰：《威凤堂文集》，《四库未收书辑刊》本。

陈维崧撰：《湖海楼全集》，清康熙二十八年患立堂刻本。

陈维崧撰，程师恭注：《陈检讨集》，《四库全书》本。

尤侗撰：《西堂文集》，清康熙二十五年刻本。

吴兆骞撰，麻守中校点：《秋笳集》，上海古籍出版社 2009 年版。

吴农祥撰：《流铅集》，清卢文弨校改稿本。

陆繁弨撰：《善卷堂四六》，清乾隆三十五年刻本。

章藻功撰注：《注释思绮堂四六文集》，清康熙六十一年聚锦堂刻本。

黄之隽撰：《𠷓堂集》，《清代诗文集汇编》影印清乾隆十三年刻本。

杭世骏撰：《道古堂全集》，清光绪十四年汪氏振绮堂刻本。

邵齐焘撰：《玉芝堂文集》，《清代诗文集汇编》影印清乾隆间刻本。

洪亮吉撰：《卷施阁集》《更生斋集》，清光绪三年洪氏授经堂刻洪北江全集增修本。

孙星衍撰：《孙渊如先生全集》，清嘉庆间刻本。

孙星衍撰，王重民辑：《孙渊如外集》，民国二十一年国立北平图书馆铅印本。

袁枚著，周本淳标校：《小仓山房诗文集》，上海古籍出版社 1988 年版。

王广业笺，叶联芬注，吴锡麒撰：《笺注提要有正味斋骈体文》，上海会文堂书局 1927 年版。

景其浚选编，吴锡麒、顾元熙撰：《吴顾赋合刻》，清光绪元年刻本。

赵怀玉撰：《亦有生斋文集》，《四部丛刊》本。

杨芳灿撰，杨绪容、靳建明点校：《杨芳灿集》，人民文学出版社 2014 年版。

钱维乔撰：《竹初诗文钞》，清嘉庆刻本。

彭兆荪著，张嘉禄注：《小谟觞馆文集注》，《丛书集成续编》影印四明丛书本。

王芑孙撰：《渊雅堂全集》，清嘉庆二十年刻本。

王昙撰：《烟霞万古楼文集》，《续修四库全书》影印清嘉庆二十一年虎丘东山庙刻道光增修本。

查揆撰：《菽原堂诗文集》，清道光十五年菽原堂刻本。
顾广圻著，王欣夫辑：《顾千里集》，中华书局2007年版。
吴慈鹤撰：《吴侍读全集》，清嘉庆至道光间刻本。
袁翼撰：《邃怀仁堂文集》，清光绪间袁镇嵩刻本。
郭麐撰：《灵芬馆杂著》，清光绪九年蛟川张氏花雨楼刻本。
胡敬撰：《崇雅堂骈体文》，清道光二十六年刻本。
徐熊飞撰：《白鹄山房文钞》，清道光二十二年刻本。
徐熊飞撰：《白鹄山房诗钞》，清嘉庆四年清素堂刻本。
黄安涛撰：《真有益斋文编》，清道光二十三年刻本。
阮元撰，邓经元点校：《揅经室集》，中华书局1993年版。
刘开撰：《孟涂骈体文》，清道光六年刻本。
梅曾亮著，彭国忠、胡晓明校点：《柏枧山房文集》，上海古籍出版社2005年版。
张惠言撰：《茗柯文编》，《四部丛刊》本。
钱仲联主编，严明等评点：《张惠言文选》，苏州大学出版社2001年版。
张琦撰：《宛邻集》，清光绪盛氏刻常州先哲遗书本。
李兆洛撰：《养一斋文集》，清光绪四年汤成烈等重刊本。
陆继辂撰：《崇百药斋文集》，清嘉庆二十五年合肥学社刻本。
刘嗣绾撰：《尚絅堂集》，清道光六年大树园刻本。
包世臣撰：《小倦游阁文集》，《续修四库全书》本。
吴德旋撰：《初月楼文钞》，花雨楼校刻本。
方履籛撰：《万善花室文稿》，清光绪七年王氏刻畿辅丛书本。
董基诚、董祐诚撰：《栘华馆骈体文》，清光绪十四年活字本。
董祐诚撰：《董方立文甲、乙集》，清同治八年刻董方立遗书本。
董士锡撰：《齐物论斋文集》，清道光二十年江阴暨阳书院刻本。
刘逢禄撰：《刘礼部集》，清道光十年思误斋刻本。
张成孙撰：《端虚勉一居文集》，《丛书集成续编》本。
洪符孙撰：《齐云山人文集》，《丛书集成续编》本。
洪鹍孙撰：《淳则斋骈体文》，民国三十三年吴曼公刻本。
金应麟撰：《豸华堂文钞》，清道光三十年刻本。
龚自珍著，王佩诤校：《龚自珍全集》，上海古籍出版社1975年版。
魏源撰：《古微堂外集》，清光绪四年刊本。

谭献著，罗仲鼎、俞浣萍点校：《谭献集·复堂文》，浙江古籍出版社2012年版。

黄金台撰：《木鸡书屋文》，清道光、同治刻本。

赵铭撰：《琴鹤山房遗稿》，民国十一年刻本。

徐锦撰：《灵素堂骈体文》，清光绪十二年刻本。

吴清皋撰：《壶庵骈体文》，清咸丰五年钱塘吴氏刻本。

张预撰：《崇兰堂骈体文初存》，清光绪三十四年湖北官印书局铅印本。

张鸣珂撰：《寒松阁集》，清光绪间刻本。

尹恭保撰：《抱邻山房骈体文》，清光绪间刻本。

夏炜如撰：《鞠录斋稿》，民国二年刻本。

汤成彦撰：《听云仙馆俪体文集》，清同治间刻本。

缪德棻撰：《怡云山馆骈体文》，民国十八年仿宋印本。

缪荃孙著，张廷银、朱玉麒主编：《缪荃孙全集》，凤凰出版社2014年版。

冯煦撰：《蒿庵类稿》，民国二年至十二年递刻本。

孙德谦撰：《四益宧骈体文稿》，上海瑞华印务局1936年版。

二 学术论著

章学诚著，叶瑛校注：《文史通义校注》，中华书局1985年版。

江藩著，锺哲整理：《国朝汉学师承记》，中华书局1983年版。

支伟成撰：《清代朴学大师列传》，岳麓书社1998年版。

张之洞撰，范希增补正，高明路点校：《书目答问补正》，北京燕山出版社1999年版。

徐世昌撰：《清儒学案》，中国书店民国二十七年版。

李慈铭撰，由云龙辑：《越缦堂读书记》，中华书局1963年版。

谭献著，范旭仑、牟晓明整理：《复堂日记》，河北教育出版社2001年版。

朱一新著，吕鸿儒、张长法点校：《无邪堂答问》，中华书局2000年版。

梁启超撰：《论中国学术思想变迁之大势》，上海古籍出版社2006年版。

梁启超撰，朱维铮导读：《清代学术概论》，上海古籍出版社1998年版。

梁启超撰：《中国近三百年学术史》，上海三联书店2006年版。

章太炎、刘师培著，罗志田导读，徐亮工编校：《中国近三百年学术史论》，上海古籍出版社2006年版。

章太炎撰：《国学概论》，商务印书馆1997年版。

陈寅恪著：《金明馆丛稿初编》，上海古籍出版社1980年版。

陈寅恪著，唐振常导读：《唐代政治史述论稿》，上海古籍出版社1997年版。

张舜徽撰：《清儒学记》，齐鲁书社1991年版。

钱穆著：《国学概论》，商务印书馆1997年版。

潘乃谷、潘乃和选编：《潘光旦选集》，光明日报出版社1999年版。

潘光旦著：《明清两代嘉兴的望族》，上海书店1991年版。

余英时著：《士与中国文化》，上海人民出版社1987年版。

马积高著：《清代学术思想的变迁与文学》，湖南人民出版社2002年版。

罗检秋著：《嘉庆以来汉学传统的衍变与传承》，中国人民大学出版社2006年版。

孟森著：《心史丛刊》，中华书局2006年版。

孟森著：《清史讲义》，中华书局2006年版。

钱穆著：《国史大纲》，商务印书馆1994年版。

萧一山著：《清代通史》，中华书局1986年版。

萧一山撰、杜家骥导读：《清史大纲》，上海古籍出版社2005年版。

谢国桢著：《明末清初的学风》，上海世纪出版集团2004年版。

谢国桢著：《明清之际党社运动考》，上海世纪出版集团2006年版。

何宗美著：《明末清初文人结社研究》，南开大学出版社2003年版。

徐扬杰著：《中国家族制度史》，人民出版社1992年版。

冯尔康著：《中国宗族社会》，浙江人民出版社1994年版。

江庆柏著：《明清江南望族文化研究》，南京师范大学出版社1999年版。

钱杭著：《血缘与地缘之间——中国历史上的联宗与联宗组织》，上海社会科学院出版社2001年版。

吴仁安著：《明清江南望族与社会经济文化研究》，上海人民出版社2001年版。

傅衣凌著：《明清社会经济史论文集》，人民出版社1982年版。

徐茂明著：《江南士绅与江南社会（1368—1911年）》，商务印书馆2004年版。

冯贤亮著：《明清江南地区的环境变动与社会变迁》，上海人民出版社2002年版。

樊树志著：《江南市镇：传统的变革》，复旦大学出版社2005年版。

叶德辉撰：《书林清话、书林余话》，中华书局1957年版。

吴晗著：《江浙藏书家史略》，中华书局1981年版。

杨立诚、金步瀛合编，宋海屏校订：《中国藏书家考略》，台湾新文丰出版股份有限公司1978年版。

严佐之著：《近三百年古籍目录举要》，华东师范大学出版社1994年版。

钱基博著：《中国文学史》，上海古籍出版社2011年版。

钱基博著，傅道彬点校：《现代中国文学史》，中国人民大学出版社2009年版。

郭绍虞著：《中国文学批评史》，中华书局1961年版。

柳存仁等著：《中国大文学史》，上海书店2001年版。

陈子展著：《中国近代文学之变迁》，上海古籍出版社2000年版。

朱东润撰，章培恒导读：《中国文学批评史大纲》，上海古籍出版社2001年版。

刘大杰著：《中国文学发展史》，复旦大学出版社2006年版。

章培恒、骆玉明主编：《中国文学史》，复旦大学出版社1997年版。

陈平原辑：《早期北大文学史讲义三种》，北京大学出版社2005年版。

邬国平、王镇远著：《清代文学批评史》，上海古籍出版社1995年版。

刘勰著，周振甫注：《文心雕龙注释》，人民文学出版社1981年版。

吴讷著，于北山校点：《文章辨体序说》，人民文学出版社1962年版。

徐师曾著，罗根泽校点：《文体明辨序说》，人民文学出版社1962年版。

袁枚著，王英志批注：《随园诗话》，凤凰出版社2009年版。

孙梅著，李金松校点：《四六丛话》，人民文学出版社2010年版。

林纾著：《春觉斋论文》，人民文学出版社1959年版。

钱基博著：《骈文通义》，上海古籍出版社2012年版。

谢无量撰：《骈文指南》，中华书局1918年版。

瞿兑之撰：《中国骈文概论》，世界书局1934年版。

金秬香撰：《骈文概论》，商务印书馆1934年版。
刘麟生著：《中国骈文史》，商务印书馆1937年版。
陈耀南著：《清代骈文通义》，香港永安印务公司1970年版。
姜书阁著：《骈文史论》，人民文学出版社1986年版。
张仁青著：《骈文学》，台湾文史哲出版社1984年版。
张仁青著：《中国骈文发展史》，浙江大学出版社2009年版。
于景祥著：《中国骈文通史》，吉林人民出版社2002年版。
莫道才著：《骈文通论》，齐鲁书社2010年版。
曹虹著：《阳湖文派研究》，中华书局1996年版。
曹虹、陈曙雯、倪惠颖著：《清代常州骈文研究》，江苏人民出版社2010年版。
钟涛著：《六朝骈文形式及其文化意蕴》，东方出版社1997年版。
昝亮著：《清代骈文研究》，杭州大学1997年博士论文。
奚彤云著：《中国古代骈文批评史稿》，华东师范大学出版社2006年版。
吕双伟著：《清代骈文理论研究》，人民出版社2011年版。
颜建华著：《清代乾嘉骈文研究》，光明日报出版社2011年版。
杨旭辉著：《清代骈文史》，人民出版社2013年版。
马积高著：《历代辞赋研究史料概述》，中华书局2001年版。
袁行霈著：《中国诗歌艺术研究》，北京大学出版社2009年版。
严迪昌著：《清诗史》，浙江古籍出版社2002年版。
严迪昌著：《清词史》，江苏古籍出版社1990年版。
罗时进著：《明清诗文研究新视野》，台湾文史哲出版社2004年版。
罗时进著：《地域·家族·文学——清代江南诗文研究》，上海古籍出版社2010年版。
陈广宏著：《文学史的文化叙事：中国文学演变论集》，复旦大学出版社2012年版。
郭英德著：《中国古代文体学论稿》，北京大学出版社2005年版。
吴承学著：《中国古代文体学研究》，人民出版社2011年版。
曾大兴著：《文学地理学研究》，商务印书馆2012年版。
曾大兴著：《中国历代文学家之地理分布》，湖北教育出版社1995年版。
胡阿祥著：《魏晋本土文学地理研究》，南京大学出版社2001年版。

梅新林著：《中国古代文学地理形态与演变》，复旦大学出版社 2006 年版。

刘跃进著：《秦汉文学地理与文人分布》，中国社会科学出版社 2012 年版。

杨义著：《文学地理会通》，中国社会科学出版社 2013 年版。

程章灿著：《世族与六朝文学》，黑龙江教育出版社 1998 年版。

李浩著：《唐代三大地域文学士族研究》，中华书局 2002 年版。

张剑著：《宋代家族与文学——以澶州晁氏为中心》，北京出版社 2006 年版。

张兴武著：《两宋望族与文学》，人民文学出版社 2010 年版。

朱丽霞著：《清代松江府望族与文学研究》，上海古籍出版社 2006 年版。

睢骏著：《王芑孙研究》，华东师范大学出版社 2011 年版。

［法］罗贝尔·埃斯皮卡著，符锦勇译：《文学社会学》，上海译文出版社 1988 年版。

［德］西尔伯曼著，魏育青、于汛译：《文学社会学引论》，安徽文艺出版社 1988 年版。

［法］吕西安·戈德曼著，段毅、牛宏宝译：《文学社会学方法论》，工人出版社 1989 年版。

［美］艾尔曼著，赵刚译：《经济、政治和宗族——中华帝国晚期常州今文学派研究》，江苏人民出版社 1998 年版。

后 记

我时常问自己一个问题：为什么要从事学术研究？经过这些年的思考，我给自己这样的回答：其一，依余浅见，合格的大学教师都是要做点学术研究的，既然自己早就取得大学教职，那就要做大学教师应做之事；其二，本身个性内向，处世木讷，"野外生存能力"较差，除了读书而外似乎并无所长，无法在现实的大千世界里摸爬滚打、升沉荣辱，在大学的象牙塔里读读书、教教书，学着古人的样子做点学术研究，倒是很好的选择；其三，兴趣是坚持的动力，学术研究看上去并非体力劳动，但其实很辛苦，它既会给研究者带来不少愉悦，又会带来诸多烦恼，心非好之，实难持久，所幸我对这项精神劳动的兴趣还比较稳定；其四，在人文学科领域，学术无用论更加流行，我倒觉得学术不但有"无用之用"，而且有"为稻粱谋"之用，我的生存技能有限，这项技能必须保持住。我想，我的回答是非常坦诚的。

如果可以将硕士研究生入学，勉强算作自己学术研究之路起点的话，那么，我在这条路上蹒跚前行已有十三年了。在这十三年里，我拿到了博士学位，取得了高校教职，一直勉力从事学术探研并日益增强了兴趣、坚定了信心，由讲师而副教授，由自由宅男而为人夫、为人父，喜怒哀乐、顺命安居，这些收获、成长，都与我选择从事学术研究有千丝万缕的联系。既然如此，以后就循着这样的轨道迈步继进，不患得而患失，且顺天而顺志，岁月荏苒，以至终老，谁说不是人生中的一件赏心乐事？

转入到撰写本记的主题，有意味的是，呈现在读者面前的这部书，恰恰几乎与我这些年的学术研究历程相始终。硕士研究生阶段，我就在罗时进师的指导下，着手研究清代常州府恽敬、张惠言家族的文学成就及其文化成因，从而打下了从家族视角研究清代文学的一点基础。此后，侥幸申获了硕博连读的资格，继从罗时进师攻读明清诗文方向的博士，学位论文即是研究清代常州府的古文与骈文创作，这对于我后来进而研究清代江南骈文，提供了两个重要启示：一是方法论上，从社会、地域、家族的立体视角来观照清代文学，能够发现一些以前被忽视的重要文学史实；二是以常州府为代表的江南或说环太湖地区，骈文创作异常发达，这是清代其他地区都无法比拟的。带着这样的启示，我便以《清代江南骈文发展研究》为题，顺利申获了2009年度国家社科基金青年项目立项资助。

当研究工作按照既定计划完成到五分之一时，我清醒地认识到，这一课题的研究难度比我预想的要高得多。最大的困难，是要读懂大量的骈体文本，带着先前阅读唐诗、宋词甚至明清古文的经验来阅读骈文，是不太管用的，因为清代骈文涵纳的历史知识密度实在很大，我所面对的乃是一个难测边际的"知识深渊"！第二个困难是骈文为"形式主义"倾向很明显的一类创作，它的体类虽然很多，但题材相对集中、"入世"精神不是很突出，研究诗词、古文时常用的思想主题分析，并不适用于大部分骈文家的作品，那么如何避免千篇一律的艺术分析，就成了必须解决的问题，事实上这个问题是比较棘手的。第三个困难来自于对江南骈文的背景分析，要想避免"格套"，使总论式的背景揭示具有充分的针对性，那就要穿越诸多的历史迷障，努力复现研究对象存在的"原始生态"，这也是一个题量很大的问题。

2010年，我进入复旦大学中文系从事为期两年的博士后研究工作，在陈广宏师和中国语言文学博士后流动站专家组的指导下，顺利完成了以《清代江南骈文发展研究——以常州府、杭州府为例》为题的出站报告。陈广宏师对我的指导是多方面的，但就本课题研究而言，启发、引导我解决前面提到的第三个难题，最使我铭感于心。另外，专家组陈思和、黄霖、陈正宏、张德兴、朱立元、戴耀晶、刘晓南、杨乃乔、傅杰诸教授，也为我课题研究的内部开展提供了一些非常有益的帮助。我想，《清代江南骈文发展研究》这一课题能以良好的成绩一次性通过结项审查，与罗时进师、陈广宏师及复旦博士后流动站诸教授的指导是分不开的。

当然，课题研究的大部分难题都要自己去摸索解决，阅读文本并进行妥当的艺术分析，只能靠自己，课题结项以后如何进一步修改完善，也只能靠自己。掐指算来，从2003年年初次涉及地域、家族文学研究，到2016年向出版社提交社会、地域、家族视野下的清代江南骈文发展研究书稿，确实有十几年了。围绕这一研究，收获不敢说，感想颇有一些，最大的感想，就是学术研究确乎没有止境。比如说，随着知识的累积和研究视野的拓宽，不止一次发现以前得出的个别结论不可靠或不够准确，这每每令自己有芒刺在背之感；而每当用精准、简洁、优美的标准来审视书稿的语言表述时，也总能发现一些需要进一步琢磨提升之处。职是之故，课题以良好的成绩一次性通过结项审查后，我仍坚持反复斟酌、修改书稿。贾岛《剑客》诗有"十年

后　记

磨一剑"之语，这部书稿可以说是磨了十年，但客观地讲，它离我心中期望的"利剑"之境还有相当的距离，尚祈方家通人不吝赐正是幸！

在我学术成长的程途上，遇到了很多可敬可亲的师长、亲朋，他们不因我之愚顽而斥弃，反而多所宽容、鼓励与指导，从百忙中拨冗为拙著赐序的罗时进师、陈广宏师，帮助联系出版事宜的同门师姐米彦青教授，为本书写作提供过"智力支持"的同门益友邢蕊杰博士，站在我背后默默支持的内子江帆女史，都是我想特别感谢的！另外，责任编辑宫京蕾女史、特约编辑孙少华先生，都为本书的顺利出版付出了辛勤劳动，在此一并表示由衷谢意！

丙申兰月路海洋记于吴门